그래,
이혼하자

탈고 기간 중 하늘의 별이 되신 우리 할머니,
홍금섬 바올라께 이 책을 바칩니다.

추천사

"남자들은 지쳐서 결혼하고, 여자들은 호기심 때문에 결혼한다. 그리고 양쪽 모두 실망한다." - 오스카 와일드(1854~1900)

100년 전 서양에서 살았던 사람이 현대 우리 사회에서도 통용될 만한 명언을 남긴 것을 보면, 결혼을 원만하게 유지하는 일은 동서고금을 막론하고 쉬운 일은 아닌 듯하다.

결혼 생활 중인 사람들이라면 누구든 한 번쯤은 '이혼'을 상상해 본 적이 있을 것이다. 하지만 변호사를 찾아가서 상담하는 것조차 쉽지 않은 결정이며, 설사 변호사를 통해 그 소송과정에 관한 일반적인 설명을 들을 수 있다고 하더라도, 이혼 여부에 관한 결정은 고스란히 자신의 몫으로 남게 된다.

《그래, 이혼하자》는 이혼을 결심한 부부의 뒷모습을 찬찬히 따라간다. 이혼을 결심하기, 상대방에게 이혼 의사를 전달하기, 나에게 맞는 변호사를 찾기, 조정위원, 가사조사관, 부부상담가와 대면하기의 형식적 과정뿐만 아니라, 변호사와의 내면적 교류, 소송의 각 절차에서 당사자들이 느낄 수 있는 감정의 변화까지 세세히 짚어내고 있다. 본문에 수록된 소장, 답변서와 준비서면의 예시도 실제 소송에서 사용되는 것과 유사해, 나 홀로 소송을 준비하고 있는 사람이라도 충분한 도움을 얻을 수 있을 것이다.

가사조사나 부부상담 과정 또한 충실히 묘사되어 있다. 나의 경우와 비교하면서 주인공들의 심리상태를 따라가다 보면, 주인공들이 어떠한 결정을 내리든 그것이 그 상황 하에서의 최선의 결정이었다는 알 수 있을 것이다. 그러다 보면 나의 경우는 어떠한 결론을 내려야 하는 것인지, 그것이 인내와 이해이든, 이혼이든 한결 마음 편하게 그 목적지에 도착할 수 있을 것이다.

  이 책의 주인공 하영의 동서는 '낭떠러지에 떨어져 죽게 생겼는데, 눈앞에 보이는 동아줄이 그거 하나뿐'이어서 이혼을 했으나, '결혼이 망하면 이혼하면 되지만, 이혼이 망하면 더 답이 없다'는 것을 이제는 안다. 이혼은 결코 별것 아닌 것이 아니다. 이 책을 동아줄로 삼아, 낭떠러지에서 부디 살아 돌아오기를 바란다.

2017년 2월
이은주 변호사

목차

추천사	004
이혼 의사 합의	009
협의이혼 의사 조율(1)	023
협의이혼 의사 조율(2)	041
협의이혼 의사 조율(3)	059
원고 이혼 소장 제출	076
피고 답변서 작성(1)	089
피고 답변서 작성(2)	103
피고 답변서 제출	121
원고 준비서면 작성	135
원고 준비서면 제출	146
피고 준비서면 작성(1)	160
피고 준비서면 작성(2)	177
피고 준비서면 제출	199
가사조사(1)	214
가사조사(2)	231

가사조사(3)	244
부부상담(1)	258
부부상담(2)	270
조정 협의(1)	283
조정 협의(2)	294
조정기일	308
변론기일 지정(1)	320
변론기일 지정(2)	334
원고/피고 2차- 준비서면 작성(1)	349
원고/피고 2차 준비서면 작성(2)	361
원고/피고 2차 준비서면 작성(3)	374
변론기일(1)	392
변론기일(2)	405
이혼조정 성립 및 이혼신고	419
에필로그	434
저자 후기	448

2015년 8월
이혼의사 합의

wedding&style vol.12

완벽한 사랑의 순간을 만나다
지앤화이트 지원호, 백하영 대표 인터뷰

오픈 4년 만에 일약 선망의 브랜드로 등극한 토털 웨딩 브랜드 Z&WHITE. 놀라운 성공 비결에 대한 궁금증은 젊고 아름다운 동갑내기 부부 대표를 만나자 절로 풀렸다. 마케팅과 고객 서비스를 담당하는 아내 백하영 대표(35)는 일찍부터 웨딩업계에서 인정받은 경력의 소유자. 드레스 제작과 바잉을 전담하는 남편 지원호 대표(35)는 순수 미술을 전공하던 중 돌연 웨딩드레스에 마음을 빼앗겨 이탈리아 최고의 M 패션스쿨을 수석 졸업하고 돌아온 능력자다. 두 사람이 만난 지 1년 만에 부부의 연을 맺고, 3년 만에 서로의 이름 '지(Z)&백(WHITE)'을 합친 브랜드를 런칭하기까지의 과정은, 드라마틱하기보단 정해진 운명처럼 자연스러웠다고 한다. 질투가 날 정도로 완벽한 이 부부의 앙상블이 지앤화이트의 완벽한 디자인과 서비스로 이어지는 것은 당연한 일인 듯싶다.

작년 프리미엄 라인 '앳지(at Z)'를 런칭하여 브랜드 아이덴티티를 확고히 한 데 이어, 올해는 방송 출연 등을 통해 인지도를 더욱 넓힐 계획이라는 지앤화이트. 지금까지의 성장세보다 더 놀라운 앞으로의 계획을 두 대표의 입을 통해 직접 들어 보았다.

이변이 없다면 이 내용으로 다음 달 잡지 한 페이지가 채워질 것이었다. 월간 웨딩 전문 잡지 '웨딩&스타일'의 에디터 P(여/34)는 예정된 지원호, 백하영 대표의 인터뷰가 두 사람의 바쁜 일정 탓에 마감 직전까지 미뤄지자, 어쩔 수 없이 기사 원고의 대부분을 미리 써두었다. 밤늦은 시각에 잡힌 인터뷰는 최대한 간결하게 진행하고, 사진 촬영에 중점을 둘 계획이었다. 에디터로서는 이달의 기획 중 가장 기대되는 취재였다. 업계에서 상당히 유명한 부부 대표이지만 여태 두 사람이 함께 매체에 등장한 일은 숍 오픈 때를 제외하고는 없었다. 남편 지원호 대표가 대외 활동을 꺼리는 성격으로 알려져 있었기 때문이다. 반면 아내 백하영 대표는 마케팅 전담이니만큼 각종 매체 관계자들과 두루 안면이 있었는데, 그녀에 대해서는 어디서나 평이 좋았다. 에디터 P 역시 몇 차례 화보 촬영과 기획 기사를 함께 진행하면서 그녀를 좋아하게 되었다. 늘 상냥하고 경우 바르면서도 업무적으로는 성실하고 철저하니, 흠잡을 구석이라곤 도무지 없었다.

바로 그 점, 흠잡을 데가 없다는 점만이 그녀의 유일한 흠이랄 수 있었다. 모든 걸 다 가진 사람이 남들에게 순수한 호감을 얻기란 어려운 법이니까. 에디터 P 역시 본인은 그런 부류가 아니라고 믿어 왔는데, 웨딩숍 미팅룸에서 처음으로 남편 지원호 대표의 실물을 만난 순간 조금은 배가 아픈 기분이 드는 것을 어찌할 수 없었다. 지 대표의 외모가 준수한 편이라는 소문은 들었으나 실제로 보니 예상보다 더 훌륭했다. 한 눈에도 180cm가 넘는 장신에 비율이 좋은 골격근 덕에 다소 살집이 있는 체형에도 불구하고 잘 맞는 검은색 정장만으로도 멋진 실루엣을 드러냈다. 거기에 동그스름한 이목구비와 대조를 이루는 날카로운 눈매의 조화는 덩치 큰 고양잇과의 동물을 연상시켰다. 반대로 아내 백하영은 가냘픈 체구에 날렵한 얼굴선과 반달처럼 처진 눈매가 영리한 작은 강아지 같은 인상이었다. 각자 보면 특별히 미남 미녀라기엔 어려운 두 사람인데, 한 프레임에 들어오면 대조적이면서도 상호보완적인 조화로 시각적 완성도가 확연히 올라가는 근사한 궁합이었다.

그러나 에디터 P가 부부간의 궁합은 결코 외양으로 판단할 수 없다는 사실을 깨닫는 데는 그로부터 30분 정도밖에 걸리지 않았다.

"조금만 더 다정한 느낌으로 갈까요? 두 분 좀 붙어 앉으시고, 예, 더 편하게요. 지 대표님, 더 웃으셔야 해요. 지금 표정 화나신 것 같아요. 더 요! 활짝 웃으실게요!"

그러나 포토그래퍼가 웃으라는 말을 거듭할수록 지 대표의 표정은 점점 굳어져만 갔다. 당황한 에디터는 잠시 촬영을 중단시키고 눈치를 살폈다. 내향적인 대형 고양잇과 남자의 인상이 기본적으로 다소 화난 듯 보이는 건 이상한 일이 아니라 생각했는데, 그게 아니라 진짜로 처음부터 화가 나 있었던 게 아닌지, 심지어 지금 상황이 그를 더 화나게 하고 있는 게 아닌지 덜컥 불안해졌다. 다행히 그의 아내도 문제의식을 공유하고 있는 듯했다.

"남편이 다른 분들 앞에서 사진 찍는 걸 워낙 어색해해서요. 어떡하죠, 힘들게 해 드려서 죄송합니다."

"아, 아녜요. 초면에 다짜고짜 사진부터 찍어대니 어색해하실 만도 하네요. 그럼 먼저 말씀 좀 나누고 나서 촬영은 뒤에 할까요?"

"글쎄요. 지금도 피곤해서 이러니까, 사진부터 얼른 마무리하고 여유 있게 말씀 나누는 편이 좋을 것 같네요. 다정한 컨셉은 짧은 시간 내엔 좀 힘들겠어요. 시크한 컨셉으로 가죠."

백 대표는 언제나처럼 친절하고 믿음직하게 상황을 정리해 나갔다. 피사체가 되는 데 익숙하지 못한 남자는 확실히 전문 포토그래퍼보다도 아내의 리드를 잘 따랐다. 그러나 그 과정에서 에디터 P는 백 대표의 얼굴에서 이전에 보지 못했던 묘한 기색을 눈치챘고, 언젠가 흘려들었던 그들 부부에 관한 흉흉한 소문들을 떠올렸다. 그렇긴 해도 이날 자신이 그 소문의 진상에 대한 목격자가 되리란 기대까지는 미처 못했다.

겨우 사진 촬영이 끝나고 인터뷰에 들어가자 비로소 공기가 좀 가벼워졌다. 그러나 얼마 안 가 지 대표의 표정이 다시 구겨지기 시작했다. 이번엔 뭐가 문제인지 금방 알 수 있었다. 질문을 던지는 족족 백 대표가 일방적으로 가로채듯 대답하며 도통 남편이 입을 열 틈을 주지 않았던 것이다. 사진 촬영과 달리 인터뷰에 대해서는 지 대표가 나름 의욕을 보였고, 에디터 역시 처음 대하는 그쪽의 이야기를 더 많이 듣고 싶었지만, 인터뷰에 익숙한 달변인 데다 모두와의 친분을 이용해 분위기를 주도하는 백 대표의 의도를 거스를 수 있는 이는 없었다. 아까 사진 촬영 때는 아내가 그랬던 것처럼 이번엔 남편이 어금니를 꽉 물고 있었다.

슬슬 불편함을 넘어서 위기감을 느끼기 시작한 에디터 P는 서둘러 자리를 마무리할 요량으로 남은 인터뷰 문항 중 덜 중요한 것들은 다 건너뛰기로 하고, 이제 마지막임을 강조하며 입을 열었다.

"소식 들었어요. tv F 리얼리티 프로그램 나오신다면서요? 정말 기대돼요. 두 분이 같이 출연하시는 거죠?"

순간 '두 분'의 표정이 너무 예상 밖이었기 때문에 안 그래도 조마조마하던 에디터 P는 가슴이 철렁해지고 말았다. 백 대표는 뒤통수라도 맞은 양 화들짝 놀란 표정이었고, 반대로 지 대표는 생판 남의 얘기인 양 멍하니 눈을 끔벅이며 둘 다 한동안 대답조차 없었다. 에디터 P는 당황해서 더듬거렸다.

"아니… 제, 제가 잘못 알았나요? 지난주에 김다영 원장님 만났는데 그러시길래… 지앤화이트랑 같이 하게 됐다고, 확정이라고…."

그제야 백 대표의 입에서 대답이 나왔다.

"잘못 아신 건 아니고요. 그러니까, 지난주까진 확정은 아니었는데. 그래서 저도 아직 여기저기 말씀드리지 못하고 있었거든요."

"아아, 그렇구나. 지금은 확정이신 게 맞나요?"

"네… 맞아요."

"그럼 기사에 올려도 될까요?"

"그럼요. 최대한 소문내 주셔야죠."

"진짜 재미있을 것 같아요. 웨딩드레스 관련 리얼리티는 국내 최초잖아요. 김다영 원장님이랑, 아틀리에B하고… 또 어디더라? 아무튼, 네 군데죠? 그래도 아마 지앤화이트가 제일 화제가 될 거예요. 부부 대표가 같이 나온다는 것만으로도. 그러니까 지 대표님도 같이 나오시는 거 맞죠?"

"저는 아닐 걸요. 들어 본 적도 없는 얘기니까."

거칠게 던져진 지 대표의 목소리에 일순 공기가 얼어붙었다. 그러자 백 대표는 다시금 어금니를 지그시 문 채 그림처럼 웃는 표정을 짓고, 그러나 하얗게 굳어진 안색은 감추지 못한 채로 에디터를 향해 말했다.

"당연히 저희 둘이 같이 나가는 거죠. 아니면 의미가 있나요."

"뭐라고? 저기요, 백 대표님! 언제부터 대표님께서 저도 모르는 제 스케줄을 네 맘대로 정하셨는데요? 예?"

그러는 지 대표는 지금까지 좀처럼 입도 뻥긋 못하고 있던 게 무색하도록, 별로 힘들이는 기색도 없이 천장까지 쩌렁쩌렁 울릴 만큼 목청이 컸다. 보던 이들이 움찔한 것도 당연한 일이었으나, 실은 그 순간 남편을 향해 싸늘해지는 백 대표의 눈빛에 다들 속으로 더 놀랐다.

"왜 이래요, 지 대표님? 목소리 낮추세요. 자세한 얘기는 이따 집에 가서 해요."

"뭘 집에 가서 얘기해? 집에서 해야 됐을 얘기는 따로 있지!"

"제때 얘기 못 한 건 내가 미안해요. 근데 그럴 사정이 있었어. 이따 설명할게, 여기선 그만 해요. 이 시간에 일하러 오신 분들 앞에서 실례잖아."

"아, 나 어이가 없네! 저기요, 기자님! 봐요, 나 이거 완전 처음 듣는 얘기거든요? 진짜 그동안 비슷한 얘기도 한마디 들은 바 없다고요. 내가 TV 나오기로 했다는데, 내가 몰라. 근데 여기서 화내면 내가 이상한 사람 되는 건가? 그래요? 기자님 보기에도 인간적으로, 지금 내가 열 받는 게 이상하냐고요?"

"그걸 지금 기자님한테 물어보는 건 확실히 이상하지!"

마침내 백 대표의 목소리도 쨍하고 높아졌다. 평소엔 성대를 애써 눌러 차분한 톤을 유지하고 있지만, 사실 그녀의 본래 목소리는 날카롭게 느껴질 만큼 가늘고 높은 편이었다. 그녀의 목소리가 경고의 사이렌 음향 같다면, 그 남편의 목소리는 위협적인 중장비 차량의 엔진음과 닮았달까. 그런 면에서도 어쨌든 범상찮은 조화를 이루는 부부였다.

"글쎄, 이상할 건 없다고 생각하는데? 왜냐면 기자님은 어차피 정확한 기사를 쓰셔야 하니까. 착오 없도록 해 주세요, 기자님. TV 나간다면 백 대표 혼자 나가는 겁니다."

"아니, 혼자서 나갈 일은 없어요. 둘이 같이 출연하는 게 조건이었으니까."

"그래? 그럼 없던 일 되겠네. 난 안 나갈 거니까."

"무슨 말씀이세요, 지 대표님? 이미 확정 난 일이라고 했잖아요. 우리 지앤화이트의 대외 신용을 땅에 처박으시겠다는 얘기예요?"

"댁이야말로 동업자로서의 신용을 이미 땅에 처박은 것 같은데?"

한동안 얼음장 같은 침묵이 흐른 끝에, 백하영 대표가 간신히 사이렌 경보가 울리기 직전의 목소리로 돌아와 입을 열었다.

"기자님, 정말 죄송합니다. 오늘은 이만 마무리하는 게 좋겠네요. 제가 다시 연락드릴 테니까…"

"예에, 근데… 기사는 정말 어떻게 하죠? 저희가 바로 마감이라."

"아… 마감 날짜가 정확히 언제신데요?"

"내일모레요."

백 대표는 잠시 생각에 잠겼다가 대답했다.

"그래요, 내일모레. 그날까지 제가 꼭 연락드리겠습니다."

그렇게 말하는 입술이 파르르 떨리기까지 했던, 그녀의 심상찮은 표정에 담긴 의미까진 미처 헤아릴 여유 없이, 에디터 P와 촬영팀은 부랴부랴 철수할 수밖에 없었다.

문을 닫고 돌아서자마자 여자는 재빨리 남편을 향해 손가락질하며 말했다.

"입 열지 마! 아직 안 내려갔어. 너 소리 지르면 100미터 전방에까지 다 들려."

아닌 게 아니라 막 고함을 지를 참이었던 남자는 주먹으로 탁자를 내리치는 것으로 간신히 폭발 위기를 넘기고는, 대신 깨문 입술 사이로 으르렁거렸다.

"넌 참 좋겠다. 소리도 안 지르고 남의 속 뒤집는 재주 있어서."

"뭐가 어째? 야, 내가 백 번도 더 말했지! 누군 성질 없어서 소리 안 지르는 줄 아느냐고! 넌 어쩌면 그래? 진짜 꼭 그랬어야 해?!"

"아니, 내가 뭘?! 뭘 어쩌면 그래? 지금 누가 누구한테 욕할 판인데!"

"아무리 욕할 판이어도 그렇지! 취재 온 사람들 앞에서 어떻게 그따위로 깽판을 칠 수가 있어? 넌 그러고 다시 볼 일 없는 사람들이다 이거야?!"

"내가 깽판을 쳤다고? 너 진짜 깽판 치는 게 뭔지 못 봤나 보다? 맨날 입만 열면 그놈의 남의 눈 타령이니, 내가 그래도 남들 앞이라고 얼마나 참았는데…."

"그게 참은 거라고? 그러니까, 내가 전부터 말했지? 너 정상 아니라고. 기분 좀 상했다고 공적인 인터뷰 하나 똑바로 못하는 게 정상이야? 제발 병원에 좀 가 봐. 분노조절 장애, 그것도 병이라니까!"

"그래! 인터뷰 하나 제대로 못하는 인간 데리고 리얼리티는 어떻게 찍으라 그랬대? 난 병원 가볼 테니까, TV는 너 혼자 나가! 그럼 될 거 아냐!"

여자는 긴 한숨을 내쉬더니, 무거운 걸음으로 테이블로 돌아와 앉았다.

"그거는 진심 내가 사과할게. 미리 얘기 못 해서 미안해. 근데 정말 사정이 있었어. 조율하는 도중에 하도 복잡한 일들이 많아서… 확실한 것도 없는데 너까지 머리 복잡하게 하고 싶지 않아서 그랬어."

그러나 사과를 듣는 남자의 표정은 아까 공격을 당할 때보다도 훨씬 더 차갑게 날이 서 있었다.

"참, 신기하다니까. 어쩌면 저렇게 순식간에 표정을 바꾸지? 1초 전까지만 해도 한 대 칠 것 같이 날뛰더니."

"사과할 일은 사과하는 게 맞으니까."

"그게 아니라 지금 중요한 건 어떻게든 날 그 프로에 끌고 나가야 하는 거니 그렇겠지. 구워삶든 지지고 볶든, 수단 방법을 가릴 처지가 아니시지."

서로 무기도 약점도 너무나 훤히 알고 있는 사이에서는, 어떻게 시작하든 승부를 가릴 길은 정면 대결밖엔 없는 법이다. 여자는 속에서 신물이 치미는 걸 꾹 누르며 대꾸했다.

"그래서, 너는 상황이 어떻든 무조건 안 나가겠다는 게 중요하고? 내가 한 짓이 꼴 보기 싫다는 이유만으로?"

"설마 그 이유만이겠냐? 그럼 왜 네가 굳이 꼴 보기 싫은 짓까지 해가며 일 저질렀겠어? 여기까지 와놓고 계속 빙빙 돌릴래?"

"그래, 나도 방송 출연 같은 거 네 스타일 아니라는 거 알아! 하지만 정말 놓치기 아까운 기회였어. 내가 얼마나 어렵게 따낸 일인 줄 알아? 경쟁이 장난 아니었단 말이야!"

"그래? 연예인 병 걸린 원장들이 너 말고도 그렇게 많단 말야?"

여자는 벌떡 일어서며 비명처럼 찢어지는 소리로 받아쳤다.

"그 따위로 말하지 마, 이 재수 없는 새끼야!! 너는 네 일만 일인 줄 아니? 너만 잘나서 우리가 여기까지 온 건 줄 알아?! 웃기지 마. 나도 죽도록 내 일하고 있어! 네가 연예인 병이라는 그 일이 내 일이라고! 그리고 난 네 일에 대해 알지만, 넌 내 일에 대해 모르잖아! 그런 주제에 네가 내 일 우습게 볼 권리 없어! 망칠 권리도 없고!"

말이 끝나기 전에 남자도 자리를 박차고 일어섰다.

"보자 보자 하니까 뭘 잘했다고 지랄이야! 내 일에 대해 안다면서 방송 출연같이 큰일을 네 맘대로 결정해? 내가 얼마나 바쁜 줄 알아?!"

"누군 안 바빠? 그래도 앞으로 더 바빠지고 싶어서 바쁘게 사는 거 아냐! 너 지금 우리가 얼마나 중요한 땐지 몰라? 까딱하면 금방 한가해지는 것도 시간문제야. 정신 차려! 너처럼 혼자 잘났다고 비싸게 굴 때가 아니라고!"

"그러니까 지금 내가 비싸게 구는 게 문제라고 몰아가시겠다? 집어치워! 그 얘긴 지금까지 천 번도 더 했어. 앞으로 만 번 더 해도 결론 안 나. 그래서 이젠 내 일은 내 맘대로 하고 네 일은 네 맘대로 하기로 했잖아? 그래, 오늘 그 일은 네 일인 거 맞아. 네 일 네 맘대로 했으니까 더 시비 안 걸게. 어차피 나하곤 상관없는 일이니까!"

그렇게 헤어진 부부는 겨우 몇십 분 후 자택에서 다시 마주쳤다. 남자가 먼저 숍을 뛰쳐나간 뒤 뒷정리를 하고 나선 여자가 현관에 들어섰을 때, 남자는 젖은 머리에 수건을 두르고 팬티 바람으로 거실에 서서 신경질적으로 에어컨 리모컨을 누르고 있었다. 자정이 넘었는데도 조금만 움직이면 열기가 훅 끼쳐 오는 절정의 열대야였다. 여자도 온몸에 질척하게 달라붙어 있는 원피스를 한시라도 바삐 벗어던지고픈 맘이었으나, 그럴 새도 없이 남편 앞으로 달려가 섰다.
"있잖아, 내가 진짜 잘못했어. 미안해!"
"아, 됐다니까!"
"이런 식으로 알게 할 생각은 아니었어, 정말. 얘기할 타이밍을 계속 못 잡아서 그랬어. 변명 같겠지만…"
"그래, 제발 변명은 개나 주고 똑바로 대답하라고! 타이밍을 못 잡긴, 그게 말이야 막걸리야? 대체 무슨 마음 먹고 나 몰래 일 벌인 거야?"
"미리 얘기했으면? 그럼 네가 기분 좋게 협조해 줬을 거야?"
남자의 손에 들려 있던 리모컨이 냅다 바닥에 내리꽂혔다.
"그러니까 처음부터 일부러 숨긴 거 맞잖아?! 내가 뭐라든 결국 네 멋대로 할 꼼수였던 거잖아!"
"그런 건 아냐! 사실 처음엔 나 혼자 나갈 생각 했었어. 넌 당연히 안 내켜 할 것 같아서… 그리고 정말 프로그램 기획하는 동안 확실한 게 하나도 없었어. 괜히 말 꺼냈다가 결국 엎어지면 실망할 것 같기도 했고. 제작진이랑 계속 조율하다가 겨우 괜찮은 컨셉이 나왔거든. 우리 같이 나가도 너한테 최대한 부담 안 되게 하는 쪽으로…"

"그래서, 이제 와 네 멋대로 결정하고 나서 나한테 통보하면, 기분 좋게 협조해 줄 거라 생각했냐?"

단 몇 초간이지만 심장을 덮친 지진 같은 갈등 끝에, 여자는 진심을 대답하기로 결심했다. 어차피, 이번이, 마지막이니까.

"방송이라는 건 좋아하진 않겠지만, 솔직히… 잘했다고 할 줄 알았어."

"하? 설마."

설마라고…? 나야말로 설마, 했는데… 정말이지, 이건 말도 안 된다. 우린 어쩌면 이렇게까지 말이 안 될 수가 있을까? 여자는 그만 얼이 빠진 나머지 평소에는 어렵기만 했던 진심을 주르륵 쏟아내고 말았다.

"정말이야. 왜냐면 이건 너무나 기막힌 기회거든. 나 진짜 어렵게 따냈고…"

"그렇다고 내가 잘했달 줄 알았다고? 넌 아직도 나를 그렇게 모르냐?"

"…그러는 넌 나 아니?"

"그걸 말이라고 하냐? 모르니까 아직도 이렇게 너한테 뒤통수 맞고 빡 돌지! 진짜 지긋지긋하다, 뒤통수 맞는 것도. 염병…"

그러고 돌아서는 남자를 여자는 재빨리 방문 앞에서 막아섰다.

"알았어! 변명 안 할게. 뒤통수 쳐서 미안해! 내가 완전 잘못했어! 칭찬 기대한 건 진짜 병신이고, 이제 이건 내가 사고 쳐 놓은 상황이야! 제발 도와줘! 다시는 이런 실수 안 할 테니까…"

분명 애원조이건만 상대는 갑자기 따귀라도 한 대 맞은 듯 날뛰기 시작했다.

"이게, 비켜!! 내 인내심 시험하지 마! 그러다 진짜 후회하는 수가 있어!"

"이미 후회하고 있어! 나 응징하고 싶으면 하고 싶을 때까지 해. 그치만 이 일은 네가 도와줘야 해! 부탁이야! 내가 아니라 우리 숍을 위해서, 응?"

"숍 핑계 대지 마! 이번 일 엎어져도 지앤화이트 안 망해. 내기할래?"

"그렇게 쉽게 말할 일이 아냐! 넌 이쪽 일에 대해선 정말 너무 몰라! 영업은 신용이야. 한 번 떨어진 신용은 다시 회복하기 어렵다구."

"너 말 한번 잘했다. 신용? 아까도 얘기했지? 동업자끼린 신용 없어도 되냐구. 만일 내가 너한테 동업자로서의 신용이 요만큼이라도 남아 있었다면, 오늘 네가 지껄인 말, 그래도 반 정도는 믿어줬을 거야. 근데 이제 그마저도 없어졌지. 왜냐면 네가 어이없는 꼼수로 감히 날 조종하려 했단 게 밝혀졌기 때문이지! 번지르르하게 둘러대는 게 네 특긴 건 아는데, 나도 이젠 그 정도는 분간할 줄 알아. 미안하네 어쩌네 하지만, 그것도 내가 네 시나리오대로 움직여 줘야 나한테 돌아오는 말이겠지. 안 그래? 내 말 틀려? 틀렸음 틀렸다고 해 봐!"

머리 위로 흥건히 쏟아지는 독설에 충분히 젖어볼 요량으로 부러 잠자코 있던 여자는, 혼자 퍼붓다 진이 빠져버린 남자가 그만 제 방으로 들어가려는 걸 재빨리 가로막았다.

"잠깐. 이거 중요한 얘기야. 진짜 마지막이고."

"하… 진짜 마지막 아니기만 해, 너."

이미 할 말은 정해졌는데도, 내려다보는 상대의 입술이 금방이라도 짜증을 폭발시킬 듯 실룩이고 있는데도, 어쩐 일인지 좀처럼 여자는 입을 뗄 수가 없었다. 조금 전까지만 해도 온몸의 피가 차갑게 식은 듯 손끝이 다 저렸는데, 막상 내뱉으려고 하니 갑자기 미친 듯 심장이 뛰고 속에서 뜨거운 게 치밀고 혀가 부어올라 목구멍을 꽉 막는 기분이었다. 오래전 이 사람과 사랑에 빠졌다 믿었을 때조차도, 처음으로 이렇게 가까이 마주하고 섰던 순간에도 이렇게까지 심장이 뛴 적은 없었다는 데 생각이 미치니, 쓴웃음이 새어 나올 뻔했다. 더 묘한 것은 그 순간에도 어쩐지 마냥 마음이 좋지만은 않았던 것과 마찬가지로, 지금도 마냥 나쁘지만은 않다는 사실이었다.

"너도 방금 말했잖아. 우린 이제 동업자로서의 믿음도 없다고… 맞아, 나도 그렇게 생각해. 그러니 이대로는 진짜 아닌 것 같아."

"어쩌라고?"

"이혼해, 우리."

잠시 정적이 흐른 거로 봐서 말을 아주 못 알아듣지는 않은 모양이라, 여자는 냉정을 좀 되찾고 다시 말했다.

"이혼하자구."

막상 내뱉고 나니 지금까지 그토록 참고 망설였던 게 억울할 정도로 속이 시원해서 몇 번이고 더 말하고 싶은 마음이었지만, 상대는 그럴 겨를까진 주지 않았다. 폭발하듯 요란한 코웃음 뒤, 남자는 목에 걸쳐 있던 수건을 바닥에 패대기치며 대꾸했다.

"이혼하자면, 못할 줄 알아?!"

"그래, 너도 안 해본 생각은 아닐 거 아냐?"

"그걸 말이라고?! 아주 듣던 중 반가운 소리다, 야! 먼저 말 꺼내 줘서 고맙다고 절이라도 하고 싶네!"

"그치만 내 생각에 아마 넌 이혼이 뭔지 잘 모르고 있을 거야. 기왕 애기 나왔으니 지금부터라도 잘 알아보고, 생각해 봐. 난 절대 그냥 한 소리가 아냐. 그동안 정말 심각하게 생각 많이 해 봤거든. 하지만 이제라도 내가 다시 생각해 보게 하고 싶다면, 딱 내일까지… 아니 12시 넘었으니까, 오늘까지만 시간 줄게. 그 후론 되돌릴 수 없을 거야."

"놀고 자빠졌네!! 그렇게나 생각 많이 하셨다면서, 오늘까지는 또 뭐야?! 나야말로 0.1초도 더 필요 없어! 끝이야, 끝! 롸잇 나우!"

그렇게 소리치며 남자는 왼손에서 반지를 뽑아 마치 투구를 하듯 힘껏 열린 창문을 향해 집어 던졌다. 반지가 방충망에 튕겨 땡그랑 하고 바닥에 나뒹굴자, 다시 집어 들어 방충망을 열고 밖으로 내던졌다. 아파트 9층에서 날아간 반지는 이번엔 소리도 없이, 다만 까만 밤하늘에 짧고 희미한 반짝임만을 남기고, 사라져 버렸다.

2015년 8월
협의이혼 의사 조율(1)

여름밤은 불면증과 좋은 짝이었다. 좀처럼 물러나지 않는 열기와 씨름하다 지쳐 어둠이 걷히기 시작할 무렵에야 겨우 깜박한 것 같은데, 얼마 지나지 않아 새벽 공기를 가르는 요란한 매미 소리에 의식이 돌아오고 말았다. 최근 며칠간 계속 잠을 제대로 자지 못해 아침에 눈을 뜰 때마다 마치 심한 숙취처럼 온몸 구석구석이 쑤시고 정신은 가위눌린 것처럼 오락가락했는데, 문득 어젯밤 - 이라기엔 겨우 몇 시간 전이지만 - 있었던 일이 떠오르자, 순식간에 약이라도 맞은 듯 뒷머리에서부터 찌릿한 감각이 퍼지며 침대에 눌어붙었던 몸이 튕기듯 일으켜졌다.

그리고 하영이 잠시 그대로 멍하니 있었던 건, 눈을 뜨는 순간 익숙한 일상의 공간이 갑자기 낯설어 보이는 기묘한 느낌에 압도되어서였다. 그 느낌 자체는 낯설지 않았고, 기시감은 곧 확신이 되었다. 내 등 뒤의 문 하나가 완전히 닫혔다. 이젠 돌아선대도 결코 되돌아갈 수 없다는 직감이었다. 그 확신과 의지를 좀 더 굳히고자 그녀는 한동안 낯설어진 방 안의 풍경을 천천히 하나하나 두 눈에 담고 있었다.

결혼한 지 4년 만에 이사해 지금 4년째 살고 있는 집이지만, 들어오고 얼마 안 돼서부터 안방은 거의 하영 혼자만의 공간이 되었기에 현재 이

곳에 남편의 자취는 거의 없는 상태였다. 기다란 붙박이장에서 겨우 5분의 1 정도를 차지하고 있는 옷가지들이 전부였다. 패션 디자이너라는 직업에 어울리지 않게 그의 옷가지는 종류도 수량도 매우 적은 편이었다. 온통 무채색에 소재와 두께만 다르고 거의 기본형으로 똑같이 생긴 옷들을 계절에 따라 출납하러 들르는 때나 가끔 남편을 안방에서 마주칠 수 있었다. 그와 반대로 옷장의 나머지 공간은 온갖 화려한 색깔의 물건들로 가득 차고도 넘쳐 있었다. 물건이 많기도 하지만 공간 활용이 잘 안 된 탓도 있었다. 적은 물건도 언제나 꼼꼼히 정리해 놓는 남편에 반해 하영의 사적인 공간은 굉장히 어수선해서, 일터에서 그녀의 빈틈없는 모습과는 도무지 연결이 안 될 정도였다. 최초의 부부싸움이 비롯된 지점이기도 했다.

십여 분이 흐르고 나서야 하영은 천천히 몸을 움직이기 시작했다. 우선 휴대폰 메시지와 오늘의 일정을 확인한 뒤 세수를 하고 방을 나섰다. 주방으로 가는 도중 어제 남편이 바닥에 던져 박살 난 에어컨 리모컨이 눈에 띄자, 그녀는 조금의 동요도 없이 즉각 휴대폰 카메라로 그 광경을 촬영한 뒤 잔재를 치웠다. 마치 과학수사대라도 되는 양 숙련된 동작이었다. 그리고 즉석식품 포장지들과 먼지만 잔뜩 쌓여 있는 주방에서 인스턴트 아이스커피를 한 잔 타들고는 거실 소파에 털썩 주저앉았다.

한때 조소를 전공했던 남편이 수집한 갖가지 미술품과 인테리어 용품들이 거실 전면을 가득 채우고 있었는데, 그중에서도 무엇보다 눈에 띄는 건 대여섯 개나 되는 부부의 결혼사진 액자들이었다. 원래 두어 개는 안방을 장식하고 있었는데, 그 꼴이 보기 싫어진 하영이 밖에 내놓아서 전부 한 자리에 있게 된 것이었다. 그 자체만으로는 근사한 사진들이었다. 결혼 당시부터 준비하고 있던 브랜드 홍보에 활용할 계획으로 특별히 공들여 찍은 작품들이기도 했고, 무엇보다 두 사람 모두 지금보다 훨씬 보기 좋은 모습이었다. 남자는 체중이 10kg 정도 덜 나가고, 여자는 반대로 3kg 정도 더 나갈 때였는데, 그런 체중 변화와 7년의 세월을 감안한대도 의아하게 보일 정도로 둘 다 지금과는 인상이 매우 달랐다. 특히 남자는, 그때도 사진 찍는 데 익숙하지 않아 다소 어색한 표정임에도 불구하고, 곁에서 모범답안 같은 미소를 짓고 있는 여자보다 훨씬 분명하게 내면의 밝은 빛을 드러내고 있었다. 사실 그 남자만큼이나 얼굴이 투명한 사람도 보기 드물었다. 한때는 그런 면이 장점으로 보인 적도 있었다.

그런 과거의 감상이 오히려 현재의 의지를 고무했다. 하영은 다 비운 커피잔을 싱크대에 던져 놓고, 결의에 찬 발걸음으로 안방으로 돌아가 서랍장 깊숙이 보관해 두었던 준비물을 챙긴 뒤, 서재로 가 노크도 없이 방문을 열어젖혔다. 크지 않은 그 방은 커다란 책장과 책상, 3인용 소파에다 작은 서랍장, 그 안팎에 작업 관련 자료들이며 온갖 생활용품들로 가득 차서 단 한 치의 여유도 없는 공간이었다. 그런데도 소파 위에 간신히 몸을 구겨 넣고 잠들어 있는 거구의 남자는 마치 굴속에 홀로 웅크리고 잠든 맹수마냥 나름 편안해 보였다. 하영은 서슴없이 그 평화를 깨주었다.

"놀자고 깨운 거 아니니까 빨리 일어나! 나 시간 없어. 열 시까지 미팅 가야 돼."

"아 씨, 나도 오늘 종일 돌아다녀야 되거든! 피곤해 죽겠는데…."

"그래, 그러니까 말 나온 김에 빨리 마무리하자고!"

하며 그녀는 남편의 눈앞에 종이 한 장을 들이밀었다. 맨 위엔 '협의이혼 의사확인서'라 인쇄되어 있고, 아래 빈칸들은 정갈한 펜글씨로 이미 다 채워져 있었다.

"필요한 서류들도 내가 다 뽑아 놨어. 여기 이렇게, 우리 둘 주민등록등본이랑 가족관계증명서. 우린 다행히 애가 없으니까[1] 다른 건 더 필요 없고, 이거 한 장만 같이 작성해서 사인하면 돼. 재산분할 합의서야."

얼떨결에 서류 뭉치를 받아 들고도 남자의 얼굴이 차츰 잠이 덜 깬 표정에서 얼이 빠진 표정으로 미묘하게 변해갈 뿐, 좀처럼 대꾸가 나오지 않자 여자는 다시 말했다.

"어제 얘기했잖아. 난 그동안 정말 생각 많이 해 봤다고. 그러면서 준비한 거야. 알아보다 보니까 이혼하는 것도 진짜 일이더라고. 일은 확실히 해야 하잖아, 우리?"

다음 순간 남자의 손에 있던 서류들이 방안 가득 어지러이 흩날렸다.

"그렇게 대단한 일일 건 또 뭐야?! 네가 짐 싸갖고 하남으로 꺼지면 될 일이지! 네 말대로 다행히 애도 없는데 말야!"

"애는 없지만 우리한텐 자식 같은 존재인 지앤화이트가 있잖아. 그러니 그렇게 간단하지만은 않아."

여자는 눈 하나 깜짝 않고 흩어진 서류들을 주워 올리며 말했다.

"지앤화이트의 지분은 너랑 내가 5:5로 갖고 있어. 이혼하게 되면 우리 동업관계도 청산해야겠지? 물론 이혼하고도 일은 계속 같이하는 것도 불가능한 건 아니지만, 난 그러고 싶지 않아. 헤어지고 나면 너랑 영원히 얼굴도 안 봤음 좋겠거든."

"누가 할 소리?! 그리고 지앤화이트는 내 거야! 언감생심 꿈도 꾸지 마, 너!"

"그래, 네가 지앤화이트를 포기할 리 없다고 생각해. 하지만 나도 포기

---

1 협의이혼 시 미성년인 자녀가 있는 경우에는 상담 및 부모교육 프로그램을 반드시 이수해야 하며, 자녀양육안내 참석확인서를 첨부하여야만 협의이혼의사확인기일(부부가 함께 출석해 담당 판사에게 이혼의사를 확인받는 날)을 지정받을 수 있다.

하기 힘들어. 너만큼 나도 지금까지 거기 모든 걸 다 걸었고 다 바쳤으니까. 그건 너도 인정하겠지? 그래도 솔직히 지앤화이트의 아이덴티티는 네 디자인이니까, 우리 숍의 미래를 위해서라면 네가 맡는 게 나을 거라고, 나도 인정해. 그래서 최대한 합리적인 방법을 생각해 봤어."

여자는 또 다른 서류 한 장을 내밀었다.

"견적을 내 봤어. 우리 숍의 가치를 금전적으로 따지면, 보증금이랑 권리금, 투자금까지 다 합쳐서 2억 9천쯤 나오더라고. 그리고 지금 이 집 시가는 5억 8천인데, 대출이 1억 2천 남았으니까 가액은 4억 6천. 우리가 나눌 재산은 그 정도가 다인 것 같아. 물론 차도 있고 예금이니 보험이니 뒤져보면 이것저것 있겠지만, 어차피 우린 통장도 가른 지 좀 됐으니까 나머지는 각자 손대지 않는 거로 하자. 그럼 나눠야 할 재산 총액은 7억 5천, 절반이면 3억 7,500. 그런데 숍을 넘기는 쪽이 더 많이 양보하는 거니까 거기 대해선 조금은 보상해 주는 게 좋겠어. 숍을 너한테 넘기는 대신, 난 위자료로 7,500 요구할래. 그러면 내가 4억 5천을 가져가면 되니까, 지급 방법은 두 가지가 있어. 나한테 집을 넘기면 내가 대출을 받든 어떻게든 해서 차액을 너한테 줄게. 아니면 아예 이 집을 팔아서 내 몫을 내가 가져가도 되고. 어떻게 할래? 결정해. 그대로 여기 적어서 제출하면 돼."

그러나 남자는 중간부터 아예 뇌가 멈춰 버린 표정이었다.

"…도저히 이해가 안 가는데."

"그래, 너 숫자에 약한 거 알아. 넌 내가 사기 친다고 의심할지 모르겠는데, 전문 변호사한테 자문받은 결과 그대로 얘기해주는 거야. 의심나면 너도 따로 변호사 하나 구해서 물어봐."

그제야 남자는 다시 서류를 받아들고는, 여전히 초점 없는 눈으로나마 한참을 앞뒤로 뒤적여 보더니 중얼거렸다.

"4억 5천…?"

"아, 물론 정확한 액수는 좀 달라질 수 있어. 우리 숍의 재산 가치를 제대로 평가하려면 강 실장한테 얘기해서 회계장부를 싹 정리해 봐야겠지. 대강 이 정도란 얘기야."

"…내가 이혼하는데, 너한테 4억 5천을 줘야 한다고?"

"말은 똑바로 해라. 그게 왜 네가 나한테 주는 거니? 우리가 같이 만든 재산을 공평하게 나누는 거지."

"아니, 우리가 왜 재산을 반반 나눠야 하는데? 숍은 그렇다 치고, 이 집을 왜 반땡해야 되지? 애초에 우리 엄마가 해준 돈 아니면 여기 들어오지도 못했을 건데!"

순간 여태 차분히 눌러 오던 여자의 목소리가 붕 치솟았다.

"하! 방금 그 말은 네가 엄마 바보인 것보단 숫자 바보라서 나온 말이라고 칠게. 너희 엄마가 뭘 얼마나 해 주셨다고 그래? 맨 처음 집 전세자금 얼마 보태주신 것밖에 더 있어?"

"전세자금 얼마라니? 1억 5천이었어. 너네 집은 그 얼마라도 해 줬냐?"

"뭐 어째, 이 새끼야?! 야! 우리 집에서도 결혼식 비용 다 대고 살림장만 해주셨어! 우리 그때 빚진 거 아직도 다 못 갚았다구! 그리고 난 내가 모아놓은 돈 부었잖아! 넌 네가 땡전 한 푼 없었으니까 엄마가 보태주신 게 당연한 일 아냐? 그리고 그 후로는 도움 안 받고 다 우리끼리 벌어서 갚았잖아!"

"어쨌든 그때 울 엄마한테 받은 돈 지금 이 집에 그대로 박혀있는 거 아냐. 너랑 니네 집에서 돈 보탰다고 해도 그거 절반도 안 될 텐데, 그걸 똑같이 치겠다? 그리고 우리 엄마가 김 대표 투자금 대신 갚아준 건 기억 안 나냐?"

"그것도 우리가 다시 다 갚았잖아!"

"누가 1억을 2년 동안 무이자로 빌려주냐? 그것도 결국 몇천 빚진 셈이지."

"그 투자금은 네가 날린 거니까, 너희 엄마가 갚아주는 게 당연했지 뭘!"

"어쨌든 집이나 사업이나 우리 엄마 아니었으면 여기까지 어림없었잖아. 돈의 가치란 게 액수도 액수지만 유동성도 중요한 거 몰라? 어디서 네가 인제 와서 반땡을 하겠다고 들어? 이거 순 도둑년 아냐?"

"뭐, 도둑년?! 너 말 다 했어? 이 개 쓰레기 새끼야!!"

"그리고, 위자료로 7,500? 이건 무슨 개 짖는 소리도 아니고… 도대체 어떤 변호사 새끼가 이딴 견적을 내준 건데? 데려와 봐!"

반쯤 깨문 여자의 입술이 가볍게 떨리며 피식, 냉소가 새어 나왔다.

"그래, 역시… 네가 이렇게 나올 줄 알았지. 그래놓고 어제 뭐, 당장 이혼하자구? 힘들걸. 넌 아무리 마누라가 싫어도 돈 아까워서 이혼도 못 할 놈이거든. 돈밖에 모르는 인간이니."

"그러는 넌 안 그런 것처럼 얘기한다? 그리고, 내가 왜 너랑 이혼을 못 해? 물론 너한테 갈 돈이라면 땡전 한 푼이라도 아깝겠지만, 난 줘야 될 돈은 줘. 어디서 말도 안 되는 견적을 들이미니까 그러지. 하긴 요즘 변호사란 것들도 사기꾼이나 도긴개긴이라니까."

"그래, 근데 그 사기꾼 같은 것들한테까지 네 아까운 돈 뺏기기 싫으면 적당히 합의하는 게 좋을걸? 난 변호사 좀 만나다 보니까 너 같이 말 안 통하는 인간하고 말 섞으려는 것 자체가 에너지 낭비란 걸 깨달아서 말야, 이쯤 해 두겠어. 내 요구는 충분히 법적 근거가 있는 수준이니까, 네가 타협할 생각이 없다면 길은 하나뿐이야."

"뭐 어쩌라고?"

여자는 들고 왔던 서류를 챙겨 넣으며 말했다.

"슬슬 변호사 알아보는 게 좋을 거야. 뭐 네 엄마한테 얘기하면 잘 알아봐 주시겠지."

"너 개수작 마. 우리 엄마한테 한 마디라도 나불대면 가만 안 둬! 우리끼리 쇼부 쳐!"

"글쎄 나도 그러고 싶은데, 너 하는 거 보니까 우리끼리 조용히 끝내긴 좀 어렵겠는데?"

순식간에 남자가 소파에서 일어나 아내의 양어깨를 쥐고 벽에 밀어붙였다.

"어디서 계속 협박이야! 죽고 싶어?!"

거의 두세 걸음 거리를 날아가 처박힌 여자는 순간 짧은 비명을 지를 수밖에 없었으나, 조금도 놀라거나 겁먹은 기색 없이 고개를 꼿꼿이 들고 남편의 눈을 똑바로 쏘아보았다.

"절대 협박이 아냐. 분명히 말했어! 오늘까지야. 이거 다시 보고, 잘 생각해 봐. 좆 되고 나서 후회하지 말고, 병신아!"

그녀는 아까의 견적서를 남자의 이마빡에 힘껏 때려 붙였다.

그 종이는 그날 밤 11시경, 지앤화이트의 재무/물류 담당이자 지원호 대표의 중학교 시절부터 친구인 강경태 실장의 손에 들려 있었다. 그는 단골인 작은 위스키 바에 앉아 어스름한 조명과 자신의 휴대폰 불빛에 의지하여 그 내용을 검토하며 점점 얼굴이 심각해지고 있었다. 옆에 앉은 지원호는 아까부터 테이블에 이마를 박은 채였고, 그의 옆엔 '카스' 맥주 빈 병이 두 개 놓여 있었다. 술을 잘하지 못하고 좋아하지도 않는 그가 유일하게 마시는 술이라곤 오로지 맥주, 그것도 '카스' 브랜드만 고집했고, 그나마도 두 병이 한계였다. 어지간한 위스키 바에서는 찾기 힘든 제품이지만 이 가게에선 단골인 그를 위해 늘 갖춰두고 있었다. 그는 음식점이나 상점도 늘 몇몇 곳만 정해두고 다른 덴 좀처럼 다니지 않는 성미였다.

대인관계도 마찬가지여서, 이혼 같은 중차대한 문제를 상의할 만한 상대도 거의 유일한 친구이자 동업자인 강경태 실장 말고는 없었다. 경태 역시 그 사실을 알고 있기에 마음이 더욱 무거웠다. 그는 한동안 손에 쥔 종이와 엎드린 친구의 뒤통수를 번갈아 노려보며 한숨만 거듭 내쉬고 있다가, 마침내 종이를 말아 친구의 뒤통수를 후려쳤다.

"내 전부터 불안 불안하긴 했다만, 진짜 이렇게까지 큰 사고 칠 줄은 몰랐다. 이 답 없는 새끼야!"

"아 새꺄, 너한테 그딴 소리나 들으려고 불러낸 거 아니거든!"

경태는 얼른 주위 눈치를 살피며 친구 목소리의 볼륨을 낮추려 했다. 바 내부는 천장이 낮은 편이고 재즈 음악이 은은하게 흐르고 있어서 차분한 대화를 나누기엔 적당했지만, 민폐를 피하려거나 비밀을 지키려면 목소리 크기에 주의할 필요가 있었다. 원호와 함께 지내다 보면 늘 익숙한 일이었다.

"네가 보기엔 이게 말이 되냐? 진짜 내가 4억 5천이나 뜯길 수도 있을 것 같아? 솔직하게 말해 봐!"

"글쎄다, 법적인 문제야 따져 봐야겠지만… 네가 솔직히 말하라니까 진짜 솔직히 말해서, 하영 씨 입장에서 이 정도 요구하는 게 아주 말이 안 되는 것 같지는 않아."

"뭐가 어째? 어째서?! 난 진짜 좆나 완전 어이없는데! 딴 건 다 그만두고라도 위자료라니? 아니, 지가 뭔데 피해자인 척해? 뒤통수 맞은 게 누군데!!"

 "이혼 청구한 쪽에서 보통 위자료도 청구하지. 그만큼 참기 힘들어서 먼저 말 꺼낸 거니까."

 "웃기시네! 누군 좋아서 참고 살았던 줄 아나? 나도 내 꼴리는 대로만 했으면 벌써 백만 번도 더 이혼했어!"

 "그럼 뭣 때문에 넌 그동안 참고 살았는데?"

 "이유가 어디 있어? 결혼했으니까 그냥 참은 거지. 꼴 보기 싫다고 이혼할 거면 이 세상에 몇 집이나 남아 있겠냐? 그럴 거면 결혼을 뭣 하러 해?"

 "그래, 너희 엄마는 그렇게 사셨다 그거지? 그런데 우리 엄마는 그렇게는 도저히 살 수가 없어서 이혼하셨거든. 견디는 것도 대단하지만, 그것도 견딜 만해야 견디는 거야. 이혼하지 말아야 할 이유에는 몇만 가지가 있어도, 이혼해야 할 이유는 딱 하나랬어. 정말로 못 살겠으니까, 이대로 가다간 내가 딱 죽겠으니까 이혼하는 거래. 더구나 여자는 남자랑 또 입장이 다르다고. 아무리 시대가 달라졌고 너흰 애도 없다지만, 아직도 분명 그런 게 있단 말야. 오죽했으면 제수씨가 먼저 그런 말 꺼냈겠어? 한 번이라도 입장 바꿔 생각해 볼 수 없어?"

 어머니들 이야기에 조금 수그러드는 기색이던 원호는 이내 다시 욱했다.

 "너 이 새끼, 넌 대체 누구 편이야?!"

 "나야 당연히 네 편이지! 지금 이대로 이혼하면 좆 되는 건 네 쪽일 것 같으니까 내 이러는 거 아냐?"

 "뭐 방금은 이혼하면 여자가 좆 되기 쉽단 얘기 아녔어? 왜 금방 말을 바꿔?!"

 "글쎄 보통은 그러기가 쉽고 아마 제수씨도 그렇게 생각할 것 같은데,

나는 너희를 잘 아니까 다르게 생각하는 거지. 내가 진짜 20년 우정을 걸고 충언하는데, 제발 더 늦기 전에 무릎 꿇고 빌어서라도 어떻게 잘 넘겨라. 솔직히 제수씨 입장에선 돈을 얼마 받아내든지 너랑 하루라도 빨리 헤어지는 게 인생 펴는 길이겠지. 제수씨 정도면 아무리 돌싱이라도 너보다 훨씬 괜찮은 남자 앞으로 얼마든지 더 만날 수 있을 테니까. 근데 넌? 네가 평생 그만한 여자 다시 만날 수 있을 것 같냐?"

"이 새끼가 듣자듣자 하니까, 아주 기회 노리고 있었냐?! 그렇게 나 갈구고 싶었어?"

20년 우정을 건 충언의 대가는 결국 멱살잡이였다. 경태는 방금 넘긴 위스키 한 모금이 그대로 올라오기 직전에야 겨우 친구의 손에서 빠져나올 수 있었다. 그가 옆에서 캑캑거리고 있는 동안 원호는 잔에 남은 맥주를 비워 버리곤 중얼거렸다.

"필요 없어! 여자 따위, 지긋지긋해! 나 이혼하면 평생 혼자 맘대로 살 거야. 미쳤다고 여자를 또 만나? 한 번이면 됐어. 결혼 따위, 어차피 기대도 안 했지만, 진짜 별로야! 야, 너도 그냥 혼자 살아! 괜히 결혼하겠다고 깝치지 말고. 혼자가 세상 편해!"

"내 걱정은 말고, 인마! 누가 봐도 나는 이미 혼자서 잘 살고 있거든! 근데 내 보기에 넌 그럴 수 있는 종자가 아니란 말야. 까놓고 네가 옷 만드는 거 말고 혼자 할 줄 아는 일이 뭐 있어? 다른 얘기할 것도 없이, 당장 숍 일만 해도 백 대표 빠지면 커버할 사람이 없잖아. 네가 실무에 대해 아는 게 뭐 있냐? 대체 무슨 배짱으로 그렇게 쿨하게 내보내겠대?"

"왜 커버할 사람이 없어? 네가 하면 되잖아. 걔 나가면 바로 너한테 부대표 직함 달아 줄 테니까, 똑바로 해!"

"안 돼, 내 능력으로 아직은 절대 무리야! 그래, 너 이혼하면 당장 나하고 너희 어머니만 개고생하실 게 안 봐도 비디오니까 내가 이러는 거다. 특히나 너희 어머니는? 너희 형 이혼한지 지금 몇 년이나 됐냐? 엄마 생각해서라도 네가 지금 이러면 안 되는 거 아니냐?"

"제기랄, 엄마 팔자는 엄마 팔자지, 나보고 어쩌란 말야!"

말은 그렇게 해도 역시 어머니 언급에 그는 좀 수그러진 기색이었다.

"그리고 우리 형이랑은 비교하지 마! 진짜 혼자서 할 줄 아는 거 없는 건 그 인간이지. 그 기생충 같은 새끼, 요즘은 지 밥벌이나 하면서 살고 있는지 모르겠네."

"글쎄, 그래도 엄마 말고 들러붙을 여자 다시 찾아낼 재주나 있는 건 네 형 쪽이지. 넌 안 된다니까 그러네?"

그때 그들 앞에 카스 맥주병 하나가 새로 놓였다. 원호는 바텐더를 향해 손을 내저었다.

"됐어요, 나 그만 마실 거야."

"그게 아니고, 대표님… 저쪽 테이블에서 보내드린 겁니다."

뜻밖의 상황에 두 남자는 전혀 세련되지 못 한 태도로 동시에 홱 고개를 돌려 바텐더의 손이 가리킨 쪽을 돌아보았다. 대각선으로 좀 떨어진 구석 테이블 자리에서 두 여자가 고개를 움츠린 채 키득거리며 이쪽을 바라보고 있었다. 서로 눈이 마주치는 순간 원호는 자세를 원위치 시켰지만, 경태는 재빨리 그녀들과 눈인사를 나눈 뒤 친구를 향해 원래도 큰 입을 귀밑까지 찢으며 속삭였다.

"어느 쪽일까? 둘 다 나쁘지 않은데! 합석해 볼래?"

"글쎄, 우리 둘 중에야말로 어느 쪽일까? 너 아닐까?"

"무슨 소리야? 이딴 데 와서 카스 처먹는 놈이 세상천지에 또 어딨다고? 당연히 너지, 인마!"

"그래? 그러면."

원호는 곧바로 바텐더에게 손짓해 맥주를 되돌려 보냈다. 신이 나서 벌어져 있던 경태의 눈과 입이 경악과 실망으로 더 크게 벌어졌다.

"무, 무슨 짓이야?"

"왜? 나한테 보낸 거면 내가 까도 되는 거 아냐?"

"아니, 왜… 그걸 까는 건데? 도대체 왜?!"

"내 스타일 아니니까."

"그렇다고 굳이 돌려보낼 것까진 뭐 있어?! 합석은 안 하더라도, 남이 좋은 마음으로 보내준 건데 그냥 고맙게 받아도 되잖아!"

"그야말로 내 스타일 아니지. 알지도 못하는 사람한테 왜 괜히 얻어먹어?"

경태는 일단 여자 쪽 테이블을 향해 미안하다는 신호를 보내고 나서, 한동안 한숨을 쉬고 가슴을 치고 머리를 쥐어뜯기를 몇 번 반복하다가 말했다.

"그러니까 네가 안 되는 거야. 넌 역시 안 돼. 이'혼 좋아하네. 제수씨랑 헤어지면 이 지구 상에 너 데리고 살아줄 여자, 아니 여자 남자 떠나서, 진짜 너희 엄마 한 명밖에 안 남아. 평생 엄마랑 살래? 그러지 말고 당장 제수씨한테 가서 빌어. 오늘까지는 기회 준다고 했다며. 지금 몇 시야? 이제 20분 남았네. 전화해, 당장!"

친구가 손에 쥐어 준 전화기를 원호는 뿌리치지는 않았지만, 고개를 숙인 채 한참을 만지작거리고만 있다가, 그에게서 좀처럼 보기 힘든 아쉬운 투로 입을 열었다.

"꼭 그래야 되냐…?"

"뭐가?"

"나 정말 백하영이랑 헤어지면 안 되는 거냐? 싫은데, 진짜…."
예상 밖의 고백에 경태는 잠시 말문이 막혔다.
"아, 그래? 너도 그렇게 싫으냐? 진짜 헤어지고 싶어?"
"말이라고 해? 너도 얼굴만 봐도 기분 나쁜 애랑 낮이고 밤이고 한 공간에 있어 봐. 진짜 저거 안 보고 살 수 있으면 뭐라고 하겠다 싶어. 물론 4억 5천까지 내긴 싫지만…."
"도대체 제수씨의 어디가 그렇게 싫으냐? 난 그렇게 봐도 사람 참 괜찮은 것 같던데."
"바로 그런 게 싫어. 남들은 다 걔가 그렇게 괜찮은 줄 알아서, 나만 병신 되게 만드는 거. 알고 보면 그게 얼마나 상 또라인데. 그래도 남들 다 알 만한 대놓고 또라이라면 지금처럼 싫진 않았을 것 같아. 사실 너만큼 우리 가까이서 오래 본 사람도 드문데, 너도 모르잖아."
"물론 나도 모르는 부분이 있겠지만, 그래도 내가 보기엔 네가 제수씨에 대해 오해하는 부분도 있는 것 같은데."
"오해고 나발이고, 뭐 그것뿐만도 아니고… 그냥 다 싫어! 진짜 내 스타일 아냐."
"그럼 결혼은 왜 했는데?"
"그땐 그런 거 몰랐지! 그냥 예뻤으니까. 사실 지금도 예쁘긴 하잖아."
"아직도 예뻐 보인다니, 그건 또 신기하네. 그럼 희망이 있는데?"
"그게 아니라, 인간이 싫은 건 싫은 거고 얼굴이 예쁜 건 예쁜 거니까."
"그건 아닌데. 기왕 까놓고 말하는 김에, 제수씨 얼굴이 그 정도는 아니거든."
"…토 달지 마. 내 스타일이야!"
경태는 친구의 손에서 전화기를 빼앗아 시간을 확인하고는 말했다.

"5분 남았어. 메시지라도 보내 보지?"

"이제 와서 뭐라고. 관둘란다."

"그래, 하긴. 네가 뭐래 봐야 안 하느니만 못할 확률이 높지. 일단 넌 가만있어. 내가 한 번 제수씨랑 얘기해 볼 테니까."

"됐어, 필요 없어! 다 끝났어, 이제. 드디어! 여기 카스 한 병 더요!"

"야, 그럴 거면 아까 저기랑 합석 어떠냐?"

원호는 곁에 있던 빈 병이 넘어질 정도로 거칠게 자리를 박차고 일어섰다.

"씨바!! 그럴 기분 아니라고, 이 새끼야!! 너 그렇게 꼴리면 혼자 가서 다 해 먹어! 난 카스 마시러 갈 테니까!"

"아, 알았어, 알았어! 앉아! 앉으라고, 안 그럴 테니까!"

그 난동에도 아까 술을 보낸 여자들이 좀처럼 자리를 뜨지 않고 계속해서 이쪽에 눈길을 주고 있었기에 경태는 더더욱 이 기회가 아깝게 느껴졌다. 그는 현재 만나고 있는 사람이 있었으나, 그 사실은 새로운 만남의 기회에 대한 아쉬움을 조금도 달래주지 못했다. 아니, 오히려 만나는 사람이 있을수록 다른 '후보'에 대한 필요성이 크게 느껴졌다. 그는 대개 연애를 길게 지속하지 못했고 한 번에 여러 상대를 만나는 경우도 흔했으나, 자신을 바람둥이로 여기지는 않았다. 여성에게 접근하고 환심을 사는 재주도 좋은 편이었지만, 그런 일들을 특별히 즐기거나 자랑스러워하지도 않았다. 오히려 그는 언제나 완벽한 결혼생활을 진지하게 설계하는 사람이었고, 데이트나 연애는 모두 그 목표를 위한 과정으로만 여겼다. 그러나 어린 시절 이혼한 부모의 신산한 삶과 겉만 번지르르한 친구의 결혼 생활을 가장 가까이서 지켜보면서 그 꿈은 점점 더 간절해져 가는 만큼 더 멀어져 가는 것만 같았다. 어떤 사람을 만나도 그에 따른 위험요인들과 다른 선택지들에 대한 가능성을 머리에서 떨쳐 버릴 수가 없었다.

그렇게 삼십 대 중반이 된 지금에야 이런 식으로는 결코 답이 나오지 않는다는 걸 인정할 수밖에 없게 되었으나, 그렇다고 다른 식을 찾아 볼 엄두는 나지 않았다. 이제 와 틀린 답을 내기보다는 차라리 기권 처리되는 편이 덜 두려웠다. 자신과는 반대로 늘 직관과 본능과 의지를 믿었던 친구, 그렇기에 동경과 경이의 대상이기도 했던 그가 그토록 자신만만하게 내렸던 선택의 결말을 이제 보고 있자니, 실은 저도 모르게 식은땀이 날 만큼 충격적이었다. 여자들과 취해서 시시덕거리기라도 하면서 잠시라도 여러 가지를 잊고 싶었다.

그러나 그날은 결국 여자는 고사하고 술도 즐길 겨를이 없었다. 원호가 이후로 맥주를 두 병이나 더 마시고 완전히 떡이 되어 버렸기 때문이었다. 알고 지내왔던 세월 동안 그가 이렇게 많이 마시는 걸 본 적도 거의 없지만, 만취해서 쓰러져 자는 것도 아니고 계속 날뛰는 건 정말 처음 보는 광경이었다. 새벽 2시가 넘어가는데도 그가 제 발로 일어날 기미를 보이지 않자 경태는 억지로 친구를 부축해 나왔다. 앉아 있을 때는 잘 버티는 것처럼 보였지만 막상 일어서니 제대로 걷지도 못하는 상태였다. 게다가 자연산 확성기 장착된 성대로 귓전에 대고 줄곧 떠들어대지, 체구도 두 사이즈나 큰 친구를 끌고 가는 일은 말 그대로 중노동이었다.

그날따라 아파트 주차장도 만차라 대리기사가 한참 떨어진 곳에 세워 준 차에서부터 친구를 떠메고 그의 집까지 가는 길에 경태는 완전히 녹초가 되어, 목적지가 시야에 들어오는 순간 그만 다리에 힘이 풀리면서 나뒹굴고 말았다. 새벽녘인데도 여전히 따끈따끈하고 끈적끈적한 아스팔트 바닥에 엎드러진 채 경태는 뜻밖의 휴식과 평화에 잠시 젖어 들었다. 목덜미에서 따끔거리는 모기 정도는 무시해 버리고, 멍멍해진 고막을 은은

하게 울리는 풀벌레 소리를 자장가 삼아 이대로 잠들 수도 있을 것 같았다. 그러나 그 평화도 채 몇 분도 가지 않았다.

"야, 백하영!! 씨바, 네가 뭔데 나한테 이러고… 엉?! 후회할 거야, 너!!"

경태가 짜증스럽게 고개를 들어 보니, 두어 걸음 떨어진 곳에 원호가 완전히 자빠져 누운 채 하늘을 향해 삿대질을 하고 있었다.

"너는 나를 쓰레기 취급하지만, 야! 나도 어디 가서 꿀리지 않아!! 너랑 이혼한다고 내가 좆 될 것 같냐? 씨바, 웃기지 말라고… 내가 왜? 나도 아쉬울 거 없거든! 나 아직 안 죽었거든! 봤냐? 오늘 봤다고? 내 손에 반지 없으니까 여자들이 나랑 술 마시고 싶어서 난리였어. 봤지? 나야, 이게 나라고!"

아파트 주민 중 누군가가 경찰에 신고하기 전에 친구의 입을 틀어막을 요량으로 다가갔던 경태는, 마지막 말에 혹시나 해서 그의 손을 살펴보았다.

"그러고 보니, 지원호. 진짜 너 반지는 어디다 뒀냐?"

"반지? 훙, 그 망할 반지… 버렸다!"

"뭐, 버렸다고?! 진짜? 설마, 어디다?"

경태는 놀라 정신을 차리고 취조한 끝에 정말로 그가 그 반지를 아파트 창문 밖으로 내던졌다는 사실을 알고 펄쩍 뛰었다.

"너 미쳤어?! 그 반지가 얼마짜린데? 까르띠에 아냐! 아무리 눈깔이 돌아도 그렇지! 아무리 이혼할 거라도 그렇지! 그런 걸 그렇게 처리하는 법이 어딨어?! 이 미친 새끼야!"

"그러니까, 내 말이… 내가 미쳤지… 씨바, 이게 다 그년 때문이야."

"야, 그러지 말고 찾아보자. 거기서 던졌으면 아직 저 화단에 있을 수도 있어. 누군가 주워가지 않았다면 말야. 응? 정확히 어느 쪽으로 던졌어?

네가 어딜 보고 서 있었어?"

 그러면서 경태는 다시 친구를 일으켜 집 쪽으로 가려 했으나, 무게에 못 이긴 나머지 얼마 못 가 도로 바닥에 나뒹굴었다. 입속으로 욕을 하며 몸을 일으키려는데, 옆에 자빠져 있는 거구가 다리를 잡고 늘어지는 바람에 또다시 엉덩방아를 찧고 말았다.

 "어딜 가, 못 가! 그 반지 찾아내기 전까진 못 들어가. 찾아내, 당장!"

 "아, 그러니까 지금 그거 찾으러 가고 있잖아! 아파 죽겠네… 이거 안 놔?! 진짜… 이 새끼를 그냥 죽여 버릴까?"

 본 적 없이 엉망이 된 친구의 얼굴을 내려다보며, 경태는 순간적으로나마 진지하게 그런 생각을 했다. 상상해 본 적 없는 일도 아니지만, 정말로 이 인간을 죽일 거라면 이보다 좋은 기회는 다시 찾아오기 어려울 것 같았다. 그러나 그런 짜릿한 상상에 빠져 있을 시간조차 충분히 허락해 주지 않는 것이 그 인간이었다. 갑자기 누운 채로 멱살을 잡고 늘어지는 바람에 경태는 질식사 직전까지 갈 뻔했다.

 "반지 찾아내!! 찾아내라고!! 나 한잠 자고 일어날 테니까, 그때까지 반지 못 찾음 넌 죽은 목숨이야! 알겠냐?!"

2015년 8월
협의이혼 의사 조율(2)

　바쁜 일정 때문에 이후 이틀간 부부가 여유 있게 다시 대면할 틈은 없었다. 지원호는 숙취 탓에 다음날 오후나 되어서야 정신을 차리고 작업실로 출근했다. 작업실은 숍 2층에 붙어 있었으나 고객 상담 및 기타 업무는 모두 1층에서 진행되므로 작업실에만 처박혀 있으면 아내와 마주칠 일이 없었다. 친구 강 실장도 바쁜지 종일 기별도 없었다.
　1층 업무가 끝나 모두 정리하고 퇴근한 뒤에도 그는 혼자 남아 밀린 일을 계속하다가 날이 훤히 밝아올 때쯤에서야 작업실 구석에 놓인 매트리스 위에서 눈을 붙였다. 그런데 그로부터 몇 시간 지나지 않아 전화가 오는 바람에 깨고 말았다. 사실 그는 한 번 잠들면 좀처럼 깨지 않는 체질이었으나, 전화벨이 몇십 분을 쉬지 않고 계속 울려대는데 도리가 없었다. 짜증이 나서 꺼버릴 생각으로 전화기를 들었는데, 부재중 전화가 35통이나 표시되어 있었고, 그중 32통의 발신자명은 '대장', 3통은 '병신'이라고 표시되어 있었다. '대장'은 어머니, '병신'은 친형의 별칭이었다. 그는 저도 모르게 벌떡 자리에서 일어나 앉으며 통화버튼을 눌렀다. 그리고 두 시간도 채 지나지 않아 작업실에서 일어난 상태 - 머리는 산발에 얼굴은 퉁퉁 붓고 검정 옷엔 하얀 실밥이 잔뜩 묻어 있는 - 그대로 부모님 댁 거실에

'대장', '병신'과 함께 둘러앉게 되었다.
 그 집은 작은 모텔의 맨 아래층 사무실을 가정집으로 개조한 공간으로, 낮이고 밤이고 모텔 손님들이 드나들며 카운터에서 벨을 누르면 곧바로 듣고 뛰어나갈 수 있는 구조였다. 원호의 어머니 류 여사는 현재 이 모텔의 소유주이자 함께 사는 남편, 큰아들, 7살 난 손주의 생계를 책임지고 있는 가장이었다. 예순이 넘은 나이까지 이렇게 홀로 많은 짐을 짊어지고 가는 인생이 결코 스스로 원하던 바는 아니었으나, 그녀는 삶의 도전에는 늘 정면으로 맞서는 성격이었고, 또 자신의 책임을 다하는 이상으로 주어진 권한을 행사하는 데도 망설임이 없는 사람이었다.
 그런 성품을 그대로 물려받은 작은아들 원호는 늘 도전과 시험뿐이던 그녀의 인생에 있어 그나마 유일한 선물이자 버팀목과 같은 존재였다. 그러니만큼 어지간한 류 여사에게도 이 상황은 엄청난 타격인 듯했다. 소파에 마주 앉아 있는 어머니의 두 손이 부들부들 떨리고 있는 걸 보고 원호는 한숨을 내쉬며 이를 갈았다.
 "그게 엄마한테 전화를 했단 말이지? 내가 분명히 경고했는데도… 진짜 가만 안 두겠어."
 "그래서 엄마한테 얘기 안 했으면, 네가 어쨌을 건데? 이혼을 할 거였어, 아니었어?"
 그렇게 묻는 형을 향해 그는 도끼눈을 떴다.
 "넌 끼지 마. 왜 또 여기 와 앉아 있어? 일 안 하냐?"
 "지금 이게 내 일이지. 나 류 여사님 비서잖아. 나도 좀 쉬고 싶은데, 여사님 주변에 날 가리지 않고 사고가 터지는데 어쩌겠냐?"
 두 살 어린 동생이 아무리 거칠게 쏘아붙여도 좀처럼 미소를 잃지 않고 버티는 것이 그의 장기라 할 수 있었다. 그는 굵직한 골격이나 이목구비는 동생과 꽤 닮았지만, 표정이 훨씬 부드럽고 살집이 덜 붙어서 오히려 좀 더 어려 보이는 인상이었다. 4년 전 이혼하여 외아들을 데리고 부모 집에 들어와 살고 있었다. 직업은 영화 조감독이었지만, 이혼이란 큰일을 겪은 데다 감독 데뷔작 준비마저 뜻대로 풀리지 않자 의욕을 잃고는 언제부턴가 말한 것처럼 거의 어머니의 전업 비서로 지내고 있었다. 그런 형을 동생은 어처구니없다는 표정으로 노려보았다.

"류 여사님 비서가 왜 또 한 명이 필요하지? 원래 비서님은 어디 가시고?"

"아빠 지온이 데리고 카운터 보고 계셔. 너 때문에 지금 온 식구가 다 비상근무 체제인 거 모르겠냐? 그렇게 큰소리칠 입장이 아닐 텐데?"

"그러니까 누구 맘대로 비상근무 체제냐고? 류 여사님이랑 나랑 해결할 문제니까, 딴 인간들은 끼지 말라고!"

"너무 그러지 마라. 아까도 엄마가 바로 그냥 숍으로 쳐들어간다는 거 내가 겨우 말렸어. 일단 너부터 불러서 얘기 들어보자고. 설득하느라 얼마나 진 빠진 줄 알아? 오늘 당장 엄마랑 제수씨랑 맞장 떴으면 어떻게 됐을 것 같아? 넌 지금 나한테 고맙다고 절을 해도 모자라, 인마."

그 말에 동생이 또 뭐라 받아치려는 순간, 어머니가 연신 목을 축이던 물이 든 유리잔을 냅다 발밑에 내던져 깨뜨리는 바람에 두 형제는 흠칫해서 입을 다물 수밖에 없었다. 하루가 멀다 하고 부서진 세간 치우느라 바쁜 건 집안 내력이고, 꼭 맹수의 으르렁거림 같은 말투까지 모자가 빼다 박은 꼴이었다.

"이놈의 팔자야…! 도대체 지씨 놈들한테 언제까지 뒤통수를 맞아야 이놈의 지긋지긋한 팔자가 끝나련지. 하나님도 무심하시지, 내 무슨 죄를 그렇게 지었다고…."

"아, 내가 언제 엄마 뒤통수를 쳤다 그래?! 나도 뒤통수 맞은 거라고!"

"닥쳐, 이 자식아! 내가 그거 처음부터 맘에 안 든다 했지?! 관상이 딱 사람 뒤통수 칠 상이었어! 네깟 게 여자에 대해서 뭘 알아? 그래도 큰소리 빵빵 치길래 믿었지. 너니까 내가 믿었지, 이놈아! 그러니 내가 너한테 뒤통수 맞은 게 아니고 뭐냐?! 말 안 들어 처먹더니, 결국은… 세상에, 어떻게 아들놈들이라고 있는 게 하나도 아니고, 둘씩이나…!"

"제발 형이랑은 비교하지 말라고! 아무리 그래도 애도 있는 주제에 바람이나 피우다 이혼당한 경우하고 같아?!"

"야, 그러잖아도 난 네가 더 신기하다. 아니 돈도 잘 벌어오고 바람도 안 피웠으면서, 어떻게 하면 이혼을 당하냐? 애도 없는데 싸울 일이나 뭐 있다고? 도대체 무슨 짓을 한 거야?"

그 말을 채 마치기도 전에 형은 어머니에게 뒷덜미에 일격을 당했다.

"넌 뭐가 좋다고 계속 헤헤거려?! 아주 좋은 일이라고 너 혼자 겪기 아까웠냐!"

"아야… 그게 아니라, 벌써 울 때는 아니잖아, 뭐! 내가 해 봐서 아는데, 이혼이란 게 말처럼 쉬운 일이 아니거든. 원호 너네도 애는 없다고 하지만, 동업관계 청산하는 일도 간단하지가 않지. 그동안 너희 둘이 거기 쏟은 게 얼마냐? 제수씨도 엄청 아깝게 생각하고 있을 거야. 그러니 아직 늦지 않았으니까, 정신 차리고 제수씨 마음 돌려놓을 궁리나 해. 내 생각에 제수씨가 엄마한테 연락했다는 게 꼭 이대로 끝장내려는 뜻은 아닐 거야. 그냥 너랑 일 대 일로 얘기하자니 너무 답답하니까, 강수를 둬 본 거겠지. 왜 안 그렇겠냐?"

"마음 돌려놓으라고? 내가 왜 그래야 되는데? 나도 걔 진짜 싫거든!"

"싫다고 이혼하냐? 그럴 거였으면 나도 백 번도 더 이혼했다!"

어머니의 그 말에 원호의 목소리 볼륨이 당일 최고치를 경신했다.
"누가 이혼하지 말랬어?! 자기가 이혼 못 했으면 못 한 거지, 왜 나까지 못하게 해!"
"이 상놈의 새끼, 그걸 말이라고 지껄여?! 우리 때는 너희 때랑 세상이 달랐어! 그러니 내가 큰애기에 대해선 욕이라도 시원히 할 수가 없지. 육십 평생을 참고 산 내 팔자랑 비교하자니 억울하고 분하긴 하다만, 아무리 요즘 세상이라도 애 버리고 떠난 이혼녀 팔자가 그리 편하겠냐? 아들 자식 잘못 키운 내가 미안하지 뭐, 할 말이 없어. 그치만 백하영이 그년은… 도대체 말이 안 되는 일이지. 아까 승호 너 말 잘했다. 아니, 누구처럼 바람을 피운 것도 아니고 돈을 못 벌어온 것도 아닌데, 우리 원호가 뭘 잘못했다고?!"
"엄마, 지원호는 성질이 개 같잖아. 나만 해도 형 동생이니까 보고 사는 거지, 아니었으면 옛날에 도망갔어. 엄마 아들이라도 인정할 건 해야지?"
"부부의 연이란 게 피를 나눈 것보다 가볍냐? 남자들이 다 모자라지, 뭘 그렇게 바라? 맞고 사는 것만 아니면 됐지!"
"그것도 모르는 일이지. 저 성질에… 너 솔직히 말해 봐. 제수씨 때린 적 없냐?"
"때리긴, 염병! 내가 맞았으면 맞았지!"
"제수씨가 엄마한텐 뭐랬는데? 이혼 청구 사유가 뭐래?"
"그런 얘긴 하지도 않았다. 나도 하도 황당해 가지고, 미처 물어볼 생각도 못 했고. 그냥 못 살겠으니 이혼하겠다고, 재산분할 합의가 안 되니까 나보고 변호사 선임해서 알아보라고, 저 말만 하고 딱 끊더라. 기가 막혀서… 정말 생각할수록 기가 막혀. 아무리 이혼할 생각까지 했다지만 그래도 내가 아직 지 시어미고 며느린데, 그게 도대체 말이 되는 태도냐?"

류 여사는 새삼 이를 갈며 중얼거렸다.

"그 기집애, 내 처음부터 맘에 안 들었지! 아직도 생생해. 그 시건방진 눈빛이라니, 뭐 하나 제대로 배운 것도 없고 가진 것도 없는 주제에… 그런 년이 언감생심 우리 원호를…! 그래, 애초에 목적이 이거였던 거지! 난 다 알고 있었다니까!"

"아, 진짜 듣자 듣자 하니까! 애초에 목적이 뭐였는데? 무슨 말이 하고 싶은 건데?!"

"네가 꼭 들어야 되겠다면 내가 말 못 해줄 것 같으냐, 이놈아! 무슨 말은 무슨 말이야? 그년은 사기꾼이었고 너는 호구 새끼다, 이 말이지!!"

두 모자는 이제 목에 핏대를 세우는 거로는 모자란다는 듯 동시에 벌떡 일어섰다.

"제기랄, 엄마가 뭔데 나보고 호구 새끼래!! 평생 진짜 호구 짓 하고 있는 게 누군데?!"

"뭐가 어째?! 그래, 내가 호구라 치자! 그렇다고 호구를 호구라고 부르면 안 된다는 법 있냐? 그리고, 이 호구랑 저 호구랑 같아?! 그년은 처음부터 작정하고 너 털어먹으려고 덤빈 거야. 이 덜떨어진 놈아!"

"말도 안 되는 소리 마! 증거 있어?!"

"지금 이렇게 된 게 증거지, 뭐가 더 필요해?! 뭣보다 결혼한 지 7년이 넘도록 애도 안 낳고 있었던 이유가 딱 그거지 뭐야? 솔직히 그게 정상이냐? 다 꼼수였던 거지! 내 어쩐지, 그렇게 얘길 해도 안 들어 처먹는다 했더니!"

"아, 여기서 애 얘기가 왜 또 나와?! 애는 혼자 낳는 거냐고? 나도 생각 없었던 거라니까! 얘기 이상한 데로 몰고 가지 마!"

"그래! 다 필요 없고 요지는, 네가 내 말 안 들은 대가를 치르고 있다는 거다!"

"그래서?! 내가 이제부터 엄마 말 잘 듣겠다고 하면, 뭐 어떻게 하길 바라는데? 내가 그 사기꾼을 어떻게 했으면 좋겠어? 당장 가서 모가지를 비틀어 버릴까?"

어머니가 말문이 막힌 틈에 형이 얼른 끼어들었다.

"자, 두 분 그만 앉아서 얘기하시죠. 모자간에 몸싸움할 것도 아니고, 그러다 유리조각에 다치십니다."

두 사람은 자리에 앉고 나서도 한동안 분이 안 식는 듯 똑같이 숨을 몰아쉬고 있었다.

"봐, 이 두 분하곤 당최 대화라는 게 안 된다니까? 제수씨가 그래서…."

"그런 게 아냐!"

느닷없는 동생의 고함에 형은 움찔했으나, 그 말은 그를 향한 것이 아니었다. 원호는 다시 금방이라도 일어설 듯 어머니를 향해 윗몸을 바짝 세우고 말했다.

"그건 아냐. 백하영이 처음부터 돈 보고… 그런 건 아니었어. 말이 돼? 우리가 그 정도나 있는 집도 아닌데! 그땐 더 아니었고! 더구나 걔 나 만나기 전에 훨씬 돈 많은 남자친구 있었거든. 그놈한테서 내가 뺏은 거였다구!"

류 여사는 어처구니없다는 눈으로 아들을 쳐다보았다.

"넌 이 와중에 그게 중하냐?"

"당연하지! 엄마가 그렇게 근본부터 틀린 계산을 하고 있다면 앞으로 어떻게 제대로 대처를 하겠어? 아닌 건 아냐, 알겠지? 아니, 원래 알고 있었지? 괜히 시비 걸어 본 거지?"

"기가 막혀! 아직도 그러는 거 보니까 한참은 더 호구 짓 하겠구나."

"젠장, 나 호구 아니라고!! 그리고 그렇다 쳐도 그쪽 호구보단 이쪽 호구가 차라리 나아! 이쪽은 뜯을 만큼 뜯었다 싶으면 떨어져 나가기라도 하겠지. 그쪽은 뭐야?!"

원호는 다시 일어서서 고래고래 소리를 쳤다.

"그래, 엄마가 늘 그런 식으로 보는 게 문제였어! 까놓고 우리 집이라고 뭐 대단한 거 있어? 백하영이 사기꾼이라 쳐도 뭐 해먹을 건덕지나 있었냐고? 나 결혼할 때 집이랑 사업자금, 그거 솔직히 얼마나 된다 그래? 저 인간들 평생 도박 빚에 벌금에 위자료에, 뭐 말도 안 되는 걸로 갚아 준 돈에 비하면 얼마 되지도 않잖아! 그거 가지고 뭘 유세야! 이렇게 된 거 다 엄마 때문인데!"

"아니, 이 미친놈이, 진짜 들자들자 하니까…."

류 여사도 자리에서 일어서더니 손에 잡히는 대로 물건을 집어 던지기 시작했다. 큰아들이 재빨리 어머니의 양팔을 붙들었지만 이미 시계, 액자, 리모컨 등이 원호의 몸에 맞고 바닥에 떨어져 있었다. 그는 팔을 들어 머리 쪽을 가리긴 했지만, 피하거나 도망치지는 않고 고집스럽게 서 있을 뿐이었다. 그 꼴에 류 여사는 더욱 약이 오르는지 계속해서 부들부들 떨며 퍼부어댔다.

"망할 놈의 새끼가, 어떻게… 제가 내 말 안 듣고 멋대로 굴어 가지고 이 모양 이 꼴 된 주제에, 내 탓을 해? 내가 저 하나 번듯하게 키우려고 평생 어떻게 살았는데, 이 집의 다른 놈도 아니고 저놈이, 이 마당에 찢어진 주둥이라고 지껄이는 소리라니… 이제 보니 그 망할 년만 탓할 것도 없네! 유유상종이라고 똑같은 것들끼리 만났든지, 근묵자흑이라고 같이 살다 보니 물이 든 건지! 어느 쪽이든 간에, 주여, 하나님 맙소사! 이놈의 팔자는 어째 끝까지 이런다요! 이러실 거면 날 빨리 데려가시든지, 그만 주님이 다시 오시든지…."

"아이고 엄마, 그만 좀 해요! 저도 지금 속상해서 그런 건데, 아들한테 꼭 그렇게까지 말을 해야 돼? 빨리 데려가긴, 어딜 간다고 그래?"

보다 못해 형이 말을 가로막았을 때, 비로소 원호도 자리에서 등을 돌렸다.

"야, 어디 가냐? 집으로 가냐? 제수씨랑 얘기해 볼 거지?"

그렇게 묻는 형의 말을 무시하고 거실을 박차고 나왔지만, 그는 당장 갈 데가 없다는 사실을 깨달았다. 그녀와 마주칠 가능성이 있는 곳이라면 얼씬도 하고 싶지 않았다. 그렇다고 밖을 돌아다니기엔 너무 몸이 피곤했다. 잠시 망설인 끝에 그는 모텔 카운터에 앉아 있는 아버지에게 가 열쇠를 받아서 모텔 방으로 올라갔다. 물론 대실료는 정확히 지불했다. 아버지는 언제나처럼 아무것도 묻지 않았다.

그날 밤 11시경, 지앤화이트 숍에는 1층 응접실에만 불이 켜져 있고, 그곳에 백하영 대표 혼자 앉아 남은 일거리들을 정리하고 있었다. 가을 성수기를 앞두고 예약이 늘어 일이 많았다. 고객 응대와 관리, 협력업체와 인력 관련 업무까지 모두 그녀의 일이었다. 도와주는 실장이 한 명 있긴 했다. 꽤 성실하고 손발도 잘 맞는 편이었다. 그러나 하영은 중요한 일이거나 야근 업무가 많은 경우에는 가능한 한 본인이 직접 처리했다. 그렇게 남에게 믿음 주기도, 부담 주기도 꺼리는 그녀의 성격이 늘 고독하고 피로한 처지의 근본 원인임을 스스로도 인정할 수밖에 없었다. 그나마 세상은 넓고 사람은 많은지라 그런 성격을 이해하고 공감해 주는 이를 만날 때도 있는 게 다행이었다. 그중 한 사람인 강경태 실장이 예정에 없이 숍 문을 열고 들어선 것을 본 순간, 유령처럼 그늘져 있던 하영의 눈가가 확 밝아진 것도 당연한 일이었다.

"어머, 실장님! 이 시간에 웬일이세요? 퇴근하신 거 아니었어요?"

"대표님이야말로 아직도 일 많이 남았어요? 지나가다 보니 불 켜져 있길래, 간만에 같이 한잔할까 하고 왔는데."

하며 들어 보인 경태의 양 손에는 근처 가게에서 파는 닭발과 소주 몇 병이 들려 있었다. 하영이 무척 좋아하는 것들이었다.

"와아! 안 그래도 배고팠어요. 일은 조금만 더 마무리하면… 아니다, 나중에 해도 돼요. 앉으세요!"

서류가 가득 쌓여 있던 자리에서 술판이 벌어지고, 소주 반병이 비워지기까지 채 10분도 걸리지 않았다. 닭발도 몇 개쯤 입에 들어가고, 늘 창백한 하영의 볼에 조금 핏기가 돌기 시작했을 때, 비로소 눈치를 살피던 경태가 입을 열었다.

"원호는, 집에 있어요?"

잠시 사이는 있었으나, 거의 무덤덤한 투로 하영은 대답했다.

"오늘은 저도 아직 안 들어가 봐서 모르겠고, 어젠 안 들어왔더라고요. 계속 작업실에 있는 것 같던데, 또 오늘은 없네요."

"연락도 없어요?"

"연락이 안 돼요. 혹시 실장님 연락은 받아요?"

경태는 한숨을 내쉬었다.

"지가 뭘 잘했다고 연락을 안 받아? 정신 못 차리네, 정말."

"근데 원래 종종 그러니까요. 작업하느라 바빠서 그런 걸 수도 있어요. 다음 달에 박람회 있잖아요."

"아무리 그래도 이 판국에 그게 대순가."

"그러니까요. 답답해서 내가 아까 어머님께 전화했었어요."

"그건 들었어요. 아까 원호랑 통화했거든요."
"역시, 실장님 전화는 받던가요?"
"그게 아니라 원호가 전화했어요."

그 말에 하영의 눈빛에 지나간 아주 작은 동요를 놓치지 않고 경태는 덧붙였다.

"그래 봬도 원호도 생각 많이 하고 있어요."

하영은 대꾸 없이 소주 한 잔을 스스로 채워 한 번에 비웠다.

"솔직히 지원호 그 인생이야, 죽이 되든 뭐가 되든 자업자득이죠. 하지만 우리 지앤화이트는 백 대표님 없이 어떻게 해요?"

"안 그래도 강 실장님한테 제일 미안해요, 내가."

"재산분할 견적서 봤어요. 그냥 지앤화이트를 대표님이 맡으시면 안 될까요?"

그 말에 비로소 하영의 얼굴에 씁쓸한 표정이 떠올랐다.

"나도 그러고 싶죠. 나 솔직히 잠은 매일 여기다 침낭 깔고 자도 좋으니 일 계속하고 싶어요. 그치만 지 대표가 행여나 포기할 리 있겠어요? 이거 건드리면 목숨 걸고 덤빌 게 뻔한데, 그럼 내가 어떻게 당하겠어요. 나도 중요한 게 있지만, 난 뭣에든 목숨까지 걸고 싶진 않아요. 나는 무사히 여길 빠져나가서 다시 시작하고 싶다구요. 모든 걸."

"네, 이해하죠. 하지만 백 대표님 없이 지앤화이트는 절대 전 같을 수 없을 거예요."

"아무래도 그렇겠죠. 사실 부부 대표 이미지가 상당히 컸으니까요. 하필 웨딩숍 대표들이 이혼했다고 하면…."

"그렇기도 하고, 업무적으로도 누가 대표님을 커버할 수 있겠어요?"

"강 실장 아니면 누가 해요?"

"농담이시죠? 거기다 정말 대표님 나가시면 황 실장은 어떻게 할까요? 황 실장, 지금 상황 알고 있어요?"

"아뇨, 아직 얘기 안 했어요. 나가고 싶어 한대도 상황 정리되고 새로운 사람 뽑든지 할 때까지는 기다려 주겠죠. 그쪽엔 내가 잘 얘기할게요. 나도 무책임하게 나가고 싶진 않아요. 나랑 상관없는 브랜드가 된다고 해도, 지앤화이트는 이대로 버리긴 너무 아까워요. 부디 강 실장님이 잘 도와주셨음 좋겠어요. 저렇게 예쁜 드레스는 정말 보기 힘들잖아요."

하영은 숍 한쪽에 걸린 옷들을 지그시 바라보며 중얼거렸다.

"첫눈에 반했었거든요, 나. 지 대표가 아니라, 걔가 만든 드레스에 말예요. 저렇게 예쁜 옷을 만들 수 있는 사람이 그런 인간일 거라고는… 정말 상상도 못 했어요."

경태는 박장대소를 했다.

"아, 백하영 씨, 의외로 순진하셨네! 드레스가 예쁜 건 예쁜 거고, 딱 봐도 저거 만든 인간은 싸이코다, 나오지 않아요? 너무 완벽하잖아요. 지나쳐. 특히 저 징글징글한 디테일. 저런 걸 만드는 인간이 정상일 리가 없지."

"그렇긴 해요. 근데 난 디테일도 디테일이지만, 뭐랄까, 이 사람의 옷을 보면 입을 사람에 대한 애정이 너무나 느껴져서, 거기에 반했던 거예요. 내 모든 걸 바쳐서 이 옷을 입는 사람을 세상에서 가장 예쁜 사람으로 만들어주겠다, 그런 의지 말예요."

"아, 그건 맞죠. 원호가 그렇게 힘들게 들어간 미대 접고 갑자기 웨딩드레스 만들겠다고 나온 이유가 뭐게요. 그때 저한테 그랬어요. 자기는 미술하는 이유가 무슨 의미심장한 거 말고, 그냥 예쁜 게 좋아서래요. 근데 지가 보니까 세상에서 제일 예쁜 게 여자더래요. 다른 거 찾느라고 더 시간 낭비할 필요가 없겠다고. 그러니까 여자의 제일 예쁜 순간을 만들어 주는 게 자기가 하고 싶은 일이라고. 하더니 바로 학교 때려치우고 이탈리아로 갔죠. 원호 어머니 뒷목 잡고 쓰러지시고… 그때도 제가 끼어서 사태 중재하느라 쎄 빠질 뻔했죠. 사실 저도 어머니만큼 울고 싶은 사람이었는데 말예요."

"경태 씨가 왜 울고 싶었어요? 진짜 둘이 사귀었던 거 아냐?"

"아이고, 제발 하영 씨라도 나한테 그런 말 하지 마요! 하영 씨만큼 내 심정 알 만한 사람도 없을 텐데, 나라고 평생 그 인간 옆에 붙어 있었던 게 좋아서 그런 거겠어요? 별 볼 일 없는 놈이 어떻게든 살아남아 보자고 그런 거지."

"아무렴요. 그래 지금까진 그런대로 잘 돼온 거 아닌가요?"

"그렇죠. 하지만 그때는 이렇게 다시 인연이 이어질 수 있을 거라곤 생각 못했어요. 뜬금없이 패션이라니, 게다가 이탈리아 간다고… 그때는 한국에 꼭 다시 돌아올 계획도 없다고 했거든요. 이대로 다시는 못 볼 수도 있겠다 싶었어요. 그렇다고 내가 이탈리아까지 쫓아갈 수도 없잖아요. 어차피 내가 원호를 쫓아다닌 거였지 원호가 나를 챙겼던 것도 아니고. 안 그래도 그때 막 원호 쫓아서 미술 전공한 거에 후회가 들던 참이었거든요. 물론 난 이미 실용 쪽으로 틀었지만, 그것도 쉬운 길 아니고….

내가 학교 다닐 때 그림 그리길 좋아하긴 했지만, 지원호랑 안 만났더라면 미술로 뭘 해보겠단 생각은 절대 안 했을 거예요. 솔직히 집에서 받쳐줄 능력이 빵빵하든가 아님 재능이 천재 급이든가 한 게 아니면 예체능 전공 따윈 하는 게 아니죠. 내가 어리긴 했지만, 나이에 비해 순진한 애 아니었고, 더구나 내 앞날에 대해서 얼마나 생각이 많았는데, 친구 따라서 예고 갈 마음을 먹다니… 지금 와 돌아보면 믿을 수가 없어요. 그러니 나도 원호한테 홀려서 정신을 못 차렸었다고 할 만도 하죠. 지가 미술로 세상을 뒤집을 거라고 큰소리를 치는데, 아시잖아요. 진짜 홀딱 넘어갈 만했거든요, 그 기세가. 그때 마침 우린 질풍노도의 중2였고…."

말을 하다 말고 목이 타는 듯 술을 물처럼 넘기는 경태를 보고 하영은 특유의 가느다란 눈웃음을 지었다.

"경태 씨, 저랑 여태 보고 지내면서도 이렇게 자기 얘기 길게 하신 건 처음인 것 같네요."

"그럴 기회가 없었죠. 백하영 씨야 저한텐 제수씨고 직장상사고, 아무리 편하게 생각해도 어려운 사이니까요. 그리고 솔직히 구구절절 얘기할 필요도 못 느꼈어요. 제가 보기에 제수씨랑 저는 원래 비슷한 점이 많고, 무엇보다 지원호에 대해서는, 정말 이 세상에 우리 둘 마음 아는 건 서로밖에 없다고 생각했거든요. 그런데 또 이렇게 영영 헤어지게 될지 모른다고 하니, 지금 아니면 언제 또 이렇게 터놓을 기회가 있을까 싶어서…."

"그러게요. 저도 외려 경태 씨랑 이별하는 기분이네요. 그거 아시죠? 이 바닥에 저랑 경태 씨랑 부부인 줄 알았던 사람들도 많은 거. 지원호가 하도 얼굴을 안 내비치고, 우리 둘이 노상 다니니깐."

"그러게요. 우리 이대로 헤어지지 말아요, 하영 씨."

두 사람은 킬킬대며 잔을 부딪쳤다. 잠시 있다가 경태가 불그스름해진 이마를 들며 다시 주절거리기 시작했다.

"아까 얘기를 계속해 보면… 전 정말 그때 원호랑 인연은 끝이라고 생각했거든요. 그 녀석도 아무 말이 없었고요. 그래도 학창시절 내내 철없는 꿈이라도 같이 키워 온 사인데, 아니 솔직히 내가 일방적으로 시다바리 노릇해 줬는데… 빈말이라도 다녀와서 보자, 또 같이할 일이 있을 거다, 이런 식으로 한마디 해줄 수도 있잖아요. 근데 갠 책임질 수 없는 말은 안

하는 애니까요. 물론 원호가 나를 책임질 이유가 없지만… 크크, 알아요. 내가 병신이었죠. 난 애초에 그림으로 먹고살 만한 재능도 열정도 없는 놈이었는데… 지원호만 안 만났으면 그런 삽질할 일은 없었을 게 사실이니까.

그래도 배운 가닥이 그거고 인맥도 다 거기뿐이니, 금방 접을 수가 없더라고요. 애니메이션 업계가 진짜 열악하거든요. 일 좀 하나 싶으면 월급 떼이고, 짤리고, 사업한답시고 깝치다 말아먹고… 물론 내가 정신 못 차리고 산 탓이 크지만, 어쨌든 몇 년 만에 거의 폐인이 돼 가지고선, 그땐 진짜 자면서 꿈을 꿔도 지원호한테 복수하는 꿈을 꿨어요. 찌질한 거 나도 알지만, 원망할 데가 거기밖에 없었으니까. 몇 년을 연락 한 자 없고, 얼마나 괘씸하던지… 나중에 알고 보니까 개도 나 챙기고 그럴 처지가 아니긴 했더만요. 그치만 저도 타지에서 그렇게 힘들었으면 친구한테 연락이라도 할 수 있는 거잖아요. 근데 또 그런 말은 못하겠죠. 힘들단 소리 하길 제일 힘들어하는 애니까. 그건 아시죠?

그러다 정말 딱 죽을까, 막 마음먹었을 때, 그놈이 다시 나타난 거예요. 연락이 왔죠, 거의 10년 만에. 그것도 시시하게 술이나 한잔 하자는 게 아니라, 같이 일을 해 보자고. 와, 그땐 진짜… 우정도 좋고 돈도 좋지만, 솔직히 내 사람 보는 눈이 틀리지 않았다는 사실이 제일 감동적이었어요. 역시 그놈이 날 아주 잊어버린 게 아니었어. 실제로 도움 줄 수 있게 되기 전까진 나한테 연락해 봐야 그렇다고 생각했다 하더라고요. 그놈 성격으로 봐서 그건 이해가 가는데, 만나 보니까 기대한 것보다도 너무 근사하게 자릴 잡았기에, 좀 어이없고 배 아팠죠. 무엇보다도 옆에 이런 제수씨가… 아, 진짜 말도 안 된다고 생각했어요. 다른 건 몰라도 그건 정말 말이 안 되는 일이었죠. 아니나 다를까 지금 이렇게 증명됐지만."

경태는 쓴웃음을 짓는 하영을 향해 몸을 기울이며 진지하게 말했다.

"하영 씨 마음 이해하죠. 그리고 전 우리 엄마가 이혼하고 평생 혼자 사시는 걸 봐서… 지금 내가 하는 얘긴 요만큼도 지원호 편을 들려는 뜻이 없고, 정말 하영 씨만 봐서 하는 얘기예요. 제발 한 번만 다시 생각해 봐요. 이대로 다 놓아 버리기엔 하영 씨가 그동안 참고 고생한 게 너무 아까워요. 지앤화이트도 그렇고, 하영 씨 인생도… 솔직히 말해서, 인간적으론 하영 씨가 지원호한테 비교할 수 없이 아까운 사람이죠. 하지만 현실적으로 우리 사회에서 이혼하면 여자가 훨씬 더 손해 보는 거 아시죠? 서른여섯의 이혼녀랑 서른여섯의 이혼남은 처지가 전혀 달라요. 모르는 거 아니죠? 왜 하영 씨가 그런 놈 때문에 그런 처지가 돼야 하냐고요? 그리고 원호도 지금 상황 심각한 거 알고 생각 많이 하고 있으니까, 조금은 달라질 거예요. 한 번만 더 기회 주는 게 어때요?"

하영은 고개를 저었다.

"지원호는 절대 안 달라져요. 내가 7년 동안 매일같이 울면서 멍청하게 이제야 겨우 깨달은 게 그건데, 20년 보신 분으로서 그거 책임질 수 있는 말씀이에요?"

경태는 잠시 말문이 막혔다.

"하긴… 하지만 원호의 진짜 장점은 달라지지 않는다는 거죠. 그거 아세요? 아직도 원호는 하영 씨가 예쁘대요. 제가 듣기에 그건 진심이었어요."

"그래요, 저도 거기 넘어갔었죠. 모든 여자들이 예쁘단 소릴 원하지만, 지원호는 아름다움에 특별한 감각과 집착을 가진 사람이니까요. 그게 바로 그 사람의 작품이고요. 하지만 그거하고 인간성, 사랑 같은 건 아무 관계가 없단 사실을 이젠 확실히 알게 됐어요. 아무리 예쁜 드레스를 입고 결혼한대도, 그거랑 행복한 결혼생활은 전혀 관계없는 거랑 똑같죠."

"그건, 그렇지만… 그래도 원호도 장점이 있잖아요. 일단 정직하지, 엉뚱한 짓이라곤 할 줄 모르고, 심지어 술 담배도 못하잖아. 그런 남자가 어디 흔한 줄 알아요? 솔직히 남자란 것들은 다 거기서 거기야. 알고 봐도 괜찮은 놈은 거의 없어요. 있으면 누가 다 벌써 채갔지. 하영 씨 이 좋은 나이에 예쁘지 능력 있지, 나무랄 데가 없는데, 거기에 이혼녀 딱지 딱 붙으면 어떻게 되게요? 아마 지원호만한 놈 다시 만나기도 어려울걸?"

"어떤 놈이고 다시 만날 생각 없으니 상관없어요. 남자라면 아주 신물이 나."

"원호도 그렇게 말하더라고요. 근데 이혼할 때는 다들 그런 심정이겠지만, 정말로 남은 평생 혼자 살아간다는 게 말처럼 쉬운 일이겠어요? 내가 우리 엄마를 봐서 알지. 사실 혼자 살 만한 인종은 따로 있어요. 내가 보기엔 지원호도 하영 씨도 그쪽은 아냐. 하영 씨만 한 여자가 멀쩡한 나이에 무슨 죄를 지었다고, 왜 평생 혼자 살 생각을 해요? 그럴 거면 사실 이 인간이랑 굳이 헤어질 이유도 없지. 다른 좋은 사람 만나고 싶고 만날 수 있다는 생각일 텐데, 생각처럼 그게 안 돼서 후회될 때면 이미 늦었을 거란 말이죠."

하영이 잠자코 귀를 기울이는 기색이자, 경태는 이때다 싶어 전심을 다해 준비한 대사를 풀어놓았다.

"현실적으로 냉정하게 생각해요, 하영 씨. 이혼하려는 이유가 뭔데요? 뭣 때문에 못 살겠다는 건데? 까놓고 그놈이 바람을 피우나, 돈을 해 먹나, 두들겨 패는 것도 아니잖아. 그냥 그놈이 싫은 거잖아? 그딴 놈이랑 사는 게 자존심 상하는 거잖아? 솔직히 그런 건 지금 당장 이혼할 이유로는 부족한 것 같아요. 사람 마음 좋다가도 싫고, 싫다가도 좋은 건데, 그런 거로 도장 찍기엔 잃는 게 너무 많다고요. 특히나 하영 씨 쪽이 더 많겠죠, 억울하게도. 그놈한테 엿 먹인다고 하영 씨한테 엿 하나라도 생기는 것도 아니고. 그러니 도장 찍는 건 최대한 천천히 생각해요. 안 맞으면 그냥 각자 살면 되잖아. 어차피 인생길 혼자 가는 거, 정 꼴 보기 싫으면, 차라리 당분간 별거를 하면 어때요? 이혼은 별거랑 다르니까. 별거 아닌 게 아니잖아요, 이혼은."

하영은 한참이나 말없이 남은 술을 홀짝이고 있다가 입을 열었다.

"무슨 얘긴지 충분히 알겠어요. 그런데, 경태 씨… 혹시 그런 거 알아요? 내 인생에 있어 아주 중요한 결정이… 결정하는 게 아니라, 결정되는 느낌. 그 순간의 느낌."

"예…?"

"지금까지 난 그랬어요. 작은 결정들은 내가 해요. 하지만 큰 결정은 달라요. 내가 살아오면서 아주 큰 이정표가 몇 개 있었죠. 공부 때려치웠을 때, 다시 공부하기로 했을 때, 엄마 포기하기로 했을 때, 결혼, 그리고 지금… 그 모든 순간에 결정은 내가 내린 게 아니에요. 그냥 결정이 된 거예요. 난 그걸 알았을 뿐이죠. 그러니까 못 바꿔요. 지금이 그때예요. 그 순간의 느낌을 이젠 확실히 알거든요. 어쩔 수 없어요. 난 그렇게 사니까. 아니, 그래야 내가 사니까."

2015년 9월
협의이혼 의사 조율(3)

 그로부터 약 2주 뒤, 술판이 벌어졌던 바로 그 자리에는 강경태 실장을 제외한 지앤화이트의 모든 직원, 즉 지원호 대표와 백하영 대표, 황정인 실장(여/31)까지 세 명이 나란히 앉았고, 맞은편엔 관할 경찰서에서 나온 형사가 한 명 앉아 있었다. 그리고 그들 사이에는 지난 몇 년간의 재무 서류가 산더미처럼 쌓여 있었다. 숨 막힐 듯 무겁고 부서질 듯 불안한 공기가 모두를 짓누르고 있었는데, 표정들은 제각각이었다. 백 대표는 머리가 무거워 못 견디겠다는 듯 양손으로 이마를 짚은 채 미간엔 주름이, 눈 밑엔 검은 그림자가 가득했고, 황 실장은 얼굴의 구멍이란 구멍은 다 최대치로 열린 채 연달아 신음 소리만 흘리고, 지 대표는 반대로 입을 굳게 다문 채 마치 시체처럼 시종일관 미동도 없이 굳어 있었다. 그중 그나마 유일하게 대화가 가능한 상태인 백하영을 향해 형사가 물었다.
 "그래서, 강경태가 그동안 횡령한 전체 액수가 어느 정도로 추정됩니까?"
 "그게… 저희가 지금까지 정리해 본 바로는, 법인차량 담보 대출까지 도합 3,400만 원 정도. 아마 이게 전부일 것 같아요. 보란 듯이 그동안 쓴 이중장부에 대출 서류까지 한 자리에 잘 정리해 놓고 갔더라고요. 서랍 깊숙이 찾기 힘든 곳에 있긴 했지만요. 그리고 이런 메모를 남겼고요."

하영이 형사에게 건넨 메모지 한 장에는 휘갈겨 쓴 펜글씨로 '급한 일이 생겨 잠시 여행을 다녀옵니다. 너무 걱정하지 말고, 일부러 찾지 말고, 경찰에 신고할 필요도 없어요. 하영 씨, 내 친구 원호야, 정말 미안하다. 용서해 주세요. 강경태' 라고 적혀 있었다.

"강경태의 친필이 맞습니까?"

"네, 확실해요. 종이도 저희 숍에서 제작해 쓰는 메모지고요."

"이걸 언제, 누가 처음 발견하셨다고 했죠? 이중장부는요? 다시 한 번 지금까지 상황을 설명해 주시겠습니까?"

하영은 지난 며칠간 잇따른 충격적인 기억들을 정리하기 위해 다시 한 번 길게 숨을 돌리고는, 양손으로 얼굴을 꾹 누르며 말문을 열었다.

"지지난 주 금요일… 이었죠. 아침에 제가 제일 먼저 출근했다가 메모를 발견했어요. 바로 이 자리에서요. 정말 너무 놀랐죠. 갑자기 이럴 사람도 아니고, 이럴 상황도 아니거든요. 강 실장은 저희한테 동료이기도 하지만 그 이전에 오랜 친구예요. 찾지 말라고 했지만 안 찾을 수가 없었어요.

전화는 이미 해지했길래 살던 집으로 찾아가 봤어요. 이 근처 원룸에서 혼자 살고 있었거든요. 집주인한테 연락해서 문 열고 들어가 보니까, 급히 짐 챙겨 떠난 흔적이 역력했어요. 근데 집주인 말이 월세도 못 낸 지 몇 달 돼서 보증금이 거의 다 까인 상태라는 거예요. 정말 황당했죠. 강 실장 월급을 저희가 아는데 말이에요. 홀어머니 생활비를 대고 있는 건 알지만, 절대 그 월세가 부담될 정도는 아니거든요. 평소에 그렇게 사치하는 것 같지도 않았고요. 저희가 재무를 맡긴 것만 봐도 아시겠지만, 계산을 잘하고 꼼꼼한 사람이었어요.

이건 필시 무슨 큰일인 거다, 싶어서 어머님께 연락드려 봤어요. 혹시 너무 놀라실까 봐 좀 망설이긴 했지만… 그런데 걱정한 대로였죠. 어머님은 아무것도 모르고 계셨고, 집에도 별일이 없었다는 거예요. 그리고 어머님이 바로 경찰에 실종 신고를 하신 거예요."

"그게 지난 월요일이었죠."

"네, 그리고 그다음 날 바로 경찰에서 연락이 왔잖아요. 사라진 날 아침에 필리핀으로 출국한 게 확인됐다고요. 그 얘기 듣고 보니까 저희도 짚이는 게 있어서 서류를 뒤져 본 거죠. 어차피 강 실장이 이대로 돌아오지 않는다면 누군가 하루빨리 백업해야 할 일이기도 하니까요. 그러다 이 자료를 발견한 거예요. 이렇게 명백하게 횡령 증거를 정리해 놓은 걸요."

다시 또 믿을 수 없다는 듯 고개를 설레설레 젓는 하영을 향해 형사가 물었다.

"전혀 낌새를 채신 적이 없나요? 이만한 돈을 빼돌리는 동안, 좀 수상한 눈치라도…."

"글쎄요. 지금 와 돌이켜보면 짚이는 일들이 좀 있긴 한데, 저희 모두 당시에는 전혀… 정말 상상도 못 한 일이에요. 그렇지 않아요, 황 실장? … 여보, 안 그래?"

황 실장은 여전히 말은 잇지 못해도 몸짓으로나마 그녀의 의견에 동조를 표시했으나, 지원호는 변함없이 넋 나간 채 굳어 있을 뿐이었다.

"사실 강 실장이 재무회계를 전담하게 된 건 재작년 말에 저희가 법인 전환하면서부터예요. 그 전에는 저하고 거의 모든 업무를 같이 했죠. 법인화하고는 바로 저희가 사업을 확장하느라 여기저기 돈을 많이 썼기 때문에 세세한 부분까지 신경 쓸 겨를이 없었어요. 이 모든 건 그러니까, 아주 정신없었던 최근 1년 반 사이에 일어난 일인 거죠. 눈치채기에도 기간이 짧았어요."

"그렇죠. 강경태가 불법 스포츠 도박에 손을 대기 시작한 기간과도 거의 일치하는 것 같습니다."

"그것도 정말… 전혀 몰랐어요. 그런데 듣고 보니 이상하단 생각은 들지 않아요. 그 친구가 그동안 그런 거 말고 무슨 낙이 있었을까 싶어요. 저희가 더 잘 챙겼어야 하는데… 이제 어떻게, 처벌을 받게 될까요?"

"혐의가 드러난 이상 조사하지 않을 수는 없습니다. 강경태를 추적하다 얻어 걸린 도박 관련자들 지금 다 소환하고 있어요. 단순 불법도박 혐의만으로 국제 수배령을 내리기엔 현실적으로 무리가 있습니다만, 이제 횡령죄가 추가되면 문제없으리라 봅니다. 이렇게 갑자기 도피한 거로 봐서, 또 무슨 다른 일에 연루되었을 가능성에 대해서도 더 조사해 봐야 하고…."

"글쎄요, 아마 그런 건 없을 거예요. 아, 물론 제 생각일 뿐이지만… 그러니까 경태 씨한테 또 무슨 일이 있을지는 모르겠지만, 이렇게 갑자기 도망친 데 다른 이유가 필요하다고 보진 않아요. 저희 내부에 사정이 좀 있었거든요."

"무슨 일이 있었습니까?"

하영은 이 문제에 관해선 처음 듣게 될 황 실장과, 또 다른 당사자인 남편의 얼굴을 번갈아 주시하고 나서 천천히 입을 열었다.

"실은 저하고 제 남편이 이 숍의 공동 오너인데, 이혼을 하게 돼서, 지금 재산분할을 논의하는 중이에요. 제가 얼마 전에 강 실장한테 그 얘길 하면서 이 숍의 금전적 가치가 얼마짜린지 정확히 산정해야 하니까 회계 자료를 정리해 달라고 했어요. 그 자리에서 그 친구가 저한테 이혼 다시 생각해 보라고 계속 설득했는데, 제가 딱 잘랐죠. 그게 그 친구가 사라지기 4~5일 전 일이니까, 그 이후로 바로 사라질 준비를 시작한 게 분명해요.

회계 자료 털면 당장 모든 게 들통 날 테니까, 그럼 일이고 인간관계고 다 끝장날 테니까… 감당할 수 없었던 거겠죠."

"뭐라구요?! 대표님… 이혼하신다고요?! 그, 그럼 지앤화이트는요? 저는요?!"

황 실장은 이제 공황상태에 가까운 지경이었다.

"실장님, 정말 미안해요! 미리 얘기 못 해줘서… 여러 가지로 설불리 진행할 일이 아니어서 그랬어요. 우선 지앤화이트는 건재할 거고, 황 실장님 앞으로 선택이 어떻든 우리가 무조건 최우선으로 배려한다고 약속해요. 일단 좀 이따가 얘기해요."

그러는 동안 형사는 고개를 갸웃하며 원호 쪽에 갈을 걸었다.

"선뜻 납득이 안 가는 부분이 있네요. 이렇게 모든 걸 버리고 해외로 도피하는 것보다는 그래도 대표님들께 고백하는 편이 더 쉬운 선택이 아니었을까요? 더구나 친구사이기도 했다면서, 용서는 못 받더라도, 어떻게든 여기서 갚을 길을 찾는 편이 낫지 않았을까요? 그럼 불법 도박한 사실도 경찰까지 알려지지 않았을 것이고. 전과도 없는 사람이, 친구한테 3,400만 원을 안 갚으려고 국제 수배범이 될지 모를 길을 택했다는 건 좀… 이해하기 어려운데요."

그제야 원호는 초점도 없던 눈을 들어 형사를 마주 보았으나, 여전히 말은 없었다. 분위기가 묘해지는 걸 눈치챈 하영이 재빨리 끼어들었다.

"형사님, 저도 그 친구 입장에서도 합리적으로 말이 안 되는 선택이라고 생각해요. 하지만 그 순간엔 합리적인 판단이 마비됐을지도 몰라요."

"남편 분이 저한테 하실 말씀이 있는 눈치인데….'

"네, 남편이 지금 할 말이 많을 거예요. 사실 저보다 강경태 실장은 남편하고 정말 오래된, 아주 가까운 친구거든요. 그러니 너무 충격적이고 배신감 들어서 지금 저러는 거죠. 강 실장이 말도 안 되는 선택을 했다면 그 것도 그런 이유일 거예요. 친구가 모든 걸 믿고 맡겼는데 이런 짓을 한 거 잖아요. 당장 그 문제로 남편하고 면대하느니 차라리…."

"그렇지. 나한테 걸리느니 경찰한테 걸리는 게 낫다고 판단한 거지, 그 놈이."

비로소 원호의 입이 열렸다.

"아무렴, 그 생각이 맞지. 그놈이 어떤 놈인데, 정말 악은 놈이거든요. 당연히 알았겠죠. 잡히려면 경찰에 잡히는 편이 백 번 낫다는 거. 내 손에 잡혔으면 죽여 버렸을 테니까. 진짜 죽였을 테니까… 그러니까 형사님, 이 거 그렇게 이상한 사건 아니에요. 알아서 하시겠지만, 다른 것보다 국제 수배든 뭐든 해서 일단 그놈을 잡으면 될 것 같습니다."

형사는 고개를 끄덕였다.

"그렇다면 수사에 협조해 주시겠습니까? 강경태 어머니는 범죄 혐의가 있다는 걸 알려 드리자마자 입을 다물어 버리셔서요. 설득 중이기는 합니다만, 그쪽에선 당분간 단서를 얻기가 힘들 것 같습니다."

하영은 원호의 눈치를 주의 깊게 살핀 뒤 대답했다.

"네, 당연히 최선을 다해서 협조하겠습니다. 강 실장을 위해서도 그게 좋은 길이라고 생각해요."

잠시 후 형사가 돌아가자마자 하영은 말없이 서류 더미를 정리하기 시작했다. 황 실장이 도우려 일어서자 그녀는 말했다.

"놔둬요. 늦었는데 그만 퇴근하고, 내일 얘기해요. 오픈 전에 커피 한 잔 어때?"

"대표님… 솔직히 이대로 가 봐야 잠도 제대로 못 잘 것 같아요. 어떻게 이런 일이 있을 수 있어요? 이렇게 되기까지 저만 아무것도 모르고…."

거의 울먹이는 황 실장을 보고 하영은 일손을 멈췄다.

"미안해요. 빈말 아니고 내가 자기한테 세상에서 제일 미안해요. 얼마 전까지만 해도 강 실장한테 제일 미안하다고 생각했는데, 이렇게 상황이 바뀔 줄은 나도 정말 몰랐네요."

"흥, 정말 몰랐을까?"

느닷없는 원호의 발언에 황 실장의 낯빛은 하얗게, 하영의 낯빛은 붉으락푸르락하게 변했다. 그러나 늘 그렇듯 하영은 입술을 꾹 깨물어 몇 초 만에 치밀어 오르는 혈기를 다잡고 대꾸했다.

"그만두시죠, 지 대표님. 댁도 황 실장에게 조금이라도 미안한 마음이 있다면요."

"물론 나도 미안하지. 하지만 댁만큼 미안하지는 않아. 왜냐면 나도 황 실장이랑 별 차이 없을 만큼 아무것도 몰랐거든."

"황 실장, 그만 퇴근해요. 험한 꼴 볼 필요 없어. 그러지 말라고 지금까지 이랬던 건데."

"대표님… 저도 이제 좀 들으면 안 돼요? 진실을 알고 싶어요. 저도 지앤화이트 식구잖아요."

그 말에 하영은 모든 걸 내려놓은 심정으로 남편을 향해 몸을 돌렸다.

"지금 날 공범으로 몰겠단 거야? 그럼 아까 형사 있을 때 얘길 했어야지!"

"글쎄, 나도 그놈이 해 먹은 돈이 네 주머니에 들어갔을 거라곤 생각 안 해. 그러니 공범이라고 까진 무리겠지. 하지만 네가 그동안 그놈이 헛짓거리하고 있었던 거나, 최소한 이번에 튈 준비 하고 있었던 것까지 까맣게 몰랐단 건 말이 안 돼. 누굴 바보로 알아?"

"뭐? 세상에… 너 진짜 바보니?"

"늬들 둘이 작당해서 나 엿 먹이면서 아주 신났었지?!"

원호는 의자를 쓰러질 듯 밀치고 일어서며 고함을 질렀고, 하영도 굽히지 않고 그의 코앞에 삿대질 하며 목소리를 찢어지게 높였다.

"개소리 작작해! 너만 엿 먹은 줄 아니? 나라고 3,400만 원이 아깝지 않은 줄 알아? 그중의 반은 내 돈일 건데! 1,700만 원이면 소송비용은 떨어질 건데! 너 억울하고 분한 건 알겠는데, 제발 생각이라는 걸 좀 해. 문제에 부딪히면, 무조건 소리나 벅벅 지르고 남의 탓만 하지 말고! 네 친구가 왜 그렇게까지 망가졌는지 생각을 좀 해 봐!"

"뭔 개소리야?! 그 새끼가 그 지랄한 게, 내 탓이기라도 하단 말야?!"

"글쎄 네 탓도 없다고 할 순 없지! 돈 만지는 제일 중요한 일을 맡겨 놓고선, 매일 네 기분대로 막 대하고, 친구 대접은커녕 인간 대접도 안 해줬으니, 나라도 그렇게 애써 정직하고 싶지 않겠다!"

"뭐가 어째?! 이… 똑같이 사기꾼 같은 것들끼리 서로 이해하고 난리 났구만! 내가 병신이지! 이딴 것들만 데리고 무슨 사업을 한다고…."

"이딴 것들? 사기꾼이라고? 너 아직도 사태 파악이 제대로 안 됐구나! 사기꾼이라면, 그래. 너 같은 인간은 날 사기꾼이라고 생각할 수도 있겠지. 하지만 강경태는 사기꾼도 아냐! 지금 그게 해놓은 짓을 봐. 이게 어디 제대로 된 사기꾼이 할 일이니? 걘 그냥 양아치야. 도박이나 해 대고, 그 빚 갚으려고 어설프게 회삿돈 몇 푼이나 횡령하는… 어딜 날 그따위 양아치랑 비교하니? 이제 알겠어? 네가 날 못 믿어서 우리 돈주머니 쥐여 준 게, 그런 양아치라고!"

황 실장은 문 쪽으로 뒷걸음질 치기 시작했다. 툭하면 버럭대는 꼴에 진력이 난 지 대표보다도, 늘 냉정하기만 하던 백 대표의 난생처음 보는 히스테릭한 모습이 놀랍고 겁이 났다.

"닥쳐! 사기꾼이고 양아치고 뭐가 그렇게 다른데?! 같잖게… 이 판국에도 너는 네가 걔보단 나은 게 중요하냐? 내 친구 까댈 찬스 잡아서 아주 신났어? 함부로 나불거리지 마! 경태 내 친구야. 내가 20년 동안 알았다고! 네까짓 게 뭘 알아?!"

"참… 몰랐던 것도 아닌데 늘 새롭다니까. 넌 진짜 상상을 초월하는 멍청이야. 이렇게 뒤통수를 맞아 놓고도 아직도 친구 운운하다니…"

혀를 차며 하영은 다시 차갑게 가라앉은 목소리로 돌아왔다.

"야, 지원호. 잘 들어. 네가 안 들어먹음 할 수 없지만, 이건 내가 진심 남지도 않은 부부로서의 의리가 아니라, 그냥 최소한의 인간애로서 하는 말인데, 강경태, 네 친구 아니었어! 예전엔 친구였을지 모르지만, 언제부턴지 아무튼 내가 본 이래로 단 한 번도 너희가 친구였던 적 없어. 그걸 친구라고 생각했다면 너만의 착각이지. 그동안 우리가 부부였다고 착각했던 것처럼 말야. 너만큼 개념 없는 인간은 흔하지 않아. 나도 경태 씨도 그렇게 좋은 인간은 아닐지 몰라도, 우린 최소한 상식적인 사람들이야. 그런 면에서 너보다 우리 둘이 통했던 건 사실이지. 나보고 뭐 알고 있었던 거 아니냐고 하면, 내가 알고 있었던 건 그거 하나야. 너희 둘이 절대 친구는 아니었다는 거! 너는 그 누구하고도 친구 같은 거 될 수 없는 인간이니까!"

더 지키고 있어 봐야 험한 구경이나 할 뿐, 직장의 앞날에 대해선 더 짐작할 수 있는 게 별로 없겠단 판단이 든 황 실장이 슬그머니 자리를 뜨려는 찰나, 그만 말문이 막힌 줄 알았던 지원호가 입을 열었다.

"그래, 그렇다 쳐. 근데, 그러는 너는 누구랑 친구할 수 있는 인간이냐? 그런 면에선 네가 경태랑 비슷하단 건 좀 아닌 것 같은데? 차라리 나랑 비슷하겠지."

"뭐?"

"네 말대로 강경태는 나 같은 인간하고 20년이나 친구로 지내 줬으니, 나름 좋은 녀석이었다고 할 수도 있겠지. 그런데 넌? 너야말로 친구라곤 한 명도 없잖아. 널 친구라고 착각하고 사는 사람들은 많겠지만, 사실 넌 그 사람들 전혀 친구로 생각 안 하는데 말야. 맨날 뒷담이나 하고, 잘되면 배 아파하고. 그러니 네가 사기꾼이란 거지. 내 말이 틀려? 착각이든 뭐든, 네가 진짜 네 친구라고 생각하는 사람은 이 세상에 한 명도 없잖아!"

거기서 백 대표가 말문이 막히고 만 건, 유일한 관객에게 정말 뜻밖의 결말이었다.

그로부터 이틀 후, 아직 늦더위는 쨍쨍하지만 바람과 하늘빛은 청명하기 이를 데 없는 날, 점심시간의 활기로 가득한 서울 K대학 캠퍼스. 깔끔한 새 건물들이 늘어선 정문 초입을 지나 캠퍼스 가장 안쪽에는 낡은 건물에 고즈넉한 분위기의 인문대가 있었다. 그 앞에서 빈틈없이 떨어지는 정장 원피스에 하이힐, 풀메이크업에 선글라스 차림으로 혼자 기웃거리고 있는 여자의 모습은 지나가는 누구라도 다시 한 번 쳐다볼 정도로 주변 풍경과는 이질적이었다. 장본인인 하영도 누구보다 분명히 그 사실을 인식하고 어색해하고 있었다.

다행히 그 시간은 길지 않았다. 도착을 알린 지 5분도 안 되어 건물 안에서 낯익은 얼굴이 나와 그녀를 반갑게 맞이해 주었다. 바로 어제 하영이 K대학 사학과 사무실 번호로 전화해 찾은 '허인실 조교'였다. 큰 키에 후리후리한 체구, 창백한 피부에 은은한 주근깨, 숏커트 머리가 마치 미소년처럼 보이는 그녀의 인상은 하영이 기억하는 20년 전의 모습과 놀랍도록 변함이 없었다. 늘 교복 치마 아래 체육복 바지를 덧입던 차림이 청바지에 티셔츠 차림으로 바뀐 것뿐, 30대 중반이라곤 도무지 믿기지 않는 풋풋한 모습이었다. 본인도 나름 자부하는 동안에 세련된 스타일로는 비교가 되지 않는다는 걸 알고 있음에도, 순간 살짝 질투가 치미는 걸 어쩔 수 없었다. 이렇게 오랜만에 뜬금없는 방문에도 조금의 경계심도 보이지 않는 편안하고 느긋한 태도까지도 부럽기 짝이 없었다.

"백영숙이! 와, 대박… 이게 몇 년 만이야? 뭐 이렇게 예뻐졌어?!"

여고시절 꽤 많은 여학생들의 선망을 모았던 특유의 허스키하고 털털한 말투까지도 여전한 그녀에게 하영은 재빨리 챙겨 두었던 명함을 내밀었다.

"사실은 이제 백영숙이 아니거든. 성형하고 신분 세탁했지."

"웨딩숍 대표 백하영? 와… 죽이는데? 근데 보자, 성형은 아니네. 얼굴은 예전이랑 똑같은데 뭐. 역시 여잔 화장을 해야 돼."

"알면서 왜 안 하니?"

"귀찮아서 못해. 몇 번 받아보긴 했는데, 영 어색했어."

"화장도 잘하는 데서 받아야지. 너 결혼식 할 때 꼭 연락 줘, 내가 여신 만들어 줄게. 넌 타고난 스타일이 좋아서, 키도 크고… 외국 모델 느낌 날 거야."

"글쎄다, 내가 웨딩드레스라니… 생각만 해도 오글거린다. 어차피 결혼도 못 할걸."

"왜 그렇게 말해? 혹시, 전부터 물어보고 싶었는데… 너 남자 안 좋아하니? 여자 취향이야?"

인실은 기분 나쁘지 않은 웃음을 터뜨렸다.

"그런 질문 가끔 듣는데, 난 차라리 그랬으면 좋겠다. 일단 뭐 좀 먹으면서 얘기하자. 요 앞 카페에서 브런치 어때?"

"좋아. 차는 그냥 여기다 세워두면 되니?"

"응. 우리 과 자리에 세워 두면, 어디… 설마 이 벤츠가 네 거야? 대박! 야, 우리 동창들 중에 지금 네가 제일 잘 나가는 거 같다!"

저런 말을 어쩌면 저리도 티 없는 억양으로 할 수 있는 걸까. 하영은 좀 어이없는 기분마저 들어 그 표정을 유심히 살폈다. 사람들의 내밀한 심리와 욕망을 읽어내고 조종하는 기술은 일찍이 하영이 터득한 천부적 재능이었다. 그 재능을 발휘할 여지가 적은 상대, 즉 내면이 투명한 사람들일수록 하영에게 있어선 호감이나 동경을 불러일으키기도 하고, 다른 한편 어렵고 불편하게 느껴지기도 하는 존재였다. 가장 단적인 경우가 물론 남편이었고, 오래 전 기억에 의지했지만 이 친구 역시도 그랬다. 제대로 찾아왔구나 싶었다.

"애들이 널 못 찾았던 이유가 있구나. 이름을 바꿨으니 그랬네. 왜 바꿨어?"

"그냥, 별 이유는 없고… 영숙이란 이름 너무 촌스럽잖아. '배경숙' 아니고 '백영숙'이라고 늘 강조해야 하는 것도 지겨웠고. 지긋지긋한 학창시절 졸업하면서 새로운 마음으로 다시 시작하고 싶어서 바꿨지."

"하영이란 이름은 어디서 난 거야? 작명소 가서 지었어?"

"아니, 내가 지었어. 나름 의미가 있는데, 맞춰 볼래?"

"글쎄… 설마, '하'남에서 온 '영'숙이?"

"세상에, 그걸 맞출 줄이야."

한바탕 같이 웃고 나서, 하영이 물었다.

"넌 동창들이랑 아직도 많이 만나니?"

"사실 나도 중간에 몇 년 나갔다 오는 바람에 연락이 많이 끊기긴 했어. 그래도 요즘은 SNS도 있고, 맘만 먹으면 사람 찾는 건 어렵지 않으니까."

"맞아, 그러니까 나도 이렇게 쉽게 널 찾아냈지. 근데, 너 외국 살았었어? 어디?"

"일본에서 석사 따고 왔거든. 사실 그대로 눌러앉을라 했었어. 근데 하필 그때 원전 터지는 바람에… 내가 있었던 데가 나가노인데, 후쿠시마랑 별로 안 멀거든. 엄마 아빠가 난리 치기도 하고, 나도 그땐 겁이 나서 들어와 버렸어. 근데 지금은 후회돼. 지역을 옮기든 어떻게 하더라도 그냥 일본에 있을걸."

"왜?"

"그냥, 한국은 너무 답답해. 이 나이에 부모님이랑 같이 사는 것 자체가 그렇긴 하겠지만, 여기가 특히 그래. 나가 보니까 알겠어. 우리나란 뭐랄까, 삶의 기준도 너무 획일적이고, 사람들이 남의 일에 관심도 지나치게 많고 그렇잖아. 진짜 답답해. 나랑은 안 맞아."

"그런 면이 있긴 하지. 근데 난 사실 외국에서 살아 본 적이 없으니까, 그 차이를 몸으로 느껴보진 못했어. 난 그냥 부럽다. 나도 유학 한 번 가 보는 게 소원이었는데… 이제 일 정리하면 유학이나 다녀올까 봐."

"응? 일 그만둘 거야?"

하영은 대답 대신 샌드위치를 한 입 물었다 넘긴 뒤 말을 돌렸다.

"네 일은 앞으로 어떻게 되니? 이제 교수님 되는 거야?"

"교수는 무슨… 일단 논문이 통과돼야 하는데 어느 천년에 될지 모르고, 박사 따도 교수 되기는 완전 바늘구멍이야. 빽이 엄청나든지, 공부를 천재적으로 잘하든지, 아님 천운이 따르든지 해야 돼."

"그럼 박사 따고 나선 뭐해?"

"몰라, 답 없어. 시간 강사 하면서 버티다가 다시 외국 나갈 기회나 노려 볼까 해. 선진국으로 가면 알바만 해도 여기서 강사 뛰는 것보단 낫게 사니까."

"야, 그래도 박사까지 했는데 그걸 안 써먹는 건 너무 아깝다. 돈도 많이 들지 않았어?"

"글쎄 그게 아까워서 나도 여기까지 왔는데, 미련했던 것 같아. 일찌감치 때려치우고 차라리 일본어 강사나 할걸. 그럼 돈이라도 모았을 텐데."

"…하긴 일단 투자를 해 놓았으면 접기가 쉽지 않지. 아니다 싶을 때 끝내는 게 실은 제일 손해가 적게 나는 길인데 말야. 그래서 나도 더 미적대지 않으려는 거야. 지금 내가 하는 일이 남편이랑 같이 하는 일인데… 이혼하려고 하거든."

뜻밖의 화제에 상대가 대꾸할 말을 찾느라 고생할 틈 없도록 하영은 재빨리 현재 상황을 브리핑하고 나서 말했다.

"근데, 내가 이혼하는 것보다 기가 막힌 게 뭔지 아니? 소송장까지 다 쓰고 이 지경이 되도록 내가 이렇게 내 상황을 얘기한 사람이 변호사랑 우리 숍 실장들 말고는 한 사람도 없다는 거야. 일 때문에 알릴 수밖에 없었던 사람들 말고는, 나한테 이런 얘길 들은 게 네가 처음인 거야."

"엥? 설마… 어떻게 그래? …엄마한테도?"

"나 원래 엄마랑 얘기 잘 안 하거든. 뭐 소송까지 하게 되면 당연히 알리긴 해야겠지. 하지만 얘기를 길게 하진 않을 거야. 엄마한테 별로 듣고 싶은 말도 없고… 그나저나 엄마는 어차피 하나뿐인데 안 맞을 뿐이니 그렇다 치더라도, 내가 남편이랑 사이가 안 좋은 것보다도 더 문제인 게, 내 주변에 마음 터놓을 만한 사람이, 그러니까 친구라 할 만한 사람이 너무 없다는 걸 이번에 깨닫게 됐어. 그동안 내가 너무 일하고 돈 버는 데만 급급해서 주변을 돌아보지 못하고 살았구나, 그래서 어차피 결혼생활은 망쳤으니 이제부터라도 친구를 좀 만들어 봐야겠단 생각이 들어서, 제일 먼저 널 찾은 거야."

"왜 내가 제일 먼저였어? 너 학교 다닐 때 나 말고 더 친했던 애들 있었던 것 같은데."

"별로. 넌 친구가 많았으니 내가 친한 축에 속하지도 않았겠지만, 난 안 그랬어. 정말 친구가 없었어. 중3 때까지 놀다가 정신 차리고 공부해야지 결심하고 같이 놀던 애들이랑 연락 다 끊었거든. 겉보기엔 강제로 전학 가면서 끊어진 거였지만, 그땐 사실 나도 마음을 먹었기 때문에 그 이후로 정말 다신 걔들 안 봤단 말야. 근데 결심은 했어도 막상 3년이나 놨던 공부를 다시 하자니 너무 힘든 거야. 그렇다고 과외 같은 거 받을 형편도 안 되고… 그런데 마침 옆자리에 공부도 잘하고 착한 친구가 있어서, 도움을 많이 받았지. 내가 뭐 물어보고 하면 언제든 친절하게 잘 설명해주고… 그게 누구였게?"

인실은 쑥스럽게 웃으며 머리를 긁적였다.

"내가 뭐 그렇게 많이 도와줬었나? 기억이 잘…."

"그럴 줄 알았어. 넌 원래 착한 애니까 당연하게 한 일이겠지. 하지만 웬만한 애들한텐 쉽지 않은 일이었단 거 나는 알지. 일단 자기 공부하는 시간 뺏기는 거고, 특히 공부 좀 한다는 애들은 2, 3학년 가면서 점점 더 예민해지잖아. 근데 넌 끝까지 변함이 없었어. 그리고 1학년 때만 해도 난 애들이 뒤에서 수군수군 댈 만큼 엄청 유명한 날라리였단 말야. 근데 넌 그렇다고 해서 전혀 날 다른 눈으로 보지 않더라고. 그게 참 고마웠지."

"그랬나? 날라리고 뭐고 고등학생씩이나 돼서, 다 같은 친구였지 뭐. 그리고 너 첨 만났을 때도 내 기억엔 그렇게 막 무서워 보이고 그랬던 것 같진 않은데? 좀 포쓰가 있긴 했는데… 나 기억나는 건 네가 갑자기 나한테 피자빵 사다 주고 그랬던 거? 마침 그때 되게 배고파서, 고맙게 잘 먹었던 기억이 나. 그리고 떡볶이 사준다고 같이 가자고도 하고….”

하영은 웃음을 터뜨렸다.

"맞아, 네가 먹는 걸 참 좋아하는 것 같아서 그때도 내가 그걸로 공략했었지. 고마움을 어떻게든 표시하고 싶어서 말야. 내가 그때 용돈이 진짜 부족했는데 너 먹을 거 사주는 건 하나도 안 아까웠어. 지금도 그렇게 먹는 거 좋아하니?”

"그럼, 지금이야말로 정말 사는 낙이 먹는 것밖에 없지.”

"그럼 다음에는 꼭 맛있는 거 사줄게. 지금도 내가 해줄 수 있는 게 그것밖에 없다. 몇 년이고 연락 한 자 없다가 갑자기 나타나서 친구랍시고 시간 뺏고… 나도 내가 참 뻔뻔한 건 아는데, 그래도 아주 염치없는 인간은 아니란 거 앞으로 증명할 테니, 좀 지켜봐 줘.”

"아니, 넌 무슨 그런 말을 하냐? 친구 사이에 언제든 만나면 서로 편하게 힘든 얘기하고 할 수 있는 거지. 너 안 만난다고 내가 그 시간에 무슨 대단한 일 하는 것도 아니니까, 어차피 드라마나 보면서 때우는 시간이니, 앞으로도 언제든 연락 줘. 이혼소송씩이나 하면서 그렇게 얘기할 사람도 없어서야 힘들어서 어떡해?”

"알겠어, 고마워. 너도 힘든 일 있으면 나한테 얘기해 줘. 내가 의외로 남의 고민 상담은 전문가다. 뭐든 내가 도와줄 수 있는 일 있으면 알려 주고.”

"그렇구나. 그럼… 우리 엄마한테 가서 결혼한다고 대수가 아니라는 걸 좀 얘기해 줄래?”

두 사람은 같이 한바탕 큰 소리로 웃었다.

"아, 정말… 그걸 나만큼 확실하게 증명해줄 수 있는 사람도 없긴 하지. 하지만 솔직히 난 너희 어머니 마음도 이해 가긴 해. 왜냐면 네 커리어도 뭐가 보장된 게 없다잖아. 그러니까 더 늦기 전에 시집이라도 가야 안정된 생활을 할 수 있다고 생각하시겠지."

"그놈의 안정… 이 바닥에서 안정이라는 게 너무 기준이 높아서, 다들 안정 찾다가 불안해 죽는단 말이지. 그리고 남잔 뭐 누군 만나기 싫어서 안 만나는 줄 아나? 그게 날 들볶는다고 될 일이냐 말이지."

"사실 남자를 만나서 안정을 찾겠다는 건 환상이야. 내 경우만이 아니라, 그건 분명해. 하지만 어쨌든 여자가 남자를 만나는 건 좋은 일이라고 봐. 넌 뭐가 문젠데? 만나면 어떤 남자를 만나고 싶은 건데?"

그 순간 울린 자신의 전화기를 내려다보고 인실은 벌레 씹은 표정을 했다.

"나 그만 들어가 봐야겠다. 교수님이 그새 또 찾네. 바쁜 사람 여기까지 왔는데, 내가 노예 신세라… 미안, 네가 내 것까지 마저 먹고 가."

"아, 아냐. 나도 이제 그만 출근해 봐야 해. 다음엔 우리 둘 다 쉬는 날 여유 있게 보자."

"아, 진짜 지겹다. 이 노친네들 시다바리 신세 그만둘 수만 있다면 내가 진짜 결혼 아니라 뭐라도 하겠는데, 그럴 재주도 없으니…."

처음 만난 장소로 돌아와 하영은 악수를 청하며 힘주어 말했다.

"오늘 정말 고마웠어. 또 봐, 친구야!"

2015년 9월
원고 이혼 소장 제출

소 장[2]
(이혼, 위자료, 재산분할)

원고 성명 : 백하영
피고 성명 : 지원호

청 구 취 지

1. 원고와 피고는 이혼한다.
2. 피고는 원고에게 위자료로 <u>7,500만</u> 원 및 이에 대하여 이 사건 소장 부본 송달일 다음날부터 다 갚는 날까지 연 15%의 비율로 계산한 돈을 지급하라.
3. 피고는 원고에게 재산분할로 금 <u>3억 5,800만</u> 원 및 이에 대하여 이 판결 확정일 다음날부터 다 갚는 날까지 연 5%의 비율로 계산한 돈을 지급한다.
4. 소송비용은 피고가 부담한다.

라는 재판을 구합니다.

청 구 원 인

1. 원고와 피고는 2009년 6월 8일 혼인신고를 마쳤다. 원고와 피고는 동거 중이다.
2. 이혼 및 위자료

가. 원고는 아래와 같은 재판상 이혼원인이 있어 이 사건 이혼 청구를 하였다.
　　√ 원고가 피고 또는 그 부모로부터 부당한 대우를 받았음 (제3호)
　　√ 기타 혼인을 계속하기 어려운 중대한 사유가 있음 (제6호)
　나. 이혼의 계기가 된 결정적인 사정은 다음과 같다.
　　√ 폭행　√ 욕설/폭언　√ 무시/모욕　√ 시가/처가와의 갈등
　　√ 가정에 대한 무관심　√ 애정 상실　√ 대화 단절
　　√ 극복할 수 없는 성격 차이　√ 성관계 거부
3. 재산분할청구
　가. 분할하고자 하는, 현재 보유 중인 재산은 별지 "재산내역표"에 기재된 것과 같다.
　나. 다음과 같은 사정을 고려하여 볼 때, 위 재산에 대한 원고의 기여도는 50%이다.
　　√ 원고의 소득활동/특별한 수익
　　√ 원고의 재산관리(가사담당 및 자녀양육 포함)
　　√ 원고의 혼전 재산/부모의 지원/상속

　　소장부본 송달장소(원고가 법원에 제출한 소장이 피고에게 전달되는 장소)는 지원호의 부모 집으로 되어 있었다. 등기를 받은 즉시 어머니 류 여사는 지인을 통해 섭외해 둔 이혼전문 변호사와 함께 두 아들을 호출했다. 소장을 처음 받아들었을 때 그녀는 그리 크게 당황하지 않았다. 한 달여 전 며느리에게 경고 전화를 받은 이후로 하루도 이 순간의 시나리오를 그려보지 않은 날이 없었다. 현실감각과 순발력에 있어서 그녀는 작은

2　이 소장을 비롯하여 이후 등장하는 법률문서들은 모두 실제 양식을 참고하여 이해하기 쉽도록 세부사항을 생략, 편집한 것이다.

며느리 하영이 보기 드문 제 맞수라는 사실을 첫 만남부터 알았고, 그렇기에 그에 대해선 방심한 적이 없었다.
　그럼에도 소장을 한 자 한 자 읽어 내려가면서 그녀는 손발이 부들부들 떨리는 것을 어찌할 수 없었다. 게다가 옆에서 이 모든 게 남의 일인 것처럼 넋을 놓고 앉아 있는 아들을 보고 있자니 당사자인 그가 마땅히 흥분해야 할 몫까지 자신에게 얹히는 기분이었다. 성질 급하고 행동파인 점이 자신과 똑 닮았다고 여겨 온 작은아들인데, 저러고 있는 꼴을 보니 우유부단한 남편과 똑같아 보여서 속이 터질 지경이었다. 물론 저 아들이 저렇게 무기력한 상태에 빠진 모습은 평생 본 적이 없긴 했다. 아내의 이혼 선언도 타격이었겠지만, 결정적으로 녹다운이 된 계기는 그 누구의 예상에도 없던 친구의 횡령 도주 사건이라는 걸 알고 있기에, 류 여사도 그런 아들을 무작정 닦달할 수만은 없었다. 그래서 부글부글 끓어오르는 속을 애써 누르며 변호사를 향해 말했다.
　"어떻게 준비해야 될까요? 설마 저기서 요구한 대로 다 줘야 하는 건 아니겠죠? 재산분할 50퍼센트에다 위자료라니, 이건 정말 말도 안 되는 액수인데!"
　소장을 검토하고 있던 변호사(남/56)가 대답했다.
　"글쎄요, 아직 단언할 수는 없는 상황입니다. 재산분할 같은 경우는 일단 현재 재산 형성 과정을 따져 봐야 하는데요. 제가 이쪽에서 들은 얘기가 다 입증된다 쳐도, 그러니까 어머님께서 초기 자본 면에서 도와주신 부분이 있다 해도, 전체적으로 두 분이 그동안 같이 일해서 만드신 부분이 많기 때문에, 솔직히 중립적인 입장에서 말씀드려서 40퍼센트 이상은 떼 줘야 할 확률이 높습니다. 위자료의 경우는 원고 쪽에서 이혼 청구 원인을 얼마나 잘 증명할 수 있느냐가 관건이고요. 여기 '원고가 피고 또는 그 부모로부터 부당한 대우를 받았음' 이 부분을 증명하기 위해 그쪽에선 최선을 다할 겁니다. 그럼 우리가 거기에 얼마나 효과적으로 반박을 할 수 있느냐…."

"아니, 사실이 아닌데 그쪽에서 증명을 하면 어떻게 하겠어요?! 나 원 세상에, 기가 막히고 코가 막혀서… 뭐래? 폭행, 폭언, 모욕…? 이건 무고죄로 우리가 맞고소를 해도 시원치 않다구요!"

"재판은 증거 싸움인데, 가정사에서 증거를 찾긴 어렵죠. 그쪽 준비서면을 받아 봐야 알겠지만, 사실 대단한 학대가 아닌 이상 우리 법원이 위자료를 5천 이상 때린 판례는 거의 없긴 해요. 그렇다 해도 그쪽 주장이 부분적으로라도 입증되고 우리 쪽에서 혼인 파탄의 원인이 상대편에 있다는 걸 입증하지 못하면, 얼마라도 줘야 될 가능성이 있습니다."

"그럼 뭐예요? 우린 아무 잘못도 없는데 최소 이삼 억은 뜯기고 이혼당할 수밖에 없다, 이 말씀인가요?"

"우선 기본 노선을 정해야죠. 어쨌든 부부가 동업으로 불린 재산이 이 정도인데, 이혼하면서 한 푼도 안 떼어 준다는 건 불가능합니다. 재산을 지키는 게 중요하다 하시면 이혼은 안 하시는 게 좋습니다."

그 말에 류 여사는 한 대 맞은 것 같은 표정을 했다가, 이내 냉정한 눈빛을 되찾았다.

"그렇죠. 우리가 이혼을 안 해줄 수도 있는 거죠?"

"물론이죠. 저쪽이 말하는 이혼 청구 사유가 무효라는 걸 증명하면 돼요. 아니면 이혼에는 동의하되 재산분할, 위자료만 놓고 다툴 수도 있고요. 이건 당사자분께서 결정하실 일입니다. 어떻게 하시겠습니까? 꼭 이혼을 하셔야겠어요?"

변호사와 류 여사는 동시에 당사자를 쳐다보았으나, 그는 두 사람을 빤히 마주 보기만 할 뿐 입을 열려 하지 않았다. 류 여사는 답답해서 가슴을 쳤으나, 변호사는 의아할 것도 없다는 듯 어깨를 으쓱해 보였다.

"제가 보기에 지원호 씨는 아직 정리가 다 안 되신 상태인 것 같네요. 괜찮습니다. 어차피 이혼은 소송을 해도 무조건 조정[3]부터 시작하게 되어 있으니까. 진행하면서 저쪽 이야기도 들어보고 하면서 천천히 정리하셔도 됩니다. 그 과정에서 화해를 할 수도 있는 거고… 그렇게 되는 경우도 많습니다."

"그래도 그렇지, 소장까지 받아놓은 마당에 저렇게 계속 넋을 놓고 앉아 있으니, 당사자가 저래 가지고 무슨 일이 되겠어요? 내 참말이지 속이 터져서…."

"그러니까 제 생각엔 우선 이혼 못해준다는 쪽으로 대응하는 편이 좋을 것 같습니다. 말씀드렸지만 이혼 자체에 동의하면 현행법상 우리가 원하는 만큼 재산을 지켜 내기는 어렵습니다. 하지만 우리가 이혼을 할 수 없다고 나오면, 저쪽에서 정말 헤어지길 원한다면 마음이 급해져서 재산 부분을 많이 양보할 가능성이 큽니다."

"흠, 그게 일리가 있네요. 결과가 어찌 되든 그쪽에서 원하는 대로 순순히 이혼해줄 순 없죠."

"다만 우리가 이런 목적으로 악의적으로 이혼에 동의하지 않는 걸로 몰리면 오히려 판결에서 불리해질 가능성이 있습니다. 절대 감정적으로 대응해선 안 돼요. 하지만 조정단계에선 당사자들이 꼭 출석하지 않아도

---

3 이혼소송은 원칙적으로 판결에 앞서 반드시 조정을 먼저 거치도록 되어 있다(조정전치주의). 조정이란 조정위원의 중재를 통해 당사자 간 합의를 유도하는 과정으로, 조정이 성립하면 확정판결과 같은 효력을 갖는다. 따라서 이혼 사건은 소송보다 조정신청부터 하는 경우가 많다.

되니까, 일단 저에게 맡겨주시기만 하면 됩니다."

"그럼 박 변호사님께 맡겨 보려면 어떻게 하면 될까요? 어느 정도까지 해주실 수 있나요?"

"청구 금액이 5억 가까이 되니 이 경우 보통 착수금은 천만 원 정도 합니다. 하지만 결과를 장담하긴 어려운 사건이니 착수금은 좀 깎아 드릴게요. 대신 성공보수를 약정해 주신다면…."

"성공보수는 어떻게…? 저쪽에서 청구한 금액에서 어느 정도 깎아낼지 거기 따라서 정하는 거죠?"

"그게 합리적이죠. 이익 가액의 10퍼센트 약정하는 것이 업계 평균입니다만."

"10퍼센트요? 어휴, 그리되면 저희도 너무 힘든데… 송사에 들어가는 비용이 변호사비만도 아니고 말이죠. 이 짓 하느라고 사업에도 지장이 이만저만이 아니라… 8퍼센트로 해주시죠."

"잠깐. 만일 그러다 진짜 이혼을 못 하게 되면?"

원호가 비로소 한마디 하자 어머니는 울컥했다.

"넌 여태 입 처닫고 있더니, 겨우 한단 말이 그거야?!"

"듣자듣자 하니 하도 어이가 없어서, 내 가만있어 봤지. 엄만 도대체 내 인생을 뭘로 보는 거야? 이혼할 거야, 난! 이혼할 거라고! 그딴 거랑 단 하루도 더 부부로 살기 싫어. 정리가 안 된 거 같다니? 누구 맘대로 이혼 못 해주겠다는 건데? 내가 결혼한달 땐 그렇게 못 한다고 난리 치더니, 이젠 헤어지겠다니까 왜 또 못 한대?! 엄마가 대체 뭔데!"

"아니, 이 정신 나간 놈이 진짜 머리가 어떻게 됐나! 누가 이혼을 못 하게 한대? 재산분할 유리하게 하자고 작전상 그러자는 거잖아! 못 알아먹어? 여태 어디가 있었냐, 너?!"

"개소리 작작해! 이혼을 꼭 해야겠냐고 물어봤잖아, 저 양반이! 그걸 말이라고 해? 이혼할 거야. 나도 옛날에 정 다 떨어진 거 일 때문에 참고 살았는데, 그게 그렇게 나오니 나도 더 이상은 못 참아! 솔직히 내가 그동안 잘못한 게 없진 않겠지만 따져보면 그거나 나나 쌤쌤일 테고, 어차피 개도 그동안 참은 거 일이랑 돈 때문일 텐데, 지가 먼저 못 참고 헤어지잰으니 난 한 푼도 양보할 생각 없어! 이런 상식적인 얘기에 무슨 꼼수 같은 게 필요해? 뭐, 이혼 못 해주는 걸로 하자고? 그러다 진짜 이혼 못 하면? 나 이혼도 못 하게 하고 성공보수로 10퍼센트 챙겨 가겠다 그거야? 변호사 양반! 당신 눈에도 내가 호구로 보여? 마누라한테 이혼 소장 받고 친구한테 횡령당하고, 천하의 병신이 정신도 못 차리는 거 같으니까 막 해 먹어도 좋은 상대로 보이냐고. 어디서 개수작이야?! 요즘 변호사 다 사기꾼이나 도긴개긴인 거, 내가 모를 줄 알아?"

"지원호! 너 왜 이래? 진짜 정신 나갔냐?"

어안이 벙벙해 할 말을 잃고 있는 변호사와 어머니를 보고는 여태 조용히 있던 형이 나섰다.

"변호사님, 정말 죄송합니다. 얘가 요즘 진짜 제정신이 아니에요. 너무 기분 나쁘게 생각 마시고…."

"아니, 저는 정말 그런 뜻으로 드린 말씀이 아닌데…."

"예, 알고 있습니다. 당연하죠. 저희는 변호사님 말씀 다 이해했습니다. 변호사님께서 이해해 주세요. 동생이 요즘 나쁜 일을 계속 당하다 보니까 피해의식이 생겨 가지고… 저희끼리 얘기해 보고 다시 연락드릴 테니, 오늘은 그만 돌아가시는 게…."

그때 그 두 남자의 귓전을 스치고 뭔가 날아가더니 딱 하고 심상찮은 소리가 났다. 류 여사가 냅다 집어던진 돋보기안경 케이스가 원호의 미간에 명중한 것이었다. 다음 순간 하관을 가린 그의 손가락 사이로 핏방울이 떨어지기 시작했다. 벌게져 있던 변호사와 형의 얼굴에서 동시에 핏기가 싹 가셨지만, 이미 그 둘은 류 여사의 안중에선 사라진 상태였다.

"이 병신 새끼가… 언제까지 내 속을 뒤집어 놔야 속이 풀릴 거냐, 응? 네 인생을 뭘로 보냐? 너야말로 네 인생을 뭘로 브냐! 미련해 빠져가지고, 우기기만 하면 되는 줄 알아?! 일이라면 여태 대충 그리 됐을지 몰라도, 인간관계는 그런 게 아냐! 네 마누라도 그렇고, 친구도 그렇고, 내가 그것들 처음부터 다 맘에 안 든다 했지? 그러니까 네가 내 말 안 듣고 우겨서 제대로 풀린 일이 뭐가 있어? 그래놓고 사사건건 내 탓이니, 아무리 아들놈이라고 오냐오냐해주려 해도, 빌어먹을 참을 수가 있어야지…!"

"엄마, 그만 해요! 원호 지금 저러는 것도 이해 못 할 거 아니잖아. 변호사님도 있는 앞에서 꼭 이렇게까지 해야 해?"

"뭐? 결혼할 때도 못 한다 하고 이혼할 때도 못 한다 해? 이놈아! 새끼가 딱 봐도 아닌 거랑 결혼하겠다는데 말리는 게 믹가 이상하고, 기왕 결혼한 거 힘들어도 가정 지키고 살았으면 하는 게 뭐가 이상하냐! 아직도 네 멋대로 하겠단 얘기가 입에서 나와? 네 속만 속이고 내 속은 속 아니냐? 네가 자식새끼를 안 낳아 봤으니 나이 처먹어도 여태 그 모양이지! 네 형도 내 속깨나 썩였었지만, 그래도 이젠 새끼가 있으니 부모 마음은 좀 아는 게지!"

"씨바, 그게 아니라 형은 그래도 그나마 자기 멋대로 살았으니까 그렇지! 누가 언제 멋대로 살았다고? 어이가 없네. 내가 진짜 멋대로 살았으면 적어도 오늘날 요 모양 요 꼴 나진 않았어!"

"뭐가 어째? 이 미친… 그럼 지금이라도 네 멋대로 살아 보든가! 나도 더러워서 더 이상 네 뒤치다꺼리 못 해 먹겠으니!"

"대장님, 방금 그 말, 콜이야!"

원호는 소맷자락으로 코피를 닦으며 일어섰다.

"내가 앞으로 진짜 내 멋대로 사는 게 뭔지 보여줄 테니까, 참견할 생각 마. 이혼을 하든 재혼을 하든, 엄마가 안 끼어들면 내 인생이 어떻게 풀리는지 보여줄게. 두고 봐!"

원호는 움찔하는 변호사를 향해 성큼성큼 걸어오더니, 피 묻은 손으로 소장을 낚아챘다.

"두고 보라고, 제발!"

그로부터 몇 시간 뒤, 원호는 홀로 어느 복잡한 주택가를 헤매다 막다른 골목에서 차를 돌려 나오기가 힘들어 진을 빼고 있었다. 어머니 집에서 나와 서울로 향하긴 했는데, 제집으론 가고 싶지 않아 무작정 차를 몰다 보니 저도 모르는 새 어릴 적 살던 동네에 와 있었다. 그는 유년 시절 부모가 여러 일을 전전하면서 서울 내에서 이사를 자주 다녔는데, 추억의 고갱이는 대개 초등학교와 중학교를 나온 왕십리 쪽에 남아 있었다. 그가 이탈리아로 유학을 떠난 후 부모가 용인에 자리를 잡았기 때문에 이후로는 고향 동네에 다시 와 볼 일이 없었는데, 십몇 년 만에 돌아와 보니 GPS가 잘못되었나 의심될 정도로 완전히 풍경이 달라져 있었다. 흙발로 뛰어 놀던 밭과 야산이던 곳엔 초대형 쇼핑몰이 들어서고, 집집이 아이들 얼굴처럼 다른 모양새가 눈에 선하던 주택가는 흔적도 없이 네모반듯한 아파트촌이 되어 있었다.

그나마 익숙한 풍경을 찾아 시가지 뒤쪽에 남아 있는 오래된 동네로 계속 들어가다 보니, 어느새 알지도 못하는 곳에서 옴짝달싹하기 어려운 신세가 되어 버렸다. 이미 날은 저물었고, 좁고 복잡한 골목을 헤매기엔 그의 차는 몸집이 너무 컸고, 내비게이션은 계속 두 박자씩 느렸다. 억지로 방향을 틀어야 할지 그냥 후진으로 빠져야 할지 감이 안 잡혔다. 곁을 지나가는 차들이 신경질적으로 경적을 울렸고, 사람들은 짜증과 안쓰러움이 섞인 눈빛으로 흘긋거렸다.

이 상황이 딱 지금 내 인생 같구나, 라는 생각이 그의 머리를 스친 순간, 또 다른 판단이 이어졌다.

어차피, 상처받지 않을 수는 없어.

그는 어금니를 깨물고 핸들을 세차게 꺾으며 후진했다. 얼마 못 가 우두둑 하고 차체 옆이 시멘트벽에 긁히는 소리가 났다. 이어 쿵, 쿵 하고 뒤쪽 범퍼가 어딘가에 두 번 충돌한 뒤에야 차는 방향을 돌려 골목을 빠져나올 수 있었다. 그는 오는 길에 눈에 익은 마지막 장소였던 출신 중학교로 돌아가 그 앞에 차를 세웠다. 나와서 차체를 살펴보니 어스름한 가로등 불빛 아래라 그렇기도 하겠지만, 생각보다 방금 입은 상처가 심하게 눈에 띄지는 않았다. 어차피 바탕이 낡고 흠이 많은 상태였다. 그의 차는 검은색 중형 세단으로, 처음 장만할 때만 해도 상당히 무리해서 산 좋은 차였으나, 10년 가까이 굴린 데다 외장에 별로 신경을 쓰지 않아서 지금은 거리에서 웬만한 슈퍼카 못잖게 사람들의 이목을 모을 정도로 고물 티가 완연했다.

아내는 남편이 그런 차를 끌고 다니는 걸 끔찍이 싫어했다. 기회만 있으면 돈이 없는 것도 아닌데 왜 차를 바꾸지 않느냐고 불평을 해댔는데, 생각해 보니 그런 말조차 끊긴 지도 1년은 된 것 같았다. 그때 차라도 바꿨다면 일이 이렇게까지 되지는 않지 않았을까. 문득 그런 생각을 떨쳐 버리기 위해 원호는 고개를 내저었다. 그렇게까지 여기기엔 차를 바꾸지 않고 버틴 이유가 너무 대수롭잖았다. 워낙 뭐든 익숙한 걸 바꾸길 싫어하는 성격이고, 일도 바쁜데 귀찮았고, 남들 시선 따윈 신경 쓰이지 않았다. 딱히 아내 말에 반발해서는 아니었다. 아니, 어쩌면 오히려 그게 더 문제였을까… 그는 차 앞 보닛에 걸터앉은 채 중학교 교정을 바라보며 생각에 잠겼다.

뭐가, 어디서부터 잘못된 걸까.

배신당했다. 내 잘못이 있다 하더라도, 이 일련의 상황은 명백한 배신이다. 하지만 그들을 믿었던 게 문제란 어머니 말엔 동의할 수 없다. 왜냐면 기실 자신은 그들을 완벽히 믿어 본 적이 한 번도 없었으니까. 믿지도 않았던 인간들에게 배신당했다는 것이 더 기가 막힐 노릇이긴 하지만, 적어도 어머니는 그 문제로 날 훈계할 자격이 없다. 어머니야말로 평생 못 미더워한 두 사람에게 배신당하고 또 당한 흉터로 얼룩진 인생이 아닌가. 나는 적어도 그런 실수는 하지 않겠다, 원호는 다짐했다. 백하영, 강경태. 두 사람을 내 인생에서 다시 보는 일은 절대로 없을 것이다. 가정을 지키라니, 말 같지도 않은 소리. 어머니가 그렇게 평생 가정이란 걸 지켜서 얻은 게 대체 뭐란 말인가. 아버지와 형, 둘이 번갈아 가며 어머니의 뒤통수를 치는 타이밍은 늘 약속이라도 한 것 같았지. 가끔은 정말로 일부러 짠 게 아닐까 의심이 들 정도로, 바로 지금 백하영과 강경태처럼.

아무래도 그 두 사람이 공모까진 아니라도, 서로의 시나리오에 대해 알고 있지는 않았을까 하는 망상을 떨쳐내기가 어려웠다. 망상, 그래, 더 나가면 망상이라는 걸 스스로 계속 주지시키는 중이었다. 충격으로 제정신이 아니란 소릴 듣고 있지만, 지금 자신이 제정신을 유지하기 위해 얼마나 혼신의 힘을 다하고 있는지 누구도 모를 것이었다.

그때 마침 곁을 지나가던 이들이 자신을 보고 놀라는 표정에 그는 자각이 돌아왔다. 자동차 거울에 비춰 보니 아닌 게 아니라 하관 곳곳에 핏자

국이 말라붙어 있고 콧잔등이 부어서 여간 험한 꼴이 아니었다. 그는 얼굴을 닦는 것보다 우선 새삼 다시 분이 치밀었다. 도대체 이 꼴이 돼야 할 만큼 내가 뭘 그렇게 잘못했단 말인가. 우리 집 남자들치고 어머니한테 맞아서 코피 한 번 안 터진 사람은 없지만, 어떻게 내가 이 일로 나머지 둘하고 다를 바 없는 취급을 받아야 한단 말인가. 어째서 내가 제멋대로 살았단 말을 들어야 한단 말인가. 다른 사람도 아닌 어머니한테… 도저히 받아들일 수가 없었다.

그는 늘 무거운 화구(畵具)를 지고 다니며 매일 온몸이 뻣뻣해지도록 입시 준비를 한 기억밖에 없는 중학 시절을 떠올리며 쓴 입맛을 다셨다. 10대 시절을 되돌려 보면 거의 한순간도 즐겁거나 편했던 적이 없었다. 늘 힘겹고, 불안하고, 분하고, 배가 고팠다. 그 길을 선택한 건 자신이었지만, 이후 자신을 단단히 옭아맨 것은 어머니의 희생과 기대였다. 그렇기에 차마 일탈은커녕 휴식조차 변변히 시도해 볼 엄두를 내지 못했다. 그나마 휴식이라면 아주 가끔 학원 수업을 빼먹고 근처 어딘가에 숨어 군것질을 하든가, 버스를 타고 강변까지 나가 바람을 쐬든가 하는 게 전부였다. 멀리 가서 간식을 사 먹기엔 용돈이 부족해서 둘 중의 하나를 택해야만 했다. 그리고 그 곁엔 대개 경태가 함께 했었다.

경태의 얼굴이 떠오르니 또 숨이 가쁠 정도로 열이 오르면서 목이 타들어 가는 느낌이었다. 서둘러 근처 편의점을 찾아 들어가 찬 음료를 마시고 물티슈로 얼굴을 닦았다. 그러고 나니 겨우 열이 좀 식으면서 생각이 정리되었다. 그래도 최근에는 아무래도 강경태 쪽을 더 믿었던 것 같은데, 비록 백 퍼센트는 아니었다 해도… 어떻게 그 믿음과 그 세월을 이렇게 저버릴 수 있나. 아무리 애써 봐도 도저히 일말의 이해도 가지 않았다. 진짜 친구였던 적은 없으니까, 원래 그런 양아치였으니까, 라는 말로 눈 하나 깜짝 않고 이 사태를 정리하던 아내 역시 이해할 수 없었다.

사실 이전에도 그 두 사람을 이해할 수 없는 순간은 너무나 많았다. 이해가 가지 않는 사람을 믿을 수 없는 건 당연한 게 아닐까? 그건 다른 얘긴가? 타인을 이해하고 믿는 문제는 그에게 있어선 언제나 풀리지 않는 수수께끼와도 같았다. 너무나 어려워서 에라 모르겠다, 내던져 버리려 해도, 이해는 몰라도 사람에 대한 믿음 없이는 일상을 꾸려나갈 수도 없다는 사실을 인정하게 된 지는 좀 되었다. 차로 돌아와 옆자리에 던져졌던 이혼 소장을 꺼내보며 그는 다시 그 사실을 절감했다. 도대체 누구를, 어떻게 믿어야 하나…?

원호는 다시 차를 몰았다. 여전히 어디 갈 데도 없고 더 이상은 어디 갈 에너지도 없었다. 그때 갑자기 쓰러질 듯 허기진 느낌이 그를 일깨웠다. 여태 삶에서 막다른 골목에 부딪혔을 때마다 언제나 그를 일으켜 세운 바로 그 느낌이었다.

뭐라도 제대로 먹고 가야겠다, 결심하고 그는 상가 쪽으로 차를 몰았다. 공영주차장에 차를 세우고 눈에 제일 먼저 띈 고깃집으로 직행하려는데, 문득 그 바로 위층에 붙은 간판이 눈에 띄었다.

편안하고 가까운 이웃, 동네 변호사 정우현. 무료 법률상담.
"법은 여러분을 위한 것입니다!"

2015년 9월
피고 답변서 작성(1)

작고 허름한 상가 건물에서 보기엔 낯선 글귀였지만, 간판 자체는 디자인이나 때깔을 보아 내건 지 오래되지 않은 것이었다. 밤 9시를 훌쩍 넘긴 시각임에도 사무실 창문에서는 희미한 빛이 새어 나오고 있었다. 어쩐지 그 풍경에 꽂힌 원호는 배고픈 것도 잊고 고깃집을 지나쳐 바로 옆 좁고 어둑한 계단을 올라갔다. 2층의 낡은 철문에도 **'동네 변호사 정우현 사무소'** 라는 아직 때 타지 않은 문패가 붙어 있었다.

문 안쪽 광경은 뜻밖이었다. 간판처럼 밝고 깔끔한 분위기의 사무실이었지만, 예상보다도 규모가 더 작았다. 가정집 안방 정도밖에 안 되는 넓이에 직각으로 붙어 있는 책상과 책장, 작은 소파와 테이블, 정수기 한 대가 전부였다. 그리고 그 가운데 여자 혼자서 두 손 가득 서류를 정리하다 말고, 노크도 없이 들어온 남자를 놀란 눈으로 쳐다보고 있었다.

여자의 외양에 관해선 일가견이 있는 원호는 한 눈에 그녀를 머리부터 발끝까지 스캔했다. 아담한 사이즈에 커다랗고 동그란 눈동자, 통통한 볼에 까무잡잡한 피부색이 꼭 다람쥐 같은 인상. 맑은 눈빛 때문에 더 어려 보이지만, 실제로는 30대 초반으로 추정되었다. 편안함에 중점을 둔 수수한 스타일, 언뜻 가냘파 보이지만 은근히 다부진 체구로 보아 몸치장보단 건강관리에 신경 쓰는 성향으로 보였다. 이런 야무지게 생긴 사무장이라니, 좋은 인상이 더해졌다.

"어떻게 오셨어요?"

빠르고 또박또박하며 약간 쏘는 듯 독특한 말투도 다람쥐 같은 외모와 잘 어울렸다.

"정우현 변호사님은 퇴근하셨나요?"

"아뇨. 전데요."

"…예?"

"제가 정우현 변호사입니다."

자신이 정작 가장 중요한 사항을 놓쳤음을 깨달은 원호는 당황해서 말문이 막혔다. 그제야 구석 벽면에 걸린 액자에서 '2012년 부산 P대학 로스쿨 졸업, 변호사 자격 취득'이란 정보가 들어왔다. 부산 말투였구나, 까지 생각이 미쳤을 때, 그녀가 쓴웃음을 지으며 말했다.

"앞으론 바깥에 '여자, 83년생'이라고 써 놔야 할까 봐요. 하도 당황하시는 분들이 많아서요."

"아니, 그게 아니라… 실례했습니다. 이름이 좀 남자분 같잖아요."

"그러게요. 사무장인 줄 아셨죠? 저는 혼자 일해요. 일단 앉으세요. 어떻게 오셨어요?"

"그게… 지나가다가, 무료 법률상담이라고 써 있어서."

음료를 들고 돌아오던 변호사는 난처하게 웃으며 말했다.

"아, 그것도 이제 써 붙여야 하는데… 30분까지만 무료고, 이후부터는 30분마다 상담료 만 원씩 받아요. 하염없이 하소연하시는 분들이 너무 많아서, 업무에 지장이 많아서요."

"아무렴 그렇겠지. 그 정도야 당연히… 근데, 혹시 식사하셨어요?"
"저녁이요? 아뇨, 아직."
"그럴 줄 알았어요. 엄청 배고픈 얼굴이야. 그럼 이렇게 합시다. 내려가서 밥 먹으면서 얘기해요. 상담료 대신 내가 고기 살 케니까. 어때요?"
두 사람은 바로 아래층 가게로 가서 직화구이 돼지갈비를 시켰다.
"고깃집 위에서 일하기 힘들겠어요. 하루종일 냄새 올라올 거 아냐?"
"말도 마세요. 배부를 땐 역하고, 배고플 땐 미쳐 버릴 것 같아요."
"근데 왜 여기다 차렸어요? 여긴 아무래도 변호사 사무실 자리는 아닌데."
"그게… 일단 보증금이 얼마 안 해서요. 고깃집 위만 아니었어도 좋았을 텐데, 꼭 이 근처에 내고 싶긴 했거든요."
"하필 이런 후진 동네 시장통에다. 왜? 그게 동네 변호사란 건가?"
원호는 아무 생각 없이 던진 말이었는데, 한동안 대답이 없어 보니 변호사가 자신을 흘겨보고 있었다.
"그럼 왜 하필 이런 후진 동네 시장통에까지 법률상담 받으러 오셨는데요? 그렇게 좋은 동네에서 일하시면서, 예?"
"아니, 그게… 기분 나빠하진 말고. 사실 이쪽이 내 고향이거든. 지금도 후지지만 옛날에 비하면 완전 용 된 거예요. 그래도 익숙해서."
그 말에 금세 그녀의 표정이 풀어졌다.
"아아… 그러시구나. 맞아요, 여기 완전 재개발돼서 딴판 됐죠. 하지만 아직도 낙후된 동네가 많고, 어렵게 사시던 분들은 전보다 더 어려워졌어요. 제가 2006, 7년에 이 근처에서 사회복지사로 일했었거든요."
"사회복지사? 원래 변호사가 아니셨구나."
"네, 저 변호사 경력은 3년밖에 안 돼요. 복지사로 일한 것도 겨우 1년 정도였지만."

"하기야 복지사보단 변호사가 백번 낫지. 공부 몇 년 더할 이유 있지."

"저도 그럴 줄 알았는데, 꼭 그렇지만은 않더라고요. 휴… 어째 자꾸 제 이야기만 하고 있네요. 이제 어떤 일로 오셨는지 말씀해 주세요. 제가 직접 도와 드리기 어렵더라도 어느 정도 조언은 해 드릴 수 있을 거예요."

"아니, 변호사님 얘기부터 듣죠. 내가 내 일을 맡길 만한 사람인지 먼저 판단해 보고 싶으니까."

그녀는 고개를 끄덕였다.

"전 원래 사회복지 전공이 목표였어요. 어렸을 때부터 사람 좋아하고 오지랖 넓고, 남들 도와주길 좋아했거든요. 좋아하는 일 하면서 먹고 살면 그 이상 좋을 게 없잖아요."

"음, 근데 사회복지사가 먹고살기도 힘들다지."

"뭐, 그 정도는 아니에요. 제가 먹고살 만은 했는데, 생각보다 제가 할 수 있는 일이 너무 적어서, 그게 힘들었어요. 예나 지금이나 사회복지사가 업무는 과중한데, 권한은 별로 없거든요. 눈앞에 할 일은 너무 많이 보이는데, 내가 능력이 안 되니까… 그게 괴로워서 한 1년 하다 그만두고 공무원 준비를 시작했어요. 매번 예산이니 허가니 두고 싸우던 게 한이 맺혀서, 공무원들이 현실을 잘 몰라서 답답한 경우가 많았거든요. 그런데 준비를 하다 보니까 공무원이 할 수 있는 일에도 한계가 많다는 걸 알게 됐어요. 고민을 좀 더 해 보니, 결국 문제는 법이다. 현대 사회의 모든 문제는 법의 틀 안에서 풀어 가야만 하는데, 법이란 것에 너무 허점이 많고, 어렵고 힘없는 사람들이 접근하기가 어렵다는 게 문제의 근본이다. 그러니까 사람들한테 근본적인 도움을 주기 위해서는 직접 법을 다룰 수 있는 능력이 필요하다. 이렇게 점점 욕심이 나더라고요. 그래서 결국 로스쿨까지 가게 됐어요."

줄곧 미간 주름이 점점 깊어지던 원호는 결국 젓가락으로 상을 툭툭 쳐서 그녀의 말을 중단시켰다.

"아니, 그럼 누굴 도와주고 싶다는 이유만으로 로스쿨까지 가서 변호사가 됐단 말야? 그게 소위 '동네 변호사'고? 이런 말도 안 되는 데다가 사무실 내고, 밤낮 고기 냄새 맡아 가며 혼자 야근하는?"

"네, 제가 현실 감각이 부족했다는 건 인정해요. 좀 더 많이 알아보고 준비했어야 하는데, 맘이 급했어요. 사실 제가 공부하길 좋아하는 편은 아니거든요. 현장에서 뛰고 사람들이랑 부대끼고 그런 거 좋아하는데, 욕심이 과해서 본의 아니게 공부를 너무 오래 하다 보니, 빨리 일하고 싶은 욕심이 앞섰어요. 처음엔 로펌에서 한 1년 일했는데, 거기선 시키는 일만 해야 하니까, 제가 하고 싶은 일이랑은 너무 다른 거예요. 그래서 국선전담변호사를 준비했어요. 근데 이게 옛날하곤 달리 경쟁률이 장난 아니거든요. 공무원이잖아요. 요즘엔 말아먹는 변호사도 많은 판이니까, 지금 저처럼 말예요.

국선 채용 떨어지고 나니, 또 1년은 도저히 못 기다리겠더라고요. 그래서 무작정 사무실을 냈죠. 예전에 정말 도와 드리고 싶었던 분들, 그런데 제가 부족해서 도망치듯 떠났던 분들을 다시 만날 수 있었음 했어요. 먹고 사느라 여유가 없으신 분들이 법을 잘 몰라서 사업이나 가정사에서 억울한 일을 당하시는 경우를 많이 봤거든요. 아직까지 우리나라 법률서비스가 서민들한테 친절하지 못한 게 사실이에요. 그런 분들이 쉽고 편하게 법률서비스를 받을 수 있게 하고 싶었어요. 그게 제가 꿈꾸는 '동네 변호사'였죠."

"그런데 지금 말아먹을 판이란 거지? 개업한지 얼마나 됐는데?"

"이제 1년 좀 넘었어요. 그런데… 아까부터 은근슬쩍 반말하시는 거 같은데, 뭐죠?"

뜻밖의 공격에 원호는 멈칫했다.

"내가 그랬나?"

"네, 방금 그것도 반말이잖아요!"

"나보다 어리지 않아요? 나 80년생인데."

"세 살 많다고 어른들끼리 초면에 반말합니까? 좀 아니지 않아요?"

상대가 눈을 치뜨고 물러서지 않겠다는 의지가 분명한데, 제 가슴은 뜨끔할지언정 배가 뒤틀리진 않는 게 신기하다고 원호는 생각했다. 그래, 이런 게 싸움을 거는 괜찮은 자세지, 하는 생각에 그는 저도 모르게 미소를 지었다.

"미안합니다, 변호사님. 근데 내가 원래 말버릇이 좀 이래요. 어릴 때 못 배워먹어서 그런 거니 이해 좀 해주십시다."

"나 참… 어릴 때 못 배워서 그렇다니, 그게 어른이 할 변명이에요? 정말 별로다. 여자한테만 그러시는 거 맞죠?"

"잉? 글쎄, 그건 아닌 것 같은데… 정말 아냐, 여자한테만 그러는 건. 남자 새끼들한텐 더 막 대하지."

"성차별이 아니라면 그나마 좀 낫네요. 그래도 앞으로 주의해 주세요. 음, 아까 어디까지 얘기했더라?"

"지금 사무실 개업한 지 1년 만에 말아먹을 판이란 데까지. 근데 먼저 좀 물읍시다. 결혼했어요?"

"아뇨, 아직."

"그럼 부모님께선 딸자식이 변호사까지 돼선 서른이 넘어 이러고 삽질하고 있는데, 뭐라 안 해요?"

"솔직히 걱정하긴 하시죠. 아직까진 믿어주고 계시지만…."

"이런 것까진 물어보기 뭣하긴 한데… 집이 좀 살아?"

정우현 변호사는 한숨을 내쉬었다.

"그게 아니니 문제죠. 대학 졸업한 이후론 부모님께 손 벌린 적 없긴 하지만, 제가 모아둔 것도 없어요. 이 나이에 용돈은 못 드릴망정… 처음 서울로 대학 올 때, 저 Y대 사회복지과 나왔거든요. 그때 자취방 얻으라고 해주신 돈, 그게 지금 사무실 보증금이에요. 그것까지 까먹으면 안 될 것 같아서, 이제 접어야 하나 심각하게 고민 중이었어요."

"그 말인즉 지금 월세도 제대로 못 낼 판이라는 거군."

"네… 한동안은 그럭저럭 버텼는데, 이젠 도저히… 인건비가 감당이 안 돼서 사무장도 석 달 만에 내보내고 저 혼자서 일하고 있는데, 그러다 보니 수임을 많이 못 하고, 그러니 수입은 점점 줄고…."

"이건 뭐 상담은 내가 해줘야 할 판이군. 봉사정신도 좋지만, 일단 사업을 벌여 놓은 사람은 마인드가 그 모양이면 안 돼요. 내가 월급 주는 사람, 내가 맡은 일을 책임져야 한다고. 그러는 동안 잘린 사무장은 뭐고, 댁을 믿고 일 맡기려던 사람들은 뭐가 돼요?"

"하아, 그러게요."

"진단 좀 해 봅시다. 결정적인 실패 요인이 뭐 같아요?"

"그 생각이야 저도 많이 해 봤죠. 일단은 제가 주 고객층으로 생각한 분들께서 이 서비스에 대한 이해가 너무 없으시더라고요. 그래서 상담은 많이 오시는데 실제 수임으로 이어지는 경우가 별로 없었어요. 제가 경력이 없다 보니까 믿음을 못 드리는 탓도 있겠고… 수임료를 어느 선으로 맞춰야 할지도 애매했어요. 좀 저렴하게 해야 가격경쟁력이 있을 텐데, 최소한 수지타산을 맞추려니 그것도 한계가 있고. 초기자본이 부족해서 어쩔 수 없었던 것 같아요. 그러니 홍보도 많이 못했고."

"이건 뭐 총체적 난국이구먼. 그 정도도 계산 안 해보고 사업을 벌였단 말야?"

"계산 안 해본 건 아니었는데, 의욕이 앞서서 냉정하게 판단을 못 한 것 같아요. 상대방의 이익과 나의 이익 사이에서 균형을 맞춘다는 게 정말 어려운 일이라는 걸 알았어요. 개인적으로 해결하기엔 무리인 면이 많으니까, 그래서 시스템이란 게 필요하구나. 역시 시스템에 기여하는 게 최선인가, 하면 또 시스템의 한계란 것도 분명히 알거든요. 머릿속이 너무 복잡해요."

원호는 혀를 차며 고개를 저었다.

"난 누굴 도우면서 그걸로 나도 살겠단 생각 자체가 에러라고 봐. 도와주면 돌려주는 게 사람이 아냐. 더 바라거나 뒤통수치는 게 보통이지. 어릴 때 꿈으론 나쁘지 않지만, 그 나이쯤 됐으면 그 정도는 알아야 정상 아닌가? 방금 얘기도 까놓고 말하자면, 어려운 사람들이라고 싸게 좀 해주려고 했더니, 다들 터무니없는 가격을 바라서 유지를 할 수가 없다. 그 얘기잖아? 말씀하신 대로 그런 건 시스템에 맡겨 둬. 그러라고 아까운 세금 내는 거 아냐? 난 그런 데다 내 세금 쓰는 것도 별로 마땅찮지만 말야."

"저도 모든 선의가 다 선의로 받아들여진다고는 우기지 않겠어요. 이 일 하면서 많이 배운 것도 그 점이고요. 하지만 제가 부족해서 그만두게 된다 해도, 이 시간을 후회는 안 해요! 전에 사회복지사로 일할 때도 그랬고, 열 번 삽질했다 쳐도 그 중의 한 번은 정말 제가 이 일하길 잘했다고 생각한 경우가 있거든요. 그게 저한테는 10분의 1의 성공 케이스일 뿐이지만, 그분한테는 일생일대의 기회가 된 거니까요."

"글쎄 동네 변호사가 잘못된 일이란 건 아닌데, 그런 마인드로 일할 거면 댁이 생계 걱정 없는 부잣집 따님이든가 해야지. 그리고 어떻게 생각하면 변호사님 같은 재능이면 더 잘 쓰일 수도 있는 건데, 에너지 낭비하는 것도 잘하는 일은 아냐."

그녀는 다시 어깨가 축 처졌다.

"그 말씀이 맞아요. 그래서 지금 심각하게 고민하고 있다니까요. 이제 제 얘기는 이쯤 하고, 어떻게 오셨어요? 지원호 대표님께선."

원호가 말없이 내민 이혼 소장을 받아들고 우현은 중얼거렸다.

"아아, 흠… 어쩐지."

"어쩐지 라니, 무슨 뜻이야?! 이혼일 줄 알았다, 이거야? 딱 보니 이혼 당할 상이다, 그거냐고!"

"아오, 귀청이야! 누가 그렇대요?!"

"어쩐지, 랬잖아! 그럼 그게 무슨 뜻인데?!"

"네에, 솔직히 말하면 엄청 뜻밖은 아닙니다!"

"어째서?! 내가 어디가, 이혼 당할 상인데!!"

"긴말 할 것도 없어요. 아무한테나 반말하시잖아요! 주의 좀 해 달라니까, 계속 그래! 남의 말 절대 안 듣는 성격이시죠? 그리고 본인 입으로 못 배웠다면서요? 그런 분이 이혼 소장 받는 게 뭐 이상한 일은 아니죠!"

"…젠장, 할 말이 없네! 변호사는 변호사구먼."

"이혼 청구 사유가 폭행, 욕설, 폭언, 무시, 모욕…"

"아, 그걸로 날 판단할 생각은 마쇼! 나 지금 되게 억울한 사람이니까."

원호가 불판에 남은 고기를 깨끗이 해치우는 동안, 우현은 소장을 꼼꼼히 검토하고 나서 입을 열었다.

"청구액이 총 4억 3,300만 원… 이 정도면 소송할 만하네요. 이런 건 이혼 전문 변호사를 찾아가시는 편이 좋을 텐데요. 제가 능력자 선배 한 분

추천해 드릴까요?"

"실은 우리 어머니가 이혼 전문 변호사라고 하나 모셔왔는데, 아까 얘기 좀 해보니 영 사짜 같아서 말야."

"흠, 이혼 사건은 사실 관계를 명확히 따지기가 어렵기 때문에 다른 사건들하곤 좀 달라요. 말하자면 어느 정도 소설을 쓰는 능력이 필요한데, 그러니까 이혼 전문 변호사 분들은 약간 그런 느낌을 주시는 수도 있어요."

"이혼 사건 맡아 본 일 있어요?"

"네, 몇 번 있죠. 사실 이 바닥에서 제일 흔하게 의뢰받는 일 중 하나거든요. 물론 이혼은 상담 건수에 비해 실제 소까지 가는 경우는 드물지만요. 갔다가도 조정으로 끝나거나 취하하는 경우가 많고요. 먼저 보신 변호사 분께선 뭐라 얘기하시던가요?"

원호의 이야기를 다 듣고 난 우현은 고개를 갸우뚱했다.

"글쎄요, 일단 제가 듣기로 사짜는 아닌 것 같은데요? 그 정도면 충분히 합리적인 제안이라고 봐요. 변론 전략도 그렇고, 착수금이랑 성공보수도 상식적인 수준인데요. 물론 더 낮게 계약할 수도 있지만, 경력 있는 분이시라면 충분히 그 정도 부를 수 있어요. 뭐가 그렇게 맘에 안 드셨어요?"

"뭐 일단… 다른 것보다 이혼 못 해주겠다고 공갈치자는 게 맘에 안 들었어. 그런 거 내 스타일 아니거든."

"그럼 그렇게 안 하겠다고 하시면 돼요. 어차피 의뢰인 의사에 반하는 변론을 할 수는 없어요. 하지만 변호사 입장에서 효과적이라 생각되는 전략을 제안할 수는 있는 거니까요. 솔직히 말씀드리면 저 같아도 먼저 그렇게 얘기했을 것 같아요."

"…아, 그래?"

"네. 상대방이 이혼 자체가 급하든, 아니면 재산을 더 받아내는 데 중점을 두고 있던 간에, 일단 이혼에 순순히 동의해 주지 않는 게 나쁜 전략은 아니에요."

"하지만 싫어! 나도 헤어지고 싶은데 매달리는 꼴이 되잖아."

"그 심정 이해는 해요. 하지만 어차피 문제는 돈이잖아요. 돈 문제만 아니면 소송하고 싸울 이유도 없는 거잖아요? 아까 사업가 마인드에 대해서 말씀하셨죠. 소송도 사업이나 마찬가지예요. 무슨 일로 시작했든 간에 소송하느라 드는 비용에 시간에 에너지에, 투자한 것보다 건질 게 많지 않으면 의미가 없죠. 그런데 감정대로 하면 돼요? 현실적으로 생각해야죠. 한 푼이라도 더 건져야 되는데, 꼬라지가 문제예요? 안 그래요?"

원호는 머리를 한 대 맞은 듯 눈을 끔벅거리고 있더니 말했다.

"뭐지? 아까 그 사람도 이렇게 차분히 설명해 줬으면 알아들었을걸."

"음… 아마 그분은 저보다 경력도 훨씬 많으시고 자부심도 있는 분이니, 그렇게까지 하실 마음이 안 드셨을지도 몰라요. 그리고 대표님보다 나이도 많으실 텐데, 설마 지금처럼 막 반말하시고 그랬던 거 아니죠?"

"글쎄, 사실 그때는 내가 너무 빡쳐서 제정신이 아니었어가지고… 그 사람 때문이 아니라 우리 엄마가 속을 뒤집어 놓는 바람에."

"쯧쯧… 알 만하네요. 이제라도 다시 연락 드려서 오해 풀고 얼른 준비 시작하시는 게 어때요? 일단 소장을 받으면 30일 이내로 답변서를 내야 해요. 안 그러면 상대방 뜻대로 판결 나버릴 가능성이 커요."

"잠깐, 이름이 뭐랬지? …정우현. 이봐, 정 변호사님이 내 일 맡아 볼 생각은 없어요?"

우현의 두 눈동자가 쏟아질 것처럼 커졌다.

"대표님… 그건 좋은 생각이 아닌 것 같아요. 저는 경험도 부족하고, 적임자가 아녜요. 대표님이 소송비용 한 푼이 아쉬운 처지는 아니시잖아요?"

"싸게 부려먹을 생각으로 맡으라는 얘긴 아냐. 성실하고 정직하게 잘 해 줄 것 같아서 하는 말이지. 한 푼이 아쉬운 처지는 그쪽일 테고. 어차피 지금 다른 일이 많은 상황은 아니지 않아?"

"그건… 그렇죠. 대표님 일에 전념해 주길 바라시는 거라면, 그건 가능하죠. 하지만 제 생각에 아내 분께서는 아마 최고 수준의 전문 변호사를 고용하셨을 텐데…."

원호는 콧방귀를 뀌었다.

"분명히 그랬겠지. 여기저기 있는 대로 수소문해 보고, 이름난 사람 중에서도 최고 이름난 사람한테 맡겼을걸. 그게 걔 스타일이거든. 하지만 난 달라."

"대표님 스타일이란 건 뭔데요?"

"일단 대답부터 해요. 맡을 거야, 안 맡을 거야?"

우현이 계속 망설이는 기색이자, 원호는 테이블 너머로 그녀를 향해 몸을 기울이며 특유의 위협적인 투로 다시 말했다.

"솔직히 말해요, 안 때릴 테니까. 맡기 싫어요? 내가 맘에 안 들어?"

"그런 건 아녜요. 아직 대표님이 어떤 분인지 잘 모르니까요. 사건에 대해서도 더 알아봐야 하고요. 이 소장만 갖고는 알 수 있는 게 별로 없어요."

"그럼, 그냥 일이 하기 싫은 건가? 사무실 정리하고 좀 쉬려는 차였어?"

"아뇨. 아직 정리하기로 완전히 결정한 것도 아니고, 계속할 수만 있다면 하고 싶죠. 전 일을 쉬고픈 마음은 조금도 없어요. 일하고 싶어요. 할 일이 없는 게 문제지."

"그러니까 내가 모처럼 큰일을 맡겨 주겠다잖아. 뭣 때문에 망설이는 건데. 자신이 없는 거야?"

그 말에 비로소 우현은 움츠리고 있던 어깨를 펴고 정색하며 대꾸했다.

"변호사로서 저 자신한테 자신이 없는 건 절대 아녜요. 제가 경험이 좀 부족해서 그렇지, 자격이나 열정이나 성실성에선 누구한테도 뒤지지 않는다구요. 하지만 각자 전문 분야가 있고 적임자가 있는 거니까요. 과정도 중요하고 관계도 중요하지만, 송사에서 제일 중요한 건 결국 결과예요. 의뢰하신 분 처지에서 조금이라도 더 가능성이 있는 길을 추천해 드릴 수밖에 없어요. 그건 변호사로서 제 양심인 거예요."

"무슨 말인지 알겠어. 그런데, 정 변호사. 사람들 도와주고 싶어서 변호사 된 거라고 안 했어요?"

"그랬죠."

"그러니까, 정 변호사가 나를 좀 도와주면 좋겠어. 아직 나에 대해 잘 모르겠지만, 내가 보기만큼 그렇게 괜찮은 처지는 아냐. 사실, 나 지금 되게 불쌍한 놈이야. 누가 도와주지 않으면 안 돼. 특히 양심적이고, 성실하고… 내가 믿을 수 있는 사람이 필요해.

수임료, 아까 그 변호사가 부른 거 못잖게 줄게. 그걸로 사무실 빼지 말고 버텨 봐요. 홍보도 더 하고. 동네 변호사? 이거 꽤 멋진 것 같아. 그래서 하는 말이기도 해. 벌써 포기하진 말았음 좋겠어. 대신 내 이 일만 잘 좀 부탁할게. 어때?"

의심, 놀라움, 반가움, 불안, 동정, 믿음, 망설임, 승부욕, 자부심 등 복잡다단한 심경들이 맑고 커다란 눈 속을 스쳐 지나간 끝에, 그녀는 마침내 원호가 내민 손을 조심스레 잡았다.

"그런데… 마지막으로 한 번만 물을게요. 대체 뭘 보고 딱 잘라 절 선택하신 거예요? 물론 제가 양심적이고, 성실한 건 맞지만… 거기다 경력에 전문성도 갖춘 변호사도 얼마든지 있을 텐데요."

"아, 거 어지간히 꼬치꼬치 따지네! 얘기 끝난 거 가지고… 원래 성격이 그래요?"

"네, 제가 원래 그렇긴 해요. 뭐, 변호사로서 나쁜 성격은 아니죠."

"그렇긴 하겠지만… 난 그런 거 좀 아냐. 왜 선택했냐고 하면, 그냥 나의 느낌적인 느낌이지. 난 내 느낌을 믿거든. 그게 내 스타일이고!"

"흠… 근데요, 지금 이혼하자는 아내 분도 혹시 그렇게 선택하신 거 아네요?"

2015년 9월
피고 답변서 작성(2)

15년 만에 짧게 재회했던 여고 동창 두 친구는 단 두 번째 만남에서부터 일말의 어색함까지 털어내고, 오히려 학창시절보다도 더욱 허물없는 기분이 되어 온갖 속내를 다 털어놓으며 시간 가는 줄 몰랐다. 물론 그 시절엔 함께 할 수 없었던 알코올의 힘도 클 터였다. 인실이 근무하고 있는 K대학 인근 번화가의 한 모퉁이에 위치한 일식주점, 단골이 아니면 찾기 어려운 위치인 데다 평일 밤이라 북적이지 않아 깊은 이야기 나누기 딱 좋은 그곳에 허인실과 백하영 두 친구는 일찌감치 자리를 잡았다. 인실이 가끔 친구를 개명 전 본명인 영숙이라고 부르는 걸 하영이 그냥 넘어가지 못하는 것 말곤 두 사람의 대화를 방해하는 요소는 없었다. 다만 앉은 지 얼마 안 되어 인실은 문득 술잔이 비워지는 속도를 인식하곤 놀랐다. 본인도 어디 가서 빠지지 않는 주당인데, 하영이 마시는 기세는 따라잡기가 힘들었다.

"얘, 좀 천천히 마셔. 이러다 훅 가겠다. 이렇게 시간 맞추기도 힘든데, 우리 오늘 오래 놀아야지."

"이 정도 갖고, 까딱없어. 오늘 밤 새도 충분해."

"그래도 기분 안 좋을 땐 살살 마시는 게 좋은데."

"기분 안 좋을 것도 없는데? 나 요즘 괜찮아. 적어도 그전보단 훨씬. 이혼 결심하고 기분 좀 나아졌고, 소장 보내고 더 나아졌고."

"다행이네. 그럼 요즘은 둘이 어떻게 지내? 그래도 일하면서 보긴 볼 거 아냐? 집에서는?"

"오다가다 마주치긴 하는데, 서로 꼭 필요한 얘기만 해. 근데 그건 전부터 그랬거든. 오히려 이미 끝났다고 생각하니까 괜히 감정 날 세우고 싸울 일 없어져서 좋아. 진짜, 전보다는 훨씬 나아. 왜 그동안 참고 살았는지 억울할 정도야. 이혼이 나쁜 게 아니라니까. 그것밖에 답이 없을 때가 있어."

"당연히 그렇겠지. 하지만 소송이란 게 진짜 쉽지 않을 텐데. 우리 이모가 이혼소송하신 걸 봤거든."

"맞아. 나도 많이 알아보고 생각해 봤어. 근데 어차피 그 인간이랑 곱게 헤어지는 건 불가능한 일이야. 그래 줄 인간이 아니거든. 그럴 바에야 나도 독하게 마음먹고, 뜯어낼 것 다 뜯어내고, 끝까지 괴롭히면서 헤어져야지. 차라리 잘 됐어. 곱게 헤어져 주기엔 나도 억울해. 생각해 봐. 어떻게 헤어지든 이 바닥에서 서른여섯 이혼남이랑 서른여섯 이혼녀는 그 자체로 신세가 다르지. 지 알량한 재산 몇 억으로 보상이나 돼? 곱게 헤어져, 누구 좋으라고? 두고 보자고. 나 요즘 컨디션 최상이라니까. 아드레날린 폭발이야."

"그래, 너의 전투력이 나도 느껴진다. 근데 도대체 어떤 인간이기에 널 이렇게 만든 건지, 그것도 점점 궁금해져."

하영은 콧방귀를 뀌었다.

"그냥 미친놈이야."

"미친놈이 한둘이냐? 살다 보니 각종 미친놈 종류별로 구경하는 일도 나름 재미던데. 그래도 한때는 뭔가 좋아서 결혼까지 했을 거 아냐? 네가 바보도 아니고… 그냥 궁금해서 그래. 불편하면 얘기 안 해도 돼."

"아냐, 불편하다기보단… 솔직히 말하면, 넌 아직 결혼 안 했잖아. 이해를 해 줄까 싶기도 하고, 또 괜히 멀쩡한 처녀 결혼에 대한 환상을 깰까 봐 미안하기도 해서 그래."

인실은 어이없다는 듯 웃었다.

"야, 장난해? 환상이라니, 내가 뭐 환상 때문에 여태 결혼 못 한 걸로 보이냐? 지금 내 나이가 몇 갠데, 눈 귀가 없는 것도 아니고. 지인들 갔다 온 거 본 것도 처음은 아냐. 요즘 이혼이 얼마나 흔한데. 통계상 세 쌍 중 한 쌍이라더라."

"맞아, 그렇다더라. 그런데도 삼 분의 일이 내가 될 거란 생각은 절대 못 하는 게 인간이니, 참… 왜 그렇게들 헤어지는 걸까? 그럴 거면 대체 왜 결혼한대?"

"얘, 그 질문에 답할 사람은 우리 둘 중에선 네 쪽 아니니?"

"나도 나지마는 남들은 또 무슨 기막힌 이유로들 헤어지나 정말 궁금해."

말은 그래도 딱히 대답을 기대한 건 아니었는데, 뜻밖에 인실이 사뭇 진지한 투로 말했다.

"백이면 백 다 다른 기막힌 이유가 있겠지만, 솔직히 제삼자 입장에서 볼 때 요즘 이혼을 이렇게 많이 하는 진짜 이유는, 결혼을 너무 많이 해서 라고 생각해."

"…응? 그게 무슨 말이야?"

"말 그대로야. 결혼을 필요 이상으로 많이 하는 게 문제라고. 옛날 사람들이야 웬만해선 결혼은 꼭 해야 되고, 또 한 번 결혼했다 헤어지면 큰일 나는 줄 알고 살았지만, 요즘은 안 그렇잖아. 평생 불행을 감수하면서까지 결혼생활을 하겠단 사람은 잘 없잖아? 근데 내가 보면 결혼제도란 게 본성적으로 안 맞는 사람이 사실 많단 말야. 솔직히 한 사람하고만 평생 믿고 사랑하면서 같이 산다는 게 얼마나 빡센 일이야? 그러니 옛날처럼 배우자 없으면 완전 큰일 나는 세상도 아닌데, 결혼이 잘 안 맞거나 별로 필요 없는 사람이라면 알아서 애당초 하질 말아야지. 아직도 다들 나이 차서 결혼 안 하면 큰일 나는 줄 알고 무작정 하고 보는 사람이 많으니, 실패율도 높을 수밖에 없지. 이혼율을 줄이려면 혼인율을 줄여야 한다, 이게 내 견해야."

"와, 무지 신선한 견해인데, 말 된다. 역시, 공부한 애는 뭔가 달라도 다르네. 그럼 혹시 네가 아직 결혼 안 하고 있는 것도 이혼율을 줄이기 위해서니?"

"글쎄… 사실 내가 결혼제도를 감당할 수 있을지 말지, 그건 잘 모르겠어. 하지만 분명한 건 한국식 결혼은 정말 노땡큐란 거지. 여자한테만 몰아주는 육아의 부담이라든가, 시월드 문제라든가…"

그 말에 하영은 머리를 한 대 맞은 표정으로 중얼거렸다.

"그래, 시월드. 그렇지… 내가 왜 이혼 결심했는가 하면 백만 가지 이유가 있고, 그 중에 내 문제도 있겠지만, 한 가지 분명한 건 있다. 시어머니만 아니었어도 적어도 이혼까진 안 왔을지 몰라."

"역시나… 뭐 어쨌는데? 널 안 좋아하셨어?"

"그것도 그랬는데, 그것만이 문제가 아니었어. 그분은 그냥 존재 자체가 문제야. 자기 사람들이라면 전 인생을 본인 뜻대로 좌지우지해야 속이 풀리는 분이거든."

"헐, 최악이다! 그런 거 정말 싫어! 모르고 결혼했어?"

"알긴 알았어. 근데 그분도 기가 세지만 그 아들도 만만찮게 세고 제멋대로거든. 그래서 둘이 사이가 좋을 때가 별로 없어. 사실 나랑 결혼하겠다고 했을 때부터 어머님이 무지하게 반대했었지. 대놓고 펄펄 뛰었어. 아무리 맘에 안 들어도 어떻게 사람 면전에 대고 저럴 수가 있나, 나로선 너무 상식 이하라서, 황당할 정도였어. 근데 아들도 똑같아. 자기 어머니가 그렇게 야단하는데 그걸 그냥 대놓고 무시하더라고. 결혼 추진할 때 한순간도 그 사람이 어머니 반대 때문에 흔들린다는 느낌을 준 적이 없었어. 그걸 믿고 결혼했지, 난. 그런데 결혼하고 보니까…."

"변했어?"

"아니, 그게 아니라 나도 걔한테 딱 그렇게 무시당하고 있더라고. 변하긴, 그 인간은 절대 안 변해. 사람은 다 안 변하지만 그렇게 죽어도 안 하는 인간도 없을 거야. 걘 자기 뜻이랑 안 맞으면 그 누구라도 그렇게 투명인간 취급할 수 있어. 더 억울한 건 뭐냐면, 걔가 그나마 세상에서 제일 덜 무시하는 인간이 그나마 지네 엄마라는 사실이지."

"어이가 없네. 그런 엄마를 거역하고 결혼했으면 그때부턴 네가 일 순위가 돼야 되는 거 아냐?"

"솔직히 걔도 나랑 결혼할 땐 그러고 싶은 마음이었던 것 같아. 그나마 딴 사람보단 내 말을 잘 듣는 편이었던 것도 사실이고. 하지만 결국 내가 어머님을 제끼진 못했어. 그 둘은 그래도 피를 나눠서 그런지, 확실히 코드가 통하는 데가 있거든. 그리고 아무리 물어뜯고 싸워도 뭐랄까, 끈끈한 전우애 같은 것도 있고. 나 따위는 끼어들 틈이 없지.

물론 그렇다고 이 사태를 전부 시어머니 탓으로 돌릴 생각은 없어. 아무리 그분이 싫었대도, 남편이 좀만 더 나한테 잘했어도 이 판국까진 안 왔을 테니까."

"그러니까, 내가 우리 이혼한 이모랑 얘기하다가 내린 결론이 있어. 이혼은 비행기 사고 같은 거라고. 사고 한 번 나면 큰일 나는 거 다들 아니까 아주 많은 안전장치가 있는데, 그 모든 게 하필 동시에 다 에러가 나게 되면, 그때 비행기가 떨어지는 거잖아. 그 순간 딱 한 가지만 제대로 작동했어도, 위기일발 하긴 해도 떨어지지는 않을 건데, 정말 하필이면 그렇게 되는 거지. 그러니 이혼을 하고 말고 그 종이 한 장 차이는 누구의 잘잘못이라 할 수도 없고, 재수가 없는 거라고 밖엔. 비행기 사고처럼… 운명인 거지."

하영은 두 눈을 커다랗게 뜨고 친구를 바라보았다.

"정확한 분석이야. 어쩜… 역시 꼭 직접 당해 봐야만 맛은 아냐. 하긴 같은 일을 백 번을 당해 봐도 정신 못 차리는 인간들도 많으니까. 똑똑한 애는 다르네. 결혼 안 해봤다고 무시한 거 취소. 내가 정말 사람을 잘 찾아왔네. 역시 내 사람 보는 눈은 정확해. 여태 결혼할 때 빼곤 거의 100퍼센트였다니까."

비록 쓴웃음이지만 한바탕 웃고 나니 둘 다 말투가 한결 가벼워졌다.

"내 전공이 역사학 아니니. 원인 분석하고 그러는 거 좋아하고, 잘해. 근데 허무한 게, 과거를 완벽히 파악한다 해도 미래에 완벽히 대비할 수는 없다는 거지. 그래도 아예 모르는 것보단 조금은 나을 수 있으니까."

"무슨 말인지 알겠어. 맞아, 원인 분석이 필요하지. 지금 당장은 그 인간만 조져 버리고 나면 원이 없을 것 같지만, 내 인생 그걸로 끝나는 게 아니니까. 앞으로 비슷한 실수하지 않으려면."

"그러니까. 남편의 싫은 점 중에선 뭐가 제일 싫었는데? 이것만 아니었어도 참을 만했다는 게 있담 뭐야? 우리 이모도 이모부가 바람피우지만 않았어도 이혼할 마음까진 못 먹었을 거라 하더라고. 물론 그것 말고도 엄청 많은 문제가 있었지만… 바람피운 건 실은 결과일 수도 있지만 말야."

"아, 우린 그건 아냐. 글쎄… 모르는 일이지만 내가 아는 바론 그런 일은 없어. 바람이나 피울 위인도 못 돼. 그 인간, 시간 아깝고 돈 아까워서 여자 따위 못 만나. 사회성도 빵점이고."

"그렇담, 만약 아이가 있었다면 어때? 애가 있었어도 지금 헤어질 결심 했을 것 같아?"

그 말에 하영은 잠시 정지화면처럼 있었다.

"사실 아이 문제도 좀 있긴 했지."

"일부러 안 가진 게 아냐?"

"처음엔 일부러 미뤘지. 우린 스물아홉에 결혼했고 그때부터 창업이 목표였으니까, 애는 당연히 몇 년 후로 생각했지. 사업체 자리 좀 잡고 나서, 아마 지금쯤 가질 계획이었어. 사실 우린 둘 다 아이 욕심이 별로 없었어. 내가 어렸을 때 집도 어렵고 부모님 사이도 안 좋고 해서 방황을 엄청 했었잖아. 걔네 집도 비슷하거든. 그래서 일단 우리끼리 안정되는 게 중요하지, 무작정 낳아놓고 애들 고생시키지는 말자, 이런 생각이었어. 그런 생각이 비슷해서 결혼할 수 있었던 것 같아.

근데 생각보다 사업이 정말 만만치 않더라고. 지금 돌아보면 그 정도면 순조롭게 자리 잡은 편이긴 한데, 도저히 애를 가질 겨를은 없었어. 그리고 겨우 여유가 생겼을 때쯤엔, 우리 사이가 너무 나빠져 있었지. 손끝 스치기만도 싫은데 애를 어떻게 가지겠어. 그보다 그 인간의 애를 낳는다는 건 생각조차 하기 싫더라. 그래도 일 때문에 웬만해선 헤어질 수 없다 생각했으니까, 우리한텐 사업체가 애 비슷한 역할을 하긴 한 거야. 하지만 진짜 애까지는 도저히 못 갖겠다 싶었어. 지금 이렇게 되고 보니 그게 얼마나 다행인가 싶어."

"그럼, 남편은 어땠어? 애 갖고 싶어 하지 않았어?"

"정확히는 모르겠지만, 남의 마음이니까… 걘 원래 나보다 더 애에 관심이 없었어. 하지만 아예 평생 애 없이 살 거란 생각도 안 해본 것 같아. 뭐, 남자들이 보통 그렇지. 지들이 직접 낳는 것도 아니고, 원하면 언제든 가질 수 있다고 생각할 테지. 여하튼 걔가 나한테 애 문제를 먼저 얘기하거나 한 적은 없어. 그러니까 걘 별로 상관없었는데, 역시나 그 엄마가 문제였지."

애써 침착함을 유지하려던 하영의 목소리가 점점 북받쳐 오르는 걸 느끼고 둘 다 그만 잠시 대화를 쉬어가야겠다고 생각한 찰나, 때마침 인실의 전화벨이 울렸다. 짧은 통화를 마치고 인실이 말했다.

"영숙… 아니 하영아, 우리 과 후배가 좀 이따 여기 잠깐 들르겠대. 내가 뭐 자료를 들고 왔는데, 그거 가지러. 괜찮지? 그것만 받아 가지고 도로 갈 거야."

"응, 그럼 상관없지. 근데 이 밤에 무슨 자료가 당장 필요해서?"

"우리 교수님 중 한 분 논문집인데, 워낙 옛날 거라 파일도 없고 희귀 자료거든. 지금 사무실에서 일하는 중인데, 그게 당장 필요하대."

"아니, 여태까지? 걔도 너처럼 조교인 거야?"

"응, 우리 사무실 막내야. 올해 걔 하나 들어온 덕분에 그나마 내 팔자 좀 폈지. 애가 엄청 똘똘하고 착하거든. 그전까지 나랑 3년차랑 둘이었는데, 그 기집앤 진짜 여우 같은 년이라, 뺀질거리기만 하고… 후배라 봤자 없는 것만 못했어."

"어딜 가나 그런 애들은 꼭 있지. 그나저나 조교도 정말 극한직업이구나."

그 뒤로 둘은 화제를 전환해 가벼운 이야기를 나누었다. 갑자기 숨통이

트인 듯한 인실의 표정을 보고 하영은 좀 미안한 생각이 들어 제 신세타령은 이제 그만하기로 마음먹었다.

그런데 잠시 후 나타난 후배 조교란 이를 본 순간, 하영은 인실의 표정이 달라진 이유가 다른 데 있었음을 눈치채고는 재빨리 그를 자세히 관찰했다. 남자치고는 꽤 작은 체구에 수수하기 짝이 없는 차림새, 도수 높은 안경알 뒤의 청아한 얼굴이 언뜻 고등학생이라 해도 믿을 정도로 앳되어 보이는 인상이었다. 하지만 마치 보석처럼 반짝이면서도 단단해 보이는 눈빛이 어디서도 결코 만만한 존재가 될 사람은 아닌 걸 읽어낼 수 있었다.

"안녕하세요? 사학과 04학번 김도윤이라고 합니다. 잠깐 실례할게요."

고개를 꾸벅 숙여 인사하고는, 인실에게서 두툼한 책자 한 권을 받아들고 바로 돌아서려는 그를 향해 하영이 얼른 말했다.

"저기, 너무 바쁘지 않으면 잠깐 앉아서 좀 먹고 가지 않을래요? 우리 안주 너무 많이 시켜서 남을 것 같은데, 아까워서. 아직도 할 일 많이 남았음 야참이 좀 필요하지 않겠어요?"

그 말에 도윤보다 인실이 더 당황한 것 같았지만, 세 사람의 합석은 순조로웠다. 아닌 게 아니라 꽤나 배가 고팠던 참인지 그가 별로 사양도 없이 테이블 위의 음식을 이것저것 주워 먹는 동안, 인실은 몹시 어색한 태도로 두 사람을 서로에게 소개시켰다. 반면 도윤은 좀 쑥스러워하긴 해도 별로 어색해하진 않는 기색이었다.

몇 분 후 그는 어지간히 배가 불렀는지 수저를 내려놓았지만, 이대로 자리를 떠나기엔 좀 뭣하다고 생각했는지, 반쯤 들떴던 엉덩이를 다시 자리에 붙이곤 인실을 향해 말했다.

"근데, 왜 선배가 도 교수님 논문집 갖고 있었던 거예요?"

"아, 쌤이 강의안 다시 만드는 것 좀 도와 달라고 하셔서. 시간이 없어서 오늘 집에 가져가서라도 하려고 들고 나왔는데, 여태 여기서 이러고 있네. 헤헤."

"그러니까 그걸 왜 선배가 하냐고요. 서영 선배가 할 일 아니에요?"

"응, 근데 서영이 일하는 거 답답하다고 쌤이 나한테 자꾸 미루셔."

"그러니까, 어이없다니까요! 서영 선배는 저한테 시켰다고요. 해도 제가 할 일이지, 그걸 선배가 떠맡으시면 어떡해요? 자꾸 그렇게 받아주니까 다들 선배한테만 미루잖아요."

"내 말이. 나 이러다 진짜 잠수 타버릴 것 같아."

"그러기 전에 거절하는 게 낫잖아요. 지금 그 일 정도는 선배가 거절해도 누가 뭐랄 사람 없어요. 아무리 조교가 노예라지만, 이렇게 일 많이 하는 5년 차가 어느 사무실에 있대요?"

"여태 졸업 못 하고 있는 내가 죄인이지 뭐. 빨리 논문 마무리해야 되는데."

"글쎄 그런 일까지 다 하시면서 언제 논문 쓰시냐고요. 제발 다 떠맡지 마시고 저한테라도 시키세요, 예? 못하겠다 싶으면 거절할 테니까요. 전 거절 잘하잖아요."

곧이어 들어올 때처럼 군더더기 없는 동작으로 도윤이 사라진 후, 잠시의 정적을 깨고 하영이 입을 열었다.

"너, 쟤 좋아하지?"

제 앞에 툭 던져진 말이 마치 수류탄이나 되는 양 인실은 혼비백산했다. 그 표정만 봐도 굳이 대답을 들을 필요도 없었다.

"어, 어, 어떻게 알았어…? 티… 티나?"

"글쎄, 음… 뭐 티가 많이 나는 건 아냐. 그치만 귀신을 속여야지, 난 그런 데 전문가거든. 걱정 마. 그 친구는 전혀 모르고 있는 눈치니까."

그리고 하영은 큰 소리로 웃어젖혔다. 예상보다 훨씬 더 당황하며 어쩔 줄 몰라 하는 친구의 모습이 재미있기도 했지만, 보다 보니 좀 의아할 정도였다.

"하아… 나 어떡하지? 이렇게 누가 눈치챌 정도면… 아무리 네가 귀신이라지만, 어디든 귀신 하나쯤은 있는 법이잖아. 큰일 났다! 장서영 그년이 눈치채면 어떡하지? 아, 진짜 미치겠네! 어쩌지?"

"뭘 어쩌니? 나 참, 처녀가 총각 좋아하는 게 무슨 죄라고. 그나저나 네 남자 취향 안 그래도 궁금했지만, 역시나 별나다. 저런 꼬맹이가 어디가 좋니? 너보다 키도 작을 것 같은데."

"아냐, 비슷해!"

"하긴 남자 키가 무슨 상관이야. 나도 다시 남자를 만난다면 키 큰 남자는 절대 안 만날 거야."

"남편이 키가 큰가 봐?"

"응, 180 좀 넘나? 다 소용없어. 키 큰 남자 진짜 별로야. 지들이 키만 크면 단 줄 안다니까."

"어떻게 하면 남자가 키 큰 것까지 싫어지는 거야? 너희 남편 궁금해, 진짜. 아까 어디까지 얘기했더라?"

"아니, 내 얘긴 오늘은 그만하자. 맨날 꿀꿀한 이혼 타령만 하다가 모처럼 풋풋한 장면 보니 내가 다 설렌다. 빨리 대답해 봐. 어디가 좋아? 언제부터야? 쟤 여자친구 있어? 너랑 얼마나 친해?"

인실은 여태 그렇게 술을 마시면서도 본 적이 없을 정도로 빨개진 얼굴로 도리질을 쳐댔다.

"여자친구는 없다는데, 아냐, 그렇다고 내가 뭐 어떻게 해볼 것도 아니니까. 정말 큰일 났네, 그렇게 티 나면. 어쩌지?"

"아니 그러니까 자꾸 뭘 어쩌지, 냐고? 왜 어떻게 해볼 게 아냐? 여자친구도 없다면서, 확 꼬셔 버리면 되잖아? 뭐가 문제야?"

"그게, 뭐… 말이 되냐? 나이도 나보다 다섯 살이나 어리고… 키도 나보다 작고…."

"아깐 비슷하다면서."

"저번에 대 보니까 좀 작긴 작더라고."

"그래서 뭐? 넌 그래도 좋다는 거 아냐? 보면 아주 작은 남자애들은 오히려 키 큰 여자 좋아하는 경우가 많더라. 나이도 뭐, 요즘은 연상연하가 대세인데. 서른 넘어 그깟 다섯 살 차이야 같이 늙어가는 거지. 너 외롭다면서, 그런데 아직 결혼은 생각 없다며. 다섯 살 연하만큼 괜찮은 선택이 어디 있어? 직장에서 매일 보니 기회도 많겠다, 도대체 왜 티도 못 내고 그냥 놔두는 건데? 이해가 안 가네."

"직장에서 매일 보니까, 그게 어려운 거지. 괜히 잘못 건드렸다 망해서 서로 어색해지면 어떡해? 지금 친하게 잘 지내고 있는데…."

"물론 사내 연애는 그게 문제지. 하지만 넌 여기 영원히 몸담을 직장도 아니고, 어차피 빨리 졸업하는 게 목표라면서. 망하면 망하는 거지, 뭐 어때? 내 귀신같은 촉으로 보자면, 쟤도 너한테 호감 있어. 아직 이성적으론 아니지만. 쟤 어차피 별로 여자에 관심 많은 성격은 아냐. 그리고 내성적이어서 리드해 주는 여자가 편할 거야. 키는 작지만 얼굴도 귀엽고 똘똘하고, 저만하면 괜찮은데, 꾸물대고 있음 머잖아 누가 채갈걸? 그 전에 낚아채 버려!"

하영이 계속 진지하게 이야기하자 인실은 조금씩 솔깃하는 기색이었다.

"그럴까? 그러고 싶긴 한데… 낚아채는 건 어떻게 하는 거야? 나 그런 거 잘 몰라."

하영은 혀를 끌끌 찼다.

"그러니 외국까지 나가서 몇 년씩 공부하고 오면 뭐해? 이렇게 인생에 꼭 필요한 스킬은 구구단처럼 의무교육에서 가르쳐 줘야 하는 거 아냐? 진짜 구구단 외우는 정도의 정성이면 충분한데, 남자 꼬시는 것 정돈."

"그럼, 넌 맘만 먹으면 다 꼬실 수 있단 말야?"

"그건 아니고, 일단 사이즈를 봐야지. 안 될 법한 사이는 뭔 짓을 해도 안 돼. 하지만 가능성이 있다면, 기본에만 충실하면 남자 꼬시는 건 일도 아냐. 얼마나 단순한데."

"우와, 신기하다. 그럼 남편도 네가 꼬신 거야?"

그 말에 하영은 잠시 멈칫했다가 쓴 입맛을 다셨다.

"그건 아냐. 사실 난 그 사람한텐 꼬실 마음까지 먹었던 적이 없어. 매력 있다고 생각은 했지만, 나랑은 사이즈가 안 맞는다고 봤거든. 그 전까지의 남자친구들은 다 내가 먼저 찜했던 거였는데. 걔들은 그 사실을 잘 모를 수도 있겠지만… 남편은 처음으로 나한테 먼저 다가온 남자여서 더 특별하게 느껴졌던 것도 있는 것 같아. 뭐, 그러니 누가 먼저 꼬시든 그게 대수는 아냐. 사실 꼬시는 건 간단해. 그다음이 관건이지."

"그렇긴 해도, 누가 먼저 꼬시지 않으면 다음도 없는 거잖아."

"맞아, 그렇지. 그럼, 너 나한테 좀 배워서 저 꼬마 꼬셔볼래? 생각 있어?"

"그, 글쎄… 그래 볼까? 가능할까?"

같은 시간, 지원호는 정우현 변호사와 머리를 맞대고 사무실에 앉아 있었다. 두 사람 다 바빠서 수임 계약 이후 얼굴을 마주한 건 2주 만이었다.

오늘 밤 안으로 답변서 작성을 마무리하고 변론 전략을 세울 계획이었는데, 어쩐 일인지 계속 티격태격하면서 잡담만 길어지고 있었다.

"아니, 왜 이렇게 남의 가정사를 꼬치꼬치 물어보는 거야?! 나한테 관심 있어, 정변?"

"기가 막혀. 그걸 말이라고 해요? 전 대표님의 가정사에 관한 재판을 대리해야 하는 사람이라구요! 알아야 전략을 세울 거 아네요?!"

"암만 캐물어봤자 나도 몰라. 나도 내가 왜 이 꼴을 당하고 있는 건지 도통 모르겠다고!"

"어휴… 진짜 왜 이혼당했는지 안 봐도 비디온데, 법정에선 이런 용어가 안 통한다는 게 함정이지."

"뭐라구?! 지금 뭐라 그랬어? 그게 의뢰인한테 변호사가 할 말이야?!"

우현은 판사 앞에서 변론할 때보다 더 비장한 심정으로 말했다.

"이봐요, 대표님. 우리 목적에만 집중하자구요! 재산분할에서 한 푼이라도 더 건지려면 무슨 짓이든 해 보기로 했잖아요. 일단은 이혼 자체에 동의해 주지 않는 게 전략적으로 유리할 수 있다구요. 그렇게 하기로 하셨잖아요?"

"누가 아니래?"

"그런데 그렇게 하려면 우리 쪽에도 논리가 있어야 한다구요. 잘 들어봐요. 이혼 청구에 동의 못 한다고 한다면 두 가지로 재판부를 설득해야 해요. 첫째, 난 이 혼인을 유지하고 싶다. 둘째, 혼인 파탄의 원인이 저쪽에 있기 때문에 청구할 자격이 없다. 대표님은 실은 관계를 유지하실 마음이 없다고 하시니까, 두 번째를 강조하는 편이 더 편하겠죠. 하지만 만약 저쪽에서 대표님의 잘못을 입증하기 위해 준비를 많이 했다면 아주 꼼짝없이 당하는 수가 있어요. 그러니까 우리가 거기 맞서는 논리를 잘

짜려면, 부부관계가 깨지기까지의 과정을 잘 돌아보고 저한테 다 얘기해주셔야 해요. 안 좋은 기억 떠올리기 싫다 해도 다른 수가 없어요.

그런데 제 생각엔 첫 번째에 집중하는 작전이 나을 것 같기도 하단 말이죠. 들어보니 아내 분께서는 이 소송을 위해 그동안 준비를 많이 하신 것 같은데, 대표님은 아무 생각 없이 지내셨잖아요. 이제 와서 준비한대도 부족할 가능성이 커요. 그러니까 말씀하신 대로 정말 대표님 쪽에 외도라든가, 알콜 중독, 상습 폭력 같은 심각한 잘못이 없다면, 그냥 서로 어느 정도는 잘못이 있지만 나는 이 혼인관계를 계속 유지하고 싶고, 그럴 수 있다, 이렇게 나가는 편이 쉬울 수도 있어요. 이게 먹히면 그쪽에서 정말 헤어지고 싶다면 금전적인 면을 양보할 수 있겠죠?

하지만 이 작전으로 가려면, 대표님 지금 같은 태도로는 안 돼요. 조정과정엔 당사자들이 법정에 안 가도 되지만, 대신 가사조사라는 게 있단 말예요. 사람 사이의 일 글로만 봐서는 알 수 없는 부분이 많으니까, 가사조사관이란 사람들이 부부를 직접 면담하고 보고서를 내게 되어 있어요. 그 자리엔 변호사들이 동석을 못 하고요. 그런데 대표님 거기서도 지금 저한테 하시는 것처럼 막말하고 반말하고 성의 없이 대답하시고, 그러면 결과는 빤해요. 처음부터 좋게 합의해주는 것만도 못하게 될 거예요.

제가 지금 괜히 따지고 시비 거는 게 아니에요. 이 송사에 임하시려면 대표님 입장을 확실히 정리하셔야 된다고요. 어떻게 하실 거예요? 이혼에 동의하지 않는 작전은, 침착하게 잘 버텨낼 자신이 없으면 안 하시는 게 나아요. 결정은 대표님이 하세요."

원호는 듣는 동안 점점 풀이 꺾이는 기색으로 한동안 잠자코 있더니 대답했다.

"정변 생각은 어떤데? 그래, 결정은 내가 해. 근데 변호사 의견도 듣고 싶어. 내가 어떻게 하는 게 좋겠다고 생각해?"
 "그럼 솔직히 얘기할 테니까, 화내지 말아요."
 "화나면 내야지 어떡해? 내가 화내도 눈 하나 깜짝 안 하면서 뭘."
 "아, 그래도 짜증난단 말예요! 그럼 소리 지르면 귀 아프니까…."
 우현은 테이블에서 일어나 몇 걸음 떨어진 책상에 허리를 기대며 말했다.
 "전 대표님의 성격상 거짓말이나 연극을 하는 건 무리라고 봐요. 하지만 이혼 못 한다 작전도 불가능하지만은 않은 것 같아요. 왜냐면 제가 보기에 대표님 속에 그런 마음도 있기 때문이에요. 솔직한 본인의 속마음을 인정하시면 될 일이죠. 그러니까 내 말은, 사실 대표님은 이혼하고 싶지 않은 마음도 있는 것 같다고요. 아, 소리 지르지 말고 잠깐 좀 더 들어 봐요!
 봐요, 대표님은 아내 분이랑 헤어지고 싶다고 우기지만, 그 이유는 그쪽이 헤어지자고 하니까, 그것밖에 없다구요. 심지어 그쪽이 어쩌다 이혼할 마음까지 먹었는지도 통 감을 못 잡고 있어요. 그 얘긴 여태 대표님은 진지하게 이혼을 생각해본 적이 없다는 말이에요. 맞잖아요? 물론 지금 이혼하지 않겠다고 해서 무조건 그분이랑 백년해로 하겠다는 뜻은 아니겠죠. 어쨌든 대표님은 당분간은 견뎌 볼 생각이셨다는 것뿐. 결국, 언젠가는 헤어지게 되더라도, 그 시기를 상대방의 뜻에 맞춰 줄 이유는 없죠. 대표님이 아직까지 아내 분을 사랑하신다거나, 결혼생활에 만족하고 있다거나 하는 얘기가 아녜요. 오히려 그렇지 않음에도 불구하고 가정은 깨고 싶지 않았다는 게 중요한 거지. 배우자가 맘에 안 든다고 다 이혼을 선택하는 건 아니잖아요? 경제적인 이유로든 뭐든, 한 번 맺은 가정을 지키려는 노력은 나름의 가치를 인정받을 수 있어요. 실정법상으로도 그렇고요."

　원호는 입을 딱 벌리며 손바닥으로 테이블을 내리쳤다.

　"내가 하고 싶었던 말이 바로 저거였어!! 그래, 이래서 돈 주고 변호사를 고용하는구먼!"

　큰 소리에 철렁했던 가슴을 쓸어내리며 우현은 고개를 크게 끄덕였다.

　"이제 이해가 되셨어요? 이런 논리로 밀어붙이려면, 우리 쪽 잘못은 적당히 인정하되 고치려고 노력할 의지가 있다는 걸 어필해야 해요. 그리고 너무 비난하지 않는 투로 저쪽의 잘못도 적당히 드러내야 하고요. 간단한 시나리오는 아녜요. 그러니까 대표님께서 결혼생활 중에 있었던 일들에 대해 저한테 최대한 솔직히, 자세히 얘기해 주셔야 한다고요. 아시겠어요?"

　"응, 알겠어."

　"우선 그 반말투부터 고치시고요, 좀! 가사조사관이나 판사님 앞에서도 그런 식으로 했다가는 정말 큰코다치시는 수가 있어요!"

　"알았어요, 명심할게. 근데 변호사님 앞에서는 그냥 편하게 좀 하면 안 될까? 이미 입에 붙어 버려서 고치기 힘들어. 안 그래도 피곤한 일 많아 죽겠는데."

　"어휴, 정말이지… 사실 여기 찾아오시는 분들이 어르신들이 많다 보니, 전 존대 받으면서 변호할 팔자는 아닌가 보다는 생각은 했어요. 하지만 60세 이하한테는 반말 요금이라도 따로 책정해야겠어요."

　"반말 요금? 그까짓 거, 주고 말지. 이건 어때? 내가 변호사님 결혼할 때 좋은 드레스 하나 맞춰 줄게. 내 드레스는 대여만도 200만 원대부터야. 이 정도면 괜찮지 않아?"

　"됐네요! 그놈의 결혼, 어느 천년에 할 줄 알고."

"할 때 되지 않았어? 정변, 남자친구 없어?"

원호는 물어보면서도 당연히 '대표님이 무슨 상관이에요!' 따위의 답을 들을 줄 알았는데, 뜻밖에도 우현은 머뭇거리는 기색으로나마 순순히 대답했다.

"남자친구는 있는데…."

"그런데? 결혼하자고 안 해?"

그 말에 오늘 들어 가장 깊은 한숨을 내쉬는 우현을 보고, 원호는 잠시 놀란 표정이었다가 혀를 차며 말했다.

"남자가 있기는 있는데, 결혼하자면 할 수는 있는데, 딱히 변변치 않고 내키지 않는다, 그 얘기구만."

"어머, 어떻게 아셨어요?! 대표님이 이런 눈치도 읽을 줄 아시네요?"

"그 표정은 알아. 그 여자가 처음 만났을 때 딱 그런 눈치였거든. 그래서 내가 확 채 버렸지."

우현은 눈을 동그랗게 뜨며 양 손을 마주쳤다.

"아, 좋아요. 회상은 그렇게 시작하시는 거예요. 그때 어떤 점에 반해서 남친도 있는 여자를 확 채 버릴 맘을 먹게 되셨나요? 그리고 언제, 어떤 점에서 당시엔 몰랐던 문제점에 부딪히게 되셨나요?"

원호는 잠시 미간을 잔뜩 구긴 채 생각에 잠겨 있다가, 이내 도리질을 쳤다.

"아냐, 아냐! 결혼, 그냥 하지 마. 좆같아!"

"아유, 진짜! 또!"

2015년 10월
피고 답변서 제출

답 변 서
(이혼, 위자료, 재산분할)

사건 번호

원고 : 백하영

피고 : 지원호

청구취지에 대한 답변

1. 이혼 청구 → √인정할 수 없음

2. 위자료 청구 → √인정할 수 없음

3. 재산분할 청구 → √인정할 수 없음

원고의 청구를 모두 기각한다. 라는 판결을 구합니다.

청구원인에 대한 답변

1. 동거 여부 → √인정함

2. 이혼 청구 → √인정할 수 없음

　√피고에게 책임 있는 사유를 일부 인정하지만, 그래도 혼인관계는 계속 유지

될 수 있음

(인정하는 부분 : 시가와의 갈등, 경제적 문제로 인한 갈등으로 심하게 다투던 중 폭언한 사실이 있음. 이후 소원해진 부부관계를 회복하려는 노력이 부족했던 점을 인정함.)

3. 위자료 청구 → √인정할 수 없음

　√이혼에 대한 원고의 책임이 피고의 책임과 대등하거나 더 무거움

4. 재산분할 청구 → √인정할 수 없음

　가. 분할하고자 하는, 현재 보유 중인 재산은 별지 "재산내역표"에 기재된 것과 같다.

　나. 다음과 같은 사정을 고려하여 볼 때, 위 재산에 대한 피고의 기여도는 70%이다.

　　√피고의 소득활동/특별한 수익
　　√피고의 재산관리(가사담당 및 자녀양육 포함)
　　√피고의 혼전 재산/부모의 지원/상속
　　√원고의 재산 감소 행위

담당 변호사인 20년 경력의 이혼 전문 변호사(남/52)가 답변서를 검토하는 동안 하영의 온몸은 가늘게 떨리고 있었다. 애써 감추려 하지만 그녀의 손에 들린 커피잔이 접시에 닿을 때 나는 소리만으로 노련한 변호사는 의뢰인의 상태를 눈치채고는, 짐짓 시선을 외면한 채 입을 열었다.

"피고 측이 이렇게 나올 것도 예상에 없었던 건 아니죠. 걱정하실 것 없습니다."

하영은 천천히 고개를 끄덕이다 이내 가로저었다.

"아뇨… 솔직히 말씀드리면 전 예상 못 했어요. 설마하니 이럴 줄은… 이혼 자체에는 분명히 서로 이견이 없다고 생각하고 있었거든요."

"대표님 생각이 틀린 건 아닐 겁니다. 재산분할에서 유리한 고지를 점하기 위해서 이러는 거겠죠. 흔한 수법이에요."

"그래도… 설마 그 사람이 이런 식으로 나올 줄은 몰랐어요. 그럴 사람이 아니거든요. 멍청한 소리처럼 들리시겠지만… 정말…."

떨리는 말꼬리를 억지로 삼키는 하영을 향해 변호사는 일말의 흔들림도 없는 억양으로 말했다.

"그쪽도 변호사는 있을 테니까요. 당연한 일입니다. 법적 싸움은 지금까지의 감정적 싸움하고는 차원이 다른 일이죠. 벌써 그렇게 충격 받으시면 안 돼요. 너무 걱정 안 하셔도 됩니다. 잘만 준비하면 오히려 우리 쪽에 더 유리해질 수도 있는 상황이에요."

"네, 뭐 특별히 더 걱정이 되는 건 아녜요. 충격 받은 것도 아니고, 그보단…."

순간 하영은 기어이 커피를 엎지르고 말았다. 허둥지둥하는 동안 변호사의 침착한 손짓에 따라 비서가 재빠르게 사태를 수습했지만, 하영의 뛰는 가슴은 좀처럼 수습되지 않았다. 사실 그녀에게 있어 자신이 당황한 모습을 누군가 보고 있는 것만큼 당황스러운 상황은 없었다. 그런 그녀를 유심히 지켜보고 있던 변호사는 비서가 새로 커피를 내오자마자 말했다.

"오늘은 그만 들어가 쉬시고 다음에 다시 얘기하는 게 좋을 것 같습니다."

"아, 아녜요. 저, 괜찮아요! 오늘 이게 어떻게 낸 시간인데…."

"어렵게 시간 내셨으면 우선 몸부터 돌보시는 게 맞는 것 같아요. 안색이 너무 안 좋아요. 병원에 가 보시면 어때요?"

"아픈 덴 없어요. 그냥 피곤해서 그래요. 요즘 일이 하도 많아서… 한창 성수기라 잠 잘 시간도 없거든요."

"그렇죠, 가을에 결혼식이 많죠. 아무리 그래도 좀 적당히 하시면 어떨까요. 혼자 하시는 일도 아니고, 어차피 숍은 저쪽에 넘겨 줄 것 아닙니까? 지금 잠도 못 자 가면서까지 유지할 필요가 있을까요?"

"네… 그렇긴 한데 지금까지 같이 일해 온 분들이랑, 아직도 저 믿고 찾아와 주시는 신부님들 보면, 뭐 하나도 대충은 못 하겠어요."

변호사는 양 손을 모으고 몸을 앞으로 굽히며 말했다.

"백하영 대표님, 전 이 소송에서 다른 건 걱정되는 게 없습니다. 쟁점이나 뭐나 사실 빤한 사건이거든요. 제가 신경 쓰이는 건 오로지 대표님 상태예요. 소송은, 특히 이혼소송은 정신적 에너지 소모와 스트레스가 굉장히 심한 일입니다. 앞으로도 별 기막힌 상황이 얼마나 있을지 몰라요. 여유 있게 마음먹고 건강 관리하면서 버티지 않으면, 송사에게 이긴다 해도 실상은 남는 게 없을 수 있어요. 어쩌면 결정적 실수를 할 수도 있고요."

그러자 하영은 잠시 망설이던 끝에 입을 열었다.

"솔직히 말씀드리면 잠잘 시간도 없는 건 아녜요. 직원이 한 명 나가긴 했지만, 저희 이혼하는 거 알려지고 나서 벌써 고객이 확 줄었거든요. 일하는 시간은 별로 달라진 게 없는데… 요즘 심란해서 그런지 누워도 통잠을 못 자요. 저 이러는 거, 다른 거 아니고 그냥 수면부족이에요. 잠을 못 자니까 종일 정신이 없더라고요."

"불면증인가요? 수면제 드세요?"

"불면증까진 아니고, 원래 수면장애가 좀 있어서 종종 수면제 처방받은 적이 있어요. 그런데 요즘은 먹던 약도 통 듣질 않고…"

"수면제는 어디서 처방 받으셨어요? 내과? 아니면 정신과?"

"그냥 내과에서요. 그렇게 센 약은 아니에요."

"수면장애면 정신과 진단받아보란 권유 들어 보신 적 없어요?"
"…글쎄요."
"그리고 대표님, 처음 뵈었을 때보다 지금 너무 마르셨어요. 요즘 식사는 잘하세요?"
"그게, 잠을 못 자니까 입맛도 없더라고요."
변호사는 천천히 고개를 끄덕였다.
"제 생각은 이렇습니다. 대표님께선 오늘 즉시 정신과에 가서 진단을 받아 보시는 게 좋겠어요. 아마도 우울증 진단이 나올 가능성이 높아요."
"그럴 리가요! 우울증이라뇨? 전 말짱해요! 대체 뭘 보고 그런 말씀을…."
하영은 거의 자리에서 튀어 오르다시피 격하게 반응했다.
"설마 제가 지금 제정신이 아닌 것처럼 보인단 말씀이세요?!"
"진정하세요, 대표님. 제정신이 아니란 얘기가 아닙니다. 우울증은 흔한 증상이에요. 마음의 감기라고도 하잖아요. 사람이 감기 좀 걸렸다고 정상이 아닌 건 아니죠. 하지만 감기에 걸리면 생활하기 힘들고, 놔두면 악화될 수도 있으니까 빨리 치료하는 게 좋아요."
"아녜요, 전 절대 우울증은 아녜요! 물론 기분이 안 좋긴 해요. 하지만 지금 이 판국에 기분이 좋으면 그게 이상한 거 아녜요? 우울할 일이 있어서 우울한 건 우울증이 아니잖아요?"
"하지만 우울한 일이 정신 건강을 해칠 정도가 되면 우울증이 돼요. 제가 의사는 아니지만, 이런 경우를 워낙 많이 봐서 어느 정도는 압니다. 불면증과 식욕부진은 우울증의 아주 흔한 증상이에요. 그리고 우울증은 이혼 소송의 아주 흔한 증상이고요."
"하지만 전 아녜요! 그러기엔 전 감정 컨트롤이 너무 잘 되는 사람이라고요."

 변호사는 그녀의 흥분이 좀 가라앉을 때까지 사이를 두었다가 다시 말했다.

 "백하영 대표님은 보통 의뢰인분들하곤 좀 다른 편이세요."

 "어떤 점이요?"

 "보통 이혼 소 제기하러 오신 분들은 그동안 마음에 쌓인 게 많고 사연도 많으셔서, 변호사들 붙잡고 마냥 하소연하시는 경우가 많아요. 젊은 분들이라도 꼭 필요한 말씀만 하시는 경우는 극히 드물어요. 그런데 백 대표님은 그 드문 경우예요."

 "그야… 똑같은 얘기 여러 번 해 봤자 도움 될 것도 없잖아요. 그리고 변호사님이 제 일만 맡으시는 것도 아니고. 바쁘실 테니까요."

 "네, 저희 입장에서야 의뢰인분이 그런 배려를 해주신다면 그보다 감사할 일이 없죠. 사실 이혼 변호사들은 매번 그런 넋두리들 들어드리느라 시간 뺏기고 기 빨리고, 애로사항이 이만저만 아니거든요. 하지만 또 이혼 문제는 다른 사건하곤 달리 개인적인 경험이나 기억이 중요한 쟁점이 되기도 해요. 그러니까 변호사한테까지 너무 마음을 감추시면 오히려 도움이 안 될 수도 있다는 말입니다. 그리고 백 대표님처럼 본인 감정 컨트롤하는 데 지나치게 강박을 가진 분들이 오히려 정신 건강을 해치기 쉬워요. 수면제를 복용하기 시작하신 게 정확히 언제부터입니까?"

 "그게… 사실 잠자기 어려운 건 학생 때부터 있었는데, 본격적으로 수면제 처방받기 시작한 건 한 3~4년 전부터예요."

 "3~4년 전부터면 그때가 남편 분과 관계가 심각하게 나빠지기 시작한 시점 아닙니까?"

 하영은 그만 순순히 고개를 끄덕였다. 변호사도 따라 고갯짓을 하며, 시종일관 냉정함이 트레이드마크인 그에게선 좀처럼 보기 힘든 부드러운 투로 말했다.

"백하영 대표님, 최대한 빨리 정신과에 가서 진단받아 보세요. 병이 아니면 다행인 거고, 제 생각대로 우울증 진단이 나온다 해도 오히려 좋은 점이 있어요. 남편 분의 부당한 대우로 우울증이 발병했다고 주장하면 송사에 도움이 될 겁니다. 우울증으로 진단되면 진단서 꼭 받아 오시고, 그동안 수면제 처방받으신 내과에서도 가능하면 소견서 받아 오시고요. 무엇보다 더 확실한 불면증 처방받아서 잠 좀 주무시고, 컨디션 관리하세요. 담당 변호사로서 전략적으로 말씀드리는 거니까, 꼭 따라 주셨으면 좋겠습니다."

같은 시간, 지원호도 담당 변호사 사무실에 와 앉아 있었다. 그러나 두 사람 간의 공방은 지난번 만남에서부터도 별 진전이 없었다.

"그쪽에서 준비서면을 내면 그걸 봐야 정확히 알겠지만, 그때 가서 준비하려면 여유가 없을 수도 있어요. 우리도 미리 최대한 생각을 정리해 놔야 해요. 그쪽에서 어떤 점을 물고 늘어질지, 거기에 대해서 대표님이 어떻게 변명하거나 반박할 수 있을지, 그쪽의 약점은 뭔지, 숨기려고 할 만한 일은 뭔지… 예? 기억나는 건 뭐든 편하게 말씀해 달라고요."

그러나 차 한 잔을 다 마셔갈 때까지도 원호는 쓸 만한 진술을 내놓지 못했다.

"진짜 잘 기억이 안 나는데. 그냥 짜증나서 몇 번 싸우고 보니까 어느새 각방을 쓰고 있었어. 이렇게 살다 죽나 보다 하고 있었는데, 어느 날 갑자기 이혼하재."

"하아, 짜증나! 그걸 지금 말이라고 해욧?! 남자들이 맨 저 모양이라니까!"

"아, 그렇지?! 남자들은 다 이렇지? 나만 그런 거 아니지?"

그런 원호를 우현은 있는 힘껏 노려보며 쏘아붙였다.

"도저히 이해가 안 가. 기껏 안 내키는 사람 도와 달라고 설득해 놓고선, 내내 그 태도는 뭐죠? 재판에서 이기고 싶은 마음이 있긴 있는 거예요?"

"그걸 말이라고 해? 그 돈을 내가 왜 쓰는데? 내 기억력만 말짱했어도 변호사 따위 고용 안 했어. 그깟 재판 나 혼자 하고 말지!"

둘이 또 씩씩대며 서로 노려보고 있는데, 마침 원호의 주머니 속에서 벨소리가 울렸다. 전화기를 꺼내 본 그는 금방이라도 어디 도망가고 싶은 표정을 지었다.

"아 씨… 우리 엄마다. 정변, 나 잠깐만."

그러는 그의 전화기에서 얼핏 '대장'이라는 발신자명을 본 우현은 웃음을 꾹 참으며 고개를 끄덕였다.

"왜? …알아서 뭐해? 나 지금 변호사랑 얘기하느라 바쁘니까, 용건 없음 끊어. 어디긴 어디야, 걔 사무실이지. 그래, 내가 알아서 한다고 했잖아! 상관 마시라고."

그렇게 전화가 끊긴 뒤 우현은 반쯤 우습고 반쯤 어이없단 투로 말했다.

"무슨 대장님 전화를 그따위로 받는대요?"

"아, 몰라서 그래. 우리 대장한테는 만만하게 보이면 안 돼."

"그래요, 큰소리쳤으니 제대로 해 봐야죠. 이제 그만 시작해요. 우선 우리가 답변서에 적어 낸 진술부터 구체화시켜 보는 게 좋겠어요. 이거 말예요, '시가와의 갈등, 경제적 문제로 인한 갈등으로 심하게 다투던 중 폭언한 사실'에 대해서요."

그때 누군가 노크도 인사도 없이 요란하게 사무실 문을 열고 들어서는 소리에 두 사람은 깜짝 놀라 동시에 그쪽을 돌아보았다.

"정말 여기 있었네. 아직 거짓말하는 버릇은 안 배워서 다행이구나."

입을 딱 벌린 채 굳어버린 의뢰인에게 아무 말 듣지 않고도 우현은 단박에 방금 나타난 중년 여성의 신원을 알 수 있었다. 그녀는 첫 만남의 순간 아들이 그랬던 것과 똑같이 노골적인 태도로 우현을 위아래로 훑어보며 물었다.

"정우현 변호사님은 어디 계시죠?"

"접니다."

"…예?"

"제가 지원호 씨의 변론을 맡은 정우현 변호사입니다. 어머님 되시죠?"

그런 우현을 잠시 마주보고 있던 류 여사는 이내 성큼성큼 테이블로 다가오더니, 아들의 입에서 무슨 말이 나오기 직전 그의 목덜미를 찢어지는 소리가 날 정도로 세차게 후려쳤다.

"이런, 미친놈이!! 내가 이럴 줄… 아니 설마 설마 했더니, 변호사까지 얼굴을 보고 골라?! 이 세상천지에 답 없는 놈아!!"

그 발언에 어지간한 우현도 할 말을 잃고 있는데, 원호가 벌떡 일어서더니 얻어맞은 목덜미만큼이나 얼굴까지 시뻘게져선 어머니보다 한 단계 더 높은 볼륨으로 받아쳤다.

"뭔 개소리야?! 이 아줌마가 진짜 미쳤나!! 어떻게 간신히 구한 변호산데, 파토 내려고 작정했어, 엉?! 꼭 이렇게까지 해야겠어?!"

"내가 이렇게까지 안 해도 되게 생겼냐?! 어떻게 간신히 구하긴, 안 봐도 비디오지! 너, 그 여자 얼굴만 보고 고르는 버릇 때문에 인생 말아먹을 판에, 또 그러고 싶냐?! 백여시 그것은 우리나라에서 젤 유명한 이혼 전문 변호사 선임했더라! 내가 전에 알아본 그분 정도 돼야 거기 댈 만한 상대인데, 그 깽판 치고 나가더니, 겨우 알아본 게 이거야?!"

"저기요, 어머님! 방금 그 말씀은 제 외모에 대한 과분한 칭찬 정도로 알아듣겠습니다. 단, 이쯤에서 그만하시죠. 더 하시면 성차별, 인격 모욕으로 받아들이겠습니다. 제가 비록 경력도 적고 이혼 사건 전문도 아니지만, 저도 제 나름 변호사로서의 강점과 자존심이 있는 사람입니다. 혹여나 지원호 대표님이 제 외모만 보고 결정하신 게 사실이라 해도, 저는 제 모든 것을 걸고 이 사건에 임하고 있으니까, 그렇게까지 염려하실 것 없습니다."

자리에서 일어선 우현이 류 여사의 눈을 보며 마디마디 부러지듯 던진 그 말에 사무실 안이 일순 음소거 되었다. 류 여사는 한 대 얻어맞은 기색이었지만, 통쾌하다는 눈으로 자신을 쳐다보는 아들 보란 듯 곧 뻔뻔한 표정으로 돌아와선, 말투는 혼잣말이나 모두가 충분히 들을 만한 크기의 목소리로 읊조렸다.

"어쩜, 눈 똑바로 치켜뜨고 따박따박 말대답하는 것까지 똑같네."

"인제 그만 하시지! 진짜 제대로 집안 망신시키고 싶지 않으면."

"흠… 실례했어요, 정우현 변호사님. 사실 변호사님한테 실례하고 싶었던 건 아니랍니다. 그나저나, 그럼 여기 지금 쌍화차 심부름시킬 사람은 우리 아들밖에 없네."

"뭐, 뭐야?! 앉으려고, 여기? 왜?!"

"왜라니? 나도 변호사님하고 얘기 좀 나눠 보려 그런다."

"엄마가 여기 왜 끼어들어? 도대체 여긴 어떻게 알고 왔어? 미행이라도 해?!"

"미행 같은 소리하고 있네. 네가 어떤 변호사 선임했는지가 국가 기밀이라도 되냐?"

"나랑 방금 통화하자마자 나타났잖아! 여기까지 따라온 거 아냐?"

"나 네 변호사 이름은 어제 알았거든? 오늘 처음으로 사무실 보러 왔다가 혹시나 해서 너한테 전화했는데, 딱 걸린 거야. 그럼 그렇지, 네가 뛰어 봤자 부처님 손바닥 안이지."

"내 변호사가 누군지는 어떻게 알았는데? 나 아무한테도 얘기 안 했는데!"

"딴 사람은 몰라도 너랑 재판하고 있는 사람은 알 거 아니냐?"

"뭐야?! 엄마, 설마 백하영한테 연락했다는 거야?!"

원호는 다시 자리를 박차고 일어설 기세로 덤볐지만, 어머니는 눈도 끔쩍 않았다.

"아직은 내 며느린데 내 맘대로 연락도 못 하니? 아니, 며느리 아니라 누구라도 내가 내 입 가지고 연락하는 건 내 맘이지! 그 일 때문만 아니고도 난 걔랑 계속 연락하고 있었다. 그러는 넌 요즘 아주 말도 안 섞고 사나 보더라? 재판을 그렇게 해서는 안 돼. 꼴 보기 싫어도 가끔은 말 섞으면서 동태도 살피고, 약도 올리고 해 줘야지. 이러니 내가 참견을 안 할 수가 있나. 안 그래요, 변호사님?"

누구 하나 질세라 부리부리한 눈동자들에 불을 활활 지피며 두 모자가 동시에 자신을 주목하고 있는 상황에 우현은 머리가 아찔할 지경이었지만, 이럴 때일수록 지킬 것은 내 신념밖에 없다고 마음을 다잡았다.

"글쎄요… 어머님 말씀도 일리가 없는 건 아니지만, 송사 중에 개인적으로 접촉하다가 괜한 구실을 잡히는 수도 있으니, 그냥 저희한테만 맡겨두시는 것도 괜찮아요."

"거 봐! 들었지?! 엄만 참견 말라고! 내가 알아서 할 테니까, 죽이 되든 밥이 되든! 참견 안 하겠다고 했으면, 진짜 좀 하지 말아 봐. 제발!"

"어떻게 아예 안 하니? 진짜로 죽이 되면 어떡하라고! 내 자식새끼 인생인데."

그 말에 원호는 우현이 속으로 좀 놀랐을 만큼 심란하기 그지없는 표정으로 긴 한숨을 내쉬었다.

"죽이 되던 좆이 되던 내 인생이야! 내가 알아서 해! 진짜, 뭐 하나라도 내가 좀 알아서 하게 내버려 두면 안 돼? 그나마 나니까 이런 말이라도 하지. 엄마가 맨날 그러니까 아빠랑 형이 평생 그따위로 사는 거 아냐?"

마침내 류 여사의 기세가 조금은 꺾인 틈을 타 우현이 끼어들었다.

"백하영 씨가 보낸 소장에 보면 이혼 청구 사유 중에 시가와의 갈등도 있던데요. 어머님과도 언제 말씀 나눠봐야겠다 했는데, 마침 잘 오셨어요. 며느리로서 백하영 씨와 갈등이 생긴 건 언제쯤부터였나요? 결정적인 원인이라면 어떤 걸 꼽으시겠어요?"

"그런 건 들을 필요도 없어. 엄마는 개랑 눈 마주친 순간부터 숨 쉬는 것까지 다 맘에 안 들어 했으니까."

"지금 변호사님 나한테 질문하셨거든? 닥치고 못 있겠니? 얜 주변머리가 없어 이해를 못 하지만, 내가 보자마자 싫었던 데는 다 이유가 있다구요! 제일 큰 문제라면 애가 못 배워먹었단 거지. 난 딱 걔 얼굴만 보고도 알았지만, 그 부모들을 만나 보니 아니나 달라? 지가 뭐 나한테 구박받았다며 피해자인 척하지만, 우리 원호야말로 처가에서 사위 대접이라고 받은 적 한 번도 없거든."

"정말요? 그럼 사돈 간에 갈등도 있었나요?"

우현이 메모까지 해가며 신중히 들어주자, 류 여사도 비로소 좀 차분해졌다.

"갈등이 있을 것도 없었지. 그러기엔 아예 오가는 게 없었으니까. 솔직히 상종 못 할 사람들이에요. 구질구질한 건 둘째 치고 뭐랄까, 아무튼 정상은 아냐. 우리 원호 정도면 자기네들한텐 과분해 넘치는 사윗감이구먼, 너무 과분해서 그런가… 뭐 이러나저러나 사위가 맘에 안 들 수도 있지. 하지만 정상이라면 딸자식 시집보내 놓고 그렇게 모른 척할 수는 없어. 무슨 주워온 자식도 아니고 말이지."

"모른 척한다는 건 정확히 무슨 뜻인가요?"

"말 그대로 모른 척이에요. 자식 일에 아예 관심이 없어. 원래 그 부부가 남의 일엔 관심 안 두고 사는 사람들인 것 같긴 한데, 그래도 어떻게 그럴 수가 있나 몰라. 맘에 안 든다 안 든다 해도, 며느리 생일이고 명절이고 그쪽 집안일이고 그동안 다 내가 챙겼지, 한 번도 그 사람들이 챙기는 꼴을 못 봤어."

"그럴 여유가 없으셨던 아닐까요? 뭐하시는 분들인데요?"

"딱 봐도 집안 꼴이 엉망이긴 하지. 그 아버지는 백수고…."

"아, 우리 아버진 백수 아냐?!"

내내 불편한 표정으로 듣고 있다 마침내 말허리를 자르는 아들을 향해 류 여사는 눈을 흘겼다.

"너희 아버지는 원래가 할 줄 아는 게 아무것도 없는 사람이고. 그 아버지는 S대씩이나 나와 가지고 정치한답시고 일찍부터 집안 말아먹고, 쭉 백수라잖니. 더 기가 막힐 노릇이지. 나 같아도 사돈댁처럼 우울증 걸리고도 남았을 거야."

"우울증이시라고요? 그럼 집안일 챙길 여력도 없으셨던 게 이해할 만한데요."

"그건 처음부터 엄마가 그분들 무시했으니까 그래! 두 분 다 원래 더러운 꼴 보느니 안 보는 분들이라고, 성격 자체가."

"넌 밸도 없냐, 이놈아?! 처가에서 뭐 얻어먹은 거나 있다고 저 편드는 꼴 좀 보게! 하여간 저렇게 허당이라니까… 그 기집앤 제 집에 가서 네 편들어줄 것 같으냐?!"

"그게 아니고, 나도 그 사람들 싫거든! 하지만 그 사람들이 우리 싫어하는 것도 싫어할 만하다 이거지. 그리고 난 어떻게 보면 걔네 엄마 스타일 괜찮은 거 같기도 해. 다 큰 자식 인생엔 그렇게 쿨하게 참견 안 해주는 것도, 나름."

또다시 모자간에 의미 없는 말씨름이 시작되었다.

2015년 10월
원고 준비서면 작성

결국, 우현이 나서 간신히 류 여사를 설득해 돌려보냈을 때는 이미 사무실 문을 닫을 시간이 한참 지나 있었다. 변호사와 의뢰인은 기진맥진해서 한동안 아무 말도 없이 소파에 기대 있었다.

"오늘 적어도 '시가와의 갈등' 항목은 완벽하게 파악했네요."

"그래, 내가 왜 제대로 얘기 못 했는지 이해 가지? 저건 직접 보지 않음 모른다니까!"

"세상에, 저걸 어떻게 변론하죠?! 제가 여자라서 그런가, 도저히 감이 안 잡히네요."

"프로 의식을 발휘해 봐."

"휴… 그럼 대표님이라도 변론 좀 해 보세요. 아들 입장에서요."

원호는 쓴 입맛을 다시고 있다가 말했다.

"솔직히 엄마에 대해선 뭐라고 말 못하겠어. 원래 저런 사람이야. 하지만 이거 하나만큼은 확실히 말할 수 있어. 난 정말 최선을 다했어. 맹세해. 단 한 번도 마누라보다 엄마 편든 적 없어. 적어도 이혼 얘기 나오기 전까지는."

"정말요? …예를 들어 어떤 식으로? 어머님이랑 아내 분이 직접 부딪친 적도 있나요?"

"글쎄… 차라리 그랬다면 내가 확실히 편들어줄 수 있었을 텐데, 걔 원래 누구하고도 그렇게 직접 붙어서 싸우는 스타일이 아냐. 빙빙 꼬면서 살살 긁어대는 스타일이지. 그런 게 진짜 안 맞았어. 나도 그렇고 우리 엄마도 그렇고, 그런 식으로 깔짝거리는 거 제일 싫어하거든. 그나마 걔가 직접 들이덤비고 지랄한 상대는 나밖에 없을 거야. 모르겠다, 지네 식구들한텐 어땠는지 모르지만… 우리 엄마한테 그랬던 적은 없는 것 같아. 오히려 걘 처음에는 우리 엄마한테 잘 보이려고 되게 노력했었어. 내가 그러지 말라고, 쓸데없는 짓이라고 그렇게 얘기했는데도 고집부리더니만."

"시어머니한테 잘 보이려고 노력하는 게 왜 쓸데없는 짓이에요?"

"둘이는 아무래도 안 맞는다니까, 그래서 한 말이라구. 걔 식으로 아무리 아부 떨어봤자 안 먹힌단 거 내가 아니까. 우리 대장이 보기보다 까다로운 사람이거든. 대장한테 아부 떨려면, 딱 우리 형처럼 해야 돼. 그러니까 우리 형이 어떤 식이냐면, 정확히 설명은 못하겠는데… 그냥 실실 잘 쪼개고, 말 같잖은 소리도 잘하고, 구렁이처럼 슬쩍 넘어가기도 잘하고… 그런 식이어야 되는데, 백하영이는 나랑 비슷해서 뭐든 그렇게 대충은 못한단 말야. 그럴 바엔 차라리 각 세우고 만만하게나 안 보이는 편이 낫다고. 난 진짜 단 한 번도 걔한테 우리 엄마한테 잘하라거나, 둘이 잘 지내라고 강요한 적 없어. 그런 거 아예 기대도 안 했어. 그러니까 고부갈등이 문제였다고 해도, 나한테 그 책임을 물을 순 없다고. 나보고 뭘 더 어떡하라고? 엄마를 갖다 버릴 순 없잖아!"

"무슨 말씀인지 알겠어요. 하지만 그것도 아내 입장에선 섭섭했을 것 같아요. 기대하지 않는 것도요."

"…뭐야?"

"그럼, 대표님은 장인 장모님한테 잘하려고 노력 같은 거 안 하셨나요?"

"당연하지. 난 원래 그딴 짓 못 해. 그리고 내가 우리 엄마한테 신경 끄라고 말하면서 걔네 엄마한테 신경 쓰는 것도 웃기잖아?"

"그렇구나… 진짜 서운했겠다."

"이봐, 이봐! 댁은 내 변호사라는 걸 잊지 말라구. 괜히 여자 변호사 고용했나?!"

"그러게요. 하필 절 고용하신 진짜 이유가 뭐죠? 정말로 제 얼굴 때문인가요?"

우현이 장난기 없는 기색으로 묻자, 원호 역시 태연하게 대꾸했다.

"뭐, 조금은 그럴지도. 물론 얘기하는 게 마음에 들었지만, 인간관계에 있어 사실 외모도 중요한 법이거든. 특히 난 시각적으로 매우 예민한 사람이라."

"여자 아니라 남자에 대해서도요?"

"전에도 말해지만, 난 성차별주의자는 아니… 아니, 솔직히 성차별주의자 맞는 것 같기도 하다. 난 남자가 싫어! 지금 다시 생각해 보니, 그때 그 변호사도 일단 남자여서 그냥 맘에 안 든 것 같아. 이상하게 난 남자들하고는 잘 안 맞더라고."

"뭐 그렇게 이상하진 않은데요. 대표님 성격 감안하면."

"근데 또 여자들은 여자들대로 까다롭고. 그나마 남자보단 여자랑 사는 게 나을 것 같아서 결혼이란 걸 했는데, 이 지경 되고 보니 앞으론 어떡해야 할지 모르겠네."

"나 참… 그럼 그냥 혼자 사시면 되잖아요. 내가 보기엔 그게 딱이구만."

"나도 그 생각 안 해본 건 아닌데, 그래도 평생 혼자 살긴 좀 그래. 정변은 그럴 수 있겠어?"

"제 걱정은 마시고, 아무래도 대표님은 그냥 어머니하고나 평생 사시는 게 제일 나을 것 같아요."

"어이, 제발… 내가 백하영이랑 결혼하기로 결심한 진짜 이유가 뭔지 알아? 물론 얼굴이 내 스타일이기도 했지만, 그보다 더 큰 이유가 있었어. 걔라면 우리 엄마를 상대할 수 있을 것 같았거든."

우현은 만난 이래 처음으로 진심을 다해 안타까운 눈으로 원호를 바라보았다.

"나, 우울증 진단받았다."

"아, 그래? 나도 그런 적 있는데."

작정하고 만나서는 이성의 끈이 웬만큼 느슨해질 때까지 술을 마시고 나서야 겨우 토해낸 고백인데, 상대방의 심드렁하기 짝이 없는 반응에 하영은 허탈하고 황당한 나머지 정작 그 대답의 내용에 놀랄 때까진 잠깐 시간이 걸렸다.

"…너도? 우울증이라고?"

"지금은 괜찮은데 나도 한때 병원 다닌 적 있어. 괜찮아, 그거. 치료받으면 나아."

태연하게 한치 다리를 뜯으며 말하는 인실의 속내가 하영은 의아하기만 했다.

"언제 그랬었는데?"

"나 전에 일본에서 유학할 때. 4년 있던 중에 한 1년은 병원 다녔어."

"정말? …왜? 어쩌다?"

"특별한 일은 없었어. 그냥 향수병이었던 거지 뭐. 한국이 그렇게 싫어서 도망 나왔으면서 혼자 타지 생활하긴 힘들었던 거지."

"그랬구나… 넌 증상이 어땠어? 어떡하다 병원까지 가게 된 거야?"

"특별히 우울하다고는 못 느꼈어. 그냥 아무것도 하기 싫고, 뭘 먹기도 싫어서 살이 쪽쪽 빠졌지. 두세 달 만에 한 10kg 빠졌나? 최고 말랐을 때 지금보다도 15kg쯤 덜 나갔으니까, 완전 해골이었지. 너무 마르니까 체력도 바닥나고 다른 병인가 싶어서 병원에 갔더니, 우울증이라더라. 한동안 약 먹고 상담받으니까 나아지더라고. 너무 걱정할 거 없어."

그러나 하영의 이마에 덮인 그늘은 좀처럼 가벼워지지 않았다.

"너도 식구들 중에 우울증이었던 분 있어?"

"글쎄… 그건 잘 모르겠는데? 우리나라에선 얼마 전까지만 해도 우울증이라고 치료받고 그런 일이 흔치 않았잖아. 사실은 흔한 병인데 말야."

"그래, 그 흔치 않았던 우울증 치료를 받은 사람이 바로 우리 엄마거든. 자살 기도했다 발견됐기 때문에 정신병원에 안 갈 수가 없었지."

그제야 인실의 표정도 심각해졌다.

"그랬구나. 그게 언제?"

"나 중1 때. 내가 발견했어."

"너 진짜 힘들었겠다. 그 후로는 어떠셨어? 지금은 괜찮으셔?"

"잘 모르겠어. 우리 엄만 그 전이든 후든 내가 본 바로는 괜찮았던 적이 없어. 그래서 설마하니 나도 우울증이 걸릴 줄은 몰랐어. 엄마랑 나는 성격이 달라도 너무 다르거든."

"우울증이랑 성격은 별로 관계없을걸? 너랑 나랑은 뭐 성격이 비슷하니?"

"맞아. 우울증은 그냥 유전이랬어."

"그렇게 말하기도 좀… 누가 그러데? 너 진료한 의사가?"

"우울증이 유전이랑 관련 있단 건 상식이잖아. 그래서 내가 예전부터 얼마나 걱정하고 조심했는데. 우리 엄마처럼 인생 실패자가 되고 싶진 않았거든. 그런데 소용없었지 뭐야. 역시 유전자의 힘은 이길 수 없나 봐."

"그런 말 마, 꼭 유전자 탓이라고만 할 수도 없어. 우울증 생각보다 정말 흔하다구. 우울증 걸린다고 인생 실패자 되는 것도 아니고."

"하지만 걸렸다가 나아지지 않으면 실패자가 되겠지."

"의사가 하란 대로 꾸준히 약 먹고 상담받고 하면 낫는다니까. 너희 엄마도 그렇게 하셨어?"

"모르겠어, 아마 못했겠지. 우리가 그럴 형편이 아니었으니까. 정신과 진료 비싸더라."

"그래, 그러니까 힘드셨을 거야. 우울증도 다른 병이랑 똑같아서 치료 안 하고 놔두면 점점 잘 안 낫는대. 넌 그렇게 안 되게 치료 잘 받아. 알았지?"

"재발하기 쉽다고 그러던데… 넌 어때? 그 후에 또 그런 적 있어?"

"그때처럼 심하게 재발한 적은 아직 없어. 근데 그분이 또 오실라는구나, 하는 느낌이 드는 적은 종종 있지. 그땐 내가 뭔가 무리하고 있다는 신호니까, 미리미리 좀 쉬고 조심해 주면 괜찮아지더라. 너도 요즘 너무 스트레스받고 힘들어서 그래. 왜 안 그렇겠냐? 일도 좋지만 적당히 하고 좀 쉬어. 요즘 날씨도 좋은데, 주말에 어디 바람 쐬러 갈래? …아, 등산은 말고. 등산 진짜 혐오해. 우리 교수님 등산이 취미라 툭하면 끌고 다니거든. 다음 주말에 내장산 가는데, 휴… 우울하다."

인실은 키득대며 말했지만 하영은 여전히 얼굴을 조금도 펴지 못 한 채 고개를 저었다.

"아무리 그래도 이해가 안 돼. 억울하지 않니? 나만 일 많고 나만 이혼하는 거 아니잖아. 그래도 멀쩡히 잘 견디는 사람들도 많은데, 왜 나만 환자가 돼? 우리 엄마도 남편이랑 사이가 안 좋았지. 아빤 엄마를 지긋지긋해 했어. 난 아빠가 이해 가. 우리 엄마는 원래 의존적이고 감정 조절이 안 되는 사람이야. 사람 질리게 하는 성격이라고. 내가 그런 엄마 성격을 안 닮아서 얼마나 다행이라고 생각했는데… 근데 왜 하필 우울증 유전자 같은 건 물려받은 거지? 너무 억울해."

"엄마 탓으로 단정하지 말라니까. 우리 부모님은 아무도 우울증 같은 거 없었는걸? 그리고 뭣 때문이건 그게 뭐가 중요해. 나 우울증 걸렸을 때야말로 사실 그렇게 힘든 일도 없었어. 외국 나가서 초기에 적응 안 되고 힘든 거야 누구나 마찬가지지. 아마 지금 네가 받는 스트레스에 비하면 정말 별것도 아니었을걸. 그런데도 1년이나 약 먹고 그랬던 난 뭐냐? 내 말은, 아픈 데 이유 같은 게 어딨냐고. 아픈 것만도 억울한데 그런 생각은 해서 뭘 해. 약 먹고 나으면 그만이지. 안 그래?"

"네가 처음 진단받았을 때도 그렇게 생각했어, 넌?"

"응… 난 억울하단 생각 같은 건 진짜 안 해봤어. 솔직히 별생각 없었던 것 같아. 그냥 우울증이구나, 어쩐지… 했어. 물론 잘 안 나을까 봐 걱정은 됐지만."

하영은 피식 웃으며 중얼거렸다.

"역시, 사람은 참 여러 가지구나. 그러고 보니 나보다도 너 같은 애가 어떻게 우울증이었는지 이해가 안 간다. 너처럼 뭐든지 그런가 보다, 하고. 욕심도 없고. 늘 그렇게 태평한 애가 왜 우울증에 걸렸지?"

"글쎄 말야. 그러니 이유가 없는 거라니까."

"그러니 사실은 그렇지 않은 게 아닐까? 너의 속마음은…"

하영은 턱을 바짝 괴고 가늘게 뜬 눈으로 친구를 지그시 바라보았다.

"사실 네 속은 욕망으로 들끓고 있는데, 자신이 그걸 모르고 있는 걸 수도 있어."

"그럴 수도 있지. 사실 정신과에서도 그 비슷한 얘기 들어 봤었어. 근데 뭐, 모르겠는 걸 어떡해. 내 속마음인데 누가 보고 알려줄 수도 없는 거고."

"하지만 나 자신보다 다른 사람한테 내 마음이 더 잘 보일 때가 있지. 그 꼬맹이라면 어때? 정말 이대로 다른 사람이 채가도 후회 안 하겠어?"

그 말에 비로소 인실의 눈빛이 조금 흔들렸으나, 이내 고집스럽게 태연한 기색으로 돌아왔다.

"나도 잘해보고 싶긴 하지만, 아무리 생각해도 내가 당장 찌르는 건 좀 아닌 것 같아. 그러니 만약 지금 누가 걜 채간다면, 우리가 인연이 아닌 거지 뭐."

"너는 참… 쿨하구나. 그게 진심이라면 부럽다. 네가 우울증 걸렸었단 얘기라도 안 했으면, 너무 부러워서 널 미워하게 됐을지도 몰라. 난 절대 그렇게 못 해. 난 맘에 들면 가져야 해. 사실 내가 그런 사람이란 걸 인정하게 된지도 얼마 안 돼. 늘 쿨한 사람이고 싶었거든."

"글쎄, 난 내가 쿨한 건지 뭔지 잘 모르겠다. 사실은 아니란 얘기도 듣는다니까. 내 생각에 난 그냥 귀차니즘이야. 쿨해서 안 하는 게 아니라, 귀찮아서 못하는 거야. 그러니 이 나이 때까지 시간만 보내고 해 놓은 일이 하나도 없지. 난 네가 부럽다. 어떻게 그렇게 많은 일을 하고 사니?"

"아냐, 나도 사실 다 귀찮아서 미칠 지경이야. 특히 요즘은 정말 아무것도 하기가 싫어. 일도 하기 싫고, 아침에 눈 뜨기도 싫고… 그냥 살고 싶지가 않아. 확 죽어버리면 딱 좋겠어. 그래도 어쩔 수 없이 버티는 거지. 남들한테 피해 줄까 봐."

"그 아무것도 하기 싫은 게 우울 증상의 핵심이잖아. 근데 너야 너무 열심히 살다가 지쳐서 그렇게 된 거고, 난 평생 귀찮아서 대충 살았는데도 그것마저 귀찮아질 때가 있으니… 한심하지."

순간 인실은 하영의 눈에서 눈물이 떨어지는 걸 보고 화들짝 했다. 한사코 괜찮다며 서둘러 눈물을 훔쳐내는 친구가 걱정되기도 했지만, 한편으론 이제쯤 그녀의 깊은 속마음을 들을 수 있지 않을까 하는 기대도 되었다.

"그래, 그놈의 욕심이 문제야. 누가 그랬지. 그런 옷을 만들 수 있는 것만으로도 미친놈이란 증거라고. 맞아, 그 재능과 성격이 별개가 아니란 사실은 알고 있었어. 생각해 보면 당연한 일인데. 정상인이랑 미친놈이랑 살면 정상인이 미치겠지, 미친놈이 제정신 들겠어? 내가 왜 그 생각을 못 했을까? …그땐 그냥, 갖고 싶었거든. 너무너무 갖고 싶어서… 도저히 포기할 수가 없었어."

"미친놈인 거 결혼 전에도 알고 있었단 얘기네. 근데 왜 결혼했어? 뭣 때문에 그렇게 갖고 싶었어? 인간적으론 별로라도, 남자로선 꽤나 매력이 있었나 봐?"

하영은 한동안 술잔을 만지작거리고 있다가 대답했다.

"잘 모르겠어. 갖고 싶었던 건 확실하지만, 그 사람 자체를 좋아했는지는… 매력 있다고 생각한 건 사실이지만, 앞뒤도 안 재볼 만큼 끌린다거나 그런 감정은 한순간도 없었어. 근데 솔직히 말해서, 난 누구라도 남자를 그렇게 좋아했던 적이 없는 것 같아. 그래서 남자로서 좋다는 게 어떤 건지 잘 모르겠어."

"정말?! 그거 널 만나서, 아니 내가 올 들어 들은 중 제일 놀라운 얘긴

데?"
 인실의 과장 없는 호들갑에 하영은 눈물이 그렁한 채로 웃었다.
 "그래, 하긴… 너처럼 그냥 두고 바라볼 수 있다는 게 그 사람을 정말 좋아한다는 증거일 수도 있어. 나한테 그런 남자는 의미 없어. 필요하거나, 아님 갖고 싶거나… 아, 남자가 날 좋아하는 게 좋아. 난 그게 좋아! 날 안 좋아하는 남자는 필요 없지. 필요한 남자라면 반드시 날 좋아하게 만들어야 하고."
 "그런 자세도 좀 필요한 것 같아. 난 그게 없으니 맨날 짝사랑 전문이야. 이젠 지겨워."
 "아, 난 이제 좀 벗어나고 싶어. 생각해 보면 같지도 않은 놈들하고 뭐나 해보겠다고 동동거리는 짓, 이제 지긋지긋해. 이번에 이 웬수하고 헤어지고 나면, 나도 바라보기만 해도 충분한 사랑, 퍼주기만 하는 순애보 사랑 꼭 해볼 테야."
 "그러게, 그런 의미에서 우리 이제라도 진짜 잘 만난 것 같다. 앞으로 같이 잘 해보자고. 응? 울지 말고, 친구야. 다 울었어?"
 쑥스러움으로 진심을 증명하는 그 위로에 하영은 그제야 얼굴을 좀 폈다.
 "그래, 고마워. 진짜 고마워서, 내가 뭐 하나 알려줄게! 찜한 남자 꼬시는 데 직빵인 술수가 하나 있거든. 들어 봐. 단둘이 한잔하는 자리를 만든 다음에, 방금 나 한 것처럼, 요즘 힘들다고 얘기하면서 눈물 한두 방울만 흘려 봐. 십중팔구는 넘어온다."
 "에, 설마."
 "설마가 아냐, 진짜 직빵이라니까? 함 실습해 봐! 물론 그걸로 게임 끝이란 건 아니지만. 결정적으로 널 신경 쓰이는 존재로 만들 수 있는 한 수라고. 올해 가기 전에 그 꼬맹이한테 꼭 한 번 써먹어 봐. 알겠지?"

"글쎄… 그런 수는 도윤이한텐 아무래도 안 먹힐 것 같은데. 걘 좀 남다르거든. 평범한 남자들하곤 뭔가 달라."

"딱히 그래 보이진 않던데? 남자라고 물론 다 똑같은 건 아니지만, 여자들에 비해선 훨씬 거기서 거기란다."

"그래도, 그냥 내가 그런 짓은 절대 못 할 것 같아. 난 연기는 정말 꽝이거든. 뭔가 속이는 기분이 들어."

그 말에 하영은 흠칫할 정도로 거세게 코웃음을 쳤다.

"하긴 그 인간도 맨날 하는 얘기가 그거지. 나한테 속았다고."

"아니, 꼭 그런 건 아닌데… 살면서 연기도 필요할 때가 있단 건 알지. 그냥 내가 못 한다고."

인실은 서둘러 변명했지만, 하영의 울분은 처음부터 다른 쪽을 겨냥하고 있었다.

"그치만 난 인간관계는, 특히 남녀관계는 속고 속이는 데서부터 시작된다고 봐. 진짜 중요한 건 그 후에 유지하려는 노력이지. 그 인간은 그런 개념이 전혀 없어. 내가 먼저 속인 죄로 혼자 7년 동안 아등바등하다 보니, 남은 건 이혼녀 딱지랑 우울증뿐이네. 그러니 난 그 인간한테 눈곱만큼도 미안한 마음 없어. 아니, 실은 정말 눈곱만큼이지만 미안한 맘이 있긴 있었는데, 답변서에 뻔뻔하게 앞으로 노력하겠다고 써낸 거 보고, 그것마저 싹 없어졌지!"

"근데, 혹시… 정말로 노력해 볼 맘이 있는 걸 수도 있잖아?"

"말도 안 되는 소리! 행여나 그렇다 해봤자 의미 없어. 걘 절대 스스로는 제 인생의 대가를 치를 능력이 없는 인간이니까. 두고 보자. 내 에누리 한 푼 없이 그 대가를 다 치르게 해줄 테니."

2015년 12월
원고 준비서면 제출

준 비 서 면
(이혼, 위자료, 재산분할)

사건 번호

원고 : 백하영

피고 : 지원호

위 사건에 관하여 원고의 소송대리인은 다음과 같이 변론을 준비합니다.

이 혼 청 구 원 인

1. 당사자의 관계

원고와 피고는 2008. 4. 20. 결혼식을 올리고 2009. 6. 8. 혼인신고를 마친 법률상 부부로 슬하에 자녀는 없으며, 현재 웨딩드레스 수입, 제작 판매 및 대여 숍 '지앤화이트' 공동대표로서 동등한 지분으로 소유, 운영하고 있습니다. (갑 제4호증)

2. 혼인 파탄 사유의 발생

가. 원고는 시모로부터 부당한 간섭, 무시, 모욕 등 심히 부당한 대우를 받았

습니다.

2008년 결혼 당시 피고는 긴 유학 생활을 마치고 일을 시작한지 1년 정도밖에 안 되어 모아놓은 돈이 거의 없었으므로, 원고가 6년간 직장생활을 하면서 저축한 돈만으로 소박하게 신혼살림을 시작할 계획이었습니다. 양가 모두 가계가 넉넉지 않았고, 원고와 피고 모두 경제적 독립을 중요하게 여겼기에 서로 부모님의 경제적 도움은 일절 받지 않기로 약속했습니다. 그러나 시모(피고의 어머니)가 남 보기에 보다 번듯한 시작을 해야만 한다고 강하게 주장하면서 문제가 발생했습니다. 어머니의 뜻을 끝까지 거역할 수 없었기에 결국 시모에게 전세자금 1억 5천만 원을 빌렸고, 이에 원고의 예금 5천만 원을 보태 마장동 빌라에 전셋집을 얻었습니다. 예물, 예단, 예식도 최대한 간소화할 계획이었으나, 시모의 주장에 따라 애초 예산의 3배가 넘는 규모의 식을 치렀고, 원고의 친정 부모도 사돈댁의 눈치가 보인 나머지 무리하게 2천만 원을 사채로 대출받아 이에 보탰습니다. 원고의 부모는 아직도 이 빚을 다 갚지 못 한 상태입니다.

이렇게 자의와 다르게 신세를 지게 한 후 시모는 이를 빌미로 신혼살림에 무분별한 간섭을 시작했고, 원고와 친정에 대한 무시와 폭언을 일삼았습니다. 시모는 결혼 전부터 원고에 대해 "배운 것도 없고 가진 것도 없는 것이 재수도 없게 생겼다"고 막말을 하며(이 모두가 원고가 직접 면전에서 들은 내용입니다) 결혼을 심하게 반대한 바 있었고, 원고는 인격적으로 견딜 수 없는 모욕에 심한 충격을 받았으나, 가족이 되고 며느리로서 성의를 다하면 달라질 것이라 기대하고 참았던 바였습니다. 원고의 친정에서도 이전부터 그 사실을 알고 있었기에 혼사를 탐탁지 않게 여겼으나, 딸의 의사를 존중하여 크게 반대를 표시하지는 않았습니다.

그러나 결혼 후에도 시모의 태도는 달라지지 않았고, 오히려 결혼 과정에서 사돈댁이 본인의 기대만큼 성의를 보이지 않았다며 여기저기서 험담을 하고 다녔습니다. 원고의 친정은 사돈댁의 이런 행동에 대해 일체 반응하지 않는 것으로 대응했고, 자연히 양가간의 교류는 거의 끊어지게 되었으며, 원고도 친정 식구들과 소원한 관계가 되고 말았습니다. 그러나 시모는 이에 대한 책임의식은 전혀 없이 오히려 며느리에게 "너희 부모는 경우가 없다, 우리 집안을 무시한다"고 폭언을 하며 화풀이를 하였습니다. 이렇게 7년간의 결혼생활 동안 시모는 원고 집안의 경제적 어려움과 원고의 학력이 피고에 비해 낮은 것을 빌미로 끊임없이 모욕적 발언을 일삼았습니다.

또한 시모는 아들네 부부생활과 살림에 관하여 비상식적으로 심한 간섭을 지속했으며, 모든 문제의 원인을 원고에게만 돌리고 비난했습니다. 원고와 피고는 결혼 당시부터 공동 창업을 우선 목표로 두었고, 자녀를 갖는 일은 그 이후로 약속한 바 있었습니다. 목표한 대로 3년 후 웨딩숍을 오픈하였으나, 넉넉지 못 한 자금과 치열한 경쟁 속에 사업체가 어느 정도 자리를 잡기까지 약 2년간은 부부 모두 하루에 서너 시간씩 자며 정신없이 생활했기에 아이를 갖는 일은 꿈도 꿀 수 없는 상황이었습니다. 그럼에도 시모는 왜 빨리 아이를 갖지 않느냐며 부부를 닦달하였고, 특히 원고에 대해서는 마치 며느리가 일방적으로 임신을 거부하기라도 하는 것처럼 몰아가며 압박하였습니다. 그리고 사업체의 공동대표로서 누가 더라고 할 것도 없이 바쁘게 일하는 와중에도 시모는 가사는 모두 며느리의 책임으로 간주하여 일일이 집안 살림에 대해 간섭하고 지적하며, 원고에게 아내로서 역할을 다하지 않는다며 나무랐습니다.

창업을 하고부터는 시모가 살림을 도와준다는 명목 하에 시도 때도 없이 집안에 드나들어 사생활은 아예 포기하고 살 수밖에 없었습니다. 그러면서 부부 사이가 문제가 있어 보이면 꼬치꼬치 묻고 참견하여 원고는 점점 피고와 다투는 것보다도 그 사실을 시모가 알고 잔소리하는 것에 더 스트레스를 받게 되었습니다.

이렇게 비상식적인 시모의 모욕과 간섭에도 불구하고 남편이 이해와 믿음을 보여주었다면 그래도 견뎌나갈 수 있었을 것입니다. 그러나 피고는 이에 대해 잘 알고 있었으면서(시모는 모든 일을 일일이 아들에게 이야기하는 성격입니다) 시종 무시와 방관으로 일관하였습니다. 어머니와 처의 갈등 앞에서도 중재를 하거나 약자인 아내를 감싸주기는커녕 늘 본인의 입장만을 주장하였으며, 시모와의 갈등으로 괴로워하는 아내의 심정을 전혀 이해하지 못하고, "네 일이니까 알아서 해라. 네가 싸워서 이기면 그만 아니냐?", "어머니와 잘 지낼 필요 없다. 괜히 노력한다고 시끄럽게 굴지 말라."며 비상식적인 태도를 보였습니다.

그러면서도 피고는 결정적일 때는 늘 어머니의 뜻을 따르거나 어머니에게 의지하는 모습을 보여 원고는 절망에 빠질 수밖에 없었습니다.

나. 원고는 피고로부터 부당한 간섭, 무시, 모욕 등 심히 부당한 대우를 받았습니다.

1) <u>피고는 혼인생활 전반 및 원고의 신변에 철저히 무관심하였으며 참여 및 관심을 요구하는 원고에게 욕설과 폭언으로 대응하였습니다.</u>

원고와 피고는 직장에서 만났고 좋은 동업자가 되리란 생각에 서로 관계를 발전시킨 것이 사실입니다. 그러나 동업자와 가족은 차원이 다른 관계임에도 불구하고 원고는 피고에게 단 한 번도 동업자 이상의 대우를 받아 본 적이 없으며, 피고는 남편이자 사위로서 최소한의 역할도 한 적이 없습니다. 피고는 전형적인 일중독자로 결혼 후에도 전과 전혀 달라진 바 없이 오직 일에만 전념하며 가사 일은 물론 양가 대소사를 전부 원고에만 맡기고 전혀 돌아보지 않았습니다. 원고는 직장과 가정 양쪽을 돌보느라 무리한 나머지 쓰러져 병원 신세를 지는 일이 연례행사였으나, 피고의 배려나 돌봄을 받아 본 기억이 없습니다. 이런 일들에 대해 원고가 항의하여 다툼이 일어날 때면 피고는 도저히 남편으로서 할 수 없는 모욕적이고 공갈협박에 가까운 언사로 대응하였습니다.

원고는 늘 시모의 간섭과 트집에 시달리면서도 며느리로서 도리를 다하고자 노력하였으나, 피고는 처가 부모님께 명절이나 생신 때 전화 한 번 드리는 것조차 싫어하여 그 문제로 두세 번 크게 다툰 후로 원고는 아예 포기하게 되었고, 친정 보기가 민망하여 관계가 점점 소원해지게 되었습니다. 피고는 노후 생활이 어려운 처가에 용돈을 드리는 것도 질색하였기에 원고는 명절이나 생신이라도 챙겨 드리기 위해서는 빠듯한 생활비를 쪼개 모으는 수밖에 없었습니다.

2) <u>피고의 금전적인 집착 및 인색함 때문에 부부 갈등이 심화되었고, 피고의 상습적인 폭행으로 인해 원고는 우울장애진단까지 받았습니다.</u>

사생활과 가정생활을 포기하고 일에만 전념한 결과 사업체는 순조롭게 자리를 잡았고 가계수익도 크게 늘어, 원고와 피고는 2012. 9. 기존 전세자금 2억 원과 예금 1억 5천만 원에 주택담보대출 2억 원을 얻어 총 5억 5천만 원으로 현재 거주 중인 한남동 아파트(갑 제3호증)를 공동명의로 매입하여 이사하였습니다. 그러나 가계 사정이 좋아질수록 피고는 여유를 갖게 되기는커녕 인색함이 점점 심해져 상식적으로 이해할 수 없는 지경에까지 이르렀습니다. 특히 원고의 영업, 마케팅이라는 업무 특성상 필수적인 최소한의 품위유지비까지도 개인적인 사치와 과소비로 매도하며 통제하려 하자, 원고도 이에 항의하지 않을 수 없었고 다툼이 잦아졌습니다.

그러던 중 마침내 피고는 원고에게 신체적 폭력을 가했고, 원고는 전치 3주의 상해를 입었습니다.(2012. 12. 갑 제5호증의 1) 이전에도 피고가 집안 살림을 부수는 등 위협적인 언행을 한 일은 많았으나, 이 사건을 계기로 원고는 심각한 신변의 위협을 느끼게 되었고, 만약의 경우에 대비하기 위해 이후로는 폭행이 일어날 때마다 증거를 모아 두기 시작했습니다.(갑 제6호증의 1~9) 원고는 충격과 불안으로 심한 불면증에 시달리기 시작했으며, 식욕부진으로 한때 체중이 위험한 수준까지 줄기도 했습니다. 당시에는 단순한 스트레스로 생각하고 수면제만을 처방받으며 견뎠으나, 최근 다시 비슷한 증상으로 정신과를 찾아 우울장애라는 진단을 받았습니다.(갑 제7호증)

다. 혼인을 계속하기 어려운 중대한 사유가 있습니다.

1) <u>실질적 혼인 관계가 파탄된 후에도 피고는 관계를 개선하려는 노력을 전혀 하지 않았습니다.</u>

2012년 폭행 사건 이후로 원고와 피고는 각방을 쓰기 시작했고, 사업상 꼭 필요한 화제 이외에는 대화가 거의 단절되다시피 했으며, 성관계도 일절 없어 부부관계가 실질적으로 파탄에 이르렀습니다. 이 무렵부터는 가족과 지인들도 원고와 피고의 관계가 심상치 않음을 인지하고 걱정과 조언을 해주기 시작했습니다. 원고도 마지막 기회라 생각하고 관계 개선을 위해 노력해 보려 했으나, 피고는 누구의 말도 들으려 하지 않고 문제를 회피하기만 했기에 아무 소용이 없었습니다. 부부상담 프로그램을 예약까지 잡아 놓았다가 피고가 끝내 거부하는 바람에 가지 못 한 일도 있습니다.

    2013. 10. 사업체를 법인 등록하면서 원고와 피고는 급여 체계를 공식화하고, 대출금 상환과 공과금 납부를 제외한 다른 모든 지출은 각자가 필요한 대로 하기로 합의하여, 사실상 가계도 분리한 상태가 되었습니다.

2) <u>피고의 성격 파탄 증상은 날이 갈수록 심해졌고, 사업체의 공동 경영도 한계에 부딪쳤습니다.</u>

    실질적으로 부부관계가 파탄 난 상황에서도 원고는 사업체에 대한 애정과 가정을 지키려는 마음으로 피고와 동업자로서의 관계라도 잘 유지하려 노력했습니다. 그러나 피고의 성격 파탄 증상은 점점 심해져 사업체 운영에도 지장을 줄 지경에 이르렀습니다. 피고는 극히 자기중심적이며 사회성이 낮고 분노조절을 하지 못하는 성격으로, 이 때문에 창업 초기에도 투자자와 사소한 일로 갈등을 빚어 1억 원의 투자금이 갑자기 빠지는 바람에 사업체를 큰 위기에 빠뜨렸던 일이 있었습니다. (이때 위기는 피고의 어머니가 급히 1억 원을 빌려주어 겨우 넘길 수 있었는데, 이 돈은 2년 후 모두 상환하였고, 애초 피고 본인의 과실로 인해 일어난 일임에도 불구하고, 피고 측은 도리어 이 일을 들어 재산분할에서 권리를 주장하고 있는 상황입니다.) 이후로도 피고의 괴팍한 성격과 무례한 태도 때문에 직원들과 사업 파트너들 간에 많은 마찰이 있었고, 원고는 매번 이를 중재하고 무마하느라 점점 정신적으로 피폐해져 갔습니다.

    그러던 중 결정적으로 2015년 8월 피고의 독단으로 인해 마케팅 전략의 일환이었던 TV 프로그램 고정 출연 계약이 취소되고, 그 결과 사업체의 업계 내 신뢰도와 이미지가 크게 훼손되는 사건이 일어났습니다. 이미 삶의 의미라고는 일에 대한 열정 외에는 남아 있지 않던 원고는 더 이상 피고와의 관계에서 희망이 없다 판단하게 되었습니다. 이런 판단을 뒷받침이라도 하듯 9월에는 창업 단계부터 함께 해온 재무 담당 실장 강경태가 회삿돈 3,400만원을 횡령하여 도주하는 사건이 일어났습니다. 강경태는 피고의 학창시절 친구로, 피고가 본래 재무를 담당하고 있던 원고와 관계가 악화되자 독단적으로 자신의 친구에게 재무를 맡긴 바 있습니다.

　이와 같이 피고는 성공적인 경영은 물론이고 정상적인 사회생활을 할 능력조차 없음에도 불구하고, 지금까지 사업체를 끌어오는 데 들인 원고의 노력과 기여를 인정하기는커녕 동등한 지분을 가진 공동대표임에도 이혼한다면 당연히 원고가 사업체를 포기해야 한다는 일방적인 주장을 하고 있으며, 원고의 정당한 재산분할 요구조차 묵살하고 "몸만 나가라"며 우기고 있는 상황입니다.

3. 이혼 및 위자료 청구

　앞에서 살펴본 바와 같이 피고는 결혼 초기부터 가정생활에 철저히 무관심하였고, 원고가 시모에게 온갖 모욕과 지나친 간섭에 시달리는 상황을 알면서도 무책임한 태도로 일관했습니다. 게다가 금전에 대한 비정상적 집착과 일중독으로 부부간의 갈등이 격해지자 상습적인 폭언, 폭행으로 원고에게 씻을 수 없는 정신적 상해를 입히기까지 했습니다. 이에 그치지 않고 최근 점점 심해지는 피고의 인격 파탄으로 인해 원고의 기존 인간관계와 직장생활까지 위협받는 상황에 이르자, 도저히 법적 부부관계조차 유지할 수 없다는 판단으로 이혼을 요구했습니다. 그러나 피고는 정당한 재산분할을 거절하고 합의에 성실하게 응하지 않았으며, 공동경영하고 있는 사업체에서 원고가 일방적으로 퇴사할 것을 강요하기까지 하였습니다.

　이와 같이 이 혼인 관계는 이미 실질적으로 파탄 난 상황이며 그 파탄의 책임은 피고에게 있는 것이 명백하고, 이 모든 과정에서 피고는 원고에게 심각한 정신적 피해를 입혔습니다. 따라서 원고는 소를 통하여 피고에게 이혼을 구하는 바이며, 위자료 금 7천 5백만 원을 청구하는 바입니다.

4. 재산분할 청구

가. 혼인기간 중 재산 형성 과정

    2008. 4. 혼인과 함께 원고의 예금 5천만 원과 시모에게 빌린 1억 5천만 원을 합친 전세자금으로 마장동 빌라에서 신혼살림을 시작했습니다. 원고와 피고는 같은 직장에 다니고 있었으나 원고의 경력이 훨씬 길었던 만큼 월 소득이 더 많았고, 피고는 2009. 7. 퇴직하여 창업 준비를 시작했으나, 원고는 창업 직전인 2010. 10. 까지 회사를 다니며 생활비 및 창업자금을 벌었으므로 초기 자본 형성에 대한 기여도는 시모에게 빌린 전세자금을 감안하더라도 비등하다고 볼 수 있을 것입니다.

    2011. 2. 원고와 피고는 소유권 및 경영권 지분을 5:5로 하는 공동대표로서 웨딩숍 '지앤화이트'를 오픈하였습니다. 창업자본금 1억 5천만 원은 원고의 예금 3천 5백만 원에 피고의 예금 1천 5백만 원과 투자금 1억 원을 합쳐 마련하였습니다. 그런데 창업 초기부터 피고는 투자자(김준기 당시 글로리웨딩홀 대표)와 심한 갈등을 빚었고, 원고의 중재 노력에도 불구하고 겨우 7개월 만에 결별하여 투자금을 모두 돌려줘야 했습니다. 이때도 시모로부터 급히 돈을 빌려 해결하였는데 이 돈은 현재 모두 상환했습니다.

    다행히 사업은 순항하였고, 2012. 9. 원고와 피고는 기존 전세자금 2억 원에 주택담보대출 2억 원, 예금 1억 5천만 원을 보태 총 5억 5천만 원으로 한남동에 현재 거주 중인 아파트를 공동 명의로 구입했습니다. 2013. 10. 사업체를 법인 전환하여 공동대표의 급여 체계를 공식화했고, 이후로는 가계를 거의 분리하였습니다. 2014. 10. 사업체를 확장 이전하였고, 올해 9월 횡령 사건과 이혼 소송이 있기 전까지는 꾸준히 매출액이 증가하고 있던 상황이었습니다.

사업체 내에서 원고는 영업과 고객관리, 재무 등 실질적인 경영을 담당하였고 피고는 상품(웨딩드레스) 디자인과 구매를 담당하였으며, 업무 시간과 강도, 기여도는 비슷했습니다. 그러나 집안일에는 피고가 일체 무관심하였기에 모두 원고가 일방적으로 떠맡을 수밖에 없었습니다. 가사노동은 물론이고 친척, 지인들의 경조사비, 선물, 용돈 등도 매번 모두 원고의 부담이었습니다.

나. 원·피고 공동명의의 재산 내용

원고가 소장 제출 시 첨부한 재산내역표에 기재한 바와 같이 원고와 피고의 공동명의 재산으로는 아파트와 사업체가 있습니다.

현재 거주하고 있는 한남동 아파트의 현재 매매가는 5억 8천만 원이며, 상환해야 할 대출금이 1억 2천 만 원 남았으므로 총 가액은 4억 6천만 원으로 추산됩니다.(별지 1)

현재 사업체의 금전적 가치는 가게 보증금 9천만 원, 상품과 집기 일체를 포함한 권리금이 1억 6천만 원, 공금 600만 원으로 총 2억 5,600만 원으로 추산됩니다.(별지 2)

다. 재산분할 청구액

위에서 본 바와 같이 현재 원고와 피고 공동명의의 재산은 모두 결혼 이후 함께 사업체를 운영하여 형성한 재산입니다. 피고의 어머니에게 빌린 돈이 남아 있기는 하지만 원고가 결혼과 창업 초기에 더 부담한 자금과 생활비, 일방적으로 부담한 가사노동과 경조사비 등을 감안하면 아무리 양보해도 절반 이상을 주장하지 않을 수 없습니다.

한편 원고와 피고는 각자의 명의로도 승용차, 예금, 보험 등의 재산을 보유하고 있으나, 원고와 피고가 결혼 이후로는 소득이 거의 동등했고 이미 3년 전부터 가계를 따로 꾸려가고 있으므로, 그 재산까지 모두 파악하여 나누기는 번거롭고 불필요한 과정이 될 것입니다. 따라서 원고는 재산분할로 공동명의로 된 부동산과 사업체의 총 가액 7억 1,600만 원의 50%인 3억 5,800만 원을 청구하는 바입니다.

5. 결론

이상과 같은 이유로 원고는 피고에게 소장 청구취지 기재의 이혼을 청구하고, 위자료로 7,500만 원을 이 사건 소장 부본 송달일 다음날부터 다 갚는 날까지 연 15% 이율로 청구하며, 재산분할로서 별지 1과 2의 50% 지분으로 3억 5,800만 원을 이 사건 판결일 다음날부터 다 갚는 날까지 연 5% 이율로 청구하니 원고의 청구를 인용하여 주시기 바랍니다.

준비서면을 한 장씩 읽어가면서 마치 천천히 기계의 전원이 다 해 가는 것처럼 눈에서 빛이 사라지고 몸이 굳어가던 '피고'는, 맨 뒤에 소명 자료로 덧붙여진 진단서와 폭행 증거 사진들을 보고는 마침내 완전히 정지해 버리고 말았다. 변호사로서는 그가 노발대발할 거른 예상이 빗나가 당황하기도 했고, 그 심정을 배려하여 한동안 눈치만 살피고 있었으나, 그대로 하염없이 시간이 흐르고 있자 어쩔 수 없이 먼저 입을 열었다.

"언제까지 그러고 계실 거예요? 우리도 이 날짜까지 여기 대응하는 준비서면을 만들어 보내야 한다고요. 이거 보니 만만치 않은 작업인 거 아시겠죠?"

원호는 대답은커녕 눈꺼풀도 꿈쩍이지 않았다. 우현은 한숨을 내쉬었다.

"다 읽으셨죠? 이 내용에 대해서 본인 나름대로 할 말 있으시죠? 있으셔야 해요. 뭐든 생각나는 대로 말씀해 주세요. 정리 안 돼도 좋아요. 그게 제가 할 일이니까요. 예? 어서요, 대표님. 이러고 있을 때가 아니라고요."

그제야 원호는 고개를 들고 그녀를 쳐다보았지만, 좀처럼 말을 잇지 못하고 몇 번이나 입술만 붙였다 떼었다 하고 있다가, 겨우 한 마디 뱉었다.

"정변은, 뭐 할 얘기 없어?"

"저요? 전 얘길 들어야 할 사람인데요."

"그래도… 뭐라도…."

우현은 그의 손에서 다시 서류를 받아들어 뒤적이며 말했다.

"우선 물어보고 싶은 게 있어요. 어때요? 이렇게 보니 그동안 일들이 좀 기억나세요? 맨날 기억나는 거 없다고 하셨잖아요."

우현은 첨부된 사진 자료를 테이블에 쭉 펼쳐 놓았다. 퍼렇게 멍 자국이 든 손목과 목덜미 등 상처 난 신체 부위 사진 서너 장, 부서진 유리창부터 각종 가재도구까지 망가진 집안 풍경 사진 여남은 장이 정확한 날짜와 함께 순서대로 정렬되어 있었다.

"이것들 다 기억나세요? 전부 대표님이 하신 일 맞아요?"

"글쎄… 다 확실히 기억나는 건 아니지만…."

그렇게 중얼거리며 원호는 가장 최근 것인 부서진 리모컨 사진에 시선이 붙들려 있었다. TV 출연 문제로 다투고 돌아와 이혼 이야기를 처음 꺼내던 날, 겨우 석 달 전인데 까마득하게만 느껴지는 그날 밤의 풍경을 이렇게 생생히 두 눈으로 다시 보게 될 줄은 꿈에도 생각하지 못했다. 그가 계속해서 넋 나간 채 있자 우현은 목소리를 높였다.

"대표님. 충격받으신 건 알겠지만, 인제 그만 무슨 말씀이든 해 보세요."

"내가 말하면, 믿을 거야?"

쉽게 대답할 질문이 아닌 걸 깨달은 우현이 잠자코 있자, 원호가 다시 물었다.

"도대체 변호사 같은 일, 어떻게 해?"

"…무슨 뜻으로 하시는 말이에요?"

"그러니까… 아무리 돈 받고 하는 일이지만, 솔직히 내가 변호하고 있는 인간이 어떤 인간인지, 내가 변호하는 일이 변호할 만한 일인지 아닌지 모르잖아. 아니, 확실히 알아도 문제고. 정변처럼 양심을 중요시하는 사람이 할 만한 일은 아닌 것 같은데. 어려운 사람들 억울한 사정 들어주는 보람으로 일하던 정변이, 이런 사정도 들어줄 수 있겠어? 시비 거는 거 아니고 진짜 궁금해서 물어보는 건데, 돈이 필요하기도 했겠지만, 정변 같은 사람이 무슨 마음 먹고 내 변호 맡아 주겠다고 했는지… 잘 몰라서 그랬다면, 이걸 보고도 솔직히 그럴 마음이 남아 있는지… 만약 그렇다면 정변이 내가 생각했던 사람이랑은 다른 건지. 아님 변호사란 일에 대해 내가 잘 모르고 있던 건지… 그러니까, 나도 내가 무슨 소리하는지 잘 모르겠는데…."

"아뇨, 무슨 말씀하시는지 전 알겠어요. 저도 변호사란 직업 준비하고, 일하는 동안 당연히 그런 고민 많이 해 봤죠. 변호사라면 대부분 다 그럴 걸요. 그래서 결론적으로 제가 믿고 있는 변호사로서의 양심이란, 누구라도 자기 입장을 말할 기회는 있어야 하고, 누구라도 그 말을 믿어줄 상대가 세상에 단 한 명은 있어야 한다는 거예요. 제가 짧지만 살아 보니까, 특히 사람들 상대하는 일을 하다 보니까, 사람 사이의 일이란 정말 간단하지가 않더라고요. 아까 얘기하신 것처럼 어려운 분들 딱한 사정이라고 해도, 따져보면 전적으로 그분들만 억울한 경우는 별로 없거든요. 그런 복잡한 일들을 정리하려다 보니 법은 뭐든 최대한 단순화시키게 돼요. 한계가 많을 수밖에 없죠. 그러니까 변호사가 할 일은 그 한계 내에서 최대한 인간을 배려하는 일이다. 그게 지금까지 제 결론이에요.

대표님이 말하면 믿을 거냐고요? 네, 믿을 거예요. 일단은요. 그 말들이 얼마나 믿을 만한지 아닌지는 내가 듣고 조사해서 판단해요. 저쪽 얘기만을 기준으로 판단하진 않아요. 난 대표님 변호사니까요. 물론 저한테 거짓말은 하지 않으셨음 좋겠어요. 아무리 잘못이 크더라도, 변호사는 사실을 정확히 알아야 좋은 변호 전략을 세울 수 있거든요. 하지만 사람은 다 자기 입장에서 얘기하기 나름이고, 100퍼센트 객관적인 진실 같은 건 없으니까요. 대표님 입장에서 최대한 솔직하게 말씀해 주시면 돼요. 그럼 변호사와의 관계는 걱정하실 일 없을 거예요."

그리고 우현은 갑자기 소리 내어 웃었다.

"뭐야? 왜 웃어?"

"아, 그냥… 그런 말 해 줘서 고마워요, 대표님. 사실 저도 되게 불안했거든요."

"무슨 소리야? 뭐가 불안했는데?"

"내가 과연 이 변호를 제대로 할 수 있을까, 불안했어요."

"그러니까 내가 물었잖아? 할 수 있단 거야, 없단 거야?"

"할 수 있을 것 같다는 얘기잖아요. 그럼 대표님은요? 제가 잘할 수 있게, 최대한 솔직하게 다 말씀해 주실 수 있으시겠어요?"

원호는 고개를 끄덕였으나, 이내 숙인 머리를 양손으로 싸쥐며 중얼거렸다.

"노력해 볼게. 그런데… 좀 쉬었다 하면 안 될까? 뒷골이 너무 땡겨서…."

"아아, 그럼요! 무리하지 마세요. 오늘은 그만 들어가 한숨 푹 주무시고 머릿속 정리하시고, 여유 있으실 때 다시 얘기해요. 다음 주 중으로만 보면 될 것 같아요."

그러나 원호는 사무실을 나가려다 말고 문고리를 쥔 채 한참을 서 있었다. 금요일 오후, 일찍부터 아래층 고깃집에서 올라오는 냄새에 점령당한 비좁은 사무실 안은 숨 막힐 듯 적막했다. 자료를 정리해 책상으로 가져가려던 우현이 어리둥절해서 문 쪽을 돌아보자 그는 말했다.

"정변, 지금 퇴근할 거야?"

"아, 아뇨. 일 좀 하다가 가려고요. 왜요?"

"나, 여기 좀 있다 가면 안 될까? 소파에서 잠깐만 눈 좀 붙일게. 정변 나갈 때까지 안 일어나면 깨워."

"이 소파에서 주무신다고요? 되게 불편할 텐데. 모텔에라도 가시는 게 낫지 않겠어요?"

"난 늘 소파에서 자니까 괜찮아. 혼자 있기 싫어서 그래. 방해 안 하고 조용히 있을게."

뜻밖의 말에 우현은 잠깐 망설였지만, 이내 고개를 끄덕이고는 하던 일로 돌아갔다. 원호는 좁은 소파 위에 커다란 덩치를 능숙하게 구겨 넣더니, 휴대폰을 테이블 위에 내동댕이쳤다.

"내 전화 꺼 놨거든. 혹시 우리 엄마한테 나 찾는 전화 오면 모른다고, 연락 안 된다고 해 줘."

"오케이. 걱정 마요."

그러나 그는 몇 초 후 벌떡 몸을 일으켰다.

"아냐, 우리 엄마 여기로 찾아올 수도 있겠다. 아무래도 안 되겠다. 나 갈게."

"잠깐만요, 그럼."

우현은 다람쥐처럼 재빠르게 움직여 현관문을 잠그고 블라인드를 내려 창문을 가린 뒤, 책상 위 스탠드 조명을 켜고 전체 조명을 껐다.

"자아, 난 퇴근한 거예요. 쉬세요. 깨워 줄게요."

2015년 12월
피고 준비서면 작성(1)

　　내내 어두컴컴한 좁은 덫에 갇힌 듯 버둥거리고 있다가 갑자기 강제로 잠에서 깨워지고 보니, 꿈속에서와 별다를 바 없이 사방은 무거운 어둠에 잠겨 있었으며, 온몸이 뻐근하고 쑤셨다. 그 어둠 속에서도 신기하리만치 또렷하게 반짝이며 자신을 내려다보고 있는 커다란 두 눈동자가 아니었다면, 스스로 잠에서 깼다는 사실도 금방 깨닫지 못했을지 몰랐다. 원호는 아직 잠기운에 가라앉은 목소리로 물었다.
　　"정변, 퇴근하게? …지금 몇 시야?"
　　"6시요. 좀 더 주무시게 두려고 했는데, 하도 시끄러워서 깨웠어요."
　　"시끄럽다고? 뭐가? 난 전혀 몰랐는데."
　　"대표님이 시끄럽게 했다고요! 무슨 잠을 그렇게 요란하게 자요? 코 골고, 이 갈고, 잠꼬대하고… 내 웬만하면 참을랬는데, 도저히 일에 집중이 돼야 말이지."
　　"그랬어? 미안해. 이상하다, 나 그렇게 잠버릇 심하단 소리 못 들어 봤는데."
　　"혼자 주무신 지 오래 되셨다면서요."
　　"그건 그래. 그나저나 이제 6시라면서, 왜 이렇게 어둡지?"

"요즘 해가 얼마나 짧은데요. 그리고 잔뜩 흐렸어요. 아, 비 오네요. 진눈깨비인가?"

우현은 창문을 가렸던 블라인드를 걷어 올렸다.

"그래서 이렇게 꿈꿈했구먼. 정변, 그럼 이제 퇴근이야? 약속 있어?"

"약속 없어요. 비 오니까 혼자 짬뽕이나 먹고 집에 갈 거예요."

그러자 원호는 바로 던져두었던 자기 전화기를 켜 짬뽕 두 그릇과 탕수육을 주문하고는 다시 물었다.

"내가 잠꼬대 했다고? 혹시 뭔 헛소린 안 했어?"

우현은 자기 의사를 묻지도 않고 음식을 주문한 원호의 행동에 어이가 없어 한 소리 하려던 참이었으나, 때마침 화제가 화제라 일단 넘어갔다.

"안 그래도 물어보려고 했어요. 대표님, 이 와중에 자면서 누굴 그렇게 목 놓아 불렀는지 알아요?"

설마 하던 원호는 몹시 당황하는 기색이었다.

"뭐, 정말이야?! 내, 내가 누굴… 나 놀리려고 꾸며낸 소리 아냐?!"

"그러기엔 제가 모르는 이름이라서요. 도대체 경태가 누구예요?"

순간 원호의 얼굴에 놀라움과 난감함과 쓸쓸함과 안도와 분노와 회한과 자조 등 수많은 감정들이 빠르게 스쳐 지나갔다. 그에게서 그런 복잡한 표정을 볼 수 있을 거라곤 상상도 못 했던 우현이 놀라 할 말을 잃고 있는데, 원호가 쓴웃음을 흘리며 물었다.

"정말 내가 경태 이름을 불렀다고? …얼마나? 어떻게?"

"그게… 한 두세 번 정도? 잠든 지 얼마 안 돼서 경태야! 하고 엄청 크게 부르길래 깜짝 놀랐는데, 그러고 좀 조용해졌다가, 한참 있다 또 경태야, 경태야… 하고 중얼거리시더라고요. 앞뒤로 뭐라 말씀도 많이 하셨는데, 그건 알아들을 수가 없었어요."

"경태가… 강경태, 그놈이야. 우리 회삿돈 횡령해 간 내 친구."

"아아… 그분, 꿈속에서 만나신 거예요?"

"그러고 보니 본 것 같긴 한데, 확실히 기억은 안 나네. 나도 내가 꿈속에서지만 뭐라고 지껄였는지 궁금한데… 다시 보게 되면 무슨 말을 해야 할지, 생각하면 모르겠거든."

"많이 보고 싶으신가 봐요."

"말이라고 해? 내가 태어나서 이렇게 누굴 보고 싶어 한 적이 있나 싶어."

겨우 같이 웃고 나서 원호가 말했다.

"지금 이놈이 있었다면 정변도 훨씬 편할 텐데. 나하곤 달리 말을 되게 잘하거든. 나랑 백하영 사이의 일에 대해서도 얘만큼 잘 알고 있는 사람이 없고. 어쩌면 나보다 더 잘 알지 몰라. 둘이 꽤나 친했거든. 붙어 다니는 꼴이 진짜 보기 싫었지만…."

"어머, 저도 제 절친이랑 남편이 아무리 일 때문이지만 그렇게 친하게 지내면 싫을 것 같아요. 그걸 그냥 두셨어요?"

"그걸로 딱히 뭐라 한 적은 없어. 둘 다 나 때문에 힘들어하는 거 아니까, 저희끼리라도 같이 내 욕하면서 스트레스 풀게 해야 될 것 같았어. 그랬는데 이렇게 짠 듯이 동시에 뒤통수 칠 줄은 몰랐지."

"호오, 대표님도 나름 관계를 위해 노력을 안 하신 건 아니네요."

"아, 그걸 말이라고 해?! 나도 그동안 진짜 많이 노력했다구. 아는 사람은 다 알아. 그러니 내가 강경태 놈을 꿈속에서까지 찾는 거 아냐? 아까 그 준비서면, 꼭 그놈한테 보여주고 뭐라 하는지 듣고 싶어."

"그러니까 대표님이 나름 노력하셨단 그 스토리가 필요하단 거잖아요! 그 친구 분도 그동안 대표님한테 얘길 많이 들었으니까 잘 아시는 걸 거 아녜요. 저한테도 그렇게 얘기해 주심 되잖아요?"

"그게 말이 쉽지. 강경태는 내 인생에 거의 한 명뿐인 친구였다고. 경태는 아무한테나 아무 얘기나 잘하는 녀석이지만, 난 그렇지가 않아."

"절 친구라 생각하심 되잖아요. 이미 말도 놓았겠다, 같이 먹겠냐고 물어보지도 않고 밥을 시켜 줄 정도면 꽤 친한 사이 아닌가요?"

잠시 후, 좁은 테이블에 이마를 맞대고 앉아 짬뽕과 탕수육을 먹으며 대화는 계속되었다.

"불금인데 왜 약속이 없어? 남자친구 안 만나?"

"아, 주말 데이트는 원래 잘 못 해요. 남자친구가 주말에 일이 더 많아서요. 헬스 트레이너거든요."

그 말에 원호는 입에서 짬뽕 국물까지 튀겨 가며 놀랐다.

"헬스 트레이너라고?! 그런 취향인지 몰랐는데, 정변."

"나 참, 그게 무슨 뜻이에요? 그런 취향이란 게 뭔데요?"

"그런 친구는 어떻게 만났어? 헬스하러 갔다가?"

"그건 맞는데… 그전부터 원래 알던 친구였어요. 고등학교 후배거든요."

"게다가 연하?"

"딱 한 살 차이지만요. 학교 다닐 때부터 그 친구가 절 좋아했었대요. 그땐 그냥 지나쳤는데, 나중에 제가 부산으로 로스쿨 준비하러 내려가 있을 때 헬스장 갔다가 다시 만났어요."

"아, 그럼 그 친구는 부산에 있어?"

"아뇨, 저 로스쿨 졸업하고 서울로 취업하면서 그 친구도 따라왔어요. 헬스클럽은 서울에도 많으니까요. 개도 자취해요."

"그래? 그럼 둘이 같이 살면 되잖아. 서울 집세도 장난 아닌데."

원호가 그 말을 채 맺지도 못하고 움찔했을 만큼 우현은 펄쩍 뛰었다.

"미쳤어요?! 결혼할지 말지도 모르는데, 벌써 동거라뇨."

"아니, 요즘 세상에 뭘 그런 걸 따져? 정변, 보기보다 보수적이네."

"이렇게 무신경하다니까! 아무리 요즘 세상이라도, 우리나란 아직 멀었어요. 더구나 그런 문제에 있어선 여자가 남자보다 훨씬 더 불리하고. 억울하긴 하지만, 현실을 무시해 봤자 나만 손해죠. 그리고 꼭 남의 눈 의식해서만 그러는 건 아녜요. 그냥 그런 식으로 관계가 기정사실로 되는 게 싫어요. 이러다 웬만하면 결혼하겠지, 라고 남자친구가 생각하게 하고 싶지 않다고요. 정말 그렇게 되기 전까진 절대 잡힌 고기로 살고 싶지 않아요."

원호는 찌푸린 눈초리로 우현을 보며 중얼거렸다.

"저럴 때 진짜 모르겠다니까… 곰인 것 같다가, 완전 여우 같기도 하고."

"정답을 알려 드려요? 세상에 백 프로 여우나 곰인 사람은 없어요. 누구나 어느 정도는 여우인 면이 있고, 어느 정도는 곰인 면이 있다고요. 사람을 그렇게 흑백논리로 단순하게 보다간 큰코다치게 돼 있어요."

"내가 그래서 망한 거라는 얘기야?"

"그것도 있는 것 같아서요. 차근차근 따져 보죠. 대표님도 오늘 밤에 약속 없는 거죠?"

두 사람은 짬뽕 국물 한 방울까지 남김없이 먹어치운 뒤, 같은 자리에서 다시 면담을 시작했다.

"우선 따지고 싶은 게 있어요. 저랑 전에 이야기했을 때 대표님이 아내분께 폭력을 쓴 일은 절대로 없다고 하셨죠. 전 그 말만 믿고 물리적 폭행은 없었다는 전제하에 답변서를 쓴 건데, 이제 와 작전을 새로 짜야 할 판이잖아요. 그러니까 거짓말은 안 된다고 했죠?"

"거짓말이라니? 십자가에 맹세하는데, 난 단 한 번도 백하영을 내 손으로 때린 적 없어."

"그럼 이 사진들은 뭐죠? 설마 손은 말고 다른 거로 때렸다고 하시는 건 아니겠죠."

"정말 때린 적은 없어. 걔가 날 때리길래 이렇게 붙들어 밀친 적은 있지. 물건 집어던진 적이야 많지만, 맞으라고 던진 건 아냐. 하도 열 받아서 그냥 나 혼자 부순 거지."

우현은 어처구니가 없어 한숨을 내쉬었다.

"대표님, 그런 것도 엄연히 폭행이거든요!"

"그게 무슨 폭행이야?! 그런 식으로 따지면 나야말로 폭행 엄청 당했다고!"

"쌍방 폭행이라고 우겨 봤자 절대 불리해요. 아내 분 사진만 봤지만, 체중이 대표님의 절반이나 나가나요?"

"그딴 게 어딨어!! 씨바, 덩치 큰 게 죄야?!"

그렇게 고함치며 자리를 박차고 일어서려는 원호를 보고 우현은 놀란 토끼 눈을 한 채 꼼짝 않고 있었다. 뜻밖의 정적에 어리둥절하고 민망해진 원호가 이내 헛기침을 하며 자세를 고쳐 앉자, 그제야 우현은 단호한 투로 말했다.

"네, 덩치 큰 게 어떻게 보면 죄 맞아요. 똑같은 행동을 해도 파괴력이 크니까요. 아내 분은 아무리 분해도 대표님을 집어 던질 수는 없잖아요. 그러니까 그런 행동엔 페널티를 받게 되어 있어요."

"젠장, 억울해! 왜 나만? 나도 걔처럼 하고 싶어도 못하는 거 많은데!"

"어떤 거요? 예를 들어서?"

"예를 들어, 그러니까… 꼼수라든지! 뭐… 남들 앞에서만 멀쩡한 척하는 거라든지! 또…."

본인의 대답이 마음에 안 들기도 하여 그는 좀처럼 호흡을 가라앉히지 못했다.

"무슨 말씀하시는 건지 대충 알겠어요. 그런데 대표님, 그런 건 어느 정도 훈련으로 나아질 수 있어요. 그래야 하고요, 확실히 대표님은… 방금도 저랑 좀만 더 편한 사이였다면, 그리고 좀만 더 열 받는 상황이었다면, 이 사무실 물건도 집어 던지셨을 거지요?"

"아니, 무슨 말을 그렇게 해?"

"이 사진 속 그림들이 어떻게 나왔을지, 안 봐도 비디오라서 그래요. 대표님은 욱하면 그렇게 바로 큰소리치거나, 물건이라도 던져서 풀어버리는 게 당연하다고 여기시는 것 같은데, 그런 게 바로 폭력이에요. 보는 것만으로도 엄청나게 위협적으로 느껴진다고요. 저한테도 이 정도니, 가까운 사람들한텐 어떻게 하셨을지 뻔해요. 그런 습관은 고치셔야 해요. 누구한테 이런 얘기 들어보신 적 없어요?"

"와 씨, 뭐라고? 듣자 듣자 하니까, 내가 뭐 대단한 짓이나 했다고?!"

"지금 싸우자는 게 아니고요. 우리 전략 잊으셨어요? 빼도 박도 못할 잘못은 인정하고, 고쳐 볼 테니까 헤어질 순 없다고 나가는 게 우리 입장이잖아요. 그런데 이 정도도 못 받아들이셔서 어떡해요? 대표님 분노 조절에 문제 있는 건 이 자료를 봐서나 제가 그동안 겪어 봐서나 엄연한 사실이에요. 그리고 이건 구실을 위해서가 아니라 정말로 좀 고치셔야 해요. 앞으로 갈 길이 멀단 말예요. 말씀드렸죠? 가사 조사라는 과정도 있고, 조정에서 안 끝나면 실제로 판사님을 뵈어야 한다고요. 그렇게 계속 성질 못 죽이시다간 큰일 나요."

우현의 끈질기고 차분한 설득에 원호는 마침내 좀 기세가 수그러들었지만, 여전히 억울한 심정을 가누지 못해 제 명치 부근에 연달아 주먹을 꽂아 대며 말했다.

"그래! 나 빡치면 아무 데서나 아무한테나 지랄하는 거, 맞아. 근데 백하영은 어떤지 알아? 세상 모든 사람 앞에서 차분한 척, 우아한 척하면서, 나한테만 개지랄한다고! 적어도 나랑 단둘이 있을 때는 걔도 분노조절장애 뺨쳐. 특히 술 처먹고 개 돼서 지랄하면 완전 지킬박사와 하이드가 따로 없다구. 정변이 그거 라이브로 봤으면 아마 기절했을걸? 지랄에는 체중이 문제가 아니라는 걸 알게 될 거야. 걘 심지어 칼부림한 적도 있어. 난 그런 적은 없다고!"

"아니, 뭐라고요? 칼부림을 했다고요? 언제, 어떻게? 자세히 얘기해 봐요!"

멈칫했던 원호는 이내 결심한 듯, 아까의 원고 측 증거 자료들을 다시 뒤져 가장 앞에 놓인 상처 난 몸 부위 사진들을 펼쳐 보였다.

"이사한 지 얼마 안 돼서 대판 싸웠을 때, 아마 이날이었을 거야. 집에서 한바탕 하고선 백하영이 뛰쳐나갔는데, 새벽녘에 꽐라가 돼서 들어왔어. 그러더니 주방 쪽에서 다 때려 부수는 소리가 나는 거야. 깨서 나가 보니까, 그게 식칼을 들고 있었어."

"헉, 맙소사… 그걸로 어떻게 했어요? 찌르려고 했어요? 위협하던가요?"

"그게… 날 찌르려고 한 건 아니고 자해를 하려고 했던 걸 거야. 이게 진짜 미쳤구나 싶으면서 나도 그때부터 정신이 좀 나갔던 것 같아. 어찌어찌 해서 겨우 칼 뺏고선 넘어갈 때까지 몸싸움할 수밖에 없었어. 내가 어떻게 했는지 기억도 잘 안 나는데, 그날 싸움이었으면 저 정도 다쳤을 만해. 솔직히 내가 한두 대 때렸을 수도 있어."

"아니, 그런 중요한 얘기를 왜 이제 해요?"

"얘기해 봤자 소용없잖아. 난 증거가 있는 것도 아니고."

우현은 답답함에 발을 동동 구르다시피 했다.

"도대체가… 소용이 있는지 없는지, 제발 멋대로 좀 판단하지 말라고요. 그냥 있는 대로 나한테 다 알려주기만 하면 된다고 몇 번을 말해요? 대표님은 그날 다치지 않았어요? 칼에 조금이라도 베었다든지."

"글쎄… 칼끝에 손이 좀 찍히긴 했었어. 근데 그냥 밴드 붙이고 말았지. 지금은 흔적도 안 남았고. 그보다 온몸이 쑤셔서 혼났어. 한 일주일 파스 신세 졌지. 그러니 걔는 무지하게 아팠을 거야. 그때 한 삼사일 누워 있었을걸?"

"그럼, 그분도 그날 몸싸움은 본인이 칼부림하는 바람에 커졌단 걸 알고 계시는 거예요? 그러면서 그 얘긴 쏙 빼고 이렇게 자기 유리한 증거로만 써먹었단 거죠?"

"아… 그건 아닐 거야. 걘 아마 그날 자기가 칼부림했다는 거 모를 거야. 그 정도면 필름은 끊겼을 거고, 내가 얘기 안 했거든."

우현은 다시 눈을 휘둥그렇게 떴다.

"왜요?"

"그냥."

"그냥이라뇨? 자기가 그런 엄청난 실수를 했다는 걸 모르게 두면 어떡해요? 알아야 주의를 할 거 아네요."

"글쎄, 난 오히려 반대로 생각했어. 사람이 한 번이 어렵지 두 번은 쉽잖아. 어차피 기억도 못 할 테니까, 아예 없던 일로 하는 게 낫겠다고…."

"말도 안 돼! 그래서, 뒤처리는 어떻게 하셨는데요? 대표님 찍힌 상처는 혼자 치료하고, 아내 분만 병원에 데려가신 거예요?"

"아니, 병원은 제 발로 간 거야. 난 칼만 제자리에 두고 나와 버렸어. 내 작업실에 가서 잤지."

"뭐라구요? 그렇게 다쳐서 쓰러진 아내 분을 그냥 놔두고 갔단 말예요?"

"아니, 다쳐서 쓰러진 게 아니라 취해서 쓰러진 거니까, 어떻게 될 리는 없다고 생각했어. 집이 난장판이 됐는데 나도 너무 지쳐서 그걸 치울 수도 없고, 그냥 거기 있자니 토할 것 같아서… 우선 나도 당장 좀 자야 정신을 차릴 수 있을 것 같아서…."

믿을 수가 없다는 우현의 표정을 보고 원호의 입에선 그 자신도 여태 떠올리지 못했던 당시의 심중이 계속해서 튀어나왔다.

"그리고 걔가 며칠 일을 제대로 못 할 게 뻔하니까, 내가 먼저 숍에 가서 커버를 좀 해야 할 것 같았고… 잠깐 눈 좀 붙이고 나니까 벌써 일 시작할 시간이었어. 급한 일 처리하고 집에 와 봤더니 아무도 없더라고. 집안은 난장판인 그대로였고. 대강 정리하고선 저녁때 숍에 다시 가 보니까 출근해 있더라. 그 독한 것이… 물론 그러고 다음 날부터 한 사흘 출근 못 했지만."

"잠깐, 설마 다음 날 다시 보기까지 아내 분하고 연락은 안 하신 거예요?"

"어, 딱히 필요성을 못 느껴서… 집에 가 보니까 잘 신는 신발이랑 백이 안 보이기에, 제 발로 걸어서 나갔으니 걱정할 거 없다고 생각했지. 그러고는 그 일에 대해선 더 얘기하고 싶지 않았어. 걔도 다시 말 꺼내지 않았고. 그러니까 지금 얘기해도 소용없을 일이라고 생각했어."

우현은 기가 막힌 나머지 한동안 말을 잇지 못했다.

"정말… 어이가 없네요. 일이 어디서부터 잘못됐는지 알겠어요. 그렇담 아내 분 입장에서는 그 상황을 어떻게 파악했겠어요? 속상해서 술 먹고 집에 왔더니 남편이 넘어갈 때까지 두들겨 패고 버려두고 나갔다고 생각하지 않겠어요? 그러니 그때부터 이 악물고 복수의 칼날을 갈기 시작한 것도 당연하죠. 대체 왜 그랬어요?"

"아, 이미 지난 일인데 어쩌란 말야?!"

"도저히 이해가 안 가서 그래요! 이제라도 이 사실을 밝혀서 오해를 풀고, 우리 쪽의 정당성을 주장하고 싶은데, 나부터도 이해가 안 간다고요. 어떻게 그 상황에서 아내 분을 놔두고 그냥 나갈 수가 있었어요? 만취하고 다쳐서 쓰러져 있는 사람을… 그러다 뭐 잘못되기라도 하면 어쩌려고요? 그래도 상관없다고 생각한 거예요?"

"그건 아냐! 모르겠어! 솔직히 아무 생각 없었어. 어떻게 그럴 수 있냐고, 아무리 그래도 소용없어. 나도 모르니까. 그냥 정신이 하나도 없었어. 정신 차려 보니까 작업실이었어. 내가 집 말고 갈 데라곤 거기밖에 없으니까. 당장은 다시 돌아갈 마음이 안 들었어. 왠지는 몰라. 거짓말 아니고, 진짜 모르겠어!"

쏟아내듯 말하는 그의 얼굴을 우현은 주의 깊게 보고 있다가 말했다.

"대표님… 무서웠던 거구나."

"뭐? 뭐가 무서워?"

"그냥 그 상황 자체가 겁났던 거죠. 너무 놀라고… 그래서 판단력이 정지되고 도망치고만 싶었던 거죠. 맞아요, 그럴 수 있어요. 사실 나 같아도 그랬을 것 같아요. 그 정도 상황이면."

"아냐, 도망치고 싶고 그런 건 아녔어! 무섭긴 뭐가 무서워? 그 쬐꼬만 게 날뛰어 봤자지."

"그렇다 해도, 여태까지 그 얘길 안 해줬단 건 너무했어요. 상대한테도 반성할 기회는 줘야 하는 거잖아요. 그렇게 다시 말도 꺼내기 싫을 만큼 겁났던 거예요?"

"아 젠장, 겁나서 그런 거 아니라니까!!"

그러나 원호는 이내 시선을 떨구고는, 한동안 몹시 망설이던 끝에 입을 열었다.

"그래, 늦었지만 어차피 이젠 안 까발릴 수 없게 된 것 같으니… 지가 그런 짓 했었단 얘기 들으면 걔 무지하게 충격받을 거야. 절대 인정 안 하려고 들 수도 있어. 나도 그럴 것 같아서 말 못 꺼낸 것도 있고… 사실 걔네 엄마, 그러니까 장모님이 예전에 칼로 팔 그어서 자살하려다 실패한 적이 있대. 그때 그 현장을 처음 발견한 게 백하영이라더군. 중학생 때였나."

"세상에, 그런 일이…."

또 한 번 상상 밖의 사연에 우현은 경악했다.

"그 얘긴 어떻게, 아내 분께 직접 들으신 거예요?"

"그것도 아니니까 말야. 걘 워낙 자기 식구들 얘기 잘 안 하거든. 더군다나 제 생각에 쪽팔린 얘기는 절대로 안 해. 난 이 얘기 처제한테 들었어. 처가 식구들 중에 그나마 처제랑 말이 통해. 장모님이랑 장인어른은 정말 내 스타일 아니고."

"그, 장모님은 어떤 분이세요? 아내 분하고 성격이 비슷하신가요?"

"글쎄, 걔가 닮은 건 장모님보단 장인어른 쪽이야. 좀 쌀쌀맞고, 잘난 척하는 느낌 있잖아. 장모님은 딱 봐도 우울한 데다, 말 엄청 많으시거든. 거의 우리 엄마랑 맞먹을 정도야. 그리고 걔가 맨날 자기 엄마랑 자긴 너무 다르다고, 안 맞는다고 그런 말 많이 해서, 전혀 비슷하단 생각은 못 했는데… 그런 일도 있었고 이제 와서 생각해 보면, 사실 둘이 비슷한 데가 있으니까 외려 안 맞았던 거 아닐까 싶기도 해."

"흐음… 어쨌든 대표님 얘긴, 아내 분이 본인이 엄마랑 똑같은 짓을 했다는 사실을 알면 너무 충격받을까 봐 그 일을 감추셨다는 거죠? 그런 이유도 있다는 거죠? 그럼 이것도 대표님이 관계를 위해 나름 노력하셨단 근거가 되겠네요."

"그렇다고 했잖아! 나도 그동안 답답하고 억울해 죽는 줄 알았다고. 개 엄마 얘기가 개한테 직접 들은 거기만 했어도, 나도 그냥 까 버렸을 거야. 근데 절대 제 입에 안 올리는 걸로 봐서 건드리지 말아야 할 일이란 거잖아? 솔직히 난 그거 자체가 이해 안 가. 지가 잘못한 것도 아닌데, 남편한테 그 정도 얘기도 못 해? 지가 그런다고 그만한 일이 언제까지 비밀로 지켜질 거라고 생각하는데? 개 그렇게 눈 가리고 아웅 하는 태도가 정말 내 스타일 아니라구."

"전 솔직히 그 심정도 이해 가긴 가요. 저 같아도 쉽게 털어놓을 수 없었을 것 같아요. 물론 그런 얘기도 못 할 상대하곤 결혼할 마음을 먹질 않겠지만… 어쩌면 그분도 차마 자기 입으로 얘기하긴 싫어도, 대표님이 알아서 알고 배려해 주길 바랐을 수도 있어요."

"옘병, 난 세상에서 그런 게 젤 싫다구! 뭘 해 줬음 좋겠다 하면 제발 똑바로 말을 하란 말야. 뭘 알아서 해줘? 알아야 해주든 말든 하지! 다 큰 어른들끼리 장난치는 것도 아니고… 우리 엄마 진상이 백만 가지라도 그거 하나는 나랑 잘 맞는다고. 뭔 일이든 말은 확실히 하니까!"

"아유, 그래도 그만한 일이면 자기 입으로 말 꺼내기 어려웠을 수 있잖아요! 대표님이라면 안 그랬겠어요? 다른 것도 아니고 자살 기도인데?"

"뭐 그 정도 가지고! 그런 거 대부분 다 쇼야. 사람이 손목에 칼집 좀 낸다고 죽을 것 같아? 난 그보다 더한 꼴도 봤어. 우리 엄마도 아빠 찔러 죽인다고 칼 들고 난리 친 적 있어. 그것도 두 번이나. 세 번인가? …뭐 표정이 그래? 변호사 일 하면서 칼부림한 얘기 처음 들어?"

"아, 아뇨… 그건 아니지만, 까면 깔수록 점점 큰일이 나오니까 당황스럽네요. 보통은 큰일부터 얘기한다고요. 그럼, 대표님은 그런 얘기 아내분한테 다 하셨어요?"

"응. 자랑할 얘긴 아니지만 결혼하기로 했으면 숨길 일은 아니라고 생각했어. 그리고 우리 엄마 아빠 사이는 딱 봐도 별로니까, 차라리 그런 일을 알아야 이해가 될 것도 같았고. 난 일찌감치 그런 얘기까지 다 했는데, 자긴 엄마 얘기 끝까지 안 하는 것도 사실 좀 괘씸했어."

"그렇구나… 이제 이해가 좀 가요. 역시, 사람 말은 양쪽을 다 들어봐야 한다니까. 이 정도면 어느 정도 설득력 있는 스토리를 쓸 수 있겠어요."

고개를 끄덕이며 우현은 한동안 생각에 잠겨 있다가 물었다.

"어머님이 죽인다고 칼부림하셨을 때, 아버님은 어떻게 하셨어요?"

"우리 아빠? 아빤 도망갔지. 음… 사실 아빠도 남들한텐 천하의 호구지만, 꼴에 성질이 없는 건 아니거든. 욱해서 엄마 치고 그런 적도 있어. 특히 우리 앞에선 자존심 상해선지 더 그랬지. 근데 대개 되로 주고 말로 받았지. 그러다 엄마가 칼까지 들면 냅다 튀었어. 그리곤 며칠씩 안 보이고… 차라리 이대로 영영 안 보였으면 좋겠다고 생각했는데, 꼭 며칠 있다 다시 나타나더라고. 아무 일도 없었단 얼굴로…."

갑자기 말이 끊겼다. 우현도 뭔가 눈치채고는 아무 대꾸도 하지 않았다. 원호는 뒤통수를 한 대 호되게 얻어맞은 표정으로, 한동안 근질거리는 침묵 끝에 다시 입을 열었다.

"내가 우리 아빠랑 똑같은 짓을 한 거네."

"뭐, 똑같다고 할 순 없죠."

"마찬가지야. 도망쳤으니까. 그리고 모른 척했어. 계속 도망친 거잖아."

"…그래요. 이제라도 본인한테 도망치는 습관이 있다는 걸 깨달았으면 그걸로 됐어요. 전부터 얘기하고 싶었는데, 절대 인정 안 하실 것 같아서 말았거든요. 예전 일들 잘 기억 못 하시는 것도, 제가 보기엔 그 회피 기제의 일환이라고요."

"아니, 뭐래? 어쩌다 한 번 놀라서 그런 것 가지고 또 싸잡아 몰고 갈 거야? 습관이라니! 기억력은 나 원래 나쁜 거라고! 제기랄, 지나간 일 쓸데없이 다 기억하고 사는 인간들이 쫀쫀한 거지!"

"글쎄, 그러니까 단순히 기억력만의 문제가 아니라니까요? 방금 말씀하셨잖아요, 쫀쫀한 인간들이 기억을 잘한다고. 제 말이 그 말예요. 기억엔 심리적인 요인도 분명 있어요. 회피 기제가 발달한 사람들은 안 좋은 일이나 중요한 일일수록 기억 못 하는 경향이 있죠. 아버님은 그러지 않으셨어요? 잘 생각해 보세요."

그 말에 원호는 급기야 급소를 찔린 듯 창백해진 얼굴로 중얼거렸다.

"그러네. 이럴 수가… 울 엄마가 알면 완전 약점 잡히게 생겼네. 어차피 알게 되겠지만."

"그건 또 뭔 소리에요? 무슨 약점?"

"너도 별수 없이 네 아빠 아들이다, 이 말이 우리끼린 최대 모욕이거든. 이번엔 변명할 수가 없네. 내 생각에 앞으로 한 3~4년은 엄마한테 이걸로 털릴 거야. 망했어."

"나 참, 그건 제가 듣기엔 좀 부당한데요. 사실 대표님은 아버님 아들이니까 닮는 게 당연하잖아요. 그런 아버님을 배우자로 선택해서 여태 살고 계신 건 어머님인데, 그분이 그걸 약점으로 잡는다는 건 적반하장 아네요?"

"나도 늘 그렇게 받아치지. 근데 엄마가 거기 대해선 너무 당당하니 먹히질 않아. 잘못된 선택이라도 어쨌든 한 번 한 결혼 지키며 살고 있는 본인이 잘못한 건 없다는 논리야. 나도 그 생각은 존중해. 어찌 보면 존경스럽기도 하고. 그래서 나도 내가 먼저 이혼해야겠단 생각을 못 한 걸 수도 있어. 하지만 다시 생각해 보면 평생 엄마처럼 사는 건 난 싫어. 그런 면에서 백하영이가 먼저 이혼 얘기 꺼내 준 게 고맙기도 해. 아마 걔도 자기 엄마처럼 살고 싶진 않다는 생각에서 그랬을 것 같아."

그리고 두 사람은 약속이나 한 것처럼 입을 다물고 소파에 길게 기댔다. 한동안 정적이 흐른 뒤, 원호가 자세는 꼼짝 않은 채로 먼저 입을 열었다.

"정변네 부모님들은 어떠셔? 사이 좋으셔?"

"우리요? 음… 네, 우리 엄마 아빠 사이도 늘 좋기만 한 건 아니지만, 그 정도면 좋은 편인 거 맞아요. 살면서 보니까 그만큼 잘 지내는 분들도 보기 힘들더라고요."

"부부 사이는 좋은 게 정상인가? 아닌가?"

"…설마 그거 저보고 대답하라고 하신 질문은 아니죠?"

"그럼, 이건 어때? 사이 안 좋은 부모님 아래서 자란 사람은 결혼생활도 잘 못할 확률이 높은 걸까? 아무래도 보고 배운 게 없으니까, 아니면 뭐 트라우마나 피해의식 때문이라든지… 난 그냥 정변 생각을 묻는 거야. 그래도 지금까지 살면서 봐 온 게 있을 거 아냐."

"와, 대표님 이 정도로 말문 터진 거 처음 보는 것 같아요. 저한테 질문도 막 하시고. 완전 진 빠진 거 아니시면, 이 김에 얘기 좀 더 이어갔으면 하는데요. 어떠세요? 아님 오늘은 이쯤 하고 해산할까요?"

"하여간 누가 변호사 아니랄까 봐, 말도 잘 돌리네. 간만에 떠들었더니 목이 타서 카스 한잔해야 될 것 같아. 정변도 마실래? 내가 나가서 사올

게."

"네, 전 카스든 뭐든 좋아요. 안주도 아무거나 좋은데, 쥐포만 빼고요. 전 부산 사람이라 서울서 파는 이상한 쥐포 못 먹어요. 천천히 다녀오세요. 그동안 저 남자친구랑 통화 좀 하고 있을 테니까."

원호는 문고리를 잡고 아니꼽다는 표정으로 그녀를 돌아보았다.

"그래, 실컷 해. 연애만 하라구."

2015년 12월
피고 준비서면 작성(2)

　일산시에서 하우스웨딩홀과 웨딩숍 프랜차이즈를 운영하는 문혜영 대표(여/53)는 업계에서 입지전적인 인물로서, 젊은 시절 맨손으로 밑바닥부터 시작하여 오직 열정과 성실성만으로 오를 수 있는 최고의 위치에 오른 사례였다. 특유의 성공 비결인 빼어난 균형감각과 현실감각 덕에 늘 온화하고 고상해 보이는 문 대표의 인상은 치열하게 성공한 사업가보다는 오히려 곱게 나이 든 사모님 느낌에 더 가까웠다. 물론 조금만 더 가까이서 들여다본다면, 가꿀 겨를도 없이 정교한 화장 뒤에 숨기기에 급급한 거친 피부와, 커다란 보석의 빛으로도 가릴 수 없는 손 마디마디의 굳은살이 어렵잖게 눈에 띌 테지만 말이다.
　실은 이제쯤은 전보다 훨씬 여유를 즐길 수 있는 처지였고, 그럴 생각으로 3년 전 늦은 나이에 결혼도 했다. 그러나 그 뒤로도 매일을 분 단위로 쪼개 써야 하는 그녀의 바쁜 일상은 한창때와 별반 달라진 것이 없었다. 하나의 목표를 성취하기가 무섭게 또 그다음 목표에 시선을 빼앗기고, 이미 손에 쥔 것을 유지하기만도 벅찬 나날임에도 그 자체가 즐거움이고 행복인 사람이었다. 사업 현장에서 성공하고 또 그로 인해 성공적인 인생을 사는 이들은 그렇게 타고난 인종들이라고, 문 대표는 오래전부터 그리

믿고 있었다. 그래서 여러 경로로 이 화려해 보이는 업계에 뛰어드는 수많은 후배를 놓고 그녀는 재능이나 경력보다도 성품을 보고 가능성을 점치곤 했다.

10여 년 전 그녀가 처음으로 개인 사업체인 웨딩숍 '죠슈아벨'을 열었을 때, 모든 것을 함께 시작할 실장으로 백하영을 선택했던 이유도 바로 그런 점이 자신과 비슷하고 잘 맞을 거라는 생각에서였다. 그 판단은 정확해서 두 사람은 하영이 '지앤화이트'로 독립하기 전까지 7년 동안 줄곧 환상의 호흡을 자랑했다. 그 길고 거친 세월 그렇게 좋은 궁합을 유지할 수 있었던 건 일적인 면으로는 물론 인간적인 면으로도 서로 신뢰와 존중이 굳었던 덕이었다.

그런 문 대표는 하영이 원호를 배우자로 택한 것을 처음부터 걱정스럽게 여겼다. 업계에서 오래 일하면서 커플이 동업하는 경우의 위험성에 대해 많이 목격한 바 있기도 하고, 자신이 직접 뽑은 부하직원인 하영과 원호의 됨됨이를 잘 파악하고 있어서이기도 했다. 그럼에도 문 대표는 부부가 독립하는 과정을 물심양면으로 지원하며 계속 좋은 관계를 유지했다. 오히려 하영 쪽이 부부 사이가 나빠지면서부터 그 속내를 들키고 싶지 않은 마음에 거리를 두기 시작하면서 관계가 소원해졌다. 아무리 하영이 연기의 달인이라지만 눈치가 빠른 문 대표도 그 사실을 짐작하고 있었고, 워낙 말이 빠른 바닥인지라 두 사람이 이혼 소송을 시작했다는 소식도 일찌감치 들어 알고 있었다. 이제쯤 먼저 연락이 올지 모른다는 예감이 들던 차, 아니나 다를까 하영으로부터 조심스럽기 짝이 없는 만남 신청이 오자 그녀는 가슴이 덜컥 내려앉는 기분으로 즉시 바쁜 일정을 쪼개 달려 나왔던 것이다.

문 대표의 결혼식 이후 3년 만의 만남이었는데, 하영의 얼굴이 생각보다 더 많이 상해 보여서 그녀는 그만 할 말을 잃고 말았다. 하영도 시선을 떨군 채 좀처럼 먼저 입을 열려 하지 않아 침묵은 한동안 계속되었다.

"이혼 소송이 보통 일이 아니란 얘긴 들었다만, 세상에… 이러다 큰일 나지 싶다. 어디 안 좋은 건 아니지? 병원은 가 봤어?"

"네… 특별히 몸에 문제 있는 건 아니래요. 너무 걱정 마세요."

"문제 있는 게 아닌데 그렇다니 더 걱정이다. 많이 힘들구나. 여기서라도 실컷 먹어라. 일단 먹고 얘기하자. 너 시킨 거 다 먹을 때까지는 내 아무 얘기도 안 들을 테니."

그러나 식사 내내 하영이 정말 아무런 말도 없이 깨작거리느라 식사도 좀처럼 끝날 것 같지 않자, 결국 문 대표가 답답해서 먼저 얘기를 꺼낼 수밖에 없었다.

"그럼, 지앤화이트는 이제 어떻게 되는 거니?"

"지원호가 절대 포기 안 할 것 같아서 그냥 제가 넘기고 나오기로 했어요. 그 대신 위자료 내놓으라고 했더니 못 주겠다기에 지금 소송하고 있는 거고요."

"자식 같은 회사를 포기하는데, 위자료도 못 주겠다고?"

"위자료고 재산분할이고 한 푼도 못 주겠대요. 그도 그럴 게 사실 걘 이혼할 생각이 없었거든요. 우리끼린 어차피 남남처럼 지낸 지 오래됐어요. 그런데 갑자기 내가 회사에서 나가고, 재산까지 떼어 줘야 된다는 사실이 걔한텐 날벼락인 거죠. 못 받아들이는 것도 이해는 가요. 저도 웬만하면 그냥 그렇게 살 생각이었거든요. 그런데 어떡해요, 더 이상 이렇게는 못살겠는데."

"그러니까 그 친구는 살 만했는데, 너는 못 살겠더란 거지? 그동안 네가 너무 참고 산 거 아니니?"

"그랬죠. 물론 그쪽은 저 나름대로 참았다고 생각하겠지만. 그런데 제가 더 이상은 이 모든 게 의미 없다는 생각이 들더라고요. 내가 뭘 위해서 계속 이렇게 살아야 하나? 싶으니 더 고민할 필요도 없어지더라고요."

"그래, 네가 어련하면 이런 결정을 했겠니. 그 브랜드 포기한다는 거, 너한텐 자식 두고 나오는 거나 마찬가지 심정일 텐데. 게다가 내 보기엔… 남편이 혼자 잘 키워줄 수 있을 것 같지도 않고."

"혼자 너무 잘 키워줘도 배 아프겠죠. 하지만 저도 그럴 가능성은 거의 없다고 봐요. 버린 자식인 셈 쳐야죠, 별수 없죠."

"그런 자식이야 또 만들어 잘 키우면 되지. 너 정도 능력이면 얼마든지 가능하지. 진짜 자식처럼 나이 제한이 있는 것도 아니고."

"그건 그런데, 그것도 나이 영향이 있는 것 같아요. 지앤화이트 처음 오픈했을 때, 그때 같은 열정으로 다시 일할 수는 없을 것 같아요. 그렇다고 그때만 못한 시작이라면 안 하는 게 나을 것 같고. 솔직히 다시 시작할 엄두가 안 나네요. 지금 제가 지쳐서 드는 생각일 수도 있지만…."

"그래, 너무 지쳐서 그런 거야. 그리고 그 말도 맞아. 첫 열정은 누구도 다시 되돌릴 수가 없지. 하지만 경험치가 있으니까 앞으론 더 쉽게 잘할 수 있을 거야. 처음엔 열정이 있는 만큼 시행착오도 실수도 많은 법이니까. 사실 동업자만큼 중요한 선택이 어디 있겠니?"

하영은 쓴웃음을 지었다.

"사실 그건 정말 충격이었어요. 우리가 인간적으로는 몰라도 동업자로는 정말 잘 맞는 파트너일 거라고 확신했었거든요. 근데 그것도 아니더라고요."

"뭐가 문제였니?"

"제일 큰 문제는 지원호가 남의 말을 안 듣는단 거죠. 혼자선 아무것도 못 하는 주제에, 남의 도움 받기를 죽기보다 싫어한다니까요. 대충 아시잖아요. 저도 못돼먹었다고 버리기엔 그 인간의 재능이 아깝다는 생각을 했지만, 이제 와 보니 남의 말을 들어야 할 때 듣는 것도 재능이라는 걸 알겠어요."

"그래, 정확한 얘기다. 그나마 걔가 네 말은 좀 잘 들었었지. 하지만 그 약발이 결혼한다고 평생 가진 않을 것 같았어."

"그러게요. 지금은 세상에서 제 말을 제일 안 들어요. 제 말 들으면 죽는 줄 아는 것 같아요."

"그래서 부부가 동업한다는 게 어려운 거야. 부부생활이나 사업이나 둘 다 힘든 일인데, 그걸 한 큐에 엮으려면… 한쪽을 위해서 다른 한쪽을 희생해야 하는 순간이 생길 수밖에 없으니까. 게다가 실패하면 데미지도 몇 배로 커지고. 그래도 내 생각에 그 정도 교훈 얻었으면 고생한 가치가 있는 것 같다. 너무 자책하지 말고, 잘 마무리하렴. 다시 시작하면 돼. 넌 아직 젊으니까, 걱정할 것 없어."

그 얘길 듣는 내내 정수리가 정면으로 보일만치 고개를 숙인 채 있던 하영은 한참 만에 깊고도 긴 한숨을 내쉬며 중얼거렸다.

"저도 그렇게 생각하려고 하는데, 잘 안 돼요. 아무리 생각해도 그 시간들이 너무 아까워요. 대표님처럼 직접 겪어 보지 않고도 아는 분도 있잖아요. 왜 저는 이렇게 당해 보고서야 알게 된 걸까요? 멍청하게… 왜 그때 대표님 말씀을 안 들었던 걸까요? 자책을 안 할래도 안 할 수가 없어요."

"글쎄, 인생에 확실한 패란 건 없지. 나는 가능성을 말한 것뿐이고, 넌 위험한 패에 걸었던 것뿐이야. 네가 좀 욕심이 많기도 했고, 용감하기도 했지. 그건 잘못이 아니잖아? 넌 원래 남들보다 욕심이 많고, 용감한 사람이야. 그게 너지. 이제 네 경험을 어떻게 활용할지도 너한테 달렸어. 잘해 낼 거야."

"그게… 아무래도 잘 못해낼 것 같아요. 그게 문제예요."

문 대표는 고개를 설레설레 저으며 테이블 위에 힘없이 늘어진 하영의 손 위에 제 손을 덮었다.

"세상에, 널 이렇게 망가뜨려 놓다니… 그놈이 도대체 뭔 짓을 어떻게 한 거니? 본성이 나쁜 아이 같지는 않았는데."

"…맞아요. 사실 저도 이렇게 된 데 누굴 탓할 생각은 없어요. 재산분할만 순순히 해 줬더라면 합의로 깔끔하게 끝냈을 거예요. 그런데 그게 이렇게 끝까지 사람 더럽게 만들 줄은…."

하영이 계속 시선을 들지 못하고 있자, 문 대표는 그녀를 내버려 두고 천천히 본인 식사를 마무리한 뒤 화제를 돌렸다.

"그럼, 정리되면 넌 이제 어떻게 할 거니? 일 계속하겠지? 다시 창업을… 아니, 당분간은 어디 실장으로 있는 게 편하려나? 너야 같이 일하고 싶단 데가 줄을 설 건데. 좀 쉬는 건 어때? 내 생각으론 그게 제일 좋을 것 같다."

"글쎄요… 잘 모르겠어요. 소송이 끝나려면 몇 달은 더 있어야 하고 결과가 어찌 될지도 모르고, 하던 일 정리하기까지도 시간이 걸릴 테니, 그때 가서 생각하려고요. 지금 생각 같아선 저도 당분간 쉬고 싶긴 해요. 그런데 한 번 쉬었다간 다시 못 돌아올 것 같아 그게 걱정이에요. 정말 지긋지긋하거든요, 웨딩이라면… 솔직히 아주 신물이 나요."

"그럴 만도 하지. 지금껏 배워먹은 게 이 짓이니 아깝긴 하지만, 업종 변경하려면 하루라도 빨리 결정하는 게 낫겠지."

"대표님은 아직도 이 일이 즐거우신가 봐요. 뭐가 그렇게 재밌으세요?"

"그냥, 난 여러 사람 만나고 얘기 듣는 일이 참 좋아. 결혼은 인생에서 제일 행복하면서도 제일 불안하고 복잡한 순간이잖니. 그런 사람들 도와주면서 사는 이야기 듣는 일이 너무 재미있어. 힘들 때도 많지만 질리지 않아. 전에도 얘기한 것 같은데, 난 다시 태어나도 이 일 하고 싶어."

"그렇군요. 저도 그런 일이 재밌었지만 이제 좀 질렸어요. 뭐랄까, 난 늘 조연밖에 될 수 없는 것 같은 느낌이 들어요."

"그건 그렇지. 결혼할 때만큼은 모두가 주인공인 순간이니까. 그럼 너도 다시 한번 주인공이 되어 보지 그러니? 그냥 돈 많은 남자한테 시집가서 편하게 사는 건 어때?"

"이제 와서 그런 남자를 무슨 수로 만나요?"

"왜? 너 남자들한테 인기 좋잖니. 그, 지원호 만나기 전까지 만나던 애도 꽤 부잣집 아들 아니었니?"

"그땐 어리고 탱탱한 처녀였잖아요. 이젠 30대 중반 이혼녀라고요."

"그 나이엔 또 그 나이에 맞는 짝들이 있지. 돈 많은 남자는 많아."

"그건 그런데… 잘 모르겠어요. 이제 다시는 무슨 기준으로 남자를 골라야 할지 전혀 감이 안 잡혀요. 내가 날 더는 못 믿을 것도 같고."

"인연이란 게 따진다고 되는 일만도 아니니 섣불리 충고할 말도 없지만, 내 딱 한 마디만은 꼭 해주고 싶다. 그때도 내가 말했던 것 같은데, 남잔 무조건 착해야 한다고. 특히나 우리 같은 여자는 꼭 착한 남자 만나야 해. 아직도 이 세상은 일하는 여자들한테 너무 적대적이야. 일하는 것만도 힘들어 죽겠는데, 온 천지가 태클이라고. 그러니 남편이라도 무조건 날 믿어주고 잘한다 잘한다, 해줄 사람을 만나야지. 안 그럼 못 견뎌. 내가 지원호는 안 된다 했던 이유도 다른 거 아니었어."

그 말에 하영은 겨우 평정을 유지하던 표정이 마치 지진처럼 흔들리더니, 그 진동이 잦아들 때까지 기다리는 것마저 포기하고 떨리는 목소리로 입을 열었다.

"맞아요. 잘한다, 잘한다… 우리 엄마가 아빠한테 그 소리 좀 들어 보겠다고 평생을 구차하게 굴었죠. 하지만 소용없었어요. 엄마는 영원히 아빠 눈에 차는 짝이 될 수 없어요. 생긴 것 자체가 눈에 안 차는 걸 어떡해요? 노력한다고 될 일이 아니었는데, 엄마가 포기해야 될 때 포기하지 못 한 게 모든 걸 망쳤어요. 우리 아빠도 엄마한테 갑질할 처지만은 분명히 아니었거든요. 아빠도 그걸 알고 있었고요. 그런데 엄마가 끝끝내 아빠를 지독한 갑으로 만들었어요. 자긴 더러운 을이 되면서 말이죠. 돌아보면 그게 엄마 식의 복수였던 것 같아요. 정말 최악의 수라 생각했는데… 어느 날 정신 차리고 보니까, 당장 포기하지 않으면 내가 그 짓거릴 하고 있을 판인 거예요. 정말 섬뜩했어요.

잘했다고, 그 말이 뭐라고… 그 인간이 뭐라든 난 최선을 다하고 있는데, 누구도 날 평가할 자격 따윈 없는 건데… 다 알고 있는데, 그걸 내려놓기가 참 힘들더라고요. 제가 너무 바보 같아요."

문 대표는 하영을 따라, 그보다 더 세차게 고개를 저으며 그녀의 손을 꼭 쥐었다.

"무슨 소리야? 아무리 독립적인 사람이라도 배우자한테 지지받고 싶은 건 너무 당연한 거야. 하지만 그 친구는 독고다이도 너무한 데다 사람 마음에 대한 이해가 없어서, 다른 누굴 지지해 주고 격려해 주긴 좀 힘든 성격이지. 물론 그 친구도 나름 장점이 있겠지만, 너한테는 너만 손해 보는 짝일 것 같았어. 처음부터 쉬운 상황 아니었는데, 넌 정말 최선을 다했고, 그만하면 잘한 거야. 내가 확실히 얘기해 줄게. 내 말이라면 너한테 그렇게 존재감이 없진 않겠지? 지금까지 잘했어. 그리고 앞으로도 분명 잘할 수 있어. 그러니 기왕 결정한 건데 후회도 말고, 걱정도 마."

하영은 끝내 눈물을 훔쳐냈다.

"감사해요, 대표님. 정말 많이 고민했는데 연락드리길 잘했네요. 저한텐 역시 대표님밖에 없어요."

"고마운 줄 알면, 제발 앞으론 고민하지 말고 연락 좀 자주 드려라!"

"네, 알겠어요. 대표님은 요즘 어떠세요? 착한 분이랑 결혼하셨으니 괜찮으시겠죠?"

문 대표는 결코 가볍지 않은 미소를 지었다.

"글쎄… 난 10년을 연애하고 결혼했어도, 결혼하니 또 다르더라. 이제 와서 괜히 결혼했나 싶을 때도 있긴 한데… 있잖아, 하영아. 내가 남들 다 할 때 지켜보기만 하면서 이런저런 고민해 보고, 또 결국 해 보고 보니, 결혼은 어떻게든 내가 득을 보려는 마음으로 하면 안 되는 것 같아. 어차피 세상에 공짜는 없으니까, 좋은 것일수록 다 그만한 대가를 치러야 하니까. 결혼이란 건 그냥 좋은 사람한테 내가 좋은 사람이 되어 주자, 이 세상에 확실한 내 편이 하나 생긴다는 것만으로 감사하자, 이런 마음이어야 그나마 견딜 만한 것 같아."

그 말에 하영은 방금 감정이 북받쳤던 것도 잊고 손톱을 물어뜯으며 생각에 잠겼다.

"그런 게 결혼이라고… 생각해 본 적은 없는 것 같아요. 결혼이 그렇게 시시한 거라고 생각했다면, 아마 안 했을 거예요."

"그런 게 시시하다고?"

"아니, 제가 결혼을 결정한 그 나이 때 생각으론 말이죠. 좋은 사람이 돼 주고, 같은 편이 돼 주고… 그런 게 그렇게 중요하고 어려운 일이란 걸 알았으면, 지원호 같은 애랑 결혼하지 않았을 건 당연하고, 결혼 자체를 할 생각을 안 했을 것 같아요. 난 아직 결혼할 준비가 안 되어 있으니까 대표님처럼 혼자 일이나 열심히 해야지, 했을 것 같아요."

"그렇구나. 그럼 지금은 어때? 시시하지 않은 그 일에 다시 도전해 볼 마음이 있니?"

하영은 천천히 고개를 저었다.

"잘 모르겠어요. 상상이 안 돼요. 그런 일이 가능하긴 할까요? 아니, 물론 가능한 경우도 있겠지만… 저는 아닐 것 같아요. 그런 게 뭔지 본 적도 없는 걸요. 그건 아마 개도 마찬가질 거예요. 그런 사람들끼리 만났기 때문에 안 된 걸까요?"

"글쎄… 난 꼭 그렇게 단정할 수는 없는 것 같아. 아무튼, 네가 그런 생각을 해 본 적이 없다고 해도, 결국 그 면이 채워지지 않았기 때문에 힘들어하고 이혼까지 하려고 하는 거 아니니? 그럼 이제 너한테도 그게 필요하단 걸 알았으니까, 쟁취해야 할 차례 아냐? 그게 백하영 스타일이잖아?"

"역시 대표님은 저에 대해서 너무 잘 아세요. 근데, 그거 아세요? 제가 지금까지 살면서 이렇게 자신이 안 생기는 일은 처음이에요. 그게 문제예요. 우리 엄마 아빠를 봐서 그런지… 평생 아등바등한다고 될 일이 아니라는 걸 알거든요."

"근데 얘, 그야말로 모든 인생의 근본적인 문제더라. 내가 아등바등한다고 해결될 일은 별로 없다는 거."

"그러니까요, 요즘 제가 진짜 힘든 이유가 바로 그거예요! 그럼, 도대체 어떻게 살아야 한단 말예요? …왜 사는 거죠?"

경기도 안산시에서 주로 이주노동자들과 빈민층을 대상으로 한 목회와 복지 사역을 10여 년째 해오고 있는 권용찬 목사(남/51)도 그쯤에 마찬가지로 아주 오랜만에 연락이 닿은 한 인생 후배와 재회하게 되었다.

권 목사가 지원호와 처음 인연이 닿았던 시절은 거의 30년 전. 당시 그는 신학교를 갓 졸업하고 한 작은 교회에 전도사로 부임했는데, 당시 200여 명의 신도들 가운데 가장 목소리 큰 이로 지원호의 어머니, 류 집사가 있었다. 사역자 못잖은 헌신과 열성으로 교회 살림을 쥐고 휘두르던 류 집사에게 새로 부임한 전도사는 초유의 강적이었다. 반듯한 용모와 온화한 표정 뒤에 불같은 성미와 칼 같은 원칙과 강철 같은 의지를 감추고 있던 청년 권용찬은 어딜 가나 신선한 영향력을 발휘하는 반면, 기득권과는 불화할 수밖에 없는 존재였다.

이상주의자이자 완벽주의자로서 세상에 맞서는 무기는 철저한 자기관리와 빈틈없는 행실이었던 만큼, 끊임없는 수양으로 평소 좀처럼 평정심을 잃지 않는 그였지만, 그래도 인간인지라 간혹 시험에 드는 적이 있었다. 부임 2년 차에 주일학교에서 또래들은 물론 교사들도 좀처럼 감당 못하던 천하의 청개구리 악동 아홉 살 지원호를 참다못해 성경책으로 후려패 코피를 터뜨린 사건이 그의 일생일대의 시험 가운데 하나였다. 안 그래도 쌓인 게 많던 류 집사가 이를 빌미로 들고 일어나는 바람에 그는 거의 교회에서 쫓겨날 뻔했다. 그런데 어쩐 일인지 그 뒤로 아이가 그를 잘 따르게 된 덕분에 위기를 넘길 수 있었을뿐더러, 오히려 '지원호 전담'으로서 더욱 자리를 굳히게 되었다.

전혀 닮은 점이라곤 없어 보이는 두 남자 사이에 16살의 나이 차를 넘어 어떤 코드가 통했는지는 모두에게 수수께끼였다. 어쨌든 원호가 성년을 맞고 권 전도사가 목사가 되어 S교회를 떠날 때까지 그들은 거의 10년간 앙숙이자 단짝 같은 사제지간으로 지냈다. 현재는 서울 시내에서 손꼽히는 대형 교회가 된 S교회는 당시 한창 급속도로 성장하던 중이었는데, 부목사로 재직하던 권 목사는 양적, 물질적 팽창에 치우친 사역 방향에 회의를 느끼고 빈민 사역, 민중 사역이라는 이상을 위해 S교회를 떠나 개척을 시작했다. 그로부터 얼마 지나지 않아 원호도 이탈리아로 유학을 떠났고, 둘 다 각자 새로운 인생의 도전 속에서 숨 돌릴 틈도 없었던 탓에 연락이 끊어지고 말았다.

그로부터 10년 가까운 세월이 지난 뒤, 원호가 먼저 권 목사의 연락처를 어렵사리 알아내 자신의 결혼 소식을 알렸다. 그러나 권 목사는 당시 몹시 어려운 환경에서 일하면서 1남 2녀를 키우느라 여유가 없어 결혼식에 참석하지 못했고, 연락도 이어지지 못했다. 또 몇 년이 흐르고, 이젠 막내딸까지 고등학교를 졸업하고 일도 자리를 좀 잡아 간신히 숨통이 트이기 시작한 차에 다시 원호에게서 연락이 온 것이었다. 결혼을 알리던 때와 똑같이 간결한 문자 한 통이었다. '목사님 저 원호인데요. 저 이혼해요.'

그리하여 두 남자가 다시 얼굴을 마주한 것이 무려 16년 만이었다. 권 목사가 재직하는 P교회 앞에서 만난 그들은 눈이 마주치자마자 순서도 가리지 않고 마구 뱉어내기 시작했다.

"헐, 완전 노인네 다 되셨네."

"넌 왜 이렇게 돼지가 됐냐?"

"이 동네 왜 이렇게 후져요? 무슨 교회가 주차장도 없고."

"왜, 더 큰 소리로 말해 보시지? 지원호 객기 많이 죽었네."

P교회는 시내 변두리 골목의 허름한 상가 건물 4층에 입주해 있었다. 권 목사는 예배당 옆에 딸린 사무실로 손님을 안내했다. 안 그래도 좁은

공간이 정리도 소용없어 보일 정도로 많은 책들과 서류들로 가득 차 있어 덩치 큰 두 남자가 마주 앉으니 무릎이 닿을 정도였고, 여러 국적의 사람들이 남기고 간 온갖 낯선 냄새들로 꽉 찬 방 안 공기마저 한 치의 여유도 없는 느낌이었다. 좁고 빡빡한 공간에 어지간히 익숙한 원호도 그 밀도에 압도되어 잠시 넋을 놓고 있었다. 그러다 문득 테이블 위에 가득한 물건들 사이에서 먼지 뽀얗게 쌓인 손바닥만 한 액자 하나를 발견하곤 집어 들었다. 권 목사의 아내와 세 아이가 함께 찍은 그 사진을 보고 원호는 저도 몰래 눈살을 찌푸리며 입을 쩍 벌렸다.

"설마, 신혜 사모님이에요?! 어째 이렇게 훅 가셨나? 되게 이쁘셨는데!"

"내가 고생시켜서 그렇지, 뭐. 그것도 3년 전에 찍은 사진인데. 지금은 더 갔어."

"지금 어디 계세요? 사모님도 한번 보고 싶은데."

"일하러 갔지. 누구 하나는 벌어야 먹고살 것 아냐?"

원호는 믿을 수 없다는 표정이었다.

"아니, 이러고도 이혼 안 당하고 사는 비결이 뭐지?"

"애가 셋이잖냐. 선녀와 나무꾼 얘기 몰라?"

"그렇군요. 그럼 우리 형은 애가 하나밖에 없어서 이혼당했나 보군."

"뭐야? 너희 형도 이혼했어?"

"네, 4년 전에."

이번엔 권 목사가 얼른 할 말을 찾지 못했다.

"어떻게, 그… 어머님은… 안녕하시고? 아니, 안녕하실 리는 없겠지만…"

"우리 엄만, 안녕한지는 저도 잘 모르겠는데… 그냥, 여전해요."

"아, 그래? 다행이네, 그래도."

그리고 두 남자는 약속이나 한 듯 눈을 마주치며 키들키들 웃었고, 그와 함께 조금 남았던 어색함마저 싹 털어버렸다. 권 목사는 머그잔에 김이 모락모락 오르는 율무차를 건네며 말했다.

"뭐, 아무 얘기라도 편하게 해. 나 성도들 이혼 상담도 해 본 적 많으니까."

"소송 중이에요. 그래서 아직 어떻게 될지 몰라요."

간단히 사정을 듣고 난 권 목사는 면박 주듯 물었다.

"그래서? 나한테 승소하게 기도라도 부탁하려고 온 거야?"

"그건 아니고…."

"아닐 건 또 뭐야? 네가 생각하기에도 그건 아닌 상황인 거지?"

"아니, 그렇다기 보단…."

그가 제 속을 털어놓는 데 서투르단 점을 익히 아는 권 목사는 느긋하게 말을 돌렸다.

"그래도 소송까지 하는 거 보니 너넨 가진 것 좀 있나 보다? 우린 갈라지면 둘 다 그냥 알거지 되니… 이것도 내가 이혼 안 당하는 비결인가 보다."

"네, 그동안 미치도록 일해서 돈은 좀 벌었죠. 근데 그것도 이제 망하게 생겼어요. 부부 디자이너랍시고 소문이나 내지 말았어야 하는 건데. 누가 이혼한 사람한테 다른 것도 아니고 웨딩드레스를 맞추겠어요?"

"재혼 전문으로 노려보는 건 어때? 요즘은 거기가 블루오션 같던데. 아무튼 참, 이제야 물어보게 되네. 웬 웨딩드레스야? 어쩌다가? 한국의 데미안 허스트가 되겠다고 나대더니."

"그게… 어쩔 수가 없었어요. 미술로는 도저히 돈 벌어먹긴 어렵겠더라고요. 아니, 미술로 돈을 벌려면 사기 치고 쇼를 해야 되는데, 체질상 그 짓은 도저히 못 해먹겠고. 그렇다고 예술혼 불태우면서 손가락 빨고 사는 것도 내 스타일 아니고. 고민하다 보니 이쪽이 그나마 괜찮겠더라고요. 패션계도 허세가 심하긴 하지만, 그래도 그나마 실용적이니까요. 웨딩드레스는 제가 추구하는 미적 이상이랑 잘 맞기도 하고요."

"무슨 말인지 알겠다. 맞아! 사기 치고 쇼하고 하는 거, 그 짓을 못 하는 게 문제야. 목사로 돈 벌려고 해도 마찬가지거든."

"그러게요. 남들은 목사질 해서 자식들 다 유학 보내고 하던데, 이게 뭐예요? 더구나 요즘은 이 바닥이 그나마 제일 장사할 만한 바닥 아녜요? 우리 웨딩업계도 쭉 어려워지기 시작한 지 꽤 됐는데."

"그러게 말이다. 그래도 난 지금까지 이혼 안 당하고 버텼으니, 그걸로 감사해야지."

그 말에 웃거나 발끈할 줄 알았던 원호가 풀이 죽은 기색이자, 권 목사는 잠깐 다시 머릿속을 정리하고 입을 열었다.

"이렇게 되니 결혼식 때 못 가본 게 되게 아쉽네. 어떤 여자였어? 어떻게 만났고? 믿음은 있는 친구야?"

"딴 건 몰라도 아마 교회 근처엔 죽을 때까지 안 갈 걸요. 나랑 우리 엄마 때문에."

권 목사는 혀를 찼다.

"알 만하다. 에휴, 저런 꼴 보자면 내가 뭣 땜에 죽자고 목사질 같은 거 하고 있는지 회의가 든다니까."

"누가 하랬나? 나는 그냥도 목사 같은 거 왜 하는지 이해 안 가더라."

"인마, 지금 왜는 그게 문제가 아니잖아? 왜, 뭣 땜에 헤어지기로 했는데? 어쩌다?"

"그게… 진짜 저도 그게 정리가 잘 안 됐는데, 고소장 받아 보니까 대충 알겠더라고요. 일단, 우리 엄마가 걜 너무 싫어했고…."

그 말에 권 목사는 순간 귓전이 찡할 정도로 큰소리를 쳤다.

"그러면 그렇지! 너희 집은 늘 그게 모든 문제의 핵심이야! 결혼이란 게 뭔데? 남자가 부모를 떠나 그 아내와 연합하여 한 몸을 이룰 지로다! 몰라?! 창세기… 몇 장이더라?"

"아, 왜 나한테 그래요?! 그런 설교는 우리 집 권사님한테나 좀 해 주라고요!"

"너희 집 권사님 내가 모르는 분도 아니지만, 그건 변명이 안 돼! 그때랑은 다르지. 남자 새끼가 서른 살 처먹고 제 엄마 하나 못 이겨 먹으면, 그건 그 새끼가 병신인 거야!"

"내가 엄마한테 져서 이렇게 된 건 아니라구요! …아, 모르겠다! 솔직히 저도 결혼한다면 엄마가 제일 문제랄 거 알고 있었어요. 전략이 안 좋았던 것 같아요. 좀 더 싸울 준비가 된 다음에 시작했으면 좋았을 걸. 그땐 제가 모아둔 돈도 없고 아무것도 없는 상황이어서, 엄마 도움을 안 받을 수가 없었어요. 그게 결정적으로 약점이 된 것 같아요."

"맞아, 내가 생각해도 그게 좀 걸렸어. 난 네가 그렇게 일찍 결혼할 줄은 몰랐다. 그때가 언제였지? 2008년이었으니까… 너 우리 나이로 스물아홉? 그래, 너무 어렸어. 남자 나이 만 서른 전엔 중요한 결정은 하면 안 된다는 게 내 지론이야. 서른 전의 남자는 생물학적으로나 사회적으로나 온전한 인간이라 볼 수 없거든. 요즘 결혼 점점 늦어진다고 문제라고들 하지만, 내 생각은 달라. 요즘은 옛날에 비해 결혼생활에 있어서 개인이 책임져야 될 부분이 너무 많단 말야. 그만큼 더 신중하게 오래 생각하고 결정해야 돼. 왜 그렇게 일찍 결혼했냐? 그 여자가 그렇게 좋았어?"

그 질문에 원호는 뜻밖에 저도 모르던 속내를 드러냈다.

"진짜 솔직히 말해서… 더 이상 여자애들 쫓아다니고 맞춰주고 하는 짓이 너무 지겨웠어요. 그만 그 짓을 끝내고 싶었어요."

권 목사는 의자가 휘청할 정도로 크게 웃음을 터뜨렸다.

"아이고, 네가 딱도 그렇게 열심히 여자들 쫓아다니고 맞춰주고 했겠다?"

"예, 남들에 비하면 새 발의 피라는 거 저도 알지만, 그마저도 진짜 지겨웠어요. 나 할 일만도 바빠 죽겠는데."

"그 심정은 이해 간다. 그렇다고 여자 없이 살기는 싫고 말이지? 사실 내가 결혼한 것도 어느 정도는 그 이유였거든. 난 너보다 더 일찍 결혼했잖아."

"그러니까요. 아무리 생각해도 목사님한테 결혼생활에 대한 충고 따위를 들어도 되는 건가 싶네요. 이제라도 황혼이혼 당하지 말란 법 있어요?"

"네 말이 맞아. 사는 게 다 그렇지만 결혼생활도 끝날 때까진 끝난 게 아니지. 도장 찍었으니까, 애 낳았으니까, 집 샀으니까, 애 다 키웠으니까, 이러고 한시라도 마음 놔선 안 되는 거야. 잡으려고 쫓아다닐 때하곤 다르지만, 잡은 고기 지키는 데도 계속 노력이 필요하거든. 마음 놓고 내쳐 뒀다가는 금세 개판이 되지. 잘 알고 있어."

원호는 한숨을 푹 내쉬었다.

"원래 그런 거라구요? 평생 그러고 피곤해서 어떻게 살아요?"

"사는 게 어차피 피곤한 거지 뭘. 그리고 이것도 나름 재미야."

"전 하나도 재미없던데요."

"들으니 제대로 해본 적도 없는 것 같은데, 재밌는지 아닌지 어떻게 알아? 내가 사정을 잘은 모르지만 아직 다 끝난 거 아니라면, 이제라도 너부터 마음잡고 다시 잘 해봐, 인마. 내 경험상 결혼생활은 남자가 먼저 잘 하면 대부분 해결 돼. 여자가 아주 사이코만 아니라면 말야."

그 말에 원호가 부러져라 고개 젓는 걸 보고 권 목사는 물었다.

"왜? 걔 아주 사이코냐?"

"아주는 아니지만."

"세상에 조금도 사이코 아닌 사람은 없어. 더구나 결혼생활 하다 보면 밑바닥까지 다 보게 되는데, 거기까지 말짱한 사람이 어디 있어? 신혜 사모도 네가 몰라서 그렇지, 같이 살다 보면 진짜… 어쨌든 그 여자가 사이코라 해도, 너보다 더 사이코냐?"

"그렇다고 할 순 없지만… 아, 그냥 여기까지 와서 그런 소리 들을 줄은 몰랐거든요. 다시 잘해보라니…."

"그럼, 내가 뭐라 할 줄 알았는데? 네 주제에 무슨 결혼이냐고, 후딱 때려치우고 찌그러지라 할 줄 알았어? 내 개인적인 소감이야 그렇다만, 그래도 명색이 목사 입장에선 그렇게 말할 수가 없지. 왜냐면 원칙적으로 이혼은 답이 될 수 없거든. 예수께서 이르시되, 하나님이 짝지어 주신 것을 사람이 나누지 못할지니라."

"젠장, 설교 좀 그만하라고요! 직업병은 제발 넣어 둬요. 자꾸 그럼 난 사모님 웨딩드레스 얘기할 거예요! 신부 팔뚝 건강한 걸 그렇게 강조할 필요가 있었을까?"

"설교밖에 난 해줄 게 없는데? 각자 전공이 있는 거니까, 웨딩드레스에 대해서야 네 말이 맞겠지. 하지만 난 기왕에 결혼할 거라면 팔뚝 굵어 보이는 드레스 입고 가더라도, 아무튼 이혼하지 않는 게 더 중요하다고 생각한다."

"누군 이혼을 하고 싶어서 해요? 할 수밖에 없는 상황이 있다고요."

"알고 있어. 심지어 예수님 사시던 시절에도 이혼이 있었으니까. 그때도 요즘처럼 서류 만들면 부부가 헤어질 수 있었지. 그걸 보고 예수님이 말씀하신 거야. 인간들이 모자란 탓에 어쩔 수 없이 이혼도 하게 됐지만, 원칙적으로 세상에 그런 건 없다고. 결혼이란 게 뭔데? 죽을 때까지 함께 하기로 세상 앞에 맹세하는 거야. 너희 둘이 싫어졌다고 해서 그냥 헤어질 수 없어. 그게 가족이란 거니까. 싫다고 해서 부모자식 관계를 끊을 수 없는 거나 똑같아. 차라리 부모는 내 의사와 관계없이 맺어진 관계니까 억울해나 할 수 있다 쳐도, 부부는 내가 선택한 관계니까 목숨 걸고 끝까지 책임져야 되는 게 당연한 거야. 그럴 각오가 없으면 애초에 결혼하질 말아야지."

농담기 없는 그의 말에 원호는 얼굴이 굳어졌다.

"뭐 그렇게 빡세요? 목숨 걸라고요? 젠장, 그럼 세상에 누가 결혼을 해요?"

"예수님 제자들도 너랑 똑같이 대답했어. 그럼 누가 결혼할 수 있겠냐고. 근데 어쩔 수 없어, 불평해 봤자 달라지는 건 없다고. 어차피 누구한테라도 한 세상 산다는 건 빡센 일이야. 인생 자체가 고난이지. 그러니까 예수님 부처님 번갈아 오시고 그랬던 거 아냐? 애초에 사람이 이 세상에 온 게 편하게 잘 먹고 잘살려고 온 게 아닌데, 다들 그걸 바라고 그게 정상이라고 생각하니까 더 힘든 거야. 입대하기 전에 군 생활 아주 즐겁고 편안할 거라고 기대하고 간 놈이랑, 좆뺑이 치고 올 거라고 각오하고 들어간 놈이랑, 누가 더 보람 있고 편하게 2년 마치고 제대할 수 있겠냐? 결혼도 똑같아. 내 경험상 결혼해서 내가 편해지려고 하거나 덕 보려는 생각으로 한 결혼은 거의 백 프로 실패해. 이혼까진 안 가도 거의 죽지 못해서 살거나, 아니면 그런 마음 싹 고쳐먹고 정신 차릴 때까지 고생하지. 나랑 신혜 사모도 다른 게 아니라 둘 다 처음부터 그럴 각오로 결혼했으니까, 겨우 이 정도 해낼 수 있었던 거야.

 난 다른 꼰대들처럼 무조건 결혼하는 게 장땡이라고 생각 안 해. 진짜 결혼을 감당할 준비가 안 된 사람이라면 그냥 혼자 사는 게 나아. 가족이란 짐이 없는 사람이 할 만한 일도 이 세상엔 많으니까. 하지만 넌 이미 결혼해 버렸으니, 최선을 다해 책임을 져야지. 이제라도 마음 고쳐먹고 다시 노력해 봐. 죽을 각오로 노력했는데도 안 되면 할 수 없는 거고. 아무튼, 네가 먼저 시작해. 네가 남자고 그리스도인이니까. 알겠어?"

 "아니, 왜 나만요?! 억울해!"

 "누가 너만 하래? 너 먼저 하라는 거지! 성경에 보면 남편과 아내의 관계는 예수님과 우리의 관계랑 비슷해. 남편은 아내를 죽기까지 사랑하고 아내는 오직 남편한테 복종하라 했지. 이걸 가지고 남녀 차별이라 하는데, 내 생각에 이건 차별이 아니라 세상의 이치고, 따지자면 남편 쪽에 불리한 말씀이야. 왜냐면 예수님이 우리를 먼저 사랑하셨지, 우리가 알아서 예수님을 따른 게 아니거든. 진짜로 남편이 먼저 예수님처럼 아내를 사랑해 봐라. 어느 여자가 복종 안 하나. 근데 그 반대는 안 된다. 내가 보면 남자 새끼들은 근본적으로 덜 돼먹어서, 사랑해 준다고 복종하진 않아. 외려 기어오르는 경우가 많지. 그러니까 말씀이 옳아. 남자가 사랑하는 게 먼저야. 예수님 사랑까진 못하더라도, 네가 달라지면 그쪽도 달라지게 돼 있어. 아니면 내가 책임진다."

 원호는 잠시 귀를 기울이는 기색이었으나, 이내 다시 울컥했다.

 "나 먼저도 억울해요. 목사님은 몰라요. 내가 그동안 어떻게 살았는지."

 "물론 모르지. 하지만 나도 확실히 알겠는 건 있어. 걔가 어떤 앤지는 모르지만, 그쪽도 너 같은 인간이랑 살면서 별꼴 다 봤을 거란 사실이지.

난 너를 아니까."

"……."

"할 말 없지? 이게 제일 중요한 포인트야. 어쨌든 저쪽도 나 같은 걸 데리고 살아주고 있다는 사실을 항상 되새기란 말야. 남 얘기하는 게 아냐. 우린 서로 알고 있잖아? 네놈이 얼마나 쓰레기 같은 놈인지 말야."

원호는 그만 키득대고 웃고 말았다.

"역시, 목사님하고 얘기하니 뭔가 속이 시원해요. 찾아오길 잘했다. 요즘 계속 여자들하고만 얘기하느라 골이 아팠거든요."

"여자들? 누구, 너희 엄마?"

"엄마하고 제 변호사요. 그 친구도 여자라서. 사실 전 보통은 남자들보다 여자들하고 얘기하는 게 편하긴 한데, 그래도 한계가 있죠."

"그래, 언제든 답답하면 와. 설교야 얼마든지 해 주지. 내 말대로 안 따라도 상관없어, 어차피 네 인생은 네가 사는 거니까. 대신 헌금이나 좀 해. 나한텐 이거 직업이니까."

"돈독 올라 가지고, 누가 목사 아니랄까 봐…"

투덜대며 지갑을 꺼내다가 원호는 문득 말했다.

"이거 하나만 더요. 우리 엄마는… 엄만 진짜 뭘까요? 어떻게 생각하세요?"

말만으론 말도 안 되는 질문이었지만, 권 목사는 전혀 난감해하는 기색 없이 대꾸했다.

"류 권사님은 최선을 다해 본인의 인생을 살고 계신 것뿐이야. 어머니한테 너무 신경 쓰지 마. 네가 네 인생 가지고 어머니한테 죄송해할 것도 없고, 원망할 것도 없어. 너희 어머니도 평생 아내로서 어머니로서 최선을 다하셨겠지. 하지만 너도 알다시피 그건 본인의 최선일 뿐이잖아. 모르긴 모르지만 아마 류 권사님도 큰아들에 이어서 작은아들까지 이렇게 된 상황에 대해서 지금 생각이 굉장히 많으실 거야. 거기에 대해서 답을 찾는 것도 본인 몫이지, 네가 걱정할 필요 없어. 너랑 한 몸인 건 네 아내지 어머니가 아니니까. 넌 아내한테만 신경 쓰도록 해."

"알겠어요…."

그리고 원호는 무거운 한숨을 내뱉었다.

"근데 그런다고 해도 당장 뭘 어떻게 해야 할지, 아무것도 모르겠어요… 아까 그 결혼 설교, 왜 미리 안 해주셨어요? 결혼이 그런 건 줄 진즉에 알았다면, 안 하고 말았을 텐데."

"글쎄다, 내 생각은 다른데? 그때 너라면 그래도 했을 거야. 암만 겁을 줘도, 나는 할 수 있다는 걸 전혀 의심하지 않았을 걸? 네가 그렇잖아. 직접 부딪쳐서 깨져 보기 전까진 절대 정신 못 차리지. 그러니 이번에도 부딪쳐 보라구. 겁먹지 말고, 너답잖게."

2016년 1월
피고 준비서면 제출

준 비 서 면
(이혼, 위자료, 재산분할)

사건 번호

원고 : 백하영

피고 : 지원호

위 사건에 관해 피고의 소송대리인은 다음과 같이 변론을 준비합니다.

이혼청구원인에 대한 답변

1. 당사자의 관계

원고의 진술과 동일합니다.

2. 원고 주장에 대한 반박

가. 원고와 피고 모 사이의 갈등은 심하지 않았으며, 갈등에는 원고의 책임도 있습니다.

　　원고 측이 진술한 대로 결혼 초부터 원고와 시모(피고의 어머니) 간에 다

소 갈등이 있었던 것은 사실입니다. 피고의 어머니는 피고가 결혼할 때 경제적 지원을 해준 일을 빌미삼아 피고의 가정사에 간섭을 많이 했고, 그로 인해 며느리인 원고와 갈등을 빚었습니다. 그러나 피고가 이 상황을 고의적으로 조장했거나 방치했던 것은 아닙니다. 오히려 피고는 어머니의 간섭에 대해 원고보다 더 적극적으로 항의했고 그로 인해 어머니와 많이 다투었습니다. 원고와 어머니 사이에 갈등이 있을 때도 피고는 매번 어머니에게 아내 입장을 변호했지, 단 한 번도 원고 앞에서 어머니를 편든 적이 없습니다. 이에 대해서는 원고도 부인하지 못할 것입니다. 오히려 피고의 이런 태도가 어머니를 서운하게 만들어 고부간의 갈등을 더 악화시켰던 것일 수도 있습니다. 결과적으로 현명하지 못한 대처였을지 모르지만, 스스로 선택할 수 없었던 아들이란 역할과 함께 스스로 선택한 남편이란 역할의 책임을 다하기 위해 피고는 나름대로 최선을 다하였던 것입니다.

피고가 원고에게 안타깝게 여긴 점은 오히려 원고가 고부 관계에 집착하면서 스트레스를 받는 점이었습니다. 피고는 원고와 어머니가 기질적으로 맞지 않는 부분이 있기에 관계 개선이 어렵겠다고 판단하여, 원고에게 그에 대한 미련을 버리고 부부관계에 더 집중해 주기를 요구하였는데, 그 표현이 거칠고 서툴렀던 탓인지 원고는 이를 본인의 노력에 대한 무시와 무관심으로 받아들였던 것 같습니다. 또한 세 사람의 관계가 점점 악화되면서 피고는 본인의 서툰 대응에 문제점이 있다고 느끼고 더 이상 아내와 어머니에게 서로에 관해 어떤 언급도 하지 않기로 결심하였는데, 원고는 또한 이를 무책임과 방치로 받아들였던 모양입니다.

피고는 고부간 갈등 상황에 현명하게 대처하지 못했음을 인정합니다. 균형을 잡지도 일관성을 유지하지도 못했고, 상대의 심정을 세심히 헤아리지도 못했습니다. 그러나 피고 또한 사랑하는 어머니와 아내의 복잡한 갈등 사이에서 마음 아파하며 나름대로 노력해 왔습니다. 무엇보다도 피고는 단 한 번도 고부 갈등의 책임을 아내에게 돌린 적이 없으며, 어떤 상황에서도 아내와의 관계를 포기할 마음을 먹어 본 적이 없습니다. 원고는 피고가 결정적일 때마다 어머니에게 의존하는 모습을 보였다고 하지만, 그것은 이미 부부관계가 극히 소원해져 피고가 원고에게 일상적인 도움조차 받기 어려운 지경에 처했을 때의 상황입니다.

게다가 피고 또한 처가에서 부당한 대우를 받아 왔음을 언급하지 않을 수 없습니다. 지나친 간섭이 문제였던 피고의 어머니와 반대로 원고의 부모는 사위인 피고에게 철저한 무시와 무관심으로 일관하였습니다. 일례를 들어 피고의 어머니는 관계가 좋지 않은 중에도 며느리와 사돈댁의 경조사를 꼬박꼬박 챙겨 왔으나, 피고는 생일에도 처가 식구들에게 축하한다는 인사 한 번 들어 본 기억이 없습니다. (원고는 양가의 경조사를 모두 자기 혼자 챙겼다고 진술했으나, 피고는 아니라도 피고의 어머니가 마땅히 할 도리는 다해 왔습니다.) 물론 피고 또한 처가 식구들에게 살가운 사위였다고 할 수는 없으며, 그 또한 원고가 피고에게 가정사에 무관심하다며 불만을 갖는 요인이었습니다. 그러나 피고 입장에서는 원고에게 시가 일에 최대한 무관심할 것을 주문하고 있는 상황이었기에, 본인이 처가와의 관계에 연연하는 모습을 보일 수 없었던 사정이 있었던 것입니다. 정작 원고는 본인의 부모님이 피고를 무시하는 상황에 대해서는 별로 미안해하거나 신경을 쓴 적이 없습니다.

나. 피고는 원고에게 부당한 대우를 한 사실이 없으며, 부부 갈등의 원인에는 양측의 책임이 비등했습니다.

  1) <u>원고 또한 혼인생활 전반 및 피고의 신변에 무관심하였으며, 결정적인 다툼의 원인이 된 것은 오히려 원고의 지나친 음주와 소비 습관이었습니다.</u>

피고가 일에 몰두한 나머지 가정생활을 충실히 돌보지 못한 면이 있었던 사실은 인정합니다. 그러나 실상 그 점은 원고도 크게 다를 바 없었으며, 그럴 수밖에 없었을 정도로 사업 초기는 대단히 어려웠습니다. 원고와 피고 모두 일이 워낙 바빠 집에서는 거의 잠만 잤을 뿐 집안일엔 손 댈 여유가 없었습니다. 피고는 그 사정을 당연하게 여겼고 원고에게 집안일에 대한 책임을 떠넘긴 적은 없습니다. 다만 피고의 어머니가 집안일을 대신 돌봐 주면서 며느리인 원고에게 잔소리를 많이 한 것은 사실입니다. 피고도 그 점을 알고 있었으나 집안일을 맡기는 처지에 불평을 할 염치는 없다고 생각해 묵인했을 뿐 그에 동조한 것은 아닙니다.

가정생활에 있어 실제로 피고와 원고가 가장 크게 부딪쳤던 요인은 세 가지 정도인데, 원고는 한 가지도 언급하지 않았습니다. 첫째, 원고는 청소와 정리정돈에 지나치게 무관심한 성향으로, 깔끔한 환경을 선호하는 피고와 한 공간에서 생활하면서 갈등이 생길 수밖에 없었습니다. 두 사람이 서서히 각방을 쓰게 된 데는 다른 무엇보다 이 요인이 컸습니다.

둘째, 원고의 지나친 음주 습관입니다. 평소 술을 즐기지 않는 피고와 달리 원고는 매주 적어도 3~4회씩 술자리를 가졌고, 대부분 만취하여 귀가하곤 했습니다. 영업/마케팅 업무상 사정을 고려해도 이해하기 어려운 정도였고, 어쩌다 술자리가 없는 날에도 집에서 혼자 술을 마시곤 했던 것으로 보아 원고의 상태는 알코올의존증에 가깝다고 판단됩니다. 게다가 술버릇도 좋지 않아 주정을 부리거나, 필름이 끊기거나, 물건을 잃어버리거나 하는 실수도 종종 있었습니다. 이로 인한 부부싸움이 잦았던 것은 물론입니다. 피고가 원고의 과음을 걱정하여 잔소리를 하다가 다투기도 했고, 원고가 만취한 상태에서 피고에게 싸움을 거는 적도 있었습니다. 물론 평소 다른 갈등도 많았지만, 맨 정신으로 차분히 대화하기보다 술기운에 화풀이를 하려는 원고의 태도가 싸움을 크게 만든 경우가 많았습니다.

셋째, 원고의 과소비 성향입니다. 이 갈등을 원고는 피고의 금전적 집착과 인색함 탓이라고 표현했지만, 관점의 차이가 있습니다. 원고와 피고의 사업체는 개업 4~5개월 후부터 매출이 빠르게 늘기 시작했으나, 초기 자본이 넉넉지 않아 자금 여유가 많지 않았습니다. 그런데 이때부터 원고는 기다렸다는 듯이 개인적인 사치품을 마구 사들이기 시작했습니다. 원고는 이를 영업직으로서 최소한의 품위유지비라고 표현했으나 피고의 생각은 달랐습니다. 당시는 사업체 법인등록 전이어서 생활비와 사업비가 명확히 구분되지 않는 상황이었기에, 원고의 생활비 과다 지출은 곧바로 사업자금 부족으로 이어질 수 있었기 때문입니다. 물론 이는 사업체 운영 과정에서 외부 투자나 대출, 어음결제 비중을 최소화하고자 하는 피고의 성향 탓이기도 합니다. 그리고 중소 웨딩숍 대표로서 샤넬 백 3개까지가 과연 최소한의 품위유지 수준인가에 관해서는 각자 기준이 다르기도 할 것입니다.

어쨌든 원고와 피고는 그때부터 가계와 경영 방식에 관한 이견을 좁히지 못하여 다툼이 점점 격화되었습니다. 특히 원고는 의견 충돌이 있을 때 시간과 노력을 들여 상대를 설득하고 합의를 이끌어 내기보다는 편법을 써서라도 쉽게 자신의 뜻을 관철하려고만 하는 경향이 있어, 이 때문에 피고와 크게 갈등을 빚은 적이 많았습니다. 결정적인 2012년 12월 폭행 사건 역시 원고가 피고와의 약속을 어기고 몰래 3개째 샤넬 백(시가 600여만 원상당)을 구입한 것을 피고가 알게 되면서 일어났습니다.

2) <u>2012년 사건 또한 원고의 과소비 및 과음이 원인이었고, 당시 상황의 진실은 원고의 기억과 상당히 다른 바, 피고는 원고를 폭행한 사실이 없습니다.</u>

원고가 피고의 일방적 폭행인 것처럼 진술했던 2012년 사건의 전말은 이렇습니다. 저녁 9시경 집에서 말다툼이 시작되었고, 그 과정에서 화가 난 피고가 살림을 부수는 등 간접적 폭력을 행사했습니다. 11시경 원고는 집을 나갔고 피고는 잠이 들었는데, 새벽 3시경 원고가 만취해서 집에 들어오더니 혼자 부엌에서 살림을 부수며 소동을 피웠습니다. 잠에서 깬 피고가 방에서 나오자 원고는 식칼을 꺼내들고 자해를 시도했습니다. 놀란 피고가 격한 몸싸움 끝에 칼을 빼앗았는데, 그 과정에서 원고는 몸 여러 군데 멍이 들었으며 피고는 손을 칼에 베는 상처를 입었습니다. 그러다 새벽 6시경 원고는 쓰러져 잠들었고, 피고는 심한 정신적 충격으로 주변 정리를 할 겨를도 없이 그대로 집을 나왔습니다. 그리고 숍 작업실에서 잠시 눈을 붙인 뒤 근무를 시작했습니다. 그 사이 잠에서 깬 원고는 만취한 상태에서 벌어졌던 일을 기억하지 못해 엉망이 된 주변과 본인의 몸 상태를 보고는 일방적으로 폭행을 당했다고 착각한 듯합니다.

　물론 몸싸움 끝에 쓰러진 아내를 그대로 두고 나가 몇 시간을 방치했던 피고의 무책임한 행동은 변명의 여지가 없지만, 피고가 그만큼 당황했고 이후 그 일에 대해 다시 언급조차 하지 않아 오해를 키운 데는 그만한 이유가 있었습니다. 원고는 어린 시절 어머니(피고의 장모)가 식칼로 손목을 그어 자살을 기도했던 현장을 목격한 경험이 있다고 하는데, 이 사실을 알고 있던 피고는 원고가 무의식적으로 자신이 어머니와 비슷한 행동을 했다는 사실을 알게 되면 정신적 충격을 받을까 염려하여 알리지 못했던 것입니다. 더구나 피고가 장모 일을 알게 된 것도 원고에게 직접 들어서가 아니라 다른 이의 입을 통해서였으므로 더욱 사실을 말하기 어려웠습니다. 피고는 이번 소를 통해서도 과연 이 사실을 알려야 하는지 고민이 많았으나, 더 이상의 오해는 사태를 악화시킬 뿐이라는 판단으로 당시 본인의 안이한 대처를 반성하며 뒤늦게나마 오해를 바로잡고자 합니다.

3) <u>원고는 정신과 진료를 받아보라는 피고의 권유를 무시했으며, 일방적으로 성관계를 거부한 것도 원고입니다.</u>

　원고의 수면장애, 식욕부진, 만성적인 우울감 등의 우울증 증상은 결혼 3년 차, 사업체 개업 시기를 전후하여 시작되었습니다. 원고 본인도 마찬가지였던 것 같지만 피고는 당시 그 증상의 심각성에 대해서 잘 몰랐고 그로 인해 악화되는 부부관계에 불만을 가졌습니다. 피고는 원고의 식욕부진을 다이어트에 대한 강박 탓이라고 여겨 비난했습니다. (실제로 원고는 다이어트에 대한 강박이 있기도 했습니다.) 또 이때부터 원고는 불면증을 이유로 잠자리를 따로 갖기 시작했고, 피고의 성관계 요구를 거의 받아들이지 않았습니다.

 피고가 이런 원고의 어려움을 이해하고 배려하지 못한 책임은 분명 있습니다. 그러나 원고와 피고가 상황 파악을 제대로 할 기회가 없었던 것은 아닙니다. 피고는 2012년 이전 원고의 증상을 우울증으로 의심하고 정신과 진료를 권했던 적이 몇 번 있으나, 그때마다 원고는 "사람 환자 취급하지 말라"고 화를 내며 거절했습니다. 사실 원고는 우울증 환자인 어머니로 인해 본인도 우울증일지 모른다는 노이로제에 시달렸기 때문에 본인의 증상을 오랫동안 무시했던 것으로 추정됩니다. 피고 역시 부부관계 악화와 사업상 스트레스가 겹쳐 정서가 불안정했기에 그런 원고의 심정을 세심하게 헤아리며 대처할 여유가 없었고, 결국 2012년 폭행 사건이 터지며 상황이 크게 악화되었습니다. 그러나 그 일을 계기로 원고의 심리적 문제가 시작되었다는 주장은 원인과 결과를 뒤바꾼 왜곡입니다.

4) <u>원고와 피고가 사업체의 공동 경영자로서 갈등을 겪고 신뢰를 잃게 된 데에는 원고의 책임이 큽니다.</u>

 원고는 피고와 사업적 관계마저 청산하기로 결심한 계기가 2015년 8월 TV 프로그램 출연 번복 사건이었다고 하는데, 사실상 그 일은 전적으로 원고의 책임이었습니다. 원고는 동업자인 피고의 의견을 전혀 묻지 않고 독단적으로 방송 동반 출연을 결정한 후 일방적으로 통보했기에 피고는 받아들일 수 없었던 것입니다. 심지어 원고는 피고가 반대할 것을 염려해 의도적으로 섭외 진행 상황을 숨기기까지 했습니다. 그 때문에 피고가 당시 심하게 화를 내고 거칠게 대응한 것은 사실입니다. 그러나 동업자로서의 신뢰를 먼저 저버린 쪽은 원고였고, 그를 감안하면 피고의 대응이 비상식적인 수준은 아니었습니다.

 원고는 피고가 경영은 물론이고 정상적인 사회생활을 할 능력도 없다고 하지만 이 또한 지나친 매도입니다. 원고와 피고는 경영 철학에 차이가 있고, 서로 의사소통이 잘 되지 않았던 것뿐입니다. 피고가 원고에 비해 내성적인 성향이고 대인관계가 능숙하지 않은 것은 사실이지만, 사업적으로 합리적 판단을 내릴 능력이 충분합니다. 2011년 투자 철회 사건도 피고가 홧김에 저지른 사고가 아니라, 경영의 독립성을 확보하기 위해 감수한 상황에 가깝습니다. 현재 횡령 용의자로 도주 중인 강경태 실장에게 재무를 전담시켰던 것도 피고가 재무 문제로 더 이상 원고와 갈등을 겪지 않고 부부로서, 동업자로서의 관계를 개선하고자 하는 마음에서 내린 판단이었습니다. 강경태가 개인적인 도박 중독으로 인해 저지른 횡령 범죄를 피고의 책임으로 돌리는 것은 어불성설입니다.

다. 피고는 부부관계 회복을 위해 현재 노력 중입니다.

피고가 그간 원고만큼 부부관계의 문제를 심각하게 인지하지 못한 것은 사실이지만, 그로 인한 고통은 다르지 않았습니다. 피고는 부부간의 문제를 어떻게 해결해야 할지는 잘 몰랐지만, 그 과정에서 오는 어려움을 피해가려 한 적이 없었습니다. 4년이 넘게 성관계를 거절당하면서도 외도를 한 적도 없고, 밖에서 다른 즐거움을 찾으려 하지도 않고, 오직 성실히 가정과 일터를 오가며 살아 왔습니다. 그러면서도 피고는 지금까지 이혼을 생각한 적은 전혀 없습니다. 원고의 협의이혼 요구에 피고가 진지하게 응하지 않았던 것은 재산분할에 합의할 수 없어서가 아니라, 이혼을 할 생각이 없었기 때문입니다.

원고는 최소한 지난 3년간 남몰래 자신에게 유리한 증거를 수집해 오면서 이혼에 대해 충분히 고려해 보았을 것입니다. 그러는 중에도 원고는 한 번도 피고에게 진지하게 이혼에 대해 언급하며 자신의 본심을 털어놓은 적이 없습니다. 원고는 피고가 예약해 놓은 부부상담을 거절한 적도 있다고 하지만, 사실은 좀 다릅니다. 부부상담은 딱 한 번 원고의 지인이 강권하여 예약했던 적이 있는데, 원고 역시 썩 내키지 않는 기색으로 가볍게 언급했기에 피고가 대수롭잖게 여기고 거절했던 것으로 기억합니다.

그간 원고가 이렇게 이혼을 진지하게 고려하고 있다는 사실을 알았다면 피고의 대응은 전혀 달랐을 것입니다. 이제 피고는 문제의 심각성을 깨닫고 본인의 과오를 깊이 반성하며, 상황을 되돌리기 위해 최선을 다할 각오를 하고 있습니다. 원고가 대화나 상담을 원하면 언제든 성실히 임할 의사가 있으며, 현재 피고 본인의 분노조절장애 문제를 개선하고자 심리 상담을 받고 있는 중입니다.(을 제1호증)

피고는 여전히 혼인 서약을 소중히 여기며 원고를 아내로서 사랑하고 있기에 이 혼인 관계를 청산하기를 원치 않으며, 원고가 이제라도 본인의 어려움을 솔직히 털어놓고 보다 적극적으로 부부관계 개선에 임할 기회를 주기를 간곡히 바라고 있습니다.

라. 이 부부관계는 현재 실질적으로 파탄 상태라 볼 수 없습니다.

원고는 현재 부부관계가 실질적으로 파탄 상태임을 강조하고 있지만, 그렇게 단정할 수 없습니다. 원고와 피고는 여전히 한 집에 살고 있으며, 한 직장에서 서로의 역할을 다하고 있고, 어느 한 쪽이 외도를 한 적도 없으며, 형사처벌이나 보호가 필요할 정도로 심각한 폭력이 오고 간 적도 없습니다.

3. 결론

현재 원·피고 사이의 부부관계 갈등은 피고는 물론 원고에게도 그 책임이 있다 할 것입니다. 또한 지금부터라도 서로 노력한다면 충분히 회복할 수 있는 관계입니다. 따라서 원고의 청구를 모두 기각하여 주시기 바랍니다.

준비서면 초안을 받아들고 사무실 소파에 길게 드러누운 지원호가 문서를 몇 번이나 읽고 남았을 시간이 흐른 뒤에도 아무런 반응을 보이지 않자, 정우현 변호사가 먼저 입을 열었다.

"어때요? 다 읽으셨죠? …괜찮아요? 뭐 고치고 싶으신 데 있어요?"

계속해서 원호가 대꾸는커녕 미동도 없자 우현은 짜증이 나 목소리를 높였다.
"주무세요? 본인의 결혼생활을 돌아보면서 잠이 오시나 봐요?"
그래도 대답이 없자 우현은 풀이 죽어 물었다.
"마음에 안 드세요? 잘 못 썼나요?"
그제야 원호는 끄응, 하는 신음과 함께 자세를 고치더니, 그답잖게 잔뜩 가라앉아 잘 들리지도 않는 소리로 중얼거렸다.
"잘 쓴 건지 못 쓴 건지는 난 모르겠고, 그냥 기분이 너무 나빠서 그래."
"기분이 나쁘다고요? 뭐가요?"
"그냥, 읽으니까 기분이 너무 나빠. 저번에 원고 측이 보낸 거 읽었을 때보다도 더 기분이 드러워. 내 인생이 굳이 이렇게까지 구차했나 싶고. 구차하다 못해 비참한데, 이거… 차라리 나쁜 놈인 게 낫겠어."
침울하기 짝이 없는 원호와 달리 우현은 안도하는 표정이었다.
"아, 다행이네요. 최대한 구차하고 비참해 보이도록 하는 데 중점을 두고 썼거든요."
"아니 근데, 구차하고 비참한 건 맞는데, 뭐랄까… 별로 동정이나 공감은 안 가. 짜증나고, 거슬려. 내가 판사라면 이런 병신 같은 새끼는 다신 병신 짓 못하게 확 골로 보내고 싶을 것 같아."
"그건 자기 얘기니까 오글거려서 그런 거겠죠. 대표님이 원래 남이 어려운 사정하는 데 온정적이지 않은 분이기도 하고요. 그러다 이렇게까지 된 거 아녜요?"
그 말에 원호는 벌떡 일어나 앉았다.
"뭔 소리야? 내가 얼마나 온정적이고 베풀길 좋아하는 사람인데? 내가 처음에 동네 변호사 정우현이랑 어떻게 인연을 맺었는지 잊어버린 거야?"

"네, 그건 맞는데… 돌아보면 그것도 제가 구차하게 굴지 않았던 덕분인 것 같아요. 그때 전 사무실은 이미 내려놓은 상태였고, 정말로 대표님 사건을 굳이 수임할 생각이 없었으니까요. 제가 만약 대표님한테 사정하면서 도와달라고 했다면, 대표님은 애초에 망할 짓한 놈은 망해 봐야 한다면서 외면하셨을 걸요. 제 생각이 틀린가요?"

"…글쎄, 그런가?"

"대표님이 생각보다 정이 많은 분인 건 알겠어요. 하지만 대표님은 먼저 약한 소리하는 사람은 무시하는 경향이 좀 있어요. 아마 아내 분이 솔직한 얘길 먼저 못 꺼내신 건 그 탓도 있을 거예요."

조금 뜨끔한 기색이던 원호는 이내 콧방귀를 뀌었다.

"그래, 결국 다 내 탓이라 이거지? 그러니까 여기 써놓은 것처럼 반성, 그것도 온 세상 다 보란 듯이 티 팍팍 내면서 반성하란 거지? 아주 그냥, 구차함이란 이런 거다!"

"거 참, 구차하단 소리 좀 그만하세요! 애초에 이 짓하고 있는 이유가 돈 때문이잖아요. 세상에 돈 걸린 일 치고 구차하지 않은 일이 어딨어요? 이 정도 갖고 그러시는 것도 어찌 보면 엄살이에요. 대표님이 세상에서 젤 싫어하시는 엄살 말예요! 살다 보면 이거랑 비교도 안 되는 몇 푼 때문에 구차해지는 사람들이 얼마나 많은지 아세요? 눈치채셨을지 모르지만 저도 구차한 짓하기 싫어하기론 둘째가라면 서러운 사람인데, 그런 분들 때문에 구차한 거 무릅쓰고 이런 일 계속하고 있는 거라고요."

"…어휴, 뭐 한 마디 했다간 백 마디로 받으니… 내가 말을 말아야지. 나한테 하는 것처럼 판사한테도 잘 해줄 수 있겠지?"

그리고 원호는 다시 한동안 문서를 뒤적이고 있다가 말했다.

"그래, 하긴… 돈 같이 사람 구차하게 만드는 건 없지. 난 어렸을 때 어른이 돼서도 돈 없이 살 바엔 차라리 죽어야겠다고 생각했었어. 그래서 죽을 각오로 돈을 벌었지. 근데 돈 버는 길도 참 구차하기 짝이 없잖아. 구차하게 살기 싫어서 돈 벌기로 한 건데, 그 길에 과연 얼마만큼의 구차함을 감당해야 되나. 내 인생은 매일 그 갈등이었던 것 같아. 욕 나오게 지긋지긋해. 언젠가 더 이상 구차한 일 없을 정도가 되면, 난 돈은 그만 벌 생각이야. 그땐 그냥 쓰면서 살 거야. 그게 내 인생의 최종 로망이지. 작품 활동이나 하고, 작품이나 사 모으면서… 원래 예술은 본질적으로 돈을 버는 길이 아니라 쓰는 길이란 말야. 근데 과연 그런 날이 오기는 할지 모르겠어. 과연 얼마만큼 돈을 벌면 더 이상 구차할 일이 없을까? 아직도 전혀 감이 안 와."

"돈은 구차하지 않을 정도만 벌면 된다, 그 얘기엔 저도 완전 공감이에요. 대표님도 그런 생각 갖고 계신 줄 몰랐네요. 하지만 얘기하신대로 그 구차하지 않을 정도가 얼마인가, 그게 진짜 함정이겠죠. 사람마다 다르겠지만, 이런 세상에서는 어지간해선 멈추기 힘들지 않을까요?"

"맞아, 그게 문제야. 그래서 난 내가 보기엔 진짜 구차할 수밖에 없는 인생인데, 나름 구차하지 않게 사는 사람들을 좋게 보는 것 같아. 동네 변호사라든가, 꼴통 목사 같은 거…."

"꼴통 목사요?"

"그런 게 있어. 아는 사람인데… 아무튼 절대 내가 그렇게 살고 싶진 않지만, 그렇게 사는 사람들이 많았음 좋겠어."

"뭐야, 이기적이야! 치사해!"

"아, 그래도 내 딴엔 응원하려고 노력하고 있잖아! 누가 그렇게 살래?"

우현은 입을 삐죽대고 있다가 문득 중요한 질문을 떠올렸다.

"근데 애초부터 돈 문제를 그렇게 중요하게 여기셨다면서, 왜 아내 분하고 결혼했어요? 결혼 전엔 그분이 그렇게 씀씀이가 크신 걸 모르셨나요?"

"글쎄… 사실 난 걔가 나랑 돈에 대한 생각이 비슷한 줄 알았어. 걔도 나 못잖게 돈 버는 데 눈이 벌겋고, 구차한 거 질색하는 애거든. 근데 같이 살다 보니 뭔가 좀 많이 달랐어. 디테일이… 그러니까 진짜 구차한 게 뭔가 하는 기준 말이지."

"이쯤 되면 샤넬 백 정도는 들어주는 게 나에 대한 예의인가, 같은 문제 말이죠?"

"그렇지. 물론 샤넬 백이 좋긴 하지만, 우리 사정에 세 개씩이나 번갈아 들어야만 구차하지 않을 수 있는 건가, 난 그게 의문이었던 거지. 왜냐면 우리가 샤넬 백을 세 개나 사려면 벅차니까, 좀 구차해질 수밖에 없단 말야. 사업하면서 실탄 모자라면 진짜 구차해지거든. 결국 이 구차함을 팔아서 저 구차함을 사는 셈인데, 난 그게 도저히 이해가 안 됐어. 더구나 샤넬 백은 저 혼자 드는 거고, 사업은 나랑 같이 하는 거잖아!"

"부부 사이에 뭐 그렇게 생각해요? 유부녀가 샤넬 백 들고 으쓱으쓱 다니면 다들 시집 잘 갔다고 생각해 줄 텐데요."

"바로 그 따위 사고방식이 내 스타일 아닌 거야! 시집을 잘 갔든 말든 남들이 알 게 뭔데? 뭘 그렇게 매사 남의 시선을 신경 쓰면서 살아? 그게 구차한 거라고!"

"아니, 구차하다는 말 자체가 남의 시선을 전제한 건데 무슨 소리예요? 남들 보는 눈이 아무 상관없으면, 돈이 있든 말든 구차할 일이 뭐가 있대요?"

"그래도 그건 아냐. 남들 보기에 있어 보이는 게 중요한 게 아니라고!"

"그럼 뭐가 중요한데요?"

"뭐냐, 그러니까… 내 꼴리는 대로 할 수 있는 거! 중요한 건 그거지. 내 말은 돈이 있다고 꼭 벤츠를 사야만 맞은 아니란 말야. 내 주머니에 벤츠 살 돈이 있다면 굳이 벤츠 안 타고 다녀도 당당할 수 있다고. 뭘 타고 다니든 스스로 당당한 사람은 어디 가서 무시 안 당해. 차 같은 걸로 사람 판단하는 골빈 놈들은, 걸리면 밟아 버리면 되고."

"그렇긴 하지만… 그래도 어딜 가든 겉모습으로 판단하는 사람들이 있기 마련이니까, 굳이 밟고 밟히고 그런 험한 일을 만들기 전에 미리 당당함을 적당히 표시해 주는 것도 좋지 않을까요?"

"아니, 그런 것들은 굳이 밟혀 봐야 정신을 차리거든. 그게 그나마 내가 사회에 기여하는 유일한 길일 텐데. 포기하고 싶지 않아."

우현은 한숨을 내쉬며 고개를 내저었다.

"정말이지… 들을수록 대표님도 이해 가지만, 백하영 씨도 이해가 가요."

"뭐가 어째?! 내 변호사 주제에 그게 할 말이야?"

"상대방 입장도 잘 이해하고 있을수록 변론에 유리한 법이에요. 어쨌든, 이건 이대로 제출해도 되겠죠? 뭐 특별히 고치고 싶으신 데 없죠? 준비서면은 준비서면일 뿐이니까, 다시 생각나는 거 있음 나중에 보충해도 되니까요."

우현이 그렇게 말하며 서류를 도로 가져가려는 걸 원호는 붙들고 잠시 버티다가 겨우 내뱉었다.

"근데, 이거… 그, 성관계 얘기만 좀 빼 주면 안 될까? 너무 심하게 구차해 보여."

"뭐라고요? 안 돼요! 그게 얼마나 중요한 포인트인데. 까놓고 말해서 우리 쪽에서 물고 늘어질 거라곤 그거랑 음주 문제밖에 없다고요!"

"하아, 진짜… 아니, 내가 이런 얘기까지 도대체 언제 한 거지?!"

"그날 카스 두 병 드시고요. 기억 안 나세요? 그거 아주 약발이 좋더만요."

2016년 2월
가사조사(1)

"대표님, 드디어 올 것이 왔어요!"
"뭔데?"
"가사조사명령 떨어졌어요. 아내 분이랑 같이 출석하래요. 전 같이 못 가는 거고요. 전에 말씀드렸죠? 일단 날짜는 다음 주 수요일 아침 10시로 잡혔는데, 괜찮으세요?"
"으응, 나야 뭐."
사무실에서 통화를 하고 있던 정우현 변호사는 문득 어리둥절해졌다.
"대표님, 괜찮으세요?"
"뭐가?"
"오늘 좀 이상하신 것 같아서요. 혹시 어디 아프세요?"
"아니, 딱히. 왜 그래?"
"그냥, 어쩐지… 대표님 같지 않아서요. 화도 안 내시고… 왜 이렇게 대화가 술술 넘어가죠?"
"나 참. 화를 내도 야단, 안 내도 야단. 어쩌란 말야?"
투덜거리긴 하지만 그 말투도 그의 입에서 들어본 기억이 없을 정도로 느슨해서, 우현은 점점 더 의아하다 못해 걱정스러운 기분까지 들었다.

"대표님, 어디서 뭐하고 계세요?"

"방에 누워 있어. 그래서 아픈 거 같이 들리는 건가?"

"그런가? …아, 지난주에 출장 다녀온다고 하셨죠? 잘 다녀오셨어요? 그것 때문에 피곤하신 건가?"

"아, 그거… 안 갔어. 취소했어."

"예? 왜요?"

"뭐, 이 판국에 신상 몇 벌 더 들여와서 뭐 하겠나 싶어서. 자체휴가로 활용했지. 그때부터 쭉 누워 있었어."

"뭐라고요? 그럼… 지금 보름째 매일같이 누워 있단 말씀은 아니죠?"

"그 말인데."

우현은 놀라서 전화기를 고쳐 잡았다.

"맙소사… 정말 아프신 거 아닌 거 맞아요?! 대표님 일주일에 이틀도 안 쉬는 분이잖아요!"

"맞아, 대신 몇 년에 한 번씩 이렇게 몰아서 쉴 때가 있어. 걱정해 주는 건 고마운데, 진짜 아픈 건 아냐. 당장 일어나려면 얼마든지 일어날 수 있어. 가사조산지 뭔지 알아서 잘 받고 올게. 다음 주 수요일 10시랬지? 어디로 가면 돼?"

"가정법원 7층에 조사실 있어요. 근데 걱정이 되네요. 대표님 가사조사는 원래 걱정됐지만, 지금 상태가 그러시니…."

"내 상태가 어때서? 화 안 내면 좋은 거 아냐?"

"그렇긴 한데, 뭔가 예측이 안 되니 더 불안하네요. 참, 분노조절장애 치료 상담은 꾸준히 나가고 계시는 거예요? 혹시 그 효과인가?"

"아니, 그건 안 나갔어. 나가기 싫다니까."

그럼 그렇지, 하고 우현은 버럭했다.

"아, 그러시면 안 된다니까요! 우린 잘못을 고치기 위해 성실하게 노력하고 있다는 점을 증명해야 한다고요!"

"알아. 내 그래서 비싼 돈 주고 쓰잘데없는 상담까지 등록한 거 아냐? 그랬음 됐지, 내가 거기 개근하는지 누가 감시라도 하겠어?"

"그건 모르는 거예요! 차라리 등록증 제출을 안 했담 모를까, 남 보여주려고 등록만 하고 성실하게 안 다니는 걸 그쪽에서 눈치채면 큰일이에요. 그쪽은 어떻게 해서든지 우리가 이혼 안 해주려는 목적이 딴 데 있는 걸로 몰아가려고 할 거예요. 그게 사실이기도 하니까, 절대 꼬투리 잡힐 일을 만들면 안 된다고요! 대표님 거짓말도 잘 못하시잖아요!"

"꼬투리 안 잡히도록 할게. 그럼 다음 주에 조사 받으러 가기 전에 한 번은 가 보지, 뭐. 그럼 되겠지?"

"난 도저히 이해를 할 수가 없네! 비싼 돈까지 주고 등록한 걸 왜 굳이 안 가요? 바쁜 것도 아니고, 아픈 것도 아니고, 방에서 뒹굴기만 했다면서? 그리고, 대표님도 성격 고치고 싶다면서요?"

"고치고 싶긴 하지만, 솔직히 그게 말이나 되는 일이야? 성격을 고친다는 것 자체도 말이 안 되지만, 상담 같은 걸로 성격이 고쳐진다면 세상에 성격 나쁜 놈이 어딨겠어? 순 사기지. 그딴 데 내 돈만 낭비했으면 됐지, 시간까지 낭비하라고?"

"어휴… 제가 단어 선택을 잘못했네요. 맞아요, 성격은 못 고치죠. 근데 분노조절장애는 성격이 아니라 증상이고 병이에요. 우울증 같은 것처럼, 관리하고 치료하면 싹 낫지는 않더라도 좋아질 수 있다고요. 당연히 그렇게 하는 게 좋고, 대표님 지금 상황에선 더 필요하고요. 제가 왜 가사조사가 걱정됐게요? 이혼소송 하고 있는 사람들끼리 얼굴 맞대고 앉아서 같은 사람한테 다른 얘기 하다 보면 감정이 격해지는 게 당연해요. 물론 조사관님들은 워낙 노련하신 분들이라 어지간해선 눈 깜박도 안 하실 테지만, 그분들도 인간이니까 그 앞에서 나쁜 인상을 주면 좋지 않아요. 게다가 우린 작전이 있는데, 대표님 그 성질에 흥분해서 막말하다 망쳐버리기라도 하면 어째요? 가사조사가 우리 쪽에 불리할 거란 생각 저쪽에서도 한 게 분명해요. 원래 조정기일로 바로 넘어가는 거였는데, 저쪽에서 가사조사 신청해서 잡힌 거거든요. 어차피 한 번은 할 가능성이 높다고 생각하긴 했지만… 어쩌면 그날 아내 분이 작정하고 몰아가거나 도발할 수도 있어요. 그래서 그 전에 지푸라기 잡는 심정으로라도 좀 치료를 받아 보시길 바란 거라구요."

"알겠어, 무슨 말인지 알아. 전에도 몇 번이나 얘기했었잖아. 그래서 나도 이제쯤 마인드컨트롤을 해야 될 타이밍인 것 같아서 쉬고 있었던 거야. 상담 같은 것보다 이게 나한텐 더 검증된 방법이거든. 정변이 같이 못 가니까 걱정되는 건 알겠지만, 백하영에 대해선 내가 훨씬 더 잘 알아. 너무 걱정 마. 잘 하고 올 테니까."

우현은 또 잠시 말문이 막혔다.

"대표님… 오늘 진짜 이상하시네요. 왜 이렇게 친절하시죠?"

"아, 언제까지 그걸로 물고 늘어질 거야?! 정변도 진짜 정변인 거 알지?"

"아무튼 그런 마음이시라니 좀 안심이 되긴 하네요. 우린 조정 들어갈 때까지는 이 논조로 밀고 가야 하니까, 준비서면 계속 읽어 보면서 자기 최면 확실히 걸어 두세요. 그리고 다시 말하지만, 대표님의 깊은 속에 실제로 그런 마음이 있다는 거 잊지 마시고요. 이혼하기 싫다는 건 아주 거짓말이 아니라고요. 이러다 진짜 이혼이 없던 일이 되더라도 나름대로 좋은 기회가 될 거예요. 그런 마음으로 조사에 임하세요. 아시겠죠?"

"알겠어."

"아니… 어떻게 이 말에도 반발을 안 하시죠? 이런 적 없었잖아요? 혹시, 백하영 씨랑 무슨 일 있었어요?"

"전혀, 무슨 일이 있었을 리가. 얼굴 본 지도 한참 됐는 걸. 나 보름째 방에만 누워 있었다니까."

"정말로 방에만 계셨단 말예요? 그동안 일하면서 하루에 한두 번 얼굴은 본다고 하셨잖아요. 그럼 일도 전혀 안 나가셨다고요?"

"응. 물론 화장실도 가고 밥 먹고 쓰레기 버리고 하느라 드나들긴 했지만, 백하영이랑 마주친 적은 없어. 걔 집에 들어와 있을 땐 방에서 안 나갔지."

"엥? 그럼 일은 그동안 아내 분 혼자서 하시고요?"

"제가 할 일은 하고 있었겠지. 내 일은 내가 자체적으로 쉰 거니까."

"동업인데 그래도 돼요? 보름씩이나 휴가를 멋대로 냈다고요?"

"상관없잖아. 신상이 안 들어와도 숍은 돌아갈 수 있으니까. 그러다 손님이 떨어지거나 말거나 제가 알 바는 아니잖아? 어차피 나한테 넘기기로 한 건데."

"그런가… 글쎄요, 제가 그쪽 일 돌아가는 사정은 잘 모르지만… 그래도 제가 아내 분 입장이라면, 되게 억울하고 열 받아서 그냥 두고 못 볼 것 같은데요."

"그냥 두고 보던데? 뭐, 내가 꼭 해야 될 일이 있었음 얘기했겠지. 우린 일하면서 필요한 얘기는 해."

"그래도… 대표님 휴가가 보름째라면, 그쪽이 우리 쪽 준비서면 받아 본 이후로 두 분이 얼굴도 못 보셨다는 얘기네요."

"그게 뭐? 우리 어차피 소송 들어간 후로 한 번도 서로 그 얘기한 적 없어. 왜 자꾸 그래?"

"그냥요, 어쩐지 불길해서요. 뭔가 상황들이 저로선 이해가 잘 안 돼요."

원호는 그만 피식 웃고는, 누웠던 자세를 고쳐 앉으며 말했다.

"이봐, 정변. 본인이 걱정도 팔자라는 건 알고 있지? 아무리 직업병이라곤 해도, 어차피 세상 모든 일을 다 이해할 순 없는 거잖아. 이해 안 되는 일은 다 불길한 거야? 그렇게 간이 콩알만 해가지고 어떻게 어려운 사람들 돕고 살겠다는 거야? 나 같이 나쁜 놈 잘못될까 봐서도 그렇게 쫄리면."

"맞아요… 알겠어요. 일단 걱정 놓고 있을게요. 그럼 대표님 자체 휴가는 언제까진 거예요?"

"누가 끌어낼 때까지 처박혀 있으려 했는데, 마침 잘 됐네. 다음 주에 가사조사 마치고 바로 사무실 들를게."

원호는 통화를 마치고는 동면에서 막 깬 곰 같은 움직임으로 방을 나왔다. 대부분의 시간 누워서만 시간을 보냈으나 거의 먹지도 않아서 오히려 옷이 헐렁해져 있었다. 머리와 수염은 덥수룩해졌지만, 피부와 눈빛에는 전보다 윤기가 돌았다. 이제 슬슬 굴 밖으로 나갈 때가 된 모양새였다. 직진과 질주 모드만 있던 여정이 간혹 도무지 빼도 박도 못할 막다른 길에 부딪힐 때, 이렇게 몇 날 며칠씩 반 가사상태로 숨어 지내며 재충전과 국면 전환을 꾀하는 방식은 그의 본능에 입력된 것이었다. 그렇기에 평균 4~5년에 한 번 정도로 자주는 아니어도 어린 시절부터 꾸준히 있어 온 일이라, 그 자신은 물론 아주 가까운 사람들에겐 낯설지 않은 증상이었다. 이렇게 오래 동면의 시간을 보내면서도 어머니의 채근에 시달리지 않을 수 있었던 건, 그 과정이 지나가면 대부분 상황이 나아진다는 걸 피차가 경험상 알고 믿고 있기 때문이었다. 우현이라도 놀라고 걱정해 주지 않았다면 이를 누군가에겐 설명을 해야 하는 일이란 생각조차 못했을 것이었다.

그러고 보니 결혼한 이래 동면에 빠져든 건 처음이니 적어도 8년 만, 기록적으로 긴 간격이었다. 결혼 전보다 결코 평탄하달 수도 없는 나날이었으니, 역시나 기록적으로 긴 동면 기간을 갱신한 것도 어쩌면 당연한 일이었다. 그러나 우현과 마찬가지로 이런 일을 본 적도 들은 적도 없는 아내는 지금 상황을 이해 못하고 있을지도 모른다는 데 그제야 생각이 닿았다. 그럼에도 지금까지 아무런 설명도 요구받지 않았다. 그쪽은 설명을 들을 마음이 없는 걸까. 아니면 요구할 수 없는 걸까. 어느 쪽이든, 무슨 이유일까.

하기야 아내와 서로의 마음이나 관계에 관해 설명이란 걸 하거나 들어본 일 자체가 거의 기억에 없다. 원래 구구절절 설명하길 즐기지 않는 성격이기도 하지만, 특히나 부부 사이의 일에 설명 같은 게 필요하고 가능할 거란 생각은 해본 적이 없다. 그런 일은 평생 본 적도 들은 적도 없었으니까. 그런데 최근 법적인 목적에서 남을 통해서나마 울며 겨자 먹기로 설명이란 걸 하고 보니, 그게 그렇게 어려운 일도 쓸데없는 일만도 아닐지 모르겠단 생각이 이제 와 드는 것이었다. 매사에 당연한 듯 설명을 요구하는 변호사의 말이 거슬리고 두렵기만 했는데, 이젠 조금씩 고맙고 흥미로워지기까지 시작한 차였다.

그러니 우리 부부 사이에 일찌감치 서로 설명이란 길이 있었다면, 혹시나 이 지경까진 오지 않았을 수도 있을까? 하지만 어쩌면 그런 게 실제로 가능하기나 한 일일까? 남의 부부 일엔 그렇게 날카롭고 침착하게 설명을 이끌어내던 변호사지만, 과연 자기 일에 있어서도 똑같이 그런 실력을 발휘할 수 있을까? 아니면 직업과 상관없이 그런 능력자는 따로 존재하는 건가?

배가 고픈 상태에서 답도 없는 자문의 꼬리 물기에 빠져드는 건 견디기 힘든 일이었다. 원호는 전화로 식사를 주문한 뒤, 주의를 환기하기 위해 참으로 오랫동안 발을 들이지 않았던 안방 문을 열어 보았다. 방 안 풍경이 눈에 들어오는 순간, 절로 탄식이 새어 나왔다. 못 들여다보던 새 어질러진 상태가 더 심해져 언뜻 형사 사건 현장과도 같은 인상에 가슴이 철렁해질 정도였다. 그는 혼자 고개를 절레절레 저으며, 겨우 몸을 기댈 만한 유일한 공간인 침대 위에 걸터앉아 단숨에 생각을 정리했다. 그래, 어떤 설명을 듣는대도 이 상태를 용납할 수는 없어. 누가 이렇게 사는 건 자유라 쳐도, 내가 이 공간에서 같이 살 수는 없지.

그럼에도 뭔가 설명을 들어보고 싶다는 생각이 처음으로 들었다. 어쩌다 이 모양까지 됐는지. 그에 대한 본인의 솔직한 심경은 어떤지. 나의 심경은 어떨 거라고 생각하는지. 정말로 개선할 길이 없는지. 있다면 내가 어떻게 도와주길 바라는지. 진심으로 우리는 이 문제 때문에 절대로 함께 갈 수 없다고 생각하는지… 문제가 너무도 많으니 이제 와서 다 수습할 수는 없다 해도, 청소 문제만 가지고서라도 한 번쯤은 싸움이 아닌 설명이란 걸 해 보고 싶었다. 무엇보다도 내가 청소 때문에 이틀이 멀다 하고 큰 소리를 치고 욕을 한 것은 사실이지만, 나는 이런 방에서 사는 것보다 남편에게 욕을 먹는 것이 더한 어려움이라는 생각은 단 한 번도 해 보지 못했노라고, 그녀와 더불어 남의 가정사 듣는 게 직업인 사람들에게 꼭 설명하고 싶어졌다. 그러고 보니 다음 주의 가사조사라는 절차가 걱정이 되기보다 오히려 기다려지는 것이었다.

원호는 다음 날부터 출근을 재개했는데, 아니나 다를까 숍은 아무 일 없었다는 듯 잘 돌아가고 있었다. 그새 새로 들어온 여직원 한 명이 조심스럽게 인사했고, 황 실장은 양쪽 상사의 눈치를 번갈아 살피며 무슨 일 있었느냐 물었지만, 하영은 그에게 잠시 복잡한 눈길만 주었을 뿐 아무런 말도 건네지 않았다. 그새 안방 상태처럼 눈에 띄게 엉망이 된 그녀의 안색을 보고 원호는 무슨 일이 있었는지 설명이 필요한 건 오히려 그쪽이란 생각이 들었지만, 차마 먼저 말을 걸 용기가 나지 않았다. 어차피 다음 주에 얘기할 시간이 있을 테니까, 하는 생각으로 그는 입을 다물어 버렸다.

그러나 며칠 후 법원 조사실에 그녀와 나란히 앉았을 때, 원호가 그간 혼자만의 계산이 완벽한 오산이었음을 깨닫는 데는 얼마 걸리지 않았다. 얼어붙은 듯 옆자리의 남편 쪽으로는 시선 한 번 주지 않고 찬바람만 쌩쌩 일으키며 앉아 있던 그녀는, 나이 지긋한 여성 조사관이 인적사항과 청구취지 등 기본적 확인을 마친 뒤 원고 측 사정 청취를 시작하자마자, 불 앞에 얼음이 녹는 것 마냥 굵은 눈물을 뚝뚝 떨구며 하소연을 시작했다.

"저는 도저히 이 사람과 더 이상은 부부로 살 수가 없어서, 자식 같은 사업체를 양보하겠단 결정까지 했어요. 그런데 이 사람은 지금까지 제가 이 사업체를 키운 데 들어간 공도 보상해 주기 싫어서 이혼 못하겠다는 거고요. 그래놓고도 아직도 회사에서 저를 종처럼 부려먹는 게 정말 어이가 없어요. 그동안도 말이 동업이지 제가 동업자 대접을 받아 본 적이 없거든요. 실무는 제가 다 하는데, 남편은 큰 결정은 전부 멋대로 내리면서, 늘 수습하고 책임지는 건 제 몫이었어요. 이게 어떻게 동업이랄 수 있어요? 이럴 바엔 저희 사업체의 앞날을 위해서도 제가 책임지는 게 나을 것 같아서, 사업체 경영권까지 요구하는 걸로 청구취지 변경할 작정입니다."

난생 처음 보는 그녀의 눈물 플레이에 넋을 놓고 있던 원호는, 마지막 말에 뒷덜미에 얼음물이라도 맞은 듯 펄쩍 뛰어오를 수밖에 없었다.

"뭐라고?! 이제 와서 뭐, 뭐가 어째?! 말도 안 돼… 저런 얘길 여기서 꺼내는 법이 어딨어요? 조사관님, 저거 반칙 아녜요?!"

"피고 분, 자리에 앉아 주세요! 청구취지 변경은 어차피 저한테 얘기하신다고 되는 일이 아니고, 변호사와 상의해서 재판부에 신청하셔야 되는 거예요. 그 전에 두 분이 합의를 보실 수도 있고요. 어쨌든 지금은 원고 분의 입장을 듣는 차례니까 계속합시다. 피고 분도 좀 이따가 말씀하실 시간 드릴 거예요."

그러는 동안도 하영은 시선은 정면에만 고정한 채 눈물 흘리는 속도를 유지하며 말을 이어갔다.

"남편은 가정을 지키고 싶다고 하지만, 그게 얼마나 거짓된 얘긴지 전 그걸 밝히려는 거예요. 저 사람은 단 한 번도 제 신변을 진심으로 걱정한 적이 없어요. 원래가 동정심이나 책임감이라곤 없는 사람이니까요. 제가 소송까지 걸고 나니까 이제야 반성한다고 온갖 번지르르한 말들을 늘어놓는데, 솔직히 저도 조금은 달라질까 잠깐이나마 기대했었지만, 혹시나가 역시나죠. 행동으로 증명하더라고요. 저 사람, 지난 달 말부터 3주 가까이 회사에 무단결근했어요. 예정되었던 해외출장도 멋대로 취소하고요. 아무런 예고도 해명도 없었어요. 저희가 말이 공동대표지 저희 둘 포함 직원 서넛이서 빡빡하게 분담해야 겨우 돌아가는 구조라, 저랑 나머지 직원들끼리 그 자리 메우느라 정말 죽을 뻔했거든요. 그러더니 며칠 전부터 갑자기 다시 출근해서는 아무 일도 없었다는 듯이 아무런 말도 없더라고요. 너무 기가 막히잖아요. 그래도 대표라고 다른 직원들은 따질 엄두를 못 내고 저밖에 따질 사람이 없는데, 도저히 말도 섞고 싶지 않아서 그냥 변호사한테 얘기했어요. 그랬더니 그 정도면 회사 대표로서도 심각한 직무유기니까, 회사 양보하기로 한 것도 다시 생각해 보자고 하더라고요."

"잠깐만, 잠깐만… 아, 나 진짜 억울해! 그건…."

"저 사람한테 제가 인간적인 대접을 받겠다는 건 포기한 지 오래고, 그나마 지금까지 동업자로서 의리를 생각해서 최대한 좋게 헤어지고 싶은 마음이었는데, 이제 그럴 수도 없는 상황 같아요. 지원호, 너는 내 남편으로서 자격도 없을 뿐만 아니라 지앤화이트 대표로서도 자격 없어. 눈곱만큼이라도 양심이 있으면 그만 물러나. 회사 나한테 넘기면, 대신 위자료는 포기해줄 테니까!"

예상 밖의 공격에 연타를 맞고 원호는 정신이 혼미해져 한동안 입만 뻥긋대고 있다가, 간신히 조사관을 향해 하소연했다.

"저 일은 정말… 억울합니다. 제 얘기도 좀 들어 주세요."

"무단결근하셨던 건 사실인가요? 며칠이나요? 사유는요?"

"그게… 몸이 안 좋았어요. 정말입니다. 몸살이 심하게 나서, 보름 내내 제 방에 누워만 있었어요. 집 밖으론 한 발짝도 나간 적이 없어요. 야, 백하영. 너도 매일 들어오면서 내가 집에 있단 건 알았을 거 아냐? 조사관님, 사람이 말도 없이 3주 가까이 무단결근을 했으면, 보통 찾는 게 우선 아녜요? 경찰에 신고를 했어도 마땅하잖아요? 그런 거 없었어요. 그동안 연락 한 자 없었고, 방문 한 번 안 열어 봤다고요. 만일 내가 방에서 죽어 있기라도 했으면 어떡할래? 시체 썩는 냄새 날 때까지 못 찾았을 테지? 그러니 너야말로 눈곱만큼이라도 내 걱정이란 거 했느냐고. 안 그래요? 말없이 출근 안 한 사람도 이상하지만, 무슨 일이냐고 한 번 묻지도 않은 사람이 더 이상한 거 아닙니까?"

"시체 썩는 냄새 좋아하네! 네 말대로 내가 매일 집에 들어오면서 너 멀쩡히 살아 있는 거 몰랐을까 봐? 바로 어제 짜장면에 탕수육 세트 싹싹 비워먹고 내놓은 사람이 자살했거나 죽을병에 걸린 건 아니라고 믿는 게 당연하잖아요?"

"글쎄 그러니까, 멀쩡히 옆방에 살아 있는 인간이 출근을 안 하는데 어째 뭔 일이냐고 한 번 물어보지도 않았느냐고? 솔직히 말해서 처음 며칠은 정말 아파서 정신이 하나도 없었어. 어차피 출장 가기로 한 기간이었으니까 쉬어도 될 것 같아서 일단 쉬었고. 그쪽 미팅이나 일정은 내가 다 취소하고 정리했어. 근데 며칠 지나도 숍에서 아무 얘기가 없으니까, 나 없어도 별일 없나보다, 당분간 더 쉬어도 괜찮은가보다 하고 그냥 있었지. 조사관님, 저희는 소송 시작한 뒤로도 일 때문에 필요한 얘긴 계속 하면서 지냈거든요. 나한테 직접 말하기 싫었으면 실장을 시키든지, 하다못해 변호사를 통하든 뭐든 방법이 있었을 텐데, 아무 말이 없길래…."

"그래서? 내가 아무 말 없으니까 언제까지 버티나 두고 보자고 넌 그러고 있었던 거 아냐?! 멋대로 결근한 건 넌데, 누가 먼저 아쉬운 소리 해야 되는데? 어차피 너한테 넘어갈 회사면 네가 멋대로 말아먹든 말든 내 상관할 바도 없는데, 우리 고객님들이랑 황 실장 봐서 어쩔 수 없이 버티고 있으려니까, 넌 내가 순 호구로 보이는 거지?!"

그리고 여자가 양 손에 얼굴을 파묻고 흐느끼기 시작하자, 남자는 황당함과 억울함이 범벅이 된 얼굴로 아내와 조사관을 번갈아 쳐다보았다.

"아니… 언제까지 버티나 두고 보자고 있었던 건 네 쪽 아냐? 조사관님, 핑계같이 들리시겠지만 핑계가 아니고요. 제가 원래 잔병치레는 없는 편인데, 스트레스 쌓이면 몇 년에 한 번 그렇게 며칠씩 정신 못 차리고 누워 있을 때가 있거든요. 그러니까 이런 게 처음 있는 일이 아니라, 말하자면 습관 같은 거예요. 그동안은 밥도 굶어 죽지 않을 정도로만 먹고요, 아까 짜장면 탕수육 싹싹 먹어 치웠다고 했지만, 사실 보름 넘게 누워 있는 동안 밥은 딱 세 번인가 네 번 시켜 먹은 게 다예요. 결혼하고 나서는 이런 적이 처음이라 와이프가 잘 몰랐겠지만, 아무 말도 없길래 어떻게 알고 내버려 두는 줄 알았어요. 아니면 그냥 이대로 나가 죽든지, 하고 냅두는 거라도 뭐 당연하다고 생각했구요. 회사 일 걱정 안 한 거 아니지만, 어차피 전 디자이너라 결근해도 일 대충 굴러가는 데 지장 없고, 와이프가 워낙 알아서 다 잘하니까 별일 없을 줄 알고 그냥 푹 쉰 거예요. 누굴 호구로 보고, 일부러 괴롭히려고, 뭐 그런 거 정말 아닙니다."

이번엔 여자가 양 손에 묻었던 얼굴을 들고 황당하고도 억울한 눈으로 남자를 쳐다보았다.

"뭐야? 그렇게 뻔뻔하게 되도 않는 변명하는 재주는 어디서 배웠어? 그동안 변호사한테 교육 빡세게 받은 모양이네."

"그래, 내가 너 같은 인간이랑 상대하려면 교육 좀 받아야 된다는 거 이번 기회에 알았다! 나 너랑 7년을 같이 살면서 우는 거 오늘 처음 본다. 너 그동안 뭔 일을 당해도, 나랑 머리털 뜯고 싸우면서도 눈물 한 방울 흘린 적 없잖아? 넌 눈물도 보여줄 필요가 있는 사람한테만 보여주는 거지? 조사관님이라든가."

"웃기시네. 그게 아니라 죽어도 너한테만은 보여주기 싫었던 거거든? 내가 그동안 너랑 살면서 얼마나 많이 울었는지 알아? 그거 여태 너만 못 봤거든!"

"두 분, 이제 그만하실까요. 그 일에 대해선 양쪽 입장 충분히 들은 것 같습니다. 한 가지만요. 원고 분께서 그동안 피고 분께 한 번도 연락하지 않으셨던 이유가 뭔가요?"

하영은 잠시 아랫입술을 피가 맺히도록 씹고 있다가 대답했다.

"너무 말 같지 않은 상황이라 말도 걸기 싫었어요."

"그럼 당시 남편 분의 상태에 대해 어느 정도 알고 계셨나요? 저런 습관에 대해선 전에 보거나 들으신 적 있나요?"

"글쎄요… 기분 나쁘거나 힘들면 혼자 굴에 들어가는 성격이란 건 알고 있었어요. 그리고 여러 정황을 봐서 신변을 걱정할 상황은 아니라고 짐작했죠. 그래서 더 용납할 수가 없었어요. 저를 괴롭게 하려는 의도로밖에 안 느껴졌어요."

"하, 정말 그런 의도는 없었다니까!"

"그럼 정확히 왜 그러셨죠? 십 며칠을 집에 계시면서 무단결근하고, 그 후에도 아무 해명도 없으셨단 건 어떻게 봐도 상식적인 일은 아닌데요."

"그건… 아까 말씀드렸다시피, 그냥… 쉬고 싶었어요. 별 문제 아니라고 생각했어요. 문제 있으면 연락하겠지, 했죠. 다시 출근해서도 누가 뭐라고 하면 솔직히 얘기하려고 했는데, 아무 말도 없길래, 저도 그냥…."

"들으셨죠? 저걸 말이라고 하고 있어요! 저렇게 자기중심적일 수가 없다니까요!"

"알겠습니다. 두 분 현재 상황은 잘 알았어요. 이제 찬찬히 예전 얘기를 들어 볼게요. 원고 분부터, 결혼하신 직후부터 두 분 사이에 중요하다고 기억되시는 일들을 시간 순서대로 편하게 말씀해 주세요."

이후로는 약 두 시간의 조사 과정이 제법 순조로웠다. 원고는 지금껏 그랬듯 눈물을 적절히 섞어 가며 차분히 본인 입장을 진술했고, 피고는 초반에 기가 완전히 꺾였는지 상대방 이야기도 듣는 둥 마는 둥하며 이미 준비서면에 써낸 내용 외엔 별다른 언급을 하지 않았다. 그리고 조사가 끝나고 나란히 법원을 나올 때까지 따로 두 사람 사이엔 아무런 대화도 없었다.

꽃샘추위가 기승을 부리는 날이었다. 현관을 나서자마자 하영은 곧장 주차장을 향해 달리듯 걷기 시작했는데, 대여섯 걸음 정도 떼었을 때 등 뒤에서 남자가 그녀를 불러 세웠다. 돌아보려는 순간 대서운 칼바람 한 줄기에 정통으로 뺨을 맞은 여자는 그 바람 같은 표정을 지을 수밖에 없었다. 그걸 본 남자는 한 발짝도 더 다가오지 못하고, 몇 걸음 떨어진 자리에 그대로 선 채 말을 던졌다.
"너, 진짜 숍까지 내놓으라고 할 생각이냐?"
여자도 반쯤 돌아선 자세 그대로 대꾸했다.
"뭐 다른 수가 있겠니?"
"내 다시는 그딴 짓 안할 테니까, 적어도 너랑 같이 일하는 동안은… 약속할게. 그러니까 그것만은 참아 주면 안 될까?"
"내가 왜, 참아야 하는데?"
"네가 나한테서 그것까지 뺏어가야 속이 시원하겠다면 모르겠어. 하지만 그 사람한테 얘기한 것처럼 정말 우리 숍이 걱정된다면 그건 아니지 않냐? 나 쫓아내고 나서도 장사는 잘할 수 있겠지. 하지만 내가 빠지면 지앤화이트는 더 이상 지앤화이트가 아니게 되는 거잖아. 그냥 갖다 붙인 간판도 아니고, 나름 정체성을 걸고 만든 브랜드인데, 그렇게 만드는 건 고객들한테도 예의가 아니지. 말아먹더라도 지앤화이트로서 내가 말아먹는 게 맞는 일 같아. 너는 능력자니까, 다른 디자이너 데려다 브랜드 또 만들면 되잖아."
"하, 그놈의 정체성 타령! 네 그 예술가 놀이에 뒤치다꺼리하는 짓도 이제 신물이 난다! 도대체 넌 네가 뭐 그렇게 대단한 줄 아니? 예술혼 불태워 봤자 웨딩드레스가 웨딩드레스지. 팔리는 것들은 더더구나 거기서 거기고! 뭐, 말아먹어도 지앤화이트로서 말아먹겠다고? 웃기셔, 정말! 너 없어도 지앤화이트 훨씬 더 잘될 수 있거든? 너 정도 디자이너는 쌔고 쌨어! 나도 옷 만들 줄 몰라서 안 만드는 거 아니고! 네가 이탈리아 유학 다녀왔다, 그 딱지 하나지 뭐! 나도 누가 너희 엄마처럼 맨땅 파서라도 어디 유학만 보내 줬으면, 애초에 너 같은 거 비위 맞추면서 살 일도 없었어!"

거센 바람소리를 날카롭게 가르며 울리는 여자의 목청에 지나가던 몇몇 이들이 놀라 쳐다볼 정도였다. 그러나 가정법원 앞에서는 드문 광경도 아닌지라 금세들 도로 무심히 지나쳐갔다. 남자 역시 잠시 흠칫한 기색이었으나, 이내 진력난다는 듯 혀를 찼다.

"또 유학 얘기냐? 관두자. 나도 네 기-승-전-유학 얘기엔 진짜 신물 난다. 아까 조사받을 땐 왜 그 얘기 안 했대? 유학 못 다녀온 거 억울해서 유학 갔다 온 남자랑 결혼했는데, 이젠 그 꼴이 보기 싫어서 이혼할란다고."

"개소리 마. 유학 갔다 온 사람이라고 다 너처럼 안하무인에 왕재수인 줄 알아?"

"글쎄 내가 안하무인에 왕재수인 게 유학 갔다 온 탓도 아닌데, 왜 말끝마다 그 타령이냐고? 그건 네 문제 아냐? 나 같음 그럴 바엔 그냥 유학을 갔다 오겠다."

"야! 그걸 말이라고 해? 유학을 가고 싶다고 가는 거야? 내가 그동안 어떻게 살았는지 네가 못 봤어?!"

"봤으니까 이해가 안 간다는 거야. 그렇게나 유학이 가고 싶으면 가면 될 일이지, 비행기만 탈 수 있으면 요즘에 못 갈 데가 어딨다고, 왜 앉아서 불평만 하고 있는데? 난 뭐 그렇게 모든 게 받쳐주는 상황이라서 편하게 다녀왔는 줄 알아? 천만에. 그때 엄마랑 의절하든지, 굶어 죽든지, 어쩌면 둘 다일 수도 있다고 각오하고 갔었거든."

여자는 그제야 남자 쪽으로 완전히 몸을 돌리고선 정색을 하고 말했다.

"그럼, 넌 내가 너랑 살던 중에 정말로 일 그만두고 유학 다녀오겠다고 했으면, 그러라고 해 줬을 거란 말야?"

"당연히 안 된다고 했겠지. 까놓고 네가 이제 와서 유학 가고 싶다는 거, 난 진짜 쓸데없는 짓이라고 생각해. 허세고, 환상이야. 네 그 샤넬 백처럼."

"기가 막혀! 그런데?"

"그래도 네가 정말로 가고 싶으면 가는 거지. 원하는 건 싸워서라도 얻어내야 하는 게 너 아냐? 그깟 샤넬 백 사고 싶어서는 나랑 육탄전까지 벌였으면서, 유학 가기 위해선 그 정도 못해? 네가 진짜 원하는 게 뭔지 잘 생각해 봐."

"미친다. 대체 저게 말인지 방군지… 같은 돈이 든대도 백 사는 거랑 유학 가는 거랑 같니? 내가 정말로 가방 싸갖고 야밤에 비행기 타고 날르기라도 했으면, 일이 어찌 됐을 건데?"

"글쎄, 강경태처럼 인터폴에 수배령을 내렸을지도 모르지. 하지만 어쨌든 난 그것 때문에 이혼하자고는 안 했을 거야."

 지금까지의 찬바람과는 결이 다른 무겁고도 복잡한 침묵 끝에, 여자는 짧은 헛웃음을 흘리며 중얼거렸다.

"정말… 넌 역시 이상해. 모르던 것도 아니지만… 너랑 얘기하다 보면 늘 내 머리가 이상해질 것 같단 생각으로 끝나. 그냥 유학을 가버렸음 되는 거였나, 잠깐 생각했었는데, 역시 안 되겠어. 너랑은 헤어지는 것밖에 답이 없어."

"알겠어. 그건 네 선택이니까, 우리 애는 놓고 가."

 그녀는 잠시 눈동자를 사르륵 굴리고 있다가 대꾸했다.

"그렇담, 너 혼자서도 우리 애를 잘 맡을 수 있다는 걸 증명해 봐."

"어떻게?"

"나도 휴가 갈 거야. 너랑 똑같이 정확히 16일 쉴래. 내일부터… 아니다. 그랬다간 황 실장만 독박 쓰게 될 테니, 다음 주부터로 해주지. 그동안 너 혼자 일해 봐. 잘 버티면, 청구취지변경은 참아 줄게."

2016년 2월
가사조사(2)

　원호는 그 길로 정우현 변호사 사무실로 가 소파에 등을 붙였다. 그리고 몇 시간 동안 꿈쩍도 하지 않았다. 우현이 채근하다 지쳐 정말로 죽었나 맥을 짚어 보았을 정도였다. 죽지 않았다는 걸 확인한 우현은 그의 코트로 얼굴을 덮어 놓았다. 그날따라 사무실로 찾아온 이들이 많았는데 소파를 쓰지 못하니 근처 카페에 나가 상담을 해야 했다.

　저녁 늦게 상담과 이런저런 볼일을 마치고 사무실로 돌아온 우현은 그때까지도 상황이 그대로이자 부아가 치밀었지만, 에너지 낭비는 말자 꾹 누르고, 대신 전화기를 들어 보쌈과 족발 세트를 주문했다. 아니나 다를까, 잠시 후 배달이 오자 원호는 벌떡 코트를 걷어치우고 일어나 음식 값을 계산했다. 예상하긴 했지만 그 행동에 마음이 좀 누그러진 우현은 그가 웬만큼 고기를 먹어치울 때까지 기다렸다가 물었다.

　"가사조사를 얼마나 말아먹었길래 이러는 거예요? 폭력 사태라도 벌였어요?"

　"그건 아닌데… 그러니까, 내 오늘 처음으로 변호사란 직업이 왜 필요한지 알았다니까."

　"…아, 그러셨어요. 그나마 듣던 중 반가운 소리네요."

"나 정말 억울했어. 정변, 나중에라도 나 대신 변명해줄 수 있지? 내 변호사잖아."

"그렇긴 한데, 가사조사 보고서는 판사님만 볼 수 있게 돼 있거든요. 일단 무슨 얘기들이 오고갔는지, 기억나는 대로 다 말씀해 보세요."

대강 이야기를 듣는 동안 놀라고 걱정할 거란 원호의 예상과는 달리 우현은 줄곧 침착한 표정으로 생각에 잠겨 있었다.

"그랬군요. 하긴 우리 쪽에서 역공으로 나오는데 그쪽이라고 순순히 말려들 거라고 생각하진 않았어요. 그걸 물고 늘어지시겠다…."

"내 탓이지? 내가 무단결근만 안 했어도 그렇게 꼬투리 잡힐 일은 없었을 텐데."

"글쎄요, 꼭 그런 건 아닐 수도 있어요. 우리가 그쪽에서 포기할 수 없는 게 이혼 자체일 거라 보고 작전을 짠 것처럼, 그쪽에선 우리가 가장 포기할 수 없는 게 숍 경영권일 거라 파악한 거겠죠. 자기가 별로 아쉽지 않다고 해서 그렇게 일찍 양보해 줄 필요가 없었단 걸 이제 깨달은 거죠. 대표님이 아무 실수 안 하셨어도 결국은 그렇게 나왔을 가능성이 높아요."

"그, 그래?"

"물론 무단결근한 일 때문에 더 불리해진 건 사실이죠. 어쩌면 그 일이 저쪽에 아이디어를 준 걸지도 몰라요. 그래도 제 생각엔 그게 그렇게 결정적인 문제까진 되진 않을 것 같아요. 대표님 말씀대로 그 무단결근은 동료들한테 예의가 아니었을 뿐이지, 실질적으로 회사에 큰 피해를 준 일도 아니고, 그것도 다 계산해서 하신 일이잖아요. 대표님이 지금까지 회사를 위해서 최선을 다해 오셨고 앞으로도 그럴 작정이신 건 사실이니까, 충분히 소명하실 수 있어요. 그 문제는 아마 재판부에서도 웬만하면 합의하라고 몰아갈 가능성이 커요. 아무리 자식 같은 회사라고 우겨 봤자, 진짜 양육권도 아니고, 더구나 주식회사도 아니고 개인 사업체 따위, 판결 내리기도 애매하고 번거롭거든요. 저쪽 변호사도 그건 알 거예요. 그러니까 가사조사 같은 자리에서 말 꺼냈죠. 정말 그걸로 걸어볼 만하다 싶었으면 말한 대로 그냥 청구취지 변경해서 우리 뒤통수를 치지, 뭣 하러 떠보긴 떠 봤겠어요?"

"그런가…?!"

"물론 제 짐작일 뿐이지만, 어쩌면 아내 분이 그런 말씀하신 것도 변호사랑 상의 없이 그냥 본인 생각이실 수도 있어요. 솔직히 아내 분 입장에선 얼마나 열 받았겠어요? 제가 사정을 다 들었어도 어이없다고 했죠?"

"응… 정말 열 받은 것 같았어."

"당연하죠. 이번 일은 대표님이 잘못하신 거니까, 확실히 인정하고 보상하세요. 아내 분 마음이 풀어지면 얘기한 대로 경영권 청구는 없었던 일이 될 수도 있고, 아니라도 대표님이 최선을 다하는 모습을 보이셔야 우리 입장에도 정당성이 서니까요. 16일 동안 혼자 일하기로 하셨다 했죠? 잘할 수 있으시겠어요?"

원호는 고개를 저었다.

"그게 진짜 큰일이야. 나 솔직히 지금까지 옷 만들고 고르는 거 말고 다른 일은 해 본 적이 없단 말야. 직원이 두 명 더 있긴 하지만 한 명은 이제 들어온 신입이고, 우리끼리 백하영이 하던 일을 커버할 수 있을 리가 없다고. 내가 숍을 맡을 능력이 없다는 게 증명되는 건 당연하고, 아주 16일 만에 싹 말아먹을지도 몰라. 생각해 보니 이것도 결국 내가 백하영이 농간에 넘어간 거 아닌가 모르겠네. 하아, 진짜 강경태 그놈만 안 도망갔어도…"

"거참, 말끝마다 그 친구 타령 언제까지 하실 거예요? 옛사랑 아쉬워할 시간에 차라리 지금 도와줄 수 있는 분을 찾는 게 낫잖아요."

"이 판국에 도와줄 사람이 누가 있어?"

"누가 있겠어요? 아내 분밖에 없죠. 대표님, 또 그 앞에선 센 척하면서 하라면 못 하겠냐, 하시고는 여기 와선 이러시는 거 맞죠? 그러지 말고 아내 분께 솔직하게 얘기하고 좀 봐 달라고 하세요. 내가 잘못한 건 알겠지만 이렇게 갑자기 혼자 일을 하라는 건 무리다. 기간을 줄여 주든지 유예 기간을 좀 더 주든지, 아니면 며칠이라도 같이 일하면서 일 좀 가르쳐 줄 수 없겠냐고 부탁해 봐요. 어차피 나중에 그 숍 혼자 운영하게 되시더라도 그런 과정은 필요하잖아요?"

원호는 멍한 표정으로 두 눈을 끔벅이며 되물었다.

"부탁을 하라고? …백하영한테?"

"그래요. 안 될 거 없잖아요? 대표님, 무작정 감정적인 대응은 이제 넣어두실 때도 됐어요. 어차피 민사로는 어떻게 해도 내 속이 싹 풀릴 만큼 일방적인 결과를 낼 수는 없다고요. 어느 정도는 협상이란 걸 하셔야만 해요. 협상할 때 상대방한테 내 입장을 이해시키고 공감을 구하는 것만큼 좋은 방법은 없고요. 보통 협박하는 것보다 결과가 훨씬 좋죠. 물론 대표님 스타일엔 안 맞는 방법이겠지만, 이 기회에 연습 좀 해 보자고요. 처음이 어렵지, 한두 번 해 보면 아무것도 아닐 걸요. 이번에 결과가 좋으면 앞으로 더 쉬워질 거고요. 할 수 있어요. 대표님 처음 뵀을 때 비해서 정말 많이 달라지셨는걸요."

원호는 차츰 귀를 기울이는 기색이었으나, 이내 튕겨내듯 고개를 내저었다.

"아냐, 아냐. 결과가 좋을 리 없어. 정변이 몰라서 그래. 이제 와서 무슨 소릴 해 봤자 백하영이 마음 푸는 건 불가능해. 이해? 협상? 말이 좋지,

우리 사이에 그딴 건 말도 안 돼. 나도 사실 오늘 아침까진 조금은 기대한 게 있었는데, 걔랑 몇 마디 해 보고 다시 깨달았어. 우린 안 돼. 절대."

"뭐가 절대 안 돼요? 누가 아내 분한테 화해하자고 하랬어요? 갑자기 16일이나 대신 일하라는 건 너무 무리니까, 조금만 봐 달라고 부탁하자는 거잖아요. 밑져야 본전인데 말도 못 꺼내 봐요?"

"밑져야 본전이라도, 밑질 게 너무 빤하니까 그러지."

"어떻게 알아요?"

"어떻게라니? 백하영이 날 죽도록 싫어하니까 그렇지!"

우현은 딱하다는 듯 혀를 찼다.

"아무리 싫어하는 사람이라도 사정하면 얼마든지 움직일 수 있는 게 사람 마음이에요. 아니, 오히려 싫어하는 사람이 사정한다면, 그게 남편이라면 더 그럴 걸요. 바로 그런 걸 보고 싶었을 테니까."

"아냐, 그런 게 아냐! 정변이 걔를 몰라서, 오늘 걔를 못 봐서 그러는 거라니까. 사정 같은 걸 했다간, 그걸 빌미삼아 날 껍데기만 남을 때까지 쪽쪽 말려 죽일려고 들 거야."

"아니, 도대체 얘기가 어떻게 됐길래 그러는 거예요? 사과는 똑바로 한 거예요?"

"사과? 무슨 사과?"

"대표님 무단결근한 거 말예요. 미안하다고 잘 얘기했어요?"

전혀 뜻밖의 소릴 들었다는 표정의 원호를 보고 우현은 말문이 막혔다.

"설마 여태 미안하단 말도 안 하셨다는 건 아니겠죠? …만약 그렇다면 이제 와 부탁 같은 거 못하겠단 말도 이해가 되긴 하네요."

"미안하다고… 했었나, 내가? …아냐, 그런 적 없지. 그랬어야 되나?"

"기가 막혀! 그걸 말이라고 해요? 잘못했으면 사과를 해야죠, 상대가 누구든 간에!"

"아냐, 따져보면 내가 딱히 잘못한 건 아니래도? 그 일을 쉬는 건 어디까지나 내 재량…."

"아니, 그래도 어쨌든 동업자한테 양해도 없이 멋대로 쉰 건 예의도 아니고, 민폐잖아요! 나중에라도 미안하다 한 마디 정도는 당연한 거 아녜요? 아니, 도대체 이런 걸 왜 설명을 해야 되는지 모르겠네. 그것 때문에 아내 분이 열 받은 게 정말 이해가 안 가요?"

"물론 그건 이해 가지."

"그러니까요! 누가 나 때문에 열 받았으면 사과하는 게 당연한 거 아니냐고요?"

"하지만 내가 잘못한 게 아닌 걸?"

"아니긴 뭐가 아녜요? 대단한 잘못은 아니라 쳐도, 아무리 사정이 있었다 해도, 조금 더 잘할 수도 있었잖아요!"

"사정 설명했으면 된 거 아냐?"

"미치겠네. 그럼 대표님은 사람 죽였어도 사정만 있었으면 미안하단 소리 안 할 거예요?"

"내가 사람 죽였냐?"

우현은 잠시 제 손으로 가슴을 두드리며 호흡을 고르고 나서 말했다.

"다시 해 보죠. 그럼 입장을 바꿔서, 누가 실수로 대표님한테 민폐를 끼쳤어요. 근데 그 사람이 나중에 자기 사정은 설명하면서, 미안하다고는 안 해요. 그래도 대표님은 상관없어요? 사과 하는 거나 마는 거나 똑같아요?"

"……."

"또 하나. 그렇게 사과를 절제하시는 건 원래 대표님 스타일이에요? 다른 사람들한테도 다 그래요? 아님 아내 분한테만 그러시는 거예요? 저한테도 그러실 건가요?"

"나도 걔한테 평생 미안하단 소리 한 번도 들은 적 없단 말야!"

그 볼멘소리에 우현은 겨우 꽉 막혀 있던 숨을 내쉬었다.

"그래요, 그렇담 그건 그분이 나빴네요. 그래서 대표님도 이번 일 사과 안 하신 거예요?"

"그건 아냐. 그냥 생각을 못했어. 나 원래 미안하단 소리 잘 못하긴 해."

"그럼 부탁할 일도 있는데, 이제라도 사과하시면 어때요?"

"차라리 부탁할 일이 없으면 모를까, 그건 아닌 것 같아. 걔도 곱게 받아들일 리 없고. 엎드려 절 받긴데, 자존심 상하잖아."

"꼭 그럴까요? 엎드렸는데도 절 못 받는 것보단 낫잖아요?"

"글쎄, 그건 아니라니까. 정변 말이 맞아. 애초에 사과 안 한 건 내 잘못이야. 하지만 이제 와서 아쉽다고 억지로 사과하는 건 안 하느니만 못해. 그만해, 어쩔 수 없어."

"그럼 어쩌시려고요? 정말 16일 동안 혼자 일하시게요?"

"별수 있나? 내 잘못이니 내가 책임져야지."

우현은 고개를 설레설레 저었다.

"답답해 죽겠네. 훨씬 쉬울 수도 있는 길을 왜 굳이 어렵게 가려고 하실까? 정말 내가 변호사만 아니었으면 대신 가서 말 전해 드리고라도 싶네요."

"아까부터 말 쉽게 하는데 말야. 내가 계속 얘기했지. 정변이 몰라서 그러는 거라고. 걔가 얼마나 독하고 냉정한 인간인지, 그리고 날 얼마나 싫어하는지. 정변이 언제 걜 직접 볼 일이 있으면… 아냐, 그래도 모르겠지. 걘 나 빼고 남들한테는 다 괜찮은 인간이더라고. 난 그게 정말 제일 싫었어. 걔의 싫은 점 백만 가지 중에 그게 첫 번째로 싫었다구!"

원호는 얹힌 속을 게워낸 것 마냥 그 말을 내뱉고는 기진해져버렸다. 우현은 그런 그를 잠시 지켜보고 있다가 말했다.

"알겠어요, 어차피 지난 일인데 그만 생각하죠. 여튼 오늘 고생하셨어요. 대부분 가사조사 끝나고 많이 심난해 하시더라고요. 카스나 한 잔 하실래요?"

"됐어, 가야 돼. 일이 밀려 놨어. 정변은 퇴근 안 해?"

"전 이따 좀 늦게 남자친구 만나기로 해서요. 그때까지 여기 있으려고요."

그 말에 원호는 다시 소파에 드러누웠고, 우현은 자기 책상으로 돌아갔다. 그런데 좀 있다가 원호가 벌떡 일어나 앉더니 말했다.

"정변. 이거 소송 끝나면, 나랑 결혼할래?"

우현은 순간 머리가 지끈거려 두 눈을 질끈 감았다.

"대표님, 오늘 저도 피곤해서 받아 드리기가 힘드네요. 카스 두 병 드시고 주무시면 안 돼요?"

"진상 떨자고 이러는 거 아냐. 싫으면 그만인데, 진지하게 생각해 봐."

"청혼을 그렇게 충동적으로 하시면 안 돼요. 한 번 말아먹고도 그러세요?"

"잔머리 굴려 따질 것 다 따지고 결혼하면 말아먹을 일 없을 것 같아?"

"그건 그렇지만 똑같은 실수를 두 번 하면 안 되잖아요. 저의 뭘 보고 그러시는 건데요? 외로운 참에 옆에 있고, 외모가 대표님 스타일이란 것 뿐이잖아요. 첫 번째랑 다를 게 뭐예요?"

"아니, 뭐가 어째?! 내가 외롭다고 아무 여자한테나 들이대는 그런 찌질이로 보여? 그리고, 나 하나도 안 외롭거든! 이제 와 이혼한다고 외로울

게 뭔데? 어차피 그거랑 남남으로 산 지가 언젠데, 혼자서도 나 얼마든지 잘 살았거든! 여자 따위 필요 없다고!"

우현은 이 골치 아픈 사태를 진지하게 헤쳐 나갈지 아니면 적당히 넘겨 버릴지 잠시 고민하다가, 이내 굳게 마음을 먹곤 그의 시선을 똑바로 맞받았다.

"좋아요, 대표님 제안을 진지하게 검토하자면 저도 따질 건 다 따져봐야겠어요. 전 사람이 외로워서 사람 찾는 건 조금도 문제 될 게 없다고 봐요. 그보다 대표님이 지금 자기가 하나도 안 외롭다고 우기시는 게 더 문제죠. 여자 필요 없다고요? 글쎄요, 제가 본 바론 대표님이 특별히 여자를 밝히시는 편은 아닌 것 같지만, 절대 혼자서도 얼마든지 잘 살 수 있는 분은 못 돼요. 여자든 남자든 대표님은 늘 곁에 누가 있어야 되잖아요. 들어보면 아무리 사이가 안 좋았대도, 그동안 일할 때나 집에서나 복잡하고 귀찮은 일들은 아내 분이 다 처리해 주셨고, 덕분에 지금 대표님은 혼자선 아무것도 할 줄 아는 게 없죠. 방금 자기 입으로 하신 말씀이잖아요? 아내 분 아니었을 땐 어머님이랑, 그 없어진 친구 분이 그렇게 해주셨던 거고.

그분들이 지금까지 뒤치다꺼리 해주신 덕분에 대표님은 자유롭게 본인이 하고 싶은 공부하시고, 일하시고 할 수 있었던 거예요. 그걸 부정할 이유가 없어요. 어차피 세상에 혼자 살아갈 수 있는 사람은 없으니까, 다들 서로 의지하며 살아가요. 다만 대표님은 몇 안 되는 사람들한테 너무 전적으로 의지해온 게 문제였던 거죠. 평생 딱 세 사람 뿐이었는데, 그중 둘은 동시에 영영 떠나갈 판이고, 어머님한텐 더 이상 의지 않겠다고 선언하셨지. 지금 미치도록 외로운 게 당연한 거예요. 대표님이 16일씩이나 일어나지도 못할 정도로 아프셨던 게 그 이유 아니면 뭐게요? 제 말이 틀린가요?"

 오랜 시간 충분히 생각해 왔던 이야기를 하면서도 우현의 목소리는 저도 모르게 점점 움츠러들고 있었다. 제 판단에는 확신이 있었지만 그렇기에 더더욱 장본인이 이 사실을 제대로 받아들일 수 있을지, 긍정적으로 소화할 수 있을지는 자신이 없었다. 제 진심이 과연 그의 돌처럼 굳고 둔한 외벽을 뚫고 여리고 어리기만 한 중심에 조금이라도 제대로 가 닿고 있는지, 우현은 정신을 집중하여 언뜻 막무가내기만 한 원호의 표정을 면밀히 살피며 말을 이어갔다.

 "그러니 대표님 지금 그런 멘탈로는 뭐든 당장 결정하시면 안 돼요. 지금 어떤 사람한테 마음이 가더라도, 섣불리 행동하기 전에 차분히 자신을 돌아보셔야 한다고요. 대표님 이러다 정말 갑자기 이상한 사람한테 낚이지라도 않을지, 걱정이네요."

 마침내 원호의 눈빛에서 미세한 균열이 감지된 찰나, 그 역시 자신의 동요를 눈치채고는 순간적인 방어본능을 발휘했다.

 "됐어! 내 걱정 평계는 그만하고, 내가 별로인 이유를 대 봐. 그 집도 절도 없는 남자친구보다 내가 못한 게 뭔데? 남자 몸이 그렇게 중요해? 나도 운동하면 돼!"

 도로 여전한 그의 말투에 우현은 허탈하면서도 한편으론 좀 안심도 되고, 다소라도 변화의 가능성을 본 게 뿌듯하기도 한 복잡한 심정으로 몰래 가슴을 쓸어내리며, 짐짓 태연하게 되물었다.

 "그러는 대표님은 제가 아내 분에 비해서 뭐가 낫다고 생각하시는데요?"

 "아주 중요한 점이 다르지. 정변이랑은 말이 통하잖아. 뭐가 문제인지, 내가 뭘 어떻게 잘못했는지 알아듣게 잘 설명해 주고… 백하영이랑도 조금만 그게 됐으면 여기까진 안 왔을 거야. 여자랑 말이 통해야 된다는 생각은 전엔 못해봤어."

"제가 대화를 잘하는 편인 건 사실이죠. 하지만 제 생각엔 아내 분이 그런 재주가 없어서 이렇게 된 건 아닐 것 같아요. 의뢰인하고 대화랑 남편하고 대화는 전혀 다른 문제일 테니까요. 그냥 하는 소리가 아니라, 사실 저 아까 대표님 말에 완전 뜨끔했었어요. 아내 분이 대표님 말고 다른 사람들한텐 다 괜찮은 사람이라는 얘기 말예요. 제 남자친구도 분명 저에 대해서 그렇게 생각하고 있을 거거든요. 그 친구가 제가 이렇게 대표님하고 참을성 있게 대화하고 있는 거 본다면, 아무리 돈 받고 하는 일이라도 배신감 느낄 걸요. 저 그 친구한텐 말 한 마디만 삐끗해도 엄청 짜증내고 온갖 구박 다 하거든요. 물론 늘 그런 건 아니지만, 잘해줄 때도 많지만, 그럴 때도 많아요."

그 말에 원호가 배신감을 느낀 모양이었다.

"헐, 정말이야?"

"네에, 저 말고도 커플 사이에 그런 경우 많아요. 다른 데서 받는 스트레스를 제일 가까운 사람한테 푸는 거죠. 물론 그 사람한테 미안해하고 고마워하긴 해요. 그래서 좋아하는 거기도 하고요. 남의 시선에 신경 쓰는 사람들이 보통 그래요."

"역시… 그랬군. 나 그런 거 정말 싫어. 정변도 그런 종자라니 실망이야!"

"저 딱 봐도 그런 종자인데, 대표님 정말 여자 보는 눈 없어 큰일이네요. 앞으로 혹시나 다른 여자 만나시려거든 저한테 꼭 검사 맡으세요. 아셨죠?"

"그럴 필요나 있겠어? 어차피 난 이제 끝이야. 죽을 때까지 여자 없을 거야."

 그 말이 진심인 것을 당장 먹구름이라도 불러올 듯한 그의 낯빛이 증명했다.

 "뭘 또 그렇게까지 말씀하세요? 요즘은 이혼한 사람들이 재혼도 두 번 세 번씩 잘 하더만요."

 "재혼은 고사하고 난 평생 여자 만나긴 글렀어. 정변한테 까였다고 하는 소린 절대 아니고, 나 좋아할 여자 없다는 건 원래 알고 있었어. 겨우 하나 낚았다 싶었는데… 하긴 개도 처음부터 딱히 날 좋아한 건 아니었지."

 "뭐야, 대표님이 어때서요? 능력 있는 남자잖아요. 허우대도 멀쩡하고. 그야 성격이 좀 까칠하긴 하지만, 나름 귀여운 구석이 있는데… 까놓고 조건에 비해선 인기 있는 편은 아닐 것 같지만, 그래도 평생 여자 못 만날 정도는 아녜요."

 "아냐, 그게 문제가 아냐. 내가 안다니까. 이유는 잘 모르겠지만, 어쨌든 여자들은 다 나 싫어해. 지금까지 한 번도 나 좋다는 여자 못 만나 봤어."

 "그럴 리가요."

 "그건 사실이니까 됐고, 그 이유를 좀 생각해 봐. 정변은 웬만한 건 다 알잖아. 능력도 있고 허우대도 멀쩡하고 성격도 나름 귀여운데, 여자들이 왜 나를 싫어할까? 엄마만 빼고. 아, 심지어 우리 할머니랑 이모들까지 나를 싫어했다니까?"

 그 말을 끝으로 원호는 투정을 그만뒀으나, 우현은 그러고도 한참이나 곰곰이 생각에 잠겨 있었다. 그리고 결국 염려되는 점이 많긴 하지만, 여기까지 온 이상 더는 모른 척 돌아갈 수 없겠다는 판단으로 입을 열었다.

 "아무리 생각해도 전제가 틀렸어요. 전 대표님 안 싫어하거든요."

"그야, 난 정변한테 별 상관없는 사람이니까."

"그럴 수도 있지만… 그건 아네요. 솔직히 말할게요. 전부터 생각한 건데… 전 대표님하고 결혼할 마음은 없지만, 친구하면 어떨까 싶어요. 아니, 친구하면 좋겠어요. 물론 대표님이 좋다면요. 어때요?"

"…친구?"

"네, 아시겠지만 친구도 인생에서 정말 중요한 거고, 절대 만만한 일도 아니잖아요. 우리 나이에 진짜 친구는 애인보다도 만나기 어려워요. 그러니 장담할 수는 없지만, 우린 그렇게 시작해 보면 어떨까 싶어요. 생각 있어요?"

2016년 2월
가사조사(3)

"정말 미안한데, 솔직히 16일 동안 내가 네 자리를 다 커버하는 건 아무리 생각해도 무린 것 같아. 우리 기싸움 때문에 신부들이 일생에서 제일 중요한 날에 조금이라도 피해를 보면 안 되잖아. 그래서 말인데, 최소한 내가 할 업무랑 다른 직원들이 할 업무랑 어레인지 정도는 네가 해 주고 갔으면 좋겠어. 그리고 어디 가서 푹 쉬는 건 좋은데, 만약의 경우를 대비해서 연락은 받아 줬으면 좋겠고. 부탁할게. 대신 너도 나한테 시킬 거 있으면 뭐든 얘기해."

중간에 한 번 쉼표도 억양도 없이 기계처럼 내뱉는 원호의 말을 들으며, 하영은 놀랍기도 하고 어이없기도, 우습기도 해서 한동안 답할 것도 잊고 있었다. 그러나 정작 그는 본인 대사에 너무 집중한 나머지 상대의 반응 따윈 신경 쓸 겨를도 없는 듯 보였다.

"외우느라 고생했네."

"그래, 엄청."

"네가 쓴 게 아닌 건 뻔하고, 누구 작품이니? 어머님도 아닌 것 같고… 설마 변호사가 그런 것까지 써 주대?"

"아냐, 친구가…."

"네가 친구가 어딨어? 설마 강경태가 돌아왔나? …어디 숨겨 뒀니? 돈이랑?"

"묻지 마라. 정말 내가 강경태를 숨겨 놨다면 아무도 절대 못 찾을 테니까. 적어도 그놈이 백골만 남을 때까지는."

하영은 그를 머리부터 발끝까지 찬찬히 훑어보았다.

"솔직히 말해. 친구 좋아하네. 네 변호사가 써 줬지? 하긴… 그 여자가 친구 자격으로 써준 걸지도 모르지. 요즘 너 걔하고만 그렇게 붙어 다닌다며? 어머님이 걱정하시더라."

그 말에 굳어 있던 원호의 얼굴이 꿈틀하더니 벌겋게 달아올랐다. 그럼 그렇지, 하듯 하영은 입 꼬리에 비웃음을 띠웠다.

"말 나왔으니 말인데, 너도 참 너야. 어쩌면 그렇게 곧 죽어도 초지일관이니? 그런 애는 어떻게 찾아냈어? 변호사를 얼굴로 검색할 수도 있나? …아무리 그래도 그렇지, 도대체 뭘 믿고? 설마 아직도 네 스타일이나 육감 같은 걸 믿는 거니?"

원호는 양 어금니와 주먹에 일어나는 경련을 애써 가라앉히며 대꾸했다.

"시비 걸지 마라. 이젠 여차하면 네 핸드폰에 다 찍힌다는 거 알고 있으니까."

"홍, 제법이네. 분노조절장애 치료하러 다닌다더니 효과가 있는 건가? 아니면 그 여자, 친구? 덕인가? 옛날에도 네가 잠깐이나마 이렇게 누구 말을 잘 들었던 때가 있었는데."

"개소리 마. 그런 거 절대 아냐! 사람 뭘로 보고…"

"아무렴, 진짜 그런 거라면 네가 숨길 재주나 있겠니? 혹시라도 조심하는 게 좋을 거야. 이혼소송 중인 남편이랑 처녀 변호사랑 눈 맞았다고 하면, 과연 재판에 영향이 없을까?"

"뭐가 어째? 넌 어쩌면 그렇게…"

원호는 삼킨 뒷말에 기도가 막힐 뻔했던 걸 간신히 면하고는 다시 말했다.

"자, 이 정도 엿 먹였으니까 조금은 봐줄 수 있지?"

"글쎄, 이 정도로? 목 아프다. 무릎이라도 꿇어 볼래?"

정우현 변호사가 장담한 대로 '사과와 부탁' 전략은 주효했다. 지앤화이트의 두 대표는 하영의 휴가 기간을 열흘로 줄이고, 그중에서도 절반은 잠시 출근해 업무 지시를 해 주기로 타협하는 데 성공했다. 그러나 원호에게 성취감 따위는 찾아오지 않았다. 그날 이후로 그는 마치 영혼이 죽어 버린 것 같은 느낌이었다. 이미 그 한참 전, 동면에 들어갔을 때부터 그의 영혼은 가사 상태와도 같았지만, 이렇게 완전히 껍데기만 남은 기분은 처음이었다. 그날 아내 앞에서 실제로 무릎을 꿇지는 않았지만 꿇은 것이나 마찬가지였다. 아마 그보다 더한 짓이라도 하려면 할 수 있었을 것이었다. 평생 휘어지기보단 부러지고 말겠다는 신념으로 살아왔으나, 정말로 그 굳은 자아에 금이 한 번 가버리고 나자, 스스로 흔들리는 방향조차 조절은커녕 예측도 할 수 없게 되었다.

그렇게 난생 처음 끝까지 무너져 버리고 난 감상은 묘했다. 생각보다 몹시 불쾌하거나 좌절감이 드는 것도 아니고, 그렇다고 후련하거나 뿌듯한 것도 아니고, 그저 허탈하고 어리둥절했다. 그리고 이내 무기력하고 무감각해졌다. 어쩌면 극심한 충격에 대한 방어기제라 할 수 있을 그 감정적 마비 증상 덕분에 그는 숍에서 처음 맡아보는 업무들, 아니 난생 처음 해 보는 일들에 예상보다 쉽게 적응할 수 있었다. 모르는 사람들에게 전화를 받고, 인사를 하고, 불평을 듣고, 조율을 하는 일들. 아무나 할 수 있는 일이라 경시하면서도 정작 스스로는 두려워했던 일들. 막상 해 보니 생각보다 쉽기도, 어렵기도 했다. 이러고 있는 자신이 대견하기도, 경멸스럽기도 했다. 늘 이래 왔던 그녀가 존경스럽기도, 괘씸하기도 했다. 도통 정리가 되질 않아 머릿속은 뒤죽박죽되다 못해 완전히 정지되어 버렸다. 그렇게 그는 시종일관 무덤덤한 자세로 주어진 일들을 어설프게, 그러나 무난히 처리해 나가고 있었다.

하영의 휴가 막바지의 어느 날, 원호는 신입 직원을 데리고 잡지 화보를 촬영하러 스튜디오에 갔다. 신입도 그도 화보 촬영 현장 업무는 처음이어서 서투르기만 했다. 늘 하영과 일을 진행해 왔던 에디터와 촬영 팀은 이혼 소송 중이라던 그 남편의 출현에 노골적으로 놀랍고 흥미진진해하는 기색들이었다. 그간 이미 여러 군데서 동물원 원숭이 취급을 받아 왔던지라 원호는 별 동요 없이 할 일만 하고 있었다. 그러나 그 가운데서도 지나치게 유심히, 지속적으로 자신을 바라보는 한 시선엔 그만 마주 눈길을 주지 않을 수 없었다.

여자 치고 묵직한 전문가용 카메라를 받쳐 든 품이 무리 없어 보일 만큼 당당한 체구의 담당 포토그래퍼였는데, 아무리 뜯어봐도 생전 초면이고, 자신을 그렇게 빤히 쳐다볼 이유를 찾을 수가 없었다. 의구심과 경고의 뜻으로 원호가 한동안 시선을 똑바로 맞받고 있자, 그녀는 당황하면서도 눈을 피하진 않은 채 잠시 망설이더니, 조심스레 그에게 다가와 나지막한 소리로 말했다.

"카스 아저씨…?"

"…예?"

"혹시 레아 클럽에서 카스 드시던… 언제였지? 그때 여름에."

"아아…."

하영에게 처음 이혼을 통보 받고 경태와 마주 앉아 정신을 잃을 때까지 술을 마셨던 그날 밤이 떠오른 순간, 그는 저도 모르게 심장이 덜컥 내려앉는 기분이었다. 그때 건너편 테이블에서 이름 모를 여자가 보낸 술을 거절했던 일은 그날의 기억에서 가장 대수롭잖은 조각에 불과했지만, 그래도 당시를 목격하고 기억하는 한 사람이란 것만으로도 그녀의 존재감은 충분했다.

"네, 제가 그날 카스 보냈던… 기억하시는군요? 그분 맞으세요?"

사실 그는 그녀의 인상착의는 전혀 기억에서 찾을 수 없었으나, 당시 자신들과 그녀들밖엔 손님이 없었던 정황상 의심할 여지가 없다 판단하고 순순히 고개를 끄덕였다. 그러자 그녀는 새삼 불에라도 덴 듯 소스라치는 것이었다.

"맞구나. 세상에, 지원호 대표님이셨다니… 진짜 몰랐어요! 한 번도 뵌 적이 없어서… 백하영 대표님하곤 저, 여러 번 뵈었었는데."

"아, 예… 그렇겠죠. 제가 워낙 얼굴을 안 보이고 살아서."

"세상에 맙소사… 아까 보고 설마 했는데, 어떻게 이런 일이… 그날 정말 실례했어요! 진짜 몰랐어요. 대표님이신 것도 당연히 몰랐고, 잘 살펴봤는데 손에 반지가 없어서, 결혼 안 하신 분일 거라고 생각했어요. 제가 정말, 정말 너무 실례했네요."

"아니, 아닙니다. 모르고 그러신 건데요, 뭐…."

놀랄 정도로 빨개진 얼굴로 발을 동동 구르는 그녀를 보며 그도 덩달아 얼굴이 달아올랐다. 그런데 그걸로 끝나지 않았다. 그녀의 안색은 촬영 내내 가라앉지 않았고, 원호와 눈만 마주치면 어쩔 줄 몰라 했다. 보는 누구라도 눈치채고 수군거릴 정도였다. 의상 팀은 무경험자들에 포토그래퍼는 정신을 못 차리니 그날 촬영은 한 마디로 난장판이었다. 원호는 참다 못해 잠깐 쉬는 시간에 그녀를 불러냈다.

"저기요, 카스 아가씨. 아까 사과하니까 그냥 받긴 했는데, 난 아무리 생각해도 그날 그쪽이 잘못한 일은 없는 것 같거든요? 본 적도 없는 사람 못 알아본 건 당연하고, 그날 내가 일부러 반지 빼고 갔던 것도 사실이니까. 나 지금 소송 중인 건 알죠? 그때도 그랬어요. 서류 정리는 안 끝났지만, 그때나 지금이나 난 임자 있는 몸 아니고, 그래서 술 거절한 것도 아니란 말야. 그러니까 솔직히 그쪽이 몰라서라도 실수한 건 없다고 봐야지. 그러니 이제 그만 신경 쓰라고요. 알아들었죠?"

그 말에 새빨갛게 달아올랐던 그녀의 뺨이 차츰 분홍빛으로 가라앉는 걸 보고 그가 속으로 안도의 한숨을 내쉬는 찰나,

"그런데, 그럼… 그때 제 술 왜 거절하셨어요?"

뜻밖의 질문에 허를 찔린 그는 그만 굳이 드러내지 않아도 될 속내 한 점을 흘리고 말았다.

"그건, 그냥… 내 스타일이 아니어서…."

그 말에 잠시나마 뺨과 같은 분홍빛으로 반짝이던 그녀의 두 눈이 빛을 잃는 걸 보며, 그는 전에 술을 거절했던 때와는 비교가 안 되는 미안함을 느꼈다. 그런데 다행히도 그 뒤로 그녀는 평정을 되찾은 듯 보였다. 더 이상 그녀가 그의 눈치를 보지 않았기 때문에 그도 편하게 그녀를 관찰할 수 있었다. 다시 보니 그녀는 본래가 분홍빛이 나는 사람이었다. 처음 보았을 때의 인상도 어렴풋 떠올랐다. 그때도 지금과 거의 다를 바 없는 모습이었다. 그런 어스름한 조명 아래서는 짙은 화장에 목선이 드러나는 옷차림의 여자는 대충 다 예뻐 보이기 마련인데, 그녀는 지금처럼 화장기 없는 얼굴에 편안한 차림이어서 그 자리에 별로 어울리지 않았다.

물론 밝은 데서 똑똑히 보아도 역시 그의 스타일하곤 거리가 먼 외모였다. 전체적으로 골격이 크고 이목구비 선이 굵직해 여성스럽거나 앳되어 보이는 편은 아니었는데, 반면 표정이나 차림새는 마냥 밝고 천진해서 성숙한 분위기가 나지도 않았다. 신체조건은 작고 귀여우면서도 스타일이나 분위기는 세련된 여자를 매력적이라 여기는 그의 취향과는 정확히 반대라 할 수 있었다. 특히나 굵은 컬의 갈색 단발머리나 헐렁한 실루엣의 캐주얼 복장 따위도 그가 아주 질색하는 스타일이었다.
 그럼에도 그녀를 보며 그는 기분이 나쁘지 않았다. 비록 찝찝한 상황이었지만, 좀비 상태가 되어버린 이래 그가 어떤 식으로든 감정의 동요를 느낀 것이 처음이었고, 덕분에 참으로 오랜만에 되살아난 기분이었던 것이다. 이성이 자신에게 먼저 관심을 표현했다는 자체가 설레는 일인 것도 분명했다. 게다가 그녀는 본연이 분홍빛인 존재, 비록 세련되지 못해도, 조화롭지 않아도, 모든 이에게 본능적으로 따뜻하고 달콤한 끌림을 주는 빛깔이었다. 그 선명한 이미지에 압도된 나머지 원호는 절로 연이어 다른 이미지들을 떠올렸다. 우현은 저만큼이나 선명한 노란빛. 밝고, 활기차면서도 예민한. 하영은 눈이 시리도록 짙은 파란빛. 빈틈없고, 우아하고, 차가운. 그렇게 연이어 몰려오는 강렬한 이미지의 자극에 그는 갑자기 머리가 지끈거렸다. 그가 흑백 색상에 집착하는 이유는 실은 색채에 지나치게 민감하기 때문이었다. 다채롭고 복잡하고 미묘한 모든 것들을 그는 견디기 어려워했다.
 간만에 갖은 상념들로 벅차 있던 덕에 어려운 시간도 잘 지나가, 마침내 촬영이 마무리되었다. 원호는 1초라도 빨리 혼자만의 공간으로 돌아가고 싶은 마음뿐이라 건성으로 스탭들과 인사를 나누고 있는데, 그 포토그래퍼가 아까와는 달리 티 없이 웃는 얼굴로 명함을 한 장 건네며 말했다.

"오늘도 실례 많았어요. 혹시 언제 괜찮으면 연락 주세요. 카스 한 잔 살게요."

아니나 다를까 사탕 포장지 같은 분홍빛을 띤 종이에 '포토그래퍼 안희주, 스튜디오 INeedU 대표'라 인쇄된 명함을 보고 그는 잠시 멍해졌다. 연락할 생각이 없다면 그 명함은 돌아선 즉시 처분되어야 마땅했다. 그는 쓸데없는 물건이라면 뭐든, 연락처마저 갖고 있는 걸 싫어하는 성미였다. 그런데 왠지 버릴 수가 없어서 고이 지갑에 넣어 들고 왔다. 할 일이 남아 있어 피곤한 몸을 끌고 작업실로 왔는데, 일에 통 집중이 되지 않았다. 짜증이 난 그는 잠시 일손을 놓고 있다가 문득 아까의 핑크빛 명함을 다시 꺼내 보았다. 천 자르는 커다란 가위를 갖다 대려는데 망설여졌.

순간 또다시 흑백뿐인 그의 세상에 총천연색 스펙트럼이 펼쳐졌다. 어쩌면 연락을 할 수도 있지 않을까? 만약 연락을 한다면? 해도 되나? 하고 싶은가? 해서는?… 그런 자문들에 뒤따르는 여러 선택지들과 애매한 가능성들이 얽히며 수없이 많은 경우의 수들을 만들어냈다. 그는 잠시 쥐가 날 것 같은 미간을 꾹꾹 누르며 그 복잡한 방정식을 조금이라도 풀어 보려 애썼으나, 곧 집어치웠다. 본래 그에게 익숙한 방식도 아닐뿐더러, 오래전부터 이미 진이 빠져 있는 상태였다. 그는 그만 자기 식대로 문제를 해결하기로 마음먹었다. 얼룩 같은 건 참을 수 없다. 하얗게 지울 수 없다면, 검정색으로 덮어 버릴 수밖에. 이미 보통 사람들은 잠자리에 들고도 남았을 시간이었지만, 그는 망설임 없이 명함에 있는 번호로 전화를 걸었다. 전화를 받지 않는다면 메시지라도 남길 작정이었다. 두 번 만에 그녀는 전화를 받았고, 두 사람은 약 30분 후 다시 만났다. 원호가 운전해 그녀가 살고 있다는 잠실의 아파트 단지로 찾아간 것이었다.

잠자리에 들었다 바로 나온 듯 실내복 위에 겉옷 하나만 대강 걸치고 나와 얼떨떨한 표정을 짓고 있는 그녀와 막상 마주하니, 호기롭게 찾아와 놓고도 얼른 무슨 말이 나오지 않았다. 하지만 마냥 그렇게 서서 시간을 보내기엔 밤공기가 너무 차가웠다. 그렇다고 다짜고짜 차에 타라고 하자니 경우가 아닌 것 같아 어찌할 바를 모르고 있는데, 이번에도 결국 그녀가 먼저 입을 열었다.

"추운데, 어디 가서… 카스 한 잔 하실래요?"

그는 픽 웃음을 흘렸다.

"그놈의 카스… 추운데 무슨 맥주예요?"

"그럼요?"

"고기나 먹죠. 내가 살게요."

하영이 뜻하지 않게 얻은 4박 5일의 휴가를 어떻게 보낼지 고민하는 동안은 오랜만에 무척 설레는 시간이었다. 수없이 많은 계획과 상상이 오고 갔지만, 최종적으로 혼자 서울의 한 최상급 호텔에서 푹 쉬는 걸로 결론이 났다. 하고 싶은 것들은 너무나 많았으나 준비할 여유가 부족했고 체력도 바닥이었다. 또 숍 일을 아주 모른 척하고 있기엔 마음이 편치 않아 만약의 경우 바로 달려갈 수 있는 거리 안에 있기로 했다.

그래도 이렇게 며칠씩 푹 쉬어 보는 게 워낙 오랜만이라 그걸로 충분했다. 정확히는 8년 전 신혼여행 이후 처음이었는데, 그때는 둘 다 개업 준비에 너무 골몰해 있어서 발리에서 4박 5일 내내 일 얘기만 했던 기억뿐이었다. 돌아보면 그때부터 잘못되었던 건가도 싶지만, 그때는 그럴 수 있는 남편이어서 좋았다. 반면 지금은 혼자 모든 걸 놓고 쉴 수 있는 시간이 가장 절실했다. 팍팍하고 막막하기만 했던 나날에 이런 깜짝 선물 같은 휴가라니. 게다가 그녀는 그것을 행운이라기보다 스스로 쟁취한 대가라 여겼기에 더욱 기분이 좋았다. 남편이 말도 안 되는 무단결근을 했을 때 먼저 아쉬운 소리하지 않고 버틴 성과라 생각했다. 결국 먼저 아쉬운 소리 한 쪽은 남편이었다. 가사조사 때 정신 못 차리고 쩔쩔 매던 꼴도 그렇고, 나중에 찾아와 어금니를 부서져라 물고 영혼 없는 대사를 읊던 꼴이라니. 머릿속에서 몇 번을 다시 돌려 봐도 깨소금 맛이었다.

　16일간 쉬겠다고 엄포를 놓았을 때만 해도 일이 이렇게 풀릴 줄은 예상하지 못했다. 그 기간을 다 쉬었다면 오히려 본인 마음도 많이 불편했을 테니, 그녀로선 이보다 나은 타협책이 없는 셈이었다. 그전에도 서로 문제가 있었을 때 이 정도만 타협할 수 있었어도 여기까진 오지 않았을 거란 생각이 들면서, 남편이 어쩌다 저렇게 다른 모습을 보이게 된 건지 새삼 궁금해졌다. 그가 지금 부부관계를 유지하길 원하고 그래서 달라지려 노력하고 있다는 주장은 믿기지 않지만, 목적을 위해 당장이라도 본인의 입장을 굽힌다는 게 그의 성격상 결코 쉽지 않은 일이란 걸 감안하면, 그의 심경에 변화가 있는 것만은 분명해 보였다. 그녀로서는 자신이 그 이유에 신경 쓰고 있다는 사실 자체가 신경에 거슬리는 일이긴 했으나, 어쨌든 기왕이면 그를 변화시킨 장본인이 자신이기를 바랐다. 그가 절대 달라지지 않을 것이라는 확신으로 이혼을 결정했지만, 헤어짐을 통해서라도 그를 달라지게 할 수 있다면 성취감이 들 것 같았다. 물론 그가 달라지더라도 이혼 결정을 번복할 수 있을 정도까지는 어려울 테지만, 만약의 경우 선택권도 자기 쪽에 있다는 판단이 들어 그 점도 마음이 든든했다.

　이렇게 하영은 모처럼 여유롭고 편안한 기분을 만끽하며 홀로 호텔 욕조에 몸을 담근 채 와인을 마시고 있었다. 당장 고민이라곤 몸이 풀리고 날이 저물고 나면 실내 수영장으로 갈까, 클럽으로 갈까 하는 것뿐이었다. 그 결론이 날 때까지는 부디 욕실 선반에 놔둔 휴대폰이 귀찮은 연락을 전해 주지 않기만을 바랐는데, 기어이 전화 한 통이 산통을 깨놓았다. 법원에서 '부부상담 권고'가 내려졌다는 담당 변호사의 말에 그녀는 어안이 벙벙해졌다.

"말 그대로 부부가 같이 관계 개선을 위한 전문가 상담을 받아 보라는 얘깁니다. 저쪽에서 신청했더군요."

"기가 막혀… 그거 꼭 받아야 하는 건가요?"

"물론 법적인 의무는 아닙니다만, 되도록 성실하게 임하는 편이 재판부에 좋은 인상을 줄 수 있습니다. 명백한 가정폭력 피해자인 경우엔 상담을 거부할 수 있지만, 솔직히 말해서 저희 경우는 그러기엔 좀 부족합니다. 재판부가 상담 권고 신청을 받아들였다는 것부터가 이혼 판결 사유가 명백하지 않다고 봤다는 얘기니까요."

"하아… 어쩔 수 없군요. 상담한 내용이 판결에 영향이 주나요?"

"그렇지는 않습니다. 상담은 어디까지나 상담이고 되도록 화해로 유도하려는 절차일 뿐이죠. 가사조사처럼 보고서가 재판부에 넘어가는 것도 아니니까, 상담을 받고도 이혼하겠다는 의사가 변하지 않으면 달라질 건 없습니다."

하영은 전화를 끊자마자 들고 있던 와인 잔을 욕실 바닥에 내던지고 싶은 걸 간신히 참고 단숨에 잔을 비웠다. 아무래도 가사조사를 통해 상대편의 불순한 의도를 밝혀내려던 전략은 성공적이지 못했던 듯했다. 하긴 하영이 본 바로도 그날 원호는 저게 누군가 싶을 정도로 예상했던 것과는 다른 모습이었다. 약을 올리고 몰아붙이면 난폭하게 굴면서 폭력성을 증명하거나, 아니면 분에 못 이겨 본심을 드러낼 거라 계산했는데, 빗나가고 말았다.

　도대체 어찌 된 노릇일까, 그녀는 술기운과 따끈하고 향긋한 목욕물에 힘입어 마음을 가라앉히며 다시금 그 생각으로 돌아왔다. 그게 정말로 시어머니가 얼굴만 보고 선임했다고 펄펄 뛰던 그 조그만 여자 변호사의 재주일까? 아니면 그 인간이 드디어 기가 꺾여서 성질이 좀 죽어버린 걸까? 아니면… 혹시 헤어지고 싶지 않다는 말이 진심인 걸까? 그렇다면 이야기가 복잡해지는데… 문득 그녀는 그런 생각을 한 자신이 놀랍게 느껴졌고, 어쩌면 변한 건 그가 아니라 자기 쪽일지도 모른다는 생각이 들었다. 가사조사 자리에서 충분히 그를 몰아가지 못한 것도, 이후 그에게 타협할 여지를 준 것도, 지금 이렇게 여유를 부리며 한가한 생각하는 것도, 모두 남이 원인이라고만 볼 수는 없을 것 같았다.

　아닌 게 아니라 가사조사를 받기 얼마 전부터 하영은 잠을 잘 자게 되었고, 덕분에 컨디션이 어느 정도 회복되었기에 원호의 무단결근이라는 돌발 상황에서도 평정심을 잃지 않고 버텨낼 수 있었다. 그렇지 않았다면 일이 엉망이 되었든지 무리해 쓰러졌든지 했을 터였다. 불면증이 나아진 것은 본격적인 정신과 치료를 받으면서부터였다. 자신이 우울증이라는 사실을 인정하기 싫어 변호사의 권유로 정신과 진단을 받고 나서도 치료받기를 계속 망설였지만, 남편 측의 준비서면을 통해 자신의 자해기도 사건을 알게 되고선 문제의 심각성을 인정하게 되었다. 변호사는 그 이야기를 상대측의 오해 아니면 날조라 주장하기로 했으나, 그녀는 직감적으로 그쪽이 사실에 가깝다는 걸 알 수 있었다.

　어쨌든 그 일을 계기로 그녀는 정신과 약물복용과 상담 치료를 병행하기 시작했는데, 곧 잠을 좀 자게 되고 술에 덜 의존하게 된 것만으로도 생활이 훨씬 나아졌기 때문에, 이후로는 거부감 없이 약을 챙겨 먹게 되었다. 상담 치료도 생각보다 나쁘지 않았다. 하영은 애초에 의사에게 미주알고주알 신세타령을 할 마음은 전혀 없었다. 그런데 의사가 동년배 여성인데다 예상보다 말을 별로 강요하지 않아 편한 마음으로 이런저런 이야기를 나눌 수 있었다. 그러던 중 의사가 한 말이었다.

"그렇게 힘드셨는데 어떻게 일은 계속하셨어요? 더구나 사람 대하는 일을… 그렇게 몇 달씩 잠을 제대로 못 잘 정도로 증상이 심할 때는, 단순한 업무만도 아주 힘들거든요."

"그러게요, 진짜 너무 힘들긴 했어요. 그런데 뭐랄까… 이마저도 못하면 정말 내 존재의 이유가 완전히 없어져 버릴 것 같았거든요. 죽는 건 언제든지 할 수 있으니까, 그 전까지는 날 믿고 일 맡겨준 사람들한테 민폐 끼치지 말아야지, 하는 생각으로 버텼어요. 덕분에 집안일은 더 엉망이 되었던 것 같지만요."

"그래도 그 마음이 참 훌륭하시네요. 그런 의지라면 뭐든 잘 견뎌 내실 거예요. 사실 정신과 치료가 쉽지가 않거든요. 치료 받는 것만도 아무나 할 수 있는 일이 아니에요."

의사의 그 말에 하영은 아주 오래 전부터 명치께 걸려 있던 단단하고 날카로운 것이 쑥 내려가는 기분이었다. 너무 오랫동안 걸려 있어 평소엔 존재조차 잊고 있으나, 시시때때로 고통을 주고 결정적일 때마다 숨통을 막으며 늘 자신을 온전한 자신으로 있지 못하게 하던 상처인데, 이렇게 인간적으로 아무 관계도 없는 사람으로 인해 해방의 실마리를 찾게 될 줄은 상상도 못한 일이었다. 정신과 치료를 받는 것 자체가 의지의 소산이란 말이 그녀가 평생 집착해 왔던, 자신은 어머니와는 달라야만 한다는 믿음의 근거가 되어 주었던 것이다.

이렇게 정신과 치료에 대한 거부감을 극복한 일은 그녀의 삶에 새로운 문을 열어 주었다. 그래서 하영은 제 의사와 관계없이 잡힌 일정이란 사실은 거북하나 부부 상담이란 절차 자체에는 관심이 갔다. 개인적인 문제를 전문적인 이들에게 객관적으로 진단 받는 일에 대해 전에 없던 신뢰와 호기심이 생긴 것이었다. 바보 같아 보일 염려만 없다면 전문가들에게 꼭 물어보고 싶은 질문이 두 가지가 있었다. 첫째, 지원호가 이혼하고 싶지 않다는 말은 진심일까? 둘째, 내가 인생에서 정말 원하는 건 무엇일까? 한 사람의 충분한 사랑? 많은 사람들의 관심? 가족들의 인정? 명성과 신용? 샤넬과 벤츠? 해외 유학?… 물론 다 가지면 좋겠지만, 아무래도 우선순위를 잘못 놓은 바람에 지금 내 인생이 이렇게 어그러진 모양인데, 진짜 내 마음속의 순위는 뭘까?

물론 물어보기 창피한 걸 떠나 남에게 그 대답을 구한다는 것 자체가 웃기는 노릇이란 걸 모를 리 없어, 그녀는 헛웃음을 지으며 혼잣말했다. 마음, 결국… 마음이구나. 마음이 몹시도 골치 아픈 존재란 건 제 부모를 보며 일찌감치 깨닫고 있었다. 그래서 어떻게든 외면한 채 살아보려 발버둥 쳤는데, 인생은 역시나 그렇게 만만한 상대가 아니었다. 그녀는 이제라도 더 이상 변죽 울리기는 그만두기로 마음먹었다. 적어도 그 인간보다는 제대로 된 삶을 살아야겠다는 새로운 목표가 생겼기에.

내가 정말 원하는 걸 알아보려면, 일단 모두 허보는 수밖에. 그러니까 오늘 수영장도 가고 클럽도 가기로 결심하고, 그녀는 서둘러 목욕을 마무리했다. 모처럼 빈둥대며 여유를 즐겨볼 작정이었지만, 역시 그런 건 자신이 진정 원하는 바가 아닌 것 같았다. 기왕 노는 것, 일할 때처럼 몸이 부서져라 놀아야 직성이 풀릴 것이었다. 그리고 오늘은 정말로 오랜만에, 남자를 꼬셔 봐야지. 어떻게 해볼 수도 없는 처지니 가벼운 마음으로, 스킬이나 재정비해야지. 언제 다시 써야 할지 모르는 판이니까.

2016년 3월
부부상담(1)

"내가 왜 좋아? 뭘 보고 맘에 든 거야?"
"글쎄요, 그냥 느낌이죠. 처음부터 아무것도 모르고 카스 보낸 건데 뭐."
"그럼 얼굴인가?"
"그렇기도 하고요."
"그래, 만나서 얘기해 보니까 그때 느낌이랑 어때?"
"똑같아요. 그냥 얼굴이 아니라 느낌이었다니까요. 내 느낌은 안 틀려요."
"흠… 재작년에 결혼 엎었다는 남자는 그럼 어떻게 만났는데? 그건 느낌 아니었어?"
"그 느낌은 그냥 제가 좋다는 느낌이에요. 그쪽은 제가 뭔가 별로였나 보죠. 그러니까 바람피웠겠죠."
"모르는 소리. 여자가 별로라고 다 바람피우진 않아. 바람피우는 놈들이 다 자기 여자가 별로라고 생각하는 것도 아니고. 그냥 그러는 놈들은 따로 있어. 그 버릇은 못 고쳐."
"그렇구나. 그런 거 가려내는 재주는 아직 없는 것 같아요. 어차피 바람

안 피우는 남자라고 다 내 맘에 들 건 아니잖아요?"

"하지만 바람피우는 놈은 만나면 안 되잖아, 아무리 좋아도. 그만큼 당하고도 정신을 못 차리나?"

"그럼 대표님은 바람피워요?"

"뭐? 나 참… 나 바람피운다, 하고 피우는 놈이 어디 있어?"

"하긴 그러네요."

그리고 여자는 무심한 표정으로 앞에 놓인 푸딩을 다시 퍼먹기 시작했지만, 원호는 뜻밖에도 마음을 깊이 찔려 한동안 괴로워하고 있다가 물었다.

"저기 말야, 혹시 지금 내가 바람피우고 있는 거라고 생각해?"

"대표님이요? 아아뇨. 이혼하실 거라면서요. 그리고 우리가 뭐나 했나요, 뭐?"

뭐나 했느냐는 그녀의 말은 한편으론 사실이었다. 처음 원호가 한밤중에 그녀의 집 앞까지 찾아가 한 일이라곤 같이 고기를 먹은 것뿐이었다. 새벽녘이 되어 고깃집이 문을 닫을 때까지 마주앉아 이야기를 나눴지만, 친구와 나눌 수 있는 이상의 내용은 아니었다. 그런데 이후 일주일이 넘게 두 사람은 거의 매일 만났다. 그는 시간이 날 때마다 그녀에게 연락했고, 그녀는 시간이 나는 대로 달려왔다. 만나서 한 일은 먹는 것뿐이었다. 둘 다 먹는 걸 좋아하고, 식성도 비슷했다. 술은 거의 마시지 않았다. 굳이 비싼 걸 먹거나 분위기 좋은 식당에 가는 것도 아니었다. 포장마차나 분식집에서도 친구처럼 편하게 만났고, 계산도 친구끼리 만나는 것처럼 적당히 나눠서 했다. 신체적 접촉도 전혀 없었다. 따로 소소한 연락을 주고받지도 않았다. 분명 이 정도는 특별할 것 없는 사이에 무리 없을 일이었다.

다만 특별한 것은 좀처럼 남에게 곁을 내주길 어려워하는 성격인 그가 이렇게 맨 정신으로 몇 시간씩 단둘이 마주 앉아 있는 게 불편하지 않은 상대를 만나본 게 너무나 오랜만이란 사실이었다. 더구나 그런 '여자'라면, 사이가 나빠지기 전 아내를 제외하고는 거의 본 적이 없었다. 그런데 아내와는 느낌이 많이 달랐다. 하영은 일단 곁에 앉혀 놓기만 하면 능수능란하게 대화와 관계를 주도해 주어서 편했는데, 이 여자는 전혀 그런 타입은 아니었다. 대신 관계의 주도권을 상대에게 맡기면서도 부담은 주지 않는 재주를 갖고 있었다. 아직 덜 친해져서 그런지는 몰라도 그녀는 말수가 많지 않은 편이고 말주변도 별로 없었고, 원호 역시 그렇기에 둘이 마주 앉아서 몇 십 분씩 대화 없이 시간이 흘러가기도 했는데, 그게 전혀 불편하지가 않았다. 침묵이 흐를 때면 가운데 놓인 맛있는 음식만으로 충분했다. 정말 없던 경험이었다.

그 덕분에 둘 사이의 대화는 몇 날에 걸쳐 느리지만 끊임없이 진행되었고, 원호는 그녀에 대해 외모가 자기 스타일이 아니라는 것 말고도 많은 사실을 알게 되었다. 본인 이름 '안희주'가 '아니쥬 - I Need You'로 발음되는 게 좋아서 운영 중인 스튜디오 이름도 그렇게 지었다. 나이는 원호보다 두 살 어린 35세. 2남 1녀 중 막내로 어머니와는 열한 살 때 사별하고, 현재 결혼하지 않은 작은오빠와 아버지, 이렇게 셋이 함께 살고 있다. 어머니가 돌아가신 뒤로도 막내딸로 각별히 사랑받으며 유복하게 자라났다. 학생 시절엔 아무 생각 없이 놀기만 했는데, 우연히 사진 전공을 선택했다가 인물사진에 꽂혀 진로를 정했고, 웨딩 전문 스튜디오에서 9년간 일하다 2년 전 작은 개인 스튜디오를 오픈했다. 실험적이고 개성 있는 스타일보다는 무난하고 사랑스러운 스타일을 추구한다.

어릴 적부터 빨리 결혼하고 싶었고 아빠 같은 남자가 이상형인데, 너무 과보호를 받으며 자란 탓인지 사람을 잘 따져보질 못하고 쉽게 믿는 성격이라 이상한 상대를 만난 적이 많다. 다행히 주변에 돌봐주는 사람이 많아 크게 데인 적은 별로 없지만, 재작년 결혼 상대가 바람피운 게 들통 나 청첩장까지 찍어 놓은 결혼식이 엎어진 일은 타격이 커서 지금까지 자중하는 중이다. 특히 아빠와 오빠들이 그 사건 이후로 감시 태세가 극심해져 이제 쉽게 남자 만날 생각을 못하고 있다. 거기까지 듣고 나니 원호는 문득 너무 당연한 듯 이어지는 이 만남이 전혀 당연하지 않다는 사실을 깨달았고, 그래서 만난 후 처음으로 불편한 질문을 던지게 된 것이었다.

"그쪽은 그냥 친구랑 이렇게 매일같이 만나서 밥 먹고 몇 시간씩 얘기하고 그래? 그것도 한 사람하고만?"

"글쎄요, 그럴 수도 있죠. 밥이야 누굴 만나서 먹든 이상할 거 있나요? 대표님이 그냥 결혼하신 분이었다면 저도 불러도 안 나갔어요. 곧 이혼하실 거라면서요. 아닌가?"

"그건… 맞는데…."

무심한 듯 정곡을 잘 찌르는 게 그녀의 화법의 특징 중 하나였다. 아닌 게 아니라 그 점이 또 다른 문제였다. 나는 정말로 이혼이라는 목표를 위해 이 소송을 진행하고 있나? 전략을 떠나 그 점이 헷갈리기 시작한 순간부터 제 정신이 무너지기 시작했단 게 이제는 분명해졌다. 그러다 여기까지 왔지만 막상 면전에서 그 질문을 받고 보니, 알 수 없는 본인의 진심이 무엇이든 간에 부끄럽고 복잡한 마음에 그녀의 눈을 똑바로 쳐다볼 수조차 없었다. 이런 생각을 이제야 떠올리게 되었다는 게 스스로 어처구니없고 한심하기도 했고, 정우현 변호사를 마지막으로 만났을 때 그녀가 자신에 대해 진단해주었던 말들이 새삼 하나하나 떠오르면서, 그새 방어벽이 망가져버린 속마음을 아프게 후벼댔다. 그가 계속해서 고개를 숙인 채 있자, 그녀도 잠자코 남은 푸딩을 긁어먹기 시작했다. 그걸 보고 그는 겨우 다시 입을 열 구실을 찾았다.
"뭐 더 먹을래? 팥빙수 어때?"
"와, 좋아요!"
잠시 후 앞에 놓인 푸짐한 팥빙수 한 그릇에 그녀의 얼굴은 도로 분홍빛으로 반짝이기 시작했다. 그 모습에 원호는 어이없기도 하고 후련하기도 해서 웃고 말았다.
"잘 먹어서 좋네. 난 잘 먹는 여자가 좋더라. 맨날 다이어트 한다고 깨작거리는 거 정말 지겨워."
"그래요? 근데 날씬한 여자가 좋죠?"
"그건 그렇지."
"그래, 남자들은 다 저렇다니까! 저게 문제야! 하지만 어차피 둘 다 할 순 없으니까, 난 잘 먹는 걸로 승부하겠어요."
"단호한데."
"응, 난 그런 점에 있어서는 단호해요. 사람은 행복해야 되잖아요. 지금도 먹고 싶은 만큼 다 먹는 거 아닌데, 날씬해질 만큼 안 먹으면 정말 불행해질 것 같아요. 날 정말 좋아하는 사람이라면 내가 불행하면서까지 날씬한 걸 좋아하지 않겠죠?"
그 말에 원호는 잠시 고개를 끄덕이고 있다가 말했다.
"그럼 이건 어때? 행복하지 않으면 이혼해도 되는 거야? 그 사람이 죽고 싶을 정도로 날 괴롭힌다거나 살림을 아주 작살낸다거나 사회적인 물의를 일으켰다거나, 솔직히 그 정도는 아냐. 바람을 피운 것도 아니고. 근데 난 그 사람만 보면 기분이 나쁘고 서로 얼굴도 보기 싫고, 둘이 같이 사는 게 지긋지긋하고 불행해. 그럼 이혼하는 게 맞아? 결혼이 그 정도로 깨도 괜찮은 일인가? 어떻게 생각해?"

그녀는 입에 스푼을 문 채 눈을 둥그렇게 떴다.

"너무 어려운 질문이다. 전 그런 문제로 남한테 조언할 만큼 똑똑하지 못해요."

"하지만 지금 나이가 몇 갠데, 결혼할 생각도 있고, 결혼할 뻔했다가 못한 적도 있다면서, 그 정도 생각은 해 봤을 거 아냐? 설마 그런 생각도 오빠나 아빠가 대신해 주면 된다고 믿는 건 아니겠지?"

"그런 건 아니지만… 정말로 저 따위의 조언이 필요하시다면, 잠깐이라도 잘 생각해 볼게요. 음… 저 같으면, 어쨌든 그런 마음이 들면 다시 잘 해보려고 더 노력할 것 같아요. 물론 상대방이 원한다면요. 결혼이란 건 그래도 끝까지 해보겠다는 약속 아닐까요?"

"끝까지라고 했는데, 끝인지 아닌지 기준이 뭐야?"

"글쎄… 더 이상 그런 생각이 안 들 때까지? 더 노력해 보고 싶은 마음이 하나도 없는데 그래야 된다고 하면 너무 무서운 것 같고, 사람은 행복해야 되니까요. 그런데 조금이라도 마음이 남아 있다면, 더 해보는 게 좋을 것 같아요. 그래도 결혼이니까… 그걸 에너지 낭비라고 할 수는 없을 것 같아요."

"뭐야, 똑똑하잖아."

"헤헷. 정말로 그때 결혼 엎어지고 나서 겨우 조금 똑똑해진 거예요. 그땐 정말 슬펐지만, 겪어 봐서 다행인 것 같아요. 대표님도 나중에 그렇게 생각하게 되셨음 좋겠네요. 어쨌든 지금은 더 노력해 보고 싶으시단 거죠?"

그 질문에 원호는 다시금 말을 잃었다. 그렇게 또 한참이 지나 팥빙수도 바닥났을 때서야 그는 입을 열었다.

"있잖아. 만약에 내일부터 내가 먼저 연락을 안 한다면, 나한테 연락할 거야?"

"글쎄요. 닥쳐 봐야 알겠는데요. 그냥 하고 싶으면 하려고요. 안 되나요?"

"안 되는 건 아니지만… 저기 말야, 나 다음 주에 부부 상담이 있어."

"상담이요? …그럼 화해하기로 한 거예요?"

"그건 아니고 조정절차 중의 하나야. 싫어도 받아야 돼. 뭐하는 건지는 모르겠어. 몇 번이나 가야 되는지도 모르고. 일단 가 봐야 알겠지. 근데 만약 거기 다녀와서 내가 연락이 없으면, 그 다음부턴 먼저 연락하지 말아 주라. 알겠지?"

말없는 그녀의 시선을 그는 모로 피하며 중얼거렸다.

"내가 했지만 정말 재수 없는 소리네."

"괜찮아요. 상황이 어쩔 수 없잖아요."

"젠장, 왜 하필이면 이런 상황에 만났지?"

"하지만 이런 상황에서 만난 게 아니면 대표님이 저한테 연락하지도 않았을 것 같은데요? 어차피 다시 볼 수도 없는 사람이라고 생각했었으니까, 전 이걸로도 좋아요."

"…하긴, 그건 그렇지?"

"네, 저 대표님 스타일 아니라면서요. 정말 유감이에요. 그러니까 대표님은 귀여운 스타일은 별로라는 거죠?"

그렇게 말하는 그녀가 전적으로 진심인 것 같아서 원호는 대답할 말을 찾지 못해 멍하니 있었다. 사실 둘 사이에선 그런 식으로 대화가 끊기는 적이 종종 있었다. 하지만 그럴 때도 그녀는 별로 불편한 기색이 아니어서, 그도 곧 마음이 편해지곤 했다.

"팥빙수도 금방이네. 와플이나 하나 더 먹을까?"

"단 거 이제 질리지 않아요? 깔끔하게 라면으로 마무리하러 가는 거 어때요?"

부부상담 첫날, 상담소에 찾아간 두 사람은 우선 각자 심리검사를 받은 뒤 상담사 앞에 나란히 앉았다. 그때까지 둘 사이엔 거의 아무 말도 오가지 않았지만, 평소와 달리 그들은 서로의 눈치를 주의 깊게 살피고 있었다. 그저 형식적인 절차가 될 수도 있는 일이었으나, 두 사람 모두 이 기회를 통해 상대방이 이혼을 철회할 의사가 있는지 알아볼 작정이었다. 그러나 어느 쪽도 목적을 달성할 수 없었다. 그도 그럴 것이 둘 다 본인 입장은 정리하지 못한 상태니, 스스로도 모르는 의중을 상대방이 알 수 있을 리 만무했다. 하영은 본래 단순하고 속이 잘 보이는 성격인 원호가 전에 없이 복잡한 표정을 하고 있는 게, 원호는 하영이 오랜만에 활기차고 자신감 있는 표정인 게 불안하고, 또 얄밉게 느껴졌다. 이렇게 그들은 이미 서로 눈치작전에 지치고 짜증이 난 상태에서 상담을 시작하게 되었다.

"배우자에게 현재 가장 고쳤으면 바라는 점을 우선순위대로 세 가지 적으시고, 구체적으로 어떻게 고쳤으면 하는지 적으세요. 막연하게 쓰지 마시고 잘 생각해서 최대한 구체적으로, 그리고 본인 생각에 현실적으로 가능한 선에서 쓰세요. 예를 들어서 '상냥해졌으면 좋겠다' 이런 식은 안 되고, '나한테 이런 경우에 이런 식으로 말해주면 좋겠다' 이렇게 쓰시란 얘기예요. 아시겠죠?"

초반부터 결코 쉽지 않은 과제에, 특히나 언어 감각이 떨어지는 원호는 머리를 쥐어뜯으며 한동안 쓰는 것보다 지우는 데 더 시간을 쏟던 끝에 결국 상담사를 향해 물었다.

"도저히 세 가지로는 정리가 안 되는데… 다섯 가지 쓰면 안 돼요?"

"야, 그건 네가 멍청한 탓이지! 나도 쓰려면 백 가지는 더 쓸 수 있어."

하영이 울컥하자 재빨리 상담사가 말했다.

"좋습니다. 두 분 다 다섯 가지씩만 쓰세요. 꼭 우선순위를 매기셔야 합니다."

좀 더 현실적이고 구체적으로 진술해야 한다는 상담사의 지적으로 몇 번이나 수정한 끝에 두 사람의 설문지가 완성되었다.

상담사는 설문지를 바꿔 읽게 했다. 상대방의 설문지를 읽는 동안 두 사람의 얼굴엔 기막힘, 분노, 죄책감, 회한, 억울함 등 수많은 감정들이 스쳐갔다. 그리고 상담사는 두 장의 종이를 도로 거둬 나란히 펼쳐 놓았다.

"다음은 이거예요. 배우자가 나의 다섯 가지 요구를 모두 들어준다 치고, 내가 받은 요구 다섯 개를 어떻게 받아들일 수 있을지, 최대한 실제적으로 생각해서 솔직하게 말씀해 주세요. 중요한 건 상대가 나의 요구를 모두 받아들인다는 가정 아래란 걸 잊지 마시고요. 자, 아내 분 얘기부터 들어볼까요?"

하영은 거액의 투자제안서라도 검토하는 양 신중하고 예리한 눈빛으로 두 장의 설문지를 번갈아 살폈다.

"우선 남편이 쓴 2번, 제 말과 행동이 다르다는 건, 남편이 모든 걸 독단적으로 결정하고, 문제가 생기면 폭력적으로 행동하기 때문이었다고 봐요. 제 설문지 2번, 4번에서 지적한 점이에요. 남편이랑 갈등이 생기면 설득도 안 되고 싸우기 싫으니까, 제가 늘 피해 가는 식으로 문제를 해결하려 했던 거죠. 저도 그러면서 맘이 편했던 건 아녜요. 그러니까 남편의 태

지원호의 설문

순위	배우자(백하영)에게 현재 가장 고치기 원하는 점 (우선순위대로)	구체적으로 바라는 변화의 모습 (~게 했으면 좋겠다)
1	남들 앞에서는 나한테 잘해주는 척하면서 둘만 있을 때는 완전 싫어하는 티냄.	차라리 남들 앞에서 싫은 티냈으면 좋겠다.
2	말과 행동이 다름. 안 하겠다고 하고 몰래 하거나 하겠다고 해놓고 안함.	어떻게 할 생각인지 처음부터 확실히 얘기했으면 좋겠다.
3	안 함. (부부관계)	일주일에 한 번은 했으면 좋겠다.
4	술을 너무 자주 마심.	일주일에 두 번만 마시면 좋겠다.
5	다른 사람한테 스트레스 받으면 그 앞에선 착한 척하면서 나한테 뭄. 가장 큰 예로 우리 엄마 때문에 열 받으면 엄마한테 욱하지 않고 나한테 함.	욱은 진짜 하고 싶은 사람한테 했으면 좋겠다. 나한테 할 욱만 나한테 하라고.

백하영의 설문

순위	배우자(지원호)에게 현재 가장 고치기 원하는 점 (우선순위대로)	구체적으로 바라는 변화의 모습 (~게 했으면 좋겠다)
1	남들 보는 앞에서 나를 무시하고 막 대한다.	나에게 기분 상하는 일이 생겨도 단둘이 있는 자리에서만 어필했으면 좋겠다.
2	모든 일을 혼자 멋대로 결정하고 남의 의견을 전혀 듣지 않는다.	집안일, 사업에 관련된 일만은 결정하기 전에 나의 의견을 물어보고 함께 상의해 주었으면 좋겠다.
3	나의 식구들과 친구들을 무시하고 비하하는 발언을 자주 한다.	나의 식구들과 친구들을 못마땅하게 여기는 건 이미 충분히 알고 있다. 더 이상 그에 관한 언급은 하지 않았으면 좋겠다.
4	조금만 갈등이 생기면 소리를 지르고 물건을 집어던지는 등 폭력적으로 행동한다.	싸울 때 물리적인 폭력만은 사용하지 않았으면 좋겠다.
5	내가 다른 누군가와 갈등이나 문제가 생겼을 때 절대 나를 지지해 주지 않는다. (특히 시어머니와)	본인이 같이 싸워줄 수 없더라도 말이라도 나를 지지해 주면 좋겠다.

도가 달라진다면 저도 그 점은 고칠 수 있어요. 그리고 5번, 다른 사람한테 받은 스트레스를 남편한테 푼다는 것도 아마 제가 쓴 5번, 남편이 저를 지지해 주지 않는다는 문제의 결과인 것 같아요. 만약 남편이 제가 시어머니 때문에 스트레스 받을 때 제 앞에서라도 제 편을 들어준다면, 저는 그걸로 남편을 괴롭히지 않을 것 같아요."

"결국 다 내 탓이란 얘기네. 들으셨죠? 늘 이런 식이라니까!"

"남편 분, 대화할 때 상대방의 말을 끊지 않는 건 아주 중요한 원칙이에요. 아내 분 말씀 마치실 때까진 일단 들어 보죠."

"그리고 4번, 술 마시는 문제는… 사실 제가 그동안 정신적으로 힘들어서 술에 의존한 건 사실이에요. 얼마 전부터 정신과 치료를 받으면서 많이 나아졌어요. 이건 저도 의지를 가지고 고치려고 해요. 3번 문제도 제가 정신적으로 안정되고 남편하고 관계가 좋아진다면 해결이 되겠죠. 노력할 거예요. 이제 1번만 남았네요. 욕할 거면 남들 앞에서 하라?"

하영은 잠시 말을 끊고 있다가 코웃음을 쳤다.

"보셨죠? 이렇다니까요. 상식적으로 도저히 말이 안 되는 소리를 해요. 아무리 좋은 마음으로 받아주려고 해도 그럴 수가 없다고요."

"남편 분께서 표현은 이렇게 하셨지만, 달리 말하면 너무 상황 살피지 말고 본인 감정을 그때그때 표현해 달라, 이런 뜻이 아닐까요? 2번 이야기도 그렇고, 남편 분은 아내 분이 부정적인 의사라도 확실히 알려주기를 바라시는 것 같네요. 남의 감정을 민감하게 읽지 못하는 사람은 나중에 자기 생각과는 전혀 다른 상대방의 속내를 알게 될 경우 몹시 당황하고 배신감을 느낄 수가 있어요. 배우자에게 꼭 말을 해야만 내 맘을 아느냐고 화내시는 분들이 많은데, 남의 감정을 읽는 능력은 개인차가 있거든요. 그러니 말 안하면 모른다고 사랑하지 않거나 관심이 없는 건 아닙니다. 많은 분들이 배우자의 감정을 쉽게 알지는 못하지만 알고 싶어 하고, 알려주기를 바랍니다."

"헐, 대박… 역시 상담사도 아무나 하는 게 아니군요?"

전혀 비아냥대는 투 없이 원호가 던진 말에 상담사는 그만 냉정함을 잃고 웃음을 흘릴 뻔했고, 하영은 반대로 노골적으로 불쾌한 표정으로 대꾸했다.

"하지만 내 감정을 확실히 표현하는 것하고 때와 장소 안 가리고 막말하는 건 다르잖아요. 기분 나쁘다고 남들 앞에서 마구잡이로 부부싸움하는 게 솔직하다고 칭찬받을 일인가요? 부부 사이의 문제는 단둘이 있을 때 조용히 얘기했음 좋겠다는 제 생각이 틀린 건가요?"

"누가 맞고 틀리고 한 문제는 아니죠. 그런데 아내 분의 요구 1번과 남편 분의 요구 1번이 정확히 반대의 이야기를 하고 있다는 게 문제의 핵심이 아닐까 싶네요. 이쯤에서 남편 분 얘기를 들어 보죠."

2016년 3월
부부상담(2)

원호는 몹시 골치 아픈 표정으로 천천히 입을 열었다.

"일단 4번은 저도 확실히 고쳐야 한다고 생각하는 부분이고요. 분노조절치료란 거 받고 있습니다. 2번도 말은 맞는 말이라고 생각하는데, 잘 모르겠어요. 그렇다고 제가 모든 경우에 다 저 친구 허락을 받아야 되는 건 아니잖아요? 저는 이만한 일이면 혼자 결정해도 된다고 생각하고 했는데, 나중에 그런 법이 어딨냐며 싸운 적이 많아서… 기준을 확실히 정하면 할 수 있을 것 같아요. 5번은… 사실 무슨 말인지 잘 모르겠어요. 자기가 엄마랑 싸우면 무조건 자기 잘했다고 해달란 건가? 맞아요, 우리 엄마가 잘못한 적이 더 많긴 해요. 그래서 난 엄마 편도 든 적 없다고요. 오히려 엄마한텐 내가 지랄만 했지. 근데 난 당사자도 아니고 여자들 싸움은 잘 모르겠더라고요. 모르면 그냥 입 닫고 있는 게 낫잖아요? 잘 몰라도 무조건 자기 편을 들어 달라? 그럼 진심이 아닐 텐데, 그냥 진심도 없는 입에 발린 말만 들어도 좋다는 건가? 이해가 안 가요."

하영은 탄식에 가까운 한숨을 내쉬었다.

"들으셨죠? 저런다니까요. 말이 전혀 안 통해요."

"아내 분도 일단 남편 분 말씀 끝까지 들어 보시고…."

"뭐 그래도 5번은 딱 잘라서 그렇게 하라면 할 수는 있을 것 같아요. 근데 3번은 정말 이해 안 가요. 내가 언제 자기 식구들 욕했다고? 솔직히 친구들 욕한 적은 있어요. 근데 웃긴 게, 지가 먼저 그 친구 욕했거든요. 걔네 다 서로 뒤에서 욕하고 다니는 애들이에요. 그래서 내가 싫어한 것도 있고. 근데 지는 욕하면서 내가 하면 듣기 싫다 이거지. 그건 그렇다 쳐요. 제가 처가 식구들 욕한 적은 정말 없단 말예요. 완전 피해의식이라니까요."

하영은 더 이상 평정심을 유지하지 못하고 특유의 사이렌 소리를 질렀다.

"야! 듣자듣자 하니 이젠 오리발까지 내미냐?! 네가 우리 식구들 욕한 적이 없다고? 우리 아빠 백수고! 우리 엄만 우울증이고! 내 동생 못생겼고! 내가 네 입에서 정확히 이 단어들을 들은 적이 셀 수도 없이 많은데, 욕을 안 했다고?"

"아니, 그게 무슨 욕이야? 다 사실이잖아! 상담사님, 전 누굴 비하하려고 저런 말한 적은 정말 전혀 없거든요? 야, 내가 너네 아빠만 백수랬냐? 우리 아빠도 백수야! 우리 형은 천하의 상병신 찌질이고! 네가 우리 형 보고 상병신 찌질이라고 해도 난 기분 하나도 안 나빠. 사실이니까. 솔직히 너도 그렇게 생각하잖아? 심지어 네 동생은 내가 좋아하는 거 몰라? 우리 처제 정말 괜찮은 처녀거든요. 성격 좋고, 똑똑하고. 솔직히 어떤 면으론 언니보다 훨씬 낫다고 생각해요. 근데 예쁘진 않거든요. 적어도 내 기준에선 그렇다고. 그래서 그렇다고 말한 것뿐인데, 그걸 왜 본인에 대한 욕으로 받아들이는지 정말 모르겠어요."

"미친… 상담사님, 들으셨죠? 저런 식이에요. 제가 우리 식구들 욕하지 말라고 하면, 너도 우리 식구 욕하면 될 거 아냐? 어머님 때문에 힘들다고 하면, 네가 어머님이랑 싸워서 이기면 될 거 아냐? 미안하다, 내가 너 같은 사이코패스로 태어나질 못해서!"

상담사는 간신히 둘 사이의 언쟁을 중단시켰다.

"남편 분의 입장도 이해는 가지만, 이 대화의 주제를 잘 이해 못하신 것 같네요. 제가 분명히 말씀드렸죠? 아내 분이 본인의 요구 다섯 개를 모두 들어준다는 가정 하에, 아내 분의 요구를 어떻게 들어줄 수 있을지 생각해 보는 거잖아요. 의도가 뭐든 간에 아내 분은 식구들의 약점을 언급하는 게 불편하다고 하십니다. 그래도 절대 양보 못하시겠단 건가요? 끝끝내 사실이니까 다 말씀하실 수밖에 없겠어요?"

"아뇨, 그런 게 아니라… 물론 닥치려면 닥칠 수는 있겠죠!"

"자아, 지금 이 과정을 통해서 두 분 모두 대화 방식의 문제점이 분명히 드러났네요. 아내 분께서는 모든 문제의 원인을 상대방 탓으로 돌리시죠. 남편 분은 상대 입장을 인정하지 않고 본인 입장만 계속 이야기하시고요. 대화 방식은 습관 같은 겁니다. 좀 다른 식으로 이야기한다고 큰일 나는 거 아니에요. 못할 것 같지만 하면 하는 거고요, 익숙해질 수 있어요. 말하는 방식만 바꿔도 관계에 큰 변화가 있답니다.

연습 한 번 해볼까요? 두 분 서로 눈 똑바로 쳐다보시고, 제가 말하는 대로 따라하세요. 같은 내용인데 말하는 방식만 바꾼 거예요. 그대로 따라하시기만 하면 됩니다. 영혼 안 담아도 되니까, 어렵게 생각하지 마시고요."

하영, "앞으로 당신 어머님하고 문제가 생기면 내가 어머님하고 직접 해결할게. 다신 그 일로 당신한테 화풀이하지 않을게. 대신 당신은 내가 그 일을 얘기하면 사정을 잘 모르더라도, 일단 내 생각에 공감한다고 말해

줬으면 좋겠어."

원호, "앞으로 당신 식구들이랑 친구들의 단점에 대해서 절대 말 꺼내지 않을게. 다만 내가 어느 선까지 말해도 좋을지 잘 모르니까, 당신이 거슬리는 경우엔 바로 분명히 지적해 주면 좋겠어."

두 사람이 물 없이 고구마 먹는 표정으로 각각 대사를 읊고 나자, 상담사가 흐뭇하게 말했다.

"어때요? 시켜서 했지만 서로 그런 말 듣고 나니 훨씬 분위기가 부드러워지죠?"

그 말은 사실이었다. 하지만 그 때문에 둘 다 마음이 더 불편해졌다.

"그럼 분위기를 이어가 볼까요? 두 분은 성격이 많이 다르시죠. 지금은 그 점이 너무 힘들지만 그렇지 않았던 시절도 있었을 거예요. 처음엔 서로 좋아서 결혼했고, 잘 지냈을 때가 분명히 있었을 거란 말예요. 그때를 떠올려 보면 갈등의 실마리를 풀 수 있어요. 이번엔 남편 분부터 대답해 보실까요? 처음에 아내 분의 어떤 점이 좋아서 만나셨나요?"

"그냥… 예뻐서요. 똑똑하기도 했고. 딱 제가 생각하던 여자였어요."

"지금 봐도 그러신가요?"

"지금요? …지금도 예쁘고 똑똑하긴 하죠."

"지금도 저런 얘기 들으면 솔직히 기분 좋으시죠? 아내 분."

하영이 복잡하고 불편한 표정으로 긍정도 부정도 못하고 있자, 원호가 한 마디 덧붙였다.

"근데 그게 다가 아니더라고요. 제가 사실 그때까지 여자를 제대로 만나본 적이 없어서."

순식간에 다시 싸늘해지는 분위기에 기다렸다는 듯 하영이 대꾸했다.

"전 저 사람의 일에 대한 열정과 재능을 높이 샀어요. 물론 키 크고 잘 생긴 것도 있었지만, 제가 꿈꾸던 일을 같이 하는 데 딱 맞는 짝이라고 생각했어요. 근데 그게 재능만 갖고 되는 일은 아니더라고요. 저도 뭘 몰랐죠."

"자, 다시 말씀드리지만 좋은 얘기할 땐 좋은 얘기만 하시는 걸로… 어쨌든 두 분은 결혼하기 전에 1년쯤 직장 동료로 지내셨다고 들었어요. 그때도 서로의 성격에 대해 모르지 않으셨을 거잖아요? 그럼에도 결혼할 만한 사람이라고 판단했던 장점이 있었다면?"

원호, "뭐랄까, 쟤는 사람을 되게 잘 다뤄요. 이 사람한텐 이렇게 대하면 되고 저 사람한텐 저렇게 대하면 되고, 그런 거 있잖아요. 전 그런 거 잘 알지도 못하지만, 그게 안다고 되는 것도 아닌데, 그런 걸 신기하게 잘 하더라고요. 저 같으면 열 받아서 당장 다 엎어버릴 것 같은 상황에서도 늘 침착하고… 제가 감정 컨트롤을 잘 못하고 사람 대하는 데 자신이 없으니까, 그런 점이 되게 멋지고 믿음직하게 보였어요. 근데 결혼하고 보니까, 저한테는 저보다 더 다혈질이더라고요."

하영, "남편이 너무 솔직한 성격인 게 부러웠어요. 전 사람들이 어떻게 받아들일지 걱정돼서 제 감정을 솔직히 표현하지 못하거든요. 그게 쌓이면 되게 힘들어져요. 우울증에도 그런 원인이 있다고 하더라고요. 근데 남편은 가까운 사람들한테나 잘 모르는 사람들한테나 보여주는 모습이 똑같아요. 그리고 남들이 자기에 대해서 뭐라 하든 잘 신경 안 써요. 그런 점이 쿨해 보이기도 하고, 믿을 만한 사람이라 생각했어요. 그런데 결혼하고 보니까 진짜 마누라를 남이랑 똑같이 대하는 거예요. 저 사람은 어차피 자기 자신만 빼고 남들은 다 똑같은 존재더라고요."

"자, 보셨죠? 두 분은 이미 서로의 성격에 대해 알고 계셨어요. 다만 그때는 장점만 보이던 것이 지금은 감정이 안 좋다 보니 단점이 더 커 보이는 것뿐이죠. 모든 성격에는 장단점이 있습니다. 그리고 성격이 정반대면 안 맞는 면도 많지만 서로 보완해줄 면도 많은 거예요."

두어 시간 만에 상담 1회 차가 마무리되었다. 2주에 1회씩, 4회 만나는 일정이었다. 상담사는 다음 회차 날짜를 잡은 뒤, 그때까지 각자 말투를 고치기 위해 몇 가지 문장을 연습하라는 과제를 내주었다.

"이 문장들만 서로 반복해도 아까처럼 분명히 무드의 변화가 느껴질 거예요. 다음엔 거기 대해서 얘기를 해봅시다."

상담사의 자신감 있는 그 말에 두 사람은 속으로 같은 생각을 했고, 서로 눈빛을 보고 그 사실을 알아차렸다. 그럼에도 나란히 상담소를 걸어 나와 주차장에서 헤어지기 직전까지 그들은 상대가 먼저 입을 열기를 기다리며 눈치만 살피고 있었다. 그들을 엄습한 건 꽁꽁 얼어 있던 얼음이 어설피 풀릴 때의 불안감 같은 것이었다. 확실히 얼었을 때는 안정감이라도 있었다. 이대로 해빙이 진행되고 봄이 올 것이란 믿음 없이, 물기로 미끄러워지고 균열이 보이기 시작한 얼음 위에서 견디긴 힘든 일이었다.

그러나 어떤 상황에서든 그들 사이의 원칙은 변함이 없었다. 아쉬운 사람이 먼저 입을 열어야 했다. 짐짓 태연한 발걸음으로 제 차를 향하는 하영을 원호가 불러 세웠다.

"야, 말 좀 묻자."

"뭔데?"

"너, 저 과제 할 생각 있냐?"

그가 먼저 입을 열었다는 사실에 미처 승리감을 느낄 새도 없이, 하영은 분노와 좌절감에 치를 떨며 그를 노려보았다. 그러나 언제나처럼 자신을 향한 분노의 이유를 전혀 모르겠다는 그의 표정에 그녀는 더욱 악이 받쳤다.

"그건 왜 물어?"

"왜라니? 손바닥도 마주쳐야 소리가 나는 건데, 네 의사를 알아야 나도 시도를 해보든지 말든지 할 거 아냐."

"뭐가 어째? 보자보자 하니, 어디서 개수작이야? 돈 몇 푼 더 뜯어내려고 이혼 못하겠다면서 부부상담 신청한 건 네 쪽이잖아! 그래놓고 나한테 뭐? 생각이 있냐고?"

"아니, 그러니까 물어보는 거잖아. 그래서 넌 정말 해볼 생각이 조금도 없냐고?"

"그러는 넌? 넌 생각 있어서 물어보는 거야?"

"나? …글쎄, 나는… 네가… 생각이 있다면?"

순간 최면이라도 걸린 듯 멍해진 표정으로 그렇게 대꾸하는 원호를 보고 하영은 그 전략부재와 무방비함에 기가 찼지만, 역시 그는 적어도 안팎으로 공평히 솔직해지는 재주가 있음을 인정하지 않을 수 없었다. 그러나 그럴수록 그녀는 피해의식과 방어본능이 발동하여 마음의 문을 더 굳게 조이게 되는 것이었다.

"지원호. 뭔가 크게 착각하고 있는 것 같은데, 지금 우리가 화해하려고 노력할 필요성에 대해 설득해야 될 쪽은 너야. 내가 너랑 니네 엄마한테 지금까지 당한 거, 지금까지 싸워온 거 다 접고 이렇게 답답한 너하고 남은 평생을 다시 살아야 하는 게, 이 나이에 이혼녀 딱지 붙이고 겨우 몇천만 원 가지고 새 출발해야 하는 것보단 조금이라도 나을 거란 계산, 네가 해서 나한테 증명해 줘야 하는 거라고. 어디서 뻔뻔하게 내 생각을 묻니? 네 생각도 아직 정리 못했으면서?"

그 길로 하영은 숍으로 출근했고, 원호는 원단시장으로 갔다. 시장 골목의 작은 식당에 몸을 구겨 넣고 허기를 달래고 있던 중 정우현 변호사로부터 전화가 걸려왔다. 잠시 망설였으나 먹던 걸 끊기가 싫어 내버려두었더니 잠시 후 문자메시지가 왔다.

"대표님, 오늘 상담 잘 마치셨어요? 어땠어요? 이따 여유 있으실 때 전화 주세요^^"

그 메시지를 보고 원호는 방금 자신이 귀찮아서 전화를 안 받은 게 아니라는 사실을 깨달았다. 정우현 변호사를 만난 이래 그는 소송에 관련된 어떤 일이라도 때마다 즉시 그녀에게 보고하고 상의해 왔다. 중요한 일정이 있는 날인데 여태 연락이 없었으니 그녀가 먼저 전화를 한 것도 당연한 일이었다. 그런데 오늘 일은 도무지 보고할 마음이 들지 않았다. 뭐라 말해야 할지도 막막했고, 돌이켜 보기도 싫었다. 물론 이런 상태로 맞닥뜨려도 우현은 지금까지처럼 차분하고 끈기 있게 자신의 마음속을 정리해 줄 수 있을 것이었다. 그러나 오늘은 그 과정도 감당하고 싶지가 않았다. 제 마음이 두렵고 힘들기도 했지만, 그보다 우현을 볼 낯이 없었다.

몇 주 전 가사조사의 충격으로 제정신이 아닌 상태에서 우현에게 청혼(?)을 해 버린 후, 그 답으로 우정을 약속받기는 했으나 오히려, 아니 어쩌면 당연하게도, 원호는 그녀에게 미안하고 민망한 마음 탓에 예전처럼 편하게 대할 수가 없게 되었다. 그의 변화를 금방 알아차린 우현이 왜 결혼하잔 얘기보다 친구하잔 얘기를 더 심각하게 받느냐고 농담조로 말했으나, 아닌 게 아니라 그 얘기가 원호에겐 결코 농담이 아니었다. 친구가 되자는 그녀의 제안을 진심으로 받고 싶었기에 그는 더욱 조심스러웠다. 그저 고용인도 아닌 소중한 친구를 자신의 정돈되지 않은 마음으로 인해 괴롭게 만들고 싶지 않았고, 그 때문에 관계를 망칠까 염려되었던 것이다. 그가 친구란 존재를 이렇게 조심스럽게 여겨 본 것은 난생 처음이었다. 철

모르던 시절 친구란 가장 만만히 스트레스를 풀 수 있는 상대일 뿐이었다. 그 희생양이었던 경태가 남겨주고 간 교훈이자 선물이라 할 수 있을 이 마음을, 만약 지금 경태가 알게 되면 얼마나 신기하고 괘씸하고 뿌듯하고 억울하게 여길까? 생각하니 문득 또 그 친구가 보고 싶어졌고, 더욱 외로운 기분이 들었다.

외로움을 떨치고자 그는 바삐 시장을 돌며 일에 몰두하려 했지만, 집중도 잘 되지 않고 금세 피로가 몰려왔다. 예전엔 아무리 다른 문제들로 스트레스를 받아도 일에 몰두하는 걸로 웬만큼 다 잊을 수 있었는데, 그마저도 잘 되지 않게 된 시점도 이혼소송의 목적이 헷갈리기 시작한 그쯤이었다. 원단을 찾는 내 틈만 나면 전화기를 꺼내들고 '정변'과 '아니쥬'의 번호를 번갈아 가며 만지작거렸다. 변호사에게는 연락을 해야겠지만 망설여졌고, 희주에겐 연락하고 싶었지만 그러면 안 될 것 같았다. 계속 그러고 있다 보니 에너지 소모가 엄청나 해가 저물고 시장 문을 닫을 때쯤엔 그만 기진맥진해졌다. 게다가 입맛도 없었다. 잠시 다음 행보를 고민했으나, 역시 가장 맘 편한 장소인 작업실로 가서 쓰러져도 쓰러지자고 마음먹었다.

그런데 막 차에 시동을 걸려는 찰나, 전화가 걸려왔다. 희주로부터였다. 그는 놀랍고도 좀 허탈한 기분으로 잠시 화면에 뜬 발신자명을 바라보고 있다가 전화를 받았다.

"내가 먼저 연락할 때까지 하지 말랬잖아?"

"응? 그치만 내가 먼저 연락하고 싶으면 한다고 했잖아?"

왠지 맥이 탁 풀린 그가 가만히 있자, 다시 그녀가 말했다.

"화났어요? 괜히 연락했나?"

"…아니, 아니야. 괜찮아."

"어디서 뭐해요? 혼자 있음?"

"응, 동대문이야. 원단 좀 보러… 지금 막 돌아가려고, 차에 있어."

"잘됐다. 나도 이제 퇴근해요. 저녁 먹었어요?"

"아니."

"같이 먹을래요?"

잠시 침묵 끝에 희주가 한 톤 낮아진 소리로 다시 말했다.

"오늘 상담 어땠어요? 아내 분이랑 다시 잘해보기로 하신 거죠?"

"아냐… 그런 건 아냐."

"아무튼 혼자 있고 싶은 거죠? 미안요. 이제 다신 먼저 연락 안… 아니, 일단 오늘은 방해 안 할게요. 끊어요."

"아니, 보자. 어디야?"

잠시 후 희주는 차에 오르며 이전과 다름없이 해맑은 표정으로 말했다.

"아, 배고파. 우리 뭐 먹어요?"

그러나 원호는 아무 대꾸 없이 가다가 후미진 골목 모퉁이에 차를 세우고 입을 열었다.

"나를 보자고 하는 이유가 뭐야?"

"응…? 맨날 보자고 한 건 대표님이잖아요?"

"오늘은 네가 먼저 보자고 했잖아. 그리고 그전에도 보고 싶으니까 나온 거 아냐."

"그야, 뭐… 같이 있으면 편하고 재밌고, 좋으니까요. 그럼 대표님은요? 그동안 나 왜 보자고 했어요?"

움츠러든 기색으로도 언제나처럼 꾸밈없는 그녀의 말투에 원호 역시 금세 마음의 빗장이 헐거워지는 것을 느꼈다. 하지만 덕분에 생각과 달리 또 막말이 나와 버릴까 염려되어 그는 다시 입을 다물고 말았다. 희주는 그런 그의 안색을 살피다 울상이 되어 말했다.

"그러고 있지 말고, 그만 보자고 얘기할 거면 빨리 해요. 그런 말 기다리는 시간이 얼마나 긴지 알아요? 괜찮아요, 이해한다구요. 어차피 결혼하신 분이니까요. 아내 분과의 관계가 더 중요하겠죠."

"그런 게 아니라니까."

"그럼 그냥 대표님 스타일 아니라서? 그럼 더 미안해할 필요 없고요."

"아니, 그것도 아니고…."

원호는 저 자신에 대한 답답함에 운전대를 두어 번 주먹으로 후려치고는 그 자리에 이마를 박아 버렸다. 그로서는 악의 없는 행동이었지만, 그 폭력적인 제스처에 희주는 그만 놀라 눈물이 그렁해지고 말았다. 그러나 원호는 그런 반응은 전혀 눈치채지 못한 채 말문을 이으려는 데만 골몰하는 중이었다.

"그러니까, 이런 거야. 너나 나나 당장은 서로 만나는 게 좋지만, 어차피 계속 만나다 보면 너도 날 싫어하게 될 거란 말야. 그러느니 그냥 좋은 마음 남아 있는 채로 여기서 그만두는 게 나을까, 아니면 아예 싫어질 때까지 만나고 미련 없이 치우는 게 나을까, 지금 그게 고민인 거야. 양쪽 다 장단점이 있으니까, 뭐가 더 나을지 모르겠어. 네 생각은 어때?"

그제야 옆을 돌아보니 희주는 놀란 데다 황당함까지 겹쳐 경악에 가까운 표정이었다.

"그게… 무슨 말이에요? 왜 내가 대표님을 싫어하게 될 거라는 건데요?"

"…내가 원래 그런 놈이니까."

"그런 말이 어딨어요? 그 말이 대체 무슨 뜻이에요? 대표님, 혹시… 무슨 비밀이라도 있어요?"

그렇게 묻는 그녀의 겁에 질린 눈빛을 보고 원호는 이게 아닌데 싶어 당황스럽고, 자신에게 화가 치밀어 머릿속이 더 엉망이 돼 버렸다.

"아니, 전혀 비밀은 아니고 나랑 웬만큼 아는 사람들은 다 아는 사실인데, 오늘 상담을 갔더니 더 확실히 정리해 주더군. 뭬랬더라? 자기중심적이고, 공감 능력이 떨어지고, 또…."

그때 그의 전화벨이 울렸다. 정우현 변호사였다. 종일 연락에 답이 없으니 또 전화를 한 것이었다. 원호는 잠시 망설였으나, 이번에도 역시 수신 거절 버튼을 누르며 말했다.

"봤지? 내가 이런 식이거든. 누가 걱정을 하든지 말든지, 내가 귀찮으면 연락도 안 받고…."

순간 희주가 그의 손에서 전화기를 빼앗아 가슴팍에 내던졌다. 놀라 쳐다보는 원호를 그녀는 이마까지 새빨개진 채 노려보며 파르르 떨리는 입술을 열었다.

"그걸 말이라고 해요?! 어떻게 그래요? 내가 여태 차여 본 적도 한두 번 아니고, 진짜 별 꼴을 다 봤지만, 세상에 이런 거지같은 핑계는 듣도 보도 못했어요! 차라리 꺼지라고 할 것이지, 그래도 자기 좋다는 사람한테 어쩜 그런… 내가 대표님한테 그렇게 잘못했어요?"

그리고 희주는 차 문을 박차고 뛰어나가 버렸다. 원호는 어안이 벙벙해졌으나 순간 저도 모르게 그녀를 뒤따라갔고, 골목을 벗어나기 전에 따라잡았다. 그새 얼굴이 눈물범벅이 되어 있는 그녀의 손목을 붙들고 그는 정신없이 말했다.

"잠깐만, 들어 봐! 아니, 내 말은 그런 뜻이 아니었어! 내가 진짜 이놈의 입을 확 찢어버리고 싶은데, 일단 오해는 풀고… 그러니까 아까 그 말은 핑계도 아니었고, 너한테 그만 보자고 하고 싶은 것도 아니었고, 내 말은… 아, 씨 모르겠다! 아무튼 그건 아냐! 가지 마! 너한테 꺼지라고 한 소리 정말 아냐!"

말은 엉망이었지만 그의 진심이 전해졌는지 그녀는 잡힌 손을 빼려던 몸부림은 그만두었다. 그러나 여전히 어깨가 들썩일 정도로 심하게 울고 있었다. 그는 어쩌면 좋을지 모르고 그녀의 몸에 차마 갖다 대지 못하는 손을 허공에 휘저을 뿐이었다.

"왜 이렇게 울어? 그만 울어, 화 풀라고. 정말 그런 게 아니었어. 내가 말을 너무 잘못했다. 내가 들어도 어이가 없네. 하아, 난 진짜 항시 변호사를 대동하고 다니든가 해야겠어."

그제야 희주는 겨우 코를 삼키며 말했다.

"아니에요. 대표님 때문에 화나서 이러는 게…."

"그럼 왜 그렇게 우는데?"

"미안해서요."

"미안하다고? …네가 뭐가 미안해? 미안한 건 나지."

"화내고 싶지 않았거든요. 대표님 지금 힘든 거 아니까… 근데 욱해 버렸네. 미안해요. 나도 은근히 욱하는 편이라…."

하고 그녀는 다시 훌쩍이기 시작했다. 그런데 그 순간부터 원호는 그녀가 제풀에 지쳐 눈물을 멈추고 어리둥절해서 그의 눈치를 살필 때까지, 뭐라 더 말은커녕 온 몸이 마비된 것 마냥 꼼짝도 못하고 있었다. 평생 겪어본 적도 상상해본 적도 없는 낯설고 강렬한 느낌에 완전히 압도당해서였다. 미안하다는 그녀의 한 마디, 그가 일생 제대로 들어본 적도 뱉어본 적도 없는 그 말이, 그의 가장 깊은 속에 본래인 듯 박혀 있던 얼음 한 조각을 녹여 버린 것이었다.

2016년 4월
조정 협의(1)

  정우현 변호사의 사무실에 지원호가 얼굴을 다시 보인 건 그로부터 한 달 가까이 지나서였다. 그간 이전과 달리 좀처럼 연락도 없고, 어쩌다 연락이 될 때마다 티 나게 묘한 태도에 우현은 그의 심경에 큰 변화가 있음을 눈치채고 있었다. 그녀는 그 이유가 부부 상담이 잘 되어가고 있기 때문일 거라 짐작하고, 소 취하 또는 조정이 무난히 이루어질 가능성을 고려하고 있었다. 그러던 어느 날 갑자기 원호가 사무실로 찾아온 것이었다. 문을 열고 들어서자마자 그의 각오와 불안, 난처함이 뒤섞인 표정을 보고 우현은 오늘 그가 고백을 할 작정임을 알아차렸다.
  "너무 오랜만이네요, 대표님. 연락도 통 없으시고… 친구하자더니, 무슨 친구가 그래요?"
  "그러게 말야, 미안해. 그동안 진짜 정신이 없어 가지고… 미안해서 사 왔어. 이것부터 먹고 얘기해."
  하며 그가 내민 것은 최근 디저트 마니아들 사이에서 유명세를 타고 있는 고급 케이크 한 상자였다. 세상물정 모르고 특히 먹는 데 사치하는 걸 질색하는 그로선 너무도 뜻밖인 그 선물에 우현은 깜짝 놀랐다. 그런데 먹고 얘기하자는 말이 무색하게 상자를 미처 열기도 전에 그의 입에서 나온 말은, 뜻밖인 정도가 아니었다.

"나 묻고 싶은 게 있는데… 내가 이혼소송 중이지만 아직은 법적으로 이혼이 된 게 아니잖아. 그럼 만약 내가 지금 연애를 하면 그건 법에 걸리는 거야? 작년에 간통죄 폐지됐으니깐, 그건 아니지?"

우현은 어안이 벙벙해져 하마터면 포장을 뜯던 케이크를 바닥에 처박을 뻔했다.

"아뇨, 그렇게 생각하시면 안 돼요! 많이들 오해하시는데, 간통죄는 형법상 처벌조항일 뿐이고, 그게 없어졌어도 민법상 바람피우는 건 부정행위라고 해서 여전히 책임을 져야 하는 일이에요. 당연한 거 아녜요? 오히려 형법 조항이 없어졌기 때문에 민법상 책임은 더 무거워지는 추세예요. 한 마디로 이제 바람피웠다고 감옥에 갈 일은 없지만, 위자료는 더 많이 물어줘야 될 가능성이 크다고요. 그보다 방금 그 질문, 설마 대표님이 필요해서 하신 건 아니죠? 간통죄 안 없어졌으면 감옥 갔을 뻔한 사람은 아내 분이시거나, 아니면 어쨌든 다른 분이라고 얼른 말씀해 주세요."

원호가 붉어진 얼굴을 떨구고 대답을 못하자, 우현은 그보다 더 새빨갛게 되어선 발을 동동 굴렀다.

"기가 막혀! 어떻게 이런 일이, 그새… 부부 상담 받으시던 중 아녔어요? 어쩌다 그렇게 된 건데요? 상대가 누구예요? 이미 저지른 일인가요?!"

"이미 저지른 일이라는 건, 무슨 의민데?"

"그러니까… 원고 측이 부정행위로 걸고넘어질 수 있을 상황 말예요! 관계를 공식적으로 약속한 바 있다든지, 연애가 아니라고 잡아뗄 수 없을 만큼의 신체적 접촉이 있었다든지…."

"아아, 그런… 그러니까, 글쎄… 잘 모르겠네. 사실 우리끼린 아직 공식적인 관계까진 못 갔다고 생각하긴 해. 그 전에 걸리는 바람에 이렇게 허락 받으러 온 거니까. 아, 물론 백하영한테 걸렸다는 건 아니고…."

"그럼 누구한테 걸렸다고요? 대체 어떻게 된 일이죠? 차근차근 자세히 설명해 봐요!"

우선 원호가 희주를 만나게 된 과정을 듣고 난 우현은 콧방귀를 뀌며 물었다.

"근데, 그 분이 그건 아세요?"

"뭘?"

"대표님이 지금 이혼소송 중인 것도 모자라 담당 변호사한테 청혼까지 했던 분이라는 거 말예요."

원호는 곧 땅굴이라도 파고 들어갈 기세로 머리를 조아렸다.

"그때 그 얘긴 진짜… 잘못했어. 사과할 테니까, 그것만은 비밀로 해 주면 안 될까?"

"제가 억울하다고 하는 말이 아녜요. 그때처럼 또 너무 충동적으로 지르신 일이 아닐까 걱정하는 거죠. 제가 그날 분명히 얘기했죠? 대표님 지금 상태론 당장 누구한테 넘어가도 이상하지 않다고, 그러니까 뭐든 지르기 전에 진지하게 자신을 돌아봐야 한다고요."

"맞아, 정변 그날 그 충고 진짜 고마웠어. 이 친구에 대한 마음 깨닫고 나니까 제일 먼저 생각나는 게 그 말이더라고. 그래 내 나름대론 정말 진지하게 많이 생각해 봤어. 뭐 정변 기준에 비춰보면 부족할 수도 있지만… 어쨌든 이젠 이 이상 진지할 수가 없는 상황에 부딪혔다니까."

"뭔데요? 참, 누구한테 걸렸댔지?"

"응, 여자친구 아버님한테. 며칠 전에 그분이 갑자기 날 찾아오신 거야. 여친이 나에 대해서 얘기한 적도 없다는데… 당연하잖아. 만난 지 얼마나 됐다고, 거기다 나 소송 중이라 완전 조심스러운 판인데, 딴 사람도 아니고 아버지한테 얘기했을 리가 없잖아."

"그런데 어떻게 아시고?"

"어떻게 했는지 아무튼 딸을 뒷조사해서 알아낸 거야. 여자친구는 아버지한테 취조도 당한 적이 없대."

여태 시니컬하던 우현의 눈빛이 심각해졌다.

"아니, 어떤 아버지가 서른 넘은 딸 연애사를 뒷조사해요? 역시 이상한 사람들 아녜요? 혹시 깡패나 뭐, 그런 것 같던가요?!"

"그래 보이진 않았어. 평생 사업하셨다더니, 기가 보통 분은 아닌 것 같긴 했지만… 딸 뒷조사한 것도 사정은 있어. 걔가 어렸을 때 어머니가 돌아가신 데다 하나뿐인 막내딸이라 엄청 과보호 받으며 자랐더라고. 그래서 더 그렇게 됐는지, 사실 애가 좀 맹한 데가 있거든. 재작년에 결혼하려고 청첩장까지 다 찍어 놨다가 남자가 바람피운 게 들통 나서 엎어진 일이 있었대. 그 일로 아버지가 약간 노이로제가 생기셔 갖고, 감시가 더 심해진 바람에 여태 남자를 제대로 못 만났다 하더라고. 그런 얘길 듣고서도 난 내가 감시당할 줄은 생각 못했어. 만난 지 얼마 되지도 않았고, 안 그래도 조심스럽게 만나고 있었으니까."

"물론 여친 아버님 입장에선 용납하기 어려운 상황이겠죠. 그래도 뒷조사한 건 너무 심하네요. 무슨 수를 썼는지 모르지만 대표님을 직접 찾아왔단 건 대표님 뒷조사도 했다는 얘기니까, 그 정도면 민사를 걸어도 될 판이에요. 혹시 협박을 하거나 그러진 않았나요?"

"협박이라면 협박이었지. 내 상황 다 안다면서 이대로는 자기 딸 못 만난다고, 당장 헤어지든지 확실히 하지 않으면 골로 보내 버리겠다고 했거든. 솔직히 완전 쫄았었어. 내가 사실 덩치 크고 목소리만 컸지, 진짜 싸움 같은 건 못한단 말야."

"맙소사, 그건 진짜 협박인데요. 어쩌면 그 사실을 우리 원고 측하고 거래할 수도 있어요. 소송 중이라도 아직 법적인 부부로서 의무가 있기 때문에, 부정행위가 증명되면 판결에서 굉장히 불리해진다고요. 물론 불법적으로 수집한 증거는 재판에 제출할 수 없지만…."

"그렇게 될 일 없을 테니 염려 마. 난 아버님 말씀에 따를 생각이야. 일단 일 마무리될 때까진 다시 안 만나기로 약속했어. 억울하지 않아. 나한테 딸이 있어도 그렇게 했을 테니까."

"뭐라고요? 대표님, 나중에 제발 딸은 낳지 말아요."

"내 생각에도 그게 나을 것 같긴 해. 맘대로 되는 일은 아니겠지만."

"아무튼, 그래서 어쩔 거란 얘긴데요? 소송 끝날 때까지 안 만날 거라면 간통죄 걱정할 이유도 없잖아요."

"그건 아니지. 이놈의 소송이 어느 천 년에 끝날 줄 알고 그때까지 안 만나? 헤어지란 얘기밖에 더 돼?"

"그렇담 조정으로 최대한 빨리 마무리 짓는 수밖에 없겠네요. 그러려면 우리 쪽에서 양보를 많이 해야 될 가능성이 커요."

"얼마나 양보해야 되는데? 그리고 최대한 빨리면 언제쯤?"

"그쪽이 요구한 대로 다 들어주겠다고 하면 당장이라도 끝낼 수 있죠. 하지만 우리가 뭔가 급해서 빨리 마무리하려는 걸 저쪽에서 눈치채면, 합의 조건을 더 높이 부를 수도 있어요. 전 재산을 내주고라도 당장 여자친구와 새 출발하고 싶다, 그런 건 설마 아니시죠? 그러니까 그런 내색을 하는 건 좋은 방법이 아녜요."

"그럼 어떻게 해?"

"일단 이대로 조정기일 잡힐 때까지 조용히 기다렸다가 적당한 선에서 마무리하는 편이 제일 낫겠죠. 조정으로 끝나면 숙려기간[4]도 필요 없으니까요."

"그러려면 얼마나 걸리는데?"

"정확히는 모르죠. 아직 조정기일도 안 잡혔잖아요. 부부 상담 중이니까, 적어도 그거나 끝나고 날 잡힐 가능성이 커요."

점점 짜증이 섞이는 우현의 말투에도 아랑곳 않고 원호는 계속해서 물었다.

"대충이라도 어느 정도 걸릴까?"

"앞으로 최소 두 달? 이봐요, 대표님. 소송이란 건 원래 기약이 없는 일이에요. 그러니 무조건 조급한 사람이 불리하게 돼 있고요. 지금 할 수 있는 최선은 우리가 양보할 수 있는 마지노선을 정해 놓고, 시치미 뚝 떼고 조정까지 기다리는 거예요. 이혼소송에서 다른 사람이 생겨서 빨리 마무리하길 원한다는 건 엄청나게 불리한 조건이에요. 게다가 우리가 여태 밀었던 입장도 있는데, 지금 이 상황을 절대로 저쪽이 눈치채게 해선 안 돼요. 그분 아버님은 이대로는 연애 못한다고 하셨지만, 저도 이대로는 소송 못한다고 말해야겠네요. 그분한테 얼마나 반했고 뭐가 그렇게 급한지는 제가 잘 모르겠지만, 일단 진정 좀 하세요. 이대로는 아무것도 안 돼요, 정말."

그러자 지금껏 들어와 선 채로 몰아치던 원호는 길게 한숨을 내쉬며 소

---

4 숙려기간 : 소송까지 가지 않는 협의이혼인 경우, 서류접수를 하고 나서 자녀가 없는 경우 의무적으로 한 달의 숙려기간을 가져야 하며, 이후에도 양측이 이혼의사에 변함이 없음을 확인한 후에야 이혼신고가 접수된다. 자녀가 있는 경우 숙려기간은 3개월이나. 다만 가정폭력, 기타 급박한 사정이 있을 경우 법원에 숙려기간 '면제단축신청'을 할 수 있다.

파에 늘어졌고, 우현은 그때부터 맹렬한 기세로 혼자 케이크를 퍼먹기 시작했다. 족히 3~4인분은 될 크기의 케이크를 그녀가 거의 다 먹어치웠을 때쯤, 우연히 동시에 눈이 마주친 두 사람은 약속이나 한 듯 배를 잡고 웃기 시작했다. 둘 다 눈물까지 짜내고 나서야 간신히 웃음을 그쳤다.

"그 케이크라도 안 사왔으면 어쩔 뻔 했어."

"그러게 말예요. 세상에 이렇게 맛있는 건 어떻게 알고 사왔어요? 대표님 간식이라곤 초코파이밖에 모르잖아요?"

"그게, 여자친구가 이런 걸 진짜 좋아해. 뭔 빵집이랑 과자 이름을 수도 없이 많이 알아. 난 먹어보면 다 맛있긴 한데, 특별히 뭐가 다른지는 잘 모르겠어. 요즘은 이게 최고라 하더라고. 정변도 여자니까 이런 거 좋아할 거 같아서…"

"여자라고 다 케이크 좋아하는 건 아니지만, 전 맞아요. 이거 진짜 맛있네요. 꽤 비싸죠? 이런 거 남친한테도 잘 못 얻어먹는데."

"맞아, 이건 내가 친구니까 사준 거야. 정변이 그냥 내 변호사였으면 모르지만 이젠 친구니까, 내가 이러는 게 너무 미안한 거지. 그래도 나한테 여자친구가 안 생겼으면 이런 죽이는 케이크는 사다줄 수 없었을 테니까, 좀 봐 줘."

"사랑에 빠진 걸 갖고 봐주고 말고 할 게 있나요? 어쩔 수 없는 거지. 참, 저것도 재주라니까. 어쩜 이렇게 끊이지 않고 사람을 놀래켜요? 내가 청혼까지 받아 봤겠다, 더 이상은 놀랄 일이 없을 줄 알았는데… 대표님 얼굴을 보아하니 이미 말려볼 수 있는 단계는 아닌 것 같고, 그분이 대표님 지금 상황을 더 어렵게 만들 상대가 아니길 바랄 뿐이에요. 친구로서도, 변호사로서도 말예요."

그 말에 원호는 민망함과 긴장과 설렘과 결연함이 뒤섞인, 우현이 그에게선 처음 보는 표정으로 기대 못한 대답을 했다.

"나도 정변이 걱정하는 거 백 프로 이해해, 고맙게 생각하구. 그럴 사람 아니라고 난 확신하지만, 정변한테도 검사 맡고 싶어. 걔에 대해서 뭐든 다 얘기할게. 정변이 직접 한 번 만나보면 좋을 텐데, 이미 소송 끝날 때까진 못 보는 걸로 돼 버렸으니…."

"그러게요, 어떤 분인지 정말 너무 궁금하네요. 대표님이 원래 좀 금사빠인 것 같긴 하지만, 어떻게 이렇게 짧은 새에… 대체 얼마나 예쁜 분이기에."

"아, 그게… 솔직히 그렇게 예쁘진 않아. 생긴 건 전혀 내 스타일 아냐. 나도 이번에 놀랐어. 내가 여자 얼굴 그렇게 안 보는 줄 처음 알았거든."

원호는 휴대폰을 열어 그녀의 사진들을 보여주었다.

"어머, 정말이네. 인상은 좋은데, 대표님이 막 좋아하는 스타일은 아니다. 그럼 어떤 점이 좋았어요?"

"그게, 뭐랄까… 일단 같이 있으면 참 편하고, 재밌어. 내가 원래 여자를 그렇게 편하게 대하는 편이 못 되는데, 얜 신기하게 처음 만났을 때부터 불편하단 생각이 거의 안 들었어. 그리고 얼굴은 별로지만 성격이 정말 귀여워. 착하고, 잘 웃고, 애교도 많고. 그것도 의외야. 난 내가 애교 많은 여자 좋아한다고 생각한 적 없거든. 좀 시크한 여자가 매력 있다고 생각했는데… 그렇다고 이상형이 바뀐 건 아니고, 그러니까 사실 나도 어디에 반한 건지 잘 모르겠어, 아직도."

우현은 비로소 두 눈에 의심 대신 웃음을 가득 담고 말했다.

"원래 그런 게 진짜예요. 딱히 이상형도 아니고, 어디가 좋은지 설명도 잘 못하겠는데, 그냥 그 사람이라 좋은 거. 그게 진짜 사랑이죠."

"그런 거야? 나 이런 적은 정말 처음이라."

"그럼 지금까진 이상형 아니면 절대 좋아진 적이 없었어요?"

"그렇다기 보다는… 사실 여자를 그렇게 좋아한 적이 별로 없어. 유학 다녀올 때까지만 해도 여유가 없어서 여자 만날 생각 자체를 못했거든. 누가 좀 괜찮다 한 적이야 있지만, 제대로 만나보진 못했지. 와이프가 거의 처음이야. 그 이후론 당연히 없었고… 근데 와이프는 만난 지 얼마 안 돼서 바로 결혼 준비 시작했기 때문에 연애한단 느낌이 별로 없었어. 따지고 보면 얘랑 제대로 사귄다면 이게 내 생애 첫 연애야."

"그렇구나. 그렇게 속이 타시는 것도 이유를 알겠네요. 처음이시라니… 근데, 어떡하죠? 대표님 첫 연애는 아무래도 좀 미뤄져야 할 것 같은데. 전 지금 이 사진들도 일단 다 삭제하시는 편이 좋을 것 같아요. 별 사진 없지만 혹시라도 빌미 잡힐 일 절대 없도록요. 문자 같은 것도 다 지우시고, 앞으로도 아주 연락을 안 할 순 없겠지만, 그때마다 꼭이요. 여자친구 분도 마찬가지로 그러셔야 되고요. 꼭 당부해 주세요."

그 말에 일순 그의 얼굴에서 설레던 빛이 사라지고 거짓말처럼 어두컴컴해졌다.

"어쩌죠? 아무래도 저 혼자서 만이라도 여자친구 분을 한 번 뵐까 봐요. 대표님이 직접 말씀하시기 어려울 것도 같고, 상황이 복잡하니 제가 이것저것 좀 살펴봐야겠다 싶기도 하고… 지금 그분은 어떡하고 계세요? 자기 아버지가 대표님 만난 거 아시겠죠? 뭐래요?"

"그날 이후로 얼굴 본 적은 없어. 울고불고 난리 치는데, 내가 일단 아버지 말씀 따르라고 했지."

"잘했어요. 사실 아버님이 끼어드신 게 방법은 좀 지나쳤지만, 결과적으론 다행이에요. 지금 이 상황에서 무작정 시작했다간 서로 상처받는 일이 생길 수도 있어요."

"하지만 이대로 당장 기약도 없이 못 본다고 밖엔 할 수 있는 말이 없나? 갠 지금 내가 어떻게든 해결해 주기만 목 빼고 기다리고 있는데…."

"어떡하지… 이해 못해주실까요?"

"물론 이해야 한다고 하지만, 너무 불안한가 봐. 이러다 내가 다시 와이프랑 합치는 거 아닌가, 그런 걱정 충분히 할 수 있잖아. 아버님도 그걸 제일 못 믿으시겠단 거고, 어쩌면 그냥 그렇게 되길 바라시는 것 같기도 해. 아버님 입장에선 그러는 것도 당연하겠지. 당장 전처럼 지낼 수는 없더라도, 여자친구를 좀 안심시킬 수 있는 말은 없을까? 이대로 그냥 기다리자니, 정말 죽겠어. 하루하루가 지옥이야. 이런 기분 모를 거야."

안타까움에 눈살을 찌푸리고 있던 우현은 그만 또 웃고 말았다.

"와아… 대표님, 정말 그분 좋아하는구나."

"그래. 방법만 있다면 내가 무슨 짓이든지 할 테니까, 잘 좀 생각해 봐. 일단 정변이 그 친구 만나보겠단 건 좋아. 그러면 좀 나을까?"

문득 우현은 그를 향해 기다려 보란 손짓을 하고는, 한동안 손톱까지 물어뜯어 가며 골똘히 생각에 잠겼다가 입을 열었다.

"이런 방법도 있긴 한데… 근데 대표님, 그러려면 이건 확실히 해 둬야 해요. 완전히 결정하신 거 맞아요? 이제 아내 분이랑 다시 잘해볼 마음은 전혀 없는 거?"

"응. 사실 나도 그동안 확신이 없었는데, 이제 생겼어. 처음으로 진짜 좋아하는 여자가 생겼으니까."

"그럼 아내 분은 진짜 좋아한 게 아니었고요?"

"좋아했지. 근데 뭐랄까, 지금이랑은 느낌이 달라. 그때 백하영은 내가 생각하고 있던 결혼할 여자의 조건에 너무 딱 맞는 사람이어서, 다른 건 볼 것도 없이 결정했거든. 인간적인 면이라든가 성격이 잘 맞는지, 그런 건 생각도 안 해봤어. 제일 중요한 건 어쨌든 나는 걔한테 푹 빠졌었지만, 걔가 나한테 그렇게 빠졌단 느낌을 받은 적은 없단 거야. 내가 좋으니까 별로 상관없다고 생각했는데, 이렇게 파토 나고 나를 진짜 좋아하는 여잘 만나보니까 그게 아니었단 걸 알겠어. 나 같은 놈이랑 백하영이 지금까지 살아준 건 고맙고 미안하지만, 이제 나 같은 놈 좋다는 여자한테 진짜 잘 해줘 볼래."

"좋아요. 그런 결심이시라면 이 방법을 써 보는 것도⋯ 참, 어쨌든 이혼 자체에 동의하는 걸로 우리가 입장을 바꾸면, 재산분할에 있어서 좀 불리해질 수 있단 건 아시죠?"

"아, 당연하지! 이제 그만 방법 뭔지 좀 얘기해주면 안 돼? 숨넘어가겠다!"

2016년 4월
조정 협의(2)

그로부터 며칠 후, 지원호와 백하영의 부부 상담 3회 차였다. 그간 두 사람은 정해진 일정에 꼬박꼬박 참석했을 뿐, 집에 돌아가 상담 과제를 수행한다거나 따로 관계를 개선하려는 노력을 하지는 않았다. 그럼에도 상담사는 이 과정이 상당히 효과를 발휘하고 있다고 보았다. 무엇보다 대화에 서툴고 비협조적이던 남편 측이 눈에 띄는 태도 변화를 보였기 때문이었다. 2회 차에서 남편은 몹시 혼란스러운 듯 감정이 오락가락하고, 가닥을 잘 잡지 못하면서도 상담 내용에 민감하게 귀를 기울이는 모습이었다. 좋은 변화라고 생각한 상담사는 그에게 격려를 아끼지 않았으나, 아내는 그런 남편을 향해 의아하고 의심스러운 시선뿐, 긍정적인 반응이라곤 조금도 보이지 않았다.

그리고 3회 차, 남편의 표정엔 또 전과 달리 뭔가 결연한 의지와 극도의 초조함이 교차하고 있었다. 그리고 아내는 그게 불안한 모양이었다. 이 부부는 둘 다 명민하고 의지도 있으며, 충분히 관계를 개선하고 좋은 짝이 될 가능성이 보이는데, 안타깝게도 줄곧 묘하게 어긋난다고 상담사는 생각했다.

이번 주제는 비폭력적인 의사 전달을 위한 '관찰-느낌-욕구-요청' 네 단계의 대화법을 숙지하는 것이었다. 두 사람은 이 단계에 의거하여 각자 상대방과 갈등요소에 대한 대화문을 만들고 나누었다.

원호, "나는 당신이 나를 비난하다가도 사람들 앞에선 나에 대해 좋게만 말할 때 우리 관계가 남들한테 보이기 위한 것밖에 안 되는가 싶어서 너무 화가 나고 서운했어. 내가 잘못한 게 있다면 다른 사람들한테도 솔직히 털어놓고 상의해서, 내가 당신 말만 아니고 더 많은 사람들의 객관적인 조언을 듣게 하면 고치는 데 도움이 될 것 같아."

하영, "나는 당신이 다른 사람들 앞에서 나를 공개적으로 비난할 때 너무 창피하고 당황스럽고, 당신이 날 소중하게 대하지 않는 것 같아서 슬프고 서운했어. 당신이 나처럼 감정을 잘 숨기지 못하는 성격이란 거 알아. 하지만 나는 당신과 달리 남들 시선에 예민하고 평판에 신경 많이 쓰는 성격이란 걸 알아줬으면 해."

상담사는 두 사람에게 마주보고 서로의 요청에 대한 답을 하도록 했다. 그런데 뜻밖에도 원호가 시키지도 않았는데 먼저 아내의 손을 덥석 잡더니 입을 열었다.

"나는 네가 그러는 게 너만 남들 앞에서 착한 척하고 나 약 올리려고 일부러 그러는 건 줄 알았다. 근데 넌 그냥 쪽팔릴 뿐이었단 거 이제 알겠어. 솔직히 말하면 난 너 그러는 거 얄미워서 남들 앞에서 쪽팔리라고 일부러 지랄한 적도 있어. 물론 못 참아서 그런 적이 더 많지. 그래도 네가 그런 거 워낙 싫어하는 건 알고 있었으니까, 나중에 혼자 미안하다고 생각한 적 많아. 그런데 그때서 미안하단 말은 도저히 안 나오더라. 내가 원래도 그런 말 잘 못하는 인간이지만… 미안하다. 그때 너 쪽팔리게 한 것도 미안하고, 그동안 미안하단 말 못한 것도 정말 미안해."

어색해 하면서도 진지한 그의 말투에 듣는 쪽은 놀랍다 못해 경악에 가까운 표정이었다. 상담사는 몹시 뿌듯해하며 말했다.

"남편 분, 역시 화끈하시네요. 잘하셨어요. 사과는 그렇게 하는 거죠. 자, 이제 아내 분의 답을 들어 볼까요?"

그러나 하영은 한참이나 뭔가를 간파하려는 눈빛으로 그의 얼굴을 뜯어보고만 있었다. 원호가 견디다 못해 마주보던 시선을 피해 버리고, 상담사의 얼굴에서도 웃음기가 걷힌 뒤로도 그녀는 좀처럼 자기 차례에 집중하지 못했다.

그렇게 묘한 분위기 속에서 그럭저럭 시간이 종료된 후, 상담실 문을 나서자마자 원호가 입을 열었다.

"야, 잠깐 얘기 좀 하자."

"그럴 줄 알았어. 너 무슨 일 있지?"

두 사람은 인적이 드문 비상구 층계참에 마주 섰다. 팔짱을 낀 채 자신을 빤히 올려다보는 하영 앞에서 원호는 몇 번의 주저 끝에 간신히 말머리를 잡아 꺼냈다.

"근데, 넌 어떻게… 내가 할 말 있는 줄은 어떻게 알았어?"

"빤하잖아. 너무 안 하던 짓을 하니까. 안 하던 짓하면 죽는다던데, 내가 죽기 전에 네 입에서 미안하단 소리 들어볼 줄 알았겠니? 대체 바라는 게 뭐길래?"

"야, 그래도 사람이 큰맘 먹고 사과했는데 바라는 게 뭐냐니? 내가 너랑 화해하고 다시 잘해보고 싶어서 그랬단 거면 어쩔래?"

하영은 코웃음을 쳤다.

"그럴 리가 없잖아."

"정말 그런 거면 어쩔 건데?"

"야! 나 바빠. 할 말 있으면 빨리 해. 답잖게 빙빙 돌리고, 오늘 정말 왜 이래?"

"알겠어. 근데 아까 사과는 진심이었단 거 알아 줘. 뭘 바라서 한 말은 아냐. 내가 지금 너한테 바라는 게 있긴 하지만, 그 대가가 될 만한 건 전혀 아냐. 들으면 너도 알겠지만…

진짜 솔직히 얘기할게. 나 얼마 전까지만 해도 너랑 다시 잘해보고 싶은 마음 있었어. 넌 내가 돈 한 푼이라도 덜 뺏기려고 마음에도 없는 답변서 써냈다고 하지만, 그건 아냐. 확신까지 있었던 건 아니니까 백 프로라곤 말 못하지만, 그래도 어느 정도는 내 진심이었어. 우리 변호사도 내 마음 알고 그쪽으로 유도해 보려 한 거고… 넌 어때? 조금이라도 그런 마음 있었어?"

순간 그는 큰 덩치가 휘청할 정도로 호되게 따귀를 한 대 얻어맞았다. 지금까지 그렇게 험하게 싸운 적이 많아도 그녀에게 이렇게 정식으로 따귀를 맞기는 처음이었다. 얼이 빠져서 쳐다보고 있으려니, 그녀는 방금 상황이 믿기지 않도록 냉정한 투로 말했다.

"넌 언제까지 그런 의미 없는 질문으로 날 모욕할 거야?"

"……."

"그래서 전엔 네 마음이 그랬는데, 지금은 바뀌었다는 얘기 아냐? 맞지? 이제는 나랑 잘해볼 마음이 없어졌다고. 그러니 어쩌란 건데?"

잠시 화끈거리는 뺨을 어루만지며 원호는 우현과 함께 여러 번 외우고 연습한 대사를 떠올리기 위해 애썼다. 지겨워 적당히 하려는 자신을 그녀가 끝까지 붙들고 완벽하게 숙지하도록 시킨 것이 참으로 현명했다는 생각이 들었다.

"그, 그러니까… 너도 같은 마음일 테니까, 우리 더 이상 끌 것 없이 조정으로 빨리 마무리를 지었으면 해."

"그거 듣던 중 반가운 소리네."

"그래, 하지만 네 요구를 그대로 다 들어줄 생각은 없어. 이번 조정 날짜에 합의할 수 있게 현실적으로 타협안을 논의해 보자. 어때?"

"좋아. 변호사한테 얘기해 둘게."

"하지만 타협이 안 되면 소송까지 넘어갈 수도 있겠지. 그럼 언제 끝날지 모르는 거야."

"당연하지. 너한테 알량한 사과 정도 받았다고 만만하게 타협해 줄 거란 기대는 마."

"알고 있어. 그래서 하나 부탁할 게 있어. 사실 나… 좋아하는 여자가 생겼거든. 물론 내가 아직은 다른 여자를 만날 자격이 안 되는 거 아니까, 정식으로 관계를 시작하진 않았어. 그런데 우리가 언제 완전히 정리될지는 기약이 없잖아. 그래서 그러는데… 이제 우리 이혼 자체엔 동의한 거니까, 법적으로 정리 끝날 때까지 서로 다른 사람 만나도 문제 삼지 않겠다는 각서를 써 줬으면 해. 상관없겠지? 어차피 우리 관계 다시 시작할 가능성도 없고, 너도 다른 남자 만나고 싶을 거 아냐? 어쩌면 벌써 만나고 있을지도 모르지만."

"그래서, 거기 사인해 주셨다고요?"

"네."

"뭣하러요? 그러실 필요가 없는데요."

변호사의 말에 하영은 당황했다.

"안 해줄 필요도 없잖아요?"

"그렇더라도 굳이 그런 호의를 베풀어 주실 이유는 없죠. 이미 여자가 있는 게 분명한 것 같은데, 부정행위 증거를 잡으면 우리 쪽에 유리하게 활용할 수도 있을 텐데 말이죠."

"하지만… 그쪽에서도 변호사 자문을 얻어서 들이민 건데, 설마 그럴 여지를 남겨 뒀으려고요?"

"물론 그렇긴 하죠. 그래도 혹시 모르는 거니까요. 그리고 그런 제안을 하는 걸 보니 당장 만나고 싶어 안달 난 모양인데, 허락해 주지 않으면 이 일 끝날 때까지 못 참고 무슨 실수를 할지도 모르는 일이에요. 아니면 빨리 일 끝내고 싶어서 조급해 하는 것만으로도 우리 쪽이 유리해질 수 있고요. 여러 가지로 우리 쪽엔 득 될 게 전혀 없는 선택이었어요."

"…그렇군요. 전 그냥 조정으로 빨리 끝내자는 말에만 솔깃해서… 그 따위 제안은 받아 줘도 제가 손해 볼 건 없을 거라 생각했어요. 제가 정말 멍청한 짓을 했네요."

하영은 고개를 푹 떨구었다.

"뭐, 기왕지사인데 자책하실 필요는 없어요. 말씀하신 대로 우리가 실질적으로 손해 볼 일은 거의 없을 테니까요."

"그렇다 해도… 다시 생각해 보니 저도 제가 이해가 안 가네요. 왜 그만한 생각을 못했을까요? 최소한 소송 중인 상대가 뭘 사인해 달라고 들이미는데, 일단 변호사님께 문의부터 했어야 하는 게 당연한 건데… 정말 뭐에 홀렸었나 봐요."

"원래 이혼소송이란 게 좀 그렇게 되는 경우가 많습니다. 아무래도 사람 마음이고, 한때나마 사랑했고 가족이었던 사람들 간의 일인데, 매번 냉정하게 판단이 설 수만은 없는 게 당연하죠. 백 대표님은 아마 그 상황에서 그 제안을 거절한다면 무척 자존심 상하는 일이 될 거라고 생각하셨을지 몰라요. 그렇게 헤어지고 싶었던 남편인데 다른 여자 만난다니까 붙잡는 것 같은 기분이 들잖아요. 그렇지 않나요?"

그 말에 정곡을 제대로 찔린 듯, 순간적으로 하영의 얼굴에 예상보다 더 심하게 아픈 기색이 지나가는 걸 보고 변호사는 그만 입을 다물었다. 잠시의 침묵을 깨고 그녀는 절망적인 투로 중얼거렸다.

"제가 정말 말도 안 되게 멍청했네요. 이렇다니까요, 제가. 늘 피곤하게 날 세우며 살다가도 결정적인 순간엔 꼭 허당 짓을 해요. 이래서 그딴 놈한테 여태 이렇게 당하고 살았나 봐요."

"뭐, 어떤 사람도 늘 완벽할 수는 없는 법이잖아요? 그렇긴 하지만, 만약 그쪽에서 대표님의 이런 심리를 계산하고 이 작전을 짠 거라면 보통이 아니네요. 그쪽 변호사가, 이름이 뭐였더라… 아무튼 경력도 별로 없고 해서 솔직히 저도 그동안 크게 신경 안 썼던 게 없지 않은데, 저부터 정신 바짝 차려야겠다 싶네요. 이제 곧 조정 논의를 시작해야 할 테니."

"딱히 계산해서 놓은 수가 아닐 수도 있어요. 그냥 저가 지금 필요한 일이니까 얘기한 걸지도… 그런 게 원래 그 사람 스타일이거든요. 그리고 제가 그런 식으로 생각 없이 치는 수에 약하기도 해요."

"그럴 수도 있지만, 변호사끼리의 전략 싸움은 또 다른 얘기니까요. 아무래도 이 상황에 대해서 좀 더 자세히 알아볼 필요가 있을 것 같네요. 일단 들으신 대로 전부 이야기해 주세요. 아무리 사소한 거라도 좋으니까… 상대 여자는 뭐하는 사람이래요? 어떻게 만났대요? 혹시 각서를 그 여자 쪽에서 요구한 것 같던가요?"

하영은 멍한 눈으로 잠자코 있었다.

"설마… 아무것도 못 들으셨나요? 안 물어보셨어요?"

"…네… 아무것도."

이번엔 변호사가 할 말을 잃고 있자, 하영은 쓴웃음을 지었다.

"어젠 제가 정말 제정신이 아니었던 게 맞는 것 같죠? 하지만 걱정 마세요. 제가 자존심 때문에 일을 그르치기도 하지만, 또 자존심 때문에 해야 할 일을 못하진 않거든요. 지금이라도 다시 물어보면 되겠죠? 저한테 그럴 권리는 있는 거잖아요."

"물론이죠. 괜찮다면 그렇게 하시는 게 좋겠어요. 그쪽에선 이미 각서 썼고 끝난 얘기니까 더 할 말 없다고 나올 수도 있겠지만, 어쨌든 어떻게 나오는지 그 반응이라도 잘 살펴보시고 저한테 알려주세요. 저도 나름대로 좀 알아볼 테니까."

변호사 사무실을 나오면서 하영은 계속해 혼자 헛웃음을 흘리고 있었다. 어제 원호가 각서 이야기를 꺼낸 순간부터 줄곧 그랬다. 지금 상황과 제 자신이 그렇게 황당하고 우스울 수가 없었다. 처음엔 너무도 진지한 그의 표정에 웃음이 터졌지만, 이내 퍼뜩 정신이 들었다. 늘 진지한 남자와 몇 년을 같이 산 경험을 통해 알고 있었다. 스스로 진지한 이를 웃음거리로 만들 수 있는 사람은 아무도 없다. 여기서 누군가 우스워진다면 바로 나일 것이다. 결국 그 예감을 피해가지 못한 걸 방금 확인한 셈이었다.

더 이상 우스워질 데도 없다는 생각에 그에게 연락하는 일은 망설여지지 않았다. 그러나 변호사의 기대처럼 이제 와 사건의 전모를 안대도 달라질 게 있을 거란 생각은 들지 않았다. 그 각서를 들이민 데 어떤 계산과 수가 있음을 미리 알았더라도 자신의 선택이 달라지진 않았을 것 같았다. 어차피 시간이나 돈 얼마의 문제가 아니었다. 재판이 몇 달 일찍 끝난대도, 설사 그의 전 재산을 빼앗아 올 수 있다 해도, 자신이 이 결혼으로 인해 잃어버린 꿈과 자격과 건강, 그리고 인생에서 가장 아름다웠어야 할 세월을 웬만큼이라도 보상받을 수 있을 리 없었다. 지금 그녀를 이 절망에서 지탱해 주고 있는 유일한 의지라면 자신이 끝을 스스로 선택했고, 거기에 오롯이 책임질 것이라는 자부심뿐이었다. 이미 헤어지기로 작정한 남편이 누굴 만나든 거기 연연하는 모양새는 아무래도 자신이 감당할 수 있을 것 같지가 않았다.

다만 하영의 마음에 걸리는 것은 남편이 누군가를 좋아하게 되었다는 일 자체에 대한 의구심과 시기심이었다. 그가 그 나름대로 순수하게 자신을 여자로서 좋아했었다는 사실은 여태 의심할 여지가 없었다. 그러나 지원호는 인격적으로 미성숙하여 누군가를 진정으로 사랑할 능력이 없는 인간이며, 그렇기에 자신 역시 그를 사랑할 수 없었다는 것이 지금까지 그녀의 알리바이와도 같았다. 한데 그런 자기합리화 뒤로 줄곧 그녀의 마음을 무겁게 짓눌러 왔던 것은 어쩌면 자신 또한 남을 진정으로 사랑할 능력이 없는 사람일지 모른다는 생각이었다.

사실 그녀는 뛰어난 관찰력 덕분에 그런 능력이 의외로 그리 흔치 않으며, 그런 능력자들끼리 좋은 인연으로 만나 일생을 해로한다는 것은 더욱 드문 경우임을 일찍이 간파하고 있었다. 따라서 자신이 거기 해당되지 못한다 해도 특별히 비관할 마음은 없었다. 오히려 그녀는 사랑에 대한 필요성이 적은 사람이 되는 것이 더 확실한 능력이라 여겼고, 그렇게 되기 위해 노력해 왔으며, 비슷한 태도를 가진 사람을 배우자로 택했다.

그런데 이제 와 그 인간이 누군가를 정말로 '사랑한다'면? 그것도 모자라 누군가에게 '사랑받는다'면? 제가 스스로를 제대로 파악 못한 것에 그치지 않고, 그 빤한 인간에 대해서마저 잘못된 판단을 내리고 있었던 거라면? 설마 그럴 리 없을 거라 여기면서도, 상상만 해도 소름이 돋을 정도로 배가 아팠다. 어제 분명히 다 꾸민 거라곤 볼 수 없는 표정으로 그가 각서를 내밀었을 때, 자신이 단박에 평정심을 잃어버리고 만 데는 아까 변호사가 추측한 것 말고도 이런 이유도 있었으리란 데 이제야 생각이 닿았다. 이 부분을 확인하기 위해서라도 한시라도 서둘러 그를 만나야겠다, 결심한 그녀는 곧바로 통화버튼을 눌렀다.

잠시 후 호출 받은 장소인 카페에 나타난 그의 얼굴을 보자마자 그녀는 혹시나 했던 마음이 덜컥 내려앉는 것을 느꼈다. 염려와 불안이 역력한 그의 표정, 분명 지킬 것이 있는 이의 표정이었다. 그에 대한 미움과 원망이 솟구칠 때면 늘 그렇듯 심장이 차갑게 얼어붙는 기분으로 그녀는 입을 열었다.

"어제 각서 일, 우리 변호사한테 말했더니, 내가 너무 가볍게 사인해 줬다면서 얘기 다시해 보라고 해서 불렀어."

"뭐…? 그래도 이미 사인한 거니까, 무를 순 없어!"

"알아, 누가 무른대? 하지만 내가 이혼소송 중 부정행위 문제에 대해 너무 가볍게 생각했던 건 다시 짚고 넘어가야겠어. 난 네가 누굴 만나든 상관없으니 상관없겠지 했는데, 그러고 보니 나야말르 다른 남자 만나고 싶은 마음이 굴뚝같지만 당연히 서류 정리 끝나고 만나야 된다고 생각하고 있었단 말야."

"그, 그건 나도 마찬가지야. 그러니까 변호사한테 얘기해서 각서까지 만들어 온 거 아냐?"

"그러니까 뭐 얼마나 좋아서 당장 못 붙어 다니면 못 견딜 것 같아 그런 오글거리는 각서까지 만들어 오고 난리야? 내가 네 성격을 아니까, 아무래도 의심스러워서 그래."

"뭐가 의심스럽다는 거야?"

"이미 사고 쳐 놓고 덮으려는 건가 싶기도 하고. 그런 거면 나도 굳이 쑤셔내고 싶진 않지만, 솔직히 난 널 여자 문제로 걸고넘어질 마음은 없거든. 네가 나랑 사는 동안 그런 문제만큼은 없었다는 거 잘 알고, 지금이야 누굴 만나든 내 알 바 아니니까. 근데 네가 안 어울리게 지금 이 난리 치는 거 보니까, 솔직히 좀 걱정도 돼. 혹시 그새 이상한 년한테 낚여서 어떻게 된 거 아닌가."

"아니, 이상한 년이라니?! 사고라면 뭔 사고? 대체 무슨 생각을 하고 있는 건데? 이게 사람을 뭘로 보고…."

"뭘로 보긴, 솔직히 너 호구잖아. 네가 여자 볼 줄 알아? 제대로 만나본 적이나 있어? 하긴 여자 남자 가릴 것도 없지. 너 강경태한테 당한 게 엊그제 아냐? 또 내가 나눠먹어야 될 돈 떼이기라도 하면…."

"제기랄, 사람 무시하지 말라고! 아냐, 걔 이상한 애 절대 아냐! 만일 그렇담 우리 변호사가 먼저 알아봤을 거야."

"흠… 그렇게 말하는 거 보니까 그 여자가 네 변호사는 아닌가 보구나."

"뭐…? 야, 그걸 말이라고 해?! 전부터 자꾸 어디서 개소린 주워들어 가지고…."

목까지 빨개져선 허둥거리는 원호를 보고 여태 걱정하는 체하던 하영은 진심으로 어이가 없어졌다.

"보자보자 하니 점점… 진짜 뭐야? 변호사 아닌 거 맞아?"

"거, 진짜! 너야말로 듣자듣자 하니… 사진 보여 줘?!"

"사진만 가지고 될 게 아냐. 뭐하는 앤지, 어디서 만났는지 싹 털어 봐. 아참, 우선… 너희 엄마는 아시니? 그 여자에 대해서?"

그 말에 원호는 단박에 풀이 죽었다.

"아니… 안 그래도 지금 그게 제일 문제야. 이번에도 엄마 때문에 망할까 봐 도저히 얘기 못 하겠어. 언제 걸릴지 조마조마해."

"하기야 너희 엄만 멀쩡한 사람도 이상한 사람 만드는 재주 있으시니… 그러니까 나한테 얘기해 봐. 네 말대로 이미 사인했으니 어차피 내가 만나는 거 방해는 못해. 그럴 생각도 없고. 정말 궁금하고 걱정돼서 그래.

우리 나이에 비밀연애는 위험해. 주변 사람들한테 검증을 받아야 된다구. 내가 사람 보는 눈 예리한 거 하난 인정하잖아? 중이 제 머리 못 깎는다고, 내 신랑감만 잘못 골라서 그렇지."

결국 하영의 설득에 넘어간 원호는 상황을 전부 실토했다. 여기까지는 그녀의 예상대로였으나, 그의 사연은 들을수록 예상 밖이어서 그녀는 점점 아연해졌다. 자신도 일터에서 스치듯 아는 사람이었던 그 여자를 원호가 좋아하게 되었다는 사실이 믿겨지지 않았고, 무엇보다도 이 로맨스가 아무래도 진짜인 것 같다는 느낌에 기가 막혀 죽을 지경이었다. 들은 대로는 도무지 이해가 가지 않아 몇 번이고 세세하게 캐물은 끝에 그녀는 겨우 자신을 납득시킬 단서를 찾을 수 있었다.

"그러니까 넌, 걔 아버지한테 반한 거네."

"뭔 소리야?"

"넌 아버지에 대한 로망이 있잖아. 그 여자 아버지가 딱 네 로망인 거지. 능력 있고, 가족들한테 영향력 있는 아버지. 그래서 그렇게 순순히 착한 남자친구 노릇하고 있는 거구나."

"뭐래? 물론 나도 그 아버님 괜찮은 분이라고 생각하긴 했어. 하지만 걔하고 사귀게 된 건 그거랑은 상관없어."

"처음엔 그랬을지 모르지만, 네가 변호사 붙들고 그런 각서까지 쓰게 된 건 결국 그 아버지 때문이잖아. 그 아버진 너랑 걜 떼어 놓을 생각으로 협박하셨던 건데, 넌 그걸 보고 오히려 더 그 여자한테 붙고 싶어진 거지. 만약 그 아버지가 너희 아빠나 우리 아빠 같은 사람이었으면 결국 넌 또 걔까지 우습게 보게 됐을 거야. 나한테 그런 것처럼 말야."

원호는 한숨을 내쉬었다.

"또 그 시비냐. 내가 방심했네."

"뭐 어쨌든 좋아. 내가 살면서 보니 부모만큼 중요한 스펙도 없더라. 근데 그쪽에선 네 스펙을 어떻게 볼지 모르겠다. 돌싱인 것까진 어떻게 이해한다 쳐도, 너희 부모님에 대해서 걔가 알긴 하니? 걔네 아버지가 너희 엄마랑 만나면 어떻게 될까?"

"젠장, 나라고 그런 생각 못했을 것 같아? 그럼 그렇지, 너 시비 걸려고 털어본 거지? 관두자. 아무튼 네가 보기에 그 여자애가 사기꾼만 아닌 것 같으면 됐어."

"그래, 걔가 사기꾼은 아닌 것 같다. 지금 사기꾼은 너지. 맨날 누구한테 당했네, 뒤통수 맞았네 하더니만, 네가 사기 치는 입장 돼 보니 어때? 사기 치는 쪽도 나름 사정이 있고 진심이 있다는 거 알겠지?"

목표 이상으로 상세한 취조에 성공하고, 통쾌하리만치 기가 꺾인 그의 표정까지 보고 나왔음에도 불구하고, 하영은 이후로도 속에 무언가 제대로 얹힌 듯 무겁고 찜찜하고 아프기까지 한 느낌을 떨쳐버릴 수가 없었다. 심지어 약을 꾸준히 먹고 있는데도 슬슬 다시 잠들기가 어려워지기 시작했다. 며칠이 지나도 증상이 차도가 없자 그녀는 정신과 의사와 친구 인실에게 하소연했는데, 두 사람은 약속이나 한 듯 같은 조언을 내놓았다. 외로움이 한계에 달한 모양이니 너도 다른 남자를 만나 보든지, 아니면 그만 이혼 사실을 부모님께 털어놓으라는 것이었다. 그러나 하영으로선 양쪽 다 법적인 문제가 마무리되기까지는 꺼려지는 일이었고, 그도 이젠 멀지 않아 보여 서두르고 싶지가 않았다. 부부 상담이 마무리되기 직전 드디어 조정기일이 지정되었고, 남편과 구두로 합의한 대로 양측 변호사를 통해 본격적인 조정 협의가 시작되었다. 피고 측이 극적으로 자세를 전환한 것에 화답하여 원고 측은 위자료 부분에서 양보할 여지를 두기로 했다.

그런데 그러는 동안에도 예의 증상은 점점 더 심해지기만 했다. 처음 이혼을 결심하던 순간의 단호한 기억과 현재 상황에 대한 냉철한 인식을 아무리 총동원해 보아도, 뱃멀미마냥 정신 못 차리도록 속을 뒤집는 불안과 피해의식이 좀처럼 가라앉질 않았다. 그 따위 각서에 사인만 하지 않았어도, 아니면 부부 상담에서 쓸데없는 소리만 듣지 않았어도, 혹은 미리 부모님에게 털어놓고 상의하는 과정만 거쳤다면, 지금처럼 심난하진 않지 않았을까? 아무리 생각을 해 봐도 답은 나오지 않고, 점점 자신에 대한 분노와 피로만 쌓여 갔다. 그와 별개로 교섭은 순조로이 진행되어 가는 게 더욱 초조했고, 날짜가 가까워짐에 따라 숍에서 마주치는 남편의 얼굴엔 나날이 후련함과 설렘이 짙어지는 것도 미칠 정도로 거슬렸다.

결국 조정기일을 사흘 앞두고 하영은 제 마음에 익사하고 말 것 같은 절박함에 지푸라기라도 잡는 심정으로 누군가의 연락처를 찾았다. 이혼을 결심하기 전부터도 수없이 떠올렸지만 망설임에 차마 연락할 수 없던 이였다. 어쩌면 그간 전화번호를 바꿨을 가능성이 높다 싶었고, 한편으로 그래서 차라리 연락이 되지 않았으면 좋겠다는 마음도 들었다. 그러나 그 오랜 망설임이 무색하도록 연락은 너무 쉽게 닿았고, 상대는 예상보다 훨씬 흔쾌히 만남 요청에 응해 주었다.

2016년 5월
조정기일

    바로 다음날 늦은 저녁 하영과 마주앉은 이는 약 3년간 동서지간으로 지냈던 지원호의 형의 전처였다. 그녀가 5년 전, 자신의 5년간의 결혼생활을 청산한 뒤로 하영과는 개인적으로 연락을 주고받은 일조차 거의 없었지만, 이렇게 느닷없이 만났음에도 뜻밖에 민망하거나 부담스러운 느낌은 그다지 없었다. 그도 그럴 것이 한때 동서였던 시절 두 사람은 마치 좋을 것도 나쁠 것도 없어서 좋은 직장동료와 같은 사이였다. 가족으로 지냈던 기간이 길지 않기도 하고, 당시 큰동서는 이미 남편과의 관계가 많이 악화된 상태였기에 시댁 식구들과 가까이 지내려 들지 않았다. 본래 그녀는 오지랖이나 잔정이 없고, 인간관계에 관심이 많지 않은 편이기도 했다. 예민한 성격의 하영으로서는 예민해지기 쉬운 동서지간에서 그 이상 편할 수 없는 상대임에 늘 고마운 마음으로 지내 왔었다.
    그렇기에 그들 부부의 이혼은 하영에게도 적잖은 충격이었다. 시아주버니가 여러 면으로 문제 많은 남편임에도 동서의 무던함과 과묵함 덕에 부부 갈등이 크게 드러나지 않는 줄은 짐작하고 있었지만, 그렇게 그녀가 한순간 단호하게 모든 걸 놓고 떠날 줄은 전혀 예상 밖이었다. 그녀의 남편을 비롯한 모든 시댁 식구들도 마찬가지여서, 당시 온 집안이 날벼락이라도 맞은 듯 한바탕 쑥대밭이 되었었다. 하영은 그 눈치 없고 주변머리 없는 시댁 식구들과 제가 별 다를 바 없는 통찰밖에 못했다는 사실에 자존심이 좀 상하면서도, 여러 복잡한 심경에 잠겼었다.

이혼을 선택한 그 심정이야 두말할 나위가 없겠지만, 어린 아들마저 남겨두고 거의 빈손으로 도망치듯 떠나게 되기까지의 사정은 도무지 짐작도 이해도 되지 않았다. 그리고 아무리 데면데면한 동서지간이라도 그만큼 서로의 처지를 잘 이해할 만한 상대도 없었을 터인데, 그 과정에 자신이 일말의 도움이라도 될 여지가 없었다는 사실이 미안하기도 하고 좀 서운하기도 했다. 게다가 당시 슬슬 남편과 시댁과의 관계에 한계를 느끼고 있던 하영에게 동서의 이혼은 무엇보다도 강렬한 위기의식이자 동기부여가 아닐 수 없었다. 여러 가지로 마음이 너무 복잡했던 나머지 무미건조한 작별 인사 외에 그녀에게 어떤 말도 건넬 수 없었다.

그랬기에 그녀는 하영에게 생각이 난다고 연락할 만한 상대는 될 수 없었다. 염치가 없다는 마음도 있었고, 그녀의 실제 됨됨이나 사정이 제가 파악한 것과는 전혀 딴판일지 모른다는 염려 때문이기도 했다. 하지만 이젠 그런 것들은 신경 쓸 여유도 없는 판국이었다. 옛 동서가 뜻밖에 기꺼이 답한 것으로 보아 어쩌면 고소해 하는 모양이다 싶기도 했으나, 그런 시선도 얼마든지 감수할 준비가 되어 있었다. 그런데 막상 마주한 상대의 반응은 또 완전히 예상 밖이었다.

"도련님이랑 헤어진다고요? 아니, 도대체 왜?! 바람도 안 피우고, 돈도 잘 벌어오잖아? …아닌가?"

아닌 게 아닌 그녀의 말에 하영은 그만 말문이 막혀 한참을 있었다.

"그건, 그렇지만… 아시잖아요, 그 인간 성질머리. 어머님도 그렇고…."

"뭐 그렇긴 하지만… 그래도 어머님은 자기 이뻐하셨잖아?"

"…네?"

하영은 어처구니가 없다 못해 울컥 불쾌감이 치솟았으나, 아무리 뜯어봐도 상대방에게 비꼬거나 농담하는 기색을 찾을 수가 없자, 애써 마음을 가라앉히며 이 상황을 합리적으로 해명할 말을 찾아보려 했다. 굳어지는 하영의 표정에서 동서도 뭔가를 눈치챈 듯 얼른 덧붙였다.

"아, 물론 자기 아들 짝으로 그분 눈에 차는 여자는 세상에 없겠지만… 그래도 나에 비하면 말이지. 작은동서한테 거는 기대가 크신 것 같았는데, 그것도 나름 힘든 일이었겠지?"

그 말에 하영은 겨우 헛웃음이나마 뱉을 수 있었다.

"그런 걸 기대라고 한다면… 그래요, 그 기대를 더 이상 견딜 수가 없었네요. 어머님하고 남편, 둘 다 저에 대한 기대가 너무 과했죠. 게다가 그게 서로 안 맞았고, 둘 다 절대 포기 안 하려 들더라고요. 더 이상 버티다간 제가 정신병자가 돼버릴 것 같았어요. 왜 이혼하는 거냐고 물으시면, 그게 답인 것 같아요."

동서는 여전히 납득하는 기색은 아니었으나, 그녀답게 곧 심드렁한 표정으로 돌아왔다.

"그래요, 뭐. 바람피운 것도 아니고 돈 날린 것도 아닌데 이혼하겠다면 그 사정이 오죽 더 어려웠겠어. 더구나 동서 성격에, 욱해서 방정 떨고 나왔을 리도 없을 거고. 나 같은 모지리한테 뭐 들을 얘기나 있다고 만나자 했는지도 모르겠네."

"그게, 사실 저도 그런 걱정이 들어서 한 말씀이라도 듣고 싶었던 거거든요."

"뭐가? 무슨 걱정이 된다고?"

"제가 욱해서 방정 떨고 나온 거 아닌지… 그게요."

하영이 더 이상 부연을 못하고 시선을 떨구자, 한동안 자리엔 침묵만 흘렀다. 잠시 후 빈 잔에 맥주를 채우며 동서가 입을 열었다.

"백만 번 고민한다고 이혼이란 걸 시원하게 결정할 수 있을까? 백만 번 이혼을 한다고 익숙해지게 될까? 난 한 번밖에 안 해봐서 모르겠지만, 그럴 순 없을 것 같아. 해줄 말이 없어서 미안하네요."

"아녜요, 제가 죄송해요. 답 없는 질문인 거 알아요. 그거 아세요? 지금까지 여러 사람들 얘기 들어 봤는데, 이혼 같은 거 고민도 안 해본 사람들일수록 이러니저러니 말이 길더라고요. 말이야 다 틀린 말은 아니지만… 근데 경험자는 역시 다르네요. 외려 맘이 편해졌어요."

"다행이네. 자긴 소송까지 한다니 더 힘들겠지만, 기왕 고생하는 거 기를 쓰고 최대한 챙겨 와요. 그나마 뭐 나눠먹을 거라도 있으니 소송까지 하는 거 아니겠어? 아직 아이도 없고… 새 출발하는 거라고 생각해."

"그렇게들 많이 얘기하는데, 솔직히 이제 와선 차라리 애를 낳을 걸 그랬다는 생각이 들어요. 애가 있었음 헤어지지 않았을 거란 얘기가 아니라, 마찬가지로 헤어졌더라도 말이죠. 멋모르는 말인지 모르겠지만, 애는 누가 키우든 어쨌든 평생 내 자식으로 남게 되는 거잖아요. 지금 저한텐 정말 남은 게 없어요. 이혼소송, 그거 한 번 하면 내 지난 인생 전체가 먼지까지 탈탈 털리게 되거든요. 저도 뭐나 있을 줄 알고 털어보기로 한 건데, 정말 먼지만 날리더라고요.

어머님은 제가 싫어서 애를 안 가진 줄 아시지만, 그런 건 아녜요. 저나 남편이나 일이 우선이었을 뿐이죠. 전 사업이 너무너무 재밌어서요, 어차피 사람이 애를 낳는 것도 결국 세상에 뭔가를 남기고 싶어서잖아요. 사업체도 그런 존재가 될 수 있다고 생각했거든요. 그래서 남편하고 둘이 정말 자식처럼 생각하고 키운 회사였는데… 그러니 헤어진다고 청산하기엔 너무 아까워서 안 싸우고 양보하기로 큰 마음먹은 건데… 치고받다 보니 다 엉망이 돼 버렸네요. 진짜 자식이었다면 우리가 그렇게까지는 안 했겠죠?"

자식 이야기에 전에 없이 복잡해지는 동서의 표정을 읽고 하영은 눈치를 살폈다.

"죄송해요. 제가 말 같지 않은 소릴 한 것 같네요. 형님 심정 생각 못하고… 아무렴 자식하고 회사하고 같겠어요?"

"아냐, 아냐. 사과할 거 전혀 없어. 다 자기 입장에서 생각할 수밖에 없지. 동서야말로 그때 내가 그딴 인간한테 하나밖에 없는 자식 두고 나가는 걸 보고 뭐라고 생각했을까 모르지."

"아뇨, 저는… 당연히 형님이 그러신 덴 그만한 사정이 있을 거라고 생각했어요."

"저 인간이 대체 무슨 생각인가, 했을 거야. 그렇지? 다들 그래요, 대놓고 묻진 못해도. 근데, 솔직히 말해 나도 내가 무슨 생각이었는지 모르겠어. 그냥 그땐 어쩔 수가 없었어. 더 이상 그 인간 그 집안이랑 싸울 기운도 없고, 나 혼자 애를 키울 자신도 없어서 그렇게 됐어. 그것뿐이에요. 그게 뭐 애 아니라 회사였다면 내가 그보다 더 무책임했을까? 잘 모르겠어.

그러니까 내 경험상으론 그래요. 내가 이혼을 하고 보니 주변에 이혼한 사람들만 보이는데, 요즘은 생각보다 진짜 많은 거 알지? 아무튼 다들 마찬가지더라. 이혼을 하든 말든, 그게 누굴 위해서라고 하든, 결국은 다 내 입장에서 날 위한 선택인 거야. 아니, 그걸 선택이라고 할 수 있을지도 모르겠다. 그럴 수밖에 없어서 하는 게 선택인가? 안 그래?"

"그러게요, 정말 맞는 말씀이에요. 제 경우를 돌아봐도…"

"그러니까, 그 선택을 할 수가 있느냔 얘기예요. 이 이혼을 할지 말지, 아직은 내가 선택할 수 있는 단계인 거냐고, 지금 동서는?"

하영이 쉽게 답을 하지 못하자, 동서도 꽤 오랫동안 망설이던 끝에 입을 열었다.

"남의 일에 잘 알지도 못하면서 주제넘은 소리하고 싶지 않지만, 나한테까지 연락한 그 심정이 오죽했을까 싶어서… 나도 할 수 있는 말은 다 해주려고. 하나 물어보고 싶은 거 있어. 혹시, 동서… 도련님한테 맞았어?"

"아아… 아뇨, 그건. 물론 치고받고 한 적이 없는 건 아니지만, 제가 맞고 지냈다 할 정도는 아니에요. 그랬으면 벌써 헤어졌겠죠."

"그래, 그럴 줄 알았어. 그럴 사람까진 아니지. 그렇담 말야, 만약에 동서한테 아직 선택을 할 여유가 있다면 말인데, 다시 생각해 봐요. 헤어지는 건 지금 아니라 언제든지 할 수 있잖아. 하지만 한 번 헤어지면 되돌릴 수가 없어. 설사 재결합을 한다 해도 헤어지기 전보다 나아지긴 힘들고. 뭣보다 헤어진다고 그게 끝이 아냐. 나도 그때는 그 인간하고 헤어지기만 하면 살만해질 줄 알았어. 근데 그렇지가 않더라. 결혼한다고 무조건 살 만해진단 법 없는 건 우리보다 확실히 아는 사람 없을 거 아냐. 근데, 이혼도 마찬가지야.

나보고 지금 이혼한 거 후회하느냐고 묻는다면, 그런 건 아냐. 그때 나는 정말로 다른 수가 없었거든. 딱 낭떠러지에 떨어져 죽게 생겼는데, 눈앞에 보이는 동아줄은 그거 하나뿐이었으니까, 안 매달릴 수가 없었지. 하지만 이제 와 돌아보면 그때 조금만 더 내 마음에 여유가 있었더라면 다른 줄을 잡을 수도 있었는데, 싶어서 아쉽긴 해. 난 내가 늘 지온이 아빠보단 잘한다고 생각하며 살았는데, 사람 사이에 결과를 만드는 건 누가 잘하고 잘못한 거랑은 별 상관없는 일이더라고. 그냥 급한 사람, 아쉬운 사람이 손해 볼 수밖에 없는 거지.

 그래도 내가 후회는 안 하는 건, 남들 눈엔 내가 퍽이나 쿨하게 털고 나간 걸로 보이는 모양이지만, 사실 그때 난 정말 죽기 직전이었단 말야. 그러니 사람 속은 모르는 법이지. 나만 해도 우리 아랫동서는 시어머니 그 어려운 양반 비위 참 잘도 맞추면서, 내 기준에선 그만하면 훌륭한 남편, 물론 성질 더러운 거야 알지만, 그래도 충분히 잘 휘어잡고 사는 거 보면 무슨 초능력자인가 보다? 거기다 예쁘고 능력 있고, 참 부럽기만 했었는데, 그렇게 또 힘들었다니… 그런 거 보면 우리 성격에 좀 비슷한 구석이 있는 거지? 어떻게 보면 미련한 거지, 그래… 참 미련하기도 했지만, 내가 그만 죽겠다 싶기 전에 좀 더 약은 선택을 했다면 지금 내 처지가 어떻게 달라졌을지 모르지만, 그래도 그랬다면 내 마음에 계속 미련이 남았을 거라고 생각해. 그만큼 그 자체로 진짜 뭣 같은 거거든, 이혼이란 게.

 그러니까 아직 고민이 되고 무슨 선택을 할 수 있단 생각이 들면, 난 때가 아니라고 생각해. 결혼은 그나마 미심쩍어도 해도 괜찮지만, 이혼은 안 돼. 결혼이 망하면 이혼하면 되지만, 이혼이 망하면 더 답이 없거든. 다시 사람 만난다는 거, 절대 쉽지 않아. 더 괜찮은 사람, 웬만해선 없어. 그 남편 막 찍어 고른 거야? 그랬다면 얘기가 좀 다른데, 아니고 나름 심사숙고해서 골랐다면, 내 생각이랑 다른 놈이더라도 그게 바로 내 실력인 거야. 남 탓할 게 없어. 더 문제는 그 실력은 경험 쌓인다고 딱히 나아지는 것도 아니더란 거지. 외려 괜한 피해의식 같은 거 생겨서 더 상태가 나빠지면 나빠지기 쉽지. 그렇다고 혼자 사는 건 살만한가? 나도 그전엔 그런 거 잘 몰랐는데, 지금도 인정하긴 싫지만… 솔직히 외로워. 정말 죽도록 외로워. 처음부터 혼자였던 거랑 둘이었다가 혼자 된 거랑은 또 달라. 이건 겪어보지 않은 사람은 모를 거야."

며칠 후 조정기일, 비가 추적추적 내려 스산한 날 오후였다. 가정법원 조정실에 조정위원 두 사람과 소송 당사자들, 변호사들까지 여섯 명이 둘러앉았다. 이미 양측 간에 합의 조건에 대한 의견 차가 상당히 좁혀져 있는 상황이었고, 두 부부도 굳이 이 자리에서 감정을 해소하려 들지는 않아서 분위기는 줄곧 차분했다. 간혹 조정실에서 고성과 싸움을 말려야 하는 일도 있는 조정위원들로서는 비교적 수월한 케이스였다.

피고가 원고에게 위자료로 2,500만 원, 재산분할로 3억 원을 지급하는 선에서 막 합의가 이루어지려던 찰나였다. 갑자기 원고 백하영이 쾅 소리가 나도록 요란하게 자리를 박차고 일어섰다. 다들 깜짝 놀라 일제히 그쪽에 주목한 가운데, 그녀는 피고인 남편을 똑바로 노려보며, 그러나 말투는 혼자 중얼대는 투로 말했다.

"안 돼… 말도 안 돼. 이렇게 끝낼 수는 없어. 3억 2,500이라니… 내 인생이? 내 인생은 이렇게 엉망진창이 됐는데, 겨우 3억 받고 여기서 떨어지라고? 이게 말이 돼?"

"저, 백 대표님. 금액적인 부분에 대해선 충분히 이해하신 줄 알았는데요. 이미 설명 드렸지만, 기존 판례들 봐서는 법원 판결까지 간다 해도 어차피 이 이상은 어렵다니까요."

가장 먼저 원고 측 변호사가 애써 침착하게 말을 꺼냈지만, 하영의 귀엔 전혀 들어가지 않는 모양이었다. 다음으로 정신을 차린 건 역시 피고 측 변호사였다.

"그럼 어느 정도 조건이면 합의 가능하시단 말씀인데요? 다시 잘 생각해 보시고 전달해 주세요. 오늘 결정 못 하시겠으면 조정 일정은 얼마든지 다시 잡으면 돼요. 급하게 생각하실 것 없습니다."

잠시 우현과 팽팽하게 시선이 교차하는 동안 하영의 손끝부터 가느다란 파동이 점차 온 몸으로 퍼져가더니, 마침내 그녀가 떨리는 입술로 대답했다.

"안 해요. 합의 같은 거… 못해요. 절대로."

그리고 그녀는 가방을 움켜쥐더니 그대로 방을 뛰쳐나가 버렸다. 누가 미처 붙잡을 틈도 없었다. 남은 사람들 모두 할 말을 잃고 서로 눈치만 보고 있는데, 우현이 가장 먼저 원호의 어깻죽지를 철썩 후려치며 말했다.

"뭐해요? 대표님이 가서 얘기해야죠."

"내가…? 지금?"

조정위원들과 상대측 변호사는 두 사람의 지나치게 격의 없는 태도에 놀란 기색이었다. 우현도 순간 아차 했으나, 당장은 그런 데 신경 쓸 때가 아니었다.

"그래요, 지금 저분한테 얘기할 사람은 대표님밖에 없어요. 빨리 가서 잡아욧!"

잠시 후 원호가 겨우 아내를 따라잡은 곳은 주차장을 지나쳐 훨씬 나간 큰길가였다. 빗줄기가 굵어진 데다 정신없이 달리느라 물웅덩이를 밟아 그새 둘 다 꼴이 엉망이었다. 덕분에 온통 젖어 머리카락이 달라붙어 있는 하영의 얼굴에 눈물이 조금이라도 섞여 있는지는 알 수 없었다. 원호는 그녀의 한쪽 팔을 붙잡아 세우자마자 날아오는 샤넬 백에 정통으로 얼굴을 강타당할 뻔한 걸 아슬아슬하게 피했다. 그녀와 맞설 때면 늘 그렇듯 그는 화가 치미는 동시에 겁을 먹은 나머지, 온 힘을 다해 그녀의 양팔을 단단히 속박한 채 윽박질렀다.

"이게 무슨 짓이야?! 내가 전부터 말했지! 넌 법원이 아니라 병원에 가야 된다고!!"

"이거 놔, 이 쓰레기야! 안 놔?! 소리 지른다! 지금 가정폭력 현행범으로 체포되면 너, 어떻게 될 것 같아?!"

"알겠어! 그렇게 되고 싶지 않아. 난 그냥 얘길 좀 했으면 좋겠어. 하지만 싫다면 됐어! 놔 줄게!"

즉시 원호가 팔을 놓자, 하영은 뜻밖이란 눈으로 잠시 그를 쳐다보다가, 결국 샤넬 백으로 그의 턱에 일격을 가하는 데 성공했다.

"좋냐?"

"아, 아파… 씨바, 뭐가?!"

"연애하니까 좋으냐고? 촌스럽고 멍청하고 뚱뚱한 애랑 연애하는 게 그렇게 좋아?"

턱을 싸쥐고 주저앉아 있던 남자가 벌떡 일어서며 받아쳤다.

"그래, 좋다! 좋아 죽겠다!! 남들이 왜 멍청한 여자가 좋다고 하는지 이제야 이해 가더라! 그리고 살 있는 여자랑 자는 것도 너무 좋아! 어차피 살 없는 여자랑 잔 건 너무 오래돼서 기억도 안 나지만. 맨날 같이 맛있는 거 먹는 것도 좋고! 다 좋아, 너무 좋아!! 됐냐?!"

"그래, 너희 엄마도 나보단 좋아하시겠지! 돈 많은 집 딸이고, 후진 대학이지만 어쨌든 대학도 나왔다니까. 뭐 어머니 없이 컸다고 트집 잡으실지도 모르지만, 우리 엄마 아빠처럼 있으면서 트집 잡히는 것보단 차라리 없는 편이 낫겠지!"

원호는 양손을 허리춤에 얹고 땅이 꺼져라 한숨을 내쉬었다.

"이제 그만 좀 하자, 제발. 우리가 내일모레 마흔인데, 언제까지 엄마 아빠 물고 늘어지며 싸워야 되냐? 진짜 지긋지긋하다. 어쩌라고? 소송을 한대도 부모님을 바꿀 순 없는 거 아냐!"

"나도 지긋지긋해! 정말… 죽고 싶을 만큼!"

그렇게 중얼거리며 하영이 양 손으로 이마를 싸쥔 이후, 한동안 두 사람은 내리는 비를 그대로 맞으며 정지화면처럼 자리에 서 있었다. 그러다 문득 원호는 지나온 쪽에서 말소리가 들리지 않을 정도의 거리에 나란히 우산을 들고 서서 자신들을 바라보고 있는 두 변호사의 모습을 발견했다.

"야, 그만 우리 얘기나 하자. 합의 안하면 어쩌겠단 건데? 기어이 판결까지 가 봐야겠다, 그거야? 애초에 부른 금액 아래론 절대 안 되겠단 거야?"

하영은 빗물이 뚝뚝 떨어지는 머리를 들지 않고 대답했다.

"금액만이 문제인 건 아냐. 어쨌든 이렇게는 안 되겠어. 이건 아냐. 다시 생각해 보고 연락 줄게."

"갑자기 왜 이러는 건데? 뭐가 문젠데? 오늘 이 정도에서 마무리하기로 변호사랑 다 얘기하고 온 거 아니었어? 의사소통에 뭐 문제 있었던 거야? 그래도 그렇지, 그러고 뛰어나가 버리는 법이 어딨어? 사람 놀라게스리… 너답잖게 이러는 이유가 대체 뭐야?"

"이유가 뭐냐고? 억울해. 너무너무 억울해서 그래."

"젠장, 뭐가 그렇게나 억울한데? 송사에서 하나도 안 억울한 사람이 어디 있어? 난 뭐 속이 다 시원한 줄 알아?!"

"억울해!! 너무 억울해서 미치겠어! 어떻게 이럴 수가 있니? 까놓고 너나 나나 별다를 거 없는 진상들이잖아? 그래, 우리 둘이 비슷한 데가 참 많지. 욕심 많고, 이기적이고, 경솔하고… 너도 인정하지? 근데 암만 봐도 내가 너보단 눈곱만치라도 나으면 나았지, 너보다 못한 인간은 아닌 것 같거든. 그리고 너보다 내가 눈곱만치라도 덜 열심히 산 것도 아니고. 맞지? 그런데 왜 맨날 너만 잘 풀리고, 네가 더 행복해? 내가 더 많이 참다가 더 힘들어서 이혼하자고 했는데, 왜 계속 내가 더 힘들지? 적어도 이번만큼은 확실히 네가 더 나빴잖아? 처음엔 책임 회피하면서 도망이나 다니다가, 나중엔 마음에도 없는 이혼 못하겠단 소리나 지껄였다가, 진짜 암만 생각해도 쓰레기 짓한 건 넌데…! 근데 왜 넌 또 애인이 생겨? 왜 그렇게 행복한 얼굴로 이혼을 기다리게 됐냐고? 왜?! 도대체 왜 너만! 왜 맨날 너만! 억울해! 난 너무 억울해!!"

그녀의 자그만 체구에서 어떻게 그런 소리가 나오는지 놀라울 정도로, 그 절규와도 같은 대사는 세찬 빗소리를 뚫고 빌딩숲 사이를 짜랑짜랑 울리며 저 멀리 서 있던 변호사들의 귓전에까지 선명하게 내리꽂혔다. 그러나 누구도 그 질문에 답해주는 이는 없었다.

2016년 5월
변론기일 지정(1)

어이없이 조정이 결렬된 후 바로 5주 뒤로 첫 번째 변론기일이 잡혔다. 기존의 변론 전략을 완전히 수정할 수밖에 없게 된 원호 측은 대책을 논의하기 위해 사무실에 모였다. 원호가 일 때문에 좀처럼 여유가 나지 않아 2주 가까이 지나고서야 겨우 날을 잡을 수 있었다. 조정 결렬 이후 하영이 갑자기 숍에도 출근하지 않는다는 것이었다. 덕분에 그 업무를 모두 떠안게 된 원호는 매일 잠잘 시간도 없이 일하다가 겨우 휴무일에 시간을 냈는데, 밀린 잠에서 깨지 못하는 바람에 원래 약속시간을 훌쩍 넘겨 우현이 퇴근할 시간이 다 되어서야 사무실에 나타났다. 덕분에 또 야근을 하게 된 우현은 화를 내려고 했지만, 며칠 만에 퀭하니 꺼진 그의 얼굴을 보니 차마 그럴 수 없었다. 미리 말도 없이 여자친구를 데려온 행동에 대해서도 당황스럽기보단 이심전심이 된 기분이었다. 우현은 곁눈질로 티 나지 않게 그녀를 관찰하며 원호에게 물었다.

"그래서, 백하영 씨하고 연락은 돼요? 이대로 출근은 영영 안 하실 거래요?"

"나 말고 다른 직원들하곤 업무적인 연락은 하는 모양이더라고. 근데 내 전화는 안 받아. 집에도 안 들어오고, 지금 어디서 지내고 있는지도 모르겠어."

"그쪽 변호사 말로는 하남 친정집에서 지낸다고 하던데요? 그것도 모르셨어요?"

"아, 그래? 사돈댁은 여태 우리가 소송 중인 것도 모르셨을 텐데. 그래서 연락 못해봤지. 이젠 아셨겠네."

"엥? …뭐라고요? 어떻게 그럴 수가 있죠? 대표님 댁에선 첨부터 다 아셨잖아요?"

"백하영이 결판 날 때까지 자기네 식구들한텐 절대 비밀로 해 달라고 했거든. 우리 엄마도 이러다 다시 합치게 될 거면 굳이 사돈댁엔 얘기 안 하는 게 낫겠다고 했고. 난 그렇게 생각 안 했지만…"

우현은 믿을 수 없다는 표정이었다.

"그래도 어떻게 그러지? 이혼이 얼마나 중대한 일인데, 그걸 가족들한테 안 알리다니… 상의도 하고 도움도 받고 그래야 되는 거잖아요? …집안에 무슨 문제가 있나요?"

"문제가 있기야 있지만… 아니, 솔직히 그 정도 문제 없는 집이 얼마나 있어? 부모님 사이 안 좋고, 아빠 노시고, 뭐 흔한 레퍼토리야. 내가 들은 바로는 그래도 우리 집보단 나아. 근데 걘 원래 뭔 일 있어도 제 식구들하곤 절대 상의 안 하더라고. 걱정시키기 싫고, 어차피 도움도 안 된대."

"아니, 전 도저히 이해가 안 가네요. 친정이 어디 멀리 외국에 있는 것도 아닌데, 어떻게 그럴 수가 있는 거지? 지금 친정에서 지내고 있다는 말은 사실일까요? 그쪽에서 이제라도 이 사태를 알게 됐다면, 대표님한테 어떻게든 연락이 왔어야 하는 거 아닌가요?"

"글쎄, 걔가 제 식구들한테도 입 닫고 있으라 했을 수도 있지. 장모님이랑 장인어른 다 나하곤 평소에 연락하는 사이도 아니고… 그래도 처제는 나한테 연락 줄 수도 있었을 텐데. 내가 처제한테 함 물어볼게."

원호는 메시지를 보내려다 말고, 여전히 고개를 갸웃거리고 있는 우현에게 말했다.

"내가 뭐랬어? 걔 진짜 이상한 애라니까. 이번에 깽판 친 거 보면 알겠지? 늘 그런 식이야. 평소엔 저 혼자 똑똑하고 저 혼자 합리적다가, 꼭 결정적인 순간에 똘기 부리고 사람 뒤통수친다니까? 내가 또 이렇게 당한 건 어이없지만, 한편으론 좀 좋기도 해. 백하영이 또라이란 사실이 드디어 만천하에 공개됐으니까."

"응, 나도 진짜 어이없긴 했어요. 그쪽 변호사도 전혀 예상 못한 눈친 거 보니 백하영 씨가 일방적으로 변덕 부린 건 맞는 거겠죠. 하지만 솔직히 그날 그분 말씀하시는 거 들으니 그 심정도 이해는 가더라고요."

"뭐라는 거야? 그럼 그날 그렇게 파토난 게 뭐 내 잘못이란 말야?"

"누가 그렇대요? 저놈의 흑백논리… 제 말은 대표님이 잘못한 거라곤 할 수 없지만, 두 분이 그전에 충분히 대화하고 마음을 풀었으면 그렇게 말도 안 되게 파토나진 않았을 거란 말예요. 조정기일은 연기할 수도 있는 거고…."

"조정은 변호사들끼리 알아서 하겠다고 했잖아? 그래서 믿고 맡겨놨더니 말아먹고선 뭔 소리야?"

"그래요, 대표님은 절 믿고 맡겨 주셨죠. 변호사랑 엇박자가 난 건 그쪽이죠. 하지만 그분이 그렇게 욱한 건 조건이 못마땅해서가 아니라, 대표님한테 마음 상했기 때문이잖아요. 그건 변호사들이 어떻게 할 수 없는 부분이에요. 제가 일하면서 깨달은 게 법률문제도 다 사람 사이의 일이고, 결국은 관계랑 감정이 제일 중요한 거예요. 더구나 부부 사이의 문제인데, 다른 누가 무슨 수로 대신 풀겠어요?"

"그래서 어쩌란 말인데? 이제 와서 나보고 그 감정 풀어주기라도 하란 거야? 제발, 그딴 소린 넣어 둬. 난 그 인간 상종 못해. 원래도 알고 있었지만 이번 일로 또 확인했어. 나는 걔한테 뭔 짓을 하든 안 하느니만 못해. 내가 아무리 좋은 마음이라도 그딴 건 상관없어. 우리 대화가 부족했다고 하는데, 내 생각엔 그래도 이번 각서 일로 나름 대화란 걸 하긴 했단 말야. 적어도 각방 쓰게 된 이래로 그렇게 오랫동안 안 갈구면서 얘기 나눈 적이 없었다고. 난 이제야 우리가 정신 좀 차리고 서로 인정하게 됐구나 생각했어. 아무리 다시 생각해 봐도 그때 무슨 얘기가 어떻게 잘못된 건지, 내가 뭘 잘못한 건지 전혀 모르겠어. 걔도 완전 침착하고 괜찮아 보였고… 나보고 그때로 다시 돌아가래도 달리 뭘 어떻게 잘 해야 될지 모르겠다고. 그런 각서에 사인해 달라고 한 것부터가 잘못이었나? 하지만 그건 정변 생각이었잖아?"

이야기가 그쯤 진행되니 우현은 아까부터 말없이 사무실 한구석을 지키고 있는 희주가 마음에 걸려 흘끔 눈치를 살폈다. 그러나 그녀는 이야기를 듣고 있기나 한 건지 의아할 만큼 줄곧 무심한 표정으로 혼자 느긋한 시간을 보내고 있었다. 마치 순하고도 뚝심 있는 대형견 같은 모습이었다. 그러니 원호가 딱히 여자친구 눈치 보는 기색 없이 말을 쏟아놓는 것도 이해가 갔지만, 그래도 우현은 그녀가 신경 쓰여 평소처럼 시원하게 원호를 면박 줄 수가 없었다.

"알아요, 지금 대표님 탓을 하자는 게 아녜요. 어쨌든 또 이렇게 어이없이 뒤통수 맞지 않으려면 상황을 잘 파악해야 하잖아요. 그쪽 변호사도 파악 못하는 그분의 심정을 대표님이 조금만 알아준다면, 싸움이 훨씬 쉬워질 수도 있단 얘기예요."

"턱도 없는 소리. 나보고 걔 마음을 알아주라고? 있을 수 없는 일이야.

지금까지 8년을 같이 살면서 단 한 번도 그런 일은 없었으니까. 정변은 사람 마음 못 헤아리는 내가 문제라고 하겠지만, 꼭 그런 것만도 아니라는 걸 이제 알게 됐지. 내가 눈치 없는 건 인정하지만 그것도 정도가 있어. 백하영이랑 나랑은 정말 안 맞아. 같이 살 때도 내내 안 맞았지만 헤어지는 순간까지도 이렇게까지 안 맞을 수가 있나? 정말 신기할 정도야."

"근데 결혼하기 전엔 그걸 몰랐어요? 사귈 땐 잘 맞는 줄 알았는데, 결혼하고 보니 아니란 걸 알게 될 수도 있는 건가?"

그 질문을 한 건 우현이 아니라 희주였다. 당황하는 원호의 표정을 보고 우현은 속으로 웃으며 짐짓 진지한 투로 거들었다.

"나도 그게 궁금해요. 유일한 기혼자의 경험으로 좀 알려 줘요. 우리도 언젠가 결혼이란 결정을 해야 될지 모르니까."

"루저 주제에 내가 무슨 충고를 하겠어? 그리고 둘 다 결혼은 안 해봤대도 지금 나이가 몇 개야. 그 문제에 답 없단 거 다 알잖아? 얼굴도 모르고 결혼해도 천생배필일 수 있고, 십 년 사귀고 결혼했다가 석 달 만에 이혼하기도 하는데. 다 운이지, 뭐."

"그래서 오빤 지금 이혼하게 된 게 다 운이 없어서라고 생각하는 거야?"

"물론 다는 아니지만… 그러는 넌 그 이상한 놈이랑 식장까지 잡았다 엎은 일, 그게 재수 없어서가 아님 뭐라고 생각하는데?"

원호는 좀 울컥한 투로 되물었지만 희주는 태연했다.

"그건 솔직히 거의 다 내 잘못이었지. 그 인간 바람둥이 건 그전부터 나만 빼고 다들 알고 있었으니까. 말리는 사람도 많았고… 그러니 사실은 나만 몰랐던 게 아니라, 모르는 척했던 거지. 아니라고 믿고 싶었던 거야. 내가 멍청하게 계속 속아 주니까 개도 점점 꼬리 감추는 성의도 없어지게 됐나 봐. 덕분에 결혼 전에 꼬릴 잡혔고, 그래서 다행히 난 이혼까지는 안 한 거지만… 더 빨리 정신 차렸음 청첩장 찍기 전에 헤어질 수 있었을 거고, 그럼 아빠한테 그렇게까지 쇼크 먹이지 않았을 틴데."

"희주 씨 말이 맞아요. 상대가 작정하고 사기꾼이 아닌 이상, 정말 모르고 속는 경우는 거의 없을 걸요. 실은 다들 스스로를 속이는 거죠. 맘에 걸리는 건 애써 괜찮겠지 하고 덮어두면서. 심지어 결혼하면 괜찮아질 거라고 생각하기도 하는데, 말도 안 되는 짓이에요. 사귈 때 눈곱만한 문제는 결혼하면 이~만해지는 법이라고, 우리 엄마가 그러셨거든요."

"그래서 남자도 있으면서 여태 결혼 안 한 거야? 문제 없는 사람이 어딨어?"

"하지만 어떤 결과가 있더라도 내가 신중하지 못해서 실수한 거라고 자책하고 싶진 않단 말예요. 최선을 다해서 신중을 기해야 나중에 잘못되더라도 이건 운이 없어서야, 라고 확신할 수 있잖아요?"

"지나치게 신중하다가 좋은 남자 놓치고 나서 후회할 일은 없을 것 같고?"

"저의 이런 신중함을 기다려 주지 못한다면 어차피 좋은 남자가 아닐 거라고 생각해요!"

"쯧쯧, 그러다 처녀귀신 되고 말게? 한 번도 못 가보는 것보단 돌아오더라도 일단 가보는 게 낫지 않나?"

"전 그렇게 생각 안 해요. 돌아온단 게 말이 쉽지… 하긴 대표님은 당사자 분이 그런 말씀하시는 거니 할 말이 없네요. 이혼소송이 할 만하신가 봐요? 육덕이 나날이 쌓이시고… 저만 남의 일에 피 말리고 있나 보네요."

비아냥대는 우현의 말에 희주가 키득대고 웃기까지 하자, 원호는 벌게진 이마에다 손부채질을 하며 말했다.

"여자친구 앞에서 싸움 걸지 말라고. 내가 같은 실수 두 번은 안 하려고 얼마나 노력하고 있는 줄 알아? 그 분노조절 훈련 있잖아, 그거 다시 제대로 받고 있단 말야."

"어머, 정말요? 대표님 진심은 인정! 어때, 효과는 있는 것 같아요? 절대 효과 없을 거라고 장담하더니."

"잘 모르겠어. 그 뒤로 딱히 분노 조절해야 할 일이 없었거든. 저번에 봐서 알겠지만, 나 백하영한텐 이제 무서워서 화도 안 나. 그리고 희주는 내가 그렇게 화낼 만한 짓을 한 적이 없고. 만난 지 얼마 안 되긴 했지만, 확실히 달라. 같이 뭘 해도 술술 넘어가고 싸울 일이 없어. 그러니까 내 성격이 좋아져서 화를 덜 내는 건지는 아직 잘 모르겠어."

"그럼, 아까 그 질문 내가 다시 해도 돼요? 그렇게 뭘 해도 안 맞는 성격인데, 정말 결혼 전엔 그걸 몰랐어요? 너무 반한 나머지 그 정도는 참을 수 있을 거라고 생각하셨나?"

원호가 얼른 답을 못하고 있는 사이, 희주가 끼어들었다.

"백하영 대표님이라면 그럴 만도 하죠. 남친의 전 부인이 아는 사람이란 건 참 뭐한 일이에요. 그분 진짜 예쁘고 매력 터지시거든요. 알고 보면 그렇게 까칠하고, 오빠 말론 또라이? 라는 거, 사실 지금도 못 믿겠어요."

"야! 네가 날 못 믿으면 어떡하냐? 내가 얘기했지? 난 걔한테 욕먹고 투명인간 되고 한 것보다도 그게 제일 싫었다고! 나 빼고 딴 인간들한텐 다 착한 척하는 거."

"진짜로 대표님 한 사람만 빼고 나머지한텐 다 착하다면, 사실은 원래 착한 분인 거 아녜요? 대표님이 이상한 사람인 거고?"

원호는 잠시 눈을 감고 심호흡을 했다.

"분노조절 훈련이 그래도 효과가 있는 것 같네. 그래 뭐, 난 모든 사람들한테 나쁜 놈이니까 평균을 내면 걔가 나보단 착하다고 할 수도 있겠지. 하지만 적어도 우리 둘 사이만 놓고 보면 내가 더 나빴다고는 인정 못해. 걔가 딴 놈이랑 사는 꼴을 못 봤으니 그게 걔의 문제인지, 나랑 유독 안 맞아선지는 모르겠지만… 성격 안 맞는 거 몰랐냐고 하면, 그래, 솔직히 난 몰랐어. 아까 얘기처럼 사실은 알았는데 자신을 속였다거나 그런 건 아닌 것 같아. 그때 난 어렸고 사회생활도 안 해봤고 해서 정말 쥐뿔도 아는 게 없었어. 일단 부부 사이에 바람피우고 도박하고 그런 것만 아님 문제될 게 없을 줄 알았지. 그런 인간을 평생 붙들고 산 우리 엄마도 있으니… 뭣보다 그때 내가 알던 백하영은 지금의 백하영이 전혀 아니었어. 지금도 딴 사람들은 다 그런 것처럼, 그냥 똑똑하고 싹싹하고 나무랄 데 없는 앤 줄로만 알았어. 걔가 연기를 좀 잘해? 지금도 당한 사람이 직접 말하는데 여친도 못 믿는 판이잖아. 근데 그때 내가 그 본모습을 어떻게 알았겠냐고. 난 외려 백하영한테 묻고 싶어. 나랑 못 살 정도로 그렇게 안 맞을 줄 정말 몰랐느냐고. 안 그래도 개도 저번에 얘기하긴 했지. 지가 사람 보는 눈은 기가 막힌데 남편만 잘못 골랐다고… 왜 그랬을까?"

"원래 중이 제 머리 못 깎는단 말이 있잖아요. 그리고 그분이 사람 잘 본다고 하지만 그것도 자만일지 몰라요. 저도 나름 사람 파악 잘한다는 편이고, 하는 일이 이렇다 보니 늘 그런 쪽으로 머리 굴리며 살지만, 볼수록 남의 속은 모르겠더라고요. 그래서 사람 대할 땐 그저 겸손하고 조심스러운 게 최선이라고 생각하게 됐어요. 아마 그분은 대표님 성격을 대강 파악은 하셨겠지만, 그래도 본인이 웬만큼 맞추든 길들이든 할 수 있을 거라 생각하셨을 거예요. 그래도 다른 장점이 있으니까 노력할 가치가 있다고 보셨겠죠. 근데 막상 뛰어들어 보니 계산이 틀렸던 거지. 대표님을 너무 만만하게 본 건지, 아님 본인을 과대평가한 게 더 문젠지는 모르지만… 어쨌든 그 수고를 감당해야 할 만한 가치가 더 이상 없다고 판단한 거지. 이건 사실 모든 커플이 깨지는 기본 원리니까, 대표님한테만 해당되는 얘기도 아녜요. 중요한 건 헤어지는 과정에서 얼마나 자기 실수를 솔직하게 인정하는가, 그리고 상대방한테 인격적인 모욕을 주지 않는가, 라고 생각해요."

우현은 스스로의 명쾌하고 공정한 분석이 마음에 들어 뿌듯했는데, 뜻밖에 그 말을 듣고 있는 두 사람의 표정은 영 개운치 않아 보였다. 원호가 눈살을 확 구기며 물었다.

"그럼 정변도 지금 그런 계산으로 남자친구를 사귀고 있단 말야? 들어가는 수고에 비해 장점이 크니까, 그 타산이 안 맞으면 헤어질 거고?"

"안 그런 사람도 있나요? 의식적으로 계산하고 있든 아니든 인간관계는 다 똑같아요. 기브앤테이크가 맞아야 만나는 거죠."

"안희주, 너도 저런 생각으로 나 만나는 거야?"

"아아니, 난 저런 생각은 해본 적이 없는데. 그냥 오빠가 좋고 오빠도 나 좋아서 만나 준다니까 만나는 거지."

"하아, 나만 계산적인 인간 취급하시겠다 그거예요? 저도 남친 면전에 대고 이렇게 얘기하진 않아요. 아무튼 그런 계산을 의식적으로 하든 안 하든 실은 똑같은 거라니까요? 희주 씨도 지금은 그냥 좋은 마음뿐이겠지만, 만약 앞으로 대표님이 희주 씨를 너무 힘들게 한다면 어떻게 하겠어요? 처음엔 대표님이 좋으니까 참아 보겠지만, 언젠가 좋은 마음보다 괴로움이 더 커지는 순간 헤어져야겠다고 마음먹겠죠. 당연한 거예요. 그런 선택을 못한다면 정신적으로 건강하지 못한 거고요."

"야, 너 나한테 그럴 거냐?! 대답해 봐, 안희주!"

"여자친구 협박하지 말아욧! 지금 온 천하가 시끄럽게 헤어지고 있는 게 누군데 그래? 따져보면 대표님의 경우도 다를 거 하나 없다고요. 왜 이혼하기로 마음먹었는데요?"

"까놓고 내가 이혼하기로 마음먹은 거냐?! 이혼 당한 거지! 여친 앞에서 이런 얘기까지 해야 해?"

"하지만 대표님도 결혼생활에 불만이 엄청 많으셨잖아요. 그런데 왜 먼저 이혼할 생각 안 하셨어요?"

"그야 뭐… 알잖아? 힘들다고 이혼할 거면 결혼한 의미가 없다고 생각했지. 살다 보면 좋아질 수도 있는 거고…"

"그러니까 그건 대표님의 일방적인 마음인 거예요. 대표님은 배우자끼리 서로 이뻐하고 이해하고 재미나게 사는 것보다도, 결혼생활을 지킨다는 자체가 더 중요하다는 신념을 갖고 있었던 거죠. 그분은 그렇지 않았고요. 하지만 대표님이 정말 그 신념을 절대적으로 여겼다면 아내 분이 이혼하자고 했을 때 어떻게든 잡으셨을 거예요. 근데 안 그랬죠. 왜? 그 굴욕을 참아 가면서까지 지킬 만큼 중요한 건 아니었으니까. 이제 이해 돼요? 결국 같은 얘긴 거예요."

"…하여간, 변호사한테 말로 당할 생각을 하면 안 되지."

원호는 그렇게 중얼거리면서도, 분한 것보단 무척 심각한 표정으로 생각에 잠겨 있다가 말했다.

"그럼 있잖어, 결혼하기 전에 최대한 안 좋은 모습을 다 보여주고 나서 결정하는 게 좋은 건가? 말 나온 김에, 내가 걱정되는 게 하나 있거든. 백하영이 전에 나한테 그랬단 말야. 난 어떤 여자랑도 같이 살 만한 인간이 못 되니까, 평생 엄마하고나 살아야 된다고. 일리 있는 말이라고 생각했어. 그래서 이번에 이혼하고 나면 평생 혼자 살 작정이었는데, 생각지도 않게 사람을 또 만나 버려서… 어떻게 생각해? 정변도 사람 잘 본다며. 까놓고 말해 줘. 난 나빠도 솔직한 게 좋아. 뭣보다 같은 실수는 정말 다시 안 하고 싶고."

"흠… 그건 딱 잘라서 대답 못하겠는데요. 대표님 성격이 좀 유별난 건 사실이지만, 어떤 여자하고도 안 맞을 거라고 단정하는 건 좀… 여자라고 다 똑같나요? 각자 판단해야겠죠. 두 분 관계가 더 깊어지기 전에 대표님이 나쁜 면을 다 보여주고 싶다면, 굳이 직접 보여주는 거 말고도 방법이 있죠. 희주 씨, 저쪽이 대표님 고소하면서 제출한 준비서면 좀 읽어 볼래요?"

우현은 물론 농담으로 한 말이었으나, 원호가 예상만큼 펄쩍 뛰는 반응을 보이지 않자 좀 싱겁게 됐다는 생각으로 말을 이었다.

"해본 소리예요. 재판기록을 본인 동의 없이 유출하는 건 불법이에요. 그런 짓 했다간 저 면허 취소 당하니깐, 걱정 마요."

"아냐. 희주가 정말 보고 싶다면 보여줘도 돼."

"엥…? 정말요?!"

"대신 우리 쪽에서 쓴 것도 보여줘야지. 어차피 양쪽 다 아주 거짓말은 아니잖아. 나도 나름 인정하는 부분도 있고, 변명할 수 있는 것도 있으니까, 나랑 같이 보는 거면 괜찮아. 이혼남이랑 만나는데 찜찜한 것보단 털 수 있는 데까지 털어보는 게 낫지. 어때? 읽어볼래?"

희주가 답을 망설이고 있자 얼른 우현이 끼어들었다.

"그건 쉽지 않은 결정이니, 일단은 덮어 두는 걸로 해요! 실은 그런 거 절대 희주 씨 보여주면 안 된다고, 미리 저한테 주의 주신 분이 있었거든요."

"뭐야? 누가?"

"대표님 어머님이요."

조정이 결렬되자 원호는 더 이상 숨길 수 없다는 생각으로 어머니에게 여자친구의 존재를 알렸는데, 류 여사는 그 즉시 우현에게 연락해 그런 부탁을 했다는 것이었다.

"그런 게 걱정이신 거 보니까, 아들 여자친구가 싫진 않으신 모양이죠? 그 사이에 어떻게, 어머님 만나보신 적 있으신가요?"

"아직요. 오빠가 저희 아빠한텐 벌써 강제 인사를 드렸으니까, 저도 얼른 어머님을 만나 뵈어야 되는 게 아닌가 싶긴 한데…."

"아냐, 내가 엄마한테 최후통첩을 했거든. 이번에도 엄마 때문에 말아먹으면 나 진짜 죽을 때까지 혼자 살 거고, 절대로 나한테 손주 볼 일은 없을 거라고. 그러니까 당분간 내가 됐다 할 때까지 투명인간으로 지내고 계시라고. 어째 말을 좀 듣나 싶더니, 뒤로 그런 공작을 펴고 계셨구먼. 진짜 못 말리겠다."

"그 정도는 봐 드려요. 어머님 입장에선 진짜 많이 자제하고 계신 거 아네요? 안 그래도 저한테 연락하셨을 때도 대표님은 절대 모르게 해 달라고 하셨어요."

"근데 왜 알려 줘?"

"우리끼린 최대한 솔직한 사이여야 하니까요. 전 대표님 변호사고, 우린 친구이기도 하잖아요?"

원호는 그 대답에 만족한 표정으로 희주를 돌아보았다.

"아무튼 잘 생각해 보고, 읽어봐야겠다 싶으면 언제든 얘기해."

"근데 어차피 읽어보실 건 계속 업데이트 될 거예요. 다음 변론기일까지 그쪽에서 새로운 준비서면을 보낼 테니까, 물론 우리도 준비해야 되고요. 일방적으로 합의안 깨버린 주제에 어떻게 나올지 기대되네요. 분명히 대표님이 입장 바꾼 거 가지고 파렴치한으로 공격하겠죠. 어쩌면 희주 씨를 내연녀 취급하면서 물고 늘어질지도 몰라요. 혹시나 그런 사태에 대비하셔야 된다고, 안 그래도 연락 한 번 드릴까 하던 차였어요. 어쩌다 이런 사람한테 꽂혀 가지고, 마음고생이 많으시죠?"

"괜찮아요. 고생이야 변호사님이 젤 많으시죠. 근데, 너무 배고프네요. 우리 치킨 시켜 먹으면 안 돼요?"

느닷없는 소리에 우현이 머뭇거리고 있자 원호가 대꾸했다.

"네가 시켜, 먹고 싶은 걸로. 나랑 변호사님은 얘기 좀 더 해야 되니까."

"응! 두 마리 시켜도 돼?"

금방 신이 난 표정으로 전화기를 누르는 희주를 보고 우현은 원호를 향해 웃으며 낮은 소리로 말했다.

"대표님이 저분 왜 좋아하시는지 알겠네요."

"응, 단순해서 좋아. 맛있는 것만 사주면 되거든. 너무 편해."

"그러면서 생각이 깊으신 면도 있는 것 같고. 긍정적인 것도 좋고. 잘은 모르겠지만 괜찮은 분 같아요. 근데 저런 분이 대표님을 왜 좋아하는지는 모르겠네요."

"얘기가 그딴 식으로 갈 줄 알았지. 궁금하면 직접 물어보면 될 거 아냐? 야, 너보고 날 왜 좋아하냐는데? 당연히 잘생겨서겠지?"

희주가 웃기만 하고 있자 우현이 이죽거렸다.

"아무래도 그건 아닌가 본데요?"

"내가 듣고 있으니까 쑥스러워서 그러겠지."

"맞아요. 나중에 변호사님한테만 살짝 말씀드릴게요."

그 말에 원호는 어이가 없어서, 우현은 신이 나서 동시에 어깨를 움찔했다.

"좋아요! 언제 우리끼리 만나서 얘기 좀 하죠. 희주 씨, 술 좀 마셔요?"

"네, 좋아하는 편이에요. 근데 오빠가 술을 안 하잖아."

"그러니까요. 언제 맥주나 한 잔 하죠? 말 나온 김에, 내일 저녁 어때요?"

"잠깐, 잠깐! 사람 이렇게 대놓고 따돌리기야? 내일? 난 요새 일 많아서 끼고 싶어도 못 낀다고!"

"그러니까 우리끼리라도 본다는 거잖아요! 우리도 그냥 놀자고 만나자는 게 아니거든요. 대표님은 일이나 열심히 하고 계세요. 그거 알아요? 지금 대표님이 과로하고 있는 것 자체가 우리 쪽 전략의 하나라구요. 우린 그쪽이 조정 파토 낸 거랑 업무 팽개치고 잠적한 걸 집중적으로 공격할 거예요. 그쪽의 무책임한 행동으로 우리가 얼마나 피해 봤는지 강조해야 되니까, 최대한 티 나게 무리하도록 하세요. 한 번 쓰러지기라도 하시면 더욱 좋고요."

2016년 5월
변론기일 지정(2)

말 나온 대로 두 여자는 바로 다음날 저녁 반주를 함께 했다. 우현은 우선 이혼소송은 끝날 날을 기약할 수 없고, 경우에 따라선 몇 년씩 끌 수도 있다는 사실을 경고했다. 그럼에도 희주의 표정에 별 동요가 없자, 우현이 오히려 더 걱정이 되는 기분으로 물었다.

"소송이 쉽게 안 끝나면 아버님께서 인내심에 한계가 오시지 않을까요?"

"글쎄요, 그래도 아빠 늘 제 편이세요. 말씀하신 대로 앞으로 어떻게 될지 모르니깐 그때 가서 생각하죠, 뭐. 미리 걱정해 봤자 소용없잖아요?"

"그건, 그렇죠… 근데 지금부터 주의해야 할 점도 있어요. 그쪽에서 각서 쓰게 된 과정을 부정행위로 걸고넘어질 건덕지가 있으면 안 되거든요. 그러니까 우리 쪽 알리바이가 철저해야 해요. 잘 들어요. 처음 만났을 때 희주 씨는 대표님이 유부남이라는 걸 몰랐다. 그러나 대표님이 일부러 그 사실을 숨긴 것은 아니다. 그리고 대표님은 본인이 아직 배우자가 있다는 사실을 분명히 밝히고 거절 의사를 표시했다. 그래도 희주 씨가 계속 마음을 못 접었고, 아버님까지 그 사정을 알게 되자 결국 대표님을 설득해 각서를 쓰게 되었다. 두 사람은 각서가 완성되기 전까지 정신적으로나 육체적으로나 깊은 관계를 맺지 않았다. 이 시나리오를 철저히 머리에 입력시켜 놓으셔야 해요. 누가 어떤 식으로 물어봐도 말이 꼬이지 않게끔요. 사실이랑 좀 다른 부분이 있더라도… 그러니까 포인트는, 대표님은 분명히 거절했는데 희주 씨가 주도해서 관계를 이어갔고, 각서도 쓰도록 한 거라는 거예요. 대표님이 먼저 행동했으면 부정행위가 될 수 있거든요. 희주 씨 입장에선 좀 억울하겠지만…"

"아녜요, 억울하지 않아요. 사실이 그러니까. 오빠가 유부남이면서 뻔뻔하게 처녀한테 작업 걸고 돌아다니는 그런 사람이었음 제가 이렇게 좋아하지도 않았을 거예요. 제가 일방적으로 쫓아다닌 거 맞아요."

"그럼, 다시 진지하게 물어봐도 돼요? 지원호 씨가 왜 좋아요? 대체 어디가?"

"헤헤… 도저히 이해가 안 가시나 봐요."

"뭐 꼭 그런 건 아니지만…."

"오빠, 귀엽지 않아요? 성실하기도 하고."

"그거야 그렇지만…."

그런 우현을 향해 희주는 의미심장한 미소를 보냈다.

"오빠도 얘기했지만, 우린 우선 잘 맞고 편해요. 아직 잘 모르겠지만 적어도 날 속일 사람은 아닌 것 같기도 하고요. 하지만 그건 만나보면서 안 거고, 제가 처음에 오빠한테 반해서 쫓아다닌 이유는 다른 거였어요. 오빤 자기가 잘생겨서라고 믿고 있지만, 아니고요. 이건 오빤 물론이고 아무한테도 얘기한 적 없는 건데…."

"네… 엥? 그런 얘길 왜 저한테? …그럼 비밀인가요?"

"그건 아닌데, 어차피 말해줘도 잘 안 믿을 걸요? 변호사님은 다른 사람 얘길 잘 들어주시는 분인 것 같고, 그리고 정말 궁금해하시는 것 같아서 알려 드리는 거예요. 남자를 보는 저만의 특별한 기준이 하나 있거든요."

"뭔데요, 그게?"

"냄새요."

그러는 희주의 표정이 완전히 진지한 걸 보고 우현은 어리둥절해졌다.

"냄새라뇨? …무슨 냄새요? 향수 같은 거?"

"아뇨, 물론 향수도 영향이 있긴 하지만, 그건 바뀔 수 있는 거잖아요. 그거 말고, 사람마다 다른 독특한 냄새 있죠. 체취라고 하는 거."

"하지만… 그럼 남자를 냄새 때문에 좋아한단 말예요?"

"남자만이 아니라 여자도, 전 친구도 마찬가지예요. 제가 좋아하고 친하게 지내는 사람들은 다 제가 좋아하는 냄새가 나요. 냄새로 캐릭터도 어느 정도 예측 가능하고요. 그게 전부는 아니지만, 일단 그게 아님 전 마음이 안 가요. 사실 변호사님도 냄새가 좋으셔서 제가 더 친해지고 싶었던 거거든요."

우현은 당황해서 무심코 제 손목에서 냄새를 맡아 보았다.

"나한테 무슨 냄새가 나지? 아, 오늘 점심에 카레를 먹어 가지고…."

"그런 냄새가 아니라니까요. 체취는 음식 같은 걸로 안 바뀌어요. 몇 십 년씩 계속 먹는다면 모를까."

"하지만 체취란 건 특별히 강한 사람들 말곤 별 다를 게 없지 않아요? 담배 피우거나 안 씻거나 해서 지독한 냄새 나는 경우 말곤, 난 잘 모르겠던데."

"그런 냄새 나는 사람들은 정말 싫죠. 사실 전 거의 모든 사람을 다 체취로 구별할 수 있어요. 코가 엄청 민감한가 봐. 그러니 싫은 냄새 나는 사람은 근처에도 가기 싫어요. 아무리 잘생기고 나한테 잘해줘도 소용없어. 담배 피우는 사람이랑은 절대 못 만나죠. 오빤 담배도 안 피우고 깔끔해서 좋아요. 하지만 그것만이 아니고, 원래 몸에서 좋은 냄새가 나요."

"희주 씨가 좋아하는 냄새란 게 뭔데요? 어떤 냄샌데요? 나도 좋은 쪽이라면서요. 설마 나랑 대표님이랑 비슷한 냄새가 난다는 건 아니겠죠?"

"비슷한 냄새 맞는데. 제가 좋아하는 냄새는 뭐냐면, 뭐랄까… 잘 표현 못하겠는데, 약간 달달하면서 뽀송뽀송한? 그런 느낌이에요. 저한테서 나는 냄새랑은 완전 달라요."

우현은 이해력과 상상력을 최대치로 가동해 보았으나, 도저히 조금도 와 닿지 않았다.

"그런 게 실제로 있다니… 소설에나 있는 얘긴 줄 알았어요."

"소설은 과장이긴 한데, 암튼 전 어릴 때부터 이랬거든요. 그래서 남들도 다 그런 줄 알았어요. 아니란 걸 알고 놀랐죠. 근데 모르서서 그렇지, 저 같은 사람이 아주 없진 않아요. 굉장히 본능적인 사람들이라고나 할까."

"맞아, 동물들이 냄새로 짝짓기 하죠. 페로몬이란 것도 있고… 근데 내가 궁금한 건, 요즘 세상에 과연 후각이란 게 적당한 짝을 찾는데 얼마나 효과적인 건지 하는 거죠. 실례지만 바람피워서 파혼했다는 그분도 냄새는 좋았던 거 아니었나요?"

"맞아요. 저도 여러 일 당하면서 냄새가 다가 아니란 걸 알게 됐죠. 그래도 전 냄새 찾길 포기할 마음은 없어요. 그게 어찌 보면 그 사람 자체를 좋아하는 거에 제일 가깝지 않을까요? 조건은 변하는 거고 성격은 잘못 볼 수도 있지만, 냄새는 안 변하잖아요."

우현이 여전히 미심쩍은 기색인 건 아랑곳 않고 희주는 말간 분홍빛 미소로 말을 이어갔다.

"사실 전부터 변호사님 꼭 만나보고 싶었어요. 오빠가 엄청 얘길 많이 했거든요."

"아… 그래요? 뭐 그럴 수밖에 없었을 거예요. 이혼소송이 참 큰일인데 저 말곤 상의할 사람이 아무도 없는 것 같더라고요. 희주 씨 만나기 전까지는요."

"소송도 소송인데, 친구 먹었다면서 엄청 강조하더라고요. 자기가 원래 친구 같은 거 안 키우는 스타일인데 일생에 딱 두 번째라면서, 게다가 여자랑 친구는 처음이라고, 그 얘기하면서 어찌나 뿌듯해 하던지… 솔직히 좀 질투도 나고 걱정되고 그랬어요. 심지어 사진 보니까 오빠가 딱 좋아하는 스타일인 거야. 근데 사실 저도 그런 작고 귀여운 스타일 좋아하거든요. 그래서 더 빨리 만나보고 싶었어요. 만일 냄새가 싫었으면 엄청 싫어질 수도 있었는데, 다행이에요. 변호사님, 맘에 들어요. 흐흐."

남자한테도 들어본 적 없는 그 저돌적인 고백에 우현은 깜짝 선물을 받은 기분이었다.

"저야말로 진짜 다행인 걸요. 이런 얘기하면 어떻게 들으실지 모르겠지만, 실은 얼마 전부터 대표님 상태가 너무 안 좋아 보여서, 정확히 말하면 너무 외로우신 것 같아서… 갑자기 여친 생겼다고 했을 때, 저 많이 걱정했거든요. 대표님이 원래 앞뒤 잘 따져보는 사람도 못 되고, 지금 워낙 복잡하고 어려운 상황이니까요. 근데 다행히 희주 씨 볼수록 참 괜찮은 분이고, 대표님이랑도 잘 맞는 것 같아서 한시름 놨죠."

"헤헤, 정말요? 전 잘 모르겠지만, 사람 잘 보신다고 하니 그냥 믿을게요."

"솔직히 전 한시름 놓은 정도가 아니라, 얼마나 든든한지 몰라요. 지원호 씨 괜찮은 친구긴 하지만 혼자서는 감당하기 좀 버겁거든요. 그 도망간

친구 얘기 들었죠? 둘 사이에 뭔 일이 있었는지는 몰라도, 전 어쩐지 그분 심정도 이해가 갈 것 같더란 말이죠. 대표님은 본인이 되게 독립적인 인간이라고 믿으시는 것 같지만, 제가 보기엔 전혀 아니에요. 오히려 의존적이어서 주변 사람들을 부담스럽게 하는 편이죠. 그러면서 또 아무한테나 쉽게 마음을 열지도 못하니…."

"맞아요. 저도 솔직히 오빠 딴 건 이상한지 잘 모르겠는데, 친구 없는 건 이해 안 가더라고요."

"제 말이요. 희주 씨는 친구 많아요?"

"네네, 친구 엄청 좋아해요. 변호사님도?"

"이제 우현 씨라고 불러요. 우리 한 살 차이죠? 언니라고 불러도 될까요?"

불면증에 시달렸던 게 거짓말인 것처럼, 그동안 못 이룬 잠을 다 보상받기라도 하려는 것처럼 하영은 며칠을 계속해서 자고 또 잤다. 죽은 듯이 잔 적도 있었지만, 눈을 떴다 감아도 이어질 정도로 선명한 악몽에 시달리는 시간이 더 많았다. 이해할 수 없는 온갖 기괴한 내용의 악몽보다도, 그 자체로 악몽과 같았던 유년시절의 기억들이 생생히 재현되는 꿈이 훨씬 더 버거웠다. 이미 결말을 알고 있는 게 더 두려워 식은땀을 흘리며 발버둥 치다 겨우 깨어나 보면, 눈앞의 광경이 바로 꿈속의 그 공간이라는 사실에 몇 번이고 새삼스러운 좌절감에 빠져들곤 했다.

세탁소의 열기와 소음과 기름 냄새가 그대로 배어드는, 가게 뒤쪽 공간을 개조해 만든 갑갑한 구조의 방 두 개짜리 집. 하영이 대여섯 살 때인가, 아버지가 국회의원 선거에서 실패하고 난 뒤 빚에 쫓겨 이 집으로 이사했을 당시만 해도 이 가족들이 그로부터 30년이 지나도록 이곳을 떠나지 못하리라 짐작한 이는 아무도 없었다. 30년 전에도 말끔한 건물이라곤 볼 수 없었던 이 집은 그간 몇 차례의 수리를 거쳤으나, 하영이 취업하고 자취방을 얻어 떠난 15년 전부터 이미 몹시 낡고 허름한 상태였다. 웨딩숍 보조 월급으로 서울에서 겨우 얻을 수 있었던 반지하 단칸방의 환경이라고 크게 나을 리 없었으나, 그녀는 그때 그 집을 나온 것만으로 지옥을 탈출한 기분이었다. 그러나 그 당시에도, 결혼하여 처음으로 집다운 집에 살게 되었을 때도, 몇 년 후 마침내 꿈에 그리던 아파트에 입성한 뒤로도, 어느 밤 자신이 모든 것을 잃고 다시 이곳으로 돌아오게 되는 악몽에 시달리지 않은 적이 없었다.

 종일 햇빛이 제대로 안 들어 시간대를 가늠하기 어려운 좁은 방 한 구석에 깔아놓은 이부자리 위에서 눈을 뜨니, 익숙한 세탁 기계와 재봉틀 소리가 벽과 바닥의 진동을 통해 온 몸으로 전해져 왔다. 어머니는 예순이 넘은 지금도 변함없이 일을 하고 있었다. 하영이 의상 관련 일을 하게 된 재주는 어머니에게서 물려받은 것이었다. 어머니와 성격적으로 잘 맞지 않고 갈등도 많았지만, 어릴 적부터 세탁소 일을 돕는 건 싫지 않았다. 일도 재미있었고, 어머니가 자랑스럽게 느껴지는 유일한 공간이기도 했다. 어머니는 손재주와 감각이 뛰어나 보통의 세탁소 일감뿐 아니라 정교한 수선이나 리폼 일감도 맡았는데, 한때는 멀리서 손님들이 일부러 찾아올 정도였다. 그러나 가정불화와 우울증 발작으로 몇 번이나 가게 문을 닫을 뻔한 위기를 넘기면서 이젠 오랜 단골들에 의지해 근근이 생계나 꾸려나가는 판이었다. 하영은 경제적으로 여유를 누리게 된 뒤로도 친정에 원조를 한 바가 거의 없었다. 하영은 물론 부모들 역시 사돈 눈치로 자존심 상하고 싶지 않다는 마음이 경제적 아쉬움보다 우선이었다.

　아버지가 20여 년 전, 아내의 자살 기도 현장을 큰딸이 발견한 사건을 계기로 정치에 대한 미련을 접고 난 뒤로도 끝내 다른 직업을 제대로 갖지 못한 것 역시 자존심 탓일 것이었다. 몇 번인가 지인들의 소개로 출판사나 학원 등에 일을 나가기도 했지만 대개 오래 가지 못했고, 종일 술병과 재떨이를 옆에 두고 독서 삼매경에 빠져 있는 것이 그의 평생의 일과였다. 그러나 그런 아버지를 원호가 제 아버지와 마찬가지로 취급하는 걸 하영은 견딜 수 없었다. 비록 가계를 책임지진 못했지만 제 아버지는 보통의 무능한 가장들과는 다르다고 그녀는 믿었다. 술을 마셔도 취해서 남에게 민폐를 끼친 적은 없었고, 밖에 나가 큰돈을 낭비하거나 말썽을 일으킨 적도 없었다. 아내와 사이는 좋지 않았지만 부부싸움 중에 큰 소리를 낸 적도 거의 없었다. 없는 살림이나마 늘 말끔히 꾸려나갔고, 두 딸에게도 친절하고 자상한 아버지였다. 하영은 그런 아버지를 동경하고 동정했으며, 아버지 역시 자신과 꼭 닮은 큰딸에 대한 애정이 각별했다. 한데 그 관계가 또 어머니의 자존심에 상처를 입히며 악순환으로 돌아오곤 했다.

　그렇게 식구들 간에 복잡하게 얽힌 감정싸움에서 늘 한발 비켜서 있는 이는 하영의 여동생뿐이었다. 세상에서 가장 좋은 친구가 자매라 하나 이들에겐 해당되지 않는 이야기였다. 하영이 한창 사춘기와 집안 문제로 방황할 당시 네 살 터울인 동생은 어려서 마음을 나누기 어렵기도 했지만, 나이가 들어가면서도 두 자매는 기질이 달라 잘 맞지 않았다. 동생은 언니와 달리 부모의 예민한 자존심이나 이상주의 성향을 거의 물려받지 않았다. 게다가 어릴 적부터 외모나 재주 등 모든 면에서 언니에게 미치지 못한다는 평을 들으며 자랐으니, 말 그대로 집안의 미운 오리 새끼와도 같은 존재였다. 대신 그 미운 오리 새끼는 주변인들의 기대에 맞추어 산다는 일이 얼마나 피곤한 노릇인지 일찌감치 깨닫고 놓아 버리기로 작정했을 만큼 진정으로 영악한 구석이 있었다.

백조가 되고 싶은 욕망이 없다면 그 어떤 존재도 '미운' 오리 새끼로 살 이유가 없다는 사실, 따라서 진짜 미운 오리 새끼는 동생이 아니라 바로 자신이었다는 사실을 하영이 깨닫게 된 건 겨우 몇 년 전이었다. 남편과 극도로 사이가 나빠지기 직전, 마지막으로 함께 친정 식구들을 만났던 자리였다. 오랜만에 만난 동생은 그 사이 아무런 자격도 없이 취업하여 밑바닥부터 일해 온 직장에선 정규직으로 승진하고, 이젠 나이 들어 날이 많이 무뎌진 어머니와 아버지 사이에선 든든한 중재역으로 자리를 잡아, 대단한 성취나 화려한 미래가 보이는 것은 아니어도 어린 시절의 어둠에서는 충분히 벗어난 모습이었다. 그 자리에서 미운 오리 새끼 시절의 그림자를 드리우고 있는 건 다름 아닌 하영 자신이었다. 마침내 백조가 되었으나, 여전히 잠시라도 발버둥을 멈추면 그 자리에 가라앉고 말 것이란 강박에 사로잡힌 미운 오리 새끼의 영혼. 그런 자신의 모습엔 늘 경멸의 눈초리를 보내던 남편이 동생과는 묘하게 죽이 잘 맞는 것도 소름끼치도록 분하고 싫었다. 그렇다고 붙임성 없는 두 사람이 딱히 가깝게 지낸 적도 없음에도 불구하고, 그들이 서로에 대해 이야기하는 것만 들어도 속이 뒤집힐 정도였다. 이제야 식구들에게 이혼 사실을 공표하고도 누구도 남편 측과 연락하지 말라고 함구령을 내린 건, 핑계를 댄 것처럼 재판에 방해가 될까 봐서가 아니라 실은 동생을 의식한 면이 컸다.

식구들 모두 하영이 남편과 시댁과의 관계가 썩 좋지 않다는 건 알고 있었지만, 헤어질 정도로 문제가 심각한 줄은 전혀 몰랐다는 반응들이었다. 그럼에도 그 누구도 하영을 붙들고 충고나 걱정을 늘어놓는 이는 없었다. 누구에게나 그렇듯 부모형제는 그녀의 인생에서 가장 소중한 존재들이긴 했으나, 버팀목이나 안식처보다는 관객이란 역할에 가까웠다. 그들 모두 하영의 인생에 관여하기보단 그저 바라보고 평가하는 데 너무나 익숙해져 있었다. 그렇게 만든 것은 다름 아닌 하영 자신이었기에 누굴 탓할 수도 없었다. 그럼에도 그녀는 겨우겨우 날아오르던 제가 이렇게 어이없이 뚝 떨어져 돌아왔음에도 어떤 변화도 동요도 없이 그대로인 이곳과 이들의 모습이 새삼 얄밉고 원망스러운 심정에 종종 자다가도 벌떡 몸을 일으키게 되곤 했다.

이불을 걷고 일어나 보니 시간은 오후 5시, 어김없이 남편에게서 부재중 전화 두 통이 와 있었다. 친정집에 칩거한지 일주일째, 전혀 회신을 하지 않는데도 남편은 꾸준히 하루에 몇 번씩 전화나 문자로 연락을 하곤 했다. 이런 행동도 예전엔 상상하기 어려운 일이었는데, 이것도 변호사가 일러준 작전의 일환인지, 아니면 새로 사귄 여자친구의 영향인지 싶어 마음이 움직이기는커녕 더욱 내장이 꼬이기만 했다.

그때 문득 재봉틀 소리가 뚝 끊기더니, 이내 솔솔 밥 냄새가 풍겨오기 시작했다. 며칠 전 동생이 퇴근길에 사들고 온 치킨과 맥주를 폭식한 이후 뭘 입에 넣은 기억이 까마득했던지라 급 허기가 밀려왔다. 방에서 나가보니 어머니가 부엌 바닥에 놓인 작은 상에서 혼자 대강 차린 식사를 들고 있었다. 그녀는 우선 굳게 닫힌 안방 문을 살짝 열어보았으나, 언제나처럼 빈 술병 몇 개를 옆에 놓고 단정한 자세로 잠들어 있는 아버지를 보곤 도로 문을 닫았다. 그리고 수저 한 벌을 들고 어머니 앞에 앉았다. 두 모녀가 말없이 밥그릇을 거의 비웠을 때쯤, 뜻밖에 어머니가 먼저 입을 열었다.

"너, 대체 뭣 때문에 이혼한다는 거야?"

하영은 순간 목구멍이 꽉 막히는 느낌에 한동안 대답은커녕 입에 문 음식물도 넘기지 못했다. 소송 진행 과정에 대해서는 이미 다 이야기했기 때문에 새삼스레 물어볼 이유가 없는 질문이었다. 허를 찔린 기분에 울컥한 나머지 그녀는 깊은 속에서부터 무척 드러내고 싶기도, 숨기고 싶기도 했던 한 마디를 토해냈다.

"빤하잖아. 엄마처럼 살고 싶지 않아서지."

"뭔 소린지 모르겠네. 나처럼 사는 게 뭔데? 남자한테 순정 한 번 바친 죄로 평생 종처럼 사는 인생이랑 너는 전혀 상관없어 보이는데. 남자 같은 건 필요 없다면서 결혼하더니, 뭣 하러 또 이혼은 하니? 암만 해도 난 이해가 안 가서 그런다."

"내가 왜 이제 와서 엄마를 이해시켜야 되는데? 엄마가 언제는 내가 하는 일 이해한 적 있었어?"

"그래서 대답하기 싫으면 말고. 근데 내 기억에 내가 왜 그런 애랑 결혼하려냐고 물었을 때도 네가 나처럼 살기 싫어서라고 했잖아? 근데 이젠 나처럼 살기 싫어서 이혼이라니, 어떻게 된 거야?"

하영은 수저를 내팽개치며 쏘아붙였다.

"어떻게 되긴 뭐가? 결혼할 땐 엄마처럼 남자한테 너무 기대하고 집착하면 안 되겠다는 생각이었지. 그래서 내 위주로 내가 계획한 인생에 도움될 만한 상대를 고른 거지. 하지만 살다 보니까 같은 방에서 잠도 못 잘 만큼 싫은 남자랑 같이 늙어가는 것도 내가 원하는 인생은 아니다 싶었어."

"각방 쓰고 싶다고 각방 쓸 수 있는 네 팔자가 부럽다. 이놈의 집구석은 떨어져 있고 싶어도 그럴 공간이 없는데."

"글쎄, 과연 이 집에 방이 더 있었다고 엄마가 아빠랑 떨어져 자려고 했을까? 아빠가 그러자고 하면 엄마가 죽는다고 야단하지나 않았을까?"

"어쨌든 각방 쓸 수 있으면 그냥 그렇게 살면 되지, 굳이 이혼은 왜 한다는 거야? 남자한테 기대하고 집착 안 한다며?"

"미치겠네. 기대 안 하는 거랑 숨 쉬는 소리도 듣기 싫을 만큼 싫은 거랑 같아? 도대체 왜 시비야?! 엄마가 내 결혼생활에 십 원 한 푼이라도 보태준 거나 있으면서 이제 와서 그딴 속 긁는 소리냐고!"

"네가 잔소리 한 마디라도 보낼 틈이나 줬니? 결혼할 때도 그렇고 이혼할 때도 그렇고, 결정은 혼자 다 해놓고 우리한텐 통보만 했으면서, 거기 대고 토 한 마디도 달지 말라는 거야? 그럼 또 그런다고 서운해 할 건 아니고?"

"누가 한 마디도 하지 말래? 근데 엄만 지금까지 살면서 내가 한 일에 단 한 마디도 좋은 소리 한 적 없는 거 알아? 진짜 단 한 번도 없는 거 아냐고!"

하영이 벌떡 일어서 방으로 들어가 버리려는데, 뜻밖에 어머니가 붙들어 세웠다.

"넌 항상 보면 전부 네 멋대로 하면서 싫은 소린 한 마디도 듣기 싫어하더라. 그게 가당키나 한 심보니? 칭찬을 받고 싶으면 남의 말을 잘 듣던가, 네 멋대로 할 거면 칭찬을 기대하지 말든가! 세상에 그걸 누가 맞춰주겠니?"

하영이 오로지 자신에게만 공격적이라고 믿고 있는 원호가 봤다면 맺힌 게 다 풀리고도 남았을 만큼, 그녀는 거의 이성을 잃고 어머니를 향해 찢어지는 고함을 질러댔다.

"그래, 나도 나 못된 거 알아!! 그래도 세상에 엄마만은 나한테 그딴 말할 자격 없지! 내가 지금 요 모양 요 꼴 된 게 다 누구 탓인데?! 엄마만 아니었으면 나 그때 가출도 안 했을 거고, 계속 공부 열심히 해서 좋은 대학 갔으면 그딴 놈한테 그렇게 무시당하지도 않았을 거고! 엄마가 그때 가게에 불 내고 빚만 지지 않았어도, 그 돈만 갖고 내가 시집갔어도 그딴 집안에 그렇게 무시당할 일 없었을 거고! 엄마 닮아서 우울증만 아니었어도 그딴 놈한테 책잡힐 병신 짓 안 했을 거고! 내가 아무리 남자 보는 눈이 없어 개 쓰레기 같은 놈하고 결혼했대도, 지금 이렇게까지 더러운 꼴은 아니었을 텐데! 이게 다 엄마 때문 아냐?! 낳아 놓기만 하고 한 번 내 인생에 보탬이나 된 적 없으면서, 그러면서 엄마가 뭔데 나한테…."

듣다 못한 아버지가 방문을 열고 나온 것과 어머니가 딸의 뺨을 후려친 것이 거의 동시의 일이었고, 잠시 숨 막히는 침묵이 이어졌다. 그런데 늘 가장 먼저 심하게 흥분하는 성격인 어머니가 오늘은 웬일인지 제법 참을성 있는 어조로 말을 이어가는 것이었다.

"그래, 나도 다 내 탓인 거 안다! 그러니 딸년한테 이런 막말까지 들어가면서 참고 한 마디 해주려는 거 아냐? 네 아빠랑 나처럼 서로 평생 죽지 못해, 죽이지 못해 살면서 더럽게 같이 늙어가는 꼴, 상상만 해도 끔찍하겠지. 하지만 내 살면서 보니 다 이런 건 아니더라. 젊었을 땐 좀 힘들더라도 참고 살다 보면 그럭저럭 더 잘 풀리는 경우도 많아. 거기 제일 중요한 조건이 뭔지 아니? 경제력이야. 집에 돈이 없으면 나이 먹을수록 문제가 더 생기면 생기지, 풀리긴 어려워. 너넨 그럴 염려는 없잖아? 그 집안 인간들 무식하고 못돼먹은 거야 나도 알지만, 악착같이 돈 열심히 벌고 엉뚱한 짓은 안 한다며. 너도 처음부터 그거 하나 보고 시집간 거 아냐? 근데 그래놓고선 벌써 이러는 거 보니, 괜히 자라한테 물린 가슴 솥뚜껑 보고 놀란다고, 네가 우리 보고선 지레 성급한 결정하고 후회하는 거 아닌가 싶어 그래!

내 암만 생각해 봐도 지금 헤어지면 네가 너무 손해인 것 같다. 너 그

나이에 꼴랑 3억 받고 이혼녀 되면 팔자 얼마나 좋아질 것 같은데? 네 성질머리에 어지간한 사람 또 만난다고 잉꼬부부 되기 쉽겠어? 너도 잘한 것만 있는 거 아니잖아. 그렇게 생각하면 헤어질 때 헤어진대도 좀 더 참아 보고, 돈이나 더 모으고 나서 헤어지는 게 낫지 않겠어? 나 보고 맨날 앞뒤 계산 못하고 멍청하게 산다고 욕하더니, 너도 나 닮아서 지금 그러고 있는 거 아니고?"

말끝은 역시 어머니 특유의 비아냥댐으로 마무리되긴 했지만, 그 진심을 충분히 느낄 수 있었기에 하영은 맞은 뺨을 손으로 감싼 채 잠자코 귀를 기울이고 있었다. 아버지는 말없이 딸의 어깨를 어루만지고 있을 뿐이었지만, 하영은 그것만으로도 늘 그렇듯 아버지가 지금 저와 똑같은 생각을 하고 있음을 읽을 수 있었다. 이 가족들은 어쩌면 언제나 남의 일엔 이토록 예리하고 뾰족하면서, 제 일에는 그토록 미욱하고 아둔할 수가 있나. 그런 안타까움으로 그녀는 모처럼 꼬이지 않은 대답을 내놓았다.

"엄마 말 일리 있어. 나도 소송 벌려놓고 나서 생각보다 쉽지 않으니까 이제야 그런 생각이 들더라고. 그런데 늦었어. 그 인간, 벌써 다른 여자 생겼거든. 그 어머니까지 지금 내가 빨리 손 털고 나가기만 목 빼고 기다리고 있어."

그 사실에 대해선 처음 듣게 된 부모님은 몹시 놀란 표정이었다. 둘 다 사람 파악하는 눈치가 빠른 편이라 그래도 칠팔 년의 세월을 통해 사위란 사람의 성향에 대해 웬만큼 알고 있었기에, 제 딸이라면 몰라도 그가 그 새 다른 사람을 만나 마음이 돌아섰다는 사실이 너무나 뜻밖이었던 것이다.

"어지간한 여자면 그 어머니 눈에 찰 리가 없는데… 아들이 이혼소송까지 당하고 보니 좀 겸손해지신 건가?"

"그럴 수도 있겠지만, 어쨌든 나랑은 정 반대 스타일이더라고. 일단 집안에 돈이 좀 있어. 애도 곱게 자란 티가 나고, 순진해 보이고. 나한테 질려서 그런지 아님 원래 그런 여자를 원했는지, 아무튼 두 모자가 다 놓칠까 전전긍긍하더라."

"집안도 좋고 곱게 큰 애가 그런 남자를 왜 만난다니? 이혼 소송하는 주제에 그런 애는 어떻게 만났대? 그렇게 재주 좋은 타입으로 안 봤는데."

"내가 알아? 나도 모르는 재주가 있었는지, 하긴 사람 만나는 게 재주 갖고 되는 일은 아닌 것 같더라. 류 여사님이 매일 그 잘난 아드님 위해서 새벽기도 다니신다더니, 그 덕분일 수도 있지. 그러니 엄만 나 위해서 기도 한 번이라고 해준 적 있냐고?"

그 말을 끝으로 하영은 집을 뛰쳐나와 버렸다. 방에 누워 자던 차림 그대로, 지갑과 전화기만 챙겨 나왔다. 그런 상태니 답답한 마음에 간절히 누군가를 만나고 싶어도 갈 데가 한 곳밖에 떠오르질 않았다.

2016년 6월
원고/피고 2차 준비서면 작성(1)

    차를 몰아 K대학으로 가며 하영은 이 묘한 인연이 참으로 재미있단 생각에 혼자 웃었다. 제 삶에서 친구란 존재가 일부러 구해야 할 만큼 필요하단 생각을 이전엔 해본 적이 없었다. 일생 친구라곤 결국 배신자가 될 한 명밖에 없던 남편에게 그마저도 지기 싫은 마음이 아니었다면, 이제와 이렇게 아쉬운 친구를 찾아낼 일도 없었겠지, 생각하니 저도 제 자신이 우습고 딱하게 느껴졌다.
    갑작스런 연락임에도 인실은 흔쾌히 친구의 방문을 승낙했다. 그러나 막상 도착해 보니 그새 또 심부름에 불려가 버린 뒤라 하영은 기약 없이 기다려야 했다. 이미 정규 수업이나 근무는 다 끝난 시간이라 교정은 한산했다. 인실은 사무실의 제 자리에 앉아서 편히 기다리라 했지만, 하영은 혹 다른 이들에게 방해가 될까 싶어 들어가진 못하고 근처를 서성이며 시간을 보냈다. 며칠 방구석에만 눌어붙어 있었던 게 억울해질 만큼 한창 꽃들이 만발하고 하늘도 맑아 산책하기에 딱 좋은 날이었다. 덕분에 마음도 차츰 누그러지기 시작했다.
    그때 눈에 익은 얼굴이 성큼 시야에 들어왔다. 인실이 짝사랑하는 후배 김도윤. 몇 달 전 딱 한 번 몇 시간 보았을 뿐이지만, 퍽이나 인상 깊던 그

청량한 눈빛을 못 알아볼 수는 없었다. 반면 상대는 하영을 전혀 알아보지 못한 기색이었다. 전에 만났을 당시 술집의 어스름한 조명 아래 완벽하게 단장했던 모습과 비교해보면 이상한 일도 아니었다. 애초에 아는 척하질 말았어야 서로 어색할 일이 없었을 테지만, 반가운 마음에 하영이 먼저 인사를 해 버린 터라 도리가 없었다. 상황을 파악하고 민망해 어쩔 줄 모르는 도윤을 향해 하영은 짓궂게 말했다.

"화장발이 얼마나 무서운지 이제 알겠죠?"

"아니, 정말 얘기 듣고 봐도 신기하네요. 제가 원래 사람을 잘 못 알아보는 편이긴 하지만, 그나마 목소리 아니었으면…."

"그러니까 여자 본판은 보기 전엔 절대 믿으면 안 돼요. 혹시 주변에 허인실 같은 여자들밖에 없어서 모르고 사는 거 아닌가, 싶어서 내가 알려 주는 거예요."

"맞아요, 인실 선배님은 절대 화장 안 하죠. 하지만 전 여자들 화장 안 한 얼굴이 더 좋더라고요."

하영은 재빨리 촉을 세워 그새 두 사람 사이에 무슨 진전이 있진 않았는지 눈치를 살폈으나, 적어도 이쪽에선 전혀 아무런 낌새도 읽을 수 없었다. 하영은 좀 어이없기도 하고 실망스럽기도 한 기분으로 뭔가 구실을 찾아내려 머리를 굴리고 있는데, 그가 먼저 말했다.

"인실 선배 아직도 연락 없어요? 제가 잠깐 연구실 들여다 봐 드릴까요? 교수님하고 같이 있으면 핸드폰 확인할 틈도 없을 거예요."

"아냐, 괜찮아. 급한 일도 아닌데 쪼고 싶지 않아요. 근처 어디 가서 기다리고 있으면 돼요. 그건 그렇고, 후배님은 지금 퇴근하는 거예요? 혹시 무슨 약속 있어요?"

'내가 네 귀요미도 꼬셔서 합석시켜 놨으니 빨리 와!'라고 인실에게 메시지를 보내 놓고 하영은 인근 주점에 도윤과 마주 앉았다. 자리를 잡은 지 30분이 지나도록 인실에겐 답장도 오지 않았지만, 그 시간이 어색하거나 지루하진 않았다. 처음 만났을 때와 다를 바 없이 도윤과의 대화는 솔직하고 수월했다. 덕분에 하영은 그에 대해 짧은 시간 내 많은 것들을 알아낼 수 있었다. 그는 어린 시절부터 독서광이었는데 특히 삼국지, 초한지 등의 역사소설과 무협지에 빠지면서 자연스럽게 사학을 전공하게 되었다. 중국에서 석사 학위를 받고 현재 모교에서 중국 근현대사 전공으로 박사 과정을 밟고 있다. 가계가 넉넉한 편은 아니지만 이제 장학금과 아르바이트로 학자금도 거의 다 갚았고, 당장은 혼자 살며 공부하기엔 무리가 없다. 10년째 혼자 자취생활 중이다. 그쯤에서 하영은 본격적으로 그의 속을 들여다볼 구실을 잡았다.

"10년째 혼자 산다고? 안 외로워요? 여자친구 있어요?"

"아뇨, 연애 안 한 지 한 3년 됐어요."

"요즘 어딜 가나 멀쩡한 총각이 모자라서 난린데, 이런 훈남이 왜 짝이 없지? 내가 소개팅 해줄까요?"

"제가 지금 누굴 소개 받을 처지는 아닌 것 같아요. 당장 아무것도 없고, 정해진 것도 없는 걸요."

"인실이도 연애 좀 하라면 똑같은 얘길 하더라고요. 공부한단 것도 참 만만찮은 일인 것 같아. 그래도 도윤 학생은 아직 어리잖아요. 남자는 가능성 아냐? 인실이 얘기 들어 보니까 과에서 아주 촉망받는 학생이라던데."

"에이, 그런 것까진 아니고… 교수님들이 아무리 잘 봐 주신대도 자리 잡으려면 아직 갈 길이 멀어요. 적어도 전임강사 정돈 돼야 먹고 사는 문제라도 해결되는데, 운도 따라야 하고… 저 혼자서야 어떻게든 그럭저럭 지내지만, 누굴 만나고 하자면 부담스럽죠."

"그런 거 다 알면서 이 길 선택한 거예요? 여자 만나기도 힘든데, 그럼 그보다 공부가 더 좋았던 거야? 후회 안 해요?"

"어차피 세상에 쉬운 길은 없잖아요. 저 자신으로 사는 게 제일 중요하니까요. 인연이야 있으면 언젠가는 만날 테고…."

"그래서 형편 필 때까진 일부러 만날 생각은 없다? 그럼 지금까진 연애 어떻게 했어요?"

그러고 나서 하영은 정확하게 계산된 말을 얼른 덧붙였다.

"미안, 내가 너무 캐물어봤나? 난 그냥 아까운 마음에…."

"아, 아뇨, 괜찮아요. 사실 저 연애 경험이 많진 않아요. 잘 못 만나는 편이에요."

"왜 그러지? 내가 지금까지 본 바로는 전혀 그럴 이유를 못 찾겠는데."

"솔직히 자신이 별로 없어요. 전 일단 붙임성도 없고… 그리고 키가 많이 작잖아요."

설마 그 말까지 나오리라곤 예상 못했던 하영은 그의 솔직함에 진심으로 좀 감동하여, 저도 모르게 그 맑은 눈동자를 향해 바짝 시선을 기울이며 말했다.

"키 같은 것 때문에 괜찮은 남자 못 알아보는 멍청한 애들은 고맙다 꺼져라 해요. 하긴 아직 어리니까, 어릴 땐 여자애들도 뭐가 진짜인지 잘 모르지. 나도 그놈의 허우대에 혹한 바람에 좋은 시절 다 말아먹었으니까. 인실이한테 얘기 들었죠?"

"예? …아, 그, 이혼소송 중이시라고…."

"미안한 표정 지을 거 없어요, 난 숨긴 적 없거든. 이혼도 해 보니까 꼭 나쁜 것만은 아니더라고. 나쁜 인간이랑 계속 같이 사는 것보다는 낫지.

그리고 나란 인간이 얼마나 멍청했는지, 인생에서, 사람한테 진짜 중요한 게 뭔지도 확실히 배우게 되고…"

그녀는 친구가 올 때까진 아껴 마시려던 술을 한 번에 쭉 비워 버렸다.

"물론 이런 험한 일을 안 겪고 배울 수 있었음 더 좋았겠지만… 어쨌든 뭘 모르는 인간들은 신경 쓸 필요 없어. 당장은 아무리 잘난 척해봐야 언젠가는 박살나게 돼 있으니까. 자기의 진짜 좋은 점을 알아봐 줄 사람을 찾아요. 가진 거 없으면 어때? 돈 잘 버는 여자친구 만나면 되잖아. 돈 있어도 외로운 여자들 세상에 많은데. 그래도 그런 건 싫은가? 자존심 상하나?"

"그럴 리가 있어요? 자존심이 어디 그런 데 쓰라고 있는 건가. 그보단 염치 문제겠죠. 물론 여자친구가 여유가 좀 있고, 내 사정을 봐 준다면 당연히 좋겠죠. 근데 그건 돈보다 이해심인 것 같아요."

"그럼, 자기 이상형은 이해심 많은 여자인 건가?"

"그렇죠. 그리고 좀 독립적이고 어른스러운 사람이면 좋겠어요. 제가 세심하게 챙겨주는 성격이 못 돼서… 주제에 바라는 게 많죠? 이러니까 없는 거지."

그는 쑥스럽게 웃으며 얼버무렸으나, 하영이 따라 웃지 않자 조금 어리둥절해선 그녀를 잠자코 마주보았다. 잠시 후 하영은 앞에 놓인 술잔을 또 한 번 비우고는, 다시 그를 향해 가까이 턱을 고였다.

"듣자 하니 연상을 만나면 좋을 것 같은데… 연상 어때요? 몇 살 차이까지 가능해?"

"나이는 상관없죠. 연상도 연하도 만나 봤는데, 다 사람 나름이더라고요. 그건 그렇고, 벌써 그렇게 드시면 인실 선배 오기 전에 먼저 취하시겠어요. 선배한테 아직도 연락 없어요?"

"이 정도 가지고 안 취해. 내 주량이 얼만데…."

조금도 허풍 없는 말이었으나, 이상하게도 그 말이 채 떨어지기 전에 하영은 제 눈앞이 핑 하고 흐려지는 것을 느꼈다. 영문을 몰라 잠시 멍하니 있으려니, 마주앉은 이의 두 눈이 놀라 휘둥그렇게 벌어지는 광경이 차츰 또렷하게 시야에 들어왔다. 동시에 제 양 뺨 위로 뜨겁기도 하면서 시원하기도 한 묘한 감촉이 흘러내리며, 이내 목구멍과 가슴 속까지 훑고 지나갔다.

이후로 몇 번이나 다시 돌아보아도 하영은 이때 제가 눈물을 흘린 이유가 무엇인지 잘 알 수가 없었다. 그날 집에서 미처 다 터뜨리지 못하고 나온 서러움의 앙금이었을까, 우정이란 가치조차 이토록 감당하기 버거워하는 자신에 대한 모멸감이었을까. 늘 그렇듯 손에 닿지 않는 아름다움에 대한 질투심과 박탈감이었을까, 아니면 다만 우울증 약을 끊은 부작용이었을까. 혹은 무의식적으로 발휘된 승부근성이나 생존본능이었을까. 어쩌면 그 모두였을까.

정우현 변호사와 지원호 의뢰인의 여자친구 안희주까지 모두 친구가 된 지 일주일, 변론기일을 열흘 남짓 앞둔 어느 날, 세 사람은 원호의 호출로 다시 한 자리에 모였다. 원고 측에서 그때껏 준비서면을 제출하지 않아 제 나름대로 변론 전략을 구상하고 있던 우현은 원호의 입에서 나온 이야기에 머릿속이 까맣게 엉클어지고 말았다.

"그게… 대체 무슨 얘기죠? 그러니까, 아내 분한테 그새 남자친구가 생겼다고… 아내 분이 직접 대표님한테 얘길 했다고요?"

"몇 번을 물어? 어제 내가 내 귀로 들은 얘기라고. 그것도 얼굴 보고."

"그게… 사실일까요?"

"낸들 알아? 내가 증거를 캐본 것도 아니고, 걘 워낙 사기꾼 종자니 뻥이라 해도 놀라진 않을 거야. 하지만 내 느낌적인 느낌으론 진짜 같았어. 지금 굳이 그딴 거짓말을 할 이유도 없잖아?"

"하지만, 그게 사실이라 해도 이렇게 일부러 먼저 털어놓을 이유는 더더욱 없는 걸요? 당최 이해가 안 가네. 분명히 부정행위를 빌미삼아 우릴 공격할 거라 생각했는데… 이렇게 되면 본인도 할 말이 없어지는 거잖아요?"

"어차피 할 말이 있고 말고 할 것도 없잖아? 각서도 썼는데."

"하지만 그 각서를 요구한 건 우리 쪽이었잖아요. 이대로라면 그쪽에서 변론에 유리하게 활용할 수도 있었단 말이죠. 제가 계속 염려한 게 그 부분이었고요. 그런데 왜 굳이… 연애를 하게 됐다 하더라도, 그 사실을 우리 쪽에 먼저 흘릴 이유가 대체 뭐죠?"

"뭐긴 뭐겠어? 나 보란 거지. 너만 연애하냐, 나도 한다 이거지. 네가 어리고 순진한 애 만나서 좋다면, 나는 더 어린 애랑 만난다. 뭐 다섯 살 연하랬나? 기가 막혀서… 걘 원래 뭐 하나라도 나한테 지고는 못 살거든. 늘 그랬어. 놀랍지도 않아."

말과 다를 바 없는 그의 표정이 우현은 더 믿기지 않았다.

"하지만… 말이 돼요? 어차피 이혼할 사람이랑 겨우 자존심 싸움 때문에, 이렇게 변론에 유리한 카드를 내버린다고요? 난 도저히 이해가 안 가는데… 아니, 암만 생각해도 그건 아냐. 이건 분명히 무슨 꼼수가 있는 거예요!"

"꼼수라면 무슨? 예를 들어서?"

"그러니까, 글쎄… 일단 대표님을 떠 보려는 거였겠죠? 그래 그 얘기 듣고 뭐라고 하셨어요? 화내시거나 뭐, 쓸데없는 소리하신 건 아니죠?"

"화낼 건 뭐 있고, 뭐라 할 말은 또 있겠어? 나도 어제 그 얘기 딱 들었을 땐 지금 정변처럼 황당해서 할 말도 없었어. 열흘이 넘게 전화도 안 받던 인간이 갑자기 할 얘기 있다고 만나자더니 그딴 소리 해대는데, 나 참… 정변이 이해 못하는 것도 이해해. 나도 그나마 칠 년이나 개랑 같이 살았으니, 이젠 그래, 쟤게 저런 인간이지 하고 받아들일 수 있는 거지. 내가 저번에도, 아니 첨부터 계속 얘기했잖아. 백하영이 진정한 또라이 사이코라고! 물론 개가 꼼수도 잘 부리는 건 사실이지만, 내 보기에 이 일은 그렇게까지 생각할 필요가 없어. 이 자체만으로 너무나 개답고, 하나도 이상할 게 없는 일이거든. 정변도 생각해 봐. 사실이든 아니든, 개가 여기서 공개 연애 선언하는 걸로 무슨 꼼수를 부릴 수 있을 것 같은데? 난 변호사가 아니라서 그런가, 도저히 감이 안 잡히는 걸."

아닌 게 아니라 우현도 잠시 머리를 싸쥐고 있어 보았지만 떠오르는 게 없었다.

"아니, 그래도 이건… 그쪽 변호사가 알았담 절대 찬성했을 리가 없는 일인데!"

"모든 일을 변호사 허락 받고 해야 되나? 그 인간이라면 변호사가 아무리 말린대도 저 꼴리는 일은 저질러 버리고도 남아. 나도 뭐 남 말할 자격은 없지만… 그럼 괜히 머리 굴릴 것 없이 변호사끼리 직접 물어보지 그래?"

"글쎄… 그럴 필욘 없을 것 같아요. 만약 변호사가 개입한 꼼수라면 절대 바른대로 말해줄 리 없고, 혹시 그 변호사도 뒤통수 맞은 경우라 쳐도, 나한테 그런 내색을 할 리는 없을 테니까요. 그쪽에서 여태 아무것도 안 냈으니 무슨 생각인지 모르겠네요. 질질 끌려는 작전인가 했는데, 오늘 대표님 얘길 들어 보니 그건 아닌 것 같고. 뭔가 엄청난 꼼수가 숨어 있든지, 아니면 그쪽에서도 백하영 씨의 돌발행동에 갈피를 못 잡고 있는 판일지."

"분명히 후자야. 내기할 수 있다. 그 변호사도 지금 뒤통수 맞고 아주 미칠 노릇일 거야. 내가 고기라도 한 번 사겠다고 하고 싶은 걸."

"나는 그 남자친구란 분한테 고기를 사고 싶은데."

느닷없는 희주의 발언에 원호는 인상을 잔뜩 썼다.

"뭔 소리야? 네가 그놈을 왜 만나고 싶은데?!"

"그냥, 모르는 사람이지만 걱정이 돼서… 오빠 말대로 백 대표님이 오빠한테 지기 싫은 마음으로 그러는 거라면, 정작 그 사람한텐 별로 진심이 아닐 수도 있잖아. 하지만 그 사람은 이혼소송 중인 데다 다섯 살이나 많은 여잘 만나려면 쉽지 않은 선택이었을 텐데, 분명히 되게 좋아하는 걸 텐데… 그러다 상처 받으면 어떡해? 남의 일 같지가 않아."

"별 쓰잘데없는 걱정을! 남자 입장에서 나이 많은 이혼녀가 뭐 어려워? 외려 여자 쪽에서 바라는 것도 많지 않을 테고, 언제 헤어져도 부담 없고 좋지. 분명히 백하영이 벤츠나 얻어 타면서 허세 떨기 좋아하는 골빈 양아치 놈일 거야."

우현이 혀를 차며 끼어들었다.

"나 참, 그렇게까지 악담할 건 뭐 있어요? 그래도 신경 쓰이시나 봐요?"

"그래, 난 쿨한 척할 생각은 없어. 질투 나거나 그런 건 절대 아니지만, 뭔가 내가 진 것 같은 기분이 들어서 짜증난다구. 왠지는 모르겠지만…."

"왠지 제가 알려 드려요? 대표님이 유치찬란한 사람이기 때문이죠! 그보다 대체 이런 얘기하는 자리에까지 왜 굳이 여자친구를 앉혀 놓는지 모르겠네. 여친 생각하면 말을 좀 가려 하시든가. 괜찮아요, 희주 언니? 이런 얘기 들어도… 기분 나쁘지 않아요?"

"글쎄, 물론 기분이 좋진 않지만… 그래도 나 안 듣는 데서 이런 얘기한다고 생각하면 더 안 좋아. 좋은 얘기든 안 좋은 얘기든 다 나랑 같이 해 줬으면 좋겠어. 우현 씨는 안 그래?"

"난 별로. 굳이 내가 들을 필요 없고, 들어봤자 기분 좋지도 않은 얘기들은 알아서 좀 걸러 줬음 좋겠어요. 근데 우리 남친도 약지가 못해서 그걸 못해요. 정말 짜증나."

"그러니까 너넨 안 맞는 거야. 헤어지라니까. 우린 잘 맞지."

원호가 약을 올려보려 했지만, 우현은 그보다 먼저 할 말이 있었다.

"그러고 보니 또 의외였던 게, 난 대표님이 이렇게 여친이랑 찰싹 붙어 다닐 타입이라곤 생각 안 했거든요. 물론 만난 지 얼마 안 됐으니 그러기도 하겠지만."

"아냐, 난 원래 붙어 다니는 거 좋아해. 여럿이 몰려다니는 건 질색이지만, 혼자보단 둘이 좋지. 그래서 같이 일할 수 있는 여자랑 결혼하면 좋겠다고 생각했던 거야. 여자 없던 시절에도 그 친구 있지, 도망간 새끼. 개랑 매일같이 눈 떠서 감을 때까지 꼭 붙어 다니고 그랬거든."

"그렇구나. 정말 그런 것도 잘 맞아야겠죠. 난 안 그래요. 남친이 아무리 좋대도, 종일 붙어 있는 건 상상도 하기 싫어요. 나 혼자만의 시간, 나만의 공간이 충분히 있어야 해요."

"남자친구도 그런 성격이야?"

"저보단 덜 그래요. 하지만 내 뜻을 존중해 주니 고맙죠. 징징대는 성격은 아니에요."

"백하영이랑 난 그런 것도 참 안 맞았던 것 같아. 걘 나랑 그렇게 늘 붙어 다니는 거 엄청 지겨워하고, 틈만 나면 떨어져 있으려고 했어. 물론 내가 싫어서 그랬을 수도 있지만… 나랑 사귀기 전에 단 놈이랑 연애하는 거 몇 달 봤는데, 그때도 참 저렇게 보는 둥 마는 둥하면서 연애한다는 게 신기하다고 생각했었단 말야. 그래서 분명히 쟨 그놈한테 별로 마음이 없는 거다, 싶어서 치고 들어갔던 건데, 지금 생각해 보니 원래 그게 걔 스타일이었을지도 몰라. 결혼하고 보니까 진짜 나랑 정반대인 게, 걘 밖에 나가면 여럿이 몰려다니는 걸 좋아하는데, 그러다 집에 들어오면 피곤하니까 혼자 조용히 좀 있고 싶다는 거야. 그럴 거면 아주 핫바지랑 결혼하지, 왜?"

"흠, 그거 저도 좀 비슷한 것 같아요. 들을수록 백하영 씨랑 나랑 비슷한 점이 많다니까. 그렇다고 남편이 핫바지였음 좋겠다고 생각하는 게 아니거든요. 밖에 나가선 사람들 상대하는 게 내 일이고 그러다 보면 힘드니까, 사적인 자리에선 날 좀 편안하게 받아주고 챙겨줄 사람이 필요한 거예요. 근데 대표님은 공적인 데서든 사적인 데서든 누가 챙겨줘야 될 사람이지, 누굴 챙겨줄 수 있는 사람이 아니잖아요."

"왜 또 내 디스로 끝나는 거야? 나도 마음만 먹으면 얼마든지 사람 잘 챙겨줄 수 있다고! 여럿까진 어렵겠지만 한 명 정도는… 내가 얼마나 잘 챙겨주는지, 내 여친한테 물어 봐!"

"맞아, 오빠가 나는 잘 챙겨 줘. 나야말로 누가 안 챙겨주면 안 되는 인종이라… 헤헤."

"그래, 그래야지. 우리 희주 언니 이제 내 친구기도 하니까, 더 잘 해요. 난 내 친구가 남자 때문에 고생하는 꼴은 못 봐."

"거 듣자 하니 웃기잖아?! 정변, 나하곤 친구 아냐? 게다가 친구는 나랑 먼저 먹었잖아! 같은 친군데 왜 나는 맨날 디스하고, 차별하는 거야?!"

"같은 친구니까 객관적인 입장에서 볼 수 있는 거죠. 그리고 오래 됐다고 꼭 좋은 친구인 건 아녜요."

"그렇게 냉정하게 말할 거야? 얘랑 정변은 친구가 많지만, 나한테 친구라곤 정변 하나밖에 없는데!"

"앞으로 더 만들어 봐요. 애인하고 달리 친구는 한 명에만 올인 하는 거 좋지 않다구요. 올인 안 해도 되니까 친구가 좋은 거고, 그래서 필요한 거기도 하고요."

"별 잔소릴 다 듣겠네. 원래 뭐든 하나에 올인 하는 게 내 스타일인 거 몰라?"

우현이 다시 반박하려는데 마침 원호의 전화벨이 울려 대화가 중단되었다. 그런데 잠시 후, 전화기를 든 채 굳어 버린 그의 표정을 보곤 모두가 하던 이야기 따윈 잊어버리고 말았다.

2016년 6월
원고/피고 2차 준비서면 작성(2)

늦은 시간이었지만 그 길로 원호는 경찰서로 달려갔다. 그림자처럼 붙어 다니던 여자친구도 놔두고 혼자서였다. 단둘이 마주해야만 한다고 생각했다. 경찰에서도 그 뜻을 배려하여 잠시 취조실 안에 둘이서만 있을 수 있게 해주었다.

썰렁한 취조실 탁자 안쪽에는 불법도박 및 횡령 혐의로 수배된 지 8개월 만에 검거된 용의자 강경태가 손목에 수갑을 찬 채 앉아 있었다. 덥수룩하니 헝클어져 있는 머리와 수염, 시커멓게 그을고 야윈 얼굴이 몇 달 새 족히 몇 년은 늙어 보이는 모습이었다. 경찰서까지 오는 동안 머릿속을 조금도 정리할 수는 없었지만, 고래고래 욕이라도 퍼부으며 시작하면 어떻게 이야기가 풀리지 않을까 싶었는데, 막상 그 얼굴을 마주하니 한동안 입 밖으로 어떤 소리도 나오지 않았다. 사실관계는 이미 경찰에서 다 알려주었으므로 질문할 거리도 없었다. 강경태는 잠적 직후 필리핀으로 건너가 현지 사업가인 지인의 도움으로 한동안 은둔 생활을 했고, 수사망이 느슨해지자 지인의 일을 도우며 지내다가, 두어 달 전부터 불법도박으로 알게 된 이들과 다시 연락을 취하기 시작한 일로 덜미가 잡혀 현지에서 검거, 이송되었다고 했다.

원호가 깊숙이 고개를 파묻은 친구의 정수리에 시선을 고정한 채 몇 분이나 지났을까. 마침내 경태가 고개를 들었고, 두 사람의 눈이 마주쳤으나 누구도 입을 열지 못했다. 그 과정이 두어 번 반복되자 원호마저 시선을 떨구고 말았다. 결국 먼저 입을 연 쪽은 경태였다.

"하영 씨는 어떻게… 잘 지내냐?"

외모와는 달리 변한 게 없는 그 목소리를 들으며, 그리고 그 말에 대답할 내용을 생각하면서 원호는 비로소 꿈처럼 멍한 상태에서 벗어나 현실로 돌아왔다. 그러고 보니 새삼 이 상황이 기가 막혀 웃음까지 나왔다.

"아직도 소송 중이야. 지난달에 조정 한 번 결렬되고… 정말 지겹다."

"지앤화이트는? 잘 돌아가고 있어?"

"그럴 리가 있겠냐? 그래도 얼마 전까진 백하영이 봐 줘서 그럭저럭 돌아가고 있었는데, 조정 결렬되고 나니까 그게 갑자기 잠수 타 가지고… 지금 엉망이야. 매출은 반의 반 토막 났고, 지지난달부터는 적자고. 황 실장도 계속 관두겠다고 하는데, 아무래도 조만간 내보내면서 몇 달 휴업할까 생각 중이야. 당분간은 쉬면서 정리 좀 해야겠어. 하지만 지앤화이트란 이름은 절대 버리지 않을 거야. 두고 봐. 나 혼자 다시 일으키고 말 테니까."

"그래… 혼자서 힘들겠다. 이럴 때 내가 도와주지 못하게 돼서… 정말 미안하다."

원호는 한바탕 실소를 흘렸다.

"뭐라는 거야, 미친 새끼가? 누가 누굴 걱정해? 네 인생은 어쩔 건데, 병신아. 아무리 내가 무서웠어도 그렇지, 이렇게 다 망가져서 수갑 차고 돌아오는 것보단 차라리 우리하고 같이 해결하는 게 훨씬 낫지 않았겠냐? 도대체 무슨 생각으로 그렇게 날라버린 거야? 평소엔 혼자 약은 척은 다 하다가, 꼭 결정적인 순간에 황당한 짓하는 게 너랑 백하영이랑 똑같은 거 알아? 그러니 나는 대체 뭔 죄냐고?"

"꼭 네가 무서워서 그런 것만은 아니었다. 세상 볼 면목이 없고, 만사 다 지긋지긋해서 어디로 사라지고만 싶었어. 그냥 간단히 죽어버릴까 하는 생각도 했는데, 그러기엔 뭐가 또 좀 아쉽더라. 그런 내가 참 징그럽기도 하고… 넌 이런 기분 뭔지 모르지? 지금 내가 무슨 소리하는지 이해 안 가지?"

"그딴 개소릴 내가 이해해야 되냐? 청승 떨긴, 가증스럽게… 돈 떼인 건 난데, 왜 내가 너희 어머니한테 죄송스러워야 하는 건데?"

"그래서 내가 우리 엄마보다도 널 먼저 불러 달라고 한 거야. 너한테 줄 게 있어."

"나한테…? 뭘? 그동안 열심히 도박해서 횡령한 돈 찾아 놓기라도 한 거냐?"

"그럴 수 있었음 얼마나 좋을까마는, 그러진 못했고…"

경태는 수갑 찬 손으로 탁자에 놓여 있던 휴지 뭉치를 뒤적여 그 안에서 작고 반짝이는 물체를 꺼내 들었다. 눈에 익은 그것의 정체를 원호는 단번에 알아보았다. 작년 홧김에 내던져 잃어버린 제 결혼반지였다. 까맣게 잊고 있던 이 물건이 왜 지금 여기에 있는지 도무지 이해가 가지 않아 멍청히 바라보고만 있자, 경태는 쓴웃음과 함께 입을 열었다.

"이거 장물이나 마찬가지니 원래 그대로 압수인 건데, 내가 이것만은 꼭 너한테 직접 돌려주고 싶다고 사정해서 형사 분이 봐 주셨지. 그러니까 얼른 받아."

그러나 원호는 더욱 이해가 안 간다는 표정이었다.

"장물이라니? 그럴 리가 없잖아. 그건 분명히… 내가 우리 집 창문 밖으로 던져서 잃어버린 건데? 그때 백하영이랑 싸우다가 빡쳐서…"

"그래, 맞아. 그리고 그담 날 너 나랑 술 먹고 꽐라 되어서는 오는 길에 나보고 그 반지 찾아내라고 쌩지랄하던 건 기억 안 나냐? 나도 설마 했는데, 정말로 그때 내가 이 반지를 찾은 거야. 너희 동 화단에 떨어져 있더라고. 근데 다음날 보니까 네가 기억을 못하는 것 같길래, 그냥 입 씻어 버렸지. 이젠 알겠지만 내가 그때 정말 한 푼이 급했거든. 근데 이미 그런 막장 쓰레기로 살고 있었는데도, 차마 이 반지는 못 팔겠는 거야. 도망 다니는 내내 제일 열심히 챙겨 갖고 다녔지. 정말 급할 때 팔아야지 하는 마음도 있긴 있었는데, 막상 급한 일이 닥쳐도 내 장기를 팔면 팔았지 이건 못 팔겠다 싶더라. 그러고 보니 언젠가는 꼭 다시 널 만나서 돌려줘야겠단 마음을 먹게 됐어. 물론 지금 이보단 좀 더 있다가 만날 생각이었지만…"

그렇게 말꼬리를 흐리며 다시 그가 고개를 떨굴 때까지, 원호는 일말의 납득하는 기색도 없이 계속해서 주먹으로 탁자와 제 이마를 번갈아 두들기고만 있었다.

"됐고, 반지 따위 이제 와서 알 게 뭔데. 내가 알고 싶은 건 따로 있어. 대체, 왜? 어쩌다 너 그렇게 된 거야? 아무리 사는 게 힘들어도 그렇지, 왜 그랬어? 혹시 너 그렇게 된 데 내가 조금이라도 책임 있는 거냐? 내가 그렇게 잘못한 거야? 내가 너한테 많이 잘못한 건 알아. 근데 그렇게까지 잘못한 거냐고? 우리 여기까지 왔는데, 속 시원히 다 까고 얘기해 보자. 나 멍청한 거 알잖아. 뭐가 문제였는지 네가 알려 줘야지. 이제부터라도 우리 제대로 좀 살아 봐야 되지 않겠냐? 내일모레가 마흔인데, 엉?"

경태는 친구의 입에서 그런 말을 듣는 게 너무나 놀라운 나머지 대답을 꺼내는 데 시간이 걸렸다.

"그럴 리가 없잖아, 인마. 너 지금 그렇게 살고 있는 건 어디 내 탓이냐? 우린 둘도 없는 친구였지만, 친구는 어디까지나 친구일 뿐이야. 서로 인생에 책임까지 져야 된다면 그건 친구 관계 이상이지. 제발, 너랑 그런 관계로까지 엮이고 싶지 않거든."

"근데… 전에 백하영이 그랬단 말야. 너랑 나는 사실 친구도 아니었다고. 친구라고 나 혼자 착각하고 있었던 거라고. 어떻게 생각하냐?"

"저런, 말도 안 되는 소리. 내가 너희 둘이랑 아무리 친하게 지냈어도 부부 사이에 있었던 일을 다 알 순 없는 것처럼, 하영 씨도 우리 둘 사이에 대해서 절대 모든 걸 알 수 없어. 그냥 홧김에 독설한 걸 신경 쓰냐? 그리고 솔직히 말해서, 하영 씨가 진짜 그렇게 생각했다 해도 별 신뢰성이 없어. 내가 보기에 하영 씨야말로 친구에 대해서 정말 개념이 없는 사람이거든."

기대 이상으로 시원한 답을 얻은 원호의 낯빛이 한층 밝아졌다.

"무슨 말인지 알겠다. 역시 넌 입 터는 재주 하나 알아줘야 돼. 하지만… 나 혼자서만 우리가 좋은 친구라고 착각하던 때가 있었던 건 맞지?"

"그건… 그렇지. 그나마 이 반지가 우리가 진짜 좋은 친구로 지냈던 시절에 대한 마지막 양심이자 예의로 남은 게 아닌가 싶다. 그러니 얼른 받아. 네가 안 받아도 어차피 압수라고."

원호는 마침내 손바닥을 펴긴 했지만, 그 위에 반지가 놓이고도 한동안 가만히 눈길만 주고 있다가, 그대로 조심스럽게 입을 열었다.

"나 근데, 할 얘기 있는데 말야. 사실 나… 그동안 친구 생겼다."

그 말에 경태는 아까보다도 더 놀란 표정이었다.

"설마, 그쪽도 같은 생각인 거 맞아? 확실해?"

"아… 잠깐, 경찰서에서 피의자 때리면 나도 수갑 차게 되는 건가?"

경태는 이것저것 자세히 캐물었고, 원호가 좀 들뜬 기색으로 우현과의 인연에 대해 설명하는 것을 신중히 듣고 있었다.

"여자 사람하고 친구해 보는 건 처음이라 좀 어색하긴 한데, 의외로 편해. 생각해 보면 내가 어딜 가서든 남자보단 그나마 여자랑 잘 지내는 편이잖아. 그리고 또 신기한 점은 그 친구가 백하영이랑 성격이 비슷한 데가 좀 많다는 거야. 사실 난 잘 모르겠는데, 내 얘기 들으면서 걔가 여러 번 그런 말을 하더라고. 그러고 보면 나랑 백하영도 차라리 친구로 만났으면 잘 맞았을지 모르겠단 생각도 들어. 네가 보기엔 어떠냐?"

"음… 그럴 수도 있겠지. 어쨌든 너희 둘은 비슷한 점도 많고, 어떤 면으론 꽤 잘 맞기도 했으니까. 내 생각으론 너희는 그냥 사업 파트너였으면 제일 좋았을 것 같아. 그나저나, 얘기 들어보니 그 친구라는 사람 자체는 꽤 괜찮은 것 같지만, 그래도 우리 나이에 여자랑 친구 먹는다는 게 그리 간단한 일은 아니니까 마음 놓지는 마라. 내 경험상 남자, 여자가 진짜 좋은 친구로 지낼 수 있으려면, 일단 가능한 종자들도 따로 있고, 훈련도 좀 필요해. 내가 아는 네 성격으론, 글쎄다… 뭐 꼭 안 될 것 같지만도 않지만, 어쨌든 주의하라고. 특히나 너 지금 많이 외로울 때니깐. 좋은 동료, 좋은 친구, 좋은 여자가 다 다르다는 걸 이젠 확실히 알겠지?"

'너무 걱정 마, 좋은 여잔 따로 만난 것 같으니까'라고 대꾸하려던 순간 원호는 말문이 막혔다. 지금 그 화제까지 나오면 얘기가 꽤나 길고 깊어질 텐데, 그런 대화를 나눌 만한 상황도, 상대도 못 된다는 사실을 문득 깨달은 것이었다. 경태가 잠적한 이후 수 개월간 밤낮 없이 악몽에 시달리며 믿지 못할 현실을 받아들이려 애쓴 끝에 이제야 겨우 정리가 좀 되었다 싶은 차였는데, 뜻밖에 다시 그 얼굴을 마주하고 보니, 지난 시간이 거짓말인 양 변한 게 없는 느낌이었다. 그러나 결국 금이 간 그릇은 놔두고 볼 수는 있더라도, 그 안에 다시 물을 담을 순 없다는 걸 실감하고 만 것이었다. 정신이 번쩍 든 원호는 무심코 등 뒤의 창문을 돌아보았다. 안쪽에선 제 얼굴밖에 비치지 않았지만, 이제야 밖에서 자신들을 지켜보고 있을 눈길들이 의식되기 시작했다.

원호는 반지를 든 손을 꾹 눌러 쥐며 입을 열었다.

"그래서, 이제 넌 어떻게 살 생각인데? 진짜 전과자 되는 거냐? 그나마 나라에서 밥 먹여 주는 거라도 끝나면, 그땐? 도박 계속 할 거야? 너 그 짓 또 하려다가 잡혀온 거라며?"

"글쎄, 알아보니까 요즘은 나라가 밥만 먹여 주는 게 아니라, 도박 중독 같은 거 치료도 해 준다더라. 그런 거 생각하면 차라리 잡혀 온 게 다행이다 싶어."

"그래? 그게 다 내 피 같은 세금으로 해주는 거니까, 기왕 받아먹는 거 정신 똑바로 차리고 제대로 받아 처먹어라. 미친 새끼, 진짜 생각할수록 어이가 없어. 대체 도박 같은 걸 왜 하고 자빠졌냐? 우리 아빠처럼 그것 말곤 할 짓이 없는 인생들이람 몰라도, 네가 왜? 하루빨리 돈 모아서 장가 갈 궁리해도 모자랄 판에 그딴 시간 낭비를 왜 하느고?"

"그걸 말이라고 하냐? 돈 벌고 여자 만나는 것보다 그게 백만 배 재밌으니까 하는 거지. 생전 놀아본 적도 없는 놈이 뭘 알아? 그러는 넌 일 중독자 아냐?"

"아니, 듣자듣자 하니 이 쓰레기 새끼가 말이면 단 줄 아나? 어디 날 너 따위랑 동급 취급하려고? 물타기하고 싶으면 알콜 중독인 백하영한테나 물어가든지!"

"다 똑같다고 우길 생각은 없지만, 어쨌든 중독은 뭐든 안 좋은 거야. 일 중독자는 자기가 문제란 생각을 잘 안 하는 게 제일 문제고. 너도 이혼씩이나 하고 났으면 그만 네 문제 똑바로 볼 때도 됐잖아. 내가 네 돈 떼먹은 게 미안해서 맞을 각오하고 해주는 충고니까 새겨들어라. 진작에 해줬으면 더 좋았을 테지만…."

그 말에 채 떨어지기도 전에 원호는 정말 한 대 쥐어박을 듯 거칠게 경태의 팔을 붙들고 끌어다가, 그 손에 반지를 억지로 다시 쥐어 주었다.

"못 받는다니까."

"닥쳐. 똑똑히 들어. 이건 원래 내 거였고, 지금도 당연히 내 거야. 내 거 내가 주는 건 내 맘이라고. 형사님들도 어차피 지금 이 얘기 다 듣고 있을 거고, 나가서 시비 걸면 내가 처리한다. 이제 와 이딴 거 돌려받았다고 내가 고마워나 할 거라고 기대한 건 아니지? 나도 너 고마워하라고 주는 거 아냐. 먹고 떨어지라고 주는 거지.

아까 뭐랬더라? 우리 사이에 마지막 남은… 양심? 예의? 내 말이 바로 그 말이다. 잘못한 건 너니까, 양심, 예의 차릴 권리는 나한테 먼저 있어. 정 네가 갖기 찜찜하면 팔아서 어머님이라도 드리든가. 인간적으로 그러는 게 젤 낫긴 하겠네. 아무튼 이거 받아먹은 대신 너, 다신 내 눈앞에 나타나지 마라. 알겠냐? 연락도 할 생각 말고. 혹시나 내가 먼저 하기 전까지는 말야."

"뭐야, 그렇게 말하는 거 보니 설마… 언젠가 네가 또 연락할 수도 있단 얘긴 아니겠지?"

"그런다고 해도 내 맘이지. 걱정 마, 이젠 너 아니라도 정신 제대로 박힌 친구 있으니까. 그렇게 멍청한 선택은 안 할 거야."

공교롭게도 그와 같은 시간, 죄 많은 우정을 정리하고 있는 이들이 또 있었다. 한 잔 하자는 하영의 갑작스런 연락에 인실은 이미 잠자리에 들려 했던 참이었음에도 바로 달려 나왔다. 간만에 마주앉아 말없이 서로 술잔을 나누기만 한 지 한 시간 가까이 지났을 때, 하영이 답답함에 먼저 입을 열었다.

"왜, 아무 말도 안 해?"

"응? 네가 할 얘기 있는 거 아니었어? 네가 불러냈잖아."

"부른다고 나올 줄은 몰랐어. 내 얼굴에 술이라도 부으려고 나오는가보다 했지. 근데 그러지도 않고."

"야, 아까운 술을 왜 얼굴에 붓냐?"

"아깝긴, 어차피 내가 계산할 건데 뭐."

"그러니까. 난 공짜 술은 거절 안 하거든."

"정말 그런 거야? 나 진지하게 묻는 거야. 넌 정말 공짜 술이면 무조건 다 받아먹어? 내 남자 뺏어간 쌍년이 사는 거라도?"

"글쎄, 진짜 그런 상황이라면… 닥쳐 봐야 알겠네. 근데 너 설마 지금이 그런 상황이라고 생각하는 거야?"

하영은 어이가 없어 친구의 얼굴을 빤히 들여다보았는데, 조금도 비꼬는 기색을 찾을 수 없자 더욱 기가 막혀 할 말을 잃어버렸다. 그러나 인실 역시 그런 친구를 이해할 수 없다는 표정이었다.

"그런 게 아니잖아. 설마 너, 나 엿 먹으라고 일부러 걜 꼬셨단 말이니?"

"당연히 그런 건 아니지. 그럴 리가 있어?"

"그런데 뭐가 문제야? 네가 먼저 나한테 잘해보라고 그렇게 격려도 해주고 기회도 줬는데, 내가 그럴 생각이 없어서 가만있었던 거잖아. 너 아니라 누가 끼어들지 않았대도 어차피 우리 사이는 발전 없었을 거야. 어떻게 네 탓을 하겠어?"

"그게 문제야? 끼어든 게 다른 누가 아니라 바로 나라는 게 문제지! 난 네 친구잖아! 그것도 십몇 년 만에 갑자기 나타나선 우정을 증명해 보이겠다고 헛소리하던, 뻔뻔한…."

"하지만 네가 그랬던 거하고 도윤이를 좋아하게 된 거하곤 관계없는 일이잖아? 걔가 널 좋아하게 된 건 더 그렇고… 그러니까 상관없어. 아무리 내가 걜 좋아한다고, 내가 어떻게 해볼 마음도 없으면서 계속 솔로이길 바란다는 건 너무한 심보잖아. 물론 지금 기분도 전혀 아무렇지 않다 하면 거짓말이지만… 솔직히 네가 나한테 미리 얘기라도 해줬음 어땠을까 싶긴 해. 하지만 꺼내기 쉽지 않은 말이었을 테고, 그럴 여유도 없었던 상황 같으니까 이해는 해."

"말도 안 돼! 어떻게 이러지? 이해할 수가 없어. 뭐라고 해도 이건 명백한 배신 아냐? 기껏 믿어주고 잘해줬던 친구 년이 딴 것도 아니고, 내 남자를 가로채간 거잖아? 그것도 내 마음 빤히 알면서, 양해 한 마디 없이, 뻔뻔하게… 찍소리 못하게 조져놓고 절교를 선언해도 시원치 않을 판에, 그 태도는 도대체 뭐야? 너만의 정신승리법이야? 아님 나 따위 쓰레기한텐 그만한 에너지 소모도 아깝다, 그건가?"

어지간한 인실도 그 적반하장에 기가 막히는지 혀를 찼다. 그러나 여전히 침착한 투로 대꾸했다.

"나한테 그런 대접이라도 받아야 네 속이 편할 것 같아서 그러는 거야? 하지만 난 정말 그러고 싶지가 않은 걸. 내가 널 그 정도까지 배려해 주길 바란다면 좀 너무한 거 아냐?"

"그런 게 아니라… 그래도 이건 너무 심하게 예상 밖이라, 나 좀 무섭기까지 해. 전에 네가 그애를 좋아한단 건 분명히 진심인 것 같았거든. 근데 정말 좋아했다면 지금 어떻게 이런 반응일 수가 있지? 아무리 네가 쿨한 게 병이라고 해도…"

"하긴, 실은 나도 내가 이러는 게 좀 이상한 것 같긴 해. 근데 내가 원래 이렇다고 했잖아. 가끔 뒷북으로 몰려올 때도 있는데, 그냥 그러고 묻힐 때도 많아. 이번에도 짝사랑이 너무 오래 묻혀 있어서, 새삼스럽게 내 감정을 꺼내보려 해도 잘 안 되는 걸지도 몰라."

"네가 지켜만 봐도 좋다고 했었지만, 그 말이 이렇게까지 정말일 줄은 생각도 못했어. 우리 셋 다를 위해서 다행이긴 한데. 그래도 난 네가 네 속마음을 좀 더 잘 들여다봤으면 좋겠다. 네 마음 잘 모르고 묻어만 둬서 그게 병이 되고 하는 거라며. 내가 지금 이런 걱정 해주는 것도 되게 가증스럽긴 하지만…."

"나도 너한테 같은 얘기 해주고 싶은데. 그러는 넌 지금 네 마음이 뭔지 확실히 아니? 네가 그때 그랬었잖아. 지금까지 남자를 진심으로 좋아해 본 적이 없는 것 같다고. 그냥 필요하거나, 갖고 싶었을 뿐이라고. 지금도 그런 거 아냐? 난 그게 걱정 돼. 도윤이를 좋아하는 사람으로서 걱정되는 건 그것뿐이야."

그 말에 하영은 정곡을 찔린 듯 눈에 띄게 상기된 얼굴로 대꾸했다.

"하지만 사랑하는 방식은 각자 다른 거고, 그게 꼭 틀렸다고 할 수는 없잖아. 그 사람이 필요하고, 가지고 싶은 마음이 없다면 그것도 온전한 사랑이라 할 순 없을 것 같은데."

"그렇긴 하네. 하긴 그렇게 생각하면 도윤이 입장에서 필요한 여자는 당연히 내가 아니라 네 쪽이겠지. 나 같은 여자 만나 봐야 뭐하겠어. 나이만 많지 더 가진 거라곤 알량한 조교 경력뿐인데… 네가 훨씬 더 잘해줄 수 있을 거야. 네가 이혼소송 중이고 그런 것도 쉬운 상황은 아니지만, 걘 그런 거에 크게 연연할 성격도 아니니까. 네가 잘해주고, 잘됐으면 좋겠다. 솔직히 둘이 잘 어울려. 뭣보다 키도 그런대로 맞고…."

그러나 하영은 조금도 개운해지지 않은 표정으로 연거푸 술을 들이키고 있다 입을 열었다.

"행복하니? 그렇게 살면…."

"응?"

"그렇게 아무 욕심도 없이 계획도 없이, 흘러가는 대로 그런가 보다, 뒤통수를 맞아도 그냥 그랬나 보다, 하고 살면 행복해? 정말 괜찮아? 그렇게 살만 해? 나 비꼬는 거 아니다. 진짜 궁금해서 물어보는 거야."

"글쎄… 그러는 넌 어떤데? 그렇게 의욕적이고 계획적인 인생은 어때? 넌 갖고 싶은 건 기어코 다 손에 넣고 말잖아. 그렇게 사는 건 괜찮아?"

"내가 별로 안 행복하단 건 빤히 알잖아. 그 이유가 뭔지 요즘 심각하게 고민 중이란 말야. 내가 사는 방식 자체가 문제인 건지, 방식은 맞는데 내 능력이 부족한 건지, 아님 그냥 더럽게 운이 나쁜 건지… 아무튼 계속 이렇게 살 수는 없을 것 같아. 노력 대비 만족도가 너무 떨어지니까. 그래서 묻는 거야. 너 원인 분석 같은 거 잘하잖아. 어떻게 생각해?"

"정말 내 생각이 듣고 싶은 거면… 솔직하게 말해도 돼?"

"그럼 나야 고맙지."

"난 있지, 그 전제 자체가 잘못된 게 아닐까 싶어. 인생은 꼭 행복해야 된다는 생각 말야. 그러기 위해서 평생 노력해야 되고, 안 되면 실패한 거고… 하지만 행복이 그렇게 간단한 게 아니잖아. 노력한다고 행복할 수 있으면 세상에 뭐가 문제겠어? 철학이니 종교니 심리학 같은 것도 안 생겼을 걸. 가만 보면 옛날부터 똑똑하고 생각 많은 사람들은 이미 다 알고 있었단 말이지. 인생은 고해(苦海)라든가, 이런 비슷한 격언들은 쌔고 쌨잖아. 환경이니 능력이니 별 상관없이 누구한테나 행복은 힘든 거야. 겉보기에 되게 괜찮아 보이고 잘 나가는 인생들도 실상은 안 그런 경우 많다는 거, 잘 알잖아?

물론 운이 좋아서 이런 고민 별로 안 하고 사는 사람들도 있긴 있겠지.

하지만 그게 예외의 경우인 거지. 그러니까 난 내가 별로 행복하지 않다고 해서 그게 나만의 문제도 아니고, 딱히 내 책임도 아니라고 생각해. 인생의 일반 법칙에서 예외가 아닐 뿐이니까. 안 그래도 원래 엿 같은 인생인데, 나만 엿 같지 말아야 된다고 생각하는 게 더 기분 엿 같이 만드는 일 아닐까? 내 생각은 그래."

그 이야기를 들으며 하영은 처음에는 귀가 솔깃했으나, 점점 쓴 입맛이 돌고 속이 뒤틀어지는 느낌이었다. 그렇게 술기운에 구토하듯, 저도 모르게 제가 봐도 토사물 같은 말을 내뱉고 말았다.

"정말 좋은 얘기야. 네가 나한테 좋은 말 해줬으니, 나도 한 마디 해줄게. 내가 그때 얘기했었지? 남자 꼬시는 덴 눈앞에서 힘들다면서 눈물 한 방울 흘려주는 게 직빵이라고. 네 꼬마는 그런 데 넘어갈 남자 아닐 거라고 네가 그랬었잖아? 아니긴 개뿔, 내가 걔를 어떻게 꼬셨는데. 남잔 다 똑같다고 했잖아. 이렇게까지 더럽게 배웠으니, 담에 기회 만나면 다시는 놓치지 않을 수 있겠지? 그렇지, 친구야?"

2016년 6월
원고/피고 2차 준비서면 작성(3)

　새벽 세 시가 가까워 주점 안의 인적마저 뜸해졌을 무렵, 인실이 자리를 떠난 이후 몇 시간이나 혼자 술을 마시고 있던 하영의 앞자리에 불쑥 한 남자가 앉았다. 그를 보고 하영은 가볍게 웃으며 미리 시켜 둔 카스 맥주를 한 잔 따라 내밀었다. 그러나 원호는 그 잔엔 눈길도 주지 않고 대신 테이블 위에 널려 있는 빈병들을 보며 혀를 내둘렀다.
　"미친, 혼자 이걸 다 마신 거야?! 그래놓고 뭐, 얘기를 하자고?!"
　"혼자 다 마신 건 아냐. 친구랑 있었다고 했잖아."
　"친구들도 아니고, 친구? 기가 막힌다. 그럼 그렇지, 이 시간에 술집으로 불러내는 인간이랑 무슨 인간적인 대화를 하겠다고."
　"우리가 언젠 술 때문에 인간적인 대화가 안 됐니?"
　"술 아니라도 안 되는데 술까지 취하면 오죽해? 내가 한두 번 당해 봤냐?"
　"나 지금 안 취했어."
　"웃기지 마. 이걸 마시고 안 취했다고? 집어치워, 갈래. 너랑 취해서 싸우는 거 진짜 토 나와!"
　"싸우자는 게 아니라니까. 그리고 나 안 취했다고. 많이 마신다고 취하는 게 아니거든. 너 방금 전화했을 때 내 목소리가 취한 것 같았으면 안 나왔을 거잖아?"

아닌 게 아니라서 엉덩이를 도로 붙이긴 했지만, 그의 눈초리에 가득한 의심과 경계심은 풀어지지 않았다.

"할 얘기란 게 뭔데? 나 오늘 안 그래도 기 많이 빨렸으니까, 꼬지 말고 본론부터 말해 줘라. 제발."

"웬일로 네가 기를 다 빨렸는데? 여자친구랑 싸우기라도 했니?"

그 말에 원호가 잠시 입을 다물고 하영의 표정을 살핀 건 그새 혹시 그녀가 경태 일을 전해 듣고 자신을 떠보기라도 하는 건가 싶어서였다. 그러나 아무래도 그런 눈치는 없었고, 그럴 리도 없을 것 같았다. 그렇다면 자신이 소식을 전해 줘야 하나 싶기도 했으나, 아직 제 속도 너무 정리가 안 된 상태라 내키지 않고, 꼭 그래야 할 필요도 없을 것 같아 대충 얼버무리는 쪽으로 말을 돌렸다.

"그건 아니고, 뭐… 내 기 빨아먹을 수 있는 여자가 세상에 또 있겠냐?"

"류 여사님이군. 왜, 또 뭐라고 닦달하셔? 빨리 정리하고 재혼 안 하고 뭐하냐고? 아님 손주부터 만들어 달라셔?"

"남의 여자 문제엔 신경 끄시고요. 할 말이 뭐냐니까?"

"카스 한 잔 마시기 전까진 얘기 안 해줄 거야."

"아니, 이게 정말… 너 지금 나한테 이러는 게 진짜 취해서가 아니라고 생각하냐?"

"아까부터 넌 그게 뭐가 그렇게 중요하니? 사람이 술만 안 취하면 제정신이래? 글쎄. 너나 나처럼 망가진 인간들은 그나마- 좀 취하기라도 해야 비교적 정상적으로 작동할 수 있지 않을까?"

"놀고 있네. 그렇다 쳐도 난 약물의 힘을 빌려 잠깐 정상인으로 사느니,

그냥 나 생긴 대로 쭉 병신같이 살란다."

"어련하시겠어. 그러니까 네가 개병신이라는 거야."

"취해서 시비 거는 거 맞네. 하아, 내가 여기 왜 왔지? 진짜 개병신이다. 내가 이 짓거리하기 싫어서 호적까지 갈아엎으려는 참인데… 간다. 네 남자친구나 부르든지."

그러나 그는 단호한 여자의 손에 붙들려 자리에 도로 주저앉고 말았다.

"안 되지, 남자친구는. 아직은 이런 모습 보여줄 수 없지."

"뭐가 어째? 야, 너 사람 그런 식으로 만나지 마라! 아직도 그러냐, 어떻게? 그러고 싶냐?!"

뜬금없이 격한 그의 반응에 그녀는 좀 황당해 하며 대꾸했다.

"뭐야, 누가 또 사기 결혼이라도 당할까 봐 걱정돼? 그런들 어때? 너 혼자 당하는 것보단 덜 억울할 거 아냐. 그새 없던 인류애가 생기셨나?"

"글쎄, 너 덕분에 별 꼬라지를 다 보다 보니 그런 비슷한 게 생긴 것 같기도 하다. 남자 새끼가 그 나이에 뭘 얼마나 모르는지 내가 아니까. 괜히 짠하고 걱정이 되고 그러네. 너도 그런 맘에 그렇게 말끝마다 내 여친 걱정하는 것 아냐?"

"흥, 여자가 그 나이면 어려서 뭘 모를 나이는 아냐. 걘 그냥 멍청일 테니 걱정해 줄 가치도 없어."

"그래, 나한텐 역시 멍청한 여자가 맞는 거였어. 넌 똑똑해서 나랑 안 맞았나 봐. 그 친구는 어때? 나랑 어떤 면이 달라서 좋았어? 비슷한 점도 있냐?"

하영은 진심 놀란 눈으로 그를 바라보았다.

"너, 진짜 많이 달라졌다. 어쩜 사람이 이렇게 변할 수가 있지? 지원호 맞나?"

"그래? 난 잘 모르겠는데. 그 뭐냐, 분노조절 훈련이 좀 효과 있는 걸 수도 있고… 사람이 이혼까지 당하고 나면 조금은 달라지는 게 당연하지 않겠냐?"

"그렇게 생각하면 더 억울한데? 진즉에 이 정도만 됐어도 이혼까지 할 필요 없었을 것 같은데."

"하지만 이혼까지나 안 당했으면 내가 이나마 정신 차릴 수 있었을까?"

"그러니 우린 어차피 가망 없는 인연이었다, 그거지? 그래, 그렇게 결론 내려야지 어쩌겠어. 이리 된 판국에."

"그 결론은 이미 예전에… 그러니까 너도 나도 지금 다른 사람 만나고 있는 거겠지? 근데… 너 말투가 어쩐지 좀 그렇다?"

"내 말투가? 어떻게 좀 그런데?"

"뭐랄까… 어쩌겠어, 라든가… 뭔가 아쉽다는 것처럼 들리잖아. 뭐, 착각이라면 미안하지만."

"착각이 아니라면 안 미안하고?"

원호는 진저리를 쳤다.

"네 대화 방식엔 아무래도 적응 못하겠다. 그런 얘길 하고 싶었으면 왜 이제 와서 하는 건데? 너 말야, 한동안은 내 연락도 안 받더니, 남친 생기고 나서부턴 나한테 자꾸 쓸데없이 연락하는 거 알아? 도대체 무슨 심보야?"

"글쎄, 요즘 그동안 내가 너무 쓸데없이 절제하며 살았단 생각에 후회가 들더라고. 그렇게 죽어라 쿨한 척, 우아한 척해봐야 남는 것도 없는데 말야. 어차피 절차 끝나고 나면 너랑 더 볼 일도 없을 테니, 그전에 쌓였던 거 다 털고 가야겠다 싶어서."

"알겠는데, 이 짓을 왜 이제 와서 하냐고. 그런 생각이 들더라도 이젠 이러면 안 되는 거 아냐? 네 남자친구는 네가 지금 이러고 있는 거 알아? 아무리 아직 호적상 유부녀인 거 알고 만나는 거지만, 이거 알면 기분 나빠할 일 아냐?"

"물론 그렇겠지. 그러니 모르게 해야지. 너도 오늘 나 만난 거 여친 모르게 할 거잖아?"

"그러니까 내가 너 때문에 지금 여친이 알면 기분 나빠할 짓 하게 된 거 아니냐고? 우리끼리야 쌓인 거 풀겠다고 서로 칼부림을 해도 할 말이 없겠지만, 그건 애인이 생기기 전에 했어야지. 남친 생기고 나서 더 이러는 이유가 뭐냐고?"

"답답하네. 그걸 정말 몰라서 묻는 거니? 너만 애인 있었을 땐 꿀리는 기분 들어서 너랑 말도 섞기 싫었어. 너 쪼개는 거 꼴 보기도 싫었고. 근데 이젠 나도 꿀릴 거 없으니까 좀 솔직하게 말할 수 있게 된 거지."

두 사람은 약속이나 한 듯 동시에 혀를 찼다.

"역시, 그런 거였냐. 참 너다."

"이런 걸 굳이 설명해 줘야 하는 너도 참 너고. 하지만 나만 구차한 찌질이 만들 생각은 하지도 마. 입장 바꿔 생각해 봐. 만약 네가 그때 네 그 귀여운 여친 못 만나고 계속 혼자 외롭게 빡세게 살고 있는데, 내가 갑자기 남친 생겼다면서 너한테 안 하던 아쉬운 소리까지 하며 그딴 각서 써달라 하고, 누가 봐도 사랑에 푹 빠진 얼굴로 전에 없던 관용과 배려와 이해심을 너한테 베풀려 하는데, 넌 미치게 꼽고 꿀리는 기분 안 들겠니? 잘 생각해 봐."

원호는 민망함에 상기된 얼굴을 문지르며 되물었다.

"내가… 그랬냐? 뭐, 사랑에 푹 빠진 얼굴로…?"

"그래, 그랬다니까. 내가 반대로 너한테 그랬다고 상상해 보라구."

아닌 게 아니라 희주를 만났을 당시, 정우현 변호사에게 청혼 사건까지 저질렀던 자신의 정신 상태를 돌이켜 보니 더 생각할 여지도 없었다.

"설명 안 해주면 이 정도 역지사지도 못하니?"

"그럼, 하는 김에 다른 역지사지도 좀 해볼까? 혹시 너 나한테 꿀리기 싫은 맘에 남자친구 만든 건 아냐? 그 친구가 좋긴 해?"

"별 걱정을 다 하네. 싫은 사람을 만날까? 남자도 많은데."

"싫지 않은 거하고, 그 뭐냐… 사랑에 빠진 건 다르잖아. 나는 그런 거라며?"

"난 너처럼 금사빠가 아니니까. 일단 좋은 사람이고, 날 좋아해. 어려움이 많겠지만 극복하면서 잘 만나다 보면 사랑하게 될 수도 있겠지."

"그렇군. 나하곤 그게 안 된 거고 말이지? 그럼 또 궁금한 게 있는데, 우리 결혼할 때, 그때는 내가 너한테 확실히 사랑에 빠진 걸로 보였냐? 지금 그런 것처럼?"

잠깐이지만 둘 모두에게 까마득하게 느껴진 침묵 끝에 하영이 입을 열었다.

"그러니 사랑 따위가 다 무슨 소용이야. 그런 거랑 결혼생활은 아무 상관없어."

"그런 것 같긴 같은데… 그럼 뭐가 상관있나? 어떻게 해야 이혼 안 할 수 있지?"

"이혼 안 하려면 그냥 이혼을 안 해야지. 별 수는 없는 것 같아."

"하긴, 맞다. 원래 이혼 같은 건 없다고 그랬어. 결혼이란 건 하면 무조건 목숨 걸고 지켜야 되는 건데, 사람들이 그런 생각을 안 하고 자기 좋을 것만 바라고 결혼하니까 힘든 거랬어."

"…뭐래? 그딴 소린 누가 하대?"

"그게, 그… 권 목사님이라고 있잖아. 기억 나? 나 어렸을 때 친하게 지냈던."

"아아, 기억 나! 너, 그분한테까지 연락해서 이혼한다고 보고한 거야?"

"응, 너무 답답한데 주변에 마땅히 상담할 사람도 없고 해서… 연락 드려서 한 15년 만에 얼굴 봤지."

"그렇구나. 너도 답답하고, 누구한테 상담하고 싶고 그러긴 했구나."

"말이라고 해? 넌 안 그랬냐? 하긴 넌 장모님한테도 인제 얘기했댔지. 독한 것."

"아냐, 나 집에만 얘기 안 했지 나름 여기저기 조언 구하러 많이 돌아다녔어. 너도 그랬단 게 난 신기하단 거지."

"신기하긴 뭐가? 난 인간 아니냐?"

"아닌 줄 알았지. 그래, 그럼 목사님은 너한테 이혼하지 말란 말씀이었던 거야?"

"그렇지 뭐. 목사 입장에서 이혼하랄 수야 있었겠냐? 사실 난 누구한테도 시원하게 이혼하란 소리 못 들어 봤어. 다들 웬만하면 말라고 말렸지. 그래서 망설여진 것도 있어. 넌 어땠냐?"

"음, 내 쪽은 대부분 내 결정을 지지해 주는 편이 많았어. 아주 말렸던 사람은 강 실장 한 명밖에 없었던 것 같아."

그 이름에 원호는 가슴이 철렁했으나, 다행히 그 화제는 길게 이어지지 않았다.

"물론 그 인간이 그때 그랬던 건 순전히 제 사정 때문이었겠지만. 걔 말고 다시 생각해 보란 얘기는, 그… 나의 전 동서 분 있잖니. 그분한테 들은 게 처음이었어."

"뭐? …형수님 말야?! 그분을 만났다고? 언제?"

"한 달쯤 됐나? 우리 조정하기 얼마 전에. 나도 괜히 민망하고 죄송스러워서 많이 망설이다 연락 드린 거였는데, 흔쾌히 만나 주시더라고."

전 형수 이야기에 원호는 복잡한 표정으로 잠시 잠자코 있었다.

"흔쾌히 널 만나서는, 이혼 다시 생각해 보라 하셨다고?"

"물론 딱 잘라 난 반댈세 까진 아니었지만, 그분 말투 알잖아. 내가 듣기에 그 정도면 일단은 말리고 싶단 얘기였어."

"의외네. 많이 힘드셨나 보다. 그래도 형이랑 사는 것보단 낫겠지 싶었는데."

"그러게 말야. 그것도 그렇지만, 형님은 너를 좋게 생각하시는 게 있더라고. 뭐 자기 남편이랑 정반대니까 상대적으로 나아 보이는 걸 수도 있겠지만, 너도 너희 형수랑은 꽤 잘 지내지 않았니?"

"음, 그랬지. 솔직히 남자 보는 눈 없는 거 빼곤 나무랄 데 없는 분이잖아."

"그러게, 근데 그분은 남자만이 아니라 모든 사람을 보는 눈이 없는 것 같아. 글쎄 그날 나한테 뭐랬는 줄 알아? 그래도 난 어머님한테는 귀여움 받지 않았느냐는 거야. 나 원 어이가 없어서, 화낼 뻔했다니까."

하영으로선 냉소나마 같이 웃자고 한 소리였으나, 원호는 정색을 하고선 대꾸했다.

"그래, 늘 말했잖아. 엄마가 널 예뻐한 적이 없는 건 아니라니까."

"지랄, 뭐가 어째? 이 와중에 또 욕 나오게 할래?"

"사실이라고. 형수로서는 그런 말 할 만해. 진짜로 엄마가 널 좀 예뻐했던 적이 있긴 하거든. 처음엔 아니었지만, 그리고 지금도 당연히 아니지만. 적어도 형수는 울엄마한테 그만한 관심도 받아 본 적이 없으니까."

"형님도 그걸 기대라고 표현하시긴 하더라. 그딴 걸 기대니 관심이니 한다면, 스토킹을 사랑이라고 하는 거랑 뭐가 다르니?"

"나도 그런 거 별로지만, 울엄마가 그렇게 생겨먹은 인간인 걸 어떡하냐? 나야말로 이제 와 이렇게 될 줄 알았음 일찌감치 우리 형 작전을 쓸 걸 그랬지. 동정심 유발 작전. 애초에 엄마한테 통하는 건 그거 하나밖에 없는 거였는데. 내가 암만 잘한다고 해 봤자 별 수 없는 거였어. 만족을 모르는 사람이니까. 실망시키는 타이밍은 차라리 빠를수록 좋았을 거야."

하영은 이제서나마 그의 입에서 그만한 통찰이 나온 것이 놀랍다 여겼으나, 그런 내색을 하지는 않았다.

"그럴듯하긴 한데, 쓸데없는 생각이라고 본다. 동정심 유발 작전? 그런 게 마음먹는다고 너한테 가능하기나 할 것 같니?"

"하긴 그러네. 너라면 할 수 있었을 텐데, 그치? 네가 맘먹고 그 작전 써 봤으면 울엄마 완전 발릴 수도 있었을 텐데."

"그렇지, 나야 맘먹으면 그 정돈 얼마든지 했지. 근데 그 맘먹는 게 맘대로 되지가 않는 게 문제야. 그게 내 한계고, 패인이었어."

"…그런 거였냐? 아무튼 울엄마가 정상인이 아니어서 그렇지, 나름대론 너랑 잘해보고 싶어 했단 건 인정하라고. 일체 관심이란 걸 받아 본 적이 없는 건 나야, 처갓집에서 말야."

"글쎄, 그래도 우리 엄마가 나한테 이혼 다시 생각해 보라고 한 몇 안 되는 사람들 중 하나였는데."

원호는 아까 형수 이야기 때와도 비할 수 없이 놀랐다.

"장모님이? 진짜 의왼데. 너보다 날 더 싫어하시잖아? 쌍수 들고 환영하실 줄 알았는데… 하긴 너희 엄만 네가 그동안 힘들었던 걸 잘 모르셨을 테니."

"그런 것도 있겠지. 난 예상은 했어. 우리 엄만 내가 뭐 한다고 했을 때

잘한다 해준 적이 한 번도 없거든. 근데 그보다 엄마가 날 말리면서 댄 이유가 좀 그럴듯하더라. 나이 들수록 부부 문제에서 중요한 건 결국 돈이라는 거야. 남자가 딴 짓 안하고 돈 열심히 벌면 됐지, 뭘 더 바라냐고, 년 뭐 그렇게 잘났냐고 하더라. 나 정말 놀랐어. 우리 엄마 입에서 그런 말이 나올 줄이야. 맨날 날 돈만 보고 남자 만나는 속물 년 취급하더니, 결국은 자기 선택이 더 별로였단 걸 인정한 거잖아. 엄마 자존심에 내 앞에서 그런 소리할 수 있을 줄은 정말 꿈에도 몰랐어. 역시 그래도 엄마는 엄마구나 싶더라."

"그걸 말이라고 하냐? 부모님만큼 진심으로 우리 걱정해 주는 사람들이 세상에 어딨어. 물론 그런다고 다 도움이 되는 건 아니지만…."

"맞아. 그러고 보니까 그동안 내가 들은 얘기들은 다 뭔가 싶더라. 이혼이란 게 아무리 잘 된대도 얼마나 데미지가 큰 일이야? 근데 남한테 이혼하란 말을 그렇게 시원하게 해줄 수가 있다니, 다들 남 얘기라고 참 쉽게 했구나, 싶어 씁쓸하더라. 어쩌면 어느 정도는 속으로 고소한 맘에 부추기려고 했을지도 몰라. 그만큼 내가 그동안 재수 없게 잘난 척하고 돌아다닌 게 사실이니, 이해는 가지만…."

원호는 이건 또 무슨 자다가 홍두깨냐 하는 표정이었다.

"아니, 그렇게까지 생각할 건 또 뭐 있냐? 남의 일이라고 쉽게 말했을 수는 있겠지. 누군들 안 그래? 그리고 뭐 좀 쌤통이네, 했을 수도 있지. 하지만 그렇다고 그게 다 꼭 일부러 너 잘못되라고 한 얘길까? 그보단 네가 그동안 워낙 아무렇지 않은 척했으니, 그런 네가 더 이상 못 참겠다는데 오죽했을까 싶어서 다시 생각해 보란 말이 안 나왔을 거야. 내가 네 친구라도 당연히 그랬을 걸. 그걸 어떻게 그런 식으로… 넌 진짜, 좀 많이 이상한 데가 있어. 솔직히 무섭다. 똑똑한 친구가 어렵게 결정한 것 같아서 잘했다 해줬는데, 나중에 저게 나 잘못되라고 일부러 그런 거라고 생각한다면… 와, 오싹해. 역시 넌 정말 내 스타일 아냐. 어쩌면 우리가 친구로 만났으면 괜찮지 않았을까 하는 생각도 했었는데, 그것도 아닌 것 같아.”

"어휴, 이 멍청아. 그건 스타일 문제가 아니라 팩트거든! 너랑 가깝게 지내는 사람들이라고 해서 다 네가 잘되길 진심으로 바란다고 생각하면 절대 오산이야. 오히려 사람들이 가까운 사람 잘 되는 걸 얼마나 배 아파하는지 아니?”

"당연히 알지! 그래서 내가 웬만하면 사람들하고 가깝게 안 지내는 거야! 그러니까 난 네가 더 이상하다고. 서로 잘 되는 거 좋게 봐 주지도 못할 사람들하고 왜 친한 척하고 지내면서, 그것 때문에 또 속상해 하는데? 가까운 사람 잘 되는 게 배 아프다는 건 결국 네 얘기 아냐? 넌 그러면서 남들은 안 그러길 바라냐? 무슨 심보야?”

"그래, 남들이라고 안 그러길 바란다는 건 아냐! 다만 사람들이 날 대하는 게 얼마나 선의고 악의인지 모르니까, 해주는 말들을 얼마나 곧이들어야 할지 알 수가 없어 답답하다는 거지.”

"하나 쓰잘데없는 고민하고 앉았네. 누가 진심 백 프로 날 위해서 하는 말이라도 그게 실제 나한테 도움이 될지 말지는 모르는 거야. 그리고 나한테 도움이 되는 말이라고 내가 들을 수 있을지 말지도 모르는 거고. 난 어차피 나 하고 싶은 대로 할 테니까.”

하영은 그만 웃음을 터뜨리고 말았다.

"정말이지 너란 인간은… 그렇게 단순해서 참 좋겠다.”

"혼자 복잡한 척하지 마. 내가 8년 동안 보니 너도 괜히 생각만 많고 말만 많았지, 결국 나랑 비슷한 인간이야. 뭐든 너 하고 싶은 대로 해야만 직성이 풀리잖아. 그래서 우리가 찢어진 거고 말야. 그래, 찢어져. 그래서 앞으론 네 멋대로 하고 살아. 그놈의 샤넬 백 되는 대로 사 모아서, 네 방 쓰레기장에 실컷 쌓아 둬. 백 번을 다시 생각해도 난 그 따위 꼴 보면서는 못 살아. 하지만 그게 뭐 대수냐고 생각하는 놈도 분명 있겠지."

"그래. 근데 제가 번 돈으로 백도 하나 맘대로 못 사게 하는 남편 봐주면서 사는 여자는 솔직히 요즘 세상에 있을까 싶다?"

"말은 바로 해라. 백도 하나 맘대로 못 사게 했다니? 같이 하는 살림에 감당 안 될 수준의 과소비였으니 그렇지."

"뭐가 감당 안 될 수준이야? 도대체 돈을 왜 버니? 한 번 사는 인생 실컷 누리려고 버는 거지. 샤넬 백은 내 삶의 로망이었다구."

"알고 있어. 그 얘긴 질리게 들었으니 그만두자. 난 돈이 아무리 많대도 샤넬 백 따위를 삶의 로망으로 존중할 수는 없어."

"흥, 어련하시겠어. 지금 네 여자친구는 어때? 너처럼 우아하고 고상한 예술 같은 게 로망인 분이니?"

"그런 건 아니고… 로망인지까지는 모르겠는데, 어쨌든 삶에서 먹는 걸 제일 중요하게 여기는 건 확실해. 난 그건 안 불편하더라고. 아니, 사실 좋아. 같이 살찌는 게 문제긴 하지만."

"어쩐지, 네가 요즘 그렇게 살찐 이유가 있었구나! 야, 정신 차려. 나중에 돼지같이 살찐 마누라 데리고 다니는 게 날씬하고 샤넬 백 든 마누라 데리고 다니는 것보다 괜찮을 것 같아?"

"말을 해도 꼭 저렇게 재수 없게… 걱정 마, 안 그래도 이제 진짜 조심할 거니까. 살찌는 것보단, 결혼을 조심하려고."

두 사람은 오랜만에 함께 킬킬대고 웃었다.

"그럼 넌 걔랑 금방 다시 결혼할 계획은 아닌 거야?"

"전혀 아냐. 절대 급하게 결혼할 생각 없어. 음… 사실 다시 결혼을 한다면 걔랑 해도 좋을 것 같긴 해. 하지만 전에 목사님 얘기 듣고 나니까, 내가 결혼을 할 만한 인간인지는 다른 문제 같아. 난 죽을 때까지 이혼은 다시 하고 싶지 않거든. 그러니 진짜 신중하게… 아니, 솔직히 당장은 결혼 자체가 다시 안 땡겨. 지긋지긋해, 무섭기도 하고. 넌 안 그러냐?"

"당연히 나도 그렇지. 근데, 네 여친 생각은 다르지 않을까? 걘 결혼한 적도 없고 나이도 있으니까, 아무래도 결혼하고 싶어 할 것 같은데."

"그런 것 같긴 한데… 모르겠다, 될 대로 되라지. 미리 고민할 필요 없지. 어차피 그때 가 나 하고 싶은 대로 하게 될 테니까."

"참, 저런 성격이 부럽다니까. 살다 보니 인생에 정답 같은 건 없으니, 결국은 속 편한 사람이 위너더라."

"맞아. 더 속 편한 게 뭔지 알아? 걔도 성격이 이래. 나보다 더 심해. 늘 아무 생각이 없고, 그냥 그때그때 저 하고 싶은 대로 하는 게 다야. 그러니까 지금 나 같은 놈이랑 사귀고 있지 않겠냐? 외려 내가 답답해서 동동거릴 정도야. 어떻게 저러고도 사는지 가끔 신기해. 근데 그렇게 살면 또 그냥 그런대로 살게 되는가 보더라고."

하영은 잠시 흥미롭다는 기색이었다가, 이내 코웃음을 쳤다.

"걔야 금수저니까, 그게 가능하겠지."

"뭐 그렇기도 하겠지만, 너라면 그런 집에서 태어났대도 그렇게 살 수 있었겠냐?"

"하긴 그래. 맞아, 그런 인종은 따로 있는가 보더라. 그러니 그 배경이 아깝지 뭐야? 내가 그만한 집안에서 태어나기만 했으면…"

"그래봐야 샤넬 백이나 사 모았겠지."

"웃기지 마. 유학 갔을 거야."

"그놈의 유학 타령, 왜 오늘은 안 나오나 했네. 혹시나 해서 알려주는 건데, 유학은 코피 터지게 공부하러 가는 거지, 샤넬 백 사러 가는 게 아니다."

"어쨌든 적어도 너 따위랑 결혼할 일은 확실히 없었겠지."

"아무렴, 사람 인연은 다 그런 거지. 나도 너랑 결혼해보지 않았다면 지금 여자친구랑 만날 일 없었을 거야. 생긴 게 내 스타일이라고 같이 잘 지낼 수 있는 건 아니란 거, 직접 당해보지 않고는 난 절대 못 배웠을 걸."

"하긴, 나도 네가 그렇게 생긴 여자랑 사귈 거라곤 상상도 못했다. 근데 얘기하는 거 들어 보니 진짜로 좋아하는 것 같긴 하네. 배 아프다, 정말."

"거 참, 네 그 배 아픈 병은 대체 어떻게 해야 낫는 거냐? 너도 연애하고 있으면서도 그러면 어쩌라는 거야. 그 친구랑 잘해보면 될 거 아냐? 아무래도 별로인 거 아냐?"

"아냐, 그런 거. 어리지만 참 멋있는 친구야. 같이 있으면 편하기도 하고."

"근데 왜 그래? 혹시 나한테 아직도 마음 있냐?"

"꿈 깨."

"그럼 뭐야? 내가 조금이라도 잘 되는 꼴은 다 보기 싫은 거냐?"

"…응, 그런 것 같아."

"그럼 그렇지. 근데, 그거 아냐? 넌 나랑 같이 살 때도 그랬어. 그래서 찢어지기로 한 거 아냐? 이젠 남남이니 서로 신경 좀 끄고 살아 보자. 물론 말처럼 되는 건 아니겠지만…."

"그래, 나도 제발 그렇게 됐으면 좋겠어. 근데 그게 안 되는 걸 어떡해? 다 보이고 들리고 일일이 신경 쓰이는데 어떡하냐고. 나도 이런 내가 싫어. 그래서 죽고 싶었던 거야. 그럴 수 없다면, 이혼하는 걸로는 충분하지 않아. 네가 죽었으면 좋겠어."

예전 부부상담 때 봤던 것과는 명백히 다른 농도의 눈물을 글썽이는 하영을 보며, 원호는 한참이나 돌처럼 굳어 있었다. 지난 8년간의 결혼생활보다 오늘 몇 시간의 대화에서, 오늘 몇 시간의 대화보다 이 한 마디와 눈물에서 그녀의 진실을 훨씬 더 많이 발견한 느낌이었다. 이 모든 것이 이별의 대가라면 참으로 아이러니하다는 생각이 들었다.

"어쩌냐? 나도 죽어주기까지 할 순 없고… 그래도 결국 나랑 결혼하는 바람에 이 지경까지 온 건데, 내가 해줄 만한 일이 있다면 생각 좀 해볼게. 어떻게 했으면 좋겠냐? 영영 네 눈앞에 안 보이게 이민이나 갈까? 솔직히 나도 요즘 이 꼴 저 꼴 다 보기 싫고 나라꼴도 점점 맘에 안 들고, 특히나 울 엄마한테서 벗어나려면 진짜 이민이라도 가야지 싶던 참이었어. 설마 하니 엄마가 아버지랑 형을 두고 따라올 수는 없을 테니. 아니면 최소한 너 다시 결혼할 때까진 내가 결혼 안 하는 걸로 할까? 네 남친 다섯 살이나 어리다니 얼마나 걸릴지 모르지만, 네가 그렇게 해 달라면 그 정도는 위자료인 셈 치고 해줄 수 있어. 내가 약속하면 지키는 성격인 거 알지?"

그러나 그 말에 하영은 조금이라도 위로를 받기는커녕, 그저 어처구니 없다는 표정이었다.

"뭐야? 아니, 넌 어떻게 그런 말을 그렇게 막 뱉을 수가 있냐? 내가 그러자고 계약서라도 쓰자면 어떡하려고? 그래봤자 허랑한 일이긴 하겠지만, 네가 멋대로 나랑 그런 약속을 했다는 걸 나중에 네 여자친구가 알면 어떻게 생각하겠어?"

"그러면, 뭐… 안 되나? 내가 결혼할 시기 정도는 내 맘대로 정할 수 있는 것 아닌가?"

"아니, 결혼을 너 혼자 하는 게 아닌데 그걸 어떻게 네 맘대로 정해? 그것도 그런 말도 안 되는 이유로, 도대체가… 관두자. 어차피 이제 내 남자도 아닌데 내가 핏대 세울 이유가 없지. 한동안 떨어져 있었더니 왜 굳이 헤어졌는지 깜박할 뻔했는데, 다행이다. 고맙다, 그새 또 개소리 해 줘서."

원호는 무안하고 약이 올라 버럭 목청을 높였다.

"젠장, 그러는 넌 오늘따라 그동안 몰랐던 점이 많이 보인다? 그새 나랑 왜 헤어졌는지 깜박할 뻔했다고? 의왼데, 백하영이 그렇게 멍청한 애였나?"

"그러게, 나도 내가 의외로 참 멍청하다는 걸 이번에 많이 느꼈어. 은근 허당인 거야 원래 알고 있었지만, 좀 심각하더라고. 한심할 정도야. 근데 잘 생각해 보니까 내가 멍청한 건 다른 것보다 욕심이 많아서라는 결론이 나왔어. 뭔가를 갖고 싶은 욕심이 너무 크니까, 거기 따르는 대가를 내가 얼마만큼 감당할 수 있을지 제대로 계산을 못하는 거야. 방금처럼 불리한 건 툭하면 까먹고…."

"무슨 말인지 알 것 같다. 우리 변호사도 전에 그랬어. 인간관계는 내가 얼마만큼의 대가를 지불하고 유지할 가치가 있는지, 계산하고 선택하는 문제라고."

"그 말이 맞아. 말하자면 샤넬 백에 혹해서 일단 카드부터 긁었다가 결국 못 갚아서 빵구 난 거랑 마찬가진 거야. 내가 너랑 결혼했다 실패한 거 말야."

"그렇담… 어쨌든 처음엔 내가 샤넬 백만큼 혹하는 존재이긴 했단 말이네."

"그걸 말이라고 하니? 넌 그때도 이미 온 동네방네 유명한 진상이었어. 혹하지 않았으면 내가 미쳤다고 너랑 결혼했겠어?"

"나도 그땐 너한테 진짜 혹했었어."

"넌 그냥 나한테 속았던 거고."

"오, 사기 결혼이란 거 인정하는 거냐?"

"그래, 넌 멍청이니까 내가 영원히 속일 수 있을 줄 알았지. 근데 네가 멍청한 거랑 별개로 내가 그만한 능력이 안 되더라고. 아주 통렬히 절감했어. 그것만으로도 이 결혼, 이혼한 보람이 있단 생각이 들 정도야."

"그럼 같은 실수를 또 하면 안 되잖아? 지금 남친하곤 사기 연애 하고 있는 거 아니고?"

"야, 사기 연애는 얼마든지 해도 돼. 하지만 사기 결혼은 안 되겠더라."

원호는 탄식하듯 혀를 내둘렀다.

"잠시나마 널 걱정한 내가 바보다. 그런 멘탈에 그 재주론 뭔들 못하겠냐?"

"다들 나한테 그렇게 말하더라. 근데 그렇다 쳐도 문제가 있어. 난 뭘 해야 내가 진짜 좋을지 모르겠거든. 뭔가 좋을 것 같아서 죽어라 하는데, 막상 해보면 다 내가 생각한 거랑 달라. 이것도 내가 멍청하다고 생각하는 이유 중 하나야."

그 말에 원호는 깜짝 놀랄 정도로 격하게 맞장구를 쳤다.

"맞아, 맞아! 네가 진짜 그런 면이 있어. 뭘 바라는지 당최 모르겠단 말야. 이건가 싶으면 저거고, 저건가 싶음 또 아니고. 그거 진짜 사람 기 빨리게 한다고. 난 내가 둔해서 모르는 건가, 여잔 다 저렇게 오락가락하는 건가 했었는데, 지금 여친 만나면서 여자라고 다 그런 건 아니란 걸 알게 됐지. 너 자신도 그걸 잘 모르겠다면, 남들도 모르는 게 당연하잖아."

"맞아. 네가 유독 둔한 것도 엄연한 사실이긴 하지만 말야. 대신 넌 네가 뭘 바라는지가 늘 너무 확실하지. 가끔은 너 자신은 잘 모르는 것 같기도 하지만, 그래 봤자 남들 눈엔 다 보이거든."

"그래? …그럼 네가 보기에 내가 지금 원하는 게 뭐 같은데?"

"뭐겠어? 빨리 소송 마무리하고 지앤화이트 복구하고, 지금 여친이랑 맛있는 거 먹으며 잘 만나다가 어머님 태클 물리치고 무사히 결혼하는 거지."

원호는 잠시 곰곰이 생각해 보았으나, 그 말에 한 마디도 반박할 거리를 찾지 못하여 좀 분한 기분으로 물었다.

"그럼 넌 뭐 이 정도 목표도 지금 없다는 거야?"

"당장 살아야 하니 뭐라도 하긴 해야겠지만, 목표 같은 건 모르겠어. 이쪽 일은 이제 지긋지긋하고, 그렇다고 달리 무슨 일을 하면 좋을지도 모르겠고. 지금 남자친구랑 결혼은 아닌 것 같은데, 그게 내가 결혼을 하고 싶지 않아선지, 아니면 얘를 결혼상대로는 부족하다고 생각하는 건지, 그것도 잘 모르겠고…"

이후 두 사람 사이에 흐른 침묵은 실제론 몇 분에 불과한 시간이었으나, 워낙 깊어 시간도 묻힌 듯 느껴졌다. 마침 주점이 영업을 마무리하려는지 소리 내어 테이블을 치우는 기적에 두 사람은 현실로 돌아왔다.

"그만 가자. 괜찮으면 나 좀 집까지 태워다 줄래? 운전하긴 어려울 것 같아서."

"그래. 근데 나 뭐 생각났는데, 마지막으로 한 마디만 해도 되냐?"

하영은 핸드백을 챙기다 말고 그를 쳐다보았다.

"내가 원래 둔하고 사람 마음도 잘 모르고, 너에 대해서도 여전히 모르긴 하지만… 그래도 그동안 너랑 살면서 더럽게 욕심 많은 네가 욕심 부린 그 많은 것들 중에, 내 보기에 정말로 네가 진짜 제일 욕심내는 것 같았던 게 하나 있긴 해. 뭔지 알겠어?"

"그런 게 있어? 뭔데?"

"유학 가는 거."

2016년 7월
변론기일(1)

원고(백하영) 측 2차 준비서면

1. 피고는 소송 중 부정행위를 저질렀을 뿐만 아니라 원고 및 재판부를 지속적으로 기만하고 있습니다.

　원고는 피고 측이 이 소송에서 혼인 유지 의사를 고수하는 것이 재산분할 협상에서 유리한 입장을 점하기 위한 술책임을 간파하고 일관되게 주장해 왔습니다. 그럼에도 불구하고 재판부의 명령에 따라 부부상담, 조정 절차에 성실히 응하는 과정에서 원고는 피고와 부부관계 회복까지는 아니어도, 서로 인격적인 이해와 존중을 회복할 수 있는 계기가 되리라는 일말의 기대를 품기도 했습니다. 그러나 그 역시 헛된 기대였음은 피고가 그 사이 부정행위를 저지른 사실을 통해 밝혀졌습니다. 애초부터 사실상 혼인 유지 의사가 없었던 것을 증명이라도 하듯, 피고는 부부상담 일정이 진행되고 있던 기간 중 2016. 3. 동종업계에 종사하고 있는 소외[5] 안○○씨를 만나 깊은 관계를 맺게 되었습니다. 그리고 이 사실이 발각되면 소송에서 불이익을 받게 될까 염

5　소외/소외인/공소외인(公訴外人) : 소송 당사자는 아니나 사실관계를 설명하기 위해 언급되는 사람을 지칭한다.

려하였는지, 개인적으로 원고를 만나 이혼에 동의하겠으니 소송 기간 중 각자의 이성 관계를 문제 삼지 않겠다는 내용의 각서를 써줄 것을 요구하였습니다.(갑 제9호증) 각서의 내용은 피고가 변호사의 도움을 받아 이미 작성해 왔고, 원고는 서명만 하면 끝나도록 철저히 준비된 상황이었습니다.

당시 원고는 전혀 예상치 못한 일에 매우 당황하였고 심한 실망과 배신감으로 판단력이 흐려진 나머지 피고가 이혼에 동의해 주겠다는 것만으로도 다행이라는 판단으로 각서에 서명을 해주고 말았습니다. 그러나 추후 차분히 정황을 돌이켜 본 결과, 원고와 피고, 안○○씨가 모두 동종업계에 종사하고 있는 이상 곧 부정행위가 드러날 것이 자명한지라, 피고가 이에 대한 법적, 도의적 책임을 면피하고자 하는 의도에서 각서를 요구한 것이 분명하다는 결론을 내리게 되었습니다. 이미 명백한 부정행위를 저지른 상황이 아니었다면, 굳이 먼저 각서까지 요구해 가며 입장을 바꿀 이유도 없고, 조용히 조정에 응했으면 될 일입니다.

이와 같이 피고는 피소 이래 줄곧 거짓말과 꼼수로 일관하며, 한때나마 아내였던 원고는 물론 재판부까지 철저히 기만하고 농락하였습니다. 이 때문에 원고는 하루 빨리 이 고통스러운 혼인 관계를 정리하고 싶은 마음에도 불구하고, 피고의 파렴치한 요구 사항에 적당히 타협할 수 없다는 결심으로 1차 조정(2016.5.16.)에 응하지 않았습니다.

2. 피고는 소송 중 비상식적이고 무책임한 업무 태만 행위를 하였습니다.

또한 피고는 원고와 공동으로 운영하고 있는 웨딩숍에서도 2016년 2월 무려 16일간 무단으로 결근하고 해외 출장을 취소하는 등, 소 제기 당한 이래 줄곧 업무를 일방적으로 원고에게 떠넘기고 게을리하여 원고와 사업체에 큰 부담과 손해를 끼쳤습니다. 이혼이 성립되는 경우 사업체에 대한 권리는 피고가 갖기로 합의된 바, 원고는 이 비상식적인 사태를 책임지고 헌신할 이유가 없음에도 불구하고, 오직 그간 관계를 형성한 피고용인들과 거래처, 고객들에 대한 도리로서 업무 정상화를 위해 최선을 다해 왔습니다. 그러나 더 이상 부당한 부담을 질 명분과 여력이 한계에 달했다는 판단 하, 조정 결렬 이후 원고는 숍에 출근하지 않고 있으며, 현재 소송 판결과 관련 없이 사직할 의사를 전달한 상태입니다. 재판부께서는 재산분할청구 및 위자료청구 판단 시에 부디 이러한 사정을 참작해 주시기 바랍니다.

결론. 상기한 바 원고와 피고 사이의 혼인관계는 피고의 귀책사유로 인하여 파탄에 이르게 된 것이 명백한 바 원고의 청구를 인용하여 주시기 바랍니다.

피고(지원호) 측 2차 준비서면

1. 피고의 부정행위에 관한 원고 측의 주장은 근거 없는 억측이며 부당한 음해입니다.

    애초 피고의 혼인 유지 의사가 거짓이었다느니, 피고가 명백한 부정행위를 저질렀다느니 하는 원고 측의 주장은 근거나 증거가 일체 없을뿐더러, 사실과 분명 다릅니다. 소가 제기되었을 당시만 해도 피고는 이혼을 고려해 본 적이 전혀 없었고, 어떤 일이 있어도 혼인을 지속하고자 하는 의지가 분명했던 것이 사실입니다. 그러나 소 진행 과정에서 비로소 본인의 지난 결혼생활을 진지하게 돌아보게 되었고, 원고 측의 입장과 심정에 관해서도 이해도가 높아지게 되면서, 오히려 이혼 가능성을 고려해 보게 된 것입니다.

    이 과정에서 피고는 심각한 정신적 동요를 겪었고, 그로 인해 심한 몸살이 나는 바람에 결근을 하게 되었던 것입니다. 실제로 피고는 16일간 결근하는 내내 본인의 침대에만 있었고 자택 밖으로는 한 발짝도 나가지 못했을 정도였습니다. 그러는 동안 원고는 한 집에서 지내면서도 단 한 번도 피고의 방을 들여다보지도, 심지어 연락조차 하지 않았습니다. 따라서 피고의 결근이 그렇게까지 길어진 데는 원고의 비상식적인 대응 탓도 없다고는 볼 수 없습니다. 물론 그 일로 피고가 사업체와 동업자들에게 끼친 민폐와 부담에 대해서는 변명의 여지가 없습니다. 피고는 몸이 회복된 뒤 바로 원고에게 본인의 무책임한 행동에 관해 인정하고 사과하였으며, 그 대가로 원고도 열흘간 휴가를 얻는 것으로 합의한 바 있습니다.

그 이후로도 피고는 부부상담 과정을 통해 원고의 마음을 돌리고 관계를 회복할 가능성에 일말의 기대를 가졌으나, 시종일관 형식적인 원고의 태도에 다시 한 번 크게 상심하였습니다. 그런 상황에 우연히 업무 현장에서 만난 안○○씨(이하 '소외인')와 서로 호감을 가지게 되었습니다. 피고는 당연히 관계를 발전시킬 생각이 없었으나, 상황을 알지 못한 소외인이 먼저 마음을 고백했고, 피고는 이혼소송 중인 사실을 알리며 거절했습니다. 그러나 소외인은 쉽게 마음을 접지 못했고, 피고 또한 외로움과 절망에 지쳐있던 지라 그만 다른 이와 새로운 인생을 시작하고 싶다는 마음이 점점 커지게 되었습니다.

고민이 깊어지자 피고는 지체 없이 이 사실을 변호사에게 털어놓고 조언을 구했습니다. 이에 변호사는 원고 측에 모든 상황을 정직하게 알리고 협상에 응할 것을 제안하였습니다. 각서를 작성한 것은 모든 법적인 절차가 끝날 때까지 소외인의 입장을 보호하고, 소외인과의 관계가 송사에 어떤 식으로든 이용되는 일이 없도록 하기 위해서였을 뿐입니다. 오히려 피고 측은 소외인과의 관계를 공식화하고 이혼에 동의함으로 인해 위자료, 재산분할 협상에서 많이 양보할 수밖에 없게 되었습니다. 원고 측은 피고가 각서를 쓰기 이전 이미 명백한 부정행위를 저질렀을 것이라 주장하지만, 전혀 근거 없는 억측에 불과합니다. 원고 측은 지금까지 그에 관해 어떤 증거도 내놓지 못했을뿐더러, 앞으로도 그럴 것입니다. 그런 사실이 없기 때문입니다.

또한 원고도 현재 다른 이성과 공식적인 관계임을 밝힌 바 있습니다. 원고 역시 각서의 수혜자인 것입니다. 애초에 혼인관계를 지속할 의지가 전혀 없었던 원고가 피고의 부정행위 가능성에 집착하는 것은 트집을 잡으려는 의도 외에는 어불성설이라 할 것입니다.

2. 조정이 불성립된 책임은 전적으로 원고에게 있습니다.

　　원고는 피고의 부정행위 때문에 조정에 합의하지 않기로 했다고 하지만, 그 주장은 각서를 쓴 뒤 조정기일 직전까지 양측이 변호사를 통해 원활히 협상했던 사실로 보아 앞뒤가 맞지 않습니다. 피고 측의 대폭 양보로 양측은 위자료, 재산분할에 있어 이견을 상당 부분 좁힌 상태로 조정기일에 출석하였는데, 조정위원들의 중재로 합의가 임박한 순간 원고가 갑자기 일방적으로 결렬을 선언하고 퇴장해 버렸습니다. 그날 원고의 돌발행동은 원고 측 변호사조차 예상치 못한 일로 보였습니다. 따라서 상식적인 관점에서 1차 조정 결렬은 원고의 결심이 아니라 감정 기복의 결과에 가깝다고 볼 수 있습니다. 만약 그것이 의도적인 행위였다면, 원고야말로 피고는 물론 법정까지 기만했다고 할 수 있을 것입니다.

3. 원고의 잠적, 무단결근, 퇴사로 인해 피고가 입은 재산상 손해가 막심합니다.

　　원고의 비상식적인 행위는 이후로도 계속되어, 조정 결렬 이후 갑자기 행방이 묘연해졌습니다. 집을 나가 피고와 공동 경영하고 있는 사업체에 무단결근하기 시작했고, 피고 측의 계속된 연락에도 일체 응하지 않았습니다. 약 2주가 지난 뒤에야 원고는 일방적으로 퇴사를 통보해 왔습니다. 나중에 밝혀진 일이지만 그간 원고는 친정에서 지냈다고 하는데, 친정 식구들에게 피고와 어떤 연락도 말도록 당부했었다는 사실로 보아 분명 의도적이고 악의적인 잠적이었습니다. 피고는 지난 2월 무단결근 당시 적어도 의도적인 연락두절 상태는 아니었습니다. 또한 사업체 내에서 피고는 사실상 며칠 출근하지 않아도 정상적인 업무가 진행되는 데 영향이 없는 직책이나, 원고의 직책은 그렇지 않습니다. 원고의 갑작스런 무단결근, 무단퇴사로 인해 사업체는 엄청난 타격을 입고 현재 영업을 중단해야 할 처지에 놓여 있습니다. 이혼 시 사업체에 대한 권리를 피고가 갖기로 합의한 바, 원고의 이러한 행위는 명백히 피고의 재산권을 침해하는 행위라 할 수 있을 것입니다.

> 결론. 원고도 피고와의 이혼에는 동의하나, 혼인생활 파탄의 원인은 쌍방에게 동등하게 있으므로 위자료를 지급해야 할 의무는 없으며, 원고가 청구하는 재산분할금액 역시 과다하므로 감축되어야 할 것입니다. 원고의 청구를 기각하여 주시기 바랍니다.

 봄비가 으슬으슬 내리던 조정기일과 반대로 변론기일은 여름 햇살이 따가운 날이었다. 창문을 가린 블라인드 사이로 떨어지는 작은 한 조각 햇빛이 법정 안 풍경을 더욱 어둡고 차갑게 만들고 있었다. 소송 후 비로소 처음 판사와 면대하는 자리건만, 원고와 피고 모두 오히려 조정 때만큼이나 긴장하거나 동요하는 기색도 없이, 그저 권태롭고 무감각한 표정이었다.
 판사는 출석과 기본적인 사항을 확인한 뒤, 변론에서 보충할 사항이 있는지 물었다. 즉시 원고 측 변호사가 손을 들었다.
 "조정 결렬 후에 원고가 의도적으로 잠적했다는 주장은 사실과 다릅니다. 원고가 피고의 연락을 받지 않은 건 맞지만, 피고를 제외하곤 대부분의 지인들과 정상적으로 연락을 주고받고 있었으니까요. 친정으로 거처를 옮긴 사실도 바로 저한테 알렸고, 제가 며칠 내로 피고 측 변호사에게 전달했습니다. 또 숍에 출근은 안 했지만 직원들과 연락하면서 최대한 업무를 돌보고 있었습니다. 피고가 이 모든 상황을 모르고 있었을 리 없습니다. 원고가 연락을 안 받았다 해도 접촉하려 했다면 얼마든지 할 수 있는 상황이었습니다."
 "피고 측, 사실입니까?"
 피고 측 변호사가 답했다.

"예, 사실인 부분이 있습니다. 원고 측 변호사가 말씀하신 대로, 저는 원고가 처가로 거처를 옮겼음을 며칠 만에 전해 들었습니다. 하지만 피고는 그걸 2주나 지나고 알게 된 게 사실입니다. 제가 전달하지 않았거든요. 당연히 알고 있을 줄 알고요. 다른 데도 아니고 처가에 갔다면 처가 식구들을 통해서 당연히 전해 들었을 거라고 생각했습니다. 그런데 원고가 식구들이 피고와 연락하는 걸 막는 바람에 그러지 못했다고 하더군요. 물론 피고가 정말로 원고가 행방불명 됐다고 생각했던 건 아닙니다. 말씀하신 대로 다른 직원들과는 연락이 되는 상태였으니까요. 그렇지 않았다면 곧바로 저한테 알리셨겠죠. 제가 피고에게 원고와 연락이 안 된단 얘기를 들은 게 2주나 지나서였습니다. 제가 처가에 있다고 들었는데 왜 몰랐느냐고 하니까, 피고 말이 직전까지만 해도 원고는 친정에 이혼 소송 사실에 대해 비밀로 하고 있었답니다. 그래서 처가에 연락해 볼 수는 없었다고 하더군요. 원고도 이런 정황들에 대해 당연히 알고 있었을 것이고, 피고가 계속해서 접촉을 시도하는데, 2주가 지나도록 자신이 어디 있는지 모르고 있다는 사실을 눈치 못 챘을 리 없지 않습니까? 이래도 이게 악의적인 잠적이 아닌가요?"

"말도 안 됩니다. 원고는 변호사인 저에게 거처를 알렸으니 그걸로 충분했습니다. 그러고도 2주나 그 사실을 모르고 있었단 건 피고 측 변호사와 의뢰인 사이의 의사소통에 문제가 있었다는 얘기밖에 안 됩니다."

피고 측 변호사가 다시 받아치려는 순간, 판사가 손을 들어 제지했다.

"됐습니다. 제가 원고에게 묻겠습니다. 원고가 그때 남편의 연락만 받지 않았던 이유는 뭔가요?"

뜻밖의 호명에 하영은 얼굴이 상기된 채 입을 열었다.

"그냥… 목소리도 듣기 싫어서요. 그렇게 걱정할 이유도 없는데, 제가 답 안 하는데도 계속 연락하니까, 일부러 신경 긁으려고 이러나 싶어서 더 답하기 싫더라고요. 하지만 일부러 곤란해 하라고 그런 건 절대 아니에요. 그리고 저도 그때 처음 며칠은 앓느라 정신이 하나도 없었고요."

"정확히 어디가 어떻게 불편하셨습니까?"

"특별히 어디가 아팠다기 보단, 정신적 스트레스로… 우울증 발작이라고 보면 될 것 같아요. 몇 날 며칠 잠만 자게 될 때가 있어요."

"우울증 발작이라, 갑작스런 조정 결렬도 그것과 관계가 있을까요?"

하영이 말문이 막히자 변호사가 나섰다.

"제 의뢰인이 가벼운 우울증세가 있긴 하지만, 사리판단에 지장을 줄 정도는 아닙니다."

"알겠습니다. 그렇지만 1차 조정이 현장에서 결렬된 건 변호사도 직전까지 예상치 못했던 일인 것은 맞지요?"

"그렇습니다. 그래도 그 결정은 원고가 그동안 심사숙고한 끝에 어렵게 내린 결정이었습니다. 원고의 주장처럼 순간적인 감정기복일 뿐이었다면, 얼마든지 번복하고 다시 조정 신청할 수 있었겠죠. 다만 그 과정에서 변호사인 저와 의사소통이 잘 안 되었을 뿐입니다. 그건 전적으로 제 책임입니다."

"그렇다면 조정 결렬과 원고의 무단 퇴직은 관계가 없는 일입니까?"

변호사와 잠시 사인을 주고받은 후 이번엔 다시 하영이 대답했다.

"합의로 좋게 끝낼 수 없다는 결론이 나니 더 이상 거기서 고생하는 게 의미 없다는 생각이 들었어요. 업무가 너무 과중해서 한계가 오기도 했고요. 체력적으로나, 정신적으로나… 일을 잘 정리하지 못하고 무단 퇴직하는 식으로 되어서 유감스럽게 생각하고는 있습니다. 그건 제 우울증 탓이라 해도 부정할 수 없을 것 같네요."

"그래서 원고의 퇴직 신청은 현재 어떻게 처리되고 있습니까? 피고 측, 답변해 주세요."

피고와 잠시 귓속말로 상의한 끝에 변호사가 입을 열었다.

"피고는 원고의 요구대로 최대한 빨리 퇴직 처리를 해주고 싶은 마음이지만, 지금 사업체 사정이 상당히 어려워져서 조만간 휴업이나 폐업을 해야 할지도 모르는 판이라, 간단히 처리하기는 어려운 상황이랍니다. 원고는 소송 결과와 관계없이 퇴직하겠다고 하지만 그건 말이 안 됩니다. 애초 재산분할 대상에 사업체가 포함되어 있는데, 소 제기 시와 비교하면 현재 재산상 가치가 많이 떨어져 있습니다. 그리고 그렇게 된 데 원고의 책임이 상당하다고 저희는 보고 있습니다."

"예, 그 얘기 말인데. 원고가 무단 퇴직한 일로 사업체에 얼마만큼의 금전적 손해를 입혔는지, 그리고 소 제기 이후 현재 사업체의 재산상 가치가 얼마만큼 떨어졌는지, 구체적으로 증명할 산정 자료는 없습니까?"

"그게, 아직⋯ 원고가 정식으로 퇴직 신청을 한 게 겨우 일주일 전이라서요."

"현재 양측 모두 사업체 지분에 관한 소명 자료가 너무 부족합니다. 양측이 합의해서 신뢰할 수 있는 기관에서 다시 회계 자료를 산정해 제출하시기 바랍니다. 석명준비[6]를 송달하겠습니다."

"알겠습니다."

"그리고 피고에게 하나 묻겠습니다."

내내 굳어 있던 원호의 표정은 언뜻 별 변화가 없어 보였으나, 바로 곁

---

6 석명준비 : 재판진행 중 재판과 관련된 내용에 관하여 판사가 내용의 보완을 요구하는 경우 '석명준비명령'을 발령한다.

에 앉아 있던 우현은 그가 판사의 말에 놀라움과 긴장으로 바스라지겠다 싶을 만치 굳어버린 걸 눈치챌 수 있었다.

"피고는 처음엔 원고와 혼인을 유지하길 원한다고 하셨습니다. 그 마음이 언제쯤, 어떤 일을 계기로 변했습니까?"

원호는 잠시 멍하니 있다가 툭 내뱉었다.

"솔직하게 말해요?"

누구를 향한 건지도 애매한 그 질문에 얼른 우현이 대꾸했다.

"대표님, 재판정에서 정직해야 되는 건 당연한 거예요."

"알겠습니다. 음… 저 솔직히 지금 여자친구를 만나기 전까진 이혼 안 하고 싶었습니다. 백하영이랑 이 지경까지 올 정도로 안 맞긴 했지만, 어차피 나 같은 놈한테 달리 더 잘 맞는 여자가 있을 것 같지도 않고, 그렇다고 평생 혼자 살긴 싫고, 기왕에 결혼했으니까… 지금까지 같이 해온 정도 있고, 나도 미안한 점이 많으니까, 웬만하면 양보하고 고쳐가면서 그럭저럭 계속 살았음 했습니다. 근데 지금 여자친구를 만나보곤 다른 생각을 하게 됐습니다. 그러니까, 뭐랄까… 조금은 더 잘 맞는 사람이랑 조금은 더 편한 인생을 꿈꿔 봐도 되지 않을까, 하는.

이런 얘기하면 저를 완전 병신으로 보실 수도 있는데… 전 결혼 전에 여자를 만나본 적이 별로 없었고, 결혼한 뒤론 더구나 뭐… 그래서 진짜 잘 몰랐어요. 남녀관계는 다 비슷한 줄만 알았고, 우리가 같이 살기 힘든 건 그냥 둘 다 못돼먹어서, 라고 생각했어요. 근데 지금 여자친구를 만나면서 보니까, 같은 여자라도 와이프랑은 너무나 다르고, 정말 많은 면들이 별로 노력 안 해도 잘 맞는 거예요. 그러고 보니 백하영도 못돼먹은 여자가 아니라 그냥 나랑 안 맞는 여자였을 수도 있겠다 싶더라고요. 그렇담 와이프도 딴 사람 만나면 저 성격 딱히 안 고쳐도 좋은 여자로 사랑받으면서 편하게 살 수도 있을 텐데… 내가 나 편하자고 이혼 못해주겠다는 게 진짜 나쁜 짓일 수도 있겠구나, 싶었습니다.

 물론 내가 애인이 생겨서 하는 말이니까, 이것도 나 편하자고 하는 말이라 할 수도 있겠지만… 뭐 사실 그것도 맞는 말이겠죠. 피차 편해지면 좋지 않습니까? 이혼이 그러는 길일 수도 있겠다, 생각이 들어서….”

 예상보다 길게 제지받지 않고 이야기를 하게 되자 원호는 그만 눈치를 살폈다.

 "그래서, 마음을 바꾸게 됐다는… 된 건가? 이 정도면….”

 "됐습니다.”

 잠시 속기사의 키보드 소리와 판사가 서류 뒤적이는 소리가 실내 전체에 메아리칠 만큼 고요한 시간이 지나간 후, 판사가 다시 입을 열었다.

 "조정 한 번 다시 해봅시다. 원고 분? 난 합의는 절대 못하겠다, 무조건 판결로 받겠다, 이렇게 결심한 건 아니시죠? 판결이라고 조정보다 유리한 결과가 나온다는 법은 절대 없어요.”

 원고 측이 뭐라 대꾸하지 못하고 있는 사이 판사가 말을 이어갔다.

 "남편 분, 아내 분, 양측 다 양식 있으신 분들이고, 본인 의사들도 뚜렷하시고, 그동안 생각도 많이 해 보신 것 같고… 제가 가사조사, 상담 보고서도 다 봤는데 비슷한 의견이었고요. 슬하에 자녀도 없으시고, 재산분할에 대한 의견 차이도 그렇게 심하지 않기 때문에, 이 정도면 충분히 조정해 볼 수 있는 사안인 것 같습니다. 일단 공동 사업체 문제를 정리한 뒤에 다시 조정해 봅시다. 어떻겠습니까?”

 결국 5주 뒤 2차 조정기일을 잡는 것으로 마무리되었다. 법정을 나서며 변호사들은 서슬 퍼런 변론에 비하면 너무나 싱거운 결론에 아직 익숙하지 않을 의뢰인들의 눈치를 살폈는데, 두 사람 다 아직 얼떨떨하기만 한 듯 별 감흥이 없어 보였다. 양측 변호사는 법정 바로 옆에 위치한 대기실로 의뢰인들을 인도하여 마주 섰다. 하영의 변호사가 먼저 입을 열었다.

"명령대로 사업체 지분을 미리 정리하게 되면 계산이 더 편해지겠네요. 그럼 회계 정리를 어떤 식으로 하면 좋을까요? 공동으로 회계사를 알아볼까요? 아니면 각자 따로 받고 비교해 보는 걸로 할까요?"

"그건 대표님들끼리 우선 합의를 보셔야겠죠? 지 대표님, 어떻게 생각하세요? 어떻게 하는 게 좋을까요?"

"글쎄… 그래도 그동안 회삿돈 계산은 백 대표가 해왔으니까, 저쪽이 직접 정리하는 게 좋을 거야. 대신에 회계사는 우리 쪽에서 알아봐서 같이 하는 걸로 하면 어떨까? 헷갈리는 거 있으면 이젠 강경태한테 물어봐도 되잖아. 어때?"

"강경태 같은 소리하고 있네! 웃기지 마! 맡겨놓고 나중에 또 누굴 도둑년 취급하려고? 난 더 이상 너네 숍 일엔 손도 대고 싶지 않으니까, 네가 알아서 정리하고, 내 몫이나 똑바로 내놔!"

느닷없는 싸움 모드에 일행들뿐 아니라 대기실에 있던 다른 이들까지 모두 놀라 시선을 모았다. 그러나 원호는 당황한 기색도 잠시, 즉각 질세라 마주 목청을 높였다.

"미친, 이게 어디서 적반하장이야?! 네가 애초부터 위자료 달라 한 거 반절은 숍 양보하는 대가 아니었어? 근데 그새 저 따위로 말아먹어 놓고선, 위자료 액수는 원래대로 올려? 아무리 소송이 그렇고 그런 거라지만, 네가 진짜 그러고도 인간이냐?! 남들 앞에선 자식 같은 숍이니 뭐니 씨부리더니만, 다 망할 지경 되니까, 뭐?! 너네 숍이라고?"

"그래, 자식 같은 숍이었지! 네가 멋대로 낳아놓은 자식 내가 죽자 사자 매달려서 번듯이 키워 놨더니만, 맨날 날 시다바리 취급하고 도둑년 취급

안 했어?! 그나마 너랑 헤어지면 나랑 아무 상관없는 회산데, 내가 더 이상 매달려 있을 이유도 없는 거였는데, 넌 그 은혜를 모르고 그걸 당연하게 여기더라? 그래놓고, 뭐? 가치가 떨어진 게 내 탓이라고?! 너야말로 인간이라 대가리가 있고 양심이 있으면, 어디 그딴 소리가 나와?! 이 개새끼야!!"

우현이 원호의 소맷자락을 잡아끌며 만류했다.

"대표님, 그만두세요. 의미 없는 싸움이에요. 변론은 변론일 뿐이고, 아시잖아요."

"그래요. 백하영 씨, 일단 오늘은 그만 돌아가서 쉬십시다. 회계 문제는 제가 알아보고 다시 연락드릴게요."

"아니, 잠깐만! 이거 놔 봐. 변호사들 통해서 얘기하는 건 아무래도 안 되겠어. 또 저번처럼 삽질할 순 없어. 일단 뭐라도 쇼부를 쳐야겠어! 딴 데 가서 우리끼리 얘기하자. 어때?"

"두 분이 직접 말씀 나누시겠단 건 좋아요. 그치만 당장은 좀 아닌 것 같아요. 두 분 다 지금 너무 예민해지셨어요. 일단은 들어가서 좀 쉬시고, 나중에 만나서 얘길 하셔도 하시는 게 좋을 것 같아요. 네? 원고 분도 그렇게 생각하시죠?"

그렇게 두 사람은 변호사들에게 이끌려 겨우 퇴장했다.

2016년 7월
변론기일(2)

"얼굴이 너무 안 좋네. 많이 힘들었어요? 무슨 일 있었어요?"

법원 일이 끝나는 대로 만나기로 이미 약속되어 있었음에도 남자친구의 얼굴을 마주한 순간, 하영은 예상 밖의 격한 감정들에 몰려 그대로 그에게 뛰어들고 말았다. 어디 멀리까지 갈 겨를도 없어 근처에서 제일 먼저 눈에 띈 모텔로 들어갔는데, 시설은 영 기대 이하였지만, 남자친구의 품에 안기니 며칠이나 설쳤던 잠이 거짓말처럼 덮쳐왔다. 문득 정신이 들고 보니 고작 세 시간쯤 지났을 뿐인데, 놀랍게도 구역질이 날 만치 무겁게 엉켜 있던 머리와 몸이 한결 개운해져 있었다.

어둠침침한 모텔 방구석에서 탁자 위 흐릿한 조명에 의지하여 무언가에 열중하고 있는 남자친구의 뒷모습을 보며, 하영은 숨까지 죽인 채 한참을 더 누워 있었다. 꿈같은 이 순간을 좀처럼 깨고 싶지 않았다. 순도 높은 잠 끝의 상쾌한 나른함, 나만을 위한 듯한 어둠과 고요, 맨살에 감기는 시원하고 보드라운 침구, 거기 남아 있는 누군가의 온기와 체취. 설렘이나 뿌듯함과는 좀 다른 이 순간의 기분이, 결국 내가 그토록 찾아 헤매던 답이 아닐까. 이제 와 드는 이 깨달음은 과연 집에 돌아와 발견한 파랑새일까, 아니면 그저 또 모자란 것에 대한 욕심일 뿐일까.

공기까지 영원히 박제해 놓고 싶은 시간이었지만, 이내 계속된 시선이 느껴졌는지 도윤이 몸을 돌렸다.

"앗, 일어났네. 좀 더 자요. 이거 불 때문에 깼나? 꺼 줄게요."

"아냐, 다 잤어. 자기야말로 나 때문에 어두운 데서 뭔지 하느라 고생했겠네."

"급한 거 아녜요. 난 그냥 잠이 안 와서, 노느니 책 보고 있었던 거죠."

"그래, 리포트 마감이랬지? 바쁜데 시간 뺏어서 미안. 불 켜고 마저 공부해. 아니면 그만 나갈까?"

도윤은 다시 이불 속으로 들어와 여자의 머리를 제 팔로 받쳐 안으며 말했다.

"어차피 나가라고 할 시간 다 됐어요. 1분이라도 더 쉬어요. 엄청 피곤해 보이던데."

"아깐 그랬는데 지금은 괜찮아. 정말이야. 완전 잘 잤어, 덕분에."

"다행이다. 변론기일인가, 엄청 긴장됐었던 거죠?"

"재판은 더 이상 긴장하고 그럴 것도 없어. 오늘 판사 앞에서 떠들었다고 뭐가 해결된 것도 아니고. 외려 더 찜찜해졌어. 지금 몇 시간이라도 푹 잔 거 정말 자기 덕분이야. 그냥 하는 말이 아냐. 자기 아니었으면 나 오늘도 못 잤을 걸. 술이나 약 먹고 잤을 수도 있지만, 그거랑은 다르다. 뒤끝이 전혀 달라. 신기해. 나 사실 아까부터 깨서 엄청 신기해하고 있었어."

"그래요? 그건 잘 때 내가 옆에 있었기 때문인가? 아님 자기 전에 나랑 잤기 때문인가?"

"둘 다겠지? 그래서 말인데, 오늘 밤새 같이 있어 달라고 하면… 안 되겠지? 자긴 과제 해야 되니까."

"아니, 그래도 괜찮을 것 같아요. 왜냐면 나는 반대 증상이거든. 하영 씨랑 같이 있으면 통 잠이 안 와요. 방금 봤잖아요. 나야말로 약 먹은 것 같다니까요. 덕분에 잠 안 자고 공부하기 딱이에요."

"정말? 거 신기하네. 어쩜 이렇게 기가 막힌 궁합인 거지?"

"호르몬의 리듬이 맞는 거죠. 지금 나는 도파민이그, 하영 씨는 옥시토신인가? 아마 그럴 걸요."

하영은 큰 소리로 웃음을 터뜨렸다.

"그런 게 있었지? 호르몬이라, 그래. 그런 거였어. 어떻게 자긴 그런 것까지 알고 있어? 중국사 전공 아녔어?"

"아, 확실한 건 아녜요. 그냥 여기저기서 주워 읽은 건데… 아무튼 그런 게 있대요, 사랑하고 사랑받으면 나오는 호르몬이. 그게 없으면 사람이 건강하게 살 수가 없대요. 그건 그렇고, 곧 나가라고 전화 올 텐데 어떻게 할까요? 숙박으로 바꿀까요? 아님 옮길까요?"

상의 끝에 자리를 옮기지 않기로 결정하여 카운터에 연락하고, 저녁식사 배달 주문까지 마치고 난 뒤에도 하영은 방금 꽂힌 화제를 내려놓지 못했다.

"호르몬이었나? 결국 내가 놓쳤던 게… 호르몬의 작용을 너무 무시하고 남편을 선택했기 때문에, 그래서 이혼을 하게 된 건가?"

그러자 도윤은 휴대폰으로 검색한 결과를 보여주었다.

"내가 아까 얘기한 게 대충 맞네요. 도파민은 사랑에 빠졌을 때 나오는 흥분 호르몬이고, 옥시토신은 관계가 안정기에 들어갔을 때 서로 애착과 신뢰를 느끼게 해 주는 호르몬이래요. 도파민 단계에서 옥시토신 단계로 못 넘어가서 헤어지는 경우가 많다네. 남편이랑도 처음 만났을 때는 두근거리고 그러지 않았어요?"

"…그러긴 했었지."

"그러니까, 그냥 단계가 다른 거죠. 나도 언젠가는 하영 씨랑 있으면 안 오던 잠도 올 정도로 편한 기분이 들 때가 오겠죠. 그래도 하영 씨는 나한테 벌써 옥시토신 단계라니 좀 서운하네. 도파민 단계가 좀 더 길었으면 좋았을 텐데."

"아냐, 그런 게 아냐. 자기한테 설레지 않는다거나 그런 게 아니라… 아마 지금 나한테 옥시토신이 너무너무 필요하기 때문일 거야, 확실히."

순간 하영은 제가 무심코 뱉은 말에서 발견한 제 진심에 흠칫했다. 도둑이 제 발 저린 심정으로 상대의 눈치를 살폈으나 다행히도, 당연히도 아무런 기색도 보이지 않자, 안심하며 혼자만의 변명으로 덧붙였다.

"그리고, 우리 남편 같은 경우는… 모르겠어. 그때 확실히 설레긴 했었는데, 정말 그 사람 때문에 설렜는지, 아니면 그 사람이 가진 어떤 조건 때문이었는지. 후자가 더 컸던 것 같아."

"음, 하지만 조건도 어떻게 보면 그 사람의 일부니까. 내가 지금 가진 게 없어서 하영 씨한테 해줄 수 있는 게 별로 없어서, 미안하네요."

"그런 말 마. 다른 건 필요 없어. 그런 말을 해줄 수 있는 사람이라서 내가 자길 좋아하는 거야. 옥시토신 같은 얘기도 해 주고, 그런 말이 나한테 옥시토신을 줘. 무슨 말인지 알겠어?"

"응, 알 것 같아."

"그럼 이번엔 자기가 대답해 봐. 내가 왜 좋아? 나야말로 자기한테 맞는 조건이 하나도 없는 사람이잖아. 나이도 많지, 이혼녀, 아니 이혼도 아직 못했지. 배운 것도 없고."

"하영 씨야말로 그런 조건이 왜 필요해요? 그냥 멋있는 사람인데. 존재 자체가 도파민이랄까."

언제나처럼 무심하리만치 투명한 표정으로 던진 그의 말에, 하영은 방금 전의 깨달음을 다시금 확인하고 소름끼치는 기분이었다. 그래, 이번에도 뭔가 필요한 건 내 쪽이구나. 네가 아무리 날 좋아하고 원한다 해도, 내가 필요하다고 할 수는 없겠지. 저런 아쉬울 것 없는 눈빛으론 절대 그런 말을 완성할 수가 없는 법이지. 마치 내 친구가 널 바라보던 것처럼… 내가 원하던 게 바로 저건데, 저런 눈빛을 그토록 원했던 건데, 왜 이렇게 불편할까. 내 마음이 왜 이리도 불길할까.

역시, 저 눈빛을 받는 걸로는 충분하지가 않지. 저런 눈을 가지고 싶었던 거지. 받아보니 더 확실히 알겠는데, 절대로 난 가질 수 없단 거. 그러니 속이 쓰리고 손발은 차가워지는데, 왜 이렇게 가슴은 뛰고 머리는 맑아지기 시작하는 걸까. 이것도 무슨 빌어먹을 호르몬의 작용인가.

알 수 없었지만, 분명한 건 그날 옥시토신의 마법은 끝나 버렸다는 사실이었다. 도윤이 밤늦게까지 공부하는 동안 억지로 잠든 척하고 있어야 했던 괴로운 시간이 지나고 그가 곁에서 잠든 뒤, 가벼워진 마음에 더욱 정신이 또렷해진 하영을 끝내 침대에서 일으킨 것은 새벽 3시가 가까워서 온 원호의 문자메시지였다.

두 사람은 하영이 묵은 모텔 근처 편의점에서 캔 맥주를 한 개씩 사들고 가게 앞 테이블에 앉았다. 원호는 좀 더 쾌적한 자리를 찾아 가보자 했으나, 하영은 혹 남자친구가 잠에서 깼을 때 걱정시키고 싶지 않다며 거절했다.

"그 여자친구 배려심 돋네. 아직까진 컨셉 유지 중인가 보지?"

"걱정이란 걸 해주는 사람이니까, 나도 걱정시킬까 봐 걱정인 거지. 하도 오랜만이라 어색하긴 해. 걱정 받고 이러는 거."

"흥. 그래, 되게 좋아 보인다. 이런 거지같은 모텔에서 애인이랑 밤도 보내고. 어린애랑 사귀더니 아주 청춘으로 돌아갔나 보네."

"야, 난 청춘 땐 절대 이런 데 안 다녔다. 이딴 거지같은 데 데려가려는 놈하곤 상종도 안 했으니까."

"그러니 퍽이나 좋은가 보다고. 아님 너 님이 이딴 데까지 따라다닐 리가."

"그거 물어보려고 이 밤중에 만나자고 했니?"

대답 없이 맥주만 홀짝거리고 있는 남자의 표정이 몹시 어두운 걸 알아차리고 여자는 다시 물었다.

"왜 그래? 혹시 오늘 일 때문에 여친이랑 싸웠니?"

"어, 어떻게 알았냐?"

"너 그 얘기 하려고 온 거구나? 그래, 왜 싸웠는데?"

"아냐, 그건 아니고."

"알겠어, 아무튼 얘기해 봐. 어쩌다 그랬어? 방금 싸우고 나온 거야?"

"응, 싸운 이유야 뻔하지 뭐. 내가 지랄했어."

"어느 정도로 말인데? 물건 집어던졌어? 멱살 잡았어?"

"아니, 이게 누굴 쌩 양아치로 보나! 내가 그 지랄할 만치 성질 긁을 수 있는 인간이 세상에 그렇게 흔한 줄 아냐?"

"흥, 아무리 천사표라도 너랑 3년만 같이 살아보고 나서 보자 그래라."

그 말에 남자는 무슨 스위치라도 누른 듯 온몸이 축 처졌다.

"그러니까, 사실 내가 걔한테 하고 싶은 말이 그 말이었어."

"걔가 너보고 결혼이라도 하자대?"

"그렇게 말한 건 아닌데, 얘기가 그렇게 돌아가서… 도대체 재판 언제 끝나는 거냐고 징징거리길래, 나도 뚜껑이 확 열려 버렸지. 누군 빨리 끝내기 싫어서 안 끝내는 거냐고?"

"그래도 여자친구 입장에선 너보다 더 초조할 수 있지. 그걸 못 받아주니? 역시 넌 쓰레기야."

"그래, 내가 잘못한 거 안다고! 근데 그땐 진짜 좀 멘붕이었어. 재판을 빨리 끝내라니, 끝나면 네가 어쩔 건데? 나랑 결혼이라도 할 거냐? 싶더라고."

"당연히 그런 거 아녔어? 아버님한테 걸려서 그런 각서까지 썼으면서."

"그러게 말야. 근데 갑자기 자신이 없더라고. 방금 아까 깨달았어. 다시 결혼, 글쎄가 아니라, 진짜 자신 없다는 거. 걔가 문제가 아니라, 순전히 내가… 아까 네 말대로, 상대가 누구든 간에…."

그의 입에서 나온 말에 이렇게 깊은 공명을 느껴본 게 얼마만인지, 여자는 감회 비슷하기까지 한 심경에 잠겨들었다. 그런 그녀의 침묵을 차가운 냉소로 해석한 남자는 흐려지던 말꼬리를 슬쩍 돌렸다.

"넌 어때? 그런 부담은 없겠지? 아직 어린 친구니까… 너야말로 서류 정리하고 나면 그 친구랑은 어떻게 할 거냐? 이젠 공개연애 할 수 있겠네. 아직 결혼 생각은 없댔지? 아닌가, 그새 변했나? 혹시 혼인신고 새로 할 날만 고대하고 있나?"

"그건 모르겠고, 사실 이런 생각은 하고 있었어. 너 마침 얘기 잘 꺼냈다. 이혼, 재판, 다 없던 일로 하고, 우리 예전으로 돌아가는 거야. 다시 지앤화이트의 부부 대표로 말야. 어떻게 생각해?"

"…뭐?"

"아, 너무 식겁할 건 없어. 꼭 그러고 싶단 얘긴 아니니까. 그냥, 이제야 이 선택지에 대해 생각해 보게 됐단 거야. 네 생각은 어떤지 궁금해. 솔직히, 나 잘 모르겠거든. 아니, 정말 모르겠어. 어떻게 해야 할지… 오죽하면 내가 이제 와 네 생각을 묻겠니?"

진심 꿈에서도 예상 못한 상황인 듯 남자는 한참이나 얼이 빠진 채 있었다. 그래도 여자의 염려와 달리 웬만큼 분위기를 제대로 읽었는지, 그녀의 말이 농담이거나 꼼수라는 의심까진 않는 눈치였다.

"어, 어떻게… 그런 생각은 왜 하게 됐는데?"

"방금 너랑 비슷한 얘기야. 내 이혼에 대한 계산은 검산의 검산까지 다 끝냈다고 생각했는데, 최근에 새로운 변수를 하나 발견했지. 볼수록 나란 인간이 너무 별로란 거. 그래도 너보단 낫다고 자만하고 있었는데, 뭐 그건 사실이라도, 생각보다 내 문제가 더 심각한 것 같아서. 너보다 괜찮은 놈 만나 봤자, 아니 괜찮은 놈 만날수록 더 문제일 거야. 난 너무 비뚤어지고 병든 인간이라, 멀쩡한 사람이 주는 멀쩡한 마음, 도저히 감당 못할 것 같거든. 그럴 바에야 이것저것 감수하고 이혼까지 할 필요가 있을까 싶어졌어. 그냥 네 옆에 남아 있는 게 낫지 않을까. 우리끼린 서로 미안해 할 필요도 없고, 그나마 밑바닥까지 제일 잘 아는 사람이니까. 특히 소송하면서 그전보다도 서로 훨씬 많이 알게 된 것 같은데. 그렇게 생각 안 해?"

남자는 고개를 숙인 채 듣고 있던 자세 그대로 대꾸했다.

"딱히 희망적인 얘긴 아니구먼."

"널 설득하고 싶은 게 아니라니까. 내 속을 있는 그대로 얘기한 거야. 너도 만약 우리가 다시 시작한다 해도, 뭐 그렇게 희망적일 거라고 생각하는 건 아닐 거 아냐? 설마."

"그렇긴 하지. 솔직히 나도 방금 네가 말한 것 같은 생각 많이 했었어. 당연한 거 아냐? 그건 그런데…."

"그런데, 물론 망설여지는 이유가 있겠지. 나도 있어. 얘기해 보자. 여기까지 온 거, 우리 다 까놓고 말야."

남자는 천천히 고개를 끄덕였다.

"좋아. 난 당연히 여자친구 때문이지. 고생만 시킬 것 같아서 때려치울까 싶기도 하지만, 그래도 이제 와 내가 먼저 관두잘 순 없어. 약속은 약속이니까."

"약속은 무슨? 나하곤 뭐 평생을 함께하기로 목사님 앞에서 맹세 안 했니?"

"야, 그 맹세는 분명히 내가 먼저 깬 게 아니… 아니, 이게 중요한 건 아니고. 좀 다르지. 그때는 뭐랄까, 계약서 내용도 모르면서 사인한 거나 마찬가지였어. 물론 그렇다고 책임 안 져도 된단 건 아니지만, 어쨌든 이번엔 내용을 확실히 알고 약속한 건데, 그걸 못 지키는 것도 아니고 안 지킬 순 없잖아."

여자는 큰 소리로 혀를 찼다.

"기가 막혀. 어쩜 인간이 저리 미련할 수가 있지? 애초에 도장도 안 찍은 주제에 여친이랑 약속 따월 한 것도 그렇고, 그렇다고 그걸 지켜야겠단 것도 그렇고. 정말 답답하다. 몰랐던 것도 아니지만, 역시 넌 안 돼."

"뭐가 어째? 그러는 넌 뭐, 멀쩡한 총각이랑 연애한다면서 어음 끊어 준 것도 없냐?"

"없어. 내 사정도 불안한데 그런 어음까지 달라고 질척거릴 애였음, 난 아예 만나지도 않았어."

"그럴 줄 알았다. 그럼 넌 애인 때문은 아니겠고, 나랑 다시 합치기 싫은 이유가 뭔데?"

"난 그냥… 다시 돌아가면 내가 당장 못 버틸 것 같은 게 제일 커. 그동안 너무 지쳤어. 지금 완전 번아웃 상태거든. 당분간은 일이고 뭐고 아무것도 말고 그냥 쉬어야 할 것 같은데, 원상복귀 한다면 당장 숍 일부터 수

습해야 할 테고, 다시 너희 엄마 상대해야 되지, 주변 사람들 눈치에… 상상만 해도 끔찍해."

"너야말로 이해가 안 간다. 진짜로 다시 합칠 판이면, 이제 와 남의 눈치 따위 볼 게 뭐 있어? 그리고 숍 일은 내가 알아서 하면 되지. 어차피 그럴 판이었는데 뭐. 넌 몇 달 여행이나 다녀오든지 하면 될 거 아냐?"

"그게 말 같이 되겠어? 너랑 안 헤어질 거면 그 숍이 다시 내 재산이 되는데, 너 혼자 말아먹는 꼴을 어떻게 보고 앉아있냐? 그리고 주변 사람들 눈치란 것도, 너랑 더 안 살 거면 모르지만… 됐다. 이런 걸 설명한다고 네가 이해하겠니? 그러니 봐. 그런 일들로 내가 암만 힘들어 한대도 넌 또 이해 못하고 지금처럼 속 뒤집는 소리나 하겠지. 그러진 않겠다 해도 딱히 도움까진 안 될 테고. 그렇다고 우리 부부애가 애틋한 것도 아니겠다, 내가 무슨 힘으로 그 시간을 버틸 수 있겠니? 눈앞이 캄캄해. 진짜 정신병원 들어갈지도 몰라."

"그래, 그러니 어쩌란 말야?"

"어째야 좋을지 나도 모르겠다고. 그래서 하는 말이라고."

남자는 들고 있던 맥주를 내려놓고, 여자 쪽을 향해 완전히 돌아앉았다.

"어쨌든 간에, 우리 이 짓은 제발 그만 좀 끝내자. 아무래도 삽질하고 있는 것 같아. 너 지금 그렇게 힘들다며. 사실 나도 그래. 이 얘기하러 지금 온 거야."

"뭘? 소송을 그만하자고?"

"그래, 이만하면 됐지 싶다. 솔직히 아주 나쁘진 않았어, 이혼소송도. 덕분에 배운 점도 많고, 엿도 먹을 만큼 먹었고… 근데, 더 이상은 못해먹겠다. 피가 마른다는 게 뭔 말인지 알겠어. 넌 어떤지 모르겠지만, 난 이

거 더 끌어봐야 우리한테 남는 게 없을 것 같아. 변호사들 좋은 일이나 시키겠지.

우리 관두자. 괜히 서로 물고 늘어지는 거 말야. 아닌 거 다 알잖아. 내가 바람피운 적 없는 거, 네가 일 열심히 안한 적 없는 거. 아까 법원에서 한 말은 사과할게. 네가 일부러 우리 숍 망하라고 잠수 탄 건 아닌 거 알아. 뭐 일부러 그랬대도, 네가 그 정도 깽판 칠 자격은 있단 거 인정해. 물론 그땐 엄청 열 받았었지만, 남들한테 욕할 일은 아니지. 책임지라 할 일은 더 아니고. 나도 그런 식으로 몰아가고 싶지 않았어. 근데 재판이 어쩔 수 없다는 거 알잖아. 그러니 이런 더러운 짓 그만하자고. 아까 그렇게 말한 건 취소할 테니까, 기분 풀고 잘 생각해 봐. 미안했어."

남자로선 작심하고 한 말이었는데, 이번에도 여자의 반응은 기대와는 영 딴판이었다.

"아니… 뭐야, 이게? 내가 잘못 들었나? 세상에, 지원호가 언제부터 이렇게 사과를 껌처럼 하는 인간이었지? 대체 그동안 뭔 일이 있었던 거야?!"

"젠장, 그러는 넌 어쩜 그렇게 한결같이 배배 꼬였냐?! 사람이 모처럼 좋은 맘으로 말을 해도, 꼭…."

"글쎄 한결같은 사람은 놔두고, 사람은 원래 안 변하는 거니까 말야. 아무리 변할 수도 있다 쳐도, 난 이 정도까진 도저히 못 믿겠다. 이것도 혹시 네 변호사가 짠 작전 아니니?"

"그건 정말 아냐! 그래, 전에 무단결근 사과는 변호사가 시킨 거 맞아. 근데 이번 건 아냐. 진짜로 그냥 그래야겠단 생각이 들었어. 아무도 뭐라 안 했는데, 음… 아마 여친 영향일 거야. 사과하는 게 정말 좋다는 걸 걔 때문에 알게 됐거든. 자세히 얘기하긴 그렇지만… 아마도 앞으론 사과만큼은 잘할 수 있을 것 같아."

뜻밖에 또다시 진지하게 답하는 남자의 얼굴에서 여자는 신기하다는 눈길을 떼지 못했다.

"뭐지, 정말… 이게 바로 옥시토신의 효과란 건가?"

"뭐라고?"

"옥시토신 말야. 사랑의 호르몬, 몰라?"

"개소리 말고, 지금 주제가 그게 아니잖아. 사과 좀 했다고 호구로 보이냐?"

여자는 키득거리고 웃었다.

"그래, 좀 호구 같긴 한데, 좋아 보여. 정말이야. 나 부러워서 그래."

"뭐가 또 부럽다는 거야? 좋아 보이긴, 나 지금 상태 되게 안 좋거든? 그리고 혹시나 착각할까 봐 말해주는 건데, 나 안 변했다. 사실 나도 살짝 그렇게 착각한 적이 있긴 한데, 역시 아니란 거, 오늘 다시 확인했어. 우리 엄마도 지금 좀 변한 척하고 있지만 난 절대 안 믿지. 혹시나 그런 생각으로 이혼 무르고 싶다고 하는 거면, 분명히 말해 두겠는데, 너 같은 똥 두 번 밟는 거다."

"글쎄, 원래 달라진 건 남의 눈에 더 잘 보이는 법이지. 하지만 그래서 이혼 물러야겠단 건 아니니까 염려 마. 어차피 나 자신이 달라지지 않으면 아무 소용없단 거 알았거든. 안타깝게도 난 이 난리를 겪고도 전혀 안 변한 것 같지? 너도 방금 그랬잖아. 맞아. 아직도 난 한결같이 꼬였고, 비딱하고, 우울하고, 남 부러워하기만 하고, 그러면서 정작 내가 원하는 건 뭔지 모르겠고. 이래선 뭘 해도 답이 없지. 정말 어떡해야 할지 모르겠어."

땅속으로 꺼질 듯한 그녀의 넋두리에 남자는 안타깝고도 난감하여 한동안 할 말을 찾지 못하고 있었다.

"글쎄… 진짜 어떡하면 좋겠냐? 내가 해줄 수 있는 게 없어서 미안하네. 내가 변한 덴 그래도 네 공이 제일 클 텐데 말야."

그 말의 여운도 사라져갈 무렵, 문득 여자가 깊은 어둠 속에 묻고 있던 고개를 들었다.

"좋아, 그럼 이번엔 네가 공을 좀 세워 봐. 그러니 이 결정은 네가 하는 게 좋겠어."

"…무슨 소리야?"

"너랑 나의 차이점이 뭐였을까, 생각해 보니 짚이는 게 있어. 지금까지 우리 사이의 모든 결정은 내가 했다는 거지. 이혼하잔 얘기도 내가 꺼냈고, 소송도 내가 시작했고, 지금 연애도 난 내가 먼저 골라잡아 시작했어. 근데 넌 전부 네 의사랑 관계없이 시작된 일이잖아. 그러니까 넌 스스로 변할 수밖에 없었던 건지도 몰라. 따지자면 우리가 처음 사귄 것도 내가…"

"그건 아닌데? 내가 너한테 먼저 만나자고 했잖아?"

"그래 봤자 결정권은 나한테 있었지. 넌 그냥 내가 마음에 들어서 들이댔을 뿐이지만, 난 그때 결혼할 사람 따로 있었잖아. 내 결심 아니었으면 우린 엮일 일 없었어. 게다가 넌 우리 결혼이 내용 모르고 도장 찍은 계약서였다며. 근데 그 계약서를 만든 게 바로 나란 말이지. 솔직히 난 모르고 시작했다는 핑계를 댈 순 없어. 결국 이게 전부 내가 만든 상황인 거야.

물론 난 뭐든 내가 결정하는 게 좋아. 아니, 딴 사람이 결정하는 꼴을 못 보지. 너도 꽤나 그런 편이긴 하지만, 그래도 넌 은근 조종당하는 맛이라도 있거든. 근데 난 정말로 큰일에 남의 뜻을 따라 본 적이 단 한 번도 없는 것 같단 말야. 그런대로 후회는 없지만, 이번엔 진짜 막다른 골목인 것 같으니, 밑져야 본전인 셈 치고 남의 말을 좀 들어 볼까 해. 되게 불편할 것 같지만, 눈 딱 감고 한 번만 그래 보려고. 그러니 이번엔 네가 결정해 줘. 우리, 어떻게 하면 좋을까? 네가 뭐라고 하든 그대로 할게."

여자의 말이 진심인 걸 깨닫고 남자의 얼굴엔 핏기가 가셨다.

"이 또라이가, 그걸 말이라고 하냐? 끝까지 사람 엿 먹이는 방법도 여러 가지다!"

"그런 거 절대 아냐. 부탁이야. 네가 날 도와주고 싶은 마음이 조금이라도 있다면… 그리고 사실 지금 이보다 합리적인 해결책도 없잖아. 넌 어떻게든 빨리 끝내고 싶고, 난 누가 대신 결정해 주면 좋겠고. 그럼 답은 네가 빨리 결정하는 거지. 안 그래?"

이어진 정적 속에서 어둠은 바야흐로 절정에 달했고, 여명은 기척 없이 돌아올 채비를 마친 찰나였다.

2016년 12월
이혼조정 성립 및 이혼신고[7]

    그해 눈다운 눈이 처음으로 내리기 시작한 12월 중순의 어느 날 아침, 인천국제공항은 바야흐로 겨울방학, 휴가철 성수기를 맞아 유난히 더 붐비고 있었다. 그 가운데 택시에 실었던 크고 작은 여행 가방들을 양손에 힘겹게 끌고 부랴부랴 출국장에 들어서는 두 여자가 있었으니, 3개월 전 법적으로 독신이 된 백하영과 그의 친구 허인실이었다. 뉴욕 행 비행기에 탑승 수속을 마치고 큰 짐들을 부치고 난 뒤 두 친구는 한숨을 돌리고 근처 카페에 앉았다. 인실이 하영에게 말했다.

    "시간 괜찮아? 좀 일찍 들어가 봐야 되는 거 아냐? 미국 가는 건 보안검색에 시간 걸린다며."

    "아냐, 충분해. 그리고 탑승구에서 이름 불리는 한이 있더라도 최대한 너랑 있다 갈래. 들어가면 혼자서 뭐해? 면세점 쇼핑할 처지도 아닌데."

    "면세점은 구경만 해도 재밌잖아?"

---

7 이혼조정이 성립되면 확정판결과 같은 효력을 가지며, 성립일로부터 1개월 이내에 이혼신고를 해야 한다. 부부 중 한쪽만 신고해도 된다. 1개월 내에 신고하지 않으면 과태료가 부과되지만 이혼이 취소되는 것은 아니다.

"아니, 그러고 싶지 않아. 가질 수 없는데 갖고 싶은 것들 보면 마음이 너무 괴롭다구. 그러다 눈 돌아서 질러 버리기라도 하면 더 큰일이고. 당분간은 정말 참아야 하니까."

하영은 지난 9월 남편과 이혼조정에 합의한 뒤, 곧 뉴욕으로 가 2~3년간 언어연수와 직업훈련을 받을 계획을 세웠다. 재산 분할은 1차 조정 때와 같이 합의했고 양측 다 합의사항을 지키려 노력했으나, 일이 계획대로만 흘러가지는 않았다. 집이 제값에 금방 팔리지 않아 현금을 만들 수가 없었던 것이다. 그러나 유학을 미루고 싶지 않았던 하영은 급한 대로 당장의 비용만 구해 떠나기로 결심했다. 2개월간 숍 운영 정상화를 위해 일한 뒤 퇴직금을 받았고, 적금뿐 아니라 결혼반지와 자가용, 명품들까지 개인 물건을 모조리 처분하여 겨우 비행기 값과 어학원 등록금, 몇 달 간의 집세와 생활비를 마련할 수 있었다. 인실은 그 과정에 대해 듣고는 말했다.

"그래, 뉴욕은 생활비도 학비도 너무 비싸. 차라리 유럽으로 가지 그랬어? 말 배우긴 좀 힘들어도 그편이 여유는 더 있었을 텐데."

"말이야 어차피 난 영어도 거의 못하니까 똑같아. 그냥 뉴욕에 꼭 가고 싶었어. 기왕 갈 거면 미국에 가고, 기왕 배울 거면 영어를 배워야지. 어쨌든 세계 최고니까. 그리고 유럽은 안 땡겼던 게 남편이 이탈리아 유학 다녀왔고, 우리 수입 드레스도 항상 유럽 쪽에서만 가져왔었거든. 좀 식상했달까."

"그렇구나. 그래도 가면 바로 또 고생할 텐데, 좀 더 쉬었다 천천히 들어가지 그랬어. 지금 비행기 표도 한창 비쌀 땐데."

"한시라도 빨리 뜨고 싶어서 견딜 수가 있어야지. 기왕이면 크리스마스를 맨하탄에서 지내고 싶었거든. 지금 놓치면 1년을 기다려야 하잖아? 너무 기대 돼! 올 크리스마스엔 무슨 일이 있어도 맨하탄 시내에 나가서, 그

영화에 나오는 트리 아래 있을 거야. 땡전 한 푼 없이 혼자 인파에 치어도 좋아."

그러는 하영을 인실은 신기하고도 흥미롭다는 눈으로 쳐다보았다.

"너, 진짜 좋아 보인다. 이렇게 네 눈빛이 살아 있는 건 처음 봐. 두 남자랑 헤어졌다고 걱정할 필요는 없었구나. 역시 네 인생의 문제는 남자는 아니었나 봐."

하영은 좀 민망한 기색으로 웃었다.

"아직 그렇다고 장담까진 못하겠고, 그렇게 되도록 노력하려고. 남자를 인생의 변수로 삼는단 건 할 짓이 아닌 것 같아. 사람은 절대 내 욕심대로 안 되니까 말야. 그런 면에선 네가 참 부럽다니까. 너야말로 인생에서 남잔 조금도 문제가 못 되는 사람 아니니?"

멋쩍은 듯 웃는 인실을 보고 하영은 혀를 차며 다시 말했다.

"방금 말은 비아냥거린 거야. 이런 말 들으면 좀 발끈하기도 하고 그래라."

"아, 그러라고 한 말이야? 미안, 내가 눈치가 없었네. 근데 왜? 내가 발끈했으면 좋겠는 건데?"

"네가 발끈하는 걸 보고 싶어서가 아니라, 네 속이 궁금해서 그러지. 아무리 나한테 연락을 받았다고, 대체 여기까진 왜 나와 준 건데?"

"네가 나와 달라며? 나 아니면 언제 돌아올지도 모르는 길, 혼자 출국하게 생겼다고."

"응. 우리 집에서 나올 시간 있는 분은 아빠밖에 없는데, 그 양반 여기서 혼자 돌려보낼 생각하면 도저히 안 내켜서 그냥 나오지 마시라 했어. 네가 와 줘서 너무나 고마워. 하지만 나 같은 거한테 무슨 마음먹고 이런 수고를 해 주는지 이해는 안 가."

"흠, 나도 이해가 안 간다. 그렇게 생각하면서 나한테 연락은 왜 했는지. 나도 네 속이 궁금해서 만나고 싶기도 했어. 사실 먼저 연락해 볼까 계속 고민하던 차였어."

"도윤이랑 헤어졌단 얘길 듣고 말이지? 그게 언제였나, 한 달쯤 됐나? 잘 지내고 있어? 요즘에도 자주 봐?"

"바로 어제도 봤지. 좀 우울해 보이더라. 왜 헤어진 거야? 이런 거 물어봐도 되나?"

"당연히 되는데, 걔한테 먼저 물어봤어야지?"

"물어봤지. 자기도 잘 모르겠대. 네가 일방적으로 헤어지자고 했다던데, 맞아?"

"응, 나도 도윤이가 싫어서 헤어진 건 아냐. 하지만 지금 내 상황도 그렇고, 앞으로 내가 바라는 인생에도 어울리는 짝은 될 수 없겠단 결론이었어. 네가 걸리지 않았으면 그냥 심심풀이 상대로나마 놔뒀을지 모르지만, 정리하고 가는 게 마음 편하겠다 싶어서."

"내가 걸려서 굳이 정리한 거라면, 애초에 꼬시긴 왜 꼬셨니?"

"이제 와서라도 너한테 그런 질문을 들으니 보람차기까지 하다. 물론 너한테 미안하긴 했지만, 솔직히 이렇게 끝났어도 나 후회는 안 해. 왜 꼬셨느냐 하면, 그때 난 그 애가 너무 필요했고, 넌 좋아한다곤 해도 별로 필요한 것 같진 않았거든. 적어도 필요성을 못 깨닫고 있거나. 만약 그런 거라면 너한테 그걸 깨닫게 해주는 일도 의미가 있을 것 같았고, 어쨌든 더 급히 필요한 사람이 먼저 갖다 쓰는 게 상도덕에 그리 어긋난 일은 아니지 않나 싶었어."

"그래… 나도 네가 그런 생각일 거라고 짐작은 했어. 틀린 말은 아냐."

"그렇담 이제 넌 어때? 그 사람이 필요하다, 갖고 싶단 걸 깨닫긴 했니?"

인실은 눈을 내리깐 채 한참을 있다가 답했다.

"솔직히 잘 모르겠어. 그 후로 많이 생각했는데… 그전에도 상상은 해 봤지만, 걔가 실제로 연애하는 걸 보고 있자니까, 내가 정말로 걔랑 사귄다 해도 내 현실은 달라질 게 없단 게 빤히 보여서 별로 아깝단 생각도 안 들더라. 전에도 아마 무의식적으론 그걸 알고 있었으니까, 혼자 바라보는 게 낫겠다고 생각한 걸지도 몰라. 그냥 연예인 좋아하듯 말이지."

"네가 달라졌음 좋겠다는 현실이 구체적으로 어떤 건데?"

"전에도 얘기했지만 내 소원은 딴 거 없고, 어떻게든 다시 이놈의 나라를 뜨는 거야. 그러니 누굴 만나려면 외국인이나, 외국에 나갈 예정인 사람이어야겠지. 그러니까 사실 지금 난 네가 제일 부러워. 도윤이 꼬셨을 때보다도 훨씬 더."

하영은 두 눈을 커다랗게 뜨고 웃었다.

"이거 진심이네. 이럴 수가, 허인실은 세상에 부러운 게 없는 사람인 줄 알고 내가 얼마나 부러워했었는데! 이런 반전을 보다니. 역시, 난 남이 날 부러워하는 게 참 좋아! 근데 무려 그게 너라니… 미안해, 이런 걸로 좋아해서. 친구 사이에, 나 정말 치졸하지?"

"아냐, 사람이 다 치졸한 면이 있지 뭐. 솔직히 요즘 난 내가 세상에서 제일 치졸한 것 같아. 귀찮고 겁나서 아무것도 못하면서, 불평만 하고 앉아 있는 꼴이라니… 너한테 따끔한 소리라도 들으면 정신 좀 차릴 수 있지 않을까 해서 나온 것도 있어."

"좋아, 그렇담 내 너에 대한 미안함과 고마움을 다 털어서 진심으로 충고 한 마디 할게. 지금이 다시없을 기회니까, 꼬셔 봐. 제발."

"…도윤일 꼬시라고?"

"그래. 네가 말하는 현실의 벽이 뭔지는 알겠어. 하지만 내가 경험자잖니. 현실적 조건 다 따져서 골라 봐야 어차피 내 계산대로 된다는 보장 없어. 사람 마음이란 것도 그렇게 가볍게 여길 게 못 되고. 그리고 마음도 변하지만, 상황도 변해. 그러니 일단 마음이 있다면 상황은 만들어 가볼 수도 있는 거야. 네가 지금 네 현실에 만족해서 모험을 하고 싶지 않다면 모르지만, 그게 아니니까 밑져야 본전이잖아? 김도윤을 꼬실 수 있다면, 같이 외국 나가자고 못 꼬실 건 뭐겠니? 어쩌면 정말 잘 맞는 사람 만나면 너도 한국에서 결혼할 마음 생길지도 모르고. 어쨌든 어찌될지 모르는 거니까, 일단 지르고 보란 말야. 망하면 마는 거고. 불평만 하고 앉아 늙어가는 것보다 뭐가 그리 나쁘겠니? 진짜 끝장나게 망해 봐야 이혼밖에 더 하겠어? 그것도 별거 아냐, 할만 해. 내가 장담한다."

인실은 킬킬대고 웃었다.

"그 말은 설득력 있네. 그래, 너한테야 고백할까 말까 따위 고민은 우습겠지. 그러고 보니 정작 중요한 얘긴 못 물어보고 있었네. 그렇게 싸우더니, 어떻게 잘 합의하게 된 거야? 도윤이가 너 드디어 서류 정리하게 됐다고 엄청 신나서 나한테 얘기했었는데, 난 너랑 연락 안 하고 있단 거 개가 알게 하고 싶지 않아서 별 말을 못했어. 근데 개도 어차피 자세한 사정은 잘 모르는 것 같더라고."

"사실 자세한 사정이랄 것도 없었어. 우리 둘 다 소송에 너무 지친 김에다 내려놓고 얘기하다 보니, 서로 원하는 게 맞아 떨어지더라고. 난 어떻게든 내 인생을 리셋하고 싶었고, 그쪽은…"

하영은 다시 생각해도 재미있다는 듯 피식 웃음을 흘렸다.

"사랑을 지키고 싶어 했지."

"사랑? 정말? …그 여자친구 말야?"

"그래. 그쪽은 마음에 이미 결론이 나 있더라고. 이것저것 고려하고 고민하는 척하긴 하더라만, 뭐 제 딴엔 정말 고민했을지 모르지만, 그런다고 이미 난 결론이 바뀔 순 없다는 거, 내가 알지. 원래 그런 인간이거든. 뭐 하나에 꽂히면 끝장이 날 때까지 그것밖에 못 보는… 덕분에 나도 결정하기 쉬웠지."

"그랬구나. 그럼… 만약 그 사람이 그 여자를 만나지 않았다면 너희 사이에 다른 결정이 났을 수도 있는 건가?"

"솔직히 그랬을지도 몰라. 막상 눈앞에 닥치니 이혼이란 게 너무 겁이 나더라고. 결국엔 헤어졌더라도 훨씬 더 오래 걸렸을 거야. 하지만 지금 생각하면 아직도 그러고 있다면… 아님 포기하고 원래대로 돌아갔다면… 상상만 해도 끔찍해. 좀 지나면 어떨지 몰라도, 지금은 너무 홀가분하고 좋아.

그리고 더 중요한 건, 나중에 어떻게 되더라도 적어도 후회는 안 할 자신이 생겼단 거야. 이혼 결심하기 전부터 계속 생각했었어. 내가 이렇게 힘들어진 게 내 탓인가, 아니면 어쩔 수 없는 운명이었나. 그런데 이제야 결론이 난 게, 어느 쪽이든 후회할 필요는 없다는 거야. 내가 잘못한 거라면 내 책임이니 결과를 받아들여야 하는 거고. 아니고 운명이라면 그야말로 받아들이는 수밖에 없지 어쩌겠어. 그러니 안 그래도 피곤한 인생, 그런 쓸데없는 고민은 이제 관두기로 했어."

인실은 박수를 쳤다.

"멋지다. 부럽다. 난 무슨 일을 겪어 봐야 저런 경지가 될까? 난 지금 매일 매일 후회하고 있는데, 일본에서 돌아온 거."

"나도 원래 정신승리에 일가견이 있는 사람이지. 최근엔 우울증 때문에 좀 힘들었지만… 지금도 뉴욕 간다고 신나서는 이렇게 잘난 척하지만, 언제 또 병 도지면 어떻게 될지 몰라. 그나마 이젠 치료를 받을 줄 알게 돼서 다행이지. 여러 가지로 이혼소송이 참 유익한 경험이었다니까. 근데 지금 너야말로 상태가 좀 그런 것 같다? 하는 말마다, 전에 만났을 때랑 느낌이 확실히 다른데."

"그런 것 같아. 매일 피곤하고 아무 의욕도 안 생기는 게, 딱 그 조짐이야."

"친구한테 뒤통수 맞고 짝사랑남 뺏겼던 사건치곤 아주 정상적인 반응이야. 차라리 다행이다. 이제 회복하기만 하면 되겠네. 일본에서 돌아온 건 그 남자를 만나기 위한 운명이었던 걸로 만들어 봐."

"그게 의욕 있다고 될 일일까? 너 좋아했던 애가 나 같은 여자 눈에나 들어오겠어?"

"모르는 소리. 사람이 데이고 나면 오히려 정반대 스타일로 확 돌아서기도 해. 우리 남편, 아니 지원호가 지금 만나는 여자 봤어? 정말 모든 게 나하고 달라도 너무 달라. 지원호는 내가 평생 꿈에 그리던 이상형이었단다. 그런 나랑 결혼해서 이렇게 폭삭 말아먹어 보지 않았음 그런 여잔 절대로 만날 생각도 안 했을 걸? 그러니 사람 인연은 모르는 거야. 취향이니 이상형이니, 그런 것도 변해. 인간이란 그래도 학습이나 도전이 가능한 동물이잖니?"

"그래. 학습과 도전, 나도 해 봐야겠다. 모처럼 의욕이 좀 생기네. 이러고 돌아서면 금세 또 잊어버릴 수도 있지만."

"내가 계속 체크해 줄게. 내 아무리 정신없어도 너한텐 계속 연락할 테니까, 각오해."

"그래주면 고맙지. 근데, 그럼 넌? 너도 이제 취향 좀 바뀌었어? 만약 이제 또 누군가를 만난다면, 어떤 사람을 만날래?"

하영은 잠시 생각에 잠겼다가 말했다.

"오늘 같을 날 부담 없이, 미안한 마음 없이 불러낼 수 있는 사람. 가족이든 애인이든 친구든, 이제 그런 사람을 꼭 만들어야겠어. 전남편한텐 내가 뭘 부탁해본 적이 거의 없단 말야. 서로 맡은 일하는 것만도 너무 벅찬 거 아니까 그랬던 거지만, 앞으론 사람 안 만나면 안 만났지, 그런 만남은 다시 안 할래. 그동안 내 소원은 샤넬 백이랑 벤츠 사고 유학 가는 거였으니, 이만하면 된 거지. 지금부턴 그걸 목표로 하겠어. 이루고 말 거야."

깊은 어둠이 깔린 뒤로도 창문마다 밝혀진 불이 좀처럼 꺼질 줄 모르는 양재동 법률사무소 빌딩, 그중 한 곳에서 홀로 야근 중이던 정우현 변호사는 문득 휴대폰 화면에서 익숙한 발신자명을 보았다.

"지원호 대표님, 오랜만이네요. 웬일이세요?"

"메리 크리스마스, 정변. 뭐해?"

"아직 회사예요, 요새 일이 많아서. 근데 크리스마스는 열흘이나 남았잖아요. 무슨 일이에요?"

"별일은 없는데? 나도 일은 많아, 아직 퇴근 못했어. 근데 혼자 있다 보니 갑자기 심심하고 생각나서, 걍 전화해 본 거야. 희주 어제부터 지방출장 가 있거든."

"그렇구나. 난 또 갑자기 연락하셨기에 뭔 일 있는 줄 알고요. 의뢰인가 해서."

"아니, 친구끼리 꼭 뭔 일이 있어야 연락하나? 내가 또 변호사 부를 일이 생기면 좋겠어? 수임에 눈이 멀었나. 원래 저런 사람 아니었던 것 같은데, 변했네. 회사 들어가더니만, 아주 사람이 변했어."

"기가 막혀! 친구랍시고 대표님이 평소에 연락이나 했어요? 생전 문자

한 번도 없던 사람이 갑자기 전화하니까, 뭔 일이 있나 싶을 수밖에요!"

"뭐야, 연락 안 해서 삐친 거였어? 미안해. 나 그동안 엄청 정신없었어, 알잖아. 정변도 그럴 것 같아서⋯ 지금도 바쁜 거 아냐? 잠깐 통화할 수 있어?"

뜻밖에 원호가 순순히 나오자 우현은 얼른 욱했던 목소리를 가다듬었다.

"네, 괜찮아요. 별일 아니면 됐구요. 나도 걱정되는 게 있으니까 그랬죠. 그때 그, 횡령했던 친구 분이랑 다시 일하신다면서요. 어떻게 그럴 수가 있어요?"

"아, 그건 정말 다른 수가 없어서⋯ 당장 다른 누구 믿고 맡길 만한 사람을 또 찾겠어? 나 혼자선 도저히 안 되겠고. 그래도 죽어 마땅한 놈을 살려 놨으니, 설마하니 이젠 딴 마음 못 먹겠지. 또 한 번만 헛짓하면 그땐 진짜 내 손으로 묻어 버릴 거니까. 혹시나 그런 일 생기면 변호 의뢰할게."

"하아⋯ 그래도 난 도저히 이해 안 가요. 나 같으면 죽었다 깨나도 있을 수 없는 일이에요. 내 일 아니라 만약 대표님이 내 남자친구였더라도 난 그 꼴은 못 봤을 거예요. 차라리 사업을 접으라 했으면 했지."

"희주도 많이 걱정하긴 했어. 우리 엄마도 그렇고. 당연하지, 나도 이젠 절대 그놈한테 다 믿고 맡겨 두진 않을 거야. 돈 들어도 매년 꼭 회계감사 받고 그럴 테니까, 너무 걱정 마."

"그래요. 근데 걱정도 걱정이지만, 그랬던 사람이랑 다시 그렇게 가까이 지낼 수 있다는 멘탈 자체가 너무 신기해요. 대표님 정말, 의외로⋯ 호구 같은 거 알아요?"

"알아. 이번에 이혼하면서 제일 큰 깨달음이 그거지. 백하영 그게 마지막으로 나한테 한 말도 그거였고. 염병⋯ 세상에서 제일 약은 척하면서,

그 천하의 호구 8년도 못 버티고 손 든 건 대체 누군지."

우현은 키득거렸다.

"천하의 호구든 여우든, 임자는 있는 법이니까. 희주 언니랑은 잘 지내요?"

"그건 뭐, 걔한테 직접 듣고 있지 않아?"

"별로. 문제가 있을수록 할 말이 많아지는 건데, 그렇지 않은 걸 보니 의외로 대표님이 잘하고 계시나 봐요."

"흥. 문제가 없는 게 아니라, 나한테 관심이 없는 거겠지."

"…어라, 그 말투는 뭐죠? 문제가 있었던 건 이쪽인가? 혹시, 여친 없는 틈을 타서 욕하려고 전화한 건가?!"

"아냐, 그건 절대 아냐!"

"알겠어요. 그럼 말 나온 김에 말해 봐요. 절대로 안 전할 테니까, 나 못 믿는 거 아니죠?"

원호는 적당한 표현을 못 찾아 한참을 우물거리다 말했다.

"안희주 걔, 되게 자기중심적인 거 아냐?"

"글쎄요? 친구로서는 그렇지 않은데… 근데 남자친구는 어떤 면에서 그렇게 느끼는지 알 것 같긴 해요. 좀 무심한 데가 있죠?"

"무심한 정도가 아냐. 진짜 자기중심적이라니까. 걔, 그 관대한 게 절대 착한 게 아냐. 남한테 신경을 전혀 안 쓰니까, 다 그렇게 괜찮을 수 있는 거지."

"뭔 얘긴지 대충은 알겠어요. 근데 남의 사정에 세심하면서 관대하기까지 한 사람은 찾기 힘들어요. 관대한 사람은 무신경한 데가 있기 마련이에요. 말씀하신 것처럼 그러니까 그럴 수 있는 거기도 하고. 대표님처럼 남한테 신경도 안 쓰면서 관대하지도 않은 사람도 있는데 뭘 그래요?"

"그래, 나도 뭐 내가 낫다는 얘긴 아니다! 그냥 그런 점이 좀 힘들다고."

"사실 난 완전 이해해요. 우리 남친도 딱 그런 타입이거든. 그래도 난 내가 많이 예민한 편이라 그런지, 그런 사람들이 편하더라고요. 희주 언니도 그래서 좋고. 근데 대표님하곤 어떨지 잘 모르겠네요. 전에 결혼했던 분은 정 반대 성격 아니었어요?"

"맞아. 그래서 더 적응 안 되는 걸 수도 있어. 물론 그래서 좋았던 거기도 하겠지만… 얼마 전에 내가 희주한테 막 뭐라 했었는데, 생각해 보니 그 말이 백하영이 나한테 맨날 하던 말이랑 완전 똑같은 거야. 진짜 소름 돋았어."

"뭐라고 했는데요?"

"넌 뭐 하나 제대로 하는 것도 없으면서, 왜 그렇게 다 멋대로 하느냐고."

우현은 웃어대느라 전화기를 떨어뜨릴 뻔했다.

"전 언니가 대표님 임자가 맞는 것 같아요. 천생연분까진 모르겠지만, 어쨌든 만나길 잘하신 듯요."

"나도 그렇게 생각해. 뭐, 이 정도면 전에 비해선 나쁘진 않아. 난 어차피 여자에 대해선 크게 기대 안 하니까."

"구체적으로 어떤 점이 나은데요? 의외로 잔소리 듣는 것보단 하는 게 체질이셨나?"

"그런 건 모르겠고, 뭐랄까… 어쨌든 이쪽은 날 좋아하고, 행복해 하는 게 보이니까. 마음이 편해."

"그렇구나. 대표님이 그렇게 이타적인 사람인 줄은 몰랐네요."

"내 말이. 그러니 백하영도 전보단 괜찮게 살았으면 좋겠는데 말야. 걔 오늘 출국했어."

"아… 뉴욕으로 간댔죠? 그래서 마음이 좀 그러셨겠구나. 연락은 했어요?"

"오늘은 아니고. 돈 다 나눌 때까진 어쩔 수 없이 계속 연락해야지. 그때마다 기분 엄청 더러워. 돈 때문에 그렇게 싸웠는데, 헤어지고 나서도 계속 돈 놓고 서로 아쉬운 소리해야 하니… 그래드 지금은 유학 간다고 그저 신났더구만. 가서 피똥 싸 봐야 정신 차리지. 돈 없는 유학이 얼마나 힘든지 좀 알게 해주고 싶기도 한데… 그래도 줄 돈 못 주고 있는 기분은 질색이야. 정변한테도 그래. 내가 원래 주려던 만큼 주려던 때 줬으면, 그 사무실 계속할 수 있었을 텐데 말야."

"아, 아네요. 정리하고 취직한 건 후회 안 해요. 암만 생각해도 혼자 그 짓은 객기였어요. 그만큼이나 격려 받았으면 충분해요. 착실히 경력 더 쌓고, 다시 국선 임용 도전할 거예요. 그리고 변호사 재능 기부하는 프로그램에도 등록했고요."

"여전히 착하게 열심히 살고 있군. 정변 같은 사람이 진짜 잘 돼야 하는데. 내 지금은 사정이 이래 딱히 도와줄 길은 없고, 전에도 얘기했지만 나도 재능 기부나 할게. 정변 결혼할 때 드레스 한 벌은 꼭 해주지. 벌써 어울리는 디자인도 다 구상해 놨어."

그 말에 뜻밖에도 수화기 너머로 길고 깊은 한숨이 들려오는 바람에, 원호는 당황해서 말문이 막혔다.

"미안요. 드레스가 싫단 얘긴 아녜요. 당연히… 넘 고마워요. 근데, 그냥 결혼 생각만 해도 답답해서…."

"뭐야. 그 헬스 보이랑 요새 뭔 일 있나? 영 마땅찮구먼. 걍 갖다 버려!"

"뭔 일 있는 건 아녜요. 오히려 너무 아무 일 없이 잘 돼가서 문제죠. 눈치가 아무래도 조만간 결혼 얘기가 나올 분위기라… 걔 속은 저한테 다

읽힌단 말예요. 근데 걘 제 속을 잘 못 읽는다는 게 문제죠. 이러다 눈치 없이 갑자기 반지라도 내밀면 어쩌나, 걱정이에요. 정말 머릿속이 너무 복잡해요."

"하지만 그렇게 되면 복잡한 걸 정리할 계기가 되지 않겠어? 아무래도 결혼 상대는 아니다 싶으면, 반지와 함께 까 버리면 되잖아. 정변도 내년이면 서른다섯 아냐? 언제까지 고민만 하고 있을 거야?"

"그게 문제예요. 남자친구는 만나볼수록 참 놓치기 아까운 사람이거든요. 착하고 성실하고, 뭣보다 저를 있는 그대로 있게 해주는 사람이니까. 이만한 사람 다시 만나긴 힘들 것 같아요. 근데 결혼은 잘 모르겠어요. 우리 나이도 그렇고 만나 온 세월도 그렇고, 이제쯤 결혼하지 않으면 관계가 불안해질 수도 있을 것 같은데, 전 지금 결혼도 너무 불안하거든요. 확신이 안 서요. 누군가하고 모든 걸 나누면서 평생 같이 살기로 약속한다는 거, 이런 맘으로 결정하기엔 너무 큰일 아닐까요? 남들은 다 무슨 마음먹고 결혼하는지 모르겠어요."

'생각 많은 것도 병이다, 긴가민가하면 아닌 거다' 따위의 면박이 날아올 거라 예상했는데, 한참 만에 수화기 너머에서 들려온 대답은 뜻밖이었다.

"날 보고도 그런 말이 나오시나. 확신 있어서 결혼하면 별 수 있는 줄 알아?"

"…그건 그러네요."

"근데 사실 그 마음 완전 이해 가. 왜냐면 나도 지금 사방에서 결혼 압력 받고 있는 중이거든. 희주도 기대하고 있는 것 같고, 엄마도 난리고."

"어머님은 희주 언니가 정말 마음에 드시나 봐요."

"그런 것보단 우리야말로 내년엔 삼십대 후반이잖아. 빨리 애를 낳아야 된다는 거지. 물론 나도 희주가 애를 낳는다고 한다면 너무 여유부릴 수 없단 거 알아. 그래도 애 같은 건 잘 생각해 본 적도 없는데, 이렇게 쫓기듯 갖기는 싫다. 내가 애를 가져도 될 만한 인간인지도 모르겠고."

"그러게 말예요. 하지만 어머님한텐 그런 얘기 전혀 안 통하겠죠? 희주 언닌 그 시어머니 괜찮을까요? 전 그게 제일 걱정되는데."

"이젠 내가 정신 차리고 더 잘해야지. 어떻게 하는 게 잘하는 걸지는 아직도 모르겠지만… 그래도 전보단 확실히 나을 것 같아. 희주 걔, 울엄마가 뭐라고 해도 면전에서만 예 예, 하지 돌아서면 신경도 안 쓰더라고. 걔가 그렇다니까? 울엄마도 좀 당해 봤음 싶기도 해."

"그렇구나. 아무리 봐도 대표님한테 언니만한 짝은 없는 것 같네요."

"근데도 그 확신이라는 게 안 생기니까 어째야 좋을지를 모르겠어. 난 무슨 일이든 이런 애매한 마음으로 결정했던 적이 없으니까 더 그래. 하지만 아마 결혼에 대해선 영원히 확신 따위 가질 수 없게 된 걸지도."

"그럴 만하죠. 그래요, 확신 따위가 다 뭐람. 그치만 제 생각에 대표님은 분명 이 결혼, 하실 거예요."

"왜 그렇게 생각하는데?"

"이렇게 포기할 분이 아니니까요. 제가 아는 대표님은, 도전할 수 있다면 반드시 도전할 사람이니까."

"흠… 그럴 듯하네. 그럼, 정변은 어때? 도전해 볼래?"

"전 정말 모르겠다니까요."

"그러지 말고, 친구야. 우리 같이 죽자. 나 혼자 죽을 순 없지."

2007년 7월
에필로그

"아무래도 내보내야겠어."

오픈한 지 3년 만에 한창 매출 급성장세를 타고 있는 웨딩숍 '죠슈아벨'의 원장 문혜영(46)과 개업 준비부터 함께 해 온 실장 백하영(28)은 채용한 지 4개월 차인 신입 디자이너 지원호(28) 때문에 골머리를 앓고 있는 중이었다. 죠슈아벨은 최근 수입 웨딩드레스의 유행으로 다양화, 고급화된 고객들의 취향을 만족시키기 위해 수입 브랜드 라인업을 늘리고 자체 제작실을 구축하는 두 가지 전략을 세우고, 그 작업에 도움이 될 해외 유학파, 실력파 디자이너를 구했다. 지원호는 국내에서 일한 경력은 없었지만, 이탈리아 유명 패션 스쿨을 빼어난 성적으로 졸업한 이력, 신선한 감각과 열정이 넘치는 포트폴리오, 그리고 담백하고도 자신감 넘치는 면접 태도 덕에 전 직원들의 만장일치로 채용되었다.

그러나 함께 일을 시작하자마자 곧 예상 밖의 문제점들이 드러났다. 아무리 실무 경험이 없다곤 해도 그는 조직 업무의 체계와 관행에 대해 지나치게 무지하고 무감각했으며, 독선적이고 직설적인 성격으로 업무 관계자들과 마찰이 잦았다. 게다가 영업과 서비스 분야에 개념이 없어 디자인과 제작 외의 다른 일을 맡길 수 없었기에 직원으로서 효용성도 떨어졌다. 급기야 1년 넘게 함께 일해 온 한 직원이 그와의 갈등을 이유로 퇴사 의사를 밝히는 사태까지 일어나자, 문 원장도 더 이상은 참고 지켜보기 어려운 상황이라 판단하고, 백하영 실장을 불러 상의를 하게 된 것이었다. 그런데 실장의 의견은 원장이 기대한 것과는 좀 달랐다.

"당장은 임 팀장 대신 지원호 씨를 내보내는 게 손해가 덜 나겠죠. 하지만 그 사람을 채용한 건 우리 미래를 위한 투자 아니었나요? 솔직히 말해서 임 팀장 같은 직원은 얼마든지 다시 구할 수 있어요."

"하지만 어디 임 팀장하고 문제만 문제냐 말이지. 저번에 패턴사 분도 다신 같이 일하고 싶지 않다고 했다니까."

"원호 씨가 패턴사, 미싱사 삼사 인분 일을 혼자 다 하고 있잖아요. 그 사람 일하는 시간이랑 작업량 감안하면 솔직히 우리가 주는 봉급, 말도 안 돼요. 그만한 인력 다시 찾기 어려워요."

"그야 나도 알지. 그래서 여태 두고 보자 했던 거지. 하지만 우리 일이 어디 옷만 잘 만든다고 되는 일이야? 이러다 온 동네 소문나 우리 왕따 되겠어."

"물론 저도 이대로 괜찮다고 생각하는 건 아녜요. 근데 제가 보기엔 그 사람 말투가 그래서 그렇지, 나쁜 뜻은 없더라고요. 대부분 틀린 말하는 것도 아니고요. 워낙 직장생활 경험도 없고 요령이 없어서 그런 거겠죠. 우리가 첫 직장이니까, 잘 트레이닝 시켜야죠. 그래서 뽑아 먹어야죠."

"그렇긴 한데, 볼수록 난 자신이 없어지네. 당최 말이 통하는 타입이 아닌 것 같아. 지금껏 일해 보니 이 바닥에선, 아니 아마 어떤 바닥에서든 마찬가지겠지만, 실력 있고 성실한 게 다가 아니거든. 인간관계와 균형 감각이 없으면 소용없어."

"당연히 그렇죠. 제 말은 조금만 더 기회를 줘 보자고요. 적어도 다음

달에 유럽 출장 다녀올 때까지만은요. 거기 데려가려고 뽑은 거잖아요? 우선 제가 얘기를 좀 해볼게요. 임 팀장이랑 지원호 씨랑, 양쪽 다."

"그래요. 특히 임 팀장은 뭐 내가 어떻게든 구슬러 볼 테니까, 자긴 원호 씨한테 알아듣게 얘기 좀 잘 해봐요. 그 사람 그래도 하영 씨랑은 말이 좀 통하는 것 같던데, 동갑이라 그런가?"

이래서 하영은 그날 업무를 마무리하고 남자친구에게 오늘 특근이 있으니 다음에 보자고 연락한 뒤, 원호가 입사한 이래 거의 24시간 불이 꺼질 줄 모르는 자체 드레스 제작실로 향했다. 역시 밤늦은 시간임에도 그는 홀로 남아 작업에 열중해 있었다. 창백한 형광등 불빛 아래 온통 새하얗게 반짝이는 조각들 가운데, 사냥감에 다가서는 흑표범마냥 정교하고도 날렵한 그의 움직임에 매료된 나머지 문가에 서서 한참이나 지켜보고만 있었던 탓에, 그가 먼저 여자를 발견하고 말았다.

"깜짝이야. 실장님, 아직 퇴근 안 하셨어요?"

"네, 원호 씨는 언제 퇴근하게요?"

"모르겠어요. 이거 드레이핑 작업만 마저 하고요."

"밤새도 모자랄 것 같은데…? 어제도 밤새지 않았어요? 잠 안 자요?"

"어제도 찜질방에서 잠깐 자긴 했어요. 문 잘 잠그고 다닐 테니까, 걱정 말고 퇴근하세요."

"이렇게 하죠. 제가 그 작업 도와 드릴 테니까, 대신 잠깐 얘기 좀 해요."

그때서야 지금까지 대화를 하면서도 좀처럼 느려지지 않던 그의 손동작이 멈췄다.

"얘기를요? 지금요?"

"네. 얘기하느라 까먹은 시간만큼은 제가 도와서 보충해 드린다고요.

나도 오늘은 퇴근 못하는 한이 있더라도."

그는 잠시 멈춰 있더니, 들고 있던 바늘을 옷에 꽂으며 말했다.

"이렇게 하죠. 일은 제가 알아서 마무리할 테니까, 얘기는 지금 나가서 고기를 먹으면서 하도록 하죠."

"예…? 고기요? 이 시간에?"

"밤새서 일하려면 이제쯤 고기를 먹어줘야 하거든요. 근처에 맛있는 데 알아요. 아, 사 달란 얘긴 아니니까 걱정 마시고."

사실 여자 쪽도 종일 제대로 끼니 챙길 틈도 없이 일했던 터라, 둘이서 고기를 몇 인분이나 추가 주문했는지 기억도 안 날 만큼 먹는 데 집중하느라 진지한 대화는 오갈 틈이 없었다. 배가 잔뜩 불러오고 술기운이 돌기 시작했을 즈음에서야 여자는 말머리를 꺼냈으나, 자연히 애초 작정보다 훨씬 부드럽고 두루뭉술한 투일 수밖에 없었다.

"일해 보니 어때요? 생각했던 거하곤 많이 다르죠?"

"네, 많이 다르네요. 괜히 한국으로 돌아왔나 후회도 돼요."

"그러게, 왜 그렇게 바로 돌아왔어요? 차라리 이탈리아에서 경력 좀 쌓고 왔다면 더 편했을지 모르는데."

"그게… 어차피 언젠가는 돌아올 생각이었으니까, 빨리 부딪혀 보고 싶었어요. 한국 여자들이 예쁘기론 세계 최고인데, 후진 웨딩드레스를 입는 게 안타깝잖아요."

그 단호한 오만방자함에 여자는 실소를 금할 수 없었는데, 다행인지 뭔지 남자는 그런 건 전혀 눈치채지 못한 듯 보였다. 뭔가 자기만의 생각에 빠져 있는 듯한 그를 보며 여자는 오늘 이야기가 아무래도 제 의도대로 흘러갈 것 같지는 않다는 예감이 들었지만, 일단은 이 예측할 수 없는 의식세계를 그대로 따라가 보는 것도 나쁘지 않겠다 싶었다.

"맞아요. 원호 씨가 만든 옷은 남달라요. 내가 정말 좋아해요. 알죠? 원호 씨랑 함께 하게 되고 나서 우리 숍이 확 달라진 건 사실이에요. 하지만 옷이 만든 사람을 떠나서 입을 사람을 찾아가게 되기까진 또 여러 복잡한 과정들이 있답니다."

"알고 있어요. 그런 일로 실장님이 제일 고생하신단 것도요. 하지만 그런 건 변할 수 있는 부분이잖아요. 한국의 웨딩 산업 구조는 변할 거예요. 그래야 되고. 전 변하지 않는 부분에 집중하고 싶어요. 퀄러티나, 미적 기준이라든가…."

"무슨 얘긴지는 알겠네요. 하지만 그런 것도 변치 않는 건 아닌 것 같아요. 난 그동안 드레스랑 신부들을 하도 많이 봤더니, 이젠 뭐가 예쁜 건지도 잘 모르겠더라고요. 지금은 내가 입을 걸 고르라면 못 고를 것 같아요."

"아냐. 아름다움에 정답까진 아니라도, 기준은 확실히 있죠. 그 순간 그 상황에 최고의 선택이란 게 있는 법이니까. 실장님 웨딩드레스 정하실 땐 꼭 저한테 물어보셔야 돼요. 이 바닥에 전문가들 많지만, 나보다 잘할 사람은 절대 없을 거예요. 벌써 생각해 둔 스타일이 있다고요."

"내 드레스를 생각해 뒀다고요? …어떤 스타일인데? 어차피 시즌이나 예식 장소나, 그런 것도 고려해야잖아요?"

"그런 거 떠나서 실장님한테 완벽한 스타일이 있죠. 그때 가서 얘기해 드릴게요."

"아, 진짜 궁금하다. 근데 때에 따라선 신랑이나 식구들 의견도 관건이더라고요. 그건 어떻게 할 수가 없잖아."

"그렇긴 하지. 그러니까 신랑을 나로 하면 어때요?"

"…응? 뭐라고요?"

"실장님이 나랑 결혼하면 어떻겠냐고요. 우주 최고의 신부가 될 수 있을 텐데."

여자는 순식간에 술이 확 깨는 기분이었지만, "잠깐만, 내가 지금 술기운에 착각하는 걸 수도 있는데…"로 말머리를 꺼냈다.

"혹시 그거, 나한테 작업 거는 거예요?"

"맞아요."

그 무미건조한 직구에 여자는 머리를 맞고 잠시 멍해져 있었다.

"나, 지금 남자친구 있는데요."

"알아요."

"근데?"

"병신 같잖아."

여자가 더 이상 할 말을 잃고 헛웃음만 흘리고 있자, 남자가 다시 입을 열었다.

"기분 나빴으면 죄송해요. 어떻게 남자친구 욕한 게 됐네. 그분 욕하려고 한 얘긴 진짜 아니었고, 뭐라 해야 되나… 까놓고 실장님도 그렇게 생각하는 것 같아서 그냥 얘기한 거예요. 안 그런가?"

"……."

"뭐… 암튼 지금 그분이든 누구하고 결혼하시더라도, 드레스는 제가 해 드리고 싶다고요."

"뭐야, 그게 다예요?"

"예?"

"임자 있는 직장 상사한테 먼저 들이대 놓고, 벌써 그렇게 접는 거예요? 그럴 거면 말은 왜 꺼냈대?"

"그게… 더 들어주신다면 더 얘기하고요. 민폐 끼치고 싶진 않아서요."

"더 얘기해 봐요."

하지만 막상 멍석을 깔아 주니 남자는 방금 전의 호기로움은 거짓말처럼 잃어버리고, 새빨개진 얼굴로 어쩔 줄을 모르고만 있었다. 여자는 웃음이 터지려는 걸 꾹 누르고, 그의 잔에 술을 채워 주며 먼저 말을 건넸다.

"난 원호 씨 당연히 여자친구 있는 줄 알았어요."

"왜요? 난 아무도 만났던 적도 없는데."

"여자들한테 너무 관심이 없어 보여서요."

"지금은 일하는 것만도 바쁘니까, 찾아다닌 적은 없죠. 근데, 어떻게 생각지도 않게 만나게 돼서."

"나를?"

"네, 제 이상형이에요."

"내가 원호 씨 이상형이라고요? 어떤 점이?"

"전부 다요. 보자마자 깜짝 놀랐어요."

"…하지만 원호 씨는 아직 나에 대해서 아는 게 많진 않을 것 같은데?"

"그렇긴 하지만, 아는 점은 전부. 외모, 성격, 하는 일 다… 좀 더 알아보면 좋겠는데, 사실 그럴 필요도 없을 것 같아요. 난 느낌으로 다 알거든요."

"내 일도 좋아요? 같은 데서 일하는 사람 만나고 싶었어요?"

"네. 제가 워낙 일에 미쳐 사니까, 다른 일하면 같이 지낼 시간이 별로 없을 것 같아서요. 서로 이해도 해줄 수 있고… 실장님은 그런 거 별로예요?"

"글쎄, 잘 모르겠네요. 솔직히 이쪽 업계에서 남자를 만날 거란 생각을 해본 적이 없어서요."

"그건 그렇겠죠. 여긴 여자 비율이 훨씬 높으니까."

"아무래도 웨딩은 여자 쪽 위주의 행사다 보니. 왜 그런지는 모르겠지만."

"당연한 거 아니겠어요? 결혼 자체가 여자 쪽이 밑지는 장사니까요."

"…그런 건가?"

"그럼요. 결혼식은 평생 밑질 장사판에 들어서는 여자를 위한 위로와 격려의 자리라는 의미가 제일 크다고 봐요. 제가 웨딩드레스에 뜻을 건 데 그런 이유도 있고요. 그 순간만이라도 여자들한테 인생 최고의 아름다움을 꼭 만들어 주고 싶거든요. 물론 운이 좋아서 이후로도 계속, 더 아름다워지는 여자들도 있긴 하겠지만, 극소수일 거예요. 더구나 우리나라에선 더 어렵겠죠."

그 말에 여자는 놀란 눈으로 남자를 유심히 쳐다보았다.

"정말 그렇게 생각해요? …와, 어떻게 그럴 수 있지? 남자가 그 나이에 그런 생각하기가 쉽지 않은데… 그보다 방금 나보고 결혼하자 했으면서, 어떻게 또 그런 말을 하죠? 내 쪽이 밑지는 장사인 걸 하자고요?"

"물론 어떤 상대를 만나느냐에 따라 많이 다르긴 하겠죠. 제가 그런 생각을 하게 된 건 그냥, 살면서 보니 현실이 그렇더라고요. 가장 좋은 예가 우리 엄마이기도 하고. 전 아빠만큼 그렇게 나쁜 상대는 아니겠지만, 아니었음 좋겠지만… 장담할 순 없죠, 안 해봤으니. 하지만 불공평한 룰이라도 서로 알고 인정하고 있으면 좀 낫지 않을까 해서요."

"일단 굉장히 정직하긴 한 상대인 걸로 들리네요. 그런 의도로 말한 건지는 몰라도."

"제가 정직한 거 하나만큼은 의도하고 말고 할 것도 없는 일이에요. 그건 앞으로 보시면 알게 될 걸요."

"사실 이미 아는 일 같기도 해요. 좀 덜 정직하셔도 좋겠는데, 안 그래요?"

"그런 얘기 많이 들어요.. 근데 적당한 선을 찾기가 힘들더라고요. 우리 식구들 성격이 다 좀 극단적이거든요. 엄마는 저처럼 하고 싶은 말은 다 해야 직성이 풀리는 성격이고, 아빠랑 형은 반대로 조용히 뒤통수치는 데 선수들이고. 중간이 없어서 못 보고 배운 것 같아요. 그래도 전 아빠 쪽보단 엄마 쪽이 더 낫다고 생각하기 때문에…."

"내가 적당한 선의 기준을 하나 알려 줄게요. 여자를 꼬실 생각이라면 처음부터 그렇게 자기 식구들 얘길 많이 하는 건 좋지 않아요. 하지만 기왕 나온 얘기니까, 정직하게 더 들어보고 싶네요. 부모님은 어떤 분들이세요? 어떤 면에서 어머님보다 아버님이 더 나쁜 짝이었다고 생각하는 거예요?"

남자는 한동안 흙탕물 속에 고개를 처박고 뭔가를 찾는 듯한 표정이었다.

"어떤 분들이냐고 하면… 지금은 인간적으로 봐선 누가 더 낫다 할 수 없을 정도로 둘 다 별로예요. 근데 그게 두 분이 원래 그렇게 생겨서 끼리끼리 만난 건지, 아니면 잘못된 만남 때문에 더 그렇게 된 건지는 잘 모르겠어요. 그래도 어쨌든 아빠는 가족에 대한 책임감이 너무 없었고, 그 책임을 평생 엄마가 대신 다 졌으니까, 더 많이 손해 본 쪽은 엄마라고 생각하는 거죠."

"그렇군요. 근데… 두 분이 사랑하셨던 적이 있긴 하대요?"

묘하게도 순간 남자는 못 들을 말이나 들은 것처럼 움찔했다.

"사랑…? 글쎄요, 그런 생각은 해보지도 않았는데… 그건 아닌 것 같아요. 우리 엄만 워낙 가난한 집 장녀로 자라서 그게 너무 힘들어서, 무조건 부잣집으로 시집가야겠다고 결심했대요. 그런데 그 부잣집 막내아들이 물려받은 재산을 한 순간에 다 날려먹을 정도로 멍청한 줄은 계산 밖이었던 거지. 엄마 말이 처음부터 가진 건 없어도 성실한 남자를 골랐으면 지금보단 고생 덜했을 거라고, 그래도 제 욕심에 제가 넘어간 거니까 누구 원망은 못한다 하더라고요. 그러니 어쨌든 두 분이 그렇게 사랑한 적은 없는 것 같아요. 그게 문제냐? …그래도 전 오히려 사랑이 끼었으면 더 문제였을 것 같기도 해요. 한때라도 사랑했던 사람한테 그렇게 뒤통수를 맞은 거면, 분해서 어떻게 살겠어요?"

"맞아, 그게 딱 우리 부모님의 경우거든요. 우리 엄만 아빠를 엄청나게 사랑해서 결혼했댔어요. 아빤 그게 아니었지만, 그냥 내가 생겼기 때문에 책임을 졌던 거죠. 아빤 남편이나 아빠 노릇보단 다른 데 야심이 큰 분이었어요. 정치를 하고 싶었대요. 그걸 뒷받침해줄 수 있는 짝을 바랬겠죠. 엄만 그렇지가 못했고. 그래도 아빤 나름대로 가족에 대한 책임을 다했는데, 엄마 성엔 안 찼나 봐요. 엄만 책임이 아니라 사랑을 원했대요. 물론 책임하고 사랑은 좀 다르겠죠. 하지만 책임지는 것만큼 확실한 사랑의 증거는 없잖아요? 그리고 엄마가 원하는 그런 사랑이야말로 강요한다고 받아낼 순 없는 거 아닌가요? 하여간 엄마의 사랑 때문에 하루도 집안이 평화로운 날이 없었어요. 난 그걸 보면서 사랑이 얼마나 이기적이고 골치 아픈 건지 배우게 됐고요."

"그렇구나. 음… 솔직히 전 거기 대해선 할 말이 없네요. 사랑 같은 건 정말 잘 모르겠어요. 본 적이 없어서 그런가. 내가 누굴 좋아하는지, 어떻게 책임을 져야 되는지 까지는 알겠지만, 뭔가 그 이상이 있어야 사랑이라면… 글쎄요."

곤란해 하는 기색이 역력한 남자를 보며 여자는 쓴웃음을 지었다.

"조언 바라고 한 말 아니니까 신경 쓰지 마요. 나도 사랑이 뭔지, 그런 건 몰라요. 그냥 갑자기 생각나서, 답답한 얘길 하고 싶어서… 사실 우리 부모님 얘길 누구한테 한 건 정말 처음이에요."

"남자친구한테 집안 얘기 안 해요?"

"거의 안 해요. 원래도 난 집안 얘기 잘 안 하지만, 특히 남자친구네랑은 너무 비교가 돼서요. 물론 자세한 거야 모르지만 적어도 우리 집에 비해선 훨씬 화목하고, 경제적으로도 넉넉하고요. 그런 게 좋아서 만나는 거기도 하지만, 너무 차이 나니까 갈수록 신경 쓰이더라고요. 남친은 모르겠는데, 그쪽 집안에서도 슬슬 눈치채고 눈치 주는 것도 같고… 하아, 집안 얘기하니까 역시 우울해지네요. 다른 얘기해요."

"그래요. 무슨 얘기 할까요?"

"오늘 애초에 먼저 얘기하자고 한 건 나잖아요, 알죠? 지원호란 인간이 대체 무슨 생각을 하고 사는가, 그걸 알아야겠다 싶었거든요. 꿈이 뭐예요? 앞으로 어떻게 살고 싶어요? 지금은 뭐하고 있는 거죠?"

놀랍게도 남자는 아주 잠깐의 망설임도 없이 대답했다.

"당연히 내 브랜드를 만들어야죠. 웨딩드레스로 시작해서 예복, 주얼리, 리빙, 나중엔 아트 갤러리까지 섭렵하는 토털 브랜드를 만들 거예요. 생활과 예술이 만나는 특별한 순간을 위한 브랜드예요. 그래서 미적 기준을 제안하고, 대중의 안목을 높이고, 돈도 많이 버는 거죠. 이제 시작이고 갈 길이 멀지만, 포기 안 할 거예요."

여자는 경탄과 의심이 반반 섞인 눈으로 그를 다시 보았다.

"멋진 꿈이긴 한데, 뭐 하나 물어볼게요. 대중의 안목을 높이는 거랑, 돈 많이 버는 거랑, 둘 중 우선순위를 정한다면요? 두 마리 토끼 잡기 힘들 수도 있단 건 알죠?"

"우선순위 같은 거 없어요. 둘 다 포기 못 해요. 내가 하고 싶은 일도 중요하지만, 돈 못 버는 것도 못 참아요. 돈 없어 서럽게 사는 건 지금까지로 족해요. 무슨 수를 써서든 많이 벌 거예요."

"난 원호 씨는 부잣집 도련님 출신인 줄 알았는데."

"전혀 거리가 멀죠. 그나마 지금은 부모님이 노후를 걱정해야 될 처지는 아닌데, 이 정도나 자리 잡힌 지도 얼마 안 됐어요. 저 미술 전공하고 유학까지 다녀온 건 거의 미션 임파서블이었죠. 우리 엄마 골수까지 빼먹으며 살았던 건데, 그런데도 굶어 죽을 뻔했어요."

"그렇구나. 난 학교 졸업한 뒤론 집에다 빚진 건 거의 없긴 해요. 그러고 싶어야 그럴 수도 없었고. 나도 쪼들리는 건 진짜 지긋지긋해요. 그래서 난 솔직히 돈 버는 게 제일 우선이에요. 근데 그러려면 당장 일하는 데 집중하는 게 나을지 결혼하는 게 나을지, 고민 중이에요."

"사실 요즘 세상엔 무슨 재주로 벌어 봐야 원래 가진 사람들은 따라잡을 수가 없죠. 우리 엄마도 요새 자꾸 어디서 있는 집 딸이라며 갖다 대는데, 일단 사진부터 다 맘에 안 들어서… 그보다 난 아무래도 그런 건 체질에 안 맞거든요. 결혼한 사이라도 남이 벌어놓은 돈 속 편히 쓰는 짓은 못 해먹을 것 같아요. 암만해도 돈이 최고인 세상인데, 치사스런 일이 없겠어요? 난 치사스런 건 절대 못 참거든요. 좀만 참을 줄 알면 사는 게 훨씬 편할 텐데, 워낙 성질이 이래 놔서."

"글쎄, 내 성질도 좀 그런 것 같아서 요즘 고민이 된다는 거예요. 난 내가 편하기 위해선 치사스런 건 잘 참는 편인 줄 알았거든요. 그런데 생각보다 그렇지 못하더라고요."

"백 실장님 딱 봐도 그렇지 못한 성격으로 보이는데. 나보단 좀 나을지 몰라도."

"그래요? 원래 자기 스스로를 더 잘 못 보는 면이 있잖아요."

"그렇죠. 아무튼 실장님이 그런 성격이었다면, 아무리 얼굴이 내 스타일이라도 내가 반하진 않았을 거예요. 치사한 거 잘 참아서 편하게 사는 사람, 질색이에요. 우리 형이 딱 그런데, 덕분에 내가 엄청 피 봤단 말예요."

여자는 웃음을 터뜨렸다.

"아까부터 얘기하는 거 들으니, 형하곤 별로 안 친한가 봐요."

"네, 정말 싫어요. 형도 저 싫어하고요. 우린 친하게 지낼 수가 없었어요. 워낙 생겨먹은 것도 딴판이고, 엄마가 어릴 적부터 너무 다르게 대했기도 해서. 형은 엄마가 날 편애했다고 생각하더라고요. 근데 입은 비뚤어졌어도 말은 바로 해야지, 그건 편애가 아니라 투자였지. 남편도 짐인 판에, 둘 중 한 놈은 집안에 보탬이 돼야 하지 않겠어요? 없는 살림에 밑 빠진 독에 언제까지 물 부을 순 없잖아. 내 보기엔 그만큼 물 부어댄 것만 봐도 외려 엄마가 편애한 건 형이라고요. 내가 엄마 기대 맞추려고 코 흘리던 시절부터 아등바등 살던 거 생각하면 진짜 억울해 살인충동 들 정도지만, 어떻게 보면 또 어쩔 수가 없는 게, 형한테 내가 못 가진 재주가 있는 건 사실이거든. 아까 얘기처럼 치사한 것 잘 참고, 남의 기분도 잘 맞추고. 나도 가끔은 그런 인간으로 태어났으면 좋았을 텐데, 싶기도 해요. 그래도 어쨌든 내 스타일은 아니라는… 웃기죠? 이 나이까지 형이랑 욕하고 싸우고. 그래도 요즘엔 좀 나아졌어요. 형이 재작년에 결혼하고 나선 그나마 정신 좀 차린 것 같더라고요."

"아뇨, 웃겨서 웃은 게 아니라, 너무 공감이 가서요. 나도 여동생 있는데 사이가 별로 안 좋거든요. 싫어하고 그런 정도는 아니지만… 우리도 성격이 너무 다르기도 하고, 부모님 때문에 그렇게 된 것 같아. 아빠 날 예뻐

했고, 엄만 동생을 예뻐했거든요. 엄마 아빠 사이가 안 좋으니까 우리까지 늘 대리전을 하게 되는 양상이었죠. 정말 이제 와 다 커서 생각해도, 애들한테까지 그래선 안 됐다고 봐요. 물론 엄마 아빠도 당신들대로 힘든 인생이었겠지만…."

"내 말이요. 완벽한 부모는 없겠지만, 확실히 잘 키울 준비가 된 사람이 아니면 애는 안 낳는 게 좋은 것 같아요. 경제적으로도 그렇고, 정신적으로도. 그래서 전 결혼은 빨리 하면 좋겠지만, 애는 잘 모르겠어요. 솔직히 없어도 될 것 같아요. 내가 뭔데 애를 낳아 키우겠나 싶어요."

"완전 공감이에요. 그것도 내가 결혼이 고민되는 이유 중 하나죠."

두 사람이 말없이 시선을 마주하고 있은 지 얼마나 지났을까. 남자 쪽이 먼저 시간의 흐름을 겨우 다시 기억해 냈다.

"그만 들어가야겠네요. 작업은 마쳐야 하니까."

"그래요. 지금부터 둘이 하면, 오늘 밤 안으로 될 거예요."

"아녜요, 실장님은 얼른 들어가 주무세요! 저 혼자서도 충분해요."

"충분하진 않죠. 약속했잖아요. 같이 얼른 마치고, 잠깐이라도 눈 붙이자고요."

그리고 촉촉하고 따스한 밤바람 속을 나란히 걸어 돌아오는 동안, 두 남녀는 서로가 운명일 거라 생각했다.

저자 후기

평생을 소설가로 살기를 작정하였지만, 2년 만에 쓰는 소설인지라 걱정과 두려움도 많았고, 여러 일로 지금까지 중 가장 힘들게 느껴진 집필 기간이었습니다. 변함없는 사랑과 격려로 곁을 지켜 주신 많은 분들이 아니었다면, 결코 여기 독자분들 앞까지 오지 못했을 것입니다. 이 책을 통해 앞으로 드러날 모든 영광은 온전히 하나님께로 돌립니다. 저는 아무것도 아닙니다.

나의 영원한 수호천사 엄마, 든든한 후원자 아빠, 믿음직한 매니저 동생, 동생 덕분에 새로 만난 가족들, 법률 관련 설정에 자문해 주신 제부와 엄마 대신 애독자 1호가 되어 주신 어머님, 그리고 늘 기도로 함께해 주시는 이모들을 비롯한 가족 친지 분들께 가장 먼저 감사합니다. 그리고 사랑합니다.

언제나처럼 소중한 친구들도 큰 힘이 되어 주었습니다. 특별히 이번 자료 수집에 결정적 기여를 해준 내 수양 동생 주희, 바쁜 중에도 초고 읽고 검토해 준 보라와 정인 언니, 방송 활동에 많은 도움 준 버들이, 남다른 여자친구를 늘 이해해 주고 지지해 주는 남자친구에게 깊은 감사를 전합니다. 몸소 결혼생활의 모범과 실제, 기쁨과 슬픔을 가르쳐준 친구들에게도 감사와 존경을 표합니다. 앞으로도 잘 부탁해요.

이번 책은 처음으로 많은 저의 독자, 팬분들의 관심과 격려 속에 집필하였습니다. SNS 통해 저의 근황을 지켜보고 응원해 주신 모든 분들께 일

일이는 못해도 이렇게 감사 인사 전하고 싶습니다. 부디 오래도록 지켜봐 주세요. 실망시켜 드리지 않겠습니다.

  새로운 인연 니케북스 식구들과 그곳으로 나를 인도해 준 다영 씨는 올해의 발견이자 선물입니다. 날이 갈수록 더욱 새롭고 감사한 인연이 되었으면 합니다. 멀리서도 여전히 멋진 친구이자 인생 선배이자 조력자가 되어주시는 구모니카 사장님, 저도 늘 응원합니다. 취재에 도움 주신 죠슈아벨 황혜영 대표님, 나미혜 작가님과 감리교여선교회 식구들, 늘 중보해 주시는 삼일교회 동역자 분들께도 감사드립니다.

  이 소설로써 저의 청춘시절을 관통해 온 연애와 가족관계에 관한 탐구는 연애를 주제로 한 《신데렐라를 위하여》, 가족의 모습을 섬세하게 그린 《어느 별에서 왔니》, 마지막으로 결혼에 대한 이야기인 《그래, 이혼하자》로 마무리하려 합니다. 이젠 좀 더 넓고 다양한 분야들에 대해 관찰하고 연구하고 나눠볼 생각입니다. 정처 없이 계속될 이 길에 부디 앞으로도 함께 해 주시길, 이 글을 읽는 모든 분들께 권합니다. 분명히 무척 재미있고, 유익한 여정이 될 테니까요.

2017년 2월

김현경

그래,
이혼하자

초판 1쇄 발행   2017년 2월 25일
초판 2쇄 발행   2017년 5월 22일

지은이   김현경
펴낸이   이혜경
편집   김다영, 김가람
제작·관리   김애진
표지 디자인   호기심고양이
본문 디자인   고희민

펴낸곳   니케북스
출판등록   2014년 4월 7일 제300-2014-102호
주소   서울시 종로구 새문안로 92 광화문 오피시아 1717호
전화   (02) 735-9515
팩스   (02) 735-9518
전자우편   nikebooks@naver.com
블로그   nikebooks.co.kr
트위터   twitter.com/nikebooks

ISBN 978-89-94361-56-7 03810
Copyright ⓒ 김현경

이 책의 내용의 전부 또는 일부를 사용하려면 반드시
저작권자와 니케북스의 서면 동의를 받아야 합니다.

책값은 뒤표지에 있습니다.
잘못된 책은 구입한 서점에서 바꿔 드립니다.